metro

Petra Ivanov

Fremde Hände

metro wurde
begründet von
Thomas Wörtche

Zu diesem Buch

In der Kehrichtverbrennungsanlage Zürich Nord wird in einer Autodachbox die Leiche einer jungen Frau gefunden. Bezirksanwältin Regina Flint und Kriminalkommissar Bruno Cavalli kommen im Zürcher Rotlichtmilieu Frauenhändlern auf die Spur, die vor nichts zurückschrecken. Je verworrener die Spuren, desto klarer das Motiv: Geld. Bis ein zweiter Mord geschieht, der viel mit dem Fall, aber gar nichts mit Geld zu tun hat.
Gleichzeitig kämpfen Flint und Cavalli gegen ihre Liebe an, die sie in der Vergangenheit bereits einmal an den Abgrund geführt hat.

»Wer das Ermittlerduo noch nicht kennt, sollte einen langen Abend nutzen, um das Versäumte nachzuholen – substanzielle Unterhaltung ist garantiert.« *Schweizer Monatshefte*

»Der Roman ist auffallend gut und aufwändig recherchiert.« *Tages-Anzeiger*

»Ein prima recherchierter, authentischer Krimi. Ivanovs Ziel ist klar: aufmerksam machen auf die Zwangslage kriminell ausgebeuteter Frauen.« *P. S.*

Die Autorin

Petra Ivanov wurde 1967 in Zürich geboren, lebte acht Jahre in den USA und kehrte 1979 in die Schweiz zurück. Nach ihrem Studium an der Dolmetscherschule arbeitete sie als freie Übersetzerin und Sprachlehrerin, später als Redakteurin. Ihr Debütroman *Fremde Hände* erschien 2005. Heute lebt Petra Ivanov als freie Journalistin und Schriftstellerin in Dübendorf bei Zürich.

Mehr über Buch und Autorin im Anhang
und auf *www.unionsverlag.com*

Petra Ivanov

Fremde Hände

Ein Fall für Flint und Cavalli

Unionsverlag

Die deutsche Erstausgabe erschien 2005
im Appenzeller Verlag, Herisau.

Im Internet
Aktuelle Informationen,
Dokumente, Materialien
www.unionsverlag.com

Unionsverlag Taschenbuch 460

Rieterstrasse 18, CH-8027 Zürich
Telefon 0041-44-283 20 00, Fax 0041-44-283 20 01
mail@unionsverlag.ch

Reihengestaltung: Heinz Unternährer, Zürich
Umschlaggestaltung: Peter Löffelholz, Zürich
Umschlagbild: Valentin Casarsa
Druck und Bindung: CPI – Clausen & Bosse, Leck
ISBN 978-3-293-20460-7

Die äußeren Zahlen geben die aktuelle Auflage
und deren Erscheinungsjahr an:
1 2 3 4 5 – 12 11 10 09

Für Andreas

»Wenn du einen dunklen Mercedes siehst, renn weg!«

Junge Frau in Tirana, Juni 2003

1

Rosa Finocchio schnellte in ihrem Bett hoch. Kerzengerade saß sie inmitten der pastellfarbenen Blumen ihrer Bettdecke. Sie versuchte, den Traum, der ihr zu entgleiten drohte, festzuhalten. Kaleidoskopartig schossen ihr Bilder von nassen Socken, ihrer erwachsenen Tochter und roten Lippen durch den Kopf. Letztere waren zu einem stummen Schrei verzogen. Die goldenen Ziffern ihres Weckers zeigten ein Uhr zwanzig. Langsam nahm sie Geräusche wahr. Verärgerte Stimmen, schnelle Schritte, ein Fenster, das geschlossen wurde. Barfuß rannte sie zur Wohnungstür und spähte ins Treppenhaus. Ihr Blick blieb an der gegenüberliegenden Wohnungstür hängen. Sie war sich sicher, dass jemand geschrien hatte.

»Der Jugo«, flüsterte sie genüsslich und suchte nach Blutstropfen auf den Treppenstufen. Der Kunststein wies nur die üblichen Grautöne auf. Trotz deutlicher Enttäuschung blieb sie am Spion stehen. Ihre Beharrlichkeit zahlte sich bald aus. Die Tür wurde geöffnet, und ein Mann trat heraus. Er trug eine dunkle Lederjacke – »geklaut«, sagte sich Rosa. Es war nicht der Jugo, sondern ein Unbekannter. Er eilte die Treppe hinunter. Fluchend rüttelte er an der verschlossenen Tür, kehrte um und eilte wieder hoch. Er riss die Wohnungstür auf und stieß mit dem Jugo zusammen. Die zwei Männer zischten einander wütend an. Der Jugo griff nach einem Schlüsselbund und war in drei großen Schritten wieder an der Haustür. Er schloss rasch auf. In der Wohnung war es still. Überrascht sah Rosa, dass ein Paar Damenstiefel im Flur stand.

Bevor sie prüfen konnte, ob sie weitere fremde Schuhe erkannte, verdeckte ihr der Jugo die Sicht. Rosas Herz fing zu klopfen an, sie stellte sich vor, dass er sie beim Spionieren ertappte, obwohl er kaum durch ihre Wohnungstür hindurch sehen konnte. Doch der Jugo stand nur da und schaute dem Mann mit der geklauten Lederjacke nach, den die dunkle Schwamendinger Nacht verschluckt hatte. Dann drehte er sich um und verschwand in seiner Wohnung.

Aurora rannte durch die neblige Novembernacht. Sie schnappte nach Luft, doch sie gönnte sich keine Pause. Die Glattwiesenstraße war um halb zwei wie ausgestorben. In einem Fenster flimmerte das bläuliche Licht eines Fernsehers und zog einen Schlaflosen in seinen Bann. Aurora rannte daran vorbei. Sie wusste nicht in welche Richtung, ein Haus glich dem anderen. Das Gras war feucht und rutschig. Ein verlassener Spielplatz erinnerte an längere Tage und wärmere Nächte. Trotz der Kälte lief Aurora der Schweiß den Rücken hinunter. Ihre Panik schärfte alle ihre Sinne. Sie versuchte, Schritte auszumachen. Sie hörte keine.

Der Fußweg führte zu einem Schulareal. Etwas abseits lag ein niedriger, langer Betonbau, dessen Fenster bunt bemalt waren. Die kindliche Welt gab ihr das Gefühl, hier in Sicherheit zu sein. Auf der Rückseite des Kindergartens stieß sie auf ein hölzernes Spielhäuschen. Vorsichtig streckte sie ihren Kopf hinein und sah, dass der Boden trocken war. Sie setzte sich und lehnte ihren Kopf an die Wand.

Das erste Flugzeug – es war die F 27 aus Köln – riss Regina Flint um 6.05 Uhr aus dem Schlaf. Seit einigen Wochen wurde der Flughafen Kloten von Süden her angeflogen. Bereits orientierte sie sich am Lärm der herannahenden Maschinen. Fünf Minuten später folgte der Airbus 343 aus Manila. Die ersten fünfzehn Minuten ließ sie das Tosen im Halbschlaf über sich hereinbrechen. Nach der MD 11 aus Johannesburg um 6.15 Uhr öffnete sie ihre Augen. Der Airbus 332 aus Bombay gab das Signal aufzustehen. Felix schlief neben ihr weiter. Über ein Jahr lang hatte er sich gegen die neue Anflugroute gewehrt. Er hatte gedroht, von Gockhausen wegzuziehen, sollte das Unheil nicht abgewendet werden können. Regina empfand den Fluglärm zwar ebenfalls als störend, aber sie ärgerte sich darüber, dass die meisten Menschen erst dann aktiv wurden, wenn es um ihr persönliches Wohlbefinden ging. Das ließ Felix nicht gelten. Selten hatte sie ihren gutmütigen Freund so empört erlebt. Als Bezirksanwältin war sie jeden Tag pünktlich um halb acht Uhr im Büro. Er zählte all diejenigen auf, die um sechs Uhr noch schliefen, die ihren Schlaf brauchten, um sich den Herausforderungen des Tages zu stellen. Die neue Anflugroute verstoße gegen das Gesetz.

»Gegen das Raumplanungsgesetz, das Luftfahrtgesetz, das Umweltschutzgesetz und auch gegen das internationale Völkerrecht«, hatte er gewettert.

Die MD 11 aus Buenos Aires riss Regina aus ihren Gedanken. Sie ließ Felix weiterträumen.

Unter der Dusche versuchte sie, in Gedanken die kommende Arbeitswoche zu strukturieren. Sie hatte über hundert Fälle und es wurden laufend mehr. Manchmal überkam sie schon am Sonntagabend das Gefühl, von der Last erdrückt zu werden.

Während sie ihre Haare wusch, ging sie die zwei Einvernahmen durch, die heute auf dem Programm standen. Der erste Termin war auf zehn Uhr festgelegt. Die Beweislage im Fall war klar, der Zeuge hatte die Übergabe des Heroins genau beobachtet. Die zweite Einvernahme bereitete Regina mehr Sorgen. Ein unberechenbarer Ehemann, der seine Frau wiederholt geschlagen hatte, stritt alle Vorwürfe vehement ab. Die Nachbarin des Paars behauptete plötzlich, nie ein Geräusch aus der Wohnung vernommen zu haben. Regina vermutete, dass der gewalttätige Ehemann hinter der Meinungsänderung der jungen Frau steckte.

Die erste Boeing an diesem Morgen, die B 744 aus Bangkok, mahnte Regina zur Eile. Glücklicherweise hatte sie keine aufwändige Frisur. Ein schmaler Kajalstrich, ein wenig Puder auf die Sommersprossen, die wie ein sanfter Hauch von Zimt über Nase und Wangenknochen verteilt waren, dann konnte sie sich dem Tag stellen. Während sie in ein Paar Stiefeletten schlüpfte, verbreitete sich der Geruch von Kaffee in der Wohnung. Gleichzeitig kündigte der Airbus aus Nairobi an, dass es Zeit war, aus dem Haus zu gehen. Regina nahm hastig einige Schlucke schwarzen Kaffees – für Milch reichte es nicht mehr – und verbrannte sich dabei die Zunge. Sie unterdrückte ein Fluchen und eilte aus der Wohnung.

»Morgen, Regina.« Antonella Mello begrüßte sie schon im Flur der Bezirksanwaltschaft. »Hast du den Nebel genossen?«

Seit Beginn der Südanflüge – die nur bei schönem Wetter stattfanden – beobachteten ihre Kollegen das Wetter fast genauer als sie. Nach einem sonnigen Wochenende erschien sie am Montag oft unausgeruht und gereizt zur Arbeit.

»Am Samstag schon, aber gestern war die Sicht nicht schlecht genug.«

»Brauchst du neue Kaffeepatronen?«

»Gerne, gleich zehn bitte.«

Sie nahm den Kaffee mit in ihr Büro. Auf dem Schild neben der Tür stand unter dem D4 »Regin Flint«. Das »a« war vor etwa fünf Monaten heruntergefallen und vermutlich vom Putzpersonal beseitigt worden. Seither wartete Regina darauf, dass das Schild ersetzt wurde.

Sie wandte sich ihren Pendenzen zu. Montags sortierte sie jeweils die offenen Fälle und suchte diejenigen heraus, an denen sie bis Freitag weiterarbeiten würde. Pro Tag hatte sie neben den Einvernahmen vorschriftsgemäß mindestens eine Pendenz zu erledigen. Am Freitagabend hatte sie noch damit begonnen, einen Bericht über ein eingestelltes Verfahren zu schreiben. Den würde sie in einer halben Stunde abschließen können. In zwei weiteren Fällen musste sie nur noch einen

Strafbefehl verfassen, dann hatte sie die Vorgaben schon übertroffen und sich für Dienstag einen Vorsprung erarbeitet. Sie nahm die erste Akte zur Hand und begann, sich in den Inhalt zu vertiefen.

Eine Stunde später meldete ihr Magen, dass es neun Uhr war. Die Wirkung des Koffeins ließ langsam nach und ihr Körper rief nach Treibstoff. Sie legte die Unterlagen beiseite und öffnete ihre Bürotür. Im Flur herrschte schon reger Betrieb. Als Regina ihren Becher Birchermüesli aus dem Kühlschrank nahm, kam Jürg Zobeli mit einer Kaffeepatrone in der Hand auf sie zu.

»Soeben hat Frau Zuberbühler angerufen. Sie möchte, dass das Verfahren gegen ihren Mann eingestellt wird.«

Regina sah den polizeilichen Mitarbeiter erstaunt an. Zwei Mal hatte Anita Zuberbühler den Mut aufgebracht, Anzeige wegen Körperverletzung zu erstatten. Doch beide Mal hatte sie kurz darauf die Anzeige zurückgezogen und behauptet, sie hätte überreagiert. Dieses Mal war Regina zuversichtlich gewesen, dass sie das Verfahren durchziehen würde. So weit war die junge Frau noch nie gekommen.

»Das ist doch nicht möglich!«

»Sie behauptet, es war nicht der Ehemann, der sie geschlagen hatte, sondern ein Unbekannter am Bahnhof Altstetten.«

»Denkt sie im Ernst, dass ihr das jemand abnimmt?«

»Ohne ihre Aussage kommen wir nicht weiter.«

»Zuerst die Nachbarin, die plötzlich nichts gehört haben will, nun Frau Zuberbühler selbst. Wie bringt er das bloß fertig?«

Bevor Zobeli antworten konnte, kam Antonella auf Regina zu.

»Der Brandtour-Offizier der Kantonspolizei ist am Telefon.«

Regina ließ ihr Birchermüesli auf dem Kühlschrank stehen und eilte ins Büro.

»Flint«, meldete sie sich etwas außer Atem.

»Regina«, sagte Cavalli.

Ihr Herzschlag schien einen Moment auszusetzen. Sie hatte seine Stimme seit drei Jahren nicht mehr gehört.

»Wir haben soeben einen Anruf vom Eschenholz erhalten. In der Kehrichtverbrennungsanlage liegt eine Leiche.«

Regina atmete tief durch. Es kam ihr keine angemessene Begrüßung in den Sinn.

»Ich bin in fünfundzwanzig Minuten dort«, sagte sie und legte auf. Bevor sie das Gebäude verließ, steckte sie den ungeöffneten Becher Birchermüesli in die Tasche. Die Kalorien würde sie noch brauchen.

2

Der Pausenplatz füllte sich langsam. Die Kinder schmissen ihre Schultaschen vor den Haupteingang und versuchten, ein Fußballspiel in Gang zu bringen. Mit lauten Stimmen handelten sie aus, wer mit wem zusammenspielen durfte.

Aurora verstand nicht, was die Kinder sich zuriefen. Doch die aggressiven Stimmen weckten sie aus einem tiefen, traumlosen Schlaf. Als sie das Aufprallen des Balles hörte, glaubte sie, sie befände sich in der Nähe des Kemal Stafa-Stadions im Zentrum von Tirana. Oft hatte sie dort Zigaretten verkauft. Doch der Konkurrenzkampf war groß. Als Mädchen hatte sie den Vorteil, dass sie mehr Mitleid erweckte als die Jungen. Dieser Vorteil hatte sich aber im Laufe der Jahre in einen Nachteil verwandelt. Bald wollten die Männer mehr als Zigaretten. Sie verkaufte weniger und weniger, manchmal war sie mit leeren Taschen nach Hause gekommen.

Sie landete mit einem Schlag in der Gegenwart. Wie ein Wasserfall stürzten die Ereignisse der vergangenen Nacht über sie herein, und sie sprang hoch. Ihr Kopf stieß dabei heftig gegen das Holzdach des Spielhäuschens. Sie fluchte. In den vergangenen Monaten hatte sie oft genug geübt, Angst und Demütigungen zu verdrängen. Nun konnte sie sich ohne große Mühe auf das wichtigste Problem konzentrieren. Als Erstes musste sie ungesehen verschwinden. Danach brauchte sie etwas zu essen und wärmere Kleider.

Vorsichtig streckte sie ihren Kopf aus der kleinen Tür und sah sich um. Die Kinder waren so in ihr Spiel vertieft, dass sie kaum eine Sechzehnjährige mit kurzem, schwarzem Kunstlederrock bemerken würden. Sie war für einmal froh darüber, dass jeder mit sich selbst beschäftigt war. Es erlaubte ihr, ungesehen vom Spielplatz wegzuschleichen.

Die Kehrichtverbrennungsanlage Eschenholz lag im Nordosten der Stadt Zürich. Das Gebiet war ein Labyrinth von Überlandstraßen und Autobahnzufahrten. Zobeli lenkte seinen Nissan stumm durch den Verkehr. Er hielt das Lenkrad fest umklammert. Regina wusste, dass der junge Assistent oft nervös wurde, wenn Unvorhergesehenes seine Tagesroutine durcheinander brachte.

»Wie geht es Vera?«, fragte sie. Seine Frau war im achten Monat schwanger.

»Das Gewicht macht ihr langsam zu schaffen«, antwortete er und strich seine feinen Haare glatt, als hätte der Gedanke sie durcheinander gebracht.

»Habt ihr wirklich keine Ahnung, ob es ein Mädchen oder ein Junge wird?«

»Natürlich nicht.«

Regina hatte dieselbe Frage schon einmal gestellt. Sie konnte nicht glauben, dass Zobeli bei den Ultraschalluntersuchungen nicht auf dieses kleine Detail achtete. Ihre Schwester hatte von Anfang an gewusst, dass sie einen Jungen bekommen würde. »Habt ihr schon alles eingerichtet?«

»Vera hat einen Hängekorb gekauft, das soll beruhigend sein«, erklärte er. »Wir haben in allen Zimmern Haken an der Decke montiert, so kann das Baby immer in unserer Nähe sein.«

Regina verkniff sich die Frage, ob er das denn wolle. Eine Familie erinnerte sie an einen Sumpf. Sobald aus Alleinstehenden Frischverheiratete wurden, standen sie am Rande dieses Morastes. Nach der Geburt des ersten Kindes versanken sie darin. »Schlurf, und weg«, brummelte sie vor sich hin.

»Was?«

»Nichts, musste nur an mein Birchermüesli denken.«

»Das würde ich jetzt nicht mehr öffnen, wir sind gleich da.«

Vor ihnen erschien das Kamin der Verbrennungsanlage.

Regina erkannte Cavallis grünen Volvo neben den Streifenwagen. Auch die Spurensicherung und der fototechnische Dienst waren schon da.

Von Weitem sah Regina eine mit weißorangen Bändern abgesperrte Grube. Der einzige Zugang war ein kleiner Trampelpfad, wie die Polizisten den freien Durchgang nannten. Vor einem quadratischen Betonbau sprachen zwei Polizisten mit einem älteren Mann. Auch Cavalli war dabei.

»Gleich neben der Verbrennungsanlage befindet sich die Fernwärmeanlage«, erklärte der Mann seinen Zuhörern. »Beim Verbrennen von Abfall entstehen Temperaturen von bis zu achthundertfünfzig Grad. Damit die Energie optimal verwertet werden kann, sind über den Öfen Kessel zur Dampferzeugung installiert. Der überhitzte Hochdruckdampf hat eine Temperatur von vierhundert Grad und kann mit einer Dampfturbine in Strom umgesetzt werden. Der Niederdruckdampf aus der Turbine heizt das Wassersystem der Fernheizung. Diese Kombination nennt man Wärme-Kraft-Koppelung. Die anfallende Verbrennungsenergie wird damit optimal genutzt.«

Regina hatte das Gefühl, er habe diesen Vortrag schon wiederholt gehalten.

Cavalli hörte aufmerksam zu. Seine dunklen Augen fixierten den älteren Mann, wie nur Cavallis Augen einen Menschen fixieren konnten. Ab und zu nickte er. Die Bewegung war eher eine Aufforderung weiterzusprechen als ein Zeichen dafür, dass er mit dem Gesagten einverstanden war. Sein gestählter Körper regte sich nicht, während er in der Kälte stand. Regina errötete beim Gedanken an seinen Körper. Was geschehen war, war geschehen. Sie war dienstlich da. Ihr Blick schweifte trotzdem noch einmal über seine breiten Schultern und blieb schließlich an seinem Profil hängen.

Cavallis Gesicht widerspiegelte seine ungewöhnliche Herkunft. Die hohen Wangenknochen waren eine Erinnerung an seine Großmutter mütterlicherseits, eine Cherokee-Indianerin aus North Carolina. Von seiner Mutter, die in Straßburg lebte, hatte er die sinnlichen Lippen und eine Augenbraue – es war die linke –, die so beweglich und ausdrucksstark war, dass er oft gar nicht in Worte fassen musste, was er sagen wollte. Seine aufrechte, selbstsichere Haltung schrieb Regina den Tessinern väterlicherseits zu. Nur Cavallis Nase, mehrmals gebrochen und deshalb leicht krumm, teilte er mit keinem seiner Vorfahren.

Regina ging auf die kleine Gruppe zu. Cavalli begrüßte sie, ohne dass man ihm seine Aufregung anmerkte. Er stellte ihr den untersetzten Mann vor, der die technischen Finessen der Wärme-Kraft-Koppelung lobte, als wolle er das Fernwärmesystem einem Kunden verkaufen.

»Herr Plaas hat den Fund gemeldet«, erklärte Cavalli. Er wandte sich an den nervösen Mann und bat ihn, nochmals zu erklären, was er beobachtet hatte.

Hugo Plaas begann Regina zuliebe nochmals von vorne.

»Das Eschenholz ist eine moderne Kehrichtverbrennungsanlage mit Rauchgasreinigung, Entstickung und Reststoffverfestigung. Wir verbrennen –«

»Erzählen Sie doch, was Sie heute Morgen gesehen haben«, bat ihn Cavalli.

»Es ist auch Privatpersonen gestattet, Sperrgut und Sondermüll im Eschenholz zu entsorgen«, holte Plaas aus, »natürlich gegen eine entsprechende Gebühr.«

»Und heute um acht Uhr«, half ihm Cavalli weiter.

»Heute um acht Uhr kam ein Mann, um eine Dachbox zu entsorgen. Wissen Sie, so eine, in der man Skier transportieren kann. Sie sehen aus wie graue S-s-särge.« Er verschluckte sich am Wort und riss die Augen auf.

»Wir können uns die Dachbox gut vorstellen«, versuchte ihn Cavalli zu beruhigen.

»Er stellte sein Fahrzeug auf meine Aufforderung hin auf

die Waage, denn die Gebühr richtet sich nach dem Gewicht und nach der Zusammensetzung des Abfalls. Sondermüll beispielsweise kostet mehr, weil –«

»Aber er wollte keinen Sondermüll entsorgen.«

»Nein, er wollte nur die Dachbox entsorgen, und zwar weil er sie nicht mehr öffnen konnte. Er hatte sie dazu benutzt, Werkzeuge zu transportieren – statt Skier, verstehen Sie, vielleicht fährt er ja nicht Ski – und dabei ist ihm eine Dose Pistolenschaum aufgegangen.«

Regina hatte keine Ahnung, was Pistolenschaum war. Sie wollte den Mann aber nicht unterbrechen.

»Ich wollte natürlich in die Dachbox hineinschauen, es hätte ja Sondermüll drin versteckt sein können. Wenn Sie nämlich Sondermüll als Sperrgut entsorgen, so kommt Sie das viel günstiger. Aber wie gesagt, sie war vollständig zugeschäumt. Was hätte ich tun sollen? Ich ließ ihn die Dachbox geschlossen in die Grube werfen. Ich half ihm sogar noch dabei.« Plaas schüttelte den Kopf, und sein Doppelkinn wackelte hin und her. Er schaute sich um und suchte irgendwo Halt. Mit einem verwunderten Ausdruck fixierte er das Kamin – mit Rauchgasreinigung, dachte Regina flüchtig – hinter der Abfallgrube. Das schien ihn zu beruhigen.

»Aber es war kein Werkzeug drin«, sagte Cavalli.

Plaas schluckte und fuhr fort: »Als der Kunde die Abfallgebühr bezahlt hatte und weggefahren war, ging ich zur Grube zurück, weil ich mir dachte, wenn eine Dachbox sechzig Kilogramm wiegt, dann muss da eine Menge wertvoller Werkzeuge drin sein. Und … und … dort … ein kleines Stück des Plastiks war beim Aufprall … die Grube ist fünf Meter tief … ein Stück der Dachbox war weggebrochen … und ich sah … einen Finger. Mit einem rot lackierten Nagel.«

Nieselregen hatte eingesetzt. Der verstörte Mann ließ sich in sein Büro führen und sackte auf einem roten Plastikstuhl zusammen. Mit zittrigen Händen zündete er sich eine Zigarette an.

»Können Sie den Mann beschreiben?«, fragte Regina.

Plaas nahm die Zigarette aus dem Mund.

»Er war etwas kleiner als ich«, sagte er langsam und stieß dabei den Rauch aus. »Und dunkel.«

»Dunkelhäutig?«, hakte Regina nach.

»Nein, seine Haut war normal«, begann Plaas.

Er hörte abrupt auf und sah zu Cavalli hoch, der ihm gegenüber stand. Regina sah die Verwirrung in seinen Augen. Er konnte Cavalli keiner Rasse zuordnen.

Plaas drückte sich anders aus: »Es war ein Weißer, aber mit dunklen Haaren und dunklen Augen. Ein Italiener oder so.«

»Sprach er deutsch?«, wollte Cavalli wissen.

»Er hatte einen Akzent.« Plaas starrte seine Schuhe an. Die Asche seiner Zigarette war heruntergefallen und hatte sich wie feine, graue Schneeflocken auf dem Leder verteilt.

»Können Sie sein Gesicht beschreiben?«, fragte Regina weiter.

Plaas schüttelte den Kopf. Unter seinen Armen breiteten sich Schweißflecken aus und verströmten einen unangenehmen Geruch. Regina versuchte, unauffällig einen Schritt zurückzumachen. Der Raum war so klein, dass sie dabei ans Pult stieß.

»Notieren Sie jeweils die Autokennzeichen der Kunden?«, fragte sie.

Plaas schüttelte wieder den Kopf. »Datenschutz«, murmelte er und starrte weiter auf seine Schuhe. Regina sah ein, dass es im Moment zwecklos war, Fragen zu stellen. Cavalli war zum gleichen Schluss gekommen.

Der Nieselregen war inzwischen in einen richtigen Regen übergegangen. Regina zog den Kragen ihres Mantels fester zu. Sie atmete tief ein und versuchte, die Wirkung, die Cavallis physische Nähe auf sie hatte, zu ignorieren. Stattdessen konzentrierte sie sich auf die Menschentraube in der Nähe der Abfallgrube. Aus dem Augenwinkel sah sie, wie Cavalli sie anstarrte. Er holte gerade Luft, um etwas zu sagen, als Schmid auf sie zukam.

»Ich mache mich schon mal auf den Weg ins Labor«, sagte der Fotograf. »Viel mehr wird es am Fundort nicht zu knipsen geben.«

Antonio Schmid arbeitete seit fast achtzehn Jahren beim fototechnischen Dienst. Nach der Kunstgewerbeschule hatte er vergeblich versucht, sich als Modefotograf zu etablieren. Um seinen Kollegen in der Modebranche in nichts nachzustehen, hatte er sich die Haare wachsen lassen und sie zu einem Pferdeschwanz zusammengebunden.

»Willst du nicht warten, bis die Spurensicherung abgeschlossen ist?«, fragte Cavalli.

»Die Techniker werden keine Chance haben, die Dachbox hier zu öffnen«, erklärte Schmid. »Die Dame sitzt fest.« Er setzte seinen Fuß sorgfältig zwischen zwei Pfützen, damit das Wasser seine Bruno-Magli-Schuhe nicht beschädigte.

»Ich bringe die Fotos heute Nachmittag vorbei, Häuptling.« Wie ein Flamingo schritt er davon, die Füße möglichst weit vom Boden hebend.

Regina schmunzelte. Cavalli mochte es nicht, wenn er »Häuptling« genannt wurde. Sie fand den Spitznamen aber treffend. Nicht wegen seines dunklen Teints oder seiner Abstammung, sondern weil er Würde und Stolz – ihm gegenüber nannte sie es Arroganz und Hochnäsigkeit – ausstrahlte.

Die Umgebung der Abfallgrube glich einer Theaterbühne. Hinter der Absperrung war ein Warendepot eingerichtet worden, und Scheinwerfer warfen Licht in die Grube. Unter der Schutzbekleidung konnte Regina Rosmarie Koch, die Einsatzleiterin des Wissenschaftlichen Dienstes, des sogenannten WD, erkennen.

Regina ging auf Zobeli zu, der schweigend zusah, wie ein

Assistent die Asservate nummerierte. Sie sah ihm an, dass er von den Fundstücken nicht beeindruckt war.

»Wir haben noch nicht viel.« Er zeigte auf die Umgebung der Abfallgrube und wies unnötigerweise darauf hin, dass die Reifen des Transportfahrzeuges auf dem Beton keine Abdrücke hinterlassen hatten.

»Wissen wir mehr über das Opfer?«, fragte Regina.

»Das wird noch dauern. Rosmarie will die Dachbox erst im Labor öffnen. Hast du eine Ahnung, wie stark ausgehärteter Pistolenschaum ist?«

Diesmal war es an Regina, den Kopf zu schütteln. »Was ist Pistolenschaum überhaupt?«

Der Techniker schaute bei der Frage hoch. »Das ist ein Montageschaum aus Polyurethan-Prepolymer. Er wird zum Isolieren, Fixieren oder Kleben gebraucht. Größere Hohlräume werden damit ausgeschäumt.«

»Ist er klebrig?«

»Nur während der ersten zwanzig Minuten. Nach etwa einer Stunde ist er schon schneidbar und nach sieben Stunden voll ausgehärtet. Er lässt sich dann nur noch mechanisch entfernen.«

Koch war um die bevorstehende Arbeit nicht zu beneiden. »Mechanisch« klang nach winzig kleinen Schritten. Üblicherweise ging eine Leiche erst dann ins Rechtsmedizinische Institut oder IRM, wenn alle Spuren am Fundort gesichert waren. In diesem Fall würden das IRM und der WD eng miteinander zusammenarbeiten müssen. Keine leichte Aufgabe, waren Rosmarie Koch und ihr Kollege Uwe Hahn vom IRM doch beide gleichermaßen eigen und in ihrer Arbeitsweise festgefahren.

Reginas Magen knurrte. Sie dachte an das Birchermüesli in der Manteltasche und schaute sich unauffällig um. Da sie ohnehin telefonieren musste, könnte sie das gleich als Vorwand benutzen, um sich zurückzuziehen.

Plaas saß noch immer auf dem roten Plastikstuhl. Er war jedoch weniger bleich, und seine Hände zitterten nicht mehr.

»Wie lange arbeiten Sie schon im Eschenholz?«, fragte Regina ihn.

»Seit 1978.«

»Dann sind Sie ja ein Fachmann auf dem Gebiet«, versuchte sie sein Selbstwertgefühl zu stärken.

Plaas rutschte etwas nach hinten und richtete sich auf. »Das kann man so sagen.«

»Es hat sich in dieser Zeit sicher viel verändert.« Regina sprach seine langjährige Erfahrung an.

Plaas nickte und holte Luft. Bevor er sich in technischen Details ergehen konnte, fügte Regina schnell hinzu: »Sie haben bestimmt schon mit allerhand seltsamen Menschen zu tun gehabt.«

Plaas lachte verächtlich auf. »Sie können sich gar nicht vorstellen, womit man sich hier herumschlagen muss.«

»Erzählen Sie doch mal!«

»Vor zwei Jahren stand ein junger Kerl da und wollte seinen Schäferhund entsorgen, weil dieser ihm nicht gehorchte. Können Sie sich so etwas vorstellen? Dann war neulich wieder mal einer da, der versucht hat, alte Computer als Sperrgut hineinzuschmuggeln. Sie können sich nicht vorstellen, was die Menschen alles machen, um Abfallgebühren zu sparen.« Beim Gedanken daran, dass ihn jemand tatsächlich für blöd hielt, wurde sein Gesicht vor Entrüstung rot.

»Ich habe es natürlich sofort gemeldet«, sagte er selbstgefällig.

Regina zwang sich, eine interessierte und leicht bewundernde Miene aufzusetzen. Je länger Plaas seine Heldentaten beschrieb, desto unsympathischer wurde er ihr. Eine spitze Bemerkung lag ihr auf der Zunge.

»… sind meist harmlos, deshalb hatte ich kein ungutes Gefühl, als der Chrysler heute Morgen vorfuhr«, erzählte er zu Ende.

»Welcher Chrysler?«

»Na den, den der Mann mit der Dachbox fuhr. Er konnte sie ja nicht gut zu Fuß bringen, oder?«

»Sie haben vorhin nichts von einem Chrysler gesagt.«

»Sie hatten ja auch nicht danach gefragt«, antwortete Plaas vorwurfsvoll.

Cavalli war in ein Gespräch mit Zobeli vertieft. Er sah Regina an, dass sie aufgeregt war. Eine Haarsträhne hatte sich gelöst und wippte auf und ab, als sie mit großen Schritten über den Platz kam. Die Feuchtigkeit ließ die gewellte Strähne etwas kräuseln und in ihm stieg das Verlangen hoch, diese Strähne um seinen Finger zu wickeln. Er verspürte lebhafte Reue über verpasste Chancen und ertappte sich dabei, wie er in Gedanken einen Satz mit »Wenn« anfing. Diesen Luxus gönnte er sich nicht. Er erstickte den Gedanken, bevor er Form angenommen hatte. Die Vergangenheit war eben – vergangen. Ihr nachzuhängen würde weder verpasste Chancen zurückbringen noch neue entstehen lassen.

»Wir haben die Marke des Fahrzeuges«, sagte Regina geradeheraus, noch einige Meter entfernt. »Es war ein dunkelgrüner Chrysler.«

Die beiden Männer starrten sie an. Cavalli, weil er immer noch in ihre Haarsträhne vertieft war; Zobeli, weil er sich nicht vorstellen konnte, woher sie das erfahren hatte.

»Plaas«, beantwortete sie Zobelis ungestellte Frage.

»Und das kommt ihm erst jetzt in denn Sinn?«

»Wir hatten ihn nicht danach gefragt.«

Zobeli verdrehte in einer ungewöhnlich saloppen Geste die Augen. »Hast du ihn auch nach dem Kennzeichen gefragt?«

»Er hat leider nicht darauf geachtet.«

»Mit etwas Glück wurde das Fahrzeug als gestohlen gemeldet«, sagte er hoffnungsvoll.

»Ja, und mit noch etwas mehr Glück kann der Besitzer beschreiben, wer seinen Chrysler gestohlen hat«, fügte Cavalli sarkastisch hinzu.

Zobeli schaute beschämt weg. Cavalli hätte sich einen Tritt geben können. Die Idee war nicht mal so weit hergeholt. Regina war es, die ihn aus der Ruhe brachte. Wie sie vor Kälte den Mantel ganz eng zuzog. Wie ihre blauen Augen vor Freude über die erste Spur leuchteten. Wie die weiche Rundung ihres Kinns einen Kontrast zu ihrem schmalen Gesicht bildete.

»Vielleicht wäre Cavalli ja trotzdem so nett, der Sache nachzugehen«, sagte sie scharf. In ihren Augen blitzte nicht mehr Freude, sondern Ärger auf. Cavalli drehte sich um und ging.

3

Hunger war ihr vertraut. Als Aurora mit der Familie noch in Berat lebte, gab der Garten genug her. Doch während der Wirtschaftskrise 1997 verlor die Familie, wie viele andere Albaner auch, ihren kleinen Besitz. Aurora gewöhnte sich daran, mit knurrendem Magen einzuschlafen. Edmond ertrug den Hunger schlechter. Mit vierzehn war er über Nacht in die Höhe geschossen. Er wurde nicht nur länger, sondern auch wütender. Er hatte keine Lust mehr, Dame zu spielen, und er verbrachte die Abende oft bei Freunden. Als er danach nach Hause kam, roch er nach Zigaretten. Aurora wusste nicht, woher er das Geld dafür hatte. Doch Edmond hatte schon immer ein Gespür für Geld gehabt. Deshalb glaubte sie ihm, als er vom guten Leben in Tirana erzählte. Auch ihr Vater glaubte ihm. Vielleicht wollte er einfach an irgendetwas glauben. Eines Morgens verkündigte er, dass sie Berat verlassen würden.

Richtig satt hatte sie sich auch nach dem Umzug nie gegessen. In den alten, verlassenen Fabrikgebäuden im Stadtviertel Kombinat lernte sie einen neuen Hunger kennen. Sie hungerte nach Freunden, nach Liebe und Unbeschwertheit. Sie hungerte danach, ihre Mutter wieder lachen zu hören. Stattdessen lag sie nächtelang wach und hörte Stavri zu, wie er hustete. Die Böden und die Wände der alten Chemiefabriken waren größtenteils verseucht. Die riesigen Industriekomplexe, in denen sich Hunderte von armen Familien niederließen, waren nach dem Ende der Hoxha-Regierung stillgelegt worden. Aber das Gift blieb aktiv. Es ergriff von Stavri Besitz und schüttelte ihn durch.

Aurora wusste nicht, wie weit sie bereits gelaufen war. Vor ihr befanden sich verlassene Sportplätze und leere Picknick-Tische. Sie kam an einem Gehege vorbei, in dem Schafe weideten. Darin befand sich ein kleiner Stall. Zwischen den wolligen Körpern der Schafe war es bestimmt warm. Wenn sie nun noch etwas zu essen fände, hätte sie die dringlichsten Probleme vorerst gelöst. Sie sah sich um.

Ein Kiesweg führte zu einem bemalten Gebäude. Aurora schlich zur Glastür und versuchte, einen Blick vom Innern zu erhaschen. Sie drückte ihre Stirn an die Scheibe und plötzlich gab die Tür nach. Im Raum saßen zwei Frauen an einem der kleinen runden Tische, umgeben von leeren Kaffeetassen und zerknüllten Servietten. An einem weiteren Tisch wimmelte es von Zwei- bis Dreijährigen, die mit Bananen und Biskuits versorgt wurden. Aurora drückte sich an die Wand und wartete. Als sich eine günstige Gelegenheit ergab, schoss sie aus ihrem Versteck und schaufelte alles, was ihr zwischen die Finger kam, auf einen Teller. Draußen schlug ihr die Kälte ins Gesicht. Sie eilte auf das Gehege der Schafe zu und kletterte über den tiefen Maschendrahtzaun. Sie konnte in letzter Sekunde verhindern, dass ihre Beute vom Teller rutschte. Noch zwei, drei Schritte, und sie verschwand im sicheren Innern des kleinen Stalls.

Über Mittag war es im Polizeigebäude ruhig. Cavalli begegnete im Treppenhaus nur einem Kollegen vom Gift, der einen missmutigen Jugendlichen vor sich her schob. Cavalli seufzte. Er war im Moment nicht gut auf Jugendliche zu sprechen. Sein sechzehnjähriger Sohn hatte vor drei Wochen seine Malerlehre abgebrochen. Seitdem saß er zu Hause vor dem Fernseher und kiffte. Beim Gedanken an Christopher mit seinen fettigen, schwarzen Haarsträhnen und seinem permanent gelangweilten Gesichtsausdruck wurde er wütend. Am liebsten hätte er den Jungen durchgeschüttelt, um ihm klarzumachen, dass andere froh wären, überhaupt eine Lehrstelle zu haben. Doch genau diese Haltung warf ihm seine Exfrau vor. Lieber verhätschelte sie den Jungen. Wieso kam ihm Chris jetzt in den Sinn? Sonst war es eine seiner Stärken, Beruf und Privatleben zu trennen. Wenn er ehrlich war, war es nicht Chris, der ihm die Laune verdarb. So sehr er es auch versuchte, er konnte die Gedanken an Regina nicht beiseite schieben.

Seine Uhr zeigte bereits viertel nach eins. Um zwei musste er im IRM sein. Er setzte sich an seinen Schreibtisch, der wie immer sorgfältig aufgeräumt war. Während er ein Sandwich kaute, fiel sein Blick auf die Fotografie an der gegenüberliegenden Wand. Das Bild hatte er Ende Februar in North Carolina aufgenommen. Es zeigte einen verwitterten Pier und zwei Möwen, die am grauen Himmel kreisten. Das Meer war graugrün und wild. Er liebte Winterstrände, die sich leer und von Touristen befreit bis an den Horizont ausdehnten. Der Sand hatte genug Ruhe, um sich vom Wind tragen zu lassen und eigenartige Formen am Boden zu zeichnen. Die rollende Brandung und das Kreischen der Möwen vereinigten sich zu einem beruhigenden Rauschen.

Cavalli schluckte den letzten Bissen hinunter. Heute würde es spät werden. Nach dem IRM musste er mit Regina Rücksprache nehmen, um die ersten Ermittlungsschritte zu besprechen. Wenn es ihr möglich war, würde sie auch zur Obduktion erscheinen. Falls es heute überhaupt zu einer Obduktion kommen würde. Cavalli zweifelte daran. Er wusste nicht, wie der Rechtsmediziner die Leiche vom Pistolenschaum lösen wollte. Er stellte sich vor, dass er Zentimeter um Zentimeter abschaben musste. So würde wertvolle Zeit verstreichen. Die Wahrscheinlichkeit, einen Mordfall zu lösen, war in den ersten vierundzwanzig Stunden nach der Tat am größten. Mit jedem zusätzlichen Tag nahm sie massiv ab.

»Mara Pilar ist da«, kündigte Antonella an.

»Ich bin in zwei Minuten so weit.« Regina ordnete einige Unterlagen auf ihrem Schreibtisch und öffnete kurz das Fenster. Als sie sich streckte, reklamierte ihr Kreuz mit einem

Stechen. Eigentlich hatte sie sich vorgenommen, über die Wintermonate regelmäßig in ein Fitnessstudio zu gehen. Im Sommer fuhr sie oft auf Inline Skates um den nahe gelegenen Greifensee. Sobald die Tage aber kürzer und kühler wurden, bewegte sie sich immer weniger. Kopfschüttelnd schloss sie das Fenster wieder und ging in den Flur hinaus.

Vor ihrem Büro wartete eine Frau mit ungeschickt hochgesteckten Haaren. Regina ging auf Mara Pilar zu und streckte ihr die Hand hin. Die junge Frau wischte zuerst ihre eigene Hand am Hosenbein ab, bevor sie sie Regina reichte.

»Gehen wir in mein Büro.« Regina wies auf einen Besuchersessel. »Bitte. Möchten Sie etwas trinken?«

»Nein, danke«, murmelte die Frau.

Regina beobachtete, wie Pilar ihren Blick verstohlen über die Wände und die Büroeinrichtung gleiten ließ. Vor einigen Wochen hatte die Zeugin bereitwillig erzählt, dass die Zuberbühlers sich oft stritten. Und dass es vor allem Peter Zuberbühlers laute Stimme war, die durch die dünnen Wände der Wohnung drang. Nun behauptete sie, sie hätte sich getäuscht.

Regina kam gleich auf den Punkt. »Frau Pilar, als wir das letzte Mal miteinander gesprochen haben, erzählten Sie mir von den heftigen Auseinandersetzungen zwischen Herrn und Frau Zuberbühler.«

Pilar nickte. Mit der Spitze eines Schuhs fuhr sie einem Strich auf dem Teppich nach.

»Sie haben gehört, wie Frau Zuberbühler ›Nein‹ geschrien und manchmal geweint hat.«

»Ich weiß nicht, ob sie ›Nein‹ geschrien hat«, flüsterte die Zeugin.

»Ihre Aussage steht so im Protokoll.«

»Ich dachte, dass es ein Nein war, aber durch die Wand hört man nur sehr undeutlich«, verteidigte sich Pilar und schaute trotzig an Regina vorbei.

Regina ging alle Punkte des letzten Gespräches nochmals durch. Egal, was sie fragte, Pilar blieb dabei, dass sie zwar Schreie gehört hatte, aber dass sich beide Ehepartner angeschrien hätten, wie das bei Streitereien eben so üblich sei. Sie stritt ebenfalls ab, Spuren von Verletzungen auf Anita Zuberbühlers Gesicht gesehen zu haben.

Für Regina gab es nur zwei mögliche Gründe für Pilars Widersprüchlichkeit. Entweder hatte sie vor Peter Zuberbühler Angst, oder sie bekam etwas für ihr Schweigen. Regina versuchte, Blickkontakt herzustellen. Sie ließ Sekunden verstreichen, ohne etwas zu sagen. Pilar wippte mit dem Unterschenkel und rieb den Stoff ihres Pullovers zwischen den Fingern. Reginas Unterbewusstsein registrierte ein Detail am Äußeren der Frau, das sich verändert hatte. Doch je stärker sie nachdachte, desto mehr entglitt ihr die Erinnerung. Sie studierte Pilar von Kopf bis Fuß, konnte aber nicht feststellen, was das Gefühl ausgelöst hatte. Verärgert über sich selbst, ließ sie sich zu der Bemerkung verleiten, Falschaussagen hätten Konsequenzen.

»Herr Zuberbühler begeht eine Straftat«, sagte sie forsch. Sie erreichte damit aber nur, dass die Zeugin nun zusätzlich Angst vor ihr hatte.

»Kann ich jetzt gehen?«, fragte diese.

»Ich bringe Sie zur Tür«, antwortete Regina knapp. »Wir sehen uns dann vor Gericht.«

»Vor Gericht?« Pilar blieb unschlüssig stehen und riss die Augen auf.

Regina wusste, dass der Fall vor keinen Richter kommen würde.

»Peter Zuberbühler wird Sie vermutlich als Zeugin nennen«, bluffte sie.

Pilar wankte. Sie zog ihren kurzen Pullover, so gut es ging, nach unten, als bräuchte sie einen Schutz. Regina starrte sie an, ohne mit den Augen zu blinzeln. Pilar zögerte. Doch dann siegte Peter Zuberbühler, und sie drehte sich ruckartig weg. Mit kurzen, schnellen Schritten ging sie auf die Tür zu und verschwand, ohne zurückzublicken.

Regina stand wie angewurzelt vor dem leeren Stuhl, auf dem Pilar soeben noch gesessen hatte. Aus dem Flur drang leises Stimmengewirr. Sie rieb sich mit den Zeigefingern die Schläfen. Als sie die Augen schloss, sah sie den schmalen Finger mit dem rot lackierten Nagel vor sich, der im Spalt der Dachbox zu erkennen gewesen war.

Wieder hörte Regina im Gang Stimmen, dann lachte Antonella schallend. Es klopfte, und ihr Lockenkopf erschien in der Tür.

»Darf ich reinkommen?«

Ohne auf eine Antwort zu warten, betrat sie den Raum. Sie näherte sich Regina mit einem geheimnisvollen Blick.

»Ich komme wegen dem Sechzigsten vom Ochs.«

Der Ochs hieß mit richtigem Namen Ruedi Ochsenknecht. Ein hoch gewachsener, schwerer Mann mit dickem Hals und mächtigen Füßen. Mit seiner ruppigen Art, die viele verärgerte, wurde er seinem Aussehen gerecht. Nur, wenn es um ihn selber ging, konnte er die Feinfühligkeit einer Mimose an den Tag legen.

»Wie viel haben die anderen beigesteuert?«, fragte Regina resigniert. Der Teamfrieden würde bestimmt teuer erkauft werden müssen.

»Einen Fünfziger musst du schon springen lassen.«

Widerwillig zog Regina ihr Portemonnaie hervor. Der Ochs war schon seit sechsundzwanzig Jahren bei der Bezirksanwaltschaft. Er hatte immer darauf gewartet, dass jemand sein intellektuelles Potenzial entdecken und ihm eine Spitzenposition in der Wirtschaft oder bei der Polizei anbieten würde. Als Benedikt Krebs vor zwei Jahren zum Abteilungsleiter befördert worden war, dämmerte es Ochs, dass er seine Laufbahn auf demselben Bürostuhl beenden würde, auf dem er sie begonnen hatte. Seither hing sein Unterkiefer noch tiefer herunter.

Regina reichte Antonella die fünfzig Franken. »Was kaufen wir ihm eigentlich?«

»Wir? Ich. Ich weiß es noch nicht genau«, sagte Antonella mit einem auffordernden Blick. »Wir haben noch eine Woche Zeit, um uns etwas ganz Schmeichelhaftes auszudenken.«

»Edlen Rotwein?«

»Zu banal«, schüttelte Antonella den Kopf. »Das verzeiht er uns nie.«

»Eine teure Krawatte?«

»Dann denkt er, wir machen uns über ihn lustig.« Antonella spielte auf seine Essgewohnheiten an. Nicht selten kam der Ochs nach der Mittagspause mit bräunlichen Flecken auf Hemd oder Krawatte zurück, den Überresten seiner Lieblingsspeise: Bratwurst mit Zwiebelsoße.

»Ich brauche noch etwas Zeit, mir kommt bestimmt etwas in den Sinn.«

Antonella warf ihr einen zweifelnden Blick zu und verließ das Büro. Ich werde Cavalli fragen, nahm sich Regina vor. Cavalli hatte Stil und einen guten Geschmack. Und viel Fantasie, sehr viel Fantasie. Regina wurde es warm beim Gedanken. Sie schaute auf die Uhr, es war erst halb vier. Sie hatte genügend Zeit, um zu Fuß ins IRM zu gehen. Ein Spaziergang würde ihr gut tun.

Das Rechtsmedizinische Institut war in einem großen Gebäudekomplex unterhalb der Universität untergebracht. Das Gebäude war vor fünfzehn Jahren renoviert worden, als es um die Finanzen des Kantons noch besser gestanden hatte. Neben dem Haupteingang befand sich eine Nische mit einer kleinen Sitzgruppe aus schwarzem Leder. Ein Wasserspender sorgte dafür, dass die Wartenden an einem Pappbecher mit frischem Wasser nippen konnten. Gleich daneben befand sich eine moderne Toilettenanlage, auf die Regina gleich lossteuerte. Das Licht war gedämpft, die einzelnen WC-Kabinen waren voneinander abgetrennt und schalldicht isoliert. Regina kam es vor, als wollte man jeden möglichen Kontakt vermeiden. Sowohl die Toilettenspülung wie die Wasserhahnen funktionierten automatisch. Während sie bei den Wasserhahnen durchaus den Sinn dieser Technik einsah, hatte sie Mühe mit der Toilettenspülung. Oft ging sie los, bevor man sich gesetzt hatte. Eine Toilette für Schnellentschlossene. Regina zählte sich üblicherweise auch dazu. Doch wenn sie das IRM betrat, überkam sie eine stille, andächtige Stimmung. Sie hatte das Gefühl, flüstern zu müssen, und schämte sich beinahe dafür, lebend durch die Gänge zu gehen.

Der Lift brachte Regina ins Untergeschoss. Aus einem Raum hörte sie Stimmen und das leise Surren eines Motors. Als sie hineinschaute, sah sie Uwe Hahn. Der lange, dünne Deutsche stand neben einem Tisch, auf dem die Eschenholz-Dachbox lag. Hier sah sie viel größer aus als in der Abfallgrube. Die graue Schale war stellenweise weggeschnitten worden, und ein gelber, harter Schaum war zum Vorschein gekommen.

Hahn beaufsichtigte zwei Assistenten, die Zentimeter um Zentimeter kleine Plastikstücke der Hülle wegbrachen. Seine wässrigen Augen verfolgten jede Handbewegung der jungen Männer. Wie Regina schon im Eschenholz befürchtet hatte, war auch der WD anwesend. Der Machtkampf zwischen Hahn und Koch war noch nicht entschieden.

Cavalli fing Reginas Blick ein. Seine linke Augenbraue winkte amüsiert, und Regina unterdrückte ein Grinsen. Sie stellte sich hinten an die Wand und schaute den medizinisch-technischen Mitarbeitern beim Schneiden zu. Sie hätte gerne gewusst, ob weitere Spuren zum Vorschein gekommen waren, wagte aber nicht, das Schweigen zu brechen. Die monotonen Geräusche machten sie schläfrig. Sie gähnte unauffällig, was ihr das Wasser in die Augen trieb. Die lindgrünen Wände im Raum verschwammen. Sie passten gut zum hellgelben Pistolenschaum. Nur der rot lackierte Nagel, der immer noch der einzige Hinweis darauf war, dass sich eine Frau in der Dachbox befand, passte nicht recht ins Farbschema.

Regina versuchte sich vorzustellen, wie die Frau aussehen könnte. Dabei kam ihr der schreckliche Gedanke, dass vielleicht gar keine ganze Frau in der Box eingeschäumt war. Plötzlich war sie wieder wach.

Sie sprach Koch und Hahn gleichzeitig an: »Wisst ihr schon mehr?«

Beide schauten auf. Bevor sie sich entscheiden konnten, wer antworten durfte, meldete sich Cavalli zu Wort.

»Unter dem Fingernagel hatte sie Hautpartikel. Die DNA-Analyse wird zeigen, ob wir Vergleichsdaten haben.«

Die Eidgenössische DNA-Datenbank, EDNA genannt, bestand seit August 2000. Seither waren über 40 000 DNA-Profile von Tatverdächtigen und Spuren eingetragen worden.

»Hat das Labor schon Resultate?«

»Frühestens morgen Mittag«, antwortete Koch schnell, und gab damit zu verstehen, dass das ihr Hoheitsgebiet war.

Regina sprach sie direkt an: »Wie lange wird es dauern, bis die Plastikschicht von der Box entfernt ist?«

»Wenn wir so weiterarbeiten können, noch rund drei Stunden«, sagte Hahn, ohne Koch anzuschauen. »Danach wird die Arbeit immer heikler.« Er erklärte, dass der Schaum vorsichtig abgekratzt werden müsse, da man nicht wisse, in welchem Zustand die Haut der Frau sei.

»Seid ihr sicher, dass sich eine Frau in der Dachbox befindet?«, fragte Regina vorsichtig.

»Ja. Die Röntgenbilder waren eindeutig. Sie ist schon mindestens zwölf Stunden tot«, fuhr Hahn fort. »Und nicht mehr als sechzehn.«

Die Auskühlung einer Leiche betrug ein halbes Grad pro

Stunde. Hatte sie eine Temperatur von fünfunddreißig Grad erreicht, kühlte sie ein ganzes Grad pro Stunde ab, bis sie siebenundzwanzig Grad erreichte. Somit lag der Todeszeitpunkt zwischen dreiundzwanzig Uhr nachts und fünf Uhr morgens, rechnete Regina zurück. Ob sie schon jemand vermisste?

»Die Leichenstarre kann ich schlecht abschätzen«, fügte Hahn hinzu. »Wir müssen zuerst den Körper freilegen. Viel mehr wird es heute nicht zu sehen geben.«

Sein bestimmter Tonfall signalisierte, dass daran nicht zu rütteln war. Er wandte sich von den Zuschauenden ab und bückte sich über den Finger, der leicht nach oben gekrümmt war, als wolle er jemanden heranwinken. Hahns größtenteils ergraute Haare fielen nach vorne und verdeckten seine Augen wie ein Vorhang eine Theaterbühne. Die Vorstellung war vorbei, noch bevor sie richtig begonnen hatte.

Regina verstand den Wink. Sie verließ den Raum. Cavalli folgte ihr.

»Wir treffen uns morgen um halb acht zum Rapport. Bist du auch dabei? Oder soll ich dir die Resultate schriftlich geben?«, fragte er.

»Ich komme. Wisst ihr schon etwas?«

»Fahrni und Bambi klären das Fahrzeug ab und suchen nach Zeugen«, erklärte er. »Gurtner und Pilecki gehen der Identität der Toten nach.«

Regina musste sich beherrschen, als er Bambi erwähnte. Jasmin Meyer verdankte ihren Spitznamen den großen, braunen Augen, die sie unschuldig und hilfsbedürftig erscheinen ließen. Die Polizistin war aber alles andere als hilfsbedürftig. In ihrer Freizeit betrieb sie leidenschaftlich Jiu Jitsu und leitete Überlebenswochen für Manager, die neue Herausforderungen suchten. »Einverstanden«, sagte sie und zeigte damit – wenn auch auf plumpe Weise –, dass der Polizist ihr Rechenschaft über seine Ermittlungsstrategie abzulegen hatte. Cavalli musste schmunzeln.

»Danke«, sagte er und bot ihr einen Apfel an. Regina lehnte ab.

»Ist gesünder als Bärentatzen«, sagte er leise und schaute sie aus dem Augenwinkel an. Die Tür ging auf, und sie betraten zusammen den Lift. Die Kabine kam Regina enger vor als beim Hinunterfahren. Er wusste noch, dass sie Bärentatzen mochte. Doch wieso sollte er es denn vergessen haben? Sie könnte auch einiges über seine kulinarischen Vorlieben erzählen. Er stand nur wenige Zentimeter neben ihr. Sie spürte seinen Blick, der plötzlich ernst, fast ein wenig nachdenklich geworden war. Sie sah, dass er kleine Fältchen unter den dunklen, schmalen Augen bekommen hatte. Ihr fiel keine passende Antwort ein. Als der Lift endlich ankam, trat sie erleichtert aus dem engen Raum. Doch spürte sie auch Enttäuschung. Regina ging auf den Wasserspender zu und füllte einen Pappbecher. Gierig trank sie ihn leer und füllte nach.

»Soll ich dich irgendwo hinfahren?«, fragte Cavalli.

»Danke, ich nehme lieber die Tram, das geht schneller.«

»Wie du meinst.«

Regina sah ihm nach, als er durch die Glastür verschwand. Draußen regnete es wieder, aber sie hatte keine Lust, den Schirm aufzuspannen. Die kalten Tropfen liefen ihr in den Kragen, und sie fröstelte. Sie senkte den Kopf und versuchte, dicht an der Hausmauer entlangzugehen. Vor der Haltestelle musste sie eine kleine Straße überqueren. Am Straßenrand hatte sich eine Lache gebildet, und Regina versuchte, sie mit einem großen Schritt zu umgehen. Sie war so konzentriert darauf, den nassen, rutschigen Blättern auszuweichen, dass sie den dunklen Mercedes übersah, der auf sie zukam.

Peter Zuberbühler nahm den Hörer nach dem ersten Klingeln ab.

»Und?«

»Alles hat geklappt.«

Die nölende Stimme am anderen Ende klang selbstgefällig.

»Sie wird dir nie wieder einen Strich durch die Rechnung machen.«

Zuberbühler nickte stumm. Er fuhr sich mit einer kräftigen Hand über seinen kahlen Schädel.

»Gut. Tauch eine Weile unter.«

Ohne weitere Worte legte er auf. Sein Blick fiel auf einen Kaffeering auf dem Glastisch.

»Anita!«, bellte er.

Als seine Frau ins Wohnzimmer geschlichen kam, zeigte er mit ausgestrecktem Finger auf den Tisch. »Was ist das?«

Anita Zuberbühler schloss vor dem Unausweichlichen die Augen.

4

Berat hatte kein großes Freizeitangebot. Am Abend, wenn die Sonne hinter den Bergen verschwand, strömten die Menschen auf die Straße. Fein gekleidet, gewaschen und geschminkt schlenderten sie der Hauptstraße entlang. Im Süden begleitete sie der Osum-Fluss. Die alte illyrische Festung hoch oben auf dem Berg Gorica war um diese Zeit nur noch als Schatten zu erkennen. Im Basarviertel boten die Händler ihre Waren an, wie die Türken es schon im fünfzehnten Jahrhundert getan hatten. Die Menschen träumten vom großen albanischen Helden Skanderbeg, der im Jahr 1455 erfolglos versucht hatte, Berat von den Türken zurückzuerobern. Sie träumten von Westeuropa, das aber keinem Auswanderer das Glück brachte, das er sich erhofft hatte.

Sie standen auf der Brücke Ura e Gorices und betrachteten das Wasser des Osum, der ihre Träume ins Mittelmeer trug. Die »Stadt der tausend Fenster«, wie Berat auch genannt wurde, schaute schweigend zu.

In Kombinat ging niemand abends spazieren. Männer saßen resigniert und erschöpft vor den Hauseingängen. Sie starrten matt vor sich hin. Aus dem Innern der Gebäude ertönten ungeduldige Frauenstimmen. Kinder jagten lahme Katzen durch die Fabrikhallen.

Felix trat in die Wohnung und stellte seine Einkaufstasche hin. Er streifte seine triefende Jacke ab und trocknete mit dem Ärmel sein Gesicht. Er wollte Regina mit einem chinesischen Nachtessen überraschen, aber seine Glieder waren zu steif, um gleich in der Küche ans Werk zu gehen. Er ließ die Einkäufe stehen und eilte ins Bad. Mit Bedauern drehte er nach wenigen Minuten den Hahn zu und griff nach einem Frottiertuch. Es roch nach Regina. Er atmete tief ein und suchte dann sein eigenes Tuch. Regina mochte es nicht, wenn er ihre Sachen benutzte.

Aufgewärmt ging er in die Küche und packte die Lebensmittel aus. Während er den Ingwer und frische Kräuter auf der Marmorablage ausbreitete, ging er in Gedanken nochmals einen Artikel durch. Er hatte sich sehr bemüht, die Problematik der Südanflüge von allen Seiten zu beleuchten. Dies hatte zu einer Auseinandersetzung mit der Leiterin der Lokalzeitung, des *Dübendorfers*, geführt, da sie der Meinung war, er betreibe zu viel Aufwand. Felix sah das anders. Lokalblätter wurden sehr genau gelesen.

Zielstrebig schnitt er den Ingwer in dünne Scheiben. Es gab keinen Grund, die Latte bei kleineren Zeitungen tiefer zu legen. Er nahm eine Zitrone in die Hand. Felix befasste sich schon längere Zeit mit dem Thema Lärm. Er wusste, dass die Leser daran interessiert waren, Fakten über die bisherige Entwicklung der Lärmimmissionen und über die Prognosen zu erfahren. Längst war nicht der Militärflugplatz allein dafür verantwortlich, dass es in »Düsendorf«, wie die Stadt genannt wurde, laut war. Sowohl der öffentliche wie auch der Straßenverkehr nahmen zu. Und nun verschärften die Expansionsgelüste des Flughafens die Situation noch zusätzlich.

Felix presste die Zitrone energisch aus. Als Journalist würde er sein Bestes geben, die üblen Machenschaften der Flughafenbetreiber an die Öffentlichkeit zu bringen.

Aus der Zitronenhälfte ließ sich kein Tropfen mehr herauspressen. Grimmig mischte Felix dem Saft Gewürze bei und stellte die Soße beiseite. Er goss Erdnussöl in eine Pfanne und dämpfte Zimt, Kardamom und Nelken.

Normalerweise war Regina um diese Zeit zu Hause. Felix wartete noch damit, den Fisch anzubraten. Er nutzte die Zeit, um ein Feuer im Schwedenofen anzufachen. Während die Flammen hinter seinem Rücken knisterten, stand er am Fenster und starrte in die Dunkelheit. Sein Spiegelbild im

Glas irritierte ihn. Er versuchte, das alte weiße T-Shirt, das ihm die Sicht auf den Garten versperrte, zu ignorieren. Aber der Europa-Park-Aufdruck lenkte ihn ab. Die großen Augen der Euromaus leuchteten begeistert auf seiner Brust. Er hielt den Atem an und richtete sich auf. Ihr lachender Mund wurde ein bisschen in die Breite gezogen, aber das T-Shirt spannte nicht wirklich.

Der Reis war fertig und duftete frisch. Die Kirchenglocken schlugen die volle Stunde. Felix zählte acht Schläge. Regina rief immer an, wenn sie das Büro später verließ. Eigentlich hätte sich Felix Sorgen machen müssen, doch er ärgerte sich. Er versuchte, sie auf ihrem Mobiltelefon zu erreichen, bekam aber nur die Combox. Frustriert setzte er sich vor den Fernseher. Kaum hatte er es sich bequem gemacht, ging die Tür auf. Er hörte, wie sich Regina von jemandem verabschiedete. Er blieb vor dem Fernseher sitzen, ein Hund in einem rosaroten Rüschenkleid führte Kunststücke auf. Regina kam ins Wohnzimmer.

»Mein Gott, was ist passiert?« Felix sprang auf. In Reginas Hosenbein klaffte ein großes Loch. Ihre Hände und ihr Gesicht waren verkratzt.

»So ein Idiot kam geradewegs auf mich zugerast, als ich die Straße überqueren wollte«, erklärte sie. Sie klang eher erschöpft als wütend. Sie wollte sich setzen, blieb aber stehen, um den Sessel zu schonen.

Felix ging auf sie zu und wollte sie in die Arme nehmen. Regina wies ihn zurück.

»Ich muss diese nassen Sachen ausziehen«, sagte sie. Besorgt begutachtete sie ihren Wollmantel und fragte sich, ob es einen Zweck hatte, ihn reinigen zu lassen.

»Hast du dir weh getan?«

»Ich konnte noch rechtzeitig zur Seite springen. Hab nur einige Kratzer.« Und mein Stolz ist verletzt, dachte sie. Ihr erster Gedanke hatte nicht dem flüchtenden Mercedes gegolten, als sie auf der nassen Straße lag, sondern Cavalli. Er hatte den Unfall beobachtet, als er in seinen Wagen einsteigen wollte. Eine Sekunde lang hatte er gezögert. Der Polizist in ihm wollte dem Mercedes nach, der Mensch zu Regina. Der Entscheid war schnell gefällt, und er rannte zu Regina, während der Mercedes im Regen verschwand.

»Soll ich dir ein Bad einlaufen lassen?«, fragte Felix.

»Gerne.«

Warmer Dampf stieg aus der Wanne, als Regina sich auszog. Felix sammelte die schmutzigen Kleider ein und setzte sich auf den Wannenrand.

»Alles in Ordnung?«

»Ja.« Regina schloss die Augen und sank tiefer ins Wasser. Ihre Schürfungen brannten.

»Kann ich etwas für dich tun?«

»Nein. Doch. Lass mich bitte allein.«

»Soll ich dir noch etwas zu essen bringen? Ich habe Fisch mit Zitronensoße gemacht.«

»Nein danke.«

Felix ging aus dem Bad und schloss die Tür hinter sich. Der Ärger kam wieder hoch. Er ertrug es nicht, wenn Regina ihn ausschloss. Manchmal kam er sich vollkommen überflüssig vor. Ihre Distanziertheit löste in ihm Angst aus. Es war ihm nicht klar, was ihr an ihm gefiel. Regina hätte jeden haben können. Jedenfalls jeden, der mit ihren Launen zurechtkam. Er hatte noch fragen wollen, wessen Stimme er vorhin gehört hatte, traute sich aber nicht. Stattdessen ging er in die Küche und räumte das Essen weg. Er hatte ebenfalls keinen Hunger mehr. Der Fisch würde auch morgen noch gut schmecken. Den trockenen Reis warf er in den Mülleimer.

Tobias Fahrni stellte den Brotkorb auf den Tisch im Sitzungsraum und pickte eine Rosine aus einem Maisbrötchen.

»Hat dir deine Mutter keine Manieren beigebracht?«,

fragte Pilecki, ohne von seiner Zeitung aufzusehen. Fahrni ignorierte den kleinen Tschechen. Er hielt nach einer weiteren Rosine Ausschau, die meisten waren aber zu tief in den Teig gebacken.

»Fahrni hat es schon immer gut verstanden, die Rosinen aus allem rauszupicken«, sagte Gurtner mürrisch.

»Ist ja gut«, erwiderte Fahrni. »Dann nehme ich mir halt ein Ganzes.« Ohne auf Zustimmung zu warten, ergriff er sich das größte Brötchen und biss genüsslich hinein. »Wo bleibt denn der Häuptling? Es ist schon halb acht.«

»Er wartet unten auf Flint«, erklärte Meyer.

Kaum hatten sie Cavallis Abwesenheit erklärt, ging die Tür auf.

»Was ist denn passiert?«, entfuhr es Fahrni laut. Sein Maisbrötchen blieb auf halbem Weg zum Mund abrupt stehen. Entsetzt starrte er Regina an. Ihre rechte Wange war aufgeschürft und angeschwollen.

»Nun mach nicht gleich in die Hose«, maulte Gurtner. »Die Dame hat sich bloß eine Schürfung zugezogen.«

»Danke für die Erklärung«, sagte Regina trocken. Sie erzählte nur kurz, was am Vorabend geschehen war. »Kommen wir zur Sache.«

Fahrni schluckte das restliche Brot. Er setzte eine ernste Miene auf, was ihm mit seinem Vollmondgesicht nur schlecht gelang. Cavalli fasste zusammen, was bereits bekannt war.

»Wir haben nicht viel«, sagte er und blickte in die Runde. »Ich erwarte gegen Mittag einen Anruf von Hahn. Bis dann sollte die Leiche vom Schaum befreit sein.«

»Die mutmaßliche Leiche«, korrigierte Regina.

»Das Röntgenbild war eindeutig.«

»Eine einzelne Hand hätte ja im Handschuhfach Platz gehabt«, witzelte Pilecki.

Fahrni schaute Cavalli ungeduldig an und wartete darauf, dass man ihm das Wort gab. Cavalli nickte ihm zu.

»Wir haben den Chrysler«, sagte er wichtig. »Er wurde gestern um 7.15 Uhr von einem gewissen Guido Bachmann, wohnhaft an der Glattwiesenstraße in Schwamendingen, als gestohlen gemeldet.«

»Gut«, sagte Cavalli. »Du und Meyer fahrt gleich nach der Sitzung zu diesem Bachmann.« Fahrni nickte beflissen.

Zobeli wird sich freuen, dachte Regina und erinnerte sich an Cavallis spöttische Worte. Sie hatte selber nicht damit gerechnet, dem Fahrzeug so schnell auf die Spur zu kommen. Der Täter hätte damit rechnen müssen, dass der Diebstahl bald entdeckt werden würde. Wahrscheinlich war ihm keine Wahl geblieben. Doch wer kommt unter Druck auf die Idee, eine Leiche einzuschäumen, überlegte sie perplex. Wer schnell handeln musste, griff meist zu etwas Naheliegendem. Für wen war Pistolenschaum etwas Naheliegendes? Sie notierte den Gedanken auf einem Notizblatt.

»Wie sieht es mit den Vermisstmeldungen aus?«

»Eine ganze Menge junger Frauen wird vermisst«, gab Pilecki gelangweilt Auskunft. »Fingerbeschreibungen liegen aber keine vor.«

Cavalli schaute Juri Pilecki mit erhobener Augenbraue finster und zugleich amüsiert an.

»Ist ja gut«, verteidigte sich dieser und machte mit den Händen eine entschuldigende Bewegung.

Regina brachte die Frage wegen des Einschäumens auf. »Wer hat im Alltag mit Pistolenschaum zu tun?«

»Jeder, der Renovierungsarbeiten ausführt«, murmelte Gurtner. »Hohlräume in Verkleidungen oder Fassaden werden damit gefüllt.«

»Und die ganze Kunststoffindustrie arbeitet damit«, fügte Pilecki hinzu.

»Pilecki und Gurtner, geht der Identität der Frau weiter nach. Konzentriert euch vorerst auf den Raum Schwamendingen, wo das Fahrzeug gestohlen wurde.« Cavalli wandte sich an Fahrni und Meyer. »Haltet mich auf dem Laufenden, was den Wagen betrifft und sucht nach Zeugen des Diebstahls.«

Zum Schluss vereinbarte er mit Regina einen Termin im IRM.

»Los, an die Arbeit«, befahl er, als sein Team sich nicht rührte. Der Lärmpegel stieg.

Rosa Finocchio stand am Fenster und schaute den Polizisten zu, die an jeder Haustür klingelten. Der Polizist, der für ihre Straßenseite zuständig war, hatte einen schaukelnden Gang. Die Schwamendinger öffneten ihre Türen weit, sobald sie ihn durch den Türspalt erblickten. Sie hoffte, dass er nicht so arglos war, wie er aussah. Auf der anderen Straßenseite ging eine Frau von Tür zu Tür. Sie sah zäh aus, trotz ihres lieblichen Gesichts. Finocchio ließ sich darin nicht täuschen.

Der Polizist kam immer näher. Finocchio war ganz aufgeregt. Endlich, dachte sie, endlich hört mir jemand zu. Die Schwamendinger Wache hatte natürlich niemanden vorbeigeschickt, um den Schrei abzuklären. Diese Polizisten kamen aber von der Kantonspolizei, das erkannte sie am Schriftzug auf der Windjacke. Sie würden den Ernst der Lage bestimmt erkennen. Den Jugo hatte sie seit der Nacht auf Montag nicht mehr gesehen.

Finocchio beobachtete, wie der Polizist beim Nachbarhaus ankam. Er klingelte bei der obersten Wohnung. Finocchio rechnete sich aus, dass es mindestens eine halbe Stunde dauern würde, bis er endlich vor ihrer Tür stand. Sie war müde vom langen Stehen und hätte Lust auf eine Tasse Kaffee gehabt. Was, wenn die Polizisten aber aufgaben, bevor sie an der richtigen Tür angelangt waren? Und sie das nicht sehen würde, weil sie gerade Kaffee kochte? Das Risiko war zu groß. Sie könnte natürlich hinausgehen und den jungen Mann selber ansprechen, würde aber damit an Glaubwürdigkeit einbüßen. Wenn er bei ihr klingelte und sie ihm die Details zur Nacht auf den Montag geben konnte, würde ihre Aussage an Gewicht gewinnen. Finocchio beschloss, weiter am Fenster stehen zu bleiben. Es war kurz nach halb zwölf.

Wenn die zwei bloß nicht zuvor Mittagspause machten.

Zobeli begleitete Regina ins IRM, obwohl er Obduktionen nicht mochte. Er ertrug den Leichengeruch schlecht, und die fensterlosen Räume lösten in ihm klaustrophobische Gefühle aus. Regina hatte ihm erzählt, was am Vorabend vor dem Institut geschehen war. Er war verblüfft darüber, dass seine Chefin einen Wagen – dazu noch einen großen Mercedes – übersehen konnte. Er stählte sich innerlich, als die Gebäude der Universität vor ihnen auftauchten.

»Hat Hahn den Termin bestätigt?«, versuchte er seine Gedanken auf Sachliches zu lenken.

»Cavalli hat mit ihm gesprochen«, erklärte Regina, »aber wir hätten es bestimmt erfahren, wenn er noch nicht so weit wäre.«

Der Gedanke, dass Cavalli bei der Obduktion ebenfalls zusehen würde, machte Zobeli von Neuem nervös. Er fand einen Parkplatz in unmittelbarer Nähe des Instituts und deutete dies als gutes Omen.

Hahn war alleine im Raum.

»Perfektes Timing«, lobte er. Dass Cavalli in diesem Augenblick ebenfalls auftauchte, hob seine Stimmung zusätzlich.

»Fernando«, rief er in den Flur, »führ die Dame bitte herein.«

Zobeli atmete ein letztes Mal tief durch. Er schielte verstohlen zu Cavalli, der sich lässig an die Wand gelehnt hatte und ihn nicht beachtete.

Der Assistent schob den Schragen in den Raum. Er hob ehrfurchtsvoll das weiße Tuch. Eine junge Frau kam zum Vorschein. Trotz des aufgedunsenen Gesichts hatte sie etwas

Kindliches. Die roten Nägel und der verschmierte, blaue Lidschatten wollten nicht recht passen, sie wirkten künstlich, als hätte sie mit der Schminke ihrer Mutter gespielt. Die langen Beine wiesen an der Innenseite blaue Flecken auf. Auch auf dem Gesicht sowie dem dünnen Hals erkannte man unter den blauen Verfärbungen dunkle Flecken und Schrammen. Ihr Brustkasten war unnatürlich eingefallen, die Rippen stachen stellenweise seltsam hervor.

»Wir haben die äußere Spurensuche vor einer halben Stunde abgeschlossen«, sagte Hahn. »Rosmarie hat die Ergebnisse direkt ins Labor gebracht.«

Er fasste zusammen, was feststand. »Die Todesursache ist eindeutig: Strangulation.«

Er zeigte auf die blauen Flecken am Hals und auf die roten Punkte in den Augen. »Die Frau hat sich heftig gewehrt. Wir haben weitere Hautpartikel unter ihren Fingernägeln gefunden, am linken Mittelfinger sogar Blutspuren.«

Bravo, dachte Regina. Es würde sie zwar nicht mehr lebendig machen, aber helfen, den Täter zur Rechenschaft zu ziehen.

Hahn fuhr fort: »Wir haben auch Textilfasern und Haare gefunden.«

Cavalli fragte, ob man versucht habe, die Spuren zu vertuschen. Hahn verneinte. Offenbar war der Täter überzeugt, dass man die Leiche nicht finden würde.

»Oder er hatte es sehr eilig«, fügte Zobeli mutig hinzu.

»Auch möglich«, sagte Hahn. »Das herauszufinden ist eure Arbeit.« Er wandte sich wieder der Frau auf dem Schragen zu. »Sie ist mit einem stumpfen Gegenstand heftig in die Brust geschlagen worden.« Er schätzte ihr Alter auf siebzehn oder achtzehn Jahre. »Seht ihr diese zarte, grau-weißliche Verunreinigung an den Lippen und auf der rechten Wange? Das sind Spermaspuren. Fernando, schalte bitte die UV-Lampe an.«

Der Assistent verdunkelte den Raum und zog die UV-Lampe näher heran. Unter dem künstlichen Licht konnte man die fluoreszierenden Flecken deutlich erkennen. Auch im Vaginalbereich und an den Beinen leuchteten Spermaspuren auf.

»Wie frisch sie sind, wissen wir bis morgen Mittag.« Fernando schaltete das Licht wieder an, und die Spermaspuren verschwanden.

»Ist sie vergewaltigt worden?«

Hahn zögerte. Er war unschlüssig, ob er die Frage beantworten sollte. Schließlich entschied er sich, eine Vermutung zu äußern, was er nur ungern machte. »Zu neunzig Prozent ja. Doch ein Körper allein sagt uns nie die ganze Wahrheit.«

»Du denkst doch nicht ernsthaft, dass es eine andere Erklärung dafür geben könnte?«, wandte Regina ein.

»Wissen wir denn, was hinter verschlossenen Türen passiert?«

»Vielleicht fing das Ganze ja harmlos an«, mutmaßte Cavalli, »und geriet aus irgendeinem Grund außer Kontrolle.«

»So etwas kann sich auch nur ein Mann zusammenreimen«, sagte Regina verärgert.

»Könnt ihr euren Geschlechterkampf bitte woanders austragen?« Das Einzige, was Hahn in seinem Obduktionsraum noch weniger mochte als Vermutungen, waren Streitereien. »Wir sind nicht fertig.« Er zeigte auf eine kleine Stelle oberhalb des linken Fußgelenks. »Hier fehlt ein Stück Haut. Eine zwei mal zwei Zentimeter große Fläche ist mit einem scharfen Gegenstand herausgeschnitten worden. Die Wundheilung hat sechsunddreißig bis achtundvierzig Stunden vor dem Tod der Frau eingesetzt.«

»Die Haut wurde vor ihrem Tod weggeschnitten?« Zobeli wurde es übel beim Gedanken. Auch er musste sich an die Wand lehnen, allerdings schaffte er es nicht so locker wie Cavalli. Hahn nickte und streifte sich Plastikhandschuhe über.

»Dann schauen wir uns mal das Innere an.«

Zobeli konnte seine Augen nicht von der Kreissäge lösen, die Fernando Hahn reichte. Er versuchte zu blinzeln, war aber wie versteinert. Als die Säge aufheulte und sich Hahn über den zarten Brustkasten bückte, begannen seine Ohren zu rauschen. Wegen der Leichenstarre schaukelte die Frau unnatürlich hin und her, als Hahn behutsam das Brustbein durchtrennte. Der gekrümmte Zeigefinger mit dem blutroten Nagel zeigte grotesk auf Cavalli. Seinem Blick war nicht anzusehen, ob er es bemerkt hatte. Er hatte sich von der Wand gelöst und war einen Schritt näher ans Geschehen getreten.

Der Knochenstaub wirbelte vor Zobelis Augen, und tief in seinem Unterbewusstsein hörte er eine beruhigende Stimme: »Tief einatmen und langsam alle Luft wieder auspusten. Lassen Sie sich von den Wellen tragen, kämpfen Sie nicht dagegen an.« Der Geburtsvorbereitungskurs ließ grüßen. Er schloss die Augen und stellte sich vor, wie er bald ein winziges Wesen in seinen Armen halten würde.

»Ist dir schwindlig?«, holte ihn Regina in die Gegenwart zurück.

»Nein, nein, geht schon«, antwortete er atemlos. Vor ihm klaffte der offene Bauch der toten Frau, und Hahn legte die Leber auf die Waagschale.

Regina und Cavalli standen ganz nahe am Schragen und lauschten Hahns Ausführungen.

»… innere Verletzungen … teilweise postmortem …«

Zobeli verstand nur einzelne Brocken, das Rauschen in seinen Ohren übertönte immer wieder ganze Sätze.

»Am linken Femur … Fraktur … sie muss sich … fünf Jahren …«

Regina schaute ihren Assistenten besorgt an. Er war kreidebleich. Sie hoffte, dass sie ihn rechtzeitig auffangen konnte, wenn er umkippte.

Hahn zeigte auf die blutunterlaufenden Brüche des Kehlkopfgerüsts. »Der Täter war kräftig«, erklärte er und bückte sich über den offen gelegten Hals. »Aber die Halskompression wurde wiederholt unterbrochen.«

»Das heißt, sie war nicht sofort bewusstlos?«, fragte Cavalli.

»Nein. Da die Wirbelschlagadern nicht komprimiert werden können, ist eine völlige Unterbrechung der Blutzufuhr zum Kopf durch Würgen kaum zu erreichen. Sie hatte also Zeit, sich zu wehren.«

Sie ließen seine Worte einsinken, während Hahn die Obduktion zu Ende führte.

»Am meisten werden wohl die Zähne erzählen«, sagte er und legte die Organe routiniert wieder in die Bauchhöhle zurück. »Sie hat mehrere Füllungen, die werden euch wertvolle Hinweise geben.« Er streifte die Handschuhe ab. »Den schriftlichen Bericht schicke ich dir Ende Woche, Bruno.« Hahn war der Einzige, der Cavalli bei seinem Vornamen nannte und dafür nicht mit einem bösen Blick bestraft wurde. »Seht zu, dass ihr den Kerl kriegt.«

»Das werden wir«, antwortete Regina mit harter Stimme.

Draußen durchbrachen einige Sonnenstrahlen zaghaft die zähe Nebeldecke. Regina schloss die Augen und warf den Kopf in den Nacken. Die Wärme kitzelte sie sanft, und der Wind streichelte ihr Gesicht. Sie konnte sich fast vorstellen, dass der Frühling unterwegs war. Als sie die Augen wieder öffnete, holte sie der Anblick eines kahlen, dunklen Baumes in den Winter zurück. Der Novemberwind hatte seine Blätter weggefegt, und die feuchten Äste hoben sich betend zum Himmel. Hundebesitzer schlenderten durch den leeren Park, der die Universität umgab. Regina beneidete sie um ihre offensichtliche Zufriedenheit. Statt an den Tod dachten sie an den nächsten Robidog. Kies knirschte unter ihren Füßen, und ein verirrter Regenwurm versuchte, sich ins Gras zu retten. Sie wollte sich bücken und ihn in die Erde zurücktragen, aber sie wäre sich lächerlich vorgekommen in Begleitung von Zobeli und Cavalli. Das Quietschen der Tramwagen war nun deutlich zu hören. Viel zu schnell mündete der Kiesweg in ein asphaltiertes Trottoir.

»Habt ihr Zeit für ein Mittagessen?«, fragte Cavalli und schaute nur Regina an. Sie war hin und her gerissen. Eigentlich mochte sie noch nicht zurück ins Büro. Sie brauchte etwas Distanz zur Obduktion. Andererseits wollte sie nicht allein mit Cavalli essen. Privates und Berufliches würden sich wieder zu schnell vermischen. Unschlüssig verlagerte sie ihr Gewicht von einem Bein aufs andere. Cavalli nützte ihr Schweigen und berührte sie leicht am Ellenbogen.

»Mein Wagen steht gleich um die Ecke. Lass uns zur Krone fahren.«

»Zur Krone?«, fragte sie erstaunt, »musst du keine Alimente mehr zahlen?«

Sie ließ sich aber bereitwillig mitführen.

»Dort finden wir ohne Probleme einen Parkplatz«, erklärte er. Und Rosen auf einem elegant gedeckten Tisch. Natürlich konnte er es sich nicht leisten, aber das war ihm egal, angesichts der Ruhe, die dort herrschte. Sie schwiegen während der Fahrt, beide in Gedanken versunken. Um die Mittagszeit war es angenehm, im Auto unterwegs zu sein. Der Verkehr war flüssig und die Staus bloße Erinnerung. Innerhalb von zehn Minuten erreichten sie die Krone. Viele Gäste waren bereits beim Kaffee, und einige hatten das Restaurant schon wieder Richtung Arbeitsplatz verlassen. Der Kellner führte Regina und Cavalli an einen ruhigen Tisch am Fenster.

»Wünschen Sie einen Aperitif?«, fragte er, leicht nach vorne gebeugt.

Beide verneinten.

Der Kellner reichte ihnen die Menükarte und verschwand.

Regina hatte einen Bärenhunger. Nachdem sie ihre Bestellung aufgegeben hatten, schwiegen sie unbeholfen. Regina schaute einem jugendlichen Rollbrettfahrer zu, der waghalsig zwischen den Tramschienen den Berg hinunterraste. Die Abenteuerlust war ihm ins Gesicht geschrieben. Regina hatte dieses Gefühl von Unsterblichkeit nie gehabt, auch nicht als Jugendliche. Stets hatte sie die Risiken gut abgewogen. Als wolle sie ein neues Kapitel in ihrem Leben aufschlagen, schaute sie Cavalli auffordernd an.

»Erzähl. Was hast du während der letzten drei Jahre so gemacht?«

Als sie Cavallis überraschten Ausdruck sah, seine Freude über ihren ersten Schritt, bereute sie ihre Impulsivität.

»Ich war ein Jahr lang in den USA, in einem Weiterbildungsprogramm des FBI«, erzählte er. »Aber das weißt du bestimmt schon.«

»Ich habe davon gehört, aber die Einzelheiten kenne ich nicht.«

Cavalli wusste nicht, wo er beginnen sollte. So viel war während der vergangenen drei Jahre geschehen. Er rieb sich den Nacken, die Geste war ihr vertraut.

»Die Behavioral Science Unit in Quantico, Virginia, bietet jedes Jahr einige Plätze für ausländische Kriminalpolizisten an«, erklärte er. Er schilderte die Fallanalyse, einen Zweig der Polizeiarbeit, der die herkömmliche kriminalistische Arbeit ergänzt. Sie unterhielten sich über den Nutzen von Datenbanksystemen, in denen das Verhalten von Tätern, ihre Gewohnheiten und ihre Handschrift bei der Tatausführung erfasst wurden.

»Aber genug von den USA. Wenn ich in Fahrt komme, sitzen wir heute Abend noch da. Ich zeig dir mal meine Unterlagen. Erzähl von dir. Bist du immer noch glücklich in deiner Wohnung?« Cavalli hatte es nie begreifen können, dass man sich mit zweiunddreißig Jahren schon irgendwo niederlassen konnte. Dazu noch mit einem Mann, den er verächtlich als Schwächling taxierte. Er kannte eine Seite von Regina, die sie gut verborgen hielt. Eine leidenschaftliche, impulsive Seite. Seiner Meinung nach gab sie sich mit dem Zweitbesten zufrieden. Er beobachtete, wie das Leuchten in ihren klaren Augen erlosch und ein kämpferischer Ausdruck an dessen Stelle trat.

»Ich liebe sie«, sagte sie bestimmt. »Ich kann mir nicht vorstellen, woanders zu wohnen.«

»Hast du nie Sehnsucht danach, irgendwo ganz neu anzufangen?«

»Überhaupt nicht. Mir gefällt mein Leben. Diese Sehnsucht ist doch nichts anderes als ein Wegrennen.«

Cavalli schüttelte den Kopf. »Die Welt hat so viel zu bieten, und du sitzt auf dem gleichen, kleinen Fleckchen Erde.«

»Und du? Du suchst im Grunde genommen auch immer das Gleiche, nur eben an verschiedenen Orten.«

»Ist das wieder deine Beziehungstheorie?«

»Es ist nicht meine Beziehungstheorie«, ärgerte sich Regina. »Es ist gar keine Theorie. Aber ich sehe, wie du rastlos ein Abenteuer nach dem andern suchst, wie du jede Woche eine andere Frau am Arm hast, und kaum wird es ein bisschen ernst, brichst du deine Zelte wieder ab und ziehst weiter. Welche Erfahrungen gewinnst du dabei? Was hast du von deiner großen, weiten Welt?«

»Oh, ich mache auf diese Weise ganz viele, höchst angenehme Erfahrungen«, grinste er. Regina verdrehte die Augen. Der Kellner brachte den Salat und ersparte ihr eine Antwort. Eingeschnappt stach sie mit der Gabel auf ein Salatblatt ein, das immer wieder wegglitt.

»Das wollte ich nicht«, sagte Cavalli leise. Seine dunklen Augen waren wie zwei tiefe Seen, die Pupillen kaum mehr erkennbar. Regina wagte nicht zu fragen, was genau er nicht wollte. Ständig an ihrem Lebensstil herumnörgeln? Oder lag mehr hinter seinen Worten? Sie wartete darauf, endlich eine Entschuldigung zu hören. Er hatte so viele Versprechen nicht gehalten, doch eine Entschuldigung dafür hatte er nie über die Lippen gebracht. Trotzdem hatte sie ihm immer wieder verziehen. Denselben Fehler wollte sie nicht nochmals begehen. Hätte sie doch gleich den Fall abgegeben, dachte sie. Doch inzwischen fühlte sie sich der unbekannten Toten verpflichtet. Regina musste an die Füße auf dem Stahltisch denken. Sie hatten die Frau nicht weit genug wegtragen können. Wohin hatte sie im Leben noch gehen wollen? Wer wollte sie daran hindern? Und vor allem: warum?

Cavalli beobachtete Reginas Stimmungswechsel und sah sie fragend an. Viele Worte waren zwischen ihnen nicht nötig.

»Hast du schon irgendeine Idee, was dahinterstecken könnte?«, nahm sie das Gespräch wieder auf.

Cavalli schüttelte den Kopf, froh, sich wieder Sachlichem zuzuwenden. »Wir haben noch viel zu wenig. Aber der Täter war sehr wütend. Er hat noch auf sie eingeschlagen, als sie längst tot war. Wenn es nur darum gegangen wäre, sie aus irgendeinem Grund zu töten, hätte er das weniger emotional tun können.«

Ein Beziehungsdelikt? Waren Drogen im Spiel? Das könnte die übertriebene Gewaltanwendung erklären. Einstichstellen wurden bei der jungen Frau keine gefunden. Definitiv würden die Blutanalysen darüber Auskunft geben. Dass man sie wie Abfall entsorgen wollte, sagte auch einiges aus.

Der Kellner näherte sich mit zwei schön angerichteten Tellern. Das gediegene Essen passte nicht recht zu ihren düsteren Gedanken. In vertrautem Schweigen versuchten sie dennoch, den Fisch zu genießen. Die Kartoffeln dampften auf dem warmen Teller, und die Petersilie roch angenehm frisch. Plötzlich durchbrach eine Rapmelodie von Eminem die Stille. Cavalli nahm sein Handy hervor und zuckte mit den Schultern.

»Christopher«, erklärte er, »ich wollte schon längst den normalen Klingelton wieder einstellen.«

Dann war er still und wirkte ganz konzentriert. Er richtete sich auf und schob den Teller beiseite. Er versprach, in fünfzehn Minuten beim Anrufer zu sein.

»Es kann losgehen!« Er vibrierte vor Energie, wie ein Jagdhund, der lange auf das Kommando seines Besitzers gewartet hatte. »Rechnung, bitte.«

»Wir brauchen einen Durchsuchungsbefehl«, sagte er zu Regina.

»Ein bisschen mehr musst du mir schon sagen«, antwortete sie trocken.

»Das war Fahrni. In der Nacht auf Montag hat eine Frau Schreie gehört. Ganz in der Nähe wurde der Chrysler gestohlen.«

»Und wozu braucht ihr den Durchsuchungsbefehl?«

Cavalli leitete weiter, was ihm Fahrni über den Nachbarn der Zeugin erzählt hatte.

»Und nun wollt ihr die Wohnung dieses Mannes aus Ex-Jugoslawien durchsuchen?«

Für einen Durchsuchungsbefehl reichte das nicht, das musste auch Cavalli klar sein.

»Ich werde Zobeli darauf ansetzen. Er soll mit der Verwaltung Kontakt aufnehmen und den Mann ausfindig machen.«

Der Kellner brachte die Rechnung, und Cavalli war in Gedanken schon so in die neue Entwicklung des Falls vertieft, dass er gar nicht bemerkte, wie Regina sie beglich.

Rosa Finocchio war glücklich. Sie schenkte dem netten jungen Polizisten Kaffee nach.

»Danke«, sagte Fahrni und nahm den achten Keks vom Glasteller. »Sie schmecken wirklich ausgezeichnet.«

Er hatte noch nie selbst gebackene Amaretti gegessen. Aus dem Augenwinkel sah er, dass Meyer ihn zum Aufhören aufforderte.

»Der Chef wird gleich hier sein«, wiederholte Fahrni, um Finocchio eine Freude zu bereiten. Sie schien sich geehrt zu fühlen, dass der Häuptling sie persönlich sprechen wollte. Vor Aufregung konnte sie kaum stillsitzen. Immer wieder verschwand sie in der Küche, um Zucker aufzufüllen, Kaffeerahm in den Kühlschrank zu stellen oder Kekse zu holen. Dann griff sie nochmals zum Lappen und putzte nicht vorhandene Brosamen vom Tisch.

Endlich klingelte es. Rosa strich ihre Hose glatt und öffnete die Tür. Ihr blieb für kurze Zeit der Atem weg. Ihre kühnsten Vorstellungen eines Kommissars wurden weit übertroffen. Sie kniff sich unauffällig ins Bein. Doch, er war echt.

»Bitte, kommen Sie herein«, sagte sie in bedeutungsvollem Ton. Sie hoffte, dass er der Situation angemessen war. Cavalli trat in die Wohnung und auf die kleine, angespannte Frau zu. Sie reichte ihm nur bis zum Kinn. Über ihren Kopf hinweg sah er eine aufgeräumte und pedantisch saubere Wohnung. Der Geruch, der ihm in die Nase stach, erinnerte ihn an die Wohnungen alter Frauen. Finocchio führte ihn ins Wohnzimmer. Sie setzte langsam einen Fuß vor den andern, als marschiere sie in einem Defilee.

»Das ging aber schnell«, sagte Fahrni, und einige Krümel fielen ihm aus dem Mund. Meyer sah ihn vorwurfsvoll an.

Finocchio schaute vom einen zum anderen und versuchte, sich diesen Moment einzuprägen. Der dunkle Kommissar beugte sich vor und widmete ihr all seine Aufmerksamkeit. Ihr Herz flatterte in ihrem Brustkasten.

»Bitte, erzählen Sie nochmals von vorne, was Sie in der Nacht auf Montag beobachtet haben.«

Finocchio begann damit, wie sie im Bett gelegen und wirr geträumt hatte. Als sie die Bettszene beschrieb, konnte sie sich einen koketten Blick nicht verkneifen. Cavalli ließ sich nichts anmerken, doch Meyer sah, wie der Chef unter dem Tisch die Füße ein wenig zurückzog, um mehr Distanz zwischen sich und dieser Frau zu schaffen. Sie konnte sich gut vorstellen, was die Vorstellung von Finocchio im Bett in ihm auslöste.

»Beschreiben Sie den fremden Mann«, bat Cavalli.

Finocchio rückte den Stuhl näher an den Tisch und richtete sich gerade auf. »Er war etwa eins fünfundsechzig groß und hatte sehr breite Schultern«, erzählte sie. »Aber keine natürlichen, wenn Sie wissen, was ich meine. Nicht wie Sie«, flirtete sie. »Er schluckt bestimmt Tabletten und stemmt Gewichte in einem dieser Studios. Jedenfalls hingen seine Arme gekrümmt nach unten. Seine Beine hingegen waren ziemlich kurz und dünn. Wenn ich mir das so überlege, so hatte er eine gewisse Ähnlichkeit mit einem Affen.« Sie sagte dies ganz ernst und nickte konzentriert.

Fahrni musste bei der Vorstellung lachen und erntete dafür von Meyer einen weiteren bösen Blick.

»Haben Sie auch sein Gesicht gesehen?«

»Natürlich. Er stand ja nur einige Meter vor mir. Er hatte dunkle, tief liegende Augen. Seine Haare waren sehr kurz geschnitten. Ich fand das unvorteilhaft, weil er so einen flachen Hinterkopf hatte.«

Cavalli schwieg, um ihr Erinnerungsvermögen nicht zu stören.

»Seine Lippen waren schmal, die Zähne ziemlich krumm und ungepflegt«, fuhr Finocchio langsam fort. »Mehr kann ich nicht sagen, aber ich würde ihn bestimmt wieder erkennen.«

»Kommen wir nochmals zum Schrei zurück«, sagte Cavalli. »Sie behaupten, es sei die Stimme einer Frau gewesen.«

»Ja. Ich habe jedenfalls noch nie einen Mann so schreien gehört.«

»Der Schrei hat Sie aus dem Schlaf gerissen?«

Finocchio nickte. Sie sah ihm an, dass er den Verdacht hegte, sie könnte das Ganze geträumt haben. »Ich kann

Traum und Wirklichkeit gut auseinander halten. Ich bin mir da ganz sicher.« Sie schaute trotzig in die Runde.

Cavalli glaubte ihr. Die Frage war vielmehr, ob die Beobachtungen von Finocchio mit dem Mord an der unbekannten Frau in Zusammenhang standen. Der Todeszeitpunkt stimmte mit dem Schrei überein; der Chrysler wurde ganz in der Nähe in derselben Nacht gestohlen. Er sah jedoch ein, dass all dies für einen Durchsuchungsbefehl nicht genügte.

Bis sie Resultate von Zobeli erhielten, müssten sie andere Spuren verfolgen. Wenn der unbeliebte Nachbar tatsächlich mit dem Mord zu tun hatte, dann war Finocchio für sie sehr wertvoll. Die Frau hatte ein außerordentliches Beobachtungstalent. Es wäre bestimmt einfach, mit ihrer Hilfe ein Phantombild zu erstellen. Und Fahrni würde sich bestimmt freuen, weiterhin Zugang zu den Amaretti zu haben.

Zum Schluss fragte Cavalli nochmals nach den Personen, die sie in der vergangenen Nacht gesehen hatte. »Sie haben also ausschließlich diese zwei Männer beobachtet?«

»Das habe ich Ihnen doch schon gesagt.« Finocchio war es langsam leid, alles zu wiederholen. Außerdem hätte sie gerne gewusst, worum es eigentlich ging. So hatte sie sich das nicht vorgestellt. Sie fühlte sich ausgeschlossen. Der übellaunigen Polizistin sah sie an, dass sie sich innerlich darauf einstellte, jeden Moment zu gehen.

Fahrni überraschte alle mit einer Frage. »Hat es Sie verwundert, dass Sie aus der Wohnung die Stimme einer Frau gehört haben?« Die Frage gab ihm einen Vorwand, noch ein letztes Amaretti zu nehmen.

»Natürlich nicht. Beim Jugo gehen ja die ganze Zeit Frauen ein und aus.«

Cavalli wurde plötzlich hellhörig. »Immer verschiedene Frauen?«

Finocchio nickte. »Meistens sehr junge.«

»Haben Sie diese Frauen auch gesehen?«

»Nicht alle, es sind wie gesagt viele.« Finocchio merkte, dass alle drei Polizisten an ihren Lippen hingen. Die Frauen mussten wichtig sein. Hatte eine davon den Jugo angeklagt? Vielleicht hatte er sie geschlagen? Bestohlen? Oder ist er gar mit einem Messer auf sie los?

»Können Sie sich daran erinnern, wann Sie das letzte Mal Frauen aus dieser Wohnung kommen gesehen haben?«

Natürlich konnte sie das. »Letzten Mittwoch.«

Sie nahm langsam einen Schluck Kaffee. Sie genoss die Spannung der Polizisten. Sogar der prachtvolle Kommissar, der sich Mühe gab, ausdruckslos zu bleiben, hing an ihren Lippen.

»Beschreiben Sie diese Frauen.«

»Es waren zwei. Die kleinere …«, Finocchio zögerte, um die drei auf die Folter zu spannen. Aber der Kommissar durchschaute sie. Schnell fuhr sie fort. »… hatte einen hoffnungslosen Ausdruck in den Augen. Das ist mir am stärksten in Erinnerung geblieben. Beide waren sehr billig gekleidet, in hautengen Miniröcke. Die mit dem verzweifelten Blick hatte sehr rote Lippen. Die größere Frau – sie war allerdings auch höchstens einssiebzig groß – hatte längere, gewellte Haare. Ihr Gesicht war schmal und ein bisschen flach. Sie hatte etwas Kindliches an sich. Sie war zwar geschminkt, aber es passte nicht recht zu ihr.«

Cavalli staunte über Finocchio. Wenn es sich bei der größeren Frau tatsächlich um die Tote handelte, so traf ihre Beschreibung ins Schwarze. Er schaute sie voller Anerkennung an.

So, dachte Finocchio, genau so habe ich mir das vorgestellt.

»Gute Arbeit«, lobte Cavalli. Sie machten einen Bogen um einige Schulkinder, die sich ihre Turntaschen um die Ohren schlugen.

»Denkst du, dass es sich wirklich um die Tote handelt?«, fragte Fahrni.

»Gut möglich.« Sie vereinbarten, dass Fahrni und Bambi Finocchio die Bilder der Leiche zeigen würden. Wenn sie die junge Frau darauf erkannte, würde es für einen Durchsuchungsbefehl reichen. Cavalli liebte schnelle Resultate. Sie motivierten das ganze Team. Zufrieden sog er die frische Luft ein. Graue Wohnblocks säumten die Glattwiesenstraße. Ein bemalter Abfallcontainer am Wegrand war der einzige Farbtupfer. Die Rasenflächen waren nass und braun, zwischen den vermodernden Blättern lagen Zigarettenkippen. Ein Wegweiser deutete auf das Gemeinschaftszentrum in der Nähe hin.

»Kommst du nicht aus Schwamendingen?«, fragte Fahrni Bambi.

»Mhm«, antwortete sie. »Bin hier aufgewachsen.«

»Wie war das?« Neugierig sah er sie an, als würde es Spuren hinterlassen, wenn man in Schwamendingen aufwuchs.

»Ganz normal. Schwamendingen ist nicht so schlimm wie sein Ruf.«

»Warst du Mitglied einer Jugendbande?« Fahrni stellte sich kahlrasierte Halbstarke mit Tätowierungen vor.

Meyer sah ihn entnervt an. »Das waren doch keine Banden. Natürlich gab es Jugendliche, die Streiche spielten, aber die Streiche waren vermutlich nicht schlimmer als eure auf dem Land.«

»Du bist heute aber sauer.«

»Im Gegensatz zu dir habe ich noch nichts gegessen. Und von Finocchio wurde ich auch nicht verwöhnt.«

»Eifersüchtig?« Fahrni hatte vor Kälte rote Wangen.

»Du spinnst wohl.«

»Versuchs doch mal mit einem Lächeln. Das kann Wunder wirken.«

Meyer nahm ihren Schlagstock und hob ihn drohend über seinen Kopf.

»Da hätte mir auch Mona Lisas Lächeln nichts genützt. Außerdem hatte sie auch für dich keinen Blick mehr übrig, nachdem sie den Häuptling sah.« Zu spät kam ihr in den Sinn, dass ihr Chef immer noch da war. Sie verstummte und Fahrni machte ihr eine lange Nase.

Cavalli amüsierten die Hänseleien der beiden. Sie waren ein hervorragendes Duo, auch wenn das nicht auf den ersten Blick zu erkennen war. Fahrni sah viel harmloser aus, als er war. Hinter der Unschuldsmiene verbarg sich ein klarer Verstand, und er überraschte immer wieder mit scharfsinnigen Fragen und Einwänden. Bambi hingegen war viel feinfühliger, als sie sich gab. Es war für sie bestimmt nicht immer einfach, mit lauter Männern zusammenzuarbeiten. Fahrni und Bambi hatten einen ganz eigenen Arbeitsstil, der oft Erfolge brachte, wenn andere Polizisten sich im Kreis drehten.

Als Cavalli bei seinem Wagen ankam, begann Eminem in seiner Hosentasche zu rappen. Rasch nahm er ab. Regina teilte ihm mit, dass Zobeli den Durchsuchungsbefehl ausgestellt hatte. Sergiu Salomir, wie Finocchios Nachbar hieß, war offenbar gestern und heute nicht zur Arbeit erschienen.

Zum Schluss sagte sie: »Stell dir vor, wo Salomir arbeitet.« Sie wartete nicht auf eine Antwort. »Bei Brunner in Rümlang.«

Als Cavalli nichts sagte, erklärte sie, dass die Firma Kühlschränke herstellt.

»Weißt du, was bei der Herstellung von Kühlschränken eingesetzt wird?«

»Pistolenschaum?«

»Genau.«

Regina hasste Aktenberge. Die fünf Stapel hatten immer eine Rangordnung, und in jedem gab es eine Akte, die zuunterst lag. Meist war diese genau so wichtig wie die anderen, aber aus irgendeinem Grund konnte deren Bearbeitung noch warten. In einer Stunde würde Zobeli einen weiteren Angeklagten aus der Untersuchungshaft in die Bezirksanwaltschaft überführen. Bis dann wollte sie endlich den Bericht über die Einvernahme von Mara Pilar fertiggestellt haben.

Sie nahm die oberste Akte vom Stapel und öffnete die entsprechende Datei auf ihrem PC. Auf der Suche nach Worten kaute sie auf einem Bleistift herum. Sie hatte Mühe, sich zu konzentrieren. Sie trommelte mit den Fingern auf die Schreibtischoberfläche. Gerne wäre sie bei der Durchsuchung von Salomirs Wohnung dabei gewesen. Aber das gehörte nicht zu ihren Aufgaben, sie hatte auch gar keine Zeit dazu. Es fiel ihr schwer, sich darauf zu beschränken, Cavallis Ermittlungen vom Schreibtisch aus zu verfolgen. Sie könnte natürlich auf dem Weg nach Hause einen Umweg machen und sich kurz in der Wohnung über den Stand der Dinge informieren. Wenn sie mit der Tram anstatt mit der S-Bahn fahren würde, käme sie an der Glattwiesenstraße vorbei.

Sie wandte sich erneut ihrem Bericht auf dem Bildschirm zu. Während sie tippte, kam das Gefühl wieder auf, dass irgendetwas an Pilar anders gewesen war. Regina schloss die Augen und versuchte, es in Worte zu fassen. Aber es entglitt ihr immer, kurz bevor es ins Bewusstsein rückte. Erinnerte sie Pilar an die tote Frau? Nein, sie hatte das Gesicht der Ermordeten gestern noch gar nicht gesehen. War es etwas, das sie getragen hatte? Blaue Flecken, die sie unter Schminke zu vertuschen versuchte? Dazu war sie nicht stark genug geschminkt gewesen. Sie zwang sich, das Gefühl loszulassen. Es würde ihr schon wieder in den Sinn kommen. Kaum hatte sie den Bericht fertig, erschien Antonella in der Tür.

»Die Presse hat Wind von der Sache gekriegt«, sagte sie düster.

Regina seufzte.

»Verdammt. Das wird Schlagzeilen machen.«

Sie hatte gehofft, dass der Fund nicht so schnell an die

Öffentlichkeit kommen würde. Falls dieser Salomir mit dem Mord zu tun hatte, würde er spätestens morgen früh wissen, dass man die Leiche in der Dachbox gefunden hatte. Umso wichtiger war es jetzt, möglichst schnell die Wohnung zu durchsuchen und Salomir ausfindig zu machen.

»Es haben schon einige Journalisten versucht, dich direkt zu erreichen. Ich habe sie mit dem Pressesprecher verbunden. War die Leiche wirklich in einer Dachbox versteckt?«

Eigentlich durfte Regina auch Antonella gegenüber keine Einzelheiten erwähnen, aber morgen würde Antonella ja sowieso alles in der Zeitung lesen können.

»Ja, eine junge Frau. Doch vermutlich nimmt der Täter an, dass die Dachbox schon längst verbrannt ist. Deshalb wurde noch keine Pressemitteilung verfasst. Wir hofften, den Wissensvorsprung dem Täter gegenüber ausnutzen zu können. Aber daraus wird wohl nichts.«

Wissensvorsprung? Vielleicht hatte der Täter die Grube beobachtet. Regina fluchte leise. Warum war ihr das nicht schon früher in den Sinn gekommen? War die unmittelbare Umgebung der Kehrichtverbrennungsanlage abgesucht worden? Hatte der Chrysler-Fahrer gewartet, um ganz sicher zu sein, dass seine Fracht nicht entdeckt wurde?

Antonella hatte vor Entsetzen die Hand vor den Mund geschlagen. Sie stellte sich die Fahrzeuge mit Dachboxen vor. Gerade im Herbst tauchten die großen, grauen Kisten auf so vielen Autodächern auf. Die Leute rüsteten sich für den Winter, brachten Skier oder Snowboards zum Schleifen der Kanten ins Sportgeschäft, ließen Bindungen einstellen, kauften neue Skischuhe. Sie würde nie mehr eine Dachbox anschauen können, ohne sich zu fragen, ob da wirklich eine Sportausrüstung drin war. In Antonellas Augen sah Regina auch Mitleid, und sie freute sich darüber. Dieses Mitleid würden die wenigsten empfinden, wenn sie morgen zum Kaffee die Zeitung aufschlugen. Die meisten Menschen schienen den wohligen Schauder, den ein grausamer Mord auslöste, zu genießen.

»Ich muss kurz telefonieren. Könntest du Zobeli bitten, mit dem Angeklagten noch einen Moment zu warten, wenn er kommt?«

»Mach ich.«

»Und, Antonella«, fügte Regina hinzu, »das bleibt unter uns, klar?«

»Klar.«

Regina stellte Cavallis Nummer ein. Sie kannte sie noch auswendig. Er meldete sich sofort. Regina fragte ihn, ob die Umgebung des Eschenholzes abgesucht worden war. Am anderen Ende herrschte Schweigen.

»Hallo? Bist du noch da?«

»Ja.«

»Ja, du bist da, oder ja, ihr habt die Suche durchgeführt.«

»Beides.«

Regina atmete erleichtert auf. Sie hätte wissen müssen, dass Cavalli nichts übersah. Die Stille am Telefon war ihr unangenehm. Unsicher fragte sie nach, ob alles in Ordnung sei. Bestens, antwortete er knapp und legte auf. Verblüfft schaute Regina den Hörer an. War er etwa beleidigt?

Zobeli klopfte und führte einen Angeklagten herein, dem mehrere Einbrüche zur Last gelegt wurden. Regina wandte sich dem mageren Mann zu, der beeindruckt ihre blauen Flecken musterte.

Zwei Stunden später packte sie ihre Sachen. Bevor sie ging, rief sie Felix in der Redaktion des *Dübendorfers* an. Er meldete sich erst nach dem fünften Klingeln. »Redaktion *Dübendorfer,* Schubert.«

»Ich habe soeben beobachtet, wie eine himmelblaue Ameise einen Fußgänger überfallen hat, das ist doch bestimmt eine tolle Geschichte«, scherzte Regina.

Felix lachte. »Du wirst immer fantasieloser!« Dann wurde

er ernst. »Wie geht es dir? Deinem Bein? Warst du bei einem Arzt?«

»Ich hab dir gesagt, es ist nicht so schlimm. Ich geh doch deswegen nicht zum Arzt. Außerdem habe ich gar keine Zeit. Die Fälle stapeln sich schon so hoch auf meinem Schreibtisch, dass ich das Gefühl habe, mitten in Manhattan zu arbeiten. Und wie geht es dir?«

»Ich wollte gerade Schluss machen. Eigentlich bin ich in Gedanken schon weg. Hast du heute Abend Lust auf Fisch mit Zitronensoße?«

Schon wieder Fisch, dachte Regina. »Klingt gut. Ich komme aber etwas später. Ich muss unterwegs noch etwas erledigen.«

»Kein Problem. Schaffst du es bis acht?«

»Das sollte reichen. Bis dann.«

Als sie auflegte, hatte sie noch seine weiche Stimme im Ohr. Nachdem sie alle Schubladen abgeschlossen hatte, verließ sie ihr Büro. Auf dem Flur stieß sie beinahe mit Ochs zusammen. Regina eilte davon.

Sergiu Salomir legte offenbar wenig Wert auf eine geschmackvolle Einrichtung. Die Möbel in seiner Wohnung waren zusammengewürfelt, und vergilbte Vorhänge schützten seine Privatsphäre. Der Geruch von abgestandenem Rauch und Schweiß hing in der Luft. Cavalli musste sich zwingen einzuatmen. Als es ihm gelang, den Rauch und den Schweiß auszublenden, erkannte er ein scharfes Putzmittel. Gerüche nahm er in Schichten wahr. Die dritte Geruchsschicht weckte nun sein Interesse. Es war ein leicht metallischer Geruch, der ihn an nasse Eisenbahnschienen erinnerte. So roch nur Blut. Konzentriert atmete er ein und aus. Die weiteren Gerüche waren zu fein, um sie definieren zu können.

Meyer wartete im Treppenhaus zusammen mit einer Angestellten der Baugenossenschaft. Cavalli ging immer zuerst alleine in Räume, in denen er etwas Aussagekräftiges vermutete. Damit die Gerüche nicht durcheinander gerieten. Um keine Spuren zu zerstören, versuchte er, vom Flur aus einen Blick in die zwei Zimmer zu werfen. Beide wurden offensichtlich als Schlafzimmer benützt. Im ersten stand ein schweres Doppelbett aus schwarz lackiertem Holz. Schmutzige Kleidungsstücke und ein unbezogenes Duvet waren sorglos auf die Matratze geworfen worden. Auf dem Fußboden stand eine Kaffeetasse, die bis zum Rand mit Zigarettenkippen gefüllt war.

Im zweiten Zimmer lagen zwei Matratzen auf dem braunen Linoleumboden. Man konnte deutlich gelbliche Flecken darauf erkennen. Vorsichtig näherte sich Cavalli und nahm einen anderen dezenten Geruch wahr. Eine süßliche, Ekel erregende Mischung von Sex, ungewaschenen Körpern und Gewalt. Vielleicht bildete er sich die Gewalt nur ein, doch der Gestank hatte ganz klar eine aggressive Note. Der Putzmittelgeruch war in diesem Zimmer stärker als im Flur.

Neben der rechten Matratze entdeckte er auf dem Linoleum eine große, helle Fläche. Es machte den Anschein, als hätte jemand etwas weggescheuert. Ein feiner, weißer Rand hatte sich um den Fleck gebildet; ähnliche kleinere Flecken verteilten sich bis hin zur linken Matratze. Cavalli war sicher, dass der WD einiges würde herausfinden, was in diesem Raum geschehen war. Und dass es keine schöne Geschichte sein würde.

Er zügelte seine Fantasie und beschränkte sich aufs Beobachten. Im Flur blieb er nochmals stehen und horchte in die Stille. Plötzlich registrierte er ein leises Knacken. Er ging wachsam einige Schritte weiter und hielt wieder an. Da war es wieder: Ein kurzes, spitzes Geräusch, das sich in unregelmäßigen Abständen wiederholte. Es kam aus der Küche, die vor ihm auf der linken Seite des Flurs lag. Die Tür zur Küche war geschlossen, durch die Milchglasscheibe konnte er nur Schatten erkennen. Vorsichtig legte er die Hand auf seine Waffe und ging etwas näher.

Er blieb neben der Tür stehen und regte sich nicht. Er konzentrierte seinen Blick auf die Umrisse, die vom unebenen Glas verzerrt wurden. Adrenalin pumpte durch seinen Körper und schärfte alle Sinne. Etwas bewegte sich in der Küche. Während er wartete, umschlossen seine Finger die Waffe fester. Es knackte nochmals, jetzt lauter. Das Geräusch erinnerte Cavalli an Peitschenhiebe. Vorsichtig streckte er die Hand zur Türklinke. Falls tatsächlich jemand in der Küche war, würde er oder sie den Schatten seines Arms vor der Glasscheibe erkennen können. Er drückte die Klinke langsam nach unten und wartete auf eine Reaktion. Nichts geschah. Ermutigt stieß er die Tür mit dem Fuß einige Zentimeter auf. Der schwarz-weiß gemusterte Küchenboden kam zum Vorschein. Ein neuer Geruch stieg ihm in die Nase. Es roch nach feuchten Blättern und schweren Wolken; nach Abgas und Abfall. Mit einem lauten Knall schlug die Küchentür jäh zu, dann ging alles blitzschnell. Meyer stürmte mit gezogener Waffe zur Wohnungstür hinein und schrie: »Polizei!« Cavalli stieß mit dem Fuß die Küchentür auf und richtete ebenfalls die Waffe in den Raum: Er war leer.

Das Fenster stand leicht offen, und am Griff hing ein weißer Plastiksack. Der Wind füllte ihn mit Luft und jagte ihn hin und her, wobei er jedes Mal ein knackendes Geräusch von sich gab. Cavalli und Meyer sahen sich an. Beide atmeten schwer, und es dauerte einen Moment, bis sie ihre Waffen wieder einsteckten.

Die Situation war ihnen peinlich. »Wenn ich mal von etwas Gefährlicherem als von einem Plastiksack bedroht werde, werde ich froh sein, dich an meiner Seite zu haben«, sagte Cavalli. Vom Treppenhaus fragte die bange Stimme der Verwaltungsangestellten, ob alles in Ordnung sei.

»Bestens«, rief Meyer. Cavalli streckte den Kopf ins Bad,

um sicher zu gehen, dass sich dort kein Plastiksack versteckte. Dann wählte er die Nummer des Wissenschaftlichen Dienstes. Koch freute sich nicht, als sie Cavallis Stimme hörte.

»Sag bloß nicht, dass du mich jetzt noch brauchst.«

Als ihr Cavalli die Situation erklärt hatte, seufzte sie und versprach, sofort mit ihrem Team auszurücken.

Cavalli schaute Meyer an. »Es wird eine lange Nacht werden. Hast du etwas vor?«

Meyer schüttelte den Kopf. »Nur Training, wie üblich.« Nachdenklich fügte sie hinzu: »Ich habe neulich gelesen, dass Polizisten in der Schweiz insgesamt über eine Million Überstunden vor sich herschieben.«

»Das wird sich in Zukunft auch nicht ändern«, antwortete Cavalli. »Die derzeitige Sparwut wird kaum dazu beitragen, dass die Polizeikorps aufgestockt werden.«

»Hast du eigentlich nie einen höheren Posten angestrebt?«, fragte Meyer. »Dann hättest du mehr Einfluss auf die Zustände bei der Polizei.«

Cavalli schaute sie überrascht an. »Fändest du mich dafür geeignet?«

Meyer lächelte. »Nein, aber das sind doch die wenigsten Führungskräfte.«

»Es geht nichts über ehrliche Mitarbeiterinnen«, sagte Cavalli trocken. »Abgesehen davon, dass ich mir nicht vorstellen kann, den ganzen Tag am Schreibtisch zu hocken, glaube ich nicht, dass man großen Einfluss auf die Polizeiarbeit hätte. Die Finanzpolitiker diktieren den Kurs. Für die innere Sicherheit will niemand Geld ausgeben, basta. Lieber bittet man ausländische Kollegen um Hilfe für Großeinsätze wie das WEF oder den G8-Gipfel. Oder setzt die Armee dafür ein. Ohne Geld bringen Reformideen nichts.«

Sie teilten sich die bevorstehenden Aufgaben auf. Cavalli begleitete die Verwaltungsangestellte zurück in ihr Büro, um die Unterlagen von Salomir durchzusehen. Meyer begann, die restlichen Hausbewohner zu befragen. An Finocchios oranger Wohnungstür ging sie auf den Spion zu und hielt ihr Auge ganz nahe an die Linse. Auf der anderen Seite der Tür hörte sie Schritte, die sich von der Tür entfernten.

5

Aurora schloss die Augen und wünschte sich, in ihrem eigenen Bett zu erwachen. Aber Edmond hatte dafür gesorgt, dass sie kein eigenes Bett mehr hatte, sondern im Bett fremder Männer zu Hause war. Als ihr Bruder den Unbekannten erstmals nach Hause gebracht hatte, wusste sie noch nicht, dass sich ihr Leben von diesem Moment an radikal verändern würde. Der Fremde musterte ihren Körper abschätzig, während er auf dem einzigen Stuhl im Raum saß und rauchte. Sie wollte gehen, doch Edmond befahl ihr zu bleiben. Stavri verdrückte sich in eine Ecke und versuchte, nicht zu husten.

Aurora vermutete, dass es sich bei diesem düsteren Mann um einen von Edmonds neuen Freunden handelte. Seit sie nach Tirana gezogen waren, hatte sich Edmond verändert. Selten zeigte er sich von seiner hilfsbereiten, gutmütigen Seite. Seine Eltern waren in seinen Augen Versager. Umso mehr bewunderte er seine Freunde, die stets fein gekleidet waren und teure Wagen fuhren. Aurora erinnerte sich daran, wie er eines Abends mit einer weichen, braunen Lederjacke nach Hause gekommen war. Sevim, Stavri und sie bewunderten ihn von allen Seiten. Sogar die kleine Irena stimmte in die Aahs und Oohs ein. Die Augen ihrer Mutter aber verengten sich zu kleinen Schlitzen, als sie ihren Sohn fragte, woher er die Jacke habe. Als Edmond ihr ohne eine Antwort den Rücken zukehrte, verließ sie den Raum enttäuscht. Edmond verzog sein Gesicht zu einer verächtlichen Grimasse und spuckte auf den Boden. Dann wischte er sich unsichtbare Staubpartikel vom Ärmel, als ob er sich damit seiner Herkunft entledigen wolle.

Aurora schmiegte sich dicht an eines der Schafe. Sein Bauch fühlte sich prall an. Sie vergrub ihre Finger in der fettigen Wolle und krallte sich fest. Das Tier ließ es geschehen.

Die Fahrt mit der Tram kam Regina endlos vor. Vom Hauptbahnhof aus schlängelte sich die Nummer sieben ratternd den Hang hinauf. Die alten Holzsitze waren rutschig und kalt, die Scheiben von der Ausdünstung der eng zusammengepressten Körper beschlagen. Sie war diese Strecke schon lange nicht mehr gefahren, da sie mit der S-Bahn schneller im Büro war. Vieles hatte sich verändert. Am Schaffhauserplatz schmückte ein großer, leerer Betonbrunnen die Haltestelle. Digitalanzeigen kündigten die Ankunft der nächsten Tram auf die Minute genau an.

An jeder Haltestelle versuchten sich weitere Menschen in die volle Tram zu quetschen. Regina war froh, dass sie einen Sitzplatz hatte. Sie rutschte näher ans Fenster, um einer breiten Frau Platz zu machen. Diese lächelte sie entschuldigend an, lockerte ihren eng gebundenen Schal und öffnete den obersten Knopf ihres Mantels. Regina lächelte gequält zurück und schaute rasch wieder aus dem Fenster. Sie beobachtete eine junge Mutter, die darauf wartete, mit einem Kinderwagen in einer Tram Platz zu finden. Felix wünschte sich Kinder. Er wäre bestimmt ein guter Vater: warmherzig, tolerant, humorvoll. Ihre Neffen liebten ihn. Wenn sie zu Besuch kamen, war es Felix, der sich mit ihnen abgab. Regina wusste einfach nicht, wofür sich acht- und zwölfjährige Knaben interessierten. Sie hatte eigens für ihre Neffen ein Mensch-ärgere-dichnicht-Spiel gekauft, doch keiner rührte es an. Gelangweilt lümmelten sie sich im Sofa und fragten in kurzen Intervallen, wann sie nach Hause durften. Es war fast unmöglich, in ihrer Gegenwart ein Gespräch mit Chantal zu führen. Ihre Schwester behauptete zwar, das wäre reine Gewöhnungssache. Doch – wollte sie sich an so etwas gewöhnen? Andererseits überkam sie manchmal ein sentimentales Gefühl, wenn sie vor Chantals Haustür die vielen Gummistiefelpaare betrachtete, den vergessenen Fußball in der Wiese oder das Fahrrad neben dem Garagentor. In solchen Momenten blendete sie alle Streitereien der Jungs aus, übersah den schmutzigen Teppich in Chantals Wohnzimmer und verdrängte die Klagen über vorpubertäre Motzereien.

Ob sie eine gute Mutter wäre? Wohl kaum. Sie würde sich an klebrigen Türfallen stören, hätte keine Geduld für Sandkastenspiele. Ihr würden die Nerven fehlen, um alles immer wieder zu sagen. Sie hatte in einer Familienzeitschrift gelesen, dass ein Kind etwas tausend Mal hören musste, um es zu begreifen.

»Straßen sind gefährlich, Straßen sind gefährlich, Straßen sind gefährlich«, murmelte sie leise, um zu spüren, wie es sich auf ihrer Zunge anfühlte. Die dicke Frau versuchte so zu tun, als bemerke sie nichts.

Am Milchbuck stiegen die meisten Passagiere aus. Zurück blieben nur noch die Schwamendinger. Die dicke Frau setzte sich auf einen frei gewordenen Einzelplatz. Die Tram verschwand in einem dunklen Loch, und lautes Rauschen verhinderte jedes Gespräch. Regina war froh, als sie am Schwamendingerplatz wieder auftauchten. Sofort setzte das vertraute Rattern ein. Alte Frauen mit Einkaufstaschen stiegen ein und Jugendliche mit weißen Daunenjacken und riesigen Turnschuhen wieder aus. Regina sah ihnen nach, wie sie breitbeinig über die Tramschienen schritten und sich nicht darum scherten, ob sich aus der Gegenrichtung Verkehr näherte. Sie fühlen sich unbesiegbar, dachte Regina. Und wenn sie zu weit gehen, das Schicksal zu stark herausfordern, ist es zu spät. Die Tote war im gleichen Alter gewesen. Hätte sie ihr Schicksal wenden können?

Träge erhob sich Regina und stieg an der Glattwiesenstraße aus. Sie hatte Hunger, wollte sich aber den Appetit nicht verderben. Ihren Vorsatz, gesünder zu essen, hatte sie nun schon den ganzen Tag in die Tat umgesetzt. In der Jackentasche lag stets ein verführerischer Notfall-Schokoriegel. Allerdings hatte noch keiner länger als zwei Tage überlebt. Sie zog die

Hand aus der Tasche und ging mit großen Schritten der dunklen Quartierstraße entlang. Der Wohnblock war einfach zu finden, und Regina erkannte in der untersten Wohnung trotz der gezogenen Vorhänge die grellen Scheinwerfer des WD. Die Haustür stand offen, und im Treppenhaus begegnete sie Schmid, der seine Fotoausrüstung einpackte.

»Na, schöne Dame, so spät noch unterwegs?« Der Fotograf kniete auf dem Steinboden und versuchte, den Verschluss einer Ledertasche zu öffnen.

»Es ist erst sieben, Antonio. Besuch doch mal einen Flirtkurs, vielleicht fallen dir dann bessere Sprüche ein.«

»Der Reißverschluss klemmt, verdammt«, fluchte er.

»Auch kein guter Spruch, wenn man vor einer Dame kniet.« Reginas Augen blitzten amüsiert auf.

»Eine Dame kann man dich wirklich nicht nennen«, lästerte Schmid. »Dazu brauchst du mehr als lange Beine und schöne Kurven.« Er streckte ihr die Tasche hin. »Zum Beispiel Mitgefühl oder Nächstenliebe. Hier, versuch du es.«

Regina zog den Faden heraus, der in den Reißverschluss eingeklemmt war, und bewegte dann den Schieber mühelos. »Du verwechselst Damen mit Betschwestern.« Sie reichte ihm die offene Tasche. »Du hast übrigens einen Fleck am Ärmel.«

Schmid sprang auf und untersuchte besorgt seinen Mantel. Dieser hatte fast einen halben Monatslohn gekostet und war nur schwer zu reinigen. Der untröstliche Ausdruck in seinem Gesicht war zu viel für Regina, sie prustete los.

Cavalli rettete Regina vor Schmids Rache. »Gut, dass du vorbeischaust.« Er reichte ihr einen Schutzanzug sowie Gummihandschuhe und führte sie in die Wohnung.

Im hinteren Zimmer waren UV-Lampen installiert. Koch winkte Regina herein.

»Mach die Tür zu.« Sie schaltete die Lampen ein. Im dunklen Raum leuchteten helle Spritzer auf dem Linoleum auf. »Das sind alles Spermaspuren.« Koch machte mit der Hand eine ausladende Bewegung. »Dies hingegen«, sie deutete auf einige schwache Schatten, »sind Blutspuren. Jemand hat versucht, sie wegzuwischen, doch alles erwischt man nie.«

Regina musterte die Spermaspuren, die im ganzen Raum verteilt waren. »Wie oft muss er in diesem Raum Sex gehabt haben, um so viele Spuren zu hinterlassen?«

»Sie stammen vielleicht nicht alle vom gleichen Mann«, wandte Cavalli ein.

»Das wird sich zeigen«, meinte Koch. Sie rief einen Assistenten, der anfing, Leerproben vom Boden zu nehmen.

»Bis morgen sollten wir wissen, ob eines der gefundenen Haare mit denjenigen des Opfers übereinstimmt.« Ihre Stimme verriet nicht, wie groß die Wahrscheinlichkeit war.

Als der Assistent seine Arbeit abgeschlossen hatte, schaltete Koch die Deckenlampe des Zimmers an und kehrte eine der schmuddeligen Matratzen um.

»Schaut euch das an.« Getrocknetes Blut bedeckte die Oberfläche. Ganz am Rand hatte sich der Schaumstoff richtig damit vollgesogen. Regina schauderte.

Cavalli fixierte die Flecken, als wolle er sich die Anordnung der Blutspuren einprägen. Regina hob reflexartig ihre Hand, um Nase und Mund vom Mundschutz zu befreien, ließ es dann aber bleiben, um die stickige, mit Gewalt geschwängerte Luft nicht ungefiltert einatmen zu müssen.

Cavalli hob die Augen. »Weißt du, woran mich dieser Raum erinnert?« Er wartete nicht auf eine Antwort. »An ein Bordell.«

Regina pflichtete ihm bei. Hier war keine Liebe im Spiel gewesen. Das waren Spuren von nacktem, gewalttätigem Sex. Doch sie konnte sich nicht vorstellen, wie Salomir in einem Wohnblock ein Bordell betreiben konnte, ohne dass es jemand gemerkt hätte.

»Finocchio hat den häufigen Frauenbesuch erwähnt.« Cavalli starrte wieder auf die Matratze.

»Ein guter Liebhaber scheint er jedenfalls nicht gewesen zu sein«, sagte Regina. »Vielleicht hat er nicht Sex verkauft, sondern gekauft.«

»Und die Frauen zu sich nach Hause genommen?«

»Was weiß ich! Du kennst dich in solchen Dingen bestimmt besser aus.«

Cavalli fuhr herum und fauchte: »Sag so etwas nie wieder!«

Regina erschrak über die Heftigkeit seiner Reaktion und wich zurück. Manchmal war ihre Zunge schneller als ihr Kopf, und sie staunte selber über ihre Äußerungen. Im Grunde genommen hatte sie keine Ahnung, ob Cavalli je für Sex bezahlt hatte. Sie hatten nie darüber gesprochen, und sie wollte es auch nicht wissen. Oder doch?

»Wir sind noch nicht fertig«, sagte Koch nüchtern. Sie marschierte durch den Flur in die Küche, ohne sich umzuschauen. Cavalli folgte ihr. Regina entnahm seiner steifen Haltung, dass er verärgert war.

»Am Fensterrahmen sind auch Blutspuren. Sie sind ganz hell, deshalb hat der mutmaßliche Täter sie wahrscheinlich gar nicht gesehen.« Sie blickte über den Rand ihrer Lesebrille und zeigte auf einen kaum zu erkennenden Fingerabdruck und eine verschmierte, etwa vier Quadratzentimeter große Fläche auf dem Fußboden unterhalb des Fensters.

Als Cavalli sich bückte, um den Fleck näher zu untersuchen, entdeckte er einen glänzenden Gegenstand unter dem Backofen. Mit einem Bleistift zog er ihn hervor. Es war eine goldene Halskette mit großen, ovalen Gliedern. Regina hatte das Gefühl, eine ähnliche Kette gesehen zu haben, wusste aber nicht wo. Sie konnte sich nicht vorstellen, dass sie einer Frau gefallen würde. Sie würde sie nicht an den Hals legen, dafür waren ihr die Glieder zu grob. Ein Tierhalsband vielleicht?

»Sieht fast wie ein Hundehalsband aus.« Cavalli drehte die Kette im Licht und fragte sich, ob sie aus echtem Gold sei. Der Verschluss war seltsam, doch er wollte ihn erst untersuchen, wenn alle Spuren gesichert waren. Koch zog einen Plastikbeutel hervor, und Cavalli ließ die Kette hineingleiten.

»Du bekommst sie morgen wieder«, sagte sie und bückte sich zum Fensterrahmen. Sie schob ihre Lesebrille nach oben und prüfte, ob weitere Fingerabdrücke mit bloßem Auge zu erkennen waren.

»Wir haben an verschiedenen Stellen Fingerabdrücke und Fußspuren gefunden«, erklärte Koch. »Jemand ist vom Zimmer durch den Flur zur Küche gegangen und dann aus diesem Fenster gesprungen.«

Jemand? Regina und Cavalli warteten.

»Das meiste Blut auf der Matratze ist übrigens alt. Nur wenige Flecken sind frisch.« Sie rief ihren Assistenten, und dieser machte sich am Fensterrahmen zu schaffen. Er trug mit einem Pinsel Einstaubpulver auf und entfernte sorgfältig das überschüssige Magna Brush. Koch beobachtete ihn genau. Ein weißer Perlknopf ihrer Bluse war aufgesprungen, und im hellblauen Blumenmeer gähnte ein Loch. Regina wusste nicht, wie sie Koch unauffällig darauf aufmerksam machen könnte.

»Deshalb hat die Person nur ganz schwach Blutspuren aus dem Zimmer getragen«, kam Koch zum Schluss. Sie ging aus der Küche und erwartete offenbar, dass Cavalli und Regina ihr folgten. Cavalli vermied es, Regina anzusehen. Regina rang nach Worten, doch Cavallis abweisende Haltung ließ keine Entschuldigung zu.

Koch wartete ungeduldig im Treppenhaus, wo sie von schaulustigen Hausbewohnern gemustert wurde. Finocchio war nicht dabei, sie hatte hinter ihrem Spion einen Logenplatz. Die Leiterin des WD führte Cavalli und Regina nach draußen, ohne die Leute eines Blickes zu würdigen. Sie stapfte durch die feuchte Wiese und verschwand hinter dem Wohnblock. Dort war ein zehn Meter langes Rechteck mit leuchtenden Plastikbändern abgesperrt. Helle Scheinwerfer zündeten auf das Gras und erinnerten Regina an einen Fußballplatz. Der einzige Spieler war ein Techniker, den Regina von früheren Tatortsicherungen her kannte. Das grelle Licht beleuchtete seinen kahlen Schädel, während er den losen Untergrund einer Eindruckspur mit Schutzlack festigte. Er blickte auf, als er Schritte hörte, und freute sich, Regina zu sehen.

»Das kleine Vordach am Gebäude und diese Gebüsche hier sind ein Glücksfall«, sagte er und deutete auf die dichten Haselsträucher. »Obwohl es gestern geregnet hat, sind einige Fußabdrücke gut erhalten. Nach drei Schritten werden sie deutlich schwächer, in der Wiese erkennt man dann sowieso nichts mehr.« Er rührte Gips in einen Wasserbehälter, bis sich eine kleine Gipskappe bildete. Dann löffelte er den sämigen Brei in den ersten Abdruck.

»Die Spuren stammen mit größter Wahrscheinlichkeit von einer Frau«, erklärte er. »Sie dürfte so zwischen fünfundfünfzig und sechzig Kilogramm wiegen. Diese ersten zwei Abdrücke sind einige Millimeter tiefer als die folgenden.« Er zeigte mit dem Löffel auf zwei Abdrücke unterhalb von Salomirs Küchenfenster. »Sie ist aus dem Fenster gesprungen und auf beiden Füßen gelandet. Dann ist sie quer über die Wiese Richtung Straße gerannt.« Er schnitt ein Drahtgeflecht zurecht und legte es zur Verstärkung auf die erste Gipsschicht. Danach goss er eine weitere Schicht darüber.

»Rosmarie, reichst du mir bitte eine Spurenkarte?«

Koch füllte die Karte für ihn aus, und Grob legte sie auf die noch weiche Gipsschicht.

»Eine Frau?«, fragte Cavalli.

»Die Abdrücke stammen von einem Damenschuh mit Absätzen, zirka Größe sechsunddreißig. Die Schritte liegen sehr nah zusammen und neigen oft zur Seite, so, als seien ihr die Füße weggeknickt. Es ist möglich, dass sie verletzt war. Vielleicht trug sie aber auch nur unbequemes Schuhwerk.«

Regina versuchte sich vorzustellen, was sich zugetragen haben könnte. Stammten diese Fußabdrücke von der Toten, die versuchte, ihrem Peiniger zu entrinnen? Wo hatte er sie erwischt und umgebracht?

In diesem Augenblick kam der Mond hinter einer dicken Wolke zum Vorschein, und kaltes, helles Licht erleuchtete die Wiese. Es war fast Vollmond: Wie ein Fußball mit zu wenig Luft hing die Scheibe am blauschwarzen Himmel. Regina hörte das Keuchen der Toten, während sie vor ihrem Verfolger floh. Es war der Wind, der durch die Haselsträucher wehte. Vielleicht war es gar nicht die Tote gewesen, die aus dem Fenster gesprungen war. Eine Zeugin?

Auch Cavalli schaute in die dunkle Nacht hinaus. »In welche Richtung würdest du rennen?«, fragte er nachdenklich, sein Ärger war einer tiefen Konzentration gewichen.

Regina versuchte, sich in die Frau hineinzuversetzen. Hatte sie Hilfe gesucht? Oder dachte sie in ihrer Verzweiflung nur noch daran, möglichst rasch wegzukommen? Sie hätte ja an einer Haustür klingeln können, an irgendein Fenster klopfen. Hätte ihr jemand aufgemacht?

»Stell dir vor, du würdest vor mir davonrennen. In panischer Angst. In welche Richtung würdest du gehen?«

Regina zeigte instinktiv über die Wiese, dorthin, wo keine Straßenlaterne hinschien.

»Renn«, befahl Cavalli, und Regina schaute ihn überrascht an. Sein Gesicht war ausdruckslos. Sie ließ sich darauf ein und ging mit großen Schritten über die Wiese, Cavalli dicht auf ihren Fersen. Das Gras war feucht, und sie versuchte, bei jedem Schritt ihre Füße vorsichtig hinzusetzen, um ihre Schuhe zu schonen. Im Rücken hörte sie Cavallis Atem, und obwohl sie eigentlich keinen Grund dazu hatte, ging sie etwas schneller. Sie näherte sich der dunklen Stelle und entdeckte einen kleinen Weg, der zur Glattwiesenstraße führte. Sie schlug den Weg ein, die Bewegung in der kalten Nachtluft tat ihr gut. Die Schritte hinter ihr drängten sie, und sie begann zu laufen.

Als sie die Straße erreichte, rannte sie auf dem Trottoir weiter. Cavallis Schuhe klangen immer bedrohlicher auf dem harten Untergrund, und sie beschleunigte ihr Tempo. Ihr Atem ging in kurzen, heftigen Stößen. Sie konzentrierte sich auf ihren Körper, und langsam ergriff etwas anderes Besitz von ihr: Sie spürte Cavallis Präsenz und wurde vom Drang überwältigt, ihm zu entkommen. Im grellen Licht entlang der Straße fühlte sie sich ihm ausgeliefert, sie musste weg, unsichtbar werden, am liebsten hätte sie sich in Luft aufgelöst. Mit klopfendem Herzen lief sie abrupt nach links und flog über die Wiese zwischen den Wohnhäusern. Sie dachte nicht mehr an ihre Schuhe, auch nicht an Cavalli, sie dachte überhaupt nicht. Sie wollte nur noch weg.

Sie schwitzte in der dicken Daunenjacke, hatte aber keine Zeit, den Reißverschluss hinunterzuziehen. Sie schoss an einem kleinen Spielplatz vorbei, rammte einen Abfalleimer. Sie bemerkte den Schmerz nicht, als sie gegen das harte Metall prallte. Ihre Beine liefen weiter, sie wusste nicht, wovor sie wegrannte, genau so wenig, wohin. Ein Rauschen in ihren Ohren übertönte die Geräusche der nahen Hauptstraße.

Plötzlich wurde sie am Arm gepackt und heftig zurückgerissen. Sie versuchte, sich loszureißen und stolperte. Cavalli fing sie auf und zog sie in seine Arme. Wie ein Eisenschloss schnappte seine Umarmung zu und Regina wehrte sich zornig. Die Wut, die plötzlich in ihr aufstieg, gab ihr Kraft, und sie holte mit einem Arm zum Schlag aus. Cavalli fing ihn ab. Er war erschüttert über Reginas Reaktion und wusste nicht, wie viel davon ein außer Kontrolle geratenes Rollenspiel war und wie viel tatsächlich ihm galt. Er ließ sie nicht los und spürte, wie sich ihr Atem verlangsamte. Sie standen wie erstarrt auf dem kleinen Weg und versuchten zu fassen, was geschehen war. Ein Blatt hatte sich in Reginas

Haar verfangen, aber Cavalli traute sich nicht, es zu entfernen. Eine Katze strich an der Hauswand entlang und starrte sie mit gelben Augen an. Dann verschwand sie hinter einem Gebüsch.

Regina fasste sich zuerst. Sie löste sich aus Cavallis Umarmung und räusperte sich.

»Das ist ein Schulhaus«, stellte sie unnötigerweise fest und deutete auf die Gebäude vor ihnen. Cavalli war noch immer benommen.

»Du wolltest wissen, wohin ich rennen würde. Hierhin. Zu diesem Schulhaus.«

Regina bückte sich und zog ihre Strümpfe zurecht. Dann strich sie ihre Haare glatt und suchte nach einem Taschentuch. Cavalli schaute zu, wie sie in allen Taschen suchte und schließlich einen zerdrückten Schokoriegel hervorzog. Als sei nichts weiter geschehen, packte sie ihn aus und biss hinein. Dann ging sie langsam über den Pausenplatz und sah sich um. Ungläubig blieb Cavalli stehen und hatte das Gefühl, dass er sich ihre Panik nur eingebildet hatte. Er schüttelte den Kopf. Nein, das war echt gewesen. Doch er begriff immer noch nicht, wovor sie solche Angst gehabt hatte. Und sie warf ihm vor, er würde vor etwas davonrennen?

Er kam zu sich und ging auf Regina zu, die vor einem Kindergarten stand und ein Fensterbild musterte.

»Kinder haben eine wunderbare Fähigkeit, Glück auszudrücken, findest du nicht?«, bemerkte sie, ohne ihn anzuschauen.

Er betrachtete die lachende Sonne und fragte sich, ob sie tatsächlich das Glück des Kindes ausdrückte oder nur die Erwartung der Erzieherin.

»Kann schon sein«, antwortete er unverbindlich. Er versuchte, Regina in die Augen zu schauen, aber sie wandte sich von ihm ab.

»Gehen wir zurück? Die Spurensuche ist bestimmt bald

abgeschlossen. Dann sind wir dran.« Sie brach auf, ohne auf ihn zu warten.

Cavalli folgte ihr unsicher. Sein Handy rappte in der Hosentasche. Koch teilte ihm mit, dass sie fertig waren.

»Wir sind in fünf Minuten bei euch«, versprach er. Er holte Regina ein, und sie gingen schweigend zur Wohnung zurück. Die Scheinwerfer waren erloschen, von außen sah man dem Wohnblock nicht mehr an, dass sich Ungewöhnliches ereignet hatte.

Auf dem Parkplatz vor dem Eingang räumte der WD zahlreiche Kisten weg. Cavalli winkte Meyer und Fahrni zu sich.

»Was haben die Befragungen ergeben?«

Fahrni zog sein Notizheft hervor und blätterte darin, bis er die richtige Seite fand.

»An Finocchios detaillierte Beobachtungen kommt niemand heran, doch es haben immerhin einige Hausbewohner letzte Woche zwei Frauen bei Salomir gesehen.« Er las die Einzelheiten vor; die Beschreibungen stimmten zwar überein, einen neuen Hinweis hatten sie jedoch nicht erhalten.

»Frau Gribeli im ersten Stock hat den Schrei bestätigt. Sonst hat niemand etwas gehört«, schloss er, zufrieden mit seiner Arbeit.

»Man müsste vielleicht noch hinzufügen, dass die Hälfte der Hausbewohner schwerhörig ist«, erinnerte ihn Meyer. Fahrni nickte zustimmend. Meyer wandte sich an Cavalli, der ungewöhnlich abwesend aussah.

»Weißt du, was Frau Gribeli geantwortet hat, als ich sie fragte, ob der Schrei sie nicht beunruhigt hätte?« Sie wartete nicht auf eine Antwort. »Es kämen oft Schreie aus der unteren Wohnung.«

Cavalli nickte nur, er fühlte sich ausgepumpt, hätte für heute am liebsten Schluss gemacht. Stattdessen raffte er sich auf und versuchte, seine Aufmerksamkeit der bevorstehenden Aufgabe zu widmen.

»Also los, sehen wir uns die Wohnung an. Kommst du mit?«, fragte er Regina.

»Klar«, antwortete sie, »ich habe nichts Wichtiges vor.« Wie ein Blitz durchfuhr sie die Erinnerung an ihr Versprechen, um acht zu Hause zu sein. »Verdammt, wie spät ist es?«

Fahrni schaute auf die Uhr. »Halb zehn.«

Regina schlug mit der Hand gegen die Stirn und löste sich von der Gruppe. Als sie ihre Nummer zu Hause wählte, hoffte sie, dass Felix den Anrufbeantworter eingeschaltet hatte, doch er nahm ab.

»Ja?« Eingeschnappt, er hatte also die Nummer auf dem Display gesehen.

»Es tut mir so leid, ich bin bei einer Wohnungsdurchsuchung hängen geblieben.«

»Seit wann bist du auch dafür verantwortlich? Ich dachte, das sei Sache der Polizei.«

»Dieser Fall ist etwas außergewöhnlich«, versuchte sie sich zu rechtfertigen. Ihre Worte klangen platt.

»Was ist denn los mit dir? Schon gestern bist du später gekommen, ohne anzurufen, und nun vergisst du, was wir erst vor einigen Stunden abgemacht haben.« Seine Stimme klang merkwürdig fremd. Regina ertrug den beleidigten Unterton nicht, obwohl er berechtigt war.

»Es tut mir wirklich leid«, wiederholte sie. »Können wir dein Essen nicht auf morgen Abend verschieben?«

»Morgen muss ich über die Gemeindeversammlung berichten, das solltest du wissen. Außerdem habe ich schon längst gekocht.«

»Ich mach es wieder gut, das verspreche ich dir.« Regina versuchte, ihrer Stimme einen warmen Klang zu geben, doch es wollten keine herzlichen Gefühle aufkommen. Felix' Ansprüche überforderten sie, sie ertrug das Gefühl nicht, für seine Enttäuschung verantwortlich zu sein.

»Ich geh jetzt ins Bett, werde wohl nicht mehr auf sein, wenn du kommst.« Felix hoffte, sie würde ihn bitten aufzubleiben.

»Kein Problem, ich werde vermutlich noch eine Weile hier bleiben müssen.« Müssen? Wollen? Eigentlich machte es keinen Unterschied mehr. »Dann bis morgen.«

Felix legte ohne Abschiedsworte auf. Regina starrte kurz ihr Handy an, als könnte sie dem Gerät die Schuld für ihr Versäumnis geben. Sie spürte Augen in ihrem Rücken und drehte sich um. Cavalli musterte sie fragend. Regina zuckte mit den Schultern und seufzte.

»Hab eine Verabredung vergessen.« Sie war bleich, ihre Sommersprossen traten dadurch stärker hervor.

»Wenn du gehen möchtest, wir kommen gut alleine klar.«

»Es ist sowieso zu spät.« Sie unterdrückte ein Gähnen und steuerte auf die Wohnung zu.

Zwei Stunden später schlossen sie die Durchsuchung ab. Aufsehenerregendes war nicht zum Vorschein gekommen. Salomir besaß nur das Allernötigste, entweder hatte er seine Sachen gepackt und war verschwunden, oder er brauchte zum Leben nicht viel. Außer den herumliegenden Kleidern ließ nur wenig in der Wohnung auf den Menschen Salomir schließen; das Fehlen von Persönlichem war das hervorstechendste Merkmal. Meyer hatte ein kleines Adressbuch gefunden, vielleicht würden sie die Einträge weiterbringen.

»Unglaublich, dieser Dreck«, sagte Fahrni kopfschüttelnd. Er winkte mit gespreizten Fingern durch die kühle Nachtluft, damit der unter den Gummihandschuhen entstandene Schweiß verdunstete.

»Nicht jeder hat eine Mutter, die ihm die Wohnung putzt«, foppte Meyer. Sie atmete tief ein und füllte ihre Lungen mit Sauerstoff. »So«, meinte sie auffordernd und wippte auf den Füßen, als wolle sie fragen, was sie nun mit der angebrochenen Nacht anfangen sollten.

»Wir sehen uns morgen wie üblich um halb acht«, verabschiedete sich Cavalli.

Meyer und Fahrni stiegen in den Streifenwagen und Cavalli rief ihnen nach: »Kein Blaulicht!« Ertappt nickte Meyer und setzte sich ans Steuer. Langsam fuhr der Wagen an und verschwand um die Ecke. Der Motor heulte auf, als sie außer Sichtweite beschleunigte und über die Berliner Kissen flog.

Er wandte sich an Regina. »Kann ich dich mitnehmen?«

Regina zögerte. Sie wusste nicht, ob um diese Zeit noch ein Bus fuhr.

»Ich fahr sowieso durch Gockhausen«, sagte Cavalli.

Regina sah ihn erstaunt an. »Wohnst du nicht mehr im Kreis fünf?«

Sie konnte sich ihn nirgendwo anders vorstellen. Er war immer im trendigen Industriequartier zu Hause gewesen.

Cavalli schüttelte den Kopf. »Witikon«, erklärte er mit einem leicht entschuldigenden Ausdruck im Gesicht.

»Witikon?«, stieß Regina verwundert hervor. Witikon lag ganz am Rand der Stadt und war wegen der vielen Grünflächen ein bevorzugtes Quartier für Familien. »Verheimlichst du mir etwas?«

Cavalli verneinte lachend. An seinen Augenwinkeln bildeten sich feine Krähenfüße. Regina fiel wieder auf, wie selten er lachte. Seine stoische Art hatte sie anfangs anziehend gefunden. Mit der Zeit hatte sie seine Gelassenheit jedoch immer mehr als Gleichgültigkeit interpretiert, und die Versuchung war immer größer geworden, ihn mit stechenden Worten zu provozieren.

»Komm, steig schon ein.« Er öffnete ihr die Tür.

Regina ließ nicht locker: »Wie bist du bloß in Witikon gelandet?«

»Der Wald gefällt mir«, sagte er nüchtern, als wäre keine Erklärung nötig. »Der Lauftreff beginnt gleich hinter meiner Wohnung.«

Regina kannte den Lauftreff gut, die Strecke führte durch den Wald Richtung Gockhausen. Sie hatte sich schon öfters vorgenommen, vor der Arbeit joggen zu gehen, war aber an ihrer Faulheit gescheitert.

Sie bogen in die Hauptstraße ein und fuhren Richtung Dübendorf. Die feuchte Straße spiegelte das Licht der Straßenlaternen. Wann hatte es wieder zu regnen begonnen? Sie hielten vor einer roten Ampel, und Regina hörte das leise Trommeln der Tropfen auf dem Wagendach. Im Schaufenster eines Bildhauers brannte Licht und beleuchtete Grabsteine in jeder Form und Größe. Die Modelle standen in einer geraden Reihe und füllten die ganze Breite, als wollten sie betonen, dass am Tod kein Weg vorbeiführte.

»Was hast du sonst noch gemacht in den letzten drei Jahren?«, fragte Regina. Sie schaute zum Beifahrerfenster hinaus und beobachtete einen Regentropfen, der die Scheibe hinunterglitt.

»Nach der Weiterbildung war ich kurze Zeit in Wiesbaden. Sagt dir ViCLAS etwas?«

Regina nickte. Das Violent Crime Linkage Analysis System, auf deutsch Analysesystem zur Verknüpfung von Gewaltverbrechen, diente vor allem dazu, sexuell motivierte Tötungsdelikte zu erfassen und abzubilden. Seit knapp einem Jahr wurde es auch in der Schweiz eingesetzt.

»Das Bundeskriminalamt in Wiesbaden hat schon Erfahrungen mit dem System gesammelt, das auch in der Schweiz eingeführt werden sollte. Ich konnte zusammen mit anderen Schweizer Polizisten einige Wochen mit den deutschen Kollegen zusammenarbeiten«, fuhr er fort. »Danach baute ich in Freiburg eine der fünf Außenstellen der Berner ViCLAS-Zentralstelle auf.«

Der Regentropfen hatte unterwegs alle Kameraden auf seiner Bahn geschluckt und rutschte immer schneller die Scheibe hinunter.

»Und dann?«

»Dann kam ich zurück zur Kantonspolizei und wurde wieder eingestellt. Suchte eine Bleibe. Fand eine kleine Wohnung in Witikon.«

Der Riesentropfen kletterte über die Dichtung der Fensterscheibe und verschwand.

»Wieso bist du zurückgekommen?«

Cavalli konzentrierte sich auf die nasse Straße. »Wegen der Konzerte im Moods. Des Quietschens der Trams. Des Thailänders an der Langstraße. Der engen Migros am Hauptbahnhof«, zählte er langsam auf. »Weil es der einzige Ort ist, an dem ich mehr als fünf Jahre gelebt habe.« Und weil er nicht wusste, wohin er sonst hätte gehen sollen.

»Es fehlt ein Jahr.«

Das Jahr nach ihrem Ausrutscher, der sie beinahe ihre Beziehung zu Felix gekostet hätte. Beim Gedanken daran wurde ihr immer noch flau. Das Schuldgefühl, das ihr eigenes Versagen in ihr ausgelöst hatte, aber auch die Wut darüber, sowohl auf sich selbst wie auf Cavalli, der keine Absage akzeptieren konnte und seine Attraktivität ausgenutzt hatte, um sie um den Finger zu wickeln, waren noch da.

Nein, korrigierte sie sich, das ist unfair. Er hatte zwar alle seine Mittel eingesetzt, um zu erreichen, was er wollte, aber ohne mein Dazutun wäre es nicht möglich gewesen.

Cavalli schwieg und schaute in den Rückspiegel. Hinter ihnen hatte ein Fahrer vergessen, das Fernlicht auszuschalten.

»Wo warst du im ersten Jahr?« Regina fixierte einen neuen Regentropfen, der sich ganz oben an der Scheibe auf die Reise machte. Sie fröstelte leicht und schob die Hände in die Taschen. Cavalli beantwortete die Frage nicht. Stirnrunzelnd schaute er in den Rückspiegel und klappte ihn nach unten.

»Erkennst du die Nummer des Wagens hinter uns?«, fragte er Regina angespannt.

Das Nummernschild war nur ein dunkler Schatten, doch

der Lichtkegel einer Straßenlaterne ließ einen großen, silbernen Mercedes-Stern aufblitzen.

»Und?«, drängte Cavalli.

»Nein, die Scheinwerfer sind zu stark. Aber es ist ein Mercedes.«

»Farbe?«

»Irgendetwas Dunkles.« Regina sah zu ihm hinüber. »Denkst du, es könnte der gleiche Wagen wie gestern sein?«

Cavalli drückte aufs Gaspedal und beschleunigte. »Möglich wärs.«

Sie passierten das Ortsschild von Dübendorf mit achtzig Stundenkilometern. Der Mercedes war zurückgefallen, durch das Fernlicht war es noch immer unmöglich, Details zu erkennen. Vor ihnen tauchte eine mehrspurige Kreuzung auf, doch statt abzubremsen, gab Cavalli noch mehr Gas. Regina krallte sich am Sitz fest. Als die Ampel auf Orange wechselte, schloss sie die Augen.

»Du hättest hier rechts abbiegen müssen«, presste sie hervor.

»Ich weiß.« Cavalli fuhr weiterhin geradeaus und schwenkte nach 200 Metern in den leeren Parkplatz einer Pizzeria ein. Dort schaltete er Motor und Licht aus und wartete. Er trommelte mit den Fingern auf dem Lenkrad und hielt nach dem Mercedes Ausschau.

»Wenn es der gleiche Wagen ist, dann würde das bedeuten, dass er gestern nicht von ungefähr in der Nähe des IRM war.«

»Das ist zu befürchten.« Cavalli hatte ein ungutes Gefühl, er glaubte nicht an solche Zufälle. Mit angespannter Aufmerksamkeit wartete er darauf, dass der Mercedes nochmals auftauchte. Die Minuten verstrichen, und die Stille wurde bedrückend. Ein junges Paar kam aus der Pizzeria, der Mann legte seinen Arm um die Schultern seiner Partnerin, und sie lachte auf. Sie überquerten den Parkplatz, ohne den Volvo zu bemerken.

Das Neonlicht der Pizzeria leuchtete grün und erinnerte Regina daran, dass sie außer dem Schokoriegel seit Stunden nichts gegessen hatte.

»Kannst du alleine Ausschau halten?«, fragte sie Cavalli. »Ich hole rasch eine Pizza. Teilst du eine mit mir?«

Cavalli merkte, wie hungrig er war. »Mit Salami bitte, und Champignons, Gorgonzola und Rucola.«

»Ohne Salami.«

»Meinetwegen ohne Salami, dann aber mit Schinken.«

»Mit Schinken, aber dafür mit Parmesan statt Gorgonzola.«

»Oder zwei Pizzen?«

»Eine ganze ist mir zu viel.«

Cavalli gab auf. »In Ordnung.«

Er machte es sich auf dem Sitz bequem und behielt die Straße im Auge.

Regina stieg aus und ging rasch auf die Pizzeria zu. Das Thermometer war um einige Grad gefallen, ihr Atem hing als feuchte Wolke in der Luft. Sie stieß die Tür des Restaurants auf, und eine willkommene Wärme schlug ihr entgegen. Als der Kellner sie sah, schüttelte er den Kopf und erklärte, dass sie um Mitternacht schließen würden. Auf Reginas Bitten hin und nach einem freundlichen Lächeln gab er gutmütig nach und schob eine letzte Pizza in den Ofen. Der pikante Duft ließ Regina das Wasser im Mund zusammenlaufen, unterdessen stellte der Kellner die Stühle auf den Tisch und erzählte, dass er über Weihnachten nach Sizilien fahren werde.

Weihnachten, dachte Regina, schon bald ist es wieder so weit. Bereits hingen Lichterketten an Bäumen, obwohl erst November war. Auch in den Warenhäusern breiteten sich weihnachtliche Dekorationen wie ein Virus aus. Wo man hinschaute, glitzerte es, und glückliche Engel beschützten die Käuferinnen vor unweihnachtlichen Gedanken und Gefühlen. Die Feiertage lagen dieses Jahr günstig. Sie wäre gerne weggefahren, aber Felix hatte sich heftig gewehrt. Seine Mutter bestand darauf, mindestens einen Festtag mit ihnen zu verbringen.

Der Kellner reichte ihr die Schachtel mit der heißen Pizza. »Extra Käse«, betonte er strahlend. Er baute sich vor ihr auf, blickte sie anzüglich an und zeigte auf eine handgeschriebene Telefonnummer auf der Pizzaschachtel. Regina schüttelte den Kopf und gab ihm ein großzügiges Trinkgeld, »für die Pizza«, betonte sie. Der Kellner zuckte lakonisch mit den Schultern und sah ihr nach, als sie das Lokal verließ.

Cavalli saß immer noch reglos hinter dem Steuer.

»Er ist wohl nicht mehr aufgetaucht«, stellte Regina fest, als sie in den Wagen stieg.

»Nein.«

Die Pizza duftete verführerisch. »Da ist aber eindeutig auch Gorgonzola drauf«, sagte er grinsend. Typisch Regina, zuerst setzte sie ihren Kopf durch, dann ging sie trotzdem auf seine Wünsche ein. Hauptsache, sie glaubte, es freiwillig zu tun. Er hatte gelernt, nie heftig auf etwas zu bestehen, wenn es ihm wichtig war. Dann nämlich wurde sie bockig.

»Fahren wir noch ein Stück, bevor wir über die Pizza herfallen?«, schlug er vor.

»Warum?« Regina war es schon schwindlig vor Hunger. Cavallis Frage klang harmlos, aber sie sah ihm an, dass er einen Grund hatte.

»Nur, um ganz sicherzugehen.«

»Wegen des Mercedes?«

»Ja.« Er gab es nur widerstrebend zu, wollte ihr nicht unnötig Angst einjagen.

»Von mir aus. Wohin fahren wir?« Sie war müde und hatte keine Lust auf große Abenteuerfahrten mitten in der Nacht.

»Zu dir.« Cavalli drehte den Schlüssel im Zündschloss und fuhr los.

»Das geht nicht, Felix schläft schon.« Gott bewahre, dass

Felix nach ihrer heutigen Nachlässigkeit noch Cavalli treffen würde.

»Wir können im Wagen essen, ich möchte nur deine Wohnung im Auge behalten.«

Regina sah ihn erschrocken an. »Meine Wohnung?«

»Ich gehe lieber auf Nummer sicher. Wahrscheinlich etwas übervorsichtig, aber man weiß nie«, beruhigte er sie.

Regina lehnte sich zurück und wickelte mit wachsendem Unbehagen eine Haarsträhne um den Finger. Sie hatte dem Mercedes keine so große Bedeutung beigemessen.

»Denkst du, es hat mit diesem Fall zu tun?«, nahm sie das Gespräch wieder auf.

»Keine Ahnung. Es kann alles bloß Zufall sein.«

»Aber du glaubst nicht an Zufälle.«

»Es gibt immer Ausnahmen.«

Er lenkte den Wagen am Industriequartier vorbei und fuhr Richtung Gockhausen. Es waren nur noch wenige Fahrzeuge unterwegs, weit und breit war kein Mercedes zu sehen. Cavalli bog in ein kleines Sträßchen ein und fuhr bis ganz ans Ende. Er parkte auf einem Besucherparkplatz und schaltete den Motor aus. Reginas Wohnungstür war in Sichtweite. Ein Küchenfenster war schwach beleuchtet, sonst war es dunkel. Felix ließ das Licht am Dampfabzug immer für sie brennen, wenn sie spät nach Hause kam, da sie meistens noch einen Abstecher in die Küche machte. Es berührte Regina sonderbar, als sie dieses Zeichen seiner Fürsorge sah.

Sie ging in Gedanken nochmals ihre Klienten durch und überlegte, wer ihr schlecht gesinnt sein konnte. Mahler? Sein Sohn saß seit drei Monaten wegen eines bewaffneten Raubüberfalls in Untersuchungshaft, der Vater behauptete, der Junge könne es unmöglich gewesen sei. Doch Mahlers hatten Geldschwierigkeiten und fuhren bestimmt keinen Mercedes. Seiffedine? Der Neunundzwanzigjährige war vor zwei Wochen frei gekommen, nachdem er achtzehn Monate wegen

Drogenhandels abgesessen hatte. Sie erinnerte sich gut an seinen hasserfüllten Blick. Vielleicht hatte er Beziehungen zu größeren Händlern, das könnte einen Mercedes erklären. Oder Zuberbühler? Noch einer, der sie nicht ausstehen konnte. Leider war die Liste ihrer Feinde lang. Sogar ihr Vorgesetzter, der Staatsanwalt Karl Hofer, mochte sie nicht sonderlich. Was allerdings auf Gegenseitigkeit beruhte, dachte sie angewidert. Der menschlich unterkühlte und intellektuell überforderte Mann schien sich von ihr bedroht zu fühlen und ließ keine Gelegenheit aus, sie zurechtzuweisen.

Regina seufzte. Cavalli reichte ihr ein Stück Pizza und sah sie fragend an.

»Ich weiß nicht«, sagte sie. »Eigentlich kommt mir das Ganze zu dramatisch vor.«

Cavalli ließ es im Moment dabei bewenden und wechselte das Thema. Die intime Atmosphäre im dunklen Wagen verleitete ihn zu einer persönlichen Frage.

»Weißt du inzwischen, ob du – ihr«, korrigierte er sich, »Kinder möchtet?«

Er sah sie forschend an, und sie lehnte ihren schweren Kopf an die kühle Scheibe.

»Frag mich etwas Einfacheres«, antwortete sie resigniert. Sie versuchte, ihre gemischten Gefühle zum Thema zu erläutern, und Cavalli hörte schweigend zu. Endlich jemand, der nicht gleich über sie urteilte oder ihre Zweifel wegzureden versuchte.

»Wenn du nochmals von vorne beginnen könntest«, fragte sie ihn, »gäbe es Chris?«

Cavalli dachte lange nach. »Wenn ich mit zwanzig die Erfahrung eines Vierzigjährigen hätte oder mit vierzig den Zukunftsglauben eines Zwanzigjährigen«, sagte er schließlich.

»Das heißt also nein«, lautete Reginas Schlussfolgerung.

»Vermutlich.« Er lehnte sich zu ihr hinüber und entfernte zärtlich einen hauchdünnen Käsefaden, der an ihrem Kinn hing. »Allerdings bringst du die besseren Voraussetzungen mit als ich. Du könntest einem Kind die nötige Sicherheit und Geborgenheit geben.«

»Das könntest du auch, wenn es dir wichtig wäre«, wandte Regina ein.

Cavalli war anderer Ansicht. »Wir können nicht aus unserer Haut.«

»Aber wir können aus Fehlern lernen und uns weiterentwickeln.«

»Trotzdem wird ein Tiger seine Streifen nicht los«, konterte Cavalli. Sein Gesicht verschloss sich, und er zog sich zurück. Tatsache war, dass er die Verantwortung für ein anderes Leben nicht wollte. Er nahm das letzte Stück Pizza und verschlang es in drei Bissen.

»Du brauchst nicht zum Rapport zu kommen«, sagte er mit ausdrucksloser Stimme. »Wir werden kurz die Fakten zusammentragen und dann die anstehenden Aufgaben verteilen.« Damit sie nicht auf die Idee kam, er wolle sie aus persönlichen Gründen nicht dabei haben, fügte er hinzu: »Du bist schon auf dem aktuellen Stand, du wirst morgen früh nichts Neues erfahren. Ich könnte gegen Abend kurz bei dir im Büro vorbeischauen, um die Laborresultate und die nächsten Schritte zu besprechen.«

Das ließe sich auch am Telefon erledigen, dachte Regina. Sie war sich nicht ganz im Klaren, was ihr lieber war. Um keine unnötige Diskussion anzureißen, stimmte sie zu. Als sie aus dem Wagen stieg, fuhr ihr durch den Kopf, dass sie ihn heute schon zweimal zum Essen eingeladen hatte.

Der Mercedesfahrer beobachtete die Bezirksanwältin, wie sie die Haustür aufschloss und ihre nassen Schuhe oberflächlich an der Matte im Eingang abwischte. Dann fiel die Tür ins Schloss, und er sah nur noch ihre schwachen Umrisse hinter einer Fensterscheibe. Der Polizist im Volvo rührte sich nicht.

Wie versteinert saß er im dunklen Wagen und starrte auf die Haustür, durch die sie verschwunden war. Plötzlich drehte er den Kopf, als hätte er den Blick des Fremden gespürt. Der Mercedesfahrer trat unwillkürlich einen Schritt zurück, hinter den breiten Flieder, obwohl er wusste, dass man ihn in der Dunkelheit nicht sehen konnte. Der Polizist starrte weiterhin zu ihm herüber, erst als er ganz sicher war, dass sich nichts bewegte, drehte er den Kopf wieder zur Haustür. Dann lehnte er sich zurück und verschränkte die Arme. Es sah nicht danach aus, als würde er bald wegfahren.

Nach einer halben Stunde begann der Mercedesfahrer zu frieren. Er versuchte, seine steifen Glieder zu wärmen. Die ganze Zeit behielt er den Polizisten im Auge. Im Wagen musste es doch auch kalt sein, lange würde er bestimmt nicht mehr ausharren. Allerdings sah der Polizist nicht gerade empfindlich aus. Vielleicht hatte er tatsächlich vor, die ganze Nacht im Volvo zu verbringen. Die Kälte wurde unerträglich. Der Mercedesfahrer beschloss, sein Vorhaben zu verschieben. Er durchquerte den Garten und ging zu seinem Fahrzeug, das er eine Querstraße weiter unten abgestellt hatte.

Als Fahrni den Sitzungsraum betrat, schauten ihn drei Augenpaare erwartungsvoll an. Er blieb wie angewurzelt stehen und fragte sich, ob er etwas vergessen hatte. Nervös zupfte er an seinem Ohr.

»Die Brötchen?«, half Pilecki nach.

»Brötchen? Ich war doch das letzte Mal dran«, sagte er verdutzt.

»Ja und?«, knurrte Gurtner.

Wäre er nochmals an der Reihe gewesen? Fahrni konnte sich nicht an die Abmachung erinnern. Verdattert stand er im Raum und überlegte, ob die Zeit noch reichte, um in die Bäckerei zu laufen.

»Lasst ihn.« Meyer wandte sich an Pilecki und zeigte zur

Tür. »Beeil dich! Schließlich bist du dran.« Erleichtert zog Fahrni seine Jacke aus und nahm sein Notizheft hervor. Pilecki blieb sitzen.

»Es ist fast halb acht, der Häuptling kommt jeden Moment.«

»Er wird so lange auf dich verzichten können«, drängte ihn Meyer. Sie hatte noch nicht gefrühstückt.

»Er ist nicht bei jedem so kulant. Mir fehlen die Rehaugen.« Pilecki versuchte, mit seinen Wimpern zu klimpern, doch es machte eher den Anschein, als hätte er etwas im Auge. Meyer schnaubte verächtlich und wandte sich von ihm ab.

»Nicht schlecht«, bemerkte Gurtner. »Du hast es geschafft, zwei Leute innerhalb von drei Minuten vor den Kopf zu stoßen.«

»Bambi tut nur so«, wehrte sich Pilecki. Er blickte zu ihr hinüber und stellte fest, dass sie tatsächlich finster dreinschaute. Hilfesuchend schaute er zu Gurtner, der friedlich seine Nägel mit einer Büroklammer putzte.

»Frag doch den Häuptling, ob er die Brötchen kaufen geht. Dann bist du fein raus«, sagte Gurtner ohne aufzuschauen.

Pilecki sah auf die Uhr. Es war schon zwanzig vor acht. Wo steckte Cavalli? Er kam nie zu spät.

»Hat sich bestimmt im Wald verirrt«, brummte Gurtner. »Einmal musste es ja passieren, so viel Sport ist einfach ungesund.«

In diesem Augenblick ging die Tür auf, und Cavalli betrat den Raum. Gurtner verstummte und legte die Büroklammer beiseite. Pilecki hoffte auf eine Brottüte, doch der Häuptling stand mit leeren Händen da. Cavalli nannte den Grund seiner Verspätung nicht, er kam gleich zur Sache. Mit einem kurzen Nicken forderte er Gurtner und Pilecki zum Rapport auf. Sie hatten nichts Neues zu berichten.

»Es ist, als hätte die Tote gar nie existiert«, klagte Pilecki. Sie beschlossen, ein Foto der Frau zu veröffentlichen.

»Eine Pressekonferenz ist sowieso nicht zu vermeiden«, fügte Gurtner hinzu.

Leider nicht, dachte Cavalli. Die Tote hatte bereits Schlagzeilen gemacht, es war deshalb sinnvoll, den Journalisten rasch Fakten zu liefern. Er wandte sich an Meyer und Fahrni und bat sie, die andern über Finocchio und die Wohnungsdurchsuchung zu informieren.

»Weshalb nennt sie Salomir ›Jugo‹?«, fragte Pilecki zum Schluss. Niemand hatte eine Antwort.

»Kommen wir zu den Laborberichten.« Cavalli durchsuchte seine Unterlagen, fand die Berichte jedoch nicht. Er begann nochmals von vorne, während ihm seine Untergebenen ungläubig zuschauten. »Bin gleich zurück«, entschuldigte er sich und verschwand im Gang. Gurtner hing der Kiefer noch tiefer als sonst und Fahrni schaute seinem Chef so besorgt nach, dass Pilecki wider besseres Wissen auflachte. Entschuldigend schob er Meyer einen zerquetschten Getreideriegel hin.

»Ihr seht aber im Gegensatz zu ihm richtig munter aus«, sagte Gurtner mit gesenkter Stimme.

»Vielleicht musste er die Resultate noch mit Flint besprechen«, mutmaßte Fahrni.

»Regina Flint war auch dabei?«, stießen Gurtner und Pilecki gleichzeitig hervor. Sie tauschten einen viel sagenden Blick.

»Dann müssen wir kein Mitleid mit ihm haben«, merkte Pilecki an.

Meyer schüttelte den Kopf. »Ihr seid auf dem Holzweg. Sie will nichts von ihm.«

»Es genügt, wenn er von ihr etwas will«, sagte Gurtner trocken.

Cavalli kam mit einer dicken Mappe zurück.

»Hier sind sie«, sagte er erleichtert. »Was ist?«

Er betrachtete die Runde. Pilecki und Gurtner schauten

ihn bewundernd an, überzeugt, dass seine Müdigkeit auf eine Nacht mit Flint zurückzuführen war.

»Nun gut. Beginnen wir mit dem Fundort.« Er zog die obersten Blätter hervor. »Die Textilfasern an der Dachbox stammen von einem schwarzen Faserpelz. Die Fasern klebten sowohl am Pistolenschaum wie am Verschluss der Dachbox. Das heißt, der Täter oder Mittäter trug das Kleidungsstück oder die Handschuhe schon beim Einschäumen, eventuell auch später noch. Gemäß WD lässt sich nicht eruieren, woher die Fasern stammen.« Jetzt hatte er die Aufmerksamkeit aller Anwesenden. »Zu den Fingerabdrücken. Einige könnten vom Täter oder Mittäter stammen – sie sind identisch mit Abdrücken auf der Leiche, doch dazu später. Sie sind nirgendwo registriert.« Cavalli rieb sich die Augen und las weiter. Verflucht, dachte er, ich werde alt. Noch vor wenigen Jahren hatte ihm eine durchwachte Nacht nichts ausgemacht. Und heute schwammen ihm die Buchstaben auf dem Blatt davon. Als er die verdutzten Gesichter bemerkte, riss er sich zusammen. »Sind noch Fragen?«

»Reifenspuren?« Das war Gurtner.

»Keine.« Sonst fügte niemand etwas hinzu. »Dann kommen wir zur Toten. Die DNA-Analysen sind noch nicht abgeschlossen. Die Fingerabdrücke stimmen jedoch teilweise mit denjenigen auf der Dachbox überein. Aber nicht alle«, sagte er langsam und ließ die Bemerkung wirken. »Die Abdrücke am Hals stammen von einer zweiten Person.«

»Es waren zwei?«, vergewisserte sich Pilecki.

Cavalli nickte. »Im Moment können wir davon ausgehen.« Er konzentrierte sich auf seine Unterlagen und fuhr fort. »Und diese zweite Person ist für ihren Tod verantwortlich. Er – oder sie natürlich – hat sie mit bloßen Händen erwürgt.«

Cavallis Handy unterbrach die nachdenkliche Stille. Er nahm rasch ab. Triumphierend wandte er sich an seine Mitarbeitenden.

»Die Fingerabdrücke in Salomirs Wohnung stimmen mit denjenigen auf der Leiche und der Dachbox überein. Und zwar beide.« Damit waren sie einen entscheidenden Schritt weiter. »Die Abdrücke auf dem Küchenfenster sind nicht diejenigen der Toten.« Cavalli rieb sich die Hände und durchschritt den Raum. »Also, fassen wir zusammen. Was haben wir?« Er hielt Meyer einige Filzstifte hin und setzte sich.

»Wir haben eine unbekannte Tote«, begann sie und schrieb ein großes O für Opfer in die Mitte der Tafel, das sie rot einkreiste. Sie verlagerte ihr Gewicht von einem Bein aufs andere und atmete tief durch. »Sie ist siebzehn- bis achtzehnjährig, hundertneunundsechzig Zentimeter groß und neunundfünfzig Kilogramm schwer.«

»Sechsundfünfzig Kilogramm«, korrigierte sie Fahrni.

»Meinetwegen«, sagte sie mit gleichgültiger Stimme, um ihre Unsicherheit zu überspielen. Sie schrieb nur ungern vor Zuschauern. Cavalli sah sie warnend an, und sie riss sich zusammen. Etwas energischer fuhr sie fort. »Also, wir wissen weiter, dass sie sich vor rund fünf Jahren das linke Bein brach.« Meyer notierte alles unterhalb des roten Kreises. »Weiter ist klar, dass sie in der Nacht auf Montag, zwischen 23 und 5 Uhr, ermordet wurde. Wenn wir den Schrei, den Finocchio gehört hat, tatsächlich dem Mord zuschreiben können, so geschah die Tat um zirka 1.15 Uhr morgens.«

Meyer wischte sich die Haare aus den Augen. Sie notierte auf der rechten Seite der Tafel das Wort »Tat« und kreiste es grün ein, wie sie es von Cavalli gelernt hatte. »Zum Tathergang. Bevor sie ermordet wurde, hat der oder haben die Täter auf sie eingeschlagen. Sie hatte sechs gebrochene Rippen und blaue Flecken am Körper. Zudem wurde sie vergewaltigt.«

Meyer sah Cavalli zögernd an. Er nickte und fügte an, was Hahn gesagt hatte. Sie hoffte, dass sie sich jetzt wieder setzen durfte, aber Cavalli gab ihr kein Zeichen. Sie holte nochmals tief Luft.

»Sie hatte sowohl im Genitalbereich wie im Gesicht Spermaspuren.« Was wussten sie noch über die Tote und deren Ermordung? Sie grübelte und rollte einen Filzstiftdeckel in der Hand hin und her.

»Die weggeschnittene Haut«, erinnerte sie Pilecki. Verdammt, wie hatte sie das vergessen können! Sie schielte zu Cavalli und überlegte, ob sie diese Wunde unterhalb der Beschreibung der Toten oder des Tathergangs notieren müsste. Ein Groll stieg in ihr auf, und sie kaute am Stift. Ihre Gedanken setzten aus, sie starrte ihre eigenen, knorrigen Buchstaben an, ohne dass sie deren Sinn entziffern konnte. Ihr Mund war trocken, und sie spürte die Blicke der Männer auf ihrem Rücken. Tote oder Tathergang?

Cavalli wandte sich an Gurtner. »Tote oder Tathergang?«

»Tathergang, natürlich.«

»Also, los. Mach du weiter.«

Schwerfällig erhob sich Gurtner und ging nach vorn. Meyer übergab ihm erleichtert die Stifte und sank auf ihren Stuhl.

»Kommen wir zu den Tätern«, befahl Cavalli. Gurtner schrieb die Wörter Täter eins und Täter zwei in Großbuchstaben auf die linke Seite der Tafel und malte zwei grüne Kreis um sie herum.

»Schwarz«, korrigierte Fahrni. Gurtner ignorierte ihn.

»Die Kreise sollten schwarz sein«, wiederholte Fahrni. »Das sind die Täter.«

Gurtner schnitt eine Grimasse und versuchte, die grünen Kreise mit seinem Daumen wegzuwischen. Dann zeichnete er schwarze darüber.

»Weshalb zeichnest du Ostereier?«, foppte Pilecki. »Wir haben doch erst November.«

Gurtner sah ihn giftig an, dann wandte er sich den verschmierten Kreisen zu und notierte einige unleserliche Stichworte unter sie.

»Du sollst vorsagen, was du aufschreibst«, korrigierte ihn Fahrni erneut.

»Ich glaube, er kann nicht gleichzeitig reden und schreiben«, erklärte Pilecki.

»Er ist ja auch ein Mann«, meinte Meyer, sichtlich erholt, und zuckte mit den Schultern.

»Täter eins«, erinnerte Cavalli Gurtner.

»Also, das wäre Salomir«, fing Gurtner langsam an. Er zeigte mit dem grünen Daumen auf die Kritzeleien und las vor. »Rumänischer Staatsangehöriger. Mieter. Raucher. Schwein.«

»Schwein musst du streichen, das ist deine persönliche Meinung.«

Gurtner schaute Fahrni vernichtend an. »Das bezieht sich auf den Zustand der Wohnung.«

»Dann schreib ›unordentlich‹.«

Gurtner fuhr unbeirrt fort. »Mehr wissen wir über ihn nicht. Auch über den zweiten Mann wissen wir nicht viel. Alles beruht auf Finocchios Aussage.« Er unterbrach seine Ausführungen und kritzelte wieder einige Stichwörter auf die Tafel. »Raucher. Trainierter Oberkörper. Klein. Dunkle Augen. Ungepflegte Zähne. Kurze, dunkle Haare. Zu Besuch.«

Gedankenversunken fragte Fahrni plötzlich: »Hat Frau Finocchio eigentlich erwähnt, in welcher Sprache die beiden miteinander oder mit den zwei Frauen sprachen?«

Cavalli sah ihn überrascht an. »Nein, warum?«

»Sie geht ja davon aus, dass alle, die bei Salomir ein und aus gehen, aus Ex-Jugoslawien stammen. Wenn das so wäre, dann würden sie doch eine gemeinsame Sprache sprechen. Außer natürlich, ein Serbe, der kein Albanisch spricht, und ein Albaner, der kein Serbisch spricht, wären dicke Freunde geworden, was eher unwahrscheinlich ist. Aber da Finocchio die Gespräche ja anscheinend verstehen konnte, müssen sie fast deutsch oder italienisch gesprochen haben. Wenn sie nun aber deutsch oder italienisch gesprochen haben, dann wissen wir zumindest, dass Täter zwei kein Rumäne ist. Außer natürlich, es gäbe Rumänen, die kein Rumänisch sprechen«, schloss er. Seelenruhig wanderten seine Augen über die Anwesenden, die ihn verblüfft ansahen.

»Das hat was«, stimmte Gurtner zu.

Er notierte unterhalb des schwarz eingekreisten Täters zwei »nicht Rumäne«. Dann durchquerte er das Zimmer und blieb vor Fahrni stehen. Er hielt ihm den Stift direkt vor die Nase:

»Hier, Streber, mach du weiter.«

Fahrni fasste die Bemerkung als Kompliment auf und griff nach dem blauen Filzstift. Er schrieb in großer Schrift »Zeugin« auf die Tafel und betrachtete sein Kunstwerk. Dann schrieb er schwungvoll weiter.

»Wir wissen, dass noch jemand in der Wohnung war. Vermutlich hat sie die Tat beobachtet.«

Cavalli bat ihn, sich im Moment nur auf die Beschreibung zu beschränken.

Fahrni wischte den Gedanken weg. »Sie hat braune, schulterlange Haare und gemäß Finocchio einen verzweifelten Blick.« Er fragte Cavalli, ob er das als Beschreibung gelten lasse, schließlich würden sich Blicke je nach Situation ändern. Sein Chef forderte ihn ungeduldig auf weiterzumachen.

»Sie hatte sehr rote Lippen und war billig gekleidet mit einem hautengen Minirock. Sie trägt Schuhgröße sechsunddreißig mit Absätzen.« Fahrni kratzte sich am Kopf und trat einen Schritt zurück. Er betrachtete seine Stichworte und überlegte, ob er noch etwas hinzufügen konnte.

»Mehr wissen wir nicht über sie.«

Cavalli stand auf und musterte die Tafel. Sie schien sich leicht nach links zu neigen. Beunruhigt kniff er die Augen zusammen, als er sie wieder öffnete, stand die Tafel gerade. Er verspürte das dringende Verlangen nach einem Espresso. An diesem Morgen hatte er keine Zeit für einen Kaffee gehabt, da er erst um sechs nach Hause gekommen war. Auf sein Lauftraining hatte er nicht verzichten wollen, erst recht nicht nach der unbequemen Nacht im Wagen. Doch hatte er eine volle Stunde statt der üblichen fünfundvierzig Minuten für seine fünfzehn Kilometer benötigt.

»Machen wir an dieser Stelle eine kurze Pause«, schlug er vor. Zum dritten Mal an diesem Morgen verblüffte er seine Mitarbeitenden.

»Wenn du meinst«, sagte Pilecki vorsichtig. Er erkundigte sich, ob die Zeit reichen würde, um in die Bäckerei zu laufen.

»Wir machen in einer Viertelstunde weiter.«

Pilecki nahm seine verbeulte Jacke von der Stuhllehne und eilte aus dem Raum. Gurtner versuchte, mit etwas Spucke das Grün von seinem Daumen wegzukriegen. Cavalli suchte in seiner Hosentasche das Kleingeld für den Kaffeeautomaten zusammen. Er mochte die Brühe nicht sonderlich, doch heute war ihm alles recht.

Mit dem heißen Plastikbecher in der Hand vertrat er sich im Flur die Beine, denen er trotz der Bewegung am Morgen die lange Nacht im Sitzen anmerkte. Er suchte nach einem Vorwand, um Regina anzurufen. Er könnte ihr die Laborresultate durchgeben. Er wählte ihre Direktnummer und stellte sich auf den Klang ihrer Stimme ein. Als sich eine fremde Stimme meldete, war seine Enttäuschung größer, als er sich eingestehen wollte. Sie sei in einer Besprechung, erfuhr er, ob er eine Nachricht hinterlassen wolle. Er legte auf.

Im Sitzungszimmer verteilte Pilecki die Brötchen und beteiligte sich an den Spekulationen darüber, was mit dem Häuptling los war.

»Krank«, war Fahrni überzeugt.

»Verliebt«, entgegnete Meyer.

»Vielleicht ist heute irgendein heiliger Tag bei den Indianern«, schlug Pilecki vor. »So mit Geistern und Seelen von verstorbenen Ahnen, ihr wisst schon.«

»Du spinnst wohl«, schüttelte Meyer den Kopf. Indianisches Blut in den Adern zu haben war ja noch anstrengender als Schwamendingerin zu sein.

Pünktlich nach fünfzehn Minuten setzte Cavalli die Sitzung fort. Er forderte Meyer auf, die Geschehnisse in der Mordnacht so zu schildern, wie sie sich ihrer Meinung nach zugetragen hatten.

»Salomir verbringt den Abend mit einem Freund. Sie lassen zwei Callgirls kommen. Mindestens eine, wenn nicht beide, waren schon einmal bei ihm, etwa vier Tage zuvor. Aus irgendeinem Grund gerät das Liebesspiel außer Kontrolle. Die Mädchen wollen nicht mehr mitmachen, aber Salomir und sein Kumpel bestehen auf ihren Diensten. Die Situation eskaliert, es kommt zu Schlägen. Die Mädchen wehren sich, verärgern dadurch die beiden Männer noch mehr. Schließlich vergewaltigt der Unbekannte eine der beiden, er gerät dermaßen in Rage, dass er sie dabei erwürgt. Das andere Mädchen flieht aus dem Küchenfenster, der Unbekannte rennt ihr nach. Salomir muss die Leiche entsorgen. Er sieht die Dachbox auf dem Chrysler und will die Tote darin transportieren. Er fährt mit ihr zum Arbeitsplatz, schäumt sie ein, damit die Box nicht mehr aufgeht, und entsorgt sie im Eschenholz.«

»Wurde die Zeugin auch vergewaltigt?«, hakte Cavalli nach.

»Kann sein. Vermutlich.«

Pilecki schüttelte den Kopf. »Unmöglich. Die Aufmerksamkeit der Männer ist auf die andere Frau konzentriert. Diese wehrt sich heftig, schlägt um sich, versucht zu schreien. Salomir kommt dem Kumpel vielleicht zu Hilfe. Oder er ist nicht ganz so kaltblütig, dann schaut er aber erschrocken zu. Auf jeden Fall wird er nicht gleichzeitig eine andere Frau vergewaltigen können.«

»Einer könnte auch der Zuhälter der Frauen gewesen sein«, bemerkte Gurtner.

Pilecki war anderer Ansicht. »Der hätte doch nicht mit den eigenen Mädchen Sex gehabt.«

»Freundin?«, fragte Fahrni.

»Du hast aber eine komische Vorstellung davon, was man mit einer Freundin macht«, maulte Gurtner.

»Lass ihn ausreden.« Cavalli wusste, dass bei über einem Viertel aller Vergewaltigungen das Opfer die Ehefrau oder die Freundin des Täters war. Die entscheidende Frage war, ob sie es mit einer Vergewaltigung zu tun hatten und der Mord nur das Sekundärmotiv war, beispielsweise, um die Identität des Täters zu schützen, oder ob es sich gar um einen Sexualmord handelte. Sexualmörder wählten viel häufiger Fremde als Opfer. Möglich wäre auch, dass der Mord das Primärmotiv war und die Vergewaltigung dabei keine große Rolle spielte.

»Vielleicht wollte ihn seine Freundin verlassen, und er hatte versucht, das zu verhindern«, erklärte Fahrni.

»Dann ist es ihm gründlich gelungen.«

Cavalli fragte Gurtner scharf, ob er einen Kommentar abgeben könnte, der sie weiterbringen würde.

Gurtner betrachtete seinen Daumen, der nur noch blassgrün war, und sagte: »Es ist unüblich, vor Fremden derart heftig zu streiten. Wenn es die Freundin gewesen wäre, hätte er das nicht unter vier Augen getan?«

»Was ist mit der Haut? Soll das eine Art Trophäe sein?«, dachte Meyer laut.

»Dann hätten wir es aber mit einem Sexualmörder zu tun«, meinte Pilecki.

»Die Haut wurde ja einige Tage vor dem Mord weggeschnitten«, erinnerte Meyer. Die Runde schwieg. Keiner mochte sich die Details vorstellen.

»Ein Unfall war es gemäß Hahn jedenfalls nicht«, fuhr Fahrni fort. »Das fehlende Stück ist schön rechteckig und mit einer Klinge exakt herausgeschnitten worden.«

»Scheiße.« Gurtner verzog sein Gesicht und rutschte auf dem Stuhl hin und her.

Cavalli beschloss, an dieser Stelle mit den Mutmaßungen aufzuhören. Jetzt ging es darum, einige Antworten zu finden. Er verteilte die anstehenden Aufgaben.

»Meyer, Fahrni, kümmert euch als Erstes um die fehlenden Kleidungsstücke der Toten. Klärt ab, an welchem Tag die Müllcontainer in Schwamendingen geleert werden, ordnet eine Durchsuchung des Abfalls aus der Umgebung des Tatorts an. Zeigt Finocchio das Foto der toten Frau und fragt sie nochmals gezielt nach dem Aussehen der zweiten Besucherin. Geht bei der Gelegenheit auch der Sprache der beiden Männer nach. Wenn die Zeit reicht, bringt Finocchio hierher, um die Phantombilder zu erstellen. Wir müssen diese Zeugin unbedingt finden. Ideal wäre, wir hätten bis zur Pressekonferenz eine Skizze von ihr.«

Dann wandte er sich an Gurtner und Pilecki: »Ihr fahrt zu Brunner in Rümlang. Ich will wissen, wer dieser Salomir war. Sucht nach seinen Kollegen, sprecht mit seinem Vorgesetzten, seht euch sein Arbeitsumfeld an. Vielleicht hat ihn jemand in der Nacht auf Montag dort gesehen. Danach überprüft ihr Salomirs Telefonrechnung. Ich möchte bis morgen eine Liste aller Anrufe der letzten vier Wochen haben.«

»Fahrni könnte das bestimmt viel besser«, flehte Pilecki. Er faltete die Hände in einer stillen Bitte und sah Cavalli hoffnungsvoll an.

»Dann lernst du eben dazu«, sagte Cavalli ungerührt. »Also, an die Arbeit.« Er trat zu Pilecki und bat ihn, noch einen Moment zu bleiben. »Ich habe eine Bitte«, begann er und erzählte vom dunklen Mercedes, der bereits zweimal aufgetaucht war. Der Tscheche hörte aufmerksam zu. Er kniff seine scharfen, grünen Augen zu schmalen Schlitzen zusammen und rieb sein spitzes Kinn.

»Du denkst, es könnte einer ihrer Klienten sein?«

»Ich kann es mir nicht anders erklären. Außer es hat etwas mit diesem Fall zu tun.«

»Vielleicht hat es der Mercedes ja auf dich abgesehen«, versuchte Pilecki Cavalli zu beruhigen.

»Ich war die letzten drei Jahre weg. Bestimmt habe ich einige Menschen während dieser Zeit verärgert, ich glaube aber kaum, dass sie deswegen den Atlantik überqueren würden.«

»Auch Frauen nicht?«, fragte Pilecki. »Ich kenne einige, die dich liebend gerne umbringen würden.« Er hatte sich sogar anerboten, einige dieser Frauen zu trösten, doch sie waren nicht auf sein Angebot eingegangen.

»Sehr witzig«, erwiderte Cavalli. »Nein, auch keine Frau. Und ich habe das Gefühl, mit diesem Mann ist nicht zu spaßen. Könntest du dich mal umhören? Du hast doch noch Kontakte in der Drogenszene.«

Pilecki hatte zehn Jahre lang bei der Drogenfahndung gearbeitet. Dabei hatte er nicht nur mit seinen Mitarbeitenden, sondern auch mit einigen Süchtigen eine Art Freundschaft geschlossen. Ab und zu lud er einen dieser Bekannten zu einem Bier ein, und sie tauschten Neuigkeiten aus. Es handelte sich meist um kleinere, unbedeutende Drogenhändler, die nur Stoff verkauften, um ihre eigene Sucht zu finanzieren. Dankbar für ein offenes Ohr klagten sie ihr Leid und genossen es, dass ihnen Respekt und Verständnis entgegengebracht wurde. Pilecki wusste zwar, dass sie die eigene Mutter – und ihn erst recht – verraten würden, wenn sie damit zu einem Schuss kämen. Doch das störte ihn nicht.

»Kann ich gerne machen. Willst du dir nicht eine Liste von Flints Klienten beschaffen?«

»Ich möchte ihr nicht noch mehr Angst einjagen. Vielleicht ist ja alles nur halb so schlimm.«

Pilecki ließ nicht locker. »Versuchs doch über ihren Assistenten. Sie braucht ja nichts davon zu erfahren.«

»Zobeli ist so korrekt, er würde mir keinen einzigen Namen verraten«, ärgerte sich Cavalli. »Das ist alles. Wir sehen uns spätestens morgen.«

Pilecki blieb noch einen Moment stehen. »Hast du die ganze Nacht über ihre Wohnung im Auge behalten?«

Cavalli schwieg.

Pilecki musterte ihn verständnisvoll. »Wenn es dir keine Ruhe lässt, kann ich auch eine Nacht übernehmen.«

»Das ist nicht nötig, aber danke.«

Als die Tür hinter Pilecki ins Schloss fiel, ging Cavalli zum Fenster und streckte sich. Eine zähe Nebeldecke hatte sich über die Stadt gelegt und hüllte sie in Grau. Zwei Verkehrspolizisten in leuchtend orangen Jacken schlenderten die Sihl entlang. Das künstliche Flussbett war nur knapp von der dunklen Wassermasse bedeckt, als hätte jemand weiter oben am Flusslauf den Wasserhahn zugedreht. Wie anders schmetterte sich der Atlantik an die Küste, um dann im Sand zu versickern, sodass nur noch der weiße Schaum von seiner unbändigen Kraft zeugte, dachte Cavalli.

Das Wasser der Sihl setzte seinen Weg konstant und unbeirrt fort. Es hatte ein Ziel, während der Atlantik verdammt war, an Ort und Stelle zu tosen, und dagegen aufbegehrte, indem er sich wand und strampelte, immer wieder versuchte, seine Grenzen zu überwinden.

Eine Unruhe ergriff Cavalli, er ging einige Schritte ins Zimmer, wurde dann wieder ans Fenster zurückgezogen, kehrte um und ging im Raum auf und ab. Er zweifelte plötzlich daran, ob es richtig gewesen war, in die Schweiz zurückzukehren. Was hatte er sich beweisen wollen? Dass es doch einen Ort auf dieser Welt gab, den er Zuhause nennen konnte? Das Vertraute, wonach er sich gesehnt hatte, wirkte nun leblos und unverbindlich. Er mochte diese kühle Stadt zwar, die so gewissenhaft versuchte, multikulturell und hip zu sein und dadurch beinahe menschlich wurde. Aber wenn er ganz ehrlich war, dann musste er sich fragen, ob ihn die Stadt auch ohne Regina angezogen hätte. Sie hatte ihn vor fünf Jahren zurückgewiesen. Sie akzeptierte seine Bedingungen nicht, und diese hatten sich in der Zwischenzeit nicht geändert. Er war hin und her gerissen zwischen dem Wunsch, Teil einer Beziehung zu sein, und dem Drang, außerhalb zu stehen, ab und zu einzugreifen, um einige Figuren zu bewegen und sich dann wieder zurückzuziehen.

Cavalli beschloss, Elvira Wolff aufzusuchen. Er hatte zwar noch immer keine Lust auf Medienarbeit, doch die Pressesprecherin hatte immerhin eine gute Figur und zeigte sie auch gern.

6

Aurora saß auf einem Strohballen und lehnte sich an die Wand. Sie musste sich ihren grundsätzlichen Problemen stellen und eine Entscheidung treffen. Solange sie ums nackte Überleben gekämpft hatte, hatte sie nicht an ihre prekäre Situation denken müssen. Hier, im sicheren Refugium des Stalls, brodelten die Eindrücke und Erlebnisse der letzten Tage und Wochen in ihrem Inneren und verlangten ihre Aufmerksamkeit. Wäre doch wenigstens Teuta bei ihr. Ihr Schrei hallte in Auroras Ohren, und sie versuchte, den Klang auszublenden, indem sie die Hände auf die Ohren presste. Hätte sie ihr helfen können?

Ihre Überlebensinstinkte hatten die Führung übernommen und alle andern Gedanken ausgeblendet. Als sie das hässliche Krachen von Knochen gehört hatte und Teutas Schrei abrupt abbrach, hatte die Panik Aurora die notwendige Kraft gegeben, sich loszureißen und sich selber zu retten. Sie versuchte, klar zu denken. Sie kannte niemanden in diesem Land. Aurora begann, leise zu singen. Sie schaukelte auf dem Strohballen hin und her und trällerte die Worte eines albanischen Volksliedes, das den Helden Skanderbeg in den Himmel lobte und ihm wunderbare Kräfte zuschrieb.

Regina begleitete den Zeugen zum Flur und verabschiedete ihn. Kaum hatte sie sich wieder gesetzt, klopfte es, und Benedikt Krebs betrat den Raum.

»Stör ich?«

»Komm rein.«

»Ich habe von deinem Unfall gehört. Bist du sicher, dass du schon wieder arbeiten kannst?«, fragte er und setzte sich auf den Stuhl gegenüber ihrem Schreibtisch.

»Es sieht schlimmer aus, als es ist.« Die Flecken hatten

begonnen, sich grünlich zu verfärben, und Regina fuhr sich verlegen über das Gesicht. »Aber deswegen bist du bestimmt nicht hier?« Sie sah ihren Vorgesetzten an.

»Nicht nur. Ich wollte dich fragen, wo ihr mit der Eschenholz-Leiche steht. Der Fall erregt in der Öffentlichkeit viel Aufsehen.«

Regina hatte die Zeitungen absichtlich nicht gelesen, um einen klaren Kopf zu bewahren. Doch an jedem Kiosk waren ihr die Schlagzeilen ins Auge gesprungen. Sie fasste zusammen, was sie bis jetzt wussten.

»Ist Cavalli kompetent?«, fragte Krebs.

»Auf jeden Fall.«

»Habt ihr euch nicht früher gekannt?« Krebs drückte sich vage aus, Regina war nicht sicher, wie viel er wusste.

»Ich hatte immer wieder mit ihm zu tun.«

»Steht der Zusammenarbeit nichts Persönliches im Weg?«, fragte er vorsichtig.

Deshalb war er also gekommen. Wer wusste sonst noch von ihrer früheren Beziehung zu Cavalli? Sie war damals neu bei der Bezirksanwaltschaft gewesen und hatte versucht, ihr Privatleben unter Verschluss zu halten. Sie hob die Augen und sah, wie Krebs sie musterte. Sein Gesichtsausdruck war sachlich, sein Blick hinter seiner schmalen Brille neutral. Er war nicht gekommen, um ein Urteil über sie zu fällen, sondern um sich zu vergewissern, dass sie mit der Situation klar kam.

»Nein«, antwortete sie bestimmt, »absolut nichts.«

»Wie lange wart ihr zusammen?«

Regina zögerte. »Vier Jahre«, sagte sie schließlich. Sie gab nicht gerne viel von sich preis, und schon gar nicht über diese schwierige Zeit. Die vier Jahre gehörten zum Intensivsten, was sie bisher erlebt hatte, sowohl was Glück wie Schmerz betraf. Als sie sich von Cavalli getrennt hatte, glaubte sie, einen Teil ihrer selbst zu verlieren.

»Liegt es schon lange zurück?«, fragte Krebs sanft.

»Wir haben uns vor fünf Jahren getrennt. Kurz darauf habe ich Felix kennengelernt.«

Den kurzen Rückfall vor drei Jahren erwähnte sie nicht. Sie verschränkte die Arme vor der Brust und signalisierte klar, dass sie nicht weiter darüber sprechen wollte.

Die Antwort genügte Krebs, und er wechselte das Thema. »Hofer will uns beide um eins in seinem Büro sehen.«

Sie hatte es geahnt, doch dass ihr der Staatsanwalt schon so früh auf die Finger schauen wollte, ärgerte Regina.

»Es ist ihm wichtig, dass wir in der Öffentlichkeit geschlossen auftreten.«

»Dann soll er sich lieber raushalten«, entfuhr es ihr.

»Ich weiß, wie du über ihn denkst, aber halt dich bitte zurück«, mahnte Krebs. »Hofer will auf dem Laufenden gehalten werden. Er möchte mit dir Abmachungen darüber treffen, in welcher Form du ihn über diesen Fall informieren sollst.«

»Vermutlich schriftlich, damit mir nicht langweilig wird. Und welche Rolle sollst du spielen? Musst du meine Berichte unterschreiben? Vielleicht deren Echtheit beglaubigen?«, fragte Regina gehässig.

Krebs schlug die Beine übereinander und wartete, bis sie sich beruhigt hatte. Er konnte ihren Ärger verstehen. Hätte ein anderer Bezirksanwalt die Leitung des Falls, würde sich Hofer vermutlich nicht einmischen. Er mochte Regina nicht, sie war ihm zu kritisch, zu offen und möglicherweise zu weiblich.

»Das wird sich zeigen«, antwortete er nichtssagend. »Nun aber zur Medienarbeit. Wir müssen heute eine Pressekonferenz halten. Die Pressesprecherin der Kantonspolizei hat angerufen. Du warst in einer Besprechung«, betonte er, als er ihren nächsten Angriff kommen sah, »deshalb habe ich mit ihr das Administrative besprochen.« Sie hätten vereinbart, dass die Kantonspolizei die Organisation übernehmen, Regina aber die Hauptauskunftsperson sein werde.

»Und Hofer?« Wollte er sich diese Gelegenheit, im Rampenlicht zu stehen, wirklich entgehen lassen?

»Hofer hat ausdrücklich gesagt, dass er nicht dabei sein möchte.« Krebs fand das ebenfalls seltsam. Vor allem, weil Hofer Regina dadurch öffentlich die Federführung für diesen Fall zugestand.

»Nun gut, das wärs. Wir sehen uns um eins bei Hofer. Sieh zu, dass du bis dann gegessen hast.« Er zwinkerte ihr zu und stand auf.

In der Tür stieß er beinahe mit Antonella zusammen, die schon lange darauf gewartet hatte, dass Regina wieder zu sprechen war.

Antonella schloss die Tür hinter sich und legte Regina einen Werbekatalog auf den Schreibtisch. Darauf waren schmale, elegante Füllfederhalter sowie verschiedene Gravuren abgebildet.

»Was hältst du davon?«, fragte sie hoffnungsvoll.

»Für den Ochs?«, fragte Regina, in Gedanken noch bei Hofer.

Antonella nickte. »Schau, sie sehen doch ganz edel aus«, sie schlug eine bestimmte Seite im Katalog auf, »und wir könnten seinen Namen eingravieren lassen.«

Regina fand die Idee nicht schlecht. Das würde Ochs vermutlich gefallen.

»Es müsste ein goldener sein«, schlug sie vor und beugte sich über die Abbildungen im Katalog. Sie zeigte auf einen protzigen Füllfederhalter und meinte, darauf würde man auch seinen Namen gut lesen können.

»Dann frag ich noch die anderen, und wenn sie einverstanden sind, kümmere ich mich darum, in Ordnung?«

»Super, danke«, antwortete Regina und fügte misstrauisch hinzu: »Aber Antonella, du lässt seinen vollen Namen eingravieren, nicht wahr?«

»Sicher doch«, sagte sie mit unschuldiger Miene und schloss

den Katalog. Sie klemmte ihn unter den Arm und sah Regina schelmisch an, dann wandte sie sich ab.

»Antonella!«, rief ihr Regina nach. »Untersteh dich, sonst gibts Tote.«

Antonella unterdrückte ein Lachen und drehte sich nochmals um.

»Ach ja, Cavalli hat angerufen.«

Regina fuhr auf. »Und das sagst du mir erst jetzt?«

Antonella erschrak über den Stimmungswechsel. »Ich sollte dir nichts ausrichten«, verteidigte sie sich. »Er meinte, es sei nicht wichtig.«

Nicht wichtig? Regina konnte sich nicht vorstellen, dass er ohne Grund anrief. Scharf wies sie Antonella zurecht: »Ich möchte, dass alles, was mit diesem Fall in Zusammenhang steht, an mich weitergeleitet wird. Ob etwas wichtig ist oder nicht, entscheide ich.«

Antonella nickte zerknirscht und verließ den Raum rasch. Regina rief sofort Cavalli an. Als er abnahm, hatte sie das Gefühl, dass sie gerade ein unterhaltsames Gespräch unterbrochen hatte.

»Du hast versucht, mich zu erreichen«, sagte sie. »Gibt es etwas Neues?«

Im Hintergrund hörte Regina eine lachende Frauenstimme. Cavalli antwortete ihr etwas Unverständliches. »So, jetzt bin ich ganz Ohr. Was hast du gesagt?«

»Ich habe dich gefragt, weshalb du angerufen hast«, wiederholte sie gereizt.

»Es war nichts Wichtiges«, meinte er gelassen. »Ich wollte dir nur die Resultate des WD durchgeben. Aber wir treffen uns ja später.«

»Ob das wichtig ist oder nicht, entscheide ich«, sagte Regina zum zweiten Mal innerhalb von fünf Minuten. »Ich bin um dreizehn Uhr mit Hofer verabredet und brauche die Resultate bis dann schriftlich.«

»Wie bitte?«, fragte Cavalli verblüfft. Hatte er richtig gehört?

»Ich sagte, ich bin um dreizehn Uhr mit …« begann Regina nochmals mit gepresster Stimme.

»Ich habe dich gehört. Ich weiß nur nicht, ob ich dich richtig verstanden habe.«

»Wo liegt das Problem?«

»Willst du die ganze Akte? Jetzt? Es ist fast zwölf.«

»Nein, eine Zusammenfassung genügt. Wenn du sie bis viertel vor eins schreiben und faxen kannst, reicht das.«

Cavalli versuchte, nicht die Beherrschung zu verlieren. Er war Regina zwar Rechenschaft schuldig, doch für Sekretariatsarbeiten hatte sie Zobeli. Wenn sie tatsächlich eine Zusammenfassung der Resultate brauchte, hätte sie diesen fragen können. Ihm diesen Auftrag zu erteilen, war eindeutig ein Machtspiel.

Er atmete tief durch und sagte: »Die Zusammenfassung wird in dreißig Minuten in deinem Fax liegen. Bis dann kannst du überlegen, ob du Berufliches und Privates wirklich trennen kannst.«

Er legte auf, und Regina sank in einen ihrer Besuchersessel. Cavalli hatte recht: Sie war mit den Sehnsüchten, die er geweckt hatte, überfordert und wollte ihn dafür bestrafen. Sie schlug die Hände vors Gesicht und versuchte, sich wieder in den Griff zu bekommen. Sie hätte es am Morgen wissen können, als sie die Augen aufgeschlagen hatte und die Boeing 763 aus New York über Gockhausen zur Landung ansetzte. Planmäßige Ankunft 7.20 Uhr in Kloten; sie hätte schon längst auf dem Weg zur Arbeit sein müssen. Sie hatte verschlafen, und ausgerechnet heute hatte sie einen Termin um acht Uhr. Zu ihrem Erstaunen war Felix nicht neben ihr gelegen. Sie hatte sich schon darüber gewundert, dass er sie nicht geweckt hatte. Er wusste doch genau, wann sie aus dem Haus musste. Als sie nach einem kurzen Sprung unter die Dusche in die

Küche eilte, um ein Joghurt einzupacken, saß er am Tisch und starrte in die *NZZ*.

»Ist das dein neuer Fall?«, fragte er in einem seltsamen Tonfall und zeigte auf einen Artikel über den Fund der Leiche im Eschenholz. Seine Haare waren zerzaust, dunkle Augenringe zeugten von einer kurzen Nacht. Regina murmelte »Ja«, während sie im Kühlschrank nach einem Zwetschgenjoghurt suchte.

»Du hast gestern das letzte gegessen«, klärte Felix sie reflexartig auf und starrte weiter auf die Buchstaben vor ihm. Regina nahm sich eine Milchschnitte, die sie eigentlich für ihre Neffen gekauft hatte, und wollte losrennen, aber etwas an Felix' Haltung hielt sie zurück.

»Was?« In ihrer Stimme lagen Schuldgefühle wegen ihrer gestrigen Verspätung, doch gleichzeitig schwang auch Ungeduld mit.

»Hier steht, Bruno Cavalli leite die Ermittlungen bei der Kantonspolizei.« Felix schaute sie gekränkt an. »Du hast mir nicht gesagt, dass er zurück ist.«

Nachdem sie aus der Küche gehastet war, saß Felix niedergeschlagen am Tisch und schaute ihr vorwurfsvoll nach.

Der Blick auf die Uhr holte sie in die Gegenwart zurück. Sie hatte eine halbe Stunde Zeit, um ein Sandwich zu holen. Am Imbissstand, wo sie normalerweise ein Sandwich kaufte, erkannte sie Ochs, der eine Fanta schlürfte. Sie eilte mit gesenktem Kopf am Stand vorbei und bog in die Langstraße ein. Sie steuerte auf einen Kebab-Stand zu und stellte sich hinter zwei wartende Geschäftsmänner. Der junge Türke füllte mit geschickten Fingern ein Pitabrot und reichte es dem ersten. Hinter Regina hatte sich ein Raucher angestellt, der rücksichtslos den Zigarettenrauch in ihren Nacken blies. Sie holte Luft, um zu reklamieren und schaute über die Schulter, direkt in Anton Mahlers Gesicht. Erschrocken nickte sie ihm kurz zu. Sie versuchte sich daran zu erinnern, ob er in dieser Gegend arbeitete.

Mahler bückte sich leicht nach vorne, sie roch seinen schlechten Atem, eine Mischung aus Zigarettenrauch und faulem Gemüse. Angeekelt wich sie zurück.

»Wir haben einen neuen Anwalt«, zischte er. »Die Sache ist noch nicht vorbei.«

Lange Zeit hatte sie mit dieser tragischen Figur Mitleid gehabt. Doch mittlerweile glaubte sie nicht mehr, dass ihn die Verurteilung seines Sohnes so aus der Fassung gebracht hatte. Sie vermutete, dass er schon lange darauf gewartet hatte, einen Rachefeldzug gegen jemanden zu führen. Die Verurteilung diente ihm nur als Vorwand.

»Dann wünsche ich Ihnen Glück«, sagte Regina und bestellte ihren Kebab, wie üblich ohne Zwiebeln und extra scharf. Die flinken Finger des Türken schienen sich in Zeitlupe zu bewegen, sie spürte Mahler hinter ihrem Rücken wie einen lodernden Brandherd. Als sie sich zum Gehen wandte, spuckte er auf den Boden. Sie hatte keinen Appetit mehr auf den Kebab. Ihr Mund war trocken, und die scharfe Soße trieb ihr Tränen in die Augen. Hatte sie den Mercedes zu wenig ernst genommen? Sie setzte sich vor dem Bezirksgericht auf eine Bank und schaute sich um. Mahler war ihr nicht gefolgt, dafür umringte sie ein Dutzend gieriger Tauben. Nervös zuckten sie mit dem Kopf und starrten ihren Kebab an. Sie blickte zur grauen Wolkendecke hinauf und bildete sich ein, dahinter eine runde Scheibe zu erkennen. Sie spürte etwas Warmes auf ihren Fingern und schaute zu, wie die Soße des Kebabs langsam daran hinunterlief und auf ihre Jacke tropfte.

Morgen, dachte sie, morgen wird alles besser.

Das Firmenlogo von Brunner in Rümlang, war schon von der Autobahn her zu sehen. In eisig blauer Schrift erschien zuerst ein überdimensionales B, gefolgt von einem eng aneinander geschriebenen »runner«. Pilecki saß auf dem Beifahrersitz mit einem Stapel Computerausdrucken und las daraus vor.

»Die Firma begann als Kupferschmiede im neunzehnten Jahrhundert«, staunte er. »Dann machte sie bis 1948 nur Stahlrohre. In den Fünfzigerjahren begann sie, Kühlschränke zu produzieren. Seither wurde sie immer größer, entwickelte neue Produkte, wurde Teil einer Holding-Gesellschaft und schluckte kleinere Firmen – der übliche Lauf eines erfolgreichen Unternehmens halt.« Gurtner brummte zustimmend. »Ab 2000 gab es eine Fusion nach der anderen, dann wurde die RFG Management AG gegründet, und das ganze Unternehmen neu strukturiert. Seither sind Rohr- und Profiltechnik sowie Küchen- und Kühltechnik getrennt«, schloss Pilecki.

»Wie spannend«, fand Gurtner und wechselte die Spur.

Pilecki ignorierte den Kommentar und fuhr fort. »Sie beschäftigt rund dreitausendvierhundert Mitarbeitende. Seit der letzten Firmenübernahme ist sie der wichtigste schweizerische Küchenbauer, mit einem Marktanteil von fast zwanzig Prozent und einem Umsatz von rund zweihundertfünfzig Millionen.«

»Juri, müssen wir das wirklich alles wissen?«

Pilecki sah ihn gekränkt an. »Interessierst du dich nicht für die Hintergründe unserer Arbeit?«

»Schon, aber nicht für den Hintergrund meines Kühlschranks. Den Inhalt finde ich spannender.« Er hielt bei einem Rotlicht an und fischte ein Taschentuch aus der Hosentasche. Laut putzte er seine Nase und steckte das Taschentuch in die Tasche zurück.

»Widerlich«, schüttelte Pilecki den Kopf. »Einfach widerlich.«

Er wandte sich seinen Unterlagen zu. »Das ist aber interessant, hier steht: ›Auf unsere Stärke aufbauend sind wir in der Lage, spezifische Aufträge und Nischenprodukte in kürzester Zeit zu entwickeln und zu produzieren.‹ Da haben wir es also.«

»Was haben wir da?«, fragte Gurtner irritiert.

»Salomir hatte doch einen ganz spezifischen Auftrag, findest du nicht? Jetzt wissen wir, woher er die Fähigkeit dazu hatte.«

»Juri, das ist nicht komisch.« Gurtner parkte auf einem Besucherparkplatz und stieg aus. Sie meldeten sich beim Empfang. Schon nach wenigen Minuten kam ein älterer Herr auf sie zu; er erinnerte Pilecki an ein Meerschweinchen, vielleicht, weil er so viele Haare im Gesicht und winzig kleine Ohren hatte.

»Guten Tag, mein Name ist Waldvogel«, sagte er, mit überraschend festem Händedruck. »Personalchef.« Er führte sie in sein Büro und bot ihnen Kaffee an.

Pilecki kam gleich zur Sache. »Wann haben Sie Sergiu Salomir das letzte Mal gesehen?«

»Ich selbst vor etwa vier Wochen, aber das ist nicht außergewöhnlich. In dieser Produktionsstätte beschäftigen wir hundertachtunddreißig Mitarbeitende.«

»Am Telefon haben Sie ausgesagt, Salomir sei nie negativ aufgefallen«, vergewisserte sich Pilecki.

»Das stimmt.« Waldvogel nahm einen Schluck Kaffee. »Er arbeitet seit drei Jahren bei uns, wir hatten nie Schwierigkeiten mit ihm. Er ist zuverlässig, ruhig und unauffällig.«

»Was macht er genau?«

»Er bedient als Maschinenoperateur einen CNC-Sägeautomaten. Er muss die gefertigten Teile auf Maßgenauigkeit und Oberflächengüte prüfen und ist für die Wartung und Pflege der Anlage verantwortlich.«

Waldvogel stand auf und holte aus einem Regal ein dickes Buch.

»Anlässlich unseres Firmenjubiläums haben wir vor zwei Jahren einen Fotografen engagiert, der eine Woche lang in unseren verschiedenen Produktionsstätten fotografiert hat.« Er blätterte im dicken Buch und schlug eine Seite auf. »Hier sehen Sie Salomir bei der Arbeit.« Er zeigte auf das Bild eines kleinen Mannes, dessen Gesicht hinter seiner Schutzbrille kaum zu erkennen war. Waldvogel blätterte weiter und zeigte ihnen ein anderes Bild, in einer Kantine aufgenommen. Am Tisch saßen vier Männer vor gefüllten Tellern und lachten in die Kamera. Ein wenig abseits davon saß Salomir, er blickte eher zufällig zum Fotografen. Sein Gesichtsausdruck war abweisend, als fühle er sich belästigt.

»Sie können das Buch gerne mitnehmen«, bot er an. »Salomir ist aber sonst auf keinem Bild mehr zu sehen. Wie gesagt, er ist sehr unauffällig.«

»Wissen Sie, ob er Familie hat?«

»Er ist verheiratet, lebt aber von seiner Frau getrennt.«

»Freunde bei RFG?«

»Da müssen Sie Pedro Martinez fragen, seinen direkten Vorgesetzten. Er arbeitet täglich mit Salomir zusammen.« Er bat seine Sekretärin, Martinez holen zu lassen. »Darf ich fragen, worum es hier eigentlich geht? Ist Salomir etwas zugestoßen?«

»Leider dürfen wir darüber keine Auskunft geben«, entschuldigte sich Pilecki. Waldvogel nickte verständnisvoll.

»Mit seiner Arbeitsbewilligung ist alles in Ordnung«, erklärte er, als könnte er sich sonst kaum vorstellen, weshalb die Polizei nach dem Rumänen fragte. »Er hat eine Niederlassungsbewilligung.«

Martinez wirkte nervös und hatte Mühe, die richtigen Worte zu finden. Auch er wusste nicht viel über Salomir. Er konnte nur hinzufügen, dass die Ehefrau anscheinend in Rumänien lebt. Doch er kannte weder ihren Namen noch ihren Wohnort.

»Hat er hier am Arbeitsplatz Freunde?«, fragte ihn Pilecki.

Martinez schüttelte den Kopf. »Nein, er bleibt meist abseits.«

Pilecki bat darum, den Arbeitsplatz von Salomir anzuschauen. Martinez führte sie durch eine große Halle in einen kleineren Raum, in dem vier Leute arbeiteten. Der Sägeautomat wurde von einem älteren Mann bedient.

»Benutzen Sie eigentlich Pistolenschaum?«, wollte Gurtner wissen.

Martinez erklärte, dass der Schaum in großen Mengen gebraucht werde und sie deshalb nicht mit einzelnen Pistolen, sondern mit einem zentralen Schaumspender arbeiteten. Sie hätten jedoch immer kleinere Behälter auf Lager, um Ausbesserungen vorzunehmen. Danach zeigte er ihnen, wie der Sägeautomat funktionierte. Pilecki hörte interessiert zu, während sich Gurtner im Raum umsah.

Zum Schluss bat Pilecki Martinez, ihn zum Sicherheitsdienst zu bringen. Dort erfuhren sie, dass über Nacht jeweils zwei Securitas-Angestellte das Unternehmen bewachten.

»Protokollieren Sie die Ereignisse?«, fragte Pilecki.

»Natürlich«, versicherte der Sicherheitsbeauftragte. »Jede Unregelmäßigkeit wird notiert.« Er öffnete ein entsprechendes Formular auf seinem Computer und zeigte es den beiden Polizisten.

»Das Formular ist standardisiert, damit wir die Ergebnisse vergleichen und auswerten können.«

»Wurde in der Nacht auf Montag etwas vermerkt?«, fragte ihn Gurtner. Er neigte sich zum Bildschirm und betrachtete den Fragebogen.

»Durchschnittlich werden pro Nacht zwanzig Ereignisse eingetragen. Es kann sich um eine kaputte Glühbirne handeln, um ein klingelndes Telefon, einen ungewöhnlichen Schatten. Sie müssen also etwas genauer sein«, erklärte der Sicherheitsbeauftragte.

»Sagen wir, so zwischen zwei und sechs Uhr«, präzisierte Gurtner.

Der Sicherheitsbeauftragte setzte sich an den Schreibtisch

und tippte das Datum und die ungefähre Uhrzeit ein. »Wonach suche ich genau?«, fragte er und bemühte sich, seine Neugier zu verbergen.

Gurtner und Pilecki überhörten die Frage. »Was haben Sie gefunden?«

»In dieser Zeit wurden zwölf Meldungen eingetragen.« Er druckte die Liste aus und zeigte sie den Polizisten. Darunter war tatsächlich eine kaputte Glühbirne. Gurtner konzentrierte sich auf die Vorfälle, die mit Salomir in Zusammenhang stehen konnten. Er zeigte mit seinem dicken, behaarten Finger auf drei Einträge zwischen drei und vier Uhr in der Nacht. Pilecki sah sie sich genauer an. Um 3.06 Uhr war eine Warnlampe an einer stillstehenden Maschine aufgeblitzt. Um 3.50 Uhr war aufgefallen, dass die Tür zum Werkzeugraum offen stand. Und kurz darauf wurde bemerkt, dass der Schaumspender nicht abgeschaltet war. Gurtner nickte grimmig und bat, den Auszug mitnehmen zu dürfen. Sie verließen das Firmenareal.

»Schlauer Bursche, dieser Salomir«, sagte Pilecki bewundernd. »Er muss tatsächlich unauffällig sein. Niemand hat Verdacht geschöpft.«

Gurtner stimmte zu und ging die Einträge nochmals durch. »Mich erstaunt, dass er nicht vorbestraft ist.«

»Vielleicht wurde er einfach nie erwischt.«

»Gut möglich.«

»Die Frage ist: Wie erwischen wir ihn?«, seufzte Pilecki.

»Wir lassen die Daten raus und hoffen, dass die Fahndung Resultate bringt«, antwortete Gurtner pragmatisch. Er schnallte sich an und steuerte auf einen McDonald's zu, der vor der Autobahneinfahrt für extra große Hamburger warb.

Karl Hofer war ein schmaler Mann. Zumindest, wenn er sich von vorne im Spiegel betrachtete. Drehte er sich leicht zur Seite, war er etwas breiter. Das lag an seinem Bauch, der prall wie ein Fußball sein teures Hemd füllte. Deshalb vermied er es, wenn immer möglich, in den Spiegel zu schauen. Er ärgerte sich darüber, dass seine Sekretärin im Vorzimmer einen Spiegel aufgehängt hatte, wusste aber nicht, wie er das Problem ansprechen sollte. Schließlich wollte er nicht die Vermutung aufkommen lassen, der Spiegel belaste ihn persönlich.

Als er Regina Flint und Benedikt Krebs im Vorzimmer begrüßte, versuchte er, sein Spiegelbild zu ignorieren. Er ging auf Krebs zu und reichte ihm seine feuchte Hand.

Mit dünner Stimme bat er ihn, in sein Büro zu treten, dann streckte er Regina die Hand hin, ohne ihr in die Augen zu schauen. »Frau Flint.«

Sie setzten sich auf die zwei Metallstühle vor dem Schreibtisch des Staatsanwalts.

Regina verschränkte die Arme und sah ihn herausfordernd an. Hofer wandte sich an Krebs und bat ihn, vom Eschenholz-Fall zu erzählen.

Krebs deutete auf Regina: »Es ist nicht mein Fall. Sie müssen Ihre Fragen an Frau Flint richten.« Er lehnte sich zurück und hoffte, das Gespräch würde nicht eskalieren.

»Frau Flint«, sagte Hofer.

Regina wartete darauf, dass er einen ganzen Satz formulierte, doch als sie aus dem Augenwinkel heraus die angespannte Haltung von Krebs bemerkte, gab sie nach. Sie zählte auf, was bisher bekannt war, und erläuterte die nächsten Schritte. Hofer starrte dabei seine Schreibunterlage an, auf der ein Stadtplan von Zürich abgebildet war. Zum Schluss reichte Regina ihm Cavallis Bericht. Er hatte nicht nur die Resultate des WD, sondern auch eine kurze Zusammenfassung über die laufende Ermittlung geschrieben. Hofer war sichtlich beeindruckt von den Unterlagen, die übersichtlich und präzis Auskunft gaben.

»Die Zeugenberichte liegen noch nicht vor«, bemerkte Regina kurz.

Hofer blätterte in Cavallis Unterlagen und suchte etwas. Eine Frage schien ihm auf der Zunge zu liegen, doch er sagte nichts. Cavalli hatte den Bericht nicht mit seinem Namen unterzeichnet, und Hofer schien zu glauben, Regina habe ihn verfasst.

»Falls Sie weitere Fragen haben, Sie kennen meine Nummer«, sagte Regina und erhob sich. Krebs bat sie wortlos, sich wieder zu setzen, aber Regina blieb stehen. Auch Hofer stand auf, um nicht zu ihr hinaufschauen zu müssen.

»Ich werde den Bericht durchlesen.« Er beugte sich leicht nach vorn, um seinen Bauch zu kaschieren. Dann zog er seine Krawatte zurecht und räusperte sich. »Ich möchte Sie jeden Dienstag um 13 Uhr in meinem Büro sehen, bis dieser Fall abgeschlossen ist. Weiter möchte ich von Ihnen jeden Freitag einen schriftlichen Bericht, so wie diesen hier«, er hielt Regina die Blätter unter die Nase, als wären sie ihr fremd. »Bei wichtigen Resultaten möchte ich sofort telefonisch benachrichtigt werden.« Er wandte sich an Krebs, den Hofers Forderungen ebenso erstaunten wie Regina. »Herr Krebs, sehen Sie zu, dass sich Frau Flint an meine Weisungen hält.«

»Sie verlangen viel«, Krebs war ebenfalls aufgestanden und blickte Hofer durchdringend an. Seine tiefe Stimme verlieh ihm eine natürliche Autorität, die den Staatsanwalt verunsicherte.

»Dieser Fall ist brisant. Die Augen der Öffentlichkeit sind auf uns gerichtet, wir dürfen keinen Fehler machen«, erklärte Hofer.

»Frau Flint ist kompetent und kann mit dem Druck der Öffentlichkeit umgehen«, wandte Krebs ein.

Regina verstand nicht, was sich abspielte. Sie hatte schon viel heiklere Fälle bearbeitet, ohne dass Hofer die Sache so aufbauschte. Dieser Fall war nur deshalb für die Medien interessant, weil die Leiche an einem ungewöhnlichen Ort gefunden worden war. Wäre die unbekannte Frau tot in Salomirs

Wohnung gelegen, hätte sich kaum jemand für sie interessiert.

Regina musterte Hofer, und seine feuchten Lippen ekelten sie. Musste sie die von nun an jeden Dienstag sehen? Warum? Wusste Hofer von ihrer früheren Beziehung zu Cavalli? War das der Grund, dass er ihr auf die Finger schauen wollte? Sie verwarf den Gedanken wieder, er war zu weit hergeholt. Auch wenn Hofer davon wüsste, wäre das noch lange kein Grund für sein Verhalten, schließlich existierten unzählige Beziehungen unter Staatsangestellten.

Unversehens schoss ihr ein neuer Gedanke durch den Kopf: der Mercedes. Als Cavalli sie nach möglichen Feinden gefragt hatte, war ihr Hofer in den Sinn gekommen. Vielleicht nahm sie seine Antipathie nicht ernst genug. Sie schüttelte den Kopf, jetzt ging ihre Fantasie mit ihr durch. So einfach würde sie ihren Vorgesetzten nicht loswerden, obwohl der Gedanke, ihn wegen Belästigung anzuklagen, verlockend war. Felix hätte ihren Wunsch als Unfähigkeit, mit der Situation umzugehen, gedeutet. Sie hörte in Gedanken seine Stimme: Du wünschst dir immer dann, dass jemand verschwindet oder auf der Stelle tot umfällt, wenn du überfordert bist. Er behauptete, sie würde sich der Auseinandersetzung entziehen. In diesem Fall hatte er vielleicht recht, denn die Vorstellung, dass Hofer nach seinem Herz greifen, gequält ein letztes »Frau Flint« ausstoßen und dann tot umfallen würde, entlockte ihr ein Lächeln.

»Frau Flint«, Hofer reichte ihr die Hand. Sie nahm sie widerwillig, drückte sie absichtlich fest und hoffte, nichts Wichtiges verpasst zu haben. Krebs verließ als Erster das Büro, Regina folgte ihm dicht auf den Fersen. Im Vorzimmer sah sich Regina im Spiegel und erschrak über ihr Aussehen. Sie würde sich vor der Pressekonferenz unbedingt schminken müssen, daran hatte sie gar nicht gedacht.

»Das hätten wir hinter uns«, atmete Krebs auf, als sie wieder auf der Straße standen. Er schaute auf die Uhr, und sie gingen gemeinsam zur Tramhaltestelle. »Fährst du direkt zur Kapo?« Regina nickte. Sie musste noch in einer Drogerie Halt machen. Sie hatte nur einen Lippenstift bei sich, sie würde noch einiges dazukaufen müssen.

»Eine Frage noch«, sagte Krebs und blieb stehen. »Der Bericht – den hast nicht du verfasst, oder?« Er schaute sie skeptisch an. Es hätte ihn sehr verwundert, wenn sie sich für Hofer solche Mühe gegeben hätte. Doch es hätte ihn auch ein wenig gefreut, denn es hätte von Größe gezeugt.

»Nein.« Regina wusste, dass er enttäuscht war, und fügte deshalb hinzu: »Ich hatte noch nicht die Zeit dazu, aber keine Sorge, mein Bericht am Freitag wird genau so sorgfältig sein.«

Im Kripohaus suchte Regina als Erstes Cavalli in seinem Büro auf. Seine Jacke hing über der Stuhllehne, sein Computer war eingeschaltet, doch er war nirgends zu sehen. Auf seinem Schreibtisch standen drei leere Kaffeetassen. Regina setzte sich auf den Besucherstuhl und packte ihre Schminke aus. Sorgfältig begann sie, ihre blau-grünen Flecken zu übermalen. Auf dem Flur näherte sich eine lachende Damenstimme. Regina verstrich gerade das Make-up mit einem Finger, als die Tür aufging. Mit einer vollen Tasse Kaffee in der Hand und einer unbekannten Frau am Arm betrat Cavalli den Raum. Überrascht blieb er stehen: »Was, du bist schon hier?«

Regina kam sich vor, als wäre sie beim Nachspionieren ertappt worden.

»Es hat sich nach der Besprechung mit Hofer nicht mehr gelohnt, ins Bezirksgebäude zurückzufahren«, sagte sie und gestikulierte mit der Tube Make-up.

Cavalli stellte die Tasse auf den Schreibtisch und versuchte sich von seiner Begleiterin zu lösen. Sie wich aber nicht von seiner Seite. Sie warf ihre langen, blonden Haare nach hinten und reichte Regina mit ausgestrecktem Arm die Hand.

»Elvira Wolff«, stellte sie sich vor, »Pressesprecherin.«

Regina verschlug es die Sprache. Sie erinnerte sich daran, wie sie mit fünfzehn im Geräteturnen von den Ringen gefallen und flach auf dem Rücken gelandet war. Der Aufprall hatte ihr mit einem Schlag die Luft aus den Lungen gepresst. Sie fühlte sich ganz ähnlich, als sie den langen, braunen Arm von Elvira Wolff betrachtete. Die Pressesprecherin wartete darauf, dass sich Regina vorstellte.

»Regina Flint«, sagte sie automatisch, »Bezirksanwältin.« Exfreundin. Sie wandte sich ihrer Schminke zu und versuchte, das Zittern ihrer Hände unter Kontrolle zu bringen.

»Machen Sie hier ein Praktikum?«, fragte sie unschuldig, während sie die Paste auf ihrem Gesicht mit Puder zudeckte.

»Elvira ist seit vier Monaten fest angestellt«, klärte sie Cavalli auf und ließ sie mit erhobener Braue wissen, dass er nicht auf ihre Unschuldsmiene hereinfiel.

»Ach wirklich?« Es fehlte noch ein wenig Puder unterhalb ihres linken Auges. Sie klappte die Dose zu und öffnete den Lippenstift. Sie trug das Rot ein bisschen großzügiger auf als sonst und ließ sich Zeit dabei.

»Wenn wir schon alle da sind, können wir ja mit der Besprechung beginnen«, schlug Wolff vor. »Regina – ich darf Sie doch beim Vornamen nennen, oder? – hat –«

»Nein«, unterbrach sie Regina. Als sie Cavallis warnenden Blick sah, sagte sie schnell: »Nein, ich habe nichts dagegen.«

»Regina hat bestimmt klare Vorstellungen davon, was an die Öffentlichkeit gelangen darf und was nicht«, fuhr Wolff fort.

Regina verstaute die Schminke in ihrer Handtasche und bat Cavalli um ein Glas Wasser.

»Was darf es sein? Mineral- oder Leitungswasser?«, erkundigte er sich mit gespielter Höflichkeit.

»Mineralwasser, wenn du schon so nett fragst.«

Er ging zum Getränkeautomaten und kam mit einer Flasche Mineralwasser und einem Plastikbecher zurück. Er füllte den Becher und reichte ihn ihr. Dann setzte er sich auf den Schreibtisch und überließ ihr die Gesprächsleitung. Wolff spürte die Spannung im Raum. Sie holte Luft, um die Besprechung zu beginnen, doch Regina war schneller.

»Die Berichterstattung muss sich auf die Identität der Toten konzentrieren«, begann sie. »Über den Stand der Ermittlungen möchte ich nicht viel sagen. Das wird auch nicht nötig sein, die Journalisten werden wegen des Fotos der Leiche begeistert genug sein. Wie sieht es mit dem Phantombild der Zeugin aus?«, fragte sie Cavalli.

»Bambi hat Finocchio vor einer Stunde abgeholt. Wir können nachher nach oben gehen und sehen, wie weit sie sind. Ich möchte das Bild aber noch nicht veröffentlichen. Wir könnten die Zeugin damit gefährden.«

Das Klingeln des Telefons unterbrach sie. Cavalli lehnte sich über seine Unterlagen, die auf dem Schreibtisch ausgebreitet waren, und nahm den Hörer ab. Die Stimme am andern Ende war laut genug, dass Regina einige Worte verstand. Als Cavalli aufgelegt hatte, füllte er die Lücken.

»Die Fingerabdrücke auf der Halskette stammen von der unbekannten Zeugin. Sie muss die Kette verloren haben, als sie aus dem Fenster sprang.«

Wolff hörte interessiert zu. »Sie ist aus dem Fenster gesprungen?«

»Ja, aber das darf nicht raus.« Mehr sagte Cavalli nicht dazu, obwohl Wolff offensichtlich auf eine Erklärung wartete. Er wandte sich an Regina und fügte hinzu: »Sie schickt die Kette gleich rüber.«

Dann klärten sie den Ablauf der Pressekonferenz. Wolffs Rolle blieb bis zum Schluss unklar.

»Gut, das hätten wir«, schloss Cavalli. Er rutschte vom Tisch und nahm den letzten Schluck Kaffee, die leere Tasse stellte er zu den anderen. Mit einem charmanten Lächeln versprach er Elvira, eine Viertelstunde vor Eintreffen der Journalisten bei ihr zu sein.

»Gehen wir nach oben«, sagte er anschließend zu Regina. Er wartete darauf, dass sie eine bissige Bemerkung über Elvira fallen ließ, doch sie verzichtete darauf. Stattdessen musterte sie seine Augenringe und sagte: »Du siehst scheußlich aus.«

»Danke, du auch.«

Schweigend gingen sie auf den Lift zu. Regina wollte die Gelegenheit nutzen und ihm für den Bericht danken. Doch Cavalli begann ihr von Gurtner und Pileckis Besuch bei der Firma Brunner in Rümlang, zu erzählen.

»Wir müssen überprüfen, ob er tatsächlich eine Frau in Rumänien hat«, schloss er.

»Das dürfte nicht schwer sein«, meinte Regina. Ob diese Frau etwas über seinen Aufenthaltsort wusste, war jedoch eine andere Frage.

Als die Lifttür aufging, kollidierten sie beinahe mit Meyer und Finocchio. Vor lauter Überraschung blieb Finocchio stumm, worüber Cavalli froh war. Meyer hielt zwei Farbausdrucke in der Hand, die sie ihm reichte. Einer zeigte den Mann, der möglicherweise die junge Frau misshandelt und getötet hatte. Cavalli erkannte die Gesichtszüge, die Finocchio beschrieben hatte. Das zweite Bild porträtierte eine junge Frau.

Mein Gott, dachte er, sie ist ja noch ein Kind.

Die aufgerissenen Augen erzählten eine Geschichte, die keine junge Frau kennen sollte. Die Blut- und Spermaspuren in Salomirs Wohnung schossen Cavalli durch den Kopf, und er wurde steif vor Wut. Taktvoll steuerte Meyer Finocchio um die Ecke.

Regina trat zu Cavalli und betrachtete die junge Frau. Sie legte ihre Hand auf seine Schulter und sagte leise: »Wir werden die Männer finden.«

Cavalli fuhr herum und sagte hart: »Und dann? Der Nächste

wird bereits anstehen, um weiterzumachen. Wird diese Frau je wieder ein normales Leben führen können? Ihr Selbstwertgefühl wird sinken, bis sie selbst davon überzeugt ist, dass sie nichts Besseres verdient hat. Weißt du, wen sie am Schluss hassen wird? Sich selbst.«

Regina fand keine Worte, um diese Realität zu beschönigen. »Es tut mir leid, dass ich gestern so taktlos war«, sagte sie stattdessen und sprach damit ihre schnippische Bemerkung über seine angebliche Erfahrung mit Prostituierten an. Sie spürte seine verkrampften Schultermuskeln unter ihrer Hand. Sie standen so nahe beieinander, dass sie ihn schlucken hörte. Fasziniert beobachtete sie seinen Adamsapfel, der sich hob und dann wieder senkte. Sein Mund stand leicht offen, und er starrte sie aus blutunterlaufenen Augen an.

»Warum geht dir das Thema Prostitution so nahe?«, fragte sie behutsam.

Als hätte man einen Fernseher ausgeschaltet, verschloss sich sein Blick, und sein Mund klappte zu. Er trat einen Schritt zurück, und Reginas Hand rutschte von seiner Schulter.

»Gehen wir«, sagte er schroff und reichte ihr die Bilder. Dann drückte er den Liftknopf. Unten wartete Meyer auf sie, um die Bilder zu kopieren.

»Ich bleibe nicht für die Pressekonferenz«, entschuldigte sie sich. Sie erzählte, dass die Abfallentsorgung ihnen freundlicherweise einige Mitarbeiter zur Verfügung gestellt habe und sie nun zu sechst die Container durchsuchten. Sie versprach, noch heute mit der Suche nach der Zeugin zu beginnen.

Der Presseraum war bis auf den letzten Platz gefüllt. Wolff eröffnete die Pressekonferenz mit einer kurzen Zusammenfassung. Sie wies auf eine schriftliche Mitteilung hin, die zusammen mit dem Foto der toten Frau auflag. Dann eröffnete sie die Fragerunde.

»Weiß man etwas über das Motiv der Tat?«, fragte der *Tages-Anzeiger*.

»Vermuten Sie ein sexuelles Motiv?«, doppelte der *Blick* nach. Cavalli schüttelte den Kopf, er wollte sich nicht auf Vermutungen einlassen.

Die Fragen nach der Todesursache waren einfacher zu beantworten. Nach einer halben Stunde kündigte Wolff an, dass sie zum Schluss kämen. Zuhinterst im Raum meldete sich jemand, der eine Frage an Regina richtete.

»Was hat die Wohnungsdurchsuchung ergeben?« Regina erschrak über die bekannte Stimme. Felix? Sie versuchte, ihn unter den vielen Anwesenden ausfindig zu machen, doch das Licht blendete sie zu stark. Was machte er hier? Die Leiche war auf Stadtgebiet gefunden worden, es gab keinen Grund, im Dübendorfer Lokalblatt darüber zu berichten. Sie schielte zu Cavalli, sah ihm aber nicht an, ob er die Stimme erkannt hatte.

»Die Spurensicherung konnte bestätigen, dass es sich um den mutmaßlichen Tatort handelte«, beantwortete sie die Frage vage. Sie wusste, dass kein Journalist etwas mit dieser Aussage anfangen konnte, doch es hörte sich besser an als: »Kein Kommentar.«

Felix hatte kein Recht, nach der Durchsuchung zu fragen. Er wusste nur aufgrund ihrer Beziehung davon, und Regina fühlte sich gekränkt, dass er diese für seine Zwecke missbrauchte. Wolff erklärte die Fragerunde für beendet und mischte sich unter die Presseleute, die sich von ihr hinaustreiben ließen.

Regina brauchte dringend frische Luft. Zuerst musste sie aber noch die Einzelinterviews hinter sich bringen. Das nationale Fernsehen und Radio ließen sich nicht mit Ausschnitten einer Pressekonferenz abspeisen.

»Fernsehen oder Radio?«, fragte sie Cavalli.

»Radio«, sagte er.

Regina sah ihn flehend an.

»Du siehst besser aus vor der Kamera«, redete er sich heraus.

»Könntest ja auch mal etwas freundlicher dreinschauen«, meinte sie zynisch, »darauf fahren die Menschen ab.«

Cavalli blieb stur. »Radio.« Dann kam ihm eine Idee: »Elvira könnte das Fernsehinterview geben, sie?...«

»Schon gut, ich mach es.« Sie lehnte sich zu ihm und fragte: »Wie sehe ich aus? Sind die blauen Flecken noch verdeckt? Oder beginnt die Schminke schon zu bröckeln?«

Cavalli musterte sie aufmerksam und sagte: »So stelle ich mir San Francisco nach einem Erdbeben vor.« Als Antwort versetzte sie ihm mit dem Ellenbogen einen Rippenstoß.

Wolff gesellte sich zu ihnen und reichte Regina eine Visitenkarte. »Dieser Journalist hat noch weitere Fragen«, erklärte sie. »Ich habe ihm gesagt, dass wir nichts hinzuzufügen haben, aber er behauptet, er kenne Sie persönlich.«

Regina nahm die ihr vertraute Visitenkarte entgegen. »Wo ist er?«

»Im Flur.«

Regina entschuldigte sich für einen Augenblick und verließ den Raum. Felix lächelte halbherzig, als sie auf ihn zukam. Er wollte sie küssen, doch ihre steife Haltung hielt ihn davon ab. Unsicher senkte er seine Arme.

»Was machst du hier?«, fragte sie ihn, halb verärgert, halb verwundert.

»Der Mord geschah nahe an der Stadtgrenze, ich dachte, vielleicht hat er mit Dübendorf zu tun. Es könnte ja sein, dass gewisse Verbindungen aufgedeckt werden«, meinte er verlegen.

»Gewisse Verbindungen aufgedeckt?«, wiederholte Regina.

»Ja, vielleicht ist der Täter Richtung Dübendorf geflohen, oder, ich weiß auch nicht«, schloss er kleinlaut.

Regina verstand nicht, was er sagen wollte. Sie konnte sich nur zwei Gründe ausdenken, weshalb er hier aufgetaucht war. Entweder musste er mit eigenen Augen sehen, dass Cavalli zurück war, oder er hoffte, dass sie ihm mehr über die laufenden Ermittlungen erzählen würde und er sich so als freier Journalist profilieren konnte. Regina wusste nicht, welcher Grund ihr lieber war.

»Es weist gar nichts auf eine Verbindung zu Dübendorf hin. Aber du wirst es als Erster erfahren, wenn wir eine Spur in die Richtung aufdecken«, versprach sie. »Hör zu, ich muss noch ein Fernsehinterview geben. Wir sehen uns heute Abend. Soll ich etwas mitbringen? Ich könnte auf dem Heimweg beim Thailänder vorbeigehen.«

»Du weißt doch, dass ich heute Abend bei der Gemeindeversammlung bin«, erinnerte er sie vorwurfsvoll.

»Natürlich, entschuldige. Mein Kopf ist im Moment so voll. Wir sehen uns danach sicher noch. Ich werde vermutlich lange auf sein.« Sie küsste ihn flüchtig auf die Wange und ging zurück in den Presseraum. Der Kameramann hatte die Beleuchtung bereits eingerichtet; er schien enttäuscht darüber, dass er nicht Wolff filmen durfte. Er instruierte Regina, und sie nahm die gewünschte Position ein. Der Journalist wiederholte die Fragen, die bereits auf der Pressekonferenz gestellt worden waren.

Regina bemühte sich, kurz und deutlich zu sprechen. Das Gespräch dauerte fünf Minuten. Erleichtert schaute sie zu, wie das Material verstaut wurde und die letzten Medienleute durch die Tür verschwanden. Cavalli schloss ab und kam mit einer Tasse Kaffee in der Hand zurück.

»Das war ja harmlos«, kommentierte er die gestellten Fragen.

»Jetzt müsst ihr aber rasch Resultate bringen, sonst werden die Fragen brenzliger«, mahnte Wolff.

Bis jetzt war Cavalli zufrieden. Jede Spur hatte sie weitergebracht, und seine Leute arbeiteten ununterbrochen. Gerne hätte er mehr Sachbearbeiter auf den Fall angesetzt, doch das Personal war knapp. Eine Unruhe ergriff ihn. Die Stunden zerrannen ihm zwischen den Fingern. Unzählige

Details mussten noch geklärt, Berichte verfasst, Leute befragt werden.

»Danke für deine Unterstützung«, sagte er zu Wolff. »Wir sehen uns später.« Sie ging nur ungern.

Als sie allein waren, wandte er sich an Regina.

»Darf ich dir gleich hier von unserer Sitzung erzählen? Dann brauch ich heute nicht mehr bei dir im Büro vorbeizuschauen.« Er blickte auf die Uhr. Es war kurz nach vier.

»Klar, das meiste weiß ich ja inzwischen.« Sie setzte sich auf einen Tisch, und Cavalli brachte sie auf den neusten Stand.

»Wir bräuchten mehr Leute«, er schüttelte den Kopf.

»Zobeli kann sich um die Frau des Rumänen kümmern«, schlug sie vor. Cavalli nahm das Angebot gerne an. Abklärungen im Ausland waren zeitaufwändig, im Osten erst recht.

»Wie sieht es bei dir aus? Kommst du noch dazu, dich um deine neunundneunzig anderen Fälle zu kümmern?«

Regina lachte. »Klar, ich schaue die Stapel jeden Tag an und sortiere sie neu. Aber im Moment siehst du schlimmer aus als die Pendenzen auf meinem Schreibtisch.«

Cavalli rieb sich die Augen. »Wie gesagt, ich habe zu wenig geschlafen. Heute Abend geh ich ins Training, danach werde ich mich wie neugeboren fühlen.« Er streckte sich und gähnte. Dabei ließ er seine Muskeln spielen, Regina konnte ihren Blick nicht abwenden. Ihre Augen streiften seinen Oberkörper und blieben an seinem flachen Bauch hängen. Cavalli beobachtete sie und grinste viel sagend. Verlegen schaute sie weg.

»Boxst du immer noch?«, fragte sie, um die Stille zu brechen.

»Thaiboxen«, korrigierte er sie.

»Wie auch immer. Ist ja fast dasselbe.«

»Das ist überhaupt nicht dasselbe. Im Thaiboxen geht es um Selbstverteidigung.«

»Für mich klingt Boxen einfach aggressiv«, provozierte Regina. »Deine Nase ist schon krumm genug.«

»Deshalb trägt man ja eine Schutzausrüstung. Es geht nicht darum, den Gegner zu verletzen«, verteidigte er sich.

»Und weshalb hast du dir die Nase dabei gebrochen?«

»Darf ich dich daran erinnern, dass du dir beim Yoga den Fuß gebrochen hast?«

Regina gab auf. Sie hatte sich tatsächlich beim Yoga den Fuß gebrochen, doch nur, weil ihr Bein eingeschlafen und sie zu rasch aufgestanden war. Sie erhob sich und suchte ihre Sachen zusammen. Die Haut unter der dicken Schminkschicht juckte unangenehm. Ein heißes Bad wäre jetzt verlockend. Sie malte sich aus, wie es wäre, früh Feierabend zu machen und mit einem spannenden Buch in der Badewanne zu versinken. Vielleicht würde sie sich frühpensionieren lassen.

»Wie fährst du heute Abend nach Hause?« Cavallis Frage überraschte sie.

»Mit dem Bus natürlich. Warum?« Eine leise Ahnung beschlich sie. »Du denkst nicht schon wieder an diesen Mercedes?«

Cavalli antwortete nicht sofort. Vielleicht sind meine Ängste wirklich unbegründet, dachte er zum wiederholten Mal. Und erneut kam er zum Schluss, dass er sein ungutes Gefühl ernst nehmen musste.

»Ich muss vor dem Training noch zu Hause vorbei, um meine Ausrüstung zu holen«, log er. »Ich könnte dich fahren.«

»Du kannst mich ja nicht rund um die Uhr bewachen«, wandte Regina ein.

»Aber wenn ich sowieso vorbeifahre, können wir das Risiko minimieren.«

Die Wortwahl gefiel Regina nicht. Welches Risiko? Dass der Wagen auftauchte? Oder dass ihr etwas zustieße? Hätte sie nicht schon erlebt, wie Cavalli mit sicherem Instinkt gefährliche Situationen vermieden hatte, hätte sie abgelehnt. Doch sie wusste, dass er nicht von Natur aus ängstlich war.

Mahlers drohende Gebärden und sein schlechter Atem gaben schließlich den Ausschlag, das Angebot anzunehmen.

»Also gut. Aber wenn du meinen Heimweg wirklich für zu gefährlich hältst, dann muss ich mich anders organisieren. Ich könnte vielleicht für einige Tage ein Auto leihen«, schlug sie vor.

»Gute Idee«, meinte er. »Ich hole dich um sieben vor dem Bezirksgebäude ab.« Er klemmte seine Unterlagen unter den Arm und ging.

»Danke für den Bericht heute Mittag«, rief ihm Regina nach.

»Gern geschehen.«

7

Am Mittwochnachmittag hatten die meisten Kinder schulfrei. Das Areal des Gemeinschaftszentrums erwachte zum Leben. Aurora betrachtete einen mit Dreck verschmierten Knaben, der zum Ärger seiner Mutter die Rutschbahn hinaufkletterte. Er war etwa in Stavris Alter. So hätte ihr Bruder vielleicht auch gespielt, wenn es seine Gesundheit zugelassen hätte. Ob er jetzt an ihrer Stelle Zigaretten verkaufte?

Es hatte lange gedauert, bis Aurora sich traute, den Stall zu verlassen. Doch schließlich gewann die Verlockung, eine Toilette zu benützen und sich mit fließendem Wasser zu waschen. Es achtete niemand auf sie.

Hinter ihr hörte sie einige bekannte Ausdrücke, überrascht sah sie über ihre Schulter. Drei Teenager standen nahe beisammen und kicherten. Aurora ging unauffällig einige Schritte auf sie zu und hörte genau hin. Sie sprachen tatsächlich albanisch. Die vertrauten Wörter rollten den Mädchen von der Zunge, zwischendurch warfen sie ein deutsches Wort ein, das Aurora nicht verstand. Der Aussprache nach stammten sie aus dem Kosovo.

Aurora setzte sich auf eine feuchte Bank. Sie kratzte mit einem rot lackierten Nagel Holzspäne, die sich gelöst hatten, vom Tisch. Sie dachte an einen milden Frühlingstag. Es war im April gewesen, die Bäume trugen die ersten Blüten und der Asphalt der Straßen war warm, aber noch staubfrei. Es war der Nachmittag, bevor Edmond seinen neuen Freund mit nach Hause brachte. Sie stand mit ihren Zigaretten im Verkehr, umgeben von Abgasen und schmutzigen Autos. Eine junge Frau kam auf sie zu und suchte das Gespräch. Sie erzählte, dass es auch andere Möglichkeiten gäbe, um Geld zu verdienen. Aurora war sofort misstrauisch, doch es stellte sich heraus, dass sie von einer Ausbildung sprach. Sie zeigte ihr Prospekte von einem Ausbildungszentrum in Tirana. Auf den Bildern waren Menschen in ihrem Alter zu sehen, die an Nähmaschinen und Computern saßen, hinter Kochtöpfen standen, Haare schnitten und die Schulbank drückten. Die Frau nannte das Zentrum »Ferilasses« und erklärte ihr, dass auch sie die Möglichkeit hätte, dort eine Lehre zu absolvieren. Sie drückte ihr den Prospekt in die Hand und versprach, am nächsten Tag wieder vorbeizukommen.

Aurora drehte das weggekratzte Holzstück in den Fingern. Sie hatte nie erfahren, ob die Frau am nächsten Tag zurückgekommen war. An diesem Abend hatte Edmond den Fremden nach Hause gebracht. Als Naser in ihr Leben trat, ging die Welt, die ihr vertraut war, unter.

»Scheiße«, sagte Meyer. Sie ließ den Abfallsack angewidert fallen. Fahrni streckte den Kopf hinüber und spähte in den Sack.

»Scheiße«, bestätigte er.

Meyer schnürte den Sack mit dem gebrauchten Katzensand wieder zu, zog die Handschuhe aus und ließ sich erschöpft auf das Trottoir fallen. Seit sechs Stunden wühlten sie im Müll der Schwamendinger.

»Ich bin mir nicht sicher, ob es wirklich eine gute Idee war, die Hilfe der Abfallentsorgung anzunehmen«, sagte Meyer zum vierten Mal.

»Du hast einfach zu wenig Vertrauen in Menschen, Jasmin«, antwortete Fahrni, ebenfalls zum vierten Mal. Er zog einen Taschenrechner hervor und putzte ihn mit dem Handschuh. »Schau, vielleicht funktioniert er noch. Meiner ist nämlich kaputt.«

»Sie haben überhaupt keine Übung«, fuhr Meyer fort. »Was ist, wenn sie die richtigen Kleider übersehen?«

»Es braucht keine Übung, um Kleider im Abfall zu finden«, wandte Fahrni ein. »Dein Problem ist, dass du immer denkst, du müsstest alles selber machen.« Er schaltete den Rechner an und rief begeistert: »Er funktioniert!« Dann legte er ihn beiseite.

»Das ist nicht dein Ernst«, sagte Meyer ungläubig.

»Doch. Wie willst du deinen Managern beibringen, wie sie sich in Extremsituationen verhalten sollen, wenn du ihnen dabei das Händchen hältst?«

»Ich meine den Rechner.«

»Ach so.« Er griff nach dem nächsten Sack und schnitt den gelben Plastikstreifen auf. Er tauchte seinen Arm in die stinkende Mischung aus Lebensmitteln und Verpackungsmaterial. Während er nach Kleidern tastete, klingelte Meyers Handy. Sie suchte das Gerät unter ihrem Schutzoverall. Als sie aufgelegt hatte, wandte sie sich an Fahrni.

»Jemand hat im Gemeinschaftszentrum Essen vom Tisch gestohlen«, beantwortete sie Fahrnis ungestellte Frage. »Und eine Jacke von der Garderobe. Der Häuptling meint, wir sollten der Sache nachgehen.« Sie schüttelte den Kopf. »Der hat manchmal seltsame Prioritäten!«

Fahrni zog schweigend eine schwarze Socke aus dem Sack. Er steckte seinen Finger durch ein Loch im Zehen und betrachtete seine Kollegin nachdenklich.

»Wenn sich diese unbekannte Zeugin irgendwo versteckt, dann wird sie bestimmt Hunger haben.«

Meyer erstarrte mit einer leeren Pelatidose in der Hand. »Aber sie wäre doch zu Freunden oder Bekannten geflüchtet.« Es war eher eine Frage als eine Feststellung.

»Und wenn sie keine hat?«

»Hast du schon mal erlebt, dass jemand keinen einzigen Freund oder Bekannten hat?«

»Ja. Ich.«

Meyer streckte ihm die Zunge raus.

»Nein, ehrlich. Nicht hier natürlich«, wehrte er sich. »Aber als ich achtzehn war, fuhr ich allein nach Griechenland. Dort wurde mir die Brieftasche gestohlen. Ich hatte keinen Ausweis und keinen Rappen Geld.«

»Aber du bist bestimmt zur Polizei gegangen.«

»Klar, ich hatte ja nichts zu befürchten.« Er zeigte ihr eine Hantel, die mit Senf beschmiert war. »Interessiert?«

»Aber wenn sie in einer Notlage ist, würde sie sich doch erst recht melden«, wandte Meyer ein.

»Sag mal, was ist denn mit dir los? Sonst bist doch du diejenige, die mir alles erklären muss«, stöhnte Fahrni. Er lehnte sich zu ihr hinüber und sagte langsam und deutlich: »Erstens«, dabei hob er einen Finger, »sie könnte am Mord beteiligt sein. Zweitens«, der nächste Finger schoss in die Höhe, »sie hat sich sonst etwas zu Schulden kommen lassen. Drittens, sie ist illegal hier.«

Meyer starrte ihn an. Illegal! Sie schlug sich mit der Handfläche gegen die Stirn. Natürlich. Das Naheliegendste, und es war ihr nicht einmal in den Sinn gekommen. Sie ärgerte sich über sich selbst. Manchmal war sie so auf einen Gedanken fixiert, dass andere daneben keinen Platz fanden. Sie war einfach davon ausgegangen, dass die Zeugin Angst vor dem Täter hatte und sich nur deshalb versteckte.

»Aber auch eine Illegale hätte doch irgendeinen Kontakt.« Sie versuchte zu verstehen, was sich zugetragen haben könnte.

»Und wenn dieser Kontakt soeben einen Mord begangen hat? Und sie das gesehen hat? Wo soll sie dann hin?«

Fahrni öffnete einen weiteren Sack und zog einen Damenstiefel hervor. Ungläubig starrte er ihn an. Er versuchte, sich Finocchios Beschreibung in Erinnerung zu rufen. Es konnte passen.

»Zeig her«, sagte Meyer aufgeregt. Sie drehte den Stiefel in den Händen. »Was ist sonst noch im Sack drin?«

Fahrni kippte den Inhalt auf den Boden. Ein Bündel eng zusammengerollter Kleider rollte auseinander. Er erkannte den Minirock, den Finocchio beschrieben hatte, und ein billiges, schwarz glänzendes Oberteil, das vorne zerrissen war.

»Bingo!«, rief er erfreut.

Er legte ein Stück nach dem anderen sorgfältig in den Sack zurück. Meyer bot an, den Sack zum WD zu fahren, obwohl sie lieber gleich der Meldung aus dem Gemeinschaftszentrum nachgegangen wäre. Fahrni lehnte großzügig ab und überließ ihr den spannenden Teil der Arbeit. Er würde sich um den Transport kümmern und die Suchaktion zu Ende führen.

»Ach ja, der Häuptling lässt ausrichten, dass der Rapport morgen bereits um sieben Uhr beginnt. Und er bringt die Brötchen.«

Sie verabschiedete sich und joggte zielstrebig Richtung Gemeinschaftszentrum.

8

Die Kinderstimmen um Aurora herum waren quengelig geworden. Der Nachmittag neigte sich dem Ende zu, die kleinen Füße waren müde und die Finger steif. Mütter packten Fläschchen ein, schnürten ihren Kleinen die Schnürsenkel und zogen ihnen die Handschuhe gerade. Aurora ließ ihren Blick über das Gelände schweifen und beobachtete eine Frau, die eilig auf den Spielplatz zukam. Als sie am Schafstall vorbeirannte, erkannte Aurora einen Schlagstock an ihrem Bein. Ihr Herz schien stillzustehen, als müsse es einen kurzen Moment ruhen, um genügend Kraft für die aufsteigende Panik zu sammeln. Aurora erkannte nun deutlich die Polizeiuniform und senkte den Blick in der Hoffnung, sie würde so weniger auffallen. Sie kratzte einen weiteren Holzspan vom Tisch und versuchte, sich in die Umgebung einzufügen. Als die Polizistin die Picknicktische erreichte, kam ein Fußball geflogen und traf einen Kinderwagen mit einem schlafenden Säugling. Das Kind erwachte und fing an zu schreien. Seine Mutter rannte zu ihm und fluchte laut über den ungeschickten Fußballspieler. Der Vorfall zog für einen Moment die Aufmerksamkeit aller auf sich, und Aurora gelang es, ungesehen in der Abenddämmerung zu verschwinden.

Cavalli hielt um Punkt sieben vor dem Bezirksgebäude. Regina wartete schon. Beim Einsteigen blickte sie nochmals über ihre Schulter.

»Alles in Ordnung?«, fragte er.

Regina atmete erleichtert auf, als sie im Wagen saß. Die Sache mit dem Mercedes beschäftigte sie mehr, als sie zugeben wollte. Sie versuchte, ihre Ängste im Keim zu ersticken, sonst würde sie nie mehr ruhig nach Hause fahren können.

»Ja. Und bei dir?«

Er erzählte, dass Fahrni und Meyer vermutlich die Kleidung der Toten gefunden hätten und dass die Zeugin im Gemeinschaftszentrum gesehen worden war. Regina hörte aufmerksam zu.

»Immerhin wissen wir, dass das Phantombild gut ist«, fuhr er fort. »Sechs Personen im GZ haben sie anhand des Bildes gleich erkannt.« Meyers Vermutung, es könnte sich bei der Zeugin um eine Illegale handeln, klang plausibel. Vielleicht hatte sich auch die Tote illegal in der Schweiz aufgehalten; das würde erklären, weshalb sie niemand als vermisst gemeldet hatte. Er erzählte Regina von Meyers Gedanken.

»Das würde die Identifizierung aber nicht gerade erleichtern«, meinte sie. »Salomir scheint die Schlüsselfigur zu sein. Er ist vielleicht der Einzige, der weiß, wer die Tote ist. Außer der Zeugin.«

»Und dem Mörder«, fügte Cavalli hinzu.

»Nicht unbedingt. Vielleicht kümmerte es ihn gar nicht, wer sie war.«

Cavalli schwieg. Er fühlte sich ausgelaugt. Langsam bewegte sich die Autokolonne auf die Kreuzung zu. Kaum war er fünf Meter gefahren, wechselte die Ampel auf Rot, und er stand wieder still. Nach dem Nadelöhr am Hauptbahnhof würde der Verkehr flüssiger laufen. Bis dahin musste er sich gedulden. Er schaltete das Radio ein. Die aufgeregte Stimme eines Lokalradio-Moderators schlug ihnen entgegen und forderte sie auf, jetzt anzurufen, um einen von drei Preisen zu gewinnen.

»Weißt du, wie stark die Anzahl ausländischer Prostituierter in Zürich in den letzten zwanzig Jahren zugenommen hat?«, fragte Regina. Cavalli antwortete nicht.

»1980 waren es etwa hundertfünfundsechzig, heute über tausendfünfhundert«, fuhr sie fort. »Das sind mehr als die Hälfte der legal arbeitenden Prostituierten. Die Illegalen nicht mit eingerechnet. Wir sollen die weltweit größte Prostitutionsdichte haben.«

»Es ist nicht gesagt, dass unsere zwei Frauen Prostituierte waren«, erinnerte Cavalli sie.

»Nein, aber die Wahrscheinlichkeit ist groß.« Sie verstand Cavallis Schweigen als Zustimmung.

»Was hältst du von der Cabaret-Tänzerinnen-Bewilligung? Schützt sie die Frauen? Sollten Prostituierte auch eine Arbeitsbewilligung erhalten?«

Diese Bewilligung war ein Sonderfall innerhalb der Sexarbeit. Als praktisch einzige legale Arbeitsmöglichkeit konnten Frauen während acht Monaten pro Kalenderjahr als Cabaret-Tänzerinnen arbeiten.

Der Radiomoderator nahm den ersten Anruf entgegen. Er begrüßte die Zuhörerin, als würde er sie seit Jahren kennen, und fragte sie nach dem Lösungswort. Leider kannte sie den Namen von Popsternchen Bernadettes Yorkshire Terrier nicht und würde sich deshalb ihre neue Single selber kaufen müssen.

»Hörst du mir überhaupt zu?«, fragte Regina genervt.

»Mhm.« Cavalli bremste abrupt, als ein Mofafahrer sich an ihnen vorbeizuzwängen versuchte.

»Und? Was hältst du davon?«

»Von der Bewilligung für Cabaret-Tänzerinnen?«

»Ja.«

Er überlegte widerwillig. »Ich weiß es nicht.«

»Findest du es gut, wenn Prostituierte die Möglichkeit haben, legal zu arbeiten? Oder meinst du, dass das die Frauen erst recht in die Sexarbeit abdrängt?«, bohrte Regina weiter.

Cavalli seufzte. »Es gibt ihnen doch vor allem die Möglichkeit, sich als Prostituierte hinter einer legalen Fassade zu verstecken. Besser gesagt, es gibt ihren Arbeitgebern diese Möglichkeit. Ob das besser ist, weiß ich nicht. Mit diesen Bewilligungen bleiben sie erpressbar, und damit sind sie keinen Schritt weiter. Sie sind weiterhin ihren Zuhältern und Freiern ausgeliefert.«

»Wie könnte man das verhindern?«

Auch die zweite Zuhörerin kannte den Namen des Hundes nicht. Cavalli fragte sich, wie viele Autofahrer sich in diesem Moment den Kopf über den Namen zerbrachen.

»Können wir das Thema wechseln?«

»Weshalb bist du so empfindlich, wenn wir über Prostitution sprechen?«

»Weshalb bist du so penetrant?«, fragte er scharf.

»Ich bin nicht penetrant«, verteidigte sie sich. »Ich habe dich nur etwas gefragt und hätte gerne eine Antwort.«

»Und ich möchte dir keine geben.«

Damit war das Gespräch für ihn beendet. Er konzentrierte sich auf die Straße und blendete Regina sowie die Stimme des Moderators aus. Vor ihm fuhr ein weißer Lieferwagen mit der Aufschrift »Sanitär Suleiman«. Einen Moment lang glaubte er, den Namen Salomir zu lesen. Er überholte den Lieferwagen, der bergauf nur knappe fünfzig Stundenkilometer fuhr. Bald ließ er den Milchbucktunnel hinter sich und rollte langsam auf Schwamendingen zu. Automatisch hielt er nach der jungen Frau Ausschau, die sich hier irgendwo versteckt hielt.

In der Dunkelheit erkannte er aber keine Gesichter, nur vage Gestalten, die sich bloß in ihrer Größe und Geschwindigkeit unterschieden. Er musste wieder an das Wasser der Sihl denken, das brav seinem Flussbett folgte und so seinem Ziel stets näher kam. Die Gestalten bewegten sich in ähnlicher Weise auf ihre Destinationen zu. Nur vereinzelt schlugen Ziellose einen Zickzack-Kurs ein, während sie ihren Weg suchten. Zu diesen Ziellosen gehörte auch sein Sohn. Der Gedanke durchfuhr ihn plötzlich und überraschte ihn in seiner Heftigkeit. Gleichzeitig meldete sich sein schlechtes Gewissen, weil er nicht in der Lage war, Christopher bei seiner Zielsuche zu helfen. Er nahm sich vor, ihn bald anzurufen, vielleicht könnten sie gemeinsam essen gehen oder sonst etwas unternehmen. Was machten Sechzehnjährige in der Freizeit? Er wollte Regina fragen, doch er wusste nicht, wie er das Gespräch wieder aufnehmen sollte.

Regina bemerkte seinen Blick und wartete. Im unsteten Licht der Straßenlaternen erschien ihr schmales Gesicht bleich und angespannt. Er verspürte den Wunsch, die zwei kleinen Sorgenfalten zwischen ihren Brauen mit seinem Finger zu glätten. Sie wirkte zerbrechlich, wie sie sich an die Scheibe lehnte und den zierlichen goldenen Ring am Finger hin und her drehte. Ihre weißen Hände waren knochig, und er fragte sich, wohin all die Schokoriegel verschwanden.

»Ich war bei meiner Großmutter«, sagte er aus dem Nichts. Regina nahm das Versöhnungsangebot an.

»Das erste Jahr, vor deiner Weiterbildung?«

Cavalli nickte. Er bremste ab, als er an der Ortstafel von Dübendorf vorbeifuhr.

»Ein ganzes Jahr lang? Im Reservat?«, fragte sie erstaunt.

»Ja«, antwortete er. Vor ihm tauchte schon wieder ein Rotlicht auf.

»Was hast du dort gemacht?«

»Dieses und jenes«, sagte er ausweichend und hielt an. »Alte Freunde besucht. Zukunftspläne geschmiedet.« Von der Vergangenheit Abschied genommen. Bei der Großmutter Kraft getankt.

»Hast du noch Freunde, die dort wohnen? Ich dachte immer, in den USA bleibe nie jemand lange an einem Ort.«

»Außer diejenigen, die nirgendwo anders hin können. Und davon gibt es im Reservat einige«, sagte Cavalli. Sie verbrachten ihren tristen Alltag in den lokalen Bars und ließen sich vor lächerlichen Tipis, in denen die Cherokee-Indianer gar nie gelebt hatten, von Touristen fotografieren. Er fragte sich manchmal, ob das auch ihm hätte passieren können, wenn ihn seine Mutter nicht zu sich nach Straßburg geholt hätte, als er neun Jahre alt war. Wie stark beeinflusste die Umgebung die Entwicklung eines Menschen, und wie viel bestimmten der eigene Wille und die eigene Veranlagung? Christopher kam ihm wieder in den Sinn, und er fragte Regina, was ein Sechzehnjähriger in der Freizeit gern unternahm.

»Ein Sechzehnjähriger oder Chris?«, unterschied sie.

»Chris.«

»Vermutlich käme es ihm nicht darauf an, Hauptsache, du würdest ihm etwas Beachtung schenken«, sagte sie ehrlich. Sie sah Cavalli an, dass ihm die Antwort nicht gefiel.

»Wenn dieser Fall gelöst ist, möchte ich mit ihm etwas unternehmen.«

»Dann liegt der nächste Fall auf deinem Schreibtisch«, hielt ihm Regina vor. »Wenn dir Christopher wichtig ist, musst du jetzt mit ihm Zeit verbringen.«

Sie stellte sich den ungeschickten Zehnjährigen vor, so wie sie ihn damals gekannt hatte, mit seinen pechschwarzen Haaren und dem ausweichenden Blick. Ein Mal pro Monat hatte er einen Sonntag bei seinem Vater verbracht, doch der Pflichtbesuch war immer eine Belastung für alle gewesen. Das verschlossene Kind wurde in der Gegenwart von Cavalli noch unnahbarer und trotziger. Cavalli hatte sich Mühe gegeben, seine Enttäuschung über ihn zu verbergen, doch Christopher hatte sich nie akzeptiert gefühlt und lehnte ihn folglich auch ab. Gleichzeitig hatte er seinen Vater aber auf eine unnatürliche Weise vergöttert. Ob er sich verändert hatte?

Auf der rechten Straßenseite leuchtete die Neonbeschriftung der Firma Ascom. Ein Wegweiser zeigte Richtung Industriequartier, und Cavalli überholte einen Wagen, der in die Einbahnstraße einbiegen wollte. Die Autokolonne bewegte sich langsam den Berg hinauf nach Gockhausen. Er blickte in den Rückspiegel, doch es war unwahrscheinlich, dass er den Mercedes mitten im Feierabendverkehr erkennen würde. Regina nahm ihre schwere Tasche vom Boden und verstaute ihren Schal darin.

»Ich werde heute Abend die Unterlagen durchlesen«, sagte sie. »Bis jetzt konnte ich die Berichte nur überfliegen.«

»Felix wird sich darüber freuen«, sagte Cavalli trocken.

»Er muss über die Gemeindeversammlung berichten, ich habe sturmfrei«, rechtfertigte sie sich unnötigerweise. Sie hatte sich schon den ganzen Tag auf diese freien Stunden gefreut. Manchmal vermisste sie es, allein in ihrer Wohnung zu sein. Felix verließ das Haus meist nach ihr und kehrte früher zurück, deshalb bedeuteten ihr die seltenen Stunden allein viel.

»Er ist nicht da?«, fragte er ungläubig.

Sie sah ihn seltsam an. »Nein. Ist das komisch?«

Er schüttelte den Kopf resigniert. »Natürlich nicht. Wann kommt er wieder?«

»Wahrscheinlich gegen elf. Warum?«

»Nur so.«

Regina stieg aus dem Wagen und wünschte ihm viel Spaß beim Training. Als sie die Tür aufschloss, erleuchtete ein automatisches Licht den Eingang. Sie drehte sich um und winkte ihm zu, bevor sie verschwand.

Cavalli blieb einen Moment lang reglos im Wagen sitzen. Er versuchte, trotz seiner Müdigkeit klar zu denken. Wenn der Mercedesfahrer es wirklich auf Regina abgesehen hatte, war sie in Gefahr. Felix hätte sie vielleicht nicht beschützen können, doch ein Mann im Haus schreckte Eindringlinge immerhin ab. Es gefiel ihm ganz und gar nicht, dass sie bis elf allein zu Hause war.

Schicksalergeben parkte er den Volvo fünfzig Meter weiter Richtung Hauptstraße und stieg aus. Im Wagen würde er nicht wach bleiben. Zu Fuß ging er das Sträßchen zurück und stellte sich so hin, dass er ihre Wohnungstür im Blick hatte, man ihn aber nicht erkennen konnte. Es sind nur drei Stunden, sagte er sich und begann zu warten.

Regina schlüpfte aus ihren Stiefeletten und ließ sie auf den Schieferplatten liegen. Neben der Tür stand der Sack mit dem Mantel, den sie eigentlich zur Reinigung hatte bringen wollen. In Strümpfen durchquerte sie den Eingangsraum und trat ins Wohnzimmer. Sie ging geradewegs auf die Stereoanlage zu und legte eine CD ein.

Während Bruce Springsteen seine Sehnsucht nach einem Rendezvous in den Raum hineinschrie, schlüpfte sie in eine bequeme Trainingshose. Zufrieden ging sie in die Küche und suchte nach Essensresten vom Vortag. Felix kochte immer große Mengen, damit sie sie aufwärmen konnte. Sie öffnete den Kühlschrank und schaute erwartungsvoll hinein, doch er war leer. Überrascht ließ sie ihren Blick nochmals über die Essiggurken und die Butter gleiten, aber es kam kein Behälter mit Reis und Zitronensoße zum Vorschein. Sie zog eine Fertigpizza aus dem Gefrierfach und schaltete den Backofen ein. Während sie die Plastikverpackung wegriss, suchte sie nach einer Nachricht von Felix. Er hatte keinen Zettel hinterlassen, kein »Guten Appetit« mit witzigen Strichmännlein.

Wieder stiegen Schuldgefühle in ihr hoch, doch sie wollte sich den Abend, auf den sie sich so gefreut hatte, nicht verderben lassen. Als die Pizza im Backofen war, stellte sie sich ans Wohnzimmerfenster. Springsteen trauerte über gefallene Soldaten des Vietnamkriegs, und Regina schossen unerwartet Tränen in die Augen. Im Garten streckte der Nussbaum seine kahlen Äste zum Himmel empor und hielt den Piloten ein gelbes Anti-Fluglärm-Transparent entgegen.

Seufzend setzte sich Regina auf das Sofa und schmiegte sich in eine weiche Ecke. Sie nahm die Akte der unbekannten Toten zur Hand und suchte Cavallis Bericht hervor. Während sich der Duft von Käse ausbreitete, strich sie mit der Hand über den Computerausdruck, als könnte sie Cavalli darauf spüren.

Der Polizist war wieder da. Er versteckte sich hinter dem Flieder, an der gleichen Stelle wie er selber am Abend zuvor. Wie in Stein gemeißelt stand er da, breitbeinig, die Arme vor der Brust verschränkt. Hätte er nicht nach ihm Ausschau gehalten, hätte er ihn kaum wahrgenommen. Er ärgerte sich. Stand die Bezirksanwältin immer unter Polizeischutz? Er musterte den Polizisten und verwarf den Gedanken, sich mit ihm zu messen: Er war ihm körperlich eindeutig überlegen. Wenn es keinen anderen Weg gäbe, würde er zur Waffe greifen. Doch einen Polizisten zu töten, würde ihm nur noch mehr Hindernisse in den Weg legen. Er wusste, wie sensibel die Polizei reagierte, wenn sie selber angegriffen wurde. So käme er nie an sein Ziel. Er blickte ein letztes Mal zum Polizisten hinüber. Er hatte sich in den zwanzig Minuten, in denen er ihn beobachtete, kein einziges Mal bewegt. Vorsichtig schlich er sich zum Wagen zurück, den er an der gleichen Stelle wie tags zuvor geparkt hatte, und fuhr wieder in die Stadt.

Pilecki war kein Frühaufsteher. Sein Kopf brummte, als er sich aus dem Bett zwang, und er stöhnte, als er an die bevorstehende Arbeit dachte. Sie hatten gestern bloß einen Bruchteil der Telefonnummern überprüft, die Salomir von seinem Festnetz aus gewählt hatte. Viel gebracht hatte sein nächtlicher Ausflug nicht. Niemand wusste etwas von Racheplänen. Entweder war die Vermutung des Häuptlings falsch, oder es handelte sich bei diesem Mercedesfahrer um einen Fremden. Doch warum würde sich jemand, der nie mit der Bezirksanwaltschaft zu tun hatte, an Flint rächen wollen?

Kurz vor sieben betrat er das Sitzungszimmer. Fahrni war schon da und sah wie immer munter aus.

»Hat dich die Kosmetikbranche noch nicht entdeckt?«, fragte Pilecki verschlafen.

»Ich benutze keine kosmetischen Produkte«, antwortete Fahrni, in eine Zeitung vertieft.

Pilecki war zu müde, um ihm den Zusammenhang zu erklären. Er zog eine Kopie der Telefonliste hervor, die er dem Häuptling geben wollte.

Wer telefoniert heute schon vom Festnetz aus, wenn er dubiose Geschäfte mit einer Prepaidkarte via Handy erledigen kann?, fragte er sich.

»Was steht drin?«, Pilecki zeigte auf die Überschrift »Eschenholz-Leiche noch nicht identifiziert«.

Bevor Fahrni antworten konnte, betraten Meyer und Cavalli den Raum. Der Häuptling legte einen Sack mit Brötchen auf den Tisch. Er sah ein wenig besser aus als am Tag zuvor, doch Pilecki hatte das Gefühl, dass er auch heute nicht viel geschlafen hatte. Cavalli sah ihn fragend an, und Pilecki schüttelte leicht den Kopf. Sein Chef zeigte mit den Augen zur Tür und verließ den Raum. Pilecki folgte ihm. Am Kaffeeautomaten klärte er ihn kurz über seinen nächtlichen Ausflug auf.

»Kannst du nicht doch versuchen, eine Klientenliste von Zobeli zu bekommen?«, bat er Cavalli.

»Warten wir noch einige Tage«, antwortete Cavalli. »Der Mercedes tauchte gestern nicht wieder auf. Vielleicht war das Ganze wirklich nur Zufall.«

Pilecki teilte Cavallis Skepsis bezüglich Zufällen.

Cavalli nahm einen Schluck Kaffee, und sie gingen zurück ins Sitzungszimmer. In der Zwischenzeit war auch Gurtner aufgetaucht. Er hatte ebenfalls eine Zeitung vor sich.

»Da die Tote bisher nicht vermisst wird, kann man davon ausgehen, dass sie aus dem Rotlichtmilieu stammt«, las er laut vor. »So ein Blödsinn. Habt ihr der Presse gegenüber etwas von Rotlichtmilieu gesagt?«, fragte er Cavalli.

»Kein Wort.« Er ärgerte sich über die Aussage. Auch Sexarbeiterinnen hatten Angehörige. Die Arroganz des Journalisten stieß ihm sauer auf. Sie hatten mit der Pressekonferenz eben diesen wilden Spekulationen vorbeugen wollen. Er seufzte und fragte Fahrni, wie die Zeitungen auf dem Land über den Fall berichteten.

»Ziemlich neutral«, sagte er zur Erleichterung aller. »Sie haben unsere Überprüfungen erwähnt und das Foto der Toten veröffentlicht.« Er hielt das Blatt hoch, damit alle das Porträt der jungen Frau betrachten konnten. Auf dem Bild waren ihre Verletzungen retouchiert worden, sie sah zwar starr, aber nicht Furcht erregend aus. Man sah ihr den gewaltsamen Tod nicht an.

Cavalli bat Gurtner und Pilecki, den Anfang zu machen. Sie erzählten von ihrem Besuch bei Brunner in Rümlang. Cavalli erinnerte sie daran, dass er den schriftlichen Bericht bis siebzehn Uhr auf seinem Schreibtisch haben wollte.

»Die Aussage von Plaas habe ich übrigens protokolliert«, informierte er. »Ihr könnt heute nochmals kurz bei ihm vorbeigehen, um ihn unterschreiben zu lassen. Er soll sich auch das Foto von Salomir ansehen. Vielleicht ist ihm in der Zwischenzeit noch etwas eingefallen.«

Unruhig lief er im Raum hin und her. Die Routinearbeiten waren sehr zeitintensiv, die Verlockung, eine Abkürzung zu nehmen, daher groß. Trotz Zeitdruck mussten sie aber zuerst System in die Ermittlungen bringen.

Nach kurzer Überlegung sagte er zu Pilecki und Gurtner: »Macht mit den Telefonanrufen weiter. Nehmt das Adressbuch, das Meyer in Salomirs Wohnung gefunden hat, und vergleicht die Einträge. Wenn ihr fertig seid, brauche ich eine Liste aller Namen und Adressen, die wir überprüfen müssen.«

Pilecki schloss kurz die Augen und hoffte, dass er geträumt hatte. Einen Tag am Schreibtisch, etwas Schlimmeres konnte ihm nicht passieren. Der kurze Besuch bei Plaas erschien ihm im Vergleich geradezu abenteuerlich.

Cavalli raste durch die Sitzung. Während seine Mitarbeitenden die Ergebnisse des Vortages präsentierten, war er in Gedanken schon bei den nächsten Schritten.

»Wo sind die Laken?«, unterbrach er Fahrni, der gerade vom Fund der Kleider berichtete.

»Die Laken?«, wiederholte Fahrni. Langsam ging ihm ein Licht auf. Entsetzt sah er Meyer an. Sie hatten vergessen, die Suche nach den schmutzigen Bettlaken fortzusetzen.

Fahrni sprang auf. »Ich muss kurz telefonieren«, entschuldigte er sich. Unter dem verärgerten Blick seines Chefs eilte er aus dem Zimmer.

»Die Container werden heute geleert«, nuschelte Meyer als Erklärung, ohne aufzusehen.

Cavalli bemühte sich, die Beherrschung nicht zu verlieren. Jeder macht Fehler, sagte er sich, doch einen solchen dilettantischen Ausrutscher hatte er Meyer und Fahrni nicht zugetraut. Die Stille im Raum war beklemmend.

Als Fahrni zurückkam, erklärte er nervös, dass die Müllabfuhr bereits an der Glattwiesenstraße vorbei sei. Die Stimmung war so angespannt, dass die Luft zu knistern schien. Cavalli stand stocksteif vor Fahrni und verzog keine Miene. Mit bohrendem Blick starrte er seinen Mitarbeiter an und wartete, bis er weitererzählte.

Fahrni räusperte sich.

»Ähm, sie waren sehr freundlich, sie werden sofort einen neuen Müllwagen einsetzen. Den ersten werden sie uns so überlassen, wie er jetzt ist.« Er knabberte an einem Fingernagel und versuchte zu überlegen, ob er noch etwas vergessen hatte. Unter Cavallis stechendem Blick fiel ihm das Denken allerdings schwer.

»Gurtner, ruf nochmals bei der Müllabfuhr an. Klär ab, welche Container bereits in den jetzigen Wagen geleert wurden. Und welche in den zweiten«, sagte Cavalli betont langsam und schaute dabei Fahrni an. »Salomir hat die Laken vielleicht woanders weggeschmissen.« Fahrnis Kopf lief rot an.

Cavalli wandte sich an Pilecki. »Übernehmt den Müll. Ihr

könnt die Suche mit dem Besuch bei Plaas kombinieren, die Wagen fahren ja alle ins Eschenholz.«

Während sie auf Gurtner warteten, suchte Cavalli die Resultate der Blutanalysen heraus. Er wollte sie noch für Regina kopieren, damit ihre Akte vollständig war. Die Tüte mit den Brötchen lag ungeöffnet auf dem Tisch.

Gurtner kam zurück und erklärte, dass sie mit der Verbrennung im Eschenholz noch warteten. Er setzte sich schwerfällig hin und hoffte, dass die Sitzung bald zu Ende war.

»Meyer, mach weiter«, befahl Cavalli. Sie erzählte mit tonloser Stimme von der Suche nach der Zeugin.

»Sechs Personen haben sie gesehen. Offenbar hat sie die Toilette im Gemeinschaftszentrum benutzt.«

Cavalli musste wieder an Reginas Flucht denken. Er erinnerte sich an ihre Worte: »Du wolltest wissen, wohin ich rennen würde. Hierhin. Zu diesem Schulhaus.« Das Gemeinschaftszentrum lag ganz in der Nähe des Schulhauses. Vielleicht war sie wirklich die gleiche Strecke gerannt wie die Zeugin in der Mordnacht.

»Wir müssen sie unbedingt finden«, sagte Cavalli entschlossen. »Ich möchte, dass ihr heute eure ganze Energie dafür einsetzt. Zeigt das Phantombild an jeder Haustür in der Umgebung. Überlegt euch, wo ihr euch verstecken, wo ihr essen würdet. Versetzt euch in ihre Lage.« Verflucht, wenn sie doch nur das Bild veröffentlichen könnten. Doch das war zu riskant. Wenn der Mörder es sähe, hätten sie vermutlich bald eine zweite Leiche. »Sonst noch etwas?«

»Die zwei Männer sprachen gebrochenes Deutsch«, meldete sich Fahrni zu Wort. »Gemäß Finocchio Jugo-Deutsch, was immer das sein mag.«

»He mon«, imitierte Pilecki den Slang der Schwamendinger Jugendlichen, und setzte dabei einen abgebrühten Gesichtsausdruck auf. Meyer musste grinsen.

Gurtner schüttelte den Kopf. »Ein Rumäne, der Jugo-

Deutsch spricht. Nicht schlecht. Allerdings behauptete sein Vorgesetzter, er spreche recht gutes Schweizerdeutsch.«

»Vermutlich macht Finocchio keine großen Unterschiede, was Akzente angeht«, mutmaßte Cavalli. »Doch immerhin wissen wir, dass sie deutsch sprachen. Fahrnis Überlegung, dass es sich in diesem Fall beim Täter nicht um einen Rumänen handelt, ist wahrscheinlich richtig.«

»Ein Glück – so kommt ein großer Teil der Weltbevölkerung nicht mehr in Frage«, meinte Gurtner sarkastisch.

»Die Tote auf dem Foto hat sie auch erkannt«, fügte Meyer hinzu. »Es handelt sich tatsächlich um eine der beiden Frauen, die sie im Treppenhaus gesehen hatte.«

Cavalli nickte. »Ich habe die Resultate der Blutuntersuchungen: nichts – keine Drogen, keine Medikamente, keine Krankheiten. Über die Zähne ist noch nichts eingetroffen. DNA-Ergebnisse sowieso nicht. Die Fahndung nach Salomir und dem Chrysler hat ebenfalls noch nichts ergeben.« Er schaute in die Runde. »Sind die Aufgaben für heute klar?«

»Klar.«

»Zobeli sucht übrigens nach der Ehefrau, die Salomir anscheinend in Rumänien haben soll«, sagte er noch zum Schluss.

»Wie hast du das denn eingefädelt, er ist doch nicht dein Assistent, sondern Flints«, provozierte Pilecki.

Cavalli war nicht zum Spaßen aufgelegt. »Ich werde sehen, ob er noch Informationen über Salomirs Bankkonten beschaffen kann.« Dann stand er auf und suchte seine Unterlagen zusammen.

»Morgen um sieben. Haltet mich auf dem Laufenden.«

Als er das Zimmer verlassen hatte, atmete die Runde auf. Gurtner griff zur Tüte mit den Brötchen und zog ein Croissant heraus. Er biss hinein, und Brösel rieselten auf seinen Wollpullover. Langsam löste sich die angespannte Stimmung, und Bewegung kam in den Raum. Pilecki streckte sich und bot an, Kaffee zu holen. Als er zurückkam und die Plastikbecher verteilt hatte, versuchte er Fahrni und Meyer aufzumuntern.

»Das kann passieren«, tröstete er sie. »Wir sind zwölf Stunden lang auf den Beinen, da geht halt einfach mal etwas vergessen.«

»Das war nicht einfach irgendetwas«, sagte Meyer grimmig. Sie konnte ihr Versäumnis nicht ohne weiteres wegstecken und würde sich noch lange Vorwürfe machen.

Gurtner nahm sich ein zweites Croissant und biss schnell hinein. Er wusste nicht, was er dazu sagen sollte. Er versuchte, die Brösel, die an den Wollfasern hingen, wegzuwischen, doch sie klebten hartnäckig an seinem Bauch. Pilecki bot Meyer ein Maisbrötchen an, das sie ablehnte.

»Er ist unter Druck«, versuchte er nochmals. »Das Interesse der Bevölkerung ist groß, und Flint will Resultate. Du weißt doch, wie er ist – er legt die Latte so hoch, dass es nicht möglich ist, immer zu genügen. Wir tun unser Bestes, mehr liegt nicht drin.«

Seine Worte hatten nicht die gewünschte Wirkung. Der Kaffee schmeckte bitter, und er wollte an die frische Luft.

»Fahren wir?«, fragte er Gurtner. Dieser war erleichtert, die emotional geladene Atmosphäre zu verlassen. Er zupfte die Croissantkrümel einzeln von seinem Pullover und ließ sie zu Boden fallen. Dann leerte er den Kaffeebecher mit einem Schluck.

»Los, gehen wir«, forderte er Pilecki auf.

Als sie allein waren, ging Fahrni auf Meyer zu und entschuldigte sich. Seine Arme baumelten ratlos an seiner Seite, geknickt bot er an, Cavalli zu erklären, dass das Versäumnis seine Schuld war.

»Das ist nicht wahr«, korrigierte ihn Meyer. »Wir haben es beide vergessen.«

»Aber du bist der Meldung aus dem GZ nachgegangen«,

wandte Fahrni ein, »ich war es, der die Abfalldurchsuchung zu Ende führen sollte.«

»Ach, darauf kommt es doch gar nicht an. Ich habe genau so wenig daran gedacht wie du. Nicht einmal, als er ›Laken‹ sagte, kam ich drauf.«

Sie versuchte, mit dem Fuß Gurtners Brosamen zusammenzuschieben.

»Wir konzentrieren uns besser darauf, diese Zeugin zu finden«, meinte sie. Fahrni nickte. Sie hatte recht.

Ordnung hat Vorteile. Wenn alles seinen bestimmten Platz hatte, fiel es sofort auf, wenn Gegenstände schief da standen oder die Beine eines Stuhls nicht in den mit der Zeit entstandenen Abdrücken im Teppich ruhten. Als Regina in ihr Büro trat, hatte sie das Gefühl, dass fremde Hände ihre Sachen angefasst hatten. Eine Schublade war nicht ganz geschlossen, am Bildschirm leuchtete eine kleine, grüne Kontrolllampe.

Sie versuchte sich genau daran zu erinnern, wie sie ihr Büro am Abend zuvor verlassen hatte. Sie war überzeugt, dass sie den Bildschirm ausgeschaltet hatte. Sie hätte keinen Grund gehabt, es nicht zu tun. Sie ging einige Schritte auf ihren Schreibtisch zu und musterte die Oberfläche. Aus der obersten Akte blickte der Rand eines einzelnen Blattes hervor. Sie legte ihre Unterlagen jeweils ganz in die Mappen, damit sie sauber blieben und die Ecken nicht knickten. In dieser Beziehung war sie pedantisch.

Zögernd nahm sie ihr Handy hervor und starrte die silbrigen Tasten an. Dann wählte sie Cavallis Nummer. Er nahm sofort ab. Sie erzählte ihm von ihrem unguten Gefühl.

»Ich kann in zwanzig Minuten dort sein. Fass in dieser Zeit bitte nichts an.«

Schon beim Auflegen bereute sie den Anruf. Cavalli hatte Wichtigeres zu tun, als ihrem lächerlichen Verdacht nachzugehen. Selbst wenn jemand da gewesen wäre, was konnte er tun? Trotzdem sagte sie ihm nicht ab. Während sie wartete, ging sie zur Kaffeenische und holte ihr Birchermüesli aus dem Kühlschrank. Wenn sie nicht weiterwusste, war Essen immer eine gute Idee. Sie löffelte im Stehen den Becher leer, während ihre Gedanken darum kreisten, was jemand bei ihr suchen könnte.

Antonella riss sie mit einem fröhlichen »Guten Morgen« aus ihren Gedanken.

»Schon Hunger? Um diese Zeit?«, fragte sie.

»Ich habe beschlossen, ein zusätzliches Acht-Uhr-Birchermüesli einzuführen«, antwortete Regina.

»Pass auf, sonst siehst du zum Schluss aus wie ich«, warnte Antonella, im Wissen, dass Regina vermutlich essen konnte, was sie wollte, und dabei ein Strich in der Landschaft bleiben würde.

»Dann müsste ich es mir direkt überlegen«, sagte Regina warm.

Antonella freute sich sichtlich über das Kompliment und hatte Regina ihre scharfe Zurechtweisung vom Vortag verziehen. Sie erzählte ihr von einem gut aussehenden Mann, dem sie täglich auf dem Weg zur Arbeit begegnete und der ihr heute Morgen verführerisch zugezwinkert hatte. Glaubte sie jedenfalls, fügte sie sicherheitshalber hinzu. Dann verstummte sie und starrte über Reginas Schulter. Ihre Haltung veränderte sich fast unmerklich, sie warf den Kopf in den Nacken, fuhr sich mit der Zunge über die Lippe und schob die linke Hüfte leicht nach vorne. Regina beobachtete den subtilen Wechsel und drehte sich interessiert um. Cavalli stand in der Tür. Ein wissendes Lächeln umspielte seine Mundwinkel, und er hob den Arm, um sich durch das Haar zu fahren, das im Neonlicht blau-schwarz glänzte.

Gockel, dachte Regina verärgert, als sie sah, wie er sich zur Schau stellte. Antonella steckte die Hände in die Gesäßtaschen ihrer engen Hose und streckte ihre Brust nach vorne. Ungläubig beobachtete Regina das Spiel der beiden.

»Suchen Sie jemand bestimmten?«, fragte Antonella mit tiefer, klangvoller Stimme.

»Das kommt darauf an«, antwortete Cavalli zweideutig.

Jetzt reicht es aber, dachte Regina, und ging mit entschlossenen Schritten auf Cavalli zu. Die Situation war ihr zu peinlich.

»Darf ich vorstellen«, sagte sie schroff, »Antonella Mello – Bruno Cavalli.«

Sie stellte sich direkt vor Cavalli und versperrte ihm die Sicht auf Antonella.

»Gehen wir, ich hab keine Zeit zu verschwenden.«

Sie wartete, bis Cavalli sich umgedreht hatte. Im Rücken spürte sie Antonellas Blick. Es war Regina nicht bewusst, dass sie Cavalli nur vom Telefon her kannte.

»Wie geht es deinem Sohn?«, fragte sie Cavalli laut, noch in Hörweite von Antonella.

Cavallis Augen blitzten heiter. »Gut, danke. Und deinem Freund?« Er sah sie von der Seite an und freute sich über die Eifersucht, die sie gepackt hatte. Sie beantwortete seine Frage nicht, stattdessen schaute sie ihn an und verdrehte die Augen.

»Konzentriere dich lieber auf deine Arbeit«, befahl sie und führte ihn ins Büro. Im Raum legte er sein schäkerndes Verhalten ab und sah sich um.

»Könntest du einen Moment draußen warten?«

»Warum?«

»Ich brauche einige Minuten allein.«

Nach kurzem Zögern kam ihr in den Sinn, dass er immer zuerst einen Raum allein in sich aufnehmen wollte. Sie wartete ungeduldig im Flur.

Cavalli stellte sich in die Mitte des Büros und versuchte, Reginas Duft auszublenden. Es dauerte einen Moment, bis er die staubigen Akten wahrnahm. Dann mischte sich der strenge Geruch der Polster hinein und eine beißende Trockenheit, wie sie elektrische Geräte verursachten. Er sah sich um, tatsächlich stand ein kleiner Drucker in einer Ecke. Er schloss die Augen und konzentrierte sich auf die Luft, die mit etwas geschwängert war, das er nicht sofort erkannte. Er war sich fast sicher, dass es eine menschliche Ausdünstung war, sie roch fleischig, fast ranzig. Ganz blass hing die Spur im Raum, als sei sie vergessen worden. Dann entglitt sie ihm wieder.

Er musterte die Büroeinrichtung, die unpersönlichen Regale, vollgepackt mit Akten und Nachschlagewerken. Eine Schublade stand einen Spalt offen, die anderen waren abgeschlossen. Plötzlich fiel ihm auf, dass die Maus auf der linken Seite der Tastatur lag. Er holte Regina und bat sie, den Computer einzuschalten. Dann beobachtete er, wie sie die Maus nahm und sie auf die rechte Seite der Tastatur legte. Sie hatte die Bewegung nicht registriert, sie war auf den Bildschirm fixiert.

»Es war jemand da«, bestätigte er.

Verwundert sah sie ihn an. »Bist du sicher? Bilde ich mir das nicht nur ein?«

Er schüttelte den Kopf und machte sie auf die Maus aufmerksam.

»Das stimmt«, staunte sie, »das ist mir gar nicht aufgefallen.«

Auf dem Bildschirm erschien ein Fenster, in das sie ihr Passwort eingab.

»Und das Passwort? Kann man es knacken?«

»Klar«, antwortete Cavalli. »Außer, du hast eine Mischung aus Zeichen, Zahlen und sonstigen Tasten, die überhaupt keinen Sinn ergeben. Aber ich habe noch nie eine Frau getroffen, die ein solches Passwort wählt. Die meisten geben den Namen eines Bekannten oder eines Haustiers ein. Oder vielleicht den Geburtstag einer ihnen nahestehenden Person.«

Regina schaute verlegen weg. 18071963 lautete ihr Passwort. Cavallis Geburtsdatum. Sie hatte es seit ihrer Trennung nicht abgeändert. Höchstens die Ziffern vertauscht, wenn die Informatikabteilung aus Sicherheitsgründen dazu aufgerufen hatte.

»Wir können gut überprüfen, was er angeschaut hat«, sagte Cavalli. »Auch zu welcher Uhrzeit. Darf ich?«, fragte er, und Regina machte ihm Platz.

»Wie lautet das Passwort?«

Als er sah, wie unwohl Regina bei der Frage war, ließ er sie nochmals an den Computer und schaute weg, als sie das Passwort eintippte. Danach prüfte er, welche Dateien zuletzt geöffnet worden waren. Die Fälle waren nach Aktennummern abgelegt, denen man den Inhalt nicht ansah. Offensichtlich hatte der Unbekannte sie chronologisch geöffnet, die neueste Datei zuerst.

»Wer ist an deinen Fällen interessiert?«, fragte er Regina, die ihm bei der Arbeit über die Schulter schaute.

»Mir kommt wirklich nur Hofer in den Sinn.« Doch er müsste ja nur fragen, um alle Informationen zu erhalten. Wieso hätte er sich hineinschleichen sollen?

»Eure Informatiker könnten dir sagen, um welche Zeit der Computer gestern Nacht gestartet und heruntergefahren wurde.«

Regina zögerte. Wenn sie die Informatikabteilung beizog, musste sie Hofer über den Vorfall informieren. Sie versuchte abzuwägen, was ihr wichtiger war: Wenn sie Hofer benachrichtigte und er tatsächlich der Schnüffler gewesen war, würde sie es nie herausfinden. Wenn sie ihm nichts davon erzählte, er aber unschuldig war, könnte sie das ihre Stelle kosten.

Sie schüttelte den Kopf. »Ich warte noch. Zuerst möchte ich wissen, weshalb Hofer sich so für diesen Fall interessiert.«

Cavalli sah sie eindringlich an. »Du weißt, dass du damit ein Risiko eingehst.«

Es war keine Frage. Zudem ging nicht nur sie ein Risiko ein: Falls Cavallis Rolle dabei bekannt wurde, käme auch er zu Schaden. Regina setzte sich auf den Schreibtisch und stützte die Arme ab.

Cavalli hakte nach: »Bist du sicher, dass er sich für die Eschenholz-Leiche interessiert? Könnte es nicht sein, dass er dir aus persönlichen Gründen nachspioniert und den Fall nur als Vorwand benützt?«

»Ich traue ihm alles zu.« Am liebsten hätte Regina ihren Vorgesetzten zur Rede gestellt, doch sie wollte die Gelegenheit nicht verpassen, ihm eins auszuwischen.

»Ich habe übrigens noch keine Datei zum Eschenholz-Fall angelegt«, kam ihr in den Sinn. »Den Bericht hast du ja verfasst«, fügte sie hinzu.

»Wusste das Hofer?«

Regina errötete leicht und biss sich auf die Unterlippe. »Nein.«

Sie musterte ihre Stiefeletten, die Sohlen waren an den Absätzen schon stark abgelaufen. Sie hatte sie doch noch gar nicht so oft getragen. Als sie ihren Blick hob und Cavallis amüsierten Ausdruck sah, lächelte sie achselzuckend.

»Ich konnte der Versuchung nicht widerstehen, ihm zu imponieren«, gab sie zu. »Dafür hast du nun den Maßstab so hoch gesetzt, dass ich jeden Freitag den halben Morgen damit verbringen muss, einen ebenbürtigen Bericht zu verfassen.« Sie erzählte ihm von Hofers Forderungen.

»Er will dich jede Woche sehen?«

Ärgerlich nickte Regina. »Jeden Dienstag um dreizehn Uhr. Und er will jeden Freitag einen schriftlichen Bericht.«

Cavalli fand das Verhalten des Staatsanwalts ebenfalls seltsam. Doch Regina hatte recht, wenn sie behauptete, dass er ja sowieso alle Informationen bekam. Er hatte wirklich keinen Grund, in der Nacht in ihr Büro einzudringen. Vermutlich waren seine Anweisungen nur Schikane. Er bewunderte, wie

Regina mit der Situation umging. Er hätte sich an ihrer Stelle schon längst lauthals beschwert. Aber er machte sich nichts vor – als Frau müsste sie etwas Handfestes gegen Hofer vorweisen, damit er endlich von ihr abließ.

»Möchtest du, dass ich den Vorfall melde?«, fragte Regina unsicher. Sie wollte ihn nicht ohne seine Einwilligung in die Sache hineinziehen.

»Nein, warten wir erst einmal ab.«

Ob der Eindringling gefunden hatte, wonach er suchte? Wenn er an der Eschenholz-Leiche interessiert war, musste er irgendwann einen zweiten Versuch unternehmen.

»Fehlt etwas aus den Eschenholz-Unterlagen?«, fragte Cavalli.

Regina erinnerte ihn daran, dass sie die Akte gestern Abend nach Hause genommen hatte. Die Melodie von Slim Shady unterbrach ihre Antwort. Cavalli nahm ab. Regina hörte eine weibliche Stimme, die immer wieder von lautem Rauschen übertönt wurde.

Als Cavalli aufgelegt hatte, wandte er sich aufgeregt zu Regina: »Bambi. Die Zeugin wurde heute Morgen in der Nähe der Einkaufszentren im Industriequartier Dübendorf gesichtet. In einem Parkhaus.« Er erzählte ihr, woran sein Team arbeitete, erwähnte die nicht gefundenen Laken jedoch nicht.

Regina erinnerte sich an das Gefühl, das die Flucht durch das dunkle Wohnquartier in ihr ausgelöst hatte. Mitleid stieg in ihr auf, als sie daran dachte, dass diese junge Frau immer noch auf der Flucht war. An der Tür klopfte es, und Regina sprang vom Tisch. Zobeli kam herein und sah Cavalli, der am Computer saß, erstaunt an.

»Das trifft sich gut«, sagte er, »ich komme gerade vom Einwohnermeldeamt.«

Er zeigte ihnen ein Plastikmäppchen mit losen Kopien. Bevor er zur Sache kam, richtete er seine Brille und hüstelte.

Konzentriert erklärte er, dass Salomir zum zweiten Mal verheiratet war.

»Die erste Ehe dauerte nur ein Jahr.« Er las die Informationen vom Blatt, und Cavalli fragte sich, ob er sie nicht auswendig wusste, wenn er soeben bei den Behörden gewesen war. Zobeli hüstelte nochmals und suchte nach einem Taschentuch. Er wandte sich entschuldigend ab und putzte die Nase.

»Er reichte die Scheidung in der Schweiz ein«, fuhr er fort, und Regina fiel auf, dass er blass im Gesicht war. War die erste Grippewelle schon im Kommen? Sie hasste es, krank zu sein. Sie war viel zu ungeduldig, um im Bett zu liegen, deshalb gönnte sie sich die Ruhe nie, die sie eigentlich gebraucht hätte, um wieder gesund zu werden. Oft schleppte sie so über Wochen Erkältungen mit sich herum. Sie hatte in der Schublade noch Vitamin-C-Tabletten, fuhr ihr durch den Kopf, sie würde gleich eine schlucken, wenn Zobeli weg war.

»Neun Monate später heiratete er bereits wieder«, sagte Zobeli. »Eine gewisse Nadja Mesceau, ebenfalls rumänische Staatsangehörige. Zum Zeitpunkt der Heirat war sie achtzehn Jahre alt. Die Ehe wurde noch nicht geschieden«, schloss er.

»Noch nicht?«, fragte Cavalli, dem die Wortwahl nicht gefiel.

»Nicht«, korrigierte sich Zobeli und griff erneut nach einem Taschentuch.

»Und wo ist diese Ehefrau?«, wollte Regina wissen.

Es wurde still im Raum. Den Gesichtern der Anwesenden war anzusehen, dass alle in dieselbe Richtung dachten. War Nadja Mesceau die Frau, die tot in einem Gefrierfach des IRM lag?

»Wann haben sie geheiratet?«, fragte Cavalli.

»Vor zwei Jahren.«

»Dann wäre sie jetzt zwanzig Jahre alt. Käme das noch hin?« Er schaute bei der Frage Regina an.

Regina sah skeptisch aus. »Hahn hat ihr Alter auf siebzehn bis achtzehn Jahre geschätzt. Er liegt selten daneben.«

Cavalli machte sich eine mentale Notiz, beim Rechtsmediziner nochmals nachzufragen.

Wieder klopfte es an der Tür, und Antonella streckte den Kopf rein.

»Herr Androvic ist da«, meldete sie. Regina schaute erschrocken auf die Uhr.

»Ich bin gleich so weit«, antwortete sie.

Es war schon nach neun, und sie hatte sich noch gar nicht auf die bevorstehende Einvernahme vorbereitet. Antonella bot Cavalli an, ihm den Ausgang zu zeigen. An der Tür blieb er stehen und musterte das Namensschild.

»Wo ist denn dein ›a‹ hingekommen?«, rief er Regina amüsiert zu.

»Vermutlich von einem Frauenfeind entführt«, antwortete Regina zerstreut und stieß mit dem Fuß ihre Bürotür zu.

Cavalli wandte sich mit einem charmanten Lächeln an Antonella. Sie schlenderte mit schwingenden Hüften den Flur hinunter und drehte sich beim Ausgang um. Erwartungsvoll blickte sie ihm in die Augen. Er stand so nahe, dass sie seinen Atem auf ihrer Haut spüren konnte. Sachte lehnte sie sich ein klein wenig nach vorne. Cavalli roch ihren süßlichen Duft und spähte ihr in den Ausschnitt. Der schwarze Büstenhalter war mit feinen Spitzen verziert und bildete einen erotischen Kontrast zu ihrer milchigen Haut. Er spürte, wie sich sein Puls beschleunigte und zwang sich, gleichmäßig ein- und auszuatmen.

Antonella öffnete ihm die Tür und streifte dabei seinen Bauch. Sein Herzschlag schien einen Moment lang auszusetzen, dann fasste er sich zu Antonellas Enttäuschung wieder und verabschiedete sich.

Der Scanner summte gleichmäßig, während Felix ein Blatt nach dem anderen einlesen ließ. Im November häuften sich die Anlässe, entsprechend nahm die Arbeit beim *Dübendorfer* zu. Es blieb nur wenig Zeit, um für eigene Artikel zu recherchieren; die Vernissagen, Adventskranzkurse, Elterntreffen und Jahresabschlussfeiern hatten Vorrang. Er rieb sich die Augen und legte das nächste Blatt ein. Am Abend zuvor war es spät geworden, eine heftige Diskussion über den gekröpften Nordanflug hatte an der Gemeindeversammlung viel Zeit in Anspruch genommen.

Regina hatte schon geschlafen, als er nach Hause kam. Der Gedanke an sie betrübte ihn. Sie schien ihm zu entgleiten, er wusste nicht, wie er sie festhalten konnte. Lange hatte er sie im Bett beobachtet, auf einen Ellenbogen gestützt, und sich die letzten fünf Jahre durch den Kopf gehen lassen. Die Harmonie dieser Zeit gehörte zum Schönsten, was er bisher gekannt hatte. Ihre Arbeitstage waren lang, viel unternahmen sie am Abend nie, doch das gemütliche Zusammensein erfüllte und beglückte ihn.

Felix ersetzte auf dem Bildschirm alle Prozentzeichen mit dem Umlaut ä, den der Scanner nicht lesen konnte. Er gestand sich ein, dass er sich nicht sicher war, ob ihr diese Harmonie so wichtig war wie ihm. Manchmal kam ihm der Verdacht, dass sie einfach froh darüber war, nicht viel in die Beziehung investieren zu müssen, weil ihre Gedanken so oft um ihre Arbeit kreisten.

Als er sie im Schlaf beobachtet hatte, war sie ihm so vertraut gewesen, von den bläulich schimmernden Venen auf ihrer schmalen Hand bis zum feinen Pulsschlag an ihrem Hals. Doch wenn sie sich in ihre Unterlagen vertiefte und sich bei der Nasenwurzel zwei Furchen bildeten, kam sie ihm fremd vor. Manchmal blickte sie dabei auf und sah durch ihn hindurch, als sei er nicht da. Er wusste nicht, wohin ihre Beziehung führen sollte. Während sie ihre Ziele im Berufsleben verfolgte, brauchte er Visionen in der Partnerschaft. Seit Jahren versuchte er, von ihr eine verbindliche Antwort auf die Kinderfrage zu erhalten. Sie wich ihm aus und wollte sehen, was sich entwickelte. Er glaubte nicht daran, dass sich eine Familie »entwickelte«. Auf Kinder musste man sich vorbereiten. Mit einem Seufzer änderte er alle Pluszeichen in ö um.

Felix stützte seinen Kopf in die Hände, sein Kinn fühlte sich rau an. Er ärgerte sich darüber, dass er am Tag zuvor auf die Pressekonferenz gegangen war. So eine idiotische Idee, er hätte wissen müssen, dass er Cavallis Anblick nicht ertrug. Und dann war ihm die Frage wegen der Wohnungsdurchsuchung herausgerutscht. Beim Gedanken daran lief es ihm kalt den Rücken hinunter. Er schämte sich für die kindische Reaktion, zu der er sich hatte hinreißen lassen.

»Hier sind noch drei Eiskunstlauf-Texte«, holte ihn die Redaktionsleiterin in die Gegenwart zurück. Er registrierte, dass alle Umlaute schon längst abgeändert waren. Die neuen Texte kamen schneller auf seinen Schreibtisch, als er sie bearbeiten konnte. Er nahm sie lustlos entgegen. Seine Chefin blieb steif und unsicher stehen, als wollte sie noch etwas hinzufügen, dann drehte sie sich langsam um. Felix sah ihr nach, als sie behäbig zu ihrem Platz zurückging. Sie hatten sich von Anfang an nicht gemocht, nur hatten sie es leider zu spät gemerkt. Wenn sie nur nicht immer seine Artikel kritisieren würde. Er stellte sich vor, wie es wäre, einen richtigen Scoop zu landen, sodass nationale Zeitungen beim *Dübendorfer* anrufen und ihn um Abdruckrechte bitten würden. Er schmückte den Tagtraum aus und machte sich zum Star-Journalisten, der mit seriösen Recherchen maßgeblich zur Lösung des Eschenholz-Mordes beitrug. Vielleicht würde sich im Mordfall ja doch ein lokaler Zusammenhang herauskristallisieren, den er als Aufhänger für einen knackigen Artikel brauchen könnte. Er lehnte sich zurück und klatschte den Text auf den Scanner.

Der Müll stank penetrant, sogar für Gurtners unempfindliche Nase.

»Nimmt mich ja wunder, was der Häuptling hier alles riechen würde«, murmelte er zu Pilecki.

Neben ihnen waren vier Mitarbeiter der Kehrichtverbrennungsanlage damit beschäftigt, die durchsuchten Säcke in die Abfallgrube zu schmeißen und neue herbeizuschaffen.

»Ich bin den Geruch gewöhnt«, sagte ihm Pilecki, »schließlich arbeite ich täglich neben dir.« Gurtner schubste ihn grob, sodass Pilecki auf den Knien landete und dabei einen halb vollen Becher Sauerrahm zerquetschte. Der dickflüssige Inhalt spritzte mit einem unanständigen Geräusch heraus. Gurtner brach in lautes Gelächter aus. Es klang wie das Schreien eines Esels.

Pilecki nahm es gelassen. Er stank sowieso schon zum Himmel, ob er nun im Müll stand oder kniete. Bis jetzt hatte die Suche noch nichts ergeben. Ohne die Hilfe des Eschenholz-Personals hätten sie den ganzen Tag dafür gebraucht. Immerhin hatte Plaas Salomir auf dem Foto gleich erkannt. Überhaupt schien er sich vom Schock des Leichenfundes erholt zu haben. Jetzt schlenderte er wieder auf die kleine Gruppe zu und erkundigte sich nach dem Stand. Wonach sie suchten, wusste er nicht genau. Pilecki hatte allen den Auftrag gegeben, nach Textilien Ausschau zu halten.

»Der zweite Lastwagen sollte wieder losfahren«, sagte Plaas. »Können wir den Inhalt neben dem Lager aufschütten?«

Vor der Grube war unter dem Vordach kein Platz mehr.

»Wo befindet sich das Lager?«, fragte Pilecki.

Plaas zeigte auf ein Gebäude rund hundert Meter entfernt.

»Dann teilen wir uns auf«, beschloss Pilecki. Er wollte die Säcke nicht unbeaufsichtigt lassen. Gurtner nickte und ging mit zwei Hilfskräften zum anderen Müllwagen. Er ärgerte sich über Meyer und Fahrnis Nachlässigkeit, sie hätten sich diese Arbeit sparen können, wenn die zwei sorgfältiger gearbeitet hätten. Er fragte sich, ob der Häuptling das einfach so durchgehen lassen würde. Manchmal verstand er nicht, weshalb Cavalli Meyer so viel Wohlwollen entgegenbrachte. Er akzeptierte ihre Launen, lachte über ihre gewagten Aktionen und verzieh ihr Fehler, die anderen vier Wochen Schreibtischdienst eingebrockt hätten. Es schien nicht daran zu liegen, dass sie eine Frau war. Pilecki behauptete, der Häuptling erkenne sich selbst in ihr, aber Gurtner sah keine Ähnlichkeit. Die einzige Gemeinsamkeit, die er sah, war ihre Leidenschaft für den Kraftraum. Kopfschüttelnd nahm er den ersten Sack vom Haufen und schnitt ihn auf. Familie mit Kleinkind, er rümpfte die Nase.

Drei Stunden später waren sie mit allen Säcken durch. Die Laken waren nicht zum Vorschein gekommen. Plaas bot ihnen Kaffee an und führte sie zu seinem Büro.

»Wisst ihr immer noch nicht, wer die Tote ist?«, wollte er wissen. Er zeigte auf das Boulevardblatt, das auf seinem Schreibtisch lag. Das Foto der Toten war auf der Titelseite abgebildet.

»Nein, wir sind noch nicht weiter«, antwortete Pilecki. Er setzte sich auf einen der roten Stühle und offerierte Plaas eine Zigarette. Dieser nahm sie dankend an und lehnte sich zurück. Pilecki hoffte, dass das Plastik nicht brach.

»Keine leichte Aufgabe, die ihr da habt«, sagte Plaas mit wichtiger Miene und blies den Rauch in den kleinen Raum.

»Das kann man wohl sagen«, antwortete Pilecki ernst.

»Da steht, sie sei erwürgt worden«, fuhr Plaas fort.

Pilecki nickte. »Ja, erwürgt. So ist es.«

Er leerte seine Tasse und suchte einen Ort, um sie hinzustellen. Das enge Büro war überfüllt. Er stellte sie auf den Rücken einer Kunststoffkuh, die mit »Abfallentsorgung der Stadt Zürich« beschriftet war. Die Tasse wackelte leicht, fiel aber nicht hinunter. Das ermunterte ihn, seine Kippe darin zu entsorgen.

Er stand auf.

»Ich muss kurz telefonieren«, kündigte er an.

Plaas verstand die Aufforderung nicht und blieb sitzen.

»Könnten Sie uns einen Moment alleine lassen?«, fragte Pilecki. Plaas sprang auf, mit einem »Aber natürlich« überließ er den beiden Polizisten sein Büro. Pilecki gab Cavalli das Resultat der Suche durch. Das Gespräch dauerte einige Minuten, und Gurtner hoffte, dass der Häuptling über Fahrni und Meyer herzog. Erwartungsvoll sah er Pilecki an, als dieser auflegte.

»Und?«

»Er bittet uns, zuerst zu duschen, bevor wir ins Büro zurückkommen«, grinste Pilecki. »Und wir sollen nicht vergessen, dass die Telefonliste auf uns wartet.«

»Hat er etwas über Fahrni und Meyer gesagt?«

»Sie kommen voran. Eine ältere Frau hat die Zeugin in einem Dübendorfer Parkhaus gesehen.«

Gurtner schnaubte und sagte nichts mehr.

9

Sie konnte nicht mehr atmen. Die eiserne Faust, die ihren Nacken gepackt hatte, tauchte ihren Kopf tiefer ins eiskalte Wasser. Ihre Lunge drohte zu bersten, verzweifelt fuchtelte sie mit den Armen. Plötzlich wurde sie aus dem Wasser gerissen, aber bevor sie einatmen konnte, schleuderten sie die kräftigen Hände gegen eine Wand. Ihr Hinterkopf schlug mit einem donnernden Knall gegen die Kacheln. Der harte Aufprall hallte in ihren Ohren, und sie spürte ein leichtes Kribbeln am Hals, als warmes Blut herunterlief. Sie rang nach Luft und versuchte, sich auf Naser zu konzentrieren, der sich bedrohlich über sie beugte. Seine Umrisse verschwammen immer wieder, mal schien er ganz nah, mal schwebte er in der Ecke des Badezimmers. Sie blinzelte, doch ihre Augen gehorchten ihr nicht. Das Hallen ging in ein Rauschen über, als würde sie in einem Zug mit offenen Fenstern durch einen Tunnel fahren.

Nasers Lippen bewegten sich wie in einem Stummfilm, er forderte sie auf, etwas zu tun, vielleicht auch zu unterlassen, aber sie verstand ihn nicht. Der Raum kippte nach unten, und sie versuchte instinktiv, sich aufzufangen. Aber die Badewanne schwankte bedrohlich und kam geradewegs auf sie zu. Ein durchdringender Schrei gellte in ihren Ohren, und sie staunte darüber, dass sich noch eine Frau im Badezimmer befand. Plötzlich wurde ihr bewusst, dass dies ihre eigene Stimme war, doch bevor sie den Mund schließen konnte, umgab sie wieder das eiskalte Wasser. Dieses Mal sterbe ich, dachte sie.

Keuchend riss Aurora die Augen auf. Sie versuchte sich zu orientieren, starrte auf die hellblaue Wand gegenüber und fragte sich, wo sie war. Langsam nahm ihre Umgebung Konturen an. Neben ihr hing ein Plastikvorhang, der eine Dusche vom Umkleideraum abtrennte. Ihre Augen streiften den Riegel an der Tür, den sie vorsichtshalber vorgeschoben hatte. Ihr Hinterkopf pochte, und sie fuhr mit der Hand über eine schmerzhafte Beule. Sie musste im Schlaf gegen die Wand gestoßen sein. Rasch setzte sie sich auf. Sie schaffte es nicht, Nasers Gesicht auszublenden. Sie roch seinen faulen Atem, spürte seine Finger, die sich in ihre Schultern gebohrt hatten. Als er ihren schmerzenden Körper auf das Bett warf, versank sie in der dicken Matratze und gab sich einen Moment lang der Illusion hin, es sei alles vorbei. Dann drückte er sie mit dem Knie fest und sie verstand, dass der Albtraum erst begonnen hatte.

Verbilligte Plastikkürbisse türmten sich auf einem Wühltisch neben dem Eingang zum Möbelhaus.

»Ich verstehe nicht, weshalb wir plötzlich Halloween feiern sollten«, beschwerte sich Fahrni. »Das ist doch ein amerikanischer Brauch.«

»Weil es Geld bringt«, zuckte Meyer mit den Achseln. Halloween war ihr egal, so wie die meisten Feiertage. Sie fragte nach dem Geschäftsführer. Einige Minuten später kam ihnen ein älterer Mann entgegen. Sie erklärten ihr Anliegen und baten darum, das Phantombild allen Mitarbeitenden zeigen zu dürfen. Der Geschäftsführer war kooperativ und führte sie durch das Möbelhaus. Niemand hatte die junge Frau gesehen.

Als sie wieder auf der Straße standen, sah Fahrni Meyer schräg an. »Mittagspause?« Sie entfernten sich immer weiter vom Parkhaus, in dem die Zeugin am Morgen gesichtet worden war.

»Versuchen wir es zuerst noch im Bürofachgeschäft.« Meyer ging quer durch eine Pfütze, es kümmerte sie nicht, dass ihre Füße dabei nass wurden.

»Von mir aus.« Fahrni machte einen Bogen um das Wasser.

Die Gischt eines vorbeifahrenden Autos bespritzte ihn bis zu seinem Oberschenkel. Er sprang zur Seite und schaute dem Auto empört nach.

»Tolle Reaktion«, lachte Meyer, »zum Glück war das keine Kugel.«

Fahrni untersuchte sein Hosenbein besorgt.

»Du musst deine Wäsche ja nicht selber waschen«, erinnerte Meyer ihn.

»Ich möchte mich aber nicht erkälten«, erklärte er. Er versuchte, seine nasse Hose mit einem Taschentuch zu trocknen.

»Deine Mutter wird dir sicher Tee ans Bett bringen und Gemüsesüppchen kochen«, tröstete sie ihn. In ihrer Stimme lag ein neidischer Unterton. Sie schaute zu, wie sich das Papier des Taschentuchs in einzelne Fetzen auflöste, die Fahrnis Bein wie Schuppen bedeckten. Sie verdrehte die Augen und beobachtete, wie er alles noch schlimmer machte.

»Komm«, sagte sie und zog ihn am Arm in das Bürofachgeschäft. Sie ging quer durch den Laden, eine kleine Treppe hinunter und steuerte auf die Toiletten zu. Dort öffnete sie die Tür zur Herrentoilette und befahl Fahrni, die Hose auszuziehen. Er schaute sie ungläubig an.

»Du spinnst wohl!«

Sie wiederholte ihre Worte, als würde sie mit einem Kind sprechen. Diesmal gehorchte Fahrni. Sie nahm die Hose und hielt sie unter den Händetrockner. Mit dem Fuß versperrte sie den Eingang zur Toilette. Während die Hose unter der warmen Luft nach und nach die Feuchtigkeit verlor, zupfte sie die Papierfetzen vom Stoff. Nach fünf Minuten war sie trocken.

»Hier«, sagte sie zu Fahrni und reichte sie ihm. »Ich warte draußen.«

Weder der Geschäftsführer noch das Personal des Bürofachgeschäftes erkannten die Frau auf dem Bild. Auch im

Blumenladen, in der Gärtnerei und im Lampengeschäft hatten sie kein Glück.

»Wo kann man sich an einem kalten Novembertag aufhalten?«, fragte Meyer.

Fahrni überlegte. »Ein leerer Schuppen? Garage? Lagerraum? Vielleicht im Wald?«

Er sah zum Zürichberg hinüber, der ganz in der Nähe lag. Die Baumwipfel verschwanden in den schweren Wolken, und der Gedanke an das nasse, kalte Laub ließ ihn frösteln. »Nein, nicht im Wald.«

Sie kauften an einem Imbissstand eine Wurst.

»Sie könnte sich unter eine Menschenmenge gemischt haben«, dachte Meyer laut.

Fahrni zeigte auf einen kleinen, gelben Wegweiser, der den Glattuferweg anzeigte.

»Versuchen wir es damit?«

Der Glattuferweg war schmal und teilweise überwachsen. Um diese Jahreszeit war er praktisch menschenleer. Sie hörten trotz des Rauschens des Flusses in der Ferne die Autobahn. Kies knirschte unter ihren Füßen, und der Regen prasselte auf das Laub.

»Sollten wir uns nicht mal beim Häuptling melden?«, fragte Fahrni.

Meyer hatte auch schon daran gedacht. Aber sie hatten noch nichts vorzuweisen. Außerdem wagte sie nicht zu fragen, ob Gurtner und Pilecki die Laken gefunden hatten. Was, wenn nicht?

»Wir können es nicht mehr ungeschehen machen«, las Fahrni ihre Gedanken. »Aber wenn wir uns nicht melden, wird er noch saurer.«

Meyer wollte trotzdem noch ein wenig warten. »Sagen wir um fünf, in Ordnung? Dann bleibt uns noch eine Stunde Zeit. Vielleicht haben wir ja Glück.«

»Wie du meinst.«

Der Weg führte immer wieder zu kleineren Querstraßen hinauf. Die Zeugin könnte jedes dieser Sträßchen genommen haben, wenn sie überhaupt der Glatt entlanggegangen war. Zu zweit schien die Suche aussichtslos. Trotzdem setzten sie sie schweigend fort, bis der Fluss unter einer Hauptstraße verschwand, die zum Bahnhof Dübendorf führte.

»Schade, dass wir das Bild nicht veröffentlichen können«, seufzte Meyer. Sie befanden sich im Hinterhof eines chinesischen Restaurants, der Küchenventilator blies ihnen warme Luft entgegen, die nach Öl und Fisch roch. Fahrni rümpfte die Nase und steuerte auf den Fußgängerstreifen zu.

»Allerdings. Das würde die Sache wirklich vereinfachen.«

Auf der anderen Straßenseite wärmte sich ein Maroniverkäufer die Finger über dem Feuer. Fahrni ging auf ihn zu und zeigte ihm das Bild. Er schüttelte bedauernd den Kopf und zeigte auf ein Gebäude schräg gegenüber.

»Versucht es doch mal beim *Dübendorfer*«, riet er ihnen. »Die Lokalpresse weiß immer am besten, was hier los ist.«

Fahrni und Meyer sahen sich unschlüssig an. Wäre es unvorsichtig, das Bild einem Redakteur der Lokalpresse zu zeigen? Der Häuptling hatte ausdrücklich gesagt, dass die Medien noch nichts von der Zeugin erfahren durften. Hier ging es aber nicht darum, das Bild zu veröffentlichen, sondern nur darum, mögliche Zeugen zu finden.

»Versuchen wir es doch«, meinte Fahrni. Meyer zögerte.

»Wir geben das Bild ja nicht ab«, versuchte er sie zu überreden, »und erklären nicht, dass es sich bei der Frau um eine Zeugin in einem Mordfall handelt. Was soll schon schief gehen?«

Schließlich lenkte Meyer ein. Wäre der Vorfall mit dem Laken nicht gewesen, hätte sie zur Sicherheit den Häuptling angerufen. Doch sie konnte sich nicht dazu überwinden. Gemeinsam schritten sie auf das Gebäude zu, das ihnen der Maroniverkäufer gezeigt hatte. Vor dem Eingang zur Redaktion zögerte Meyer nochmals kurz, doch Fahrni hatte schon die Klingel gedrückt.

Ein freundlicher Mann in Birkenstocksandalen bat sie herein. Er stellte sich als Felix Schubert vor. Er sah Vertrauen erweckend aus, und Meyer fasste Mut. Sie zeigte ihm das Bild der jungen Frau und fragte, ob er sie gesehen hatte.

Schubert betrachtete das Phantombild genau. Nach einigen Sekunden, die Meyer wie eine Ewigkeit vorkamen, schüttelte er langsam den Kopf.

»Nein, ich habe sie noch nie gesehen. Warum wird sie gesucht?«

Meyer reichte ihm als Antwort eine Visitenkarte und bat ihn, sich zu melden, wenn ihm etwas zu Ohren käme.

Der Regen hatte nicht nachgelassen; in der Abenddämmerung glänzten die Straßen nass, und Fahrni zog seine Kapuze hoch.

»Das war doch nicht schlimm, oder?« Er schielte zu Meyer, die ungewöhnlich still war. »Komm, gehen wir weiter an der Glatt entlang.«

Das Wasser wirkte im Dunkeln bedrohlich, es riss am langen Gras der Böschung, als suchte es nach einer Begleitung für die lange Reise zum Meer.

»Es ist schon sechs«, sagte Fahrni nach einer Weile. Seine Beine waren schwer, und er fror bis auf die Knochen. »Jetzt müssen wir wirklich anrufen.«

»Meinetwegen«, antwortete Meyer.

Wie immer meldete sich Cavalli rasch. »Wo seid ihr?«

Meyer fasste zusammen.

»Noch keine einzige Spur?«

»Nein.«

»Ich bin gerade in einer Besprechung. Ruf in zwei Stunden nochmals an«, bat er und legte auf.

Meyer stand auf dem Kiesweg und starrte das Telefon an.

»Was hat er gesagt?«, fragte Fahrni.

»Wir sollen in zwei Stunden nochmals anrufen.« Ihre Stimme klang hohl.

»In zwei Stunden?«, rief Fahrni entsetzt. »Weiß er, wie spät es ist?«

»Keine Ahnung.« Meyer steckte das Handy in die Hosentasche und ging weiter. Fahrni blieb ungläubig stehen.

»Was ist, kommst du?«, rief sie ihm zu. Mit schleppenden Schritten holte er sie ein.

»Ich habe heute Abend eine Verabredung«, murrte er.

»Dann würde ich absagen.«

Fahrni stöhnte: »Nicht schon wieder.«

»Sie muss dir wichtig sein«, kommentierte Meyer neugierig.

»Wie soll ich das je herausfinden, wenn ich immer absagen muss«, konterte Fahrni ungewohnt heftig.

»Du kannst ja eine Stelle bei der Securitas suchen, wenn deine Freundin damit nicht klarkommt«, sagte sie und stieß ihn mit dem Ellenbogen in die Rippen. »He! Das war ein Witz.«

Fahrni konnte glücklicherweise nie lange Trübsal blasen. Mit wippenden Schritten folgte er dem Weg, der stadtauswärts führte. Sie kamen an einer leeren Badeanstalt vorbei, die Schaukel auf der Liegewiese schwang sachte im Wind hin und her.

»Hier kommt nichts mehr«, sagte Meyer.

Sie schlug vor, umzukehren. Sie gingen entlang der Hauptstraße zurück und zeigten das Bild unterwegs den Passanten. Alle hatten es eilig, nach Hause zu kommen. Niemand hatte die junge Frau gesehen.

10

In der verlassenen Badeanstalt legte sich Aurora hin und schloss die Augen. Seit dem Tag, an dem Naser ihr gezeigt hatte, wofür er Edmond hundert Dollar bezahlt hatte, sagte Aurora nie mehr Nein. Stattdessen begann sie, ihren Körper geistig zu verlassen. Es gelang ihr nicht immer. Manchmal öffneten sich ihre Augen wie von selbst, um ein lustvolles Gesicht über sich zu erblicken. Doch manchmal gelang es ihr, sich von dem loszulösen, was ihr geschah. Sie lernte schnell. So wusste sie, wann sie schweigen, wann stöhnen und wann lächeln musste, damit man sie möglichst rasch in Ruhe ließ.

Einmal stand sie auf und zog die Schuhe an. Sie kam keine zwanzig Meter, bis Naser ihr den Weg versperrte. Dieses Mal hielt er sie nicht unter Wasser. Er drückte ihr mit seinem eisernen Griff die Luftröhre zu und flüsterte ihr ins Ohr, dass sie ihre Familie nie mehr lebend sehen werde, wenn sie nicht genau das tat, was er ihr befahl. Zum wiederholten Mal überlegte sie, ob sie doch zu Naser zurück sollte. Aber sie wusste nicht wie. Es gab keinen Weg zurück und keinen nach vorne.

Pilecki zündete sich noch eine Zigarette an und wartete, bis Cavalli die Telefonliste durchgesehen hatte. Draußen war es stockdunkel, und das Kripohaus war fast leer. Gurtner war um acht gegangen, ohne sich zu erkundigen, ob es dem Häuptling recht sei. Pilecki zeigte mit der Zigarette auf drei Namen, die er angestrichen hatte.

»Diese drei müssen wir genauer ansehen.« Die anderen Nummern gehörten einem Pizza-Kurier, einem Taxiunternehmen, einem chinesischen Take-Away, einer Bankfiliale in Oerlikon und der Firma Brunner in Rümlang.

»Wir müssen alle genauer ansehen«, korrigierte ihn Cavalli.

Pilecki schüttelte den Kopf. »Wir müssen abklären, was sie über Salomir wissen. Aber diese drei sind Privatpersonen, die müssen wir sehr genau unter die Lupe nehmen.«

Cavalli seufzte und wickelte die Goldkette in seiner Hosentasche um den Finger. Der WD hatte sie zurückgeschickt, und er trug sie bei sich, als hoffe er, sie würde zu sprechen beginnen.

»Es war einfacher, als es nur Festnetzanschlüsse gab«, sagte er.

Pilecki versuchte, optimistisch zu sein. »Jeder macht irgendwann einen Fehler. Vielleicht hat Salomir tatsächlich von seinem Festnetz aus jemanden angerufen, der uns weiterhelfen kann.«

Er sah sich nach einem Aschenbecher um, doch in Cavallis Büro befand sich keiner. Er ließ die Asche in seine hohle Hand fallen.

»Wir brauchen mehr Leute.«

»Ich weiß«, antwortete Cavalli. »Aber wir werden kaum damit durchkommen.«

»Du hast schon Verstärkung beantragt?«

Cavalli nickte und trat ans Fenster. »Fahrni und Meyer haben heute einen ganzen Tag verloren.«

Pilecki fand die Ausdrucksweise unfair. »Nicht sie haben den Tag verloren. Es schaute einfach nichts dabei heraus. Es ist auch nahezu unmöglich, zu zweit in einer Stadt eine Frau zu finden, die sich versteckt hält.«

»Und was schlägst du vor?«

Pilecki kannte seinen Chef nicht mehr. Normalerweise hatte er genügend Motivation und Ausdauer für das ganze Team. Er sah abgekämpft aus und hatte immer noch dunkle Ringe unter den Augen. Hatte ihm Wolff einen Korb gegeben?

»Wir müssen einfach weiter Daten sammeln«, sagte Pilecki geduldig. »Wir haben ja erst damit begonnen. Aber wem sag ich das.« Er hatte unter Cavalli gelernt, was es hieß, jeder einzelnen Informationsquelle nachzugehen.

Cavalli versuchte, in der Dunkelheit die Sihl zu erspähen. Er konnte aber nur einen schwarzen Graben erkennen, ein Niemandsland zwischen den hell erleuchteten Straßen.

»Ich geh noch ein Bier trinken, kommst du mit?« Pilecki wusste, dass Cavalli nie freiwillig einen Fuß in eine Bar setzen würde, doch er sah aus, als könnte er Gesellschaft brauchen. Er lehnte ab.

»Ich werde mich weiter umhören«, versprach Pilecki, als er sich verabschiedete.

Cavalli kehrte dem Fenster den Rücken zu, seine Gedanken kreisten wieder um Regina. Sie hatte ihm versichert, dass sie sich einen Wagen geliehen habe und gut allein nach Hause komme. Trotzdem war die Versuchung groß, sie anzurufen, um ganz sicher zu sein, dass alles in Ordnung war. Er tat es nur deshalb nicht, weil er befürchtete, sie könnte den Anruf falsch verstehen. Nein, korrigierte er sich, richtig verstehen. Wie gerne hätte er jetzt ihre Stimme gehört, mit ihr über dieses und jenes gesprochen, gewusst, wie es ihr geht.

Er verspürte keine Lust, in seine leere Wohnung zurückzukehren. Obwohl er in den letzten Tagen viel zu wenig geschlafen hatte, kam er nicht zur Ruhe. Theorien und Gedanken wirbelten in seinem Kopf, unwillkommene Sehnsüchte belästigten ihn, und körperlich fühlte er sich schlecht, weil er die ganze Woche kaum trainiert hatte.

Um seine Gedanken zu ordnen, fehlte ihm die Konzentration, mit seinen Gefühlen kam er nicht klar, es blieb nur noch, etwas für seinen Körper zu tun. Er überlegte kurz, ob er Elvira überraschen oder den Kraftraum im Untergeschoss des Polizeigebäudes aufsuchen sollte. Er entschied sich für den Kraftraum. Der Umkleideraum war dunkel, nur ein feuchtes Frottiertuch zeugte davon, dass vor Kurzem jemand geduscht hatte. Der Raum roch nach abgestandenem Männerschweiß.

Außer Meyer kamen nur ganz wenige Frauen her. Die meisten bevorzugten das modernere Fitnessstudio gleich um die Ecke, in dem regelmäßig gelüftet wurde.

Als Cavalli die Gewichte stemmte, stieg ihm der säuerliche Geruch von Eisen in die Nase. Unweigerlich kehrten seine Gedanken zur Wohnung von Salomir zurück. Er konnte die süßliche Ausdünstung der Spermaspuren beinahe riechen und war froh, dass er nicht zu Elvira gegangen war. Wo war Salomirs Frau? Hahn hatte daran festgehalten, dass die Tote nicht über achtzehn Jahre alt war. Das schloss Nadja Mesceau aus.

Er hatte sich nochmals bei den Bewohnern des Mehrfamilienhauses vergewissert, dass Salomir allein lebte. Finocchio hatte wiederholt, dass es immer andere Frauen waren, die beim Jugo ein und aus gingen. Wo war seine Ehefrau? Langsam kam Cavalli in Fahrt, und seine Gedanken begannen zu fließen. Er erhöhte die Gewichte und schloss die Augen.

Wir müssen Salomirs Steuererklärung überprüfen, vielleicht hat seine Frau Abzüge geltend gemacht oder einen Arbeitgeber angegeben.

Er würde Zobeli bitten, das zu übernehmen. Vielleicht hatte Mesceau eine Unterschriftsberechtigung für Salomirs Bankkonten. Er dachte an die Telefonnummer der Bankfiliale in Oerlikon. Wo könnten sie ein Foto von Mesceau auftreiben? Besaß sie ein Bahnabonnement? Dann wäre ihr Bild im Computer gespeichert. Oder einen Führerschein? Er wollte auch nicht ausschließen, dass sie die Tote war. Das würde er erst tun, wenn er wusste, wie sie aussah. Vielleicht hatte sie ihr Alter bei der Heirat falsch angegeben.

Cavalli legte die Hanteln zurück und ging zu den Beinübungen über. Er fühlte sich entspannter und motivierter. Er wog ab, wo sie am effizientesten vorankommen würden und setzte für die Arbeit der kommenden Tage Prioritäten. Er erwartete, dass sein Team am Samstag weiterarbeiten würde, Sonntag würde er ihnen frei geben müssen. Er wusste, dass er sich mit seinen Forderungen nicht beliebt machte, aber das war ihm egal.

Meyer und Fahrni würden sich nach ihrer Unachtsamkeit kooperativ zeigen, Pilecki war lange Einsätze gewöhnt. Nur bei Gurtner war er unsicher. Er stand nicht voll hinter ihm, was sich auch auf seine Leistungsbereitschaft auswirkte. Er hoffte auf die Hilfe von Pilecki, der gut mit seinem sturen Partner auskam.

Zum Schluss schaltete Cavalli das Laufband ein und rannte, bis der letzte Rest seiner Müdigkeit verflogen war. Es war nach Mitternacht, als er aus der Dusche kam, und die Stille im Gebäude schärfte alle seine Sinne. Er setzte sich wieder an seinen Schreibtisch und notierte alle bekannten Daten des Falls auf einzelne Kärtchen, die er an eine Pinwand heftete.

Dann schrieb er die Fragen auf und sortierte sie nach Relevanz. Zuoberst stand die Identität der drei beteiligten Frauen. In Gedanken versunken spielte er mit der groben Goldkette, während er die verschiedenen Kärtchen betrachtete. Er erschrak, als sein Handy klingelte. Es war Pilecki.

»Hab ich dich geweckt?«, fragte er. Im Hintergrund war laute Musik zu hören.

Cavalli verneinte.

»Ich glaube, du solltest herkommen«, fuhr Pilecki fort.

Cavalli erhob sich erregt. »Was gibts?«

»Ich sitze neben einem Bekannten, der behauptet, jemand habe vor zwei Wochen nach der Toten gefragt. Er hat sie auf dem Foto erkannt.«

»Ich komme sofort.« Cavalli nahm seine Jacke von der Stuhllehne. »Wo bist du?«

»In der Pineapple-Bar, Ecke Langstraße und Kanonengasse.«

»Zehn Minuten.« Cavalli legte auf und nahm zwei Stufen auf einmal, als er die Treppe hinuntereilte.

Die Pineapple-Bar war schon von Weitem zu erkennen. Eine leuchtende Ananas ließ keinen Zweifel darüber, woher sie den Namen hatte. Cavalli trat in die verrauchte Bar und suchte Pilecki. Wegen der verspiegelten Wände wirkte der Raum größer, als er in Wirklichkeit war. Er entdeckte Pilecki in einer Ecke, die mit grün gepolsterten Lederbänken ausgestattet war.

»Das ging aber schnell.«

»Ich war noch im Büro.«

Pilecki stellte ihm einen Mittvierziger mit spärlichem Bartwuchs vor, den er Mike nannte. Der Mann sah ihn desinteressiert an und nuschelte etwas. Pilecki bestellte ihm einen Dreier Rotwein.

»Was nimmst du?«

Cavalli entschied sich für einen Tomatensaft.

»Mike wurde vor zwei Wochen gefragt, ob er diese Frau irgendwo gesehen habe.« Pilecki deutete auf das Bild der toten Frau. Er wandte sich an seinen Bekannten und bat ihn, die Geschichte nochmals zu erzählen. Dieser hielt ungeduldig nach dem Wein Ausschau. Geplatzte blaue Äderchen überzogen seine Wangen wie ein Spinnennetz. Erst als die Karaffe vor ihm abgestellt wurde und er einen tüchtigen Schluck genommen hatte, schaute er Cavalli an.

»Das war vor zwei Wochen«, sagte er und betonte dabei jede Silbe gleichmäßig. Trotzdem gelang ihm das Z nicht richtig. Cavalli hob seine Braue und schaute zu Pilecki. Dieser signalisierte ihm, dass er den Mann einfach weitererzählen lassen solle.

»Ein reicher Typ hat das Bild allen unter die Nase gehalten.« Mike gestikulierte mit den Händen, während er sprach, als könnte er seine eigenen Worte besser verstehen, wenn er sie in Bewegungen umsetzte. »Es war dieselbe Frau wie Juris Frau«, nickte er.

»Wie hat der Mann ausgesehen?«, fragte Pilecki.

Mike hielt den Kopf leicht schräg und betrachtete überrascht sein Spiegelbild. »Reich.«

»Wie sieht ein reicher Mann aus?«

»So wie der.« Er zeigte auf Cavalli.

Schön wärs, dachte dieser.

»Gepflegt?«, half ihm Pilecki.

Mikes Zeigefinger kreiste in der Luft. »Reich und gepflegt.« Er nahm noch einen tiefen Schluck Wein und lehnte sich zufrieden gegen das grüne Polster. »Es sind immer die Reichen, die die schönsten Frauen kriegen.«

Pilecki klopfte ihm wortlos auf die Schulter.

»Reich und gepflegt und klein. Aber das ist den Frauen egal. Reich genügt.«

Cavalli und Pilecki tauschten Blicke aus. Vor zwei Wochen lebte die Frau noch. Ein reicher, gepflegter, kleiner Mann: Konnte diese Beschreibung auf den zweiten Mann zutreffen, den Finocchio zusammen mit Salomir beobachtet hatte? Cavalli erinnerte sich daran, dass Finocchio seine schlechten Zähne aufgefallen waren. Achtete ein Alkoholiker auf schlechte Zähne? Oder würde er ihn trotzdem als gepflegt bezeichnen? Vielleicht war es auch Salomir selber gewesen.

»Dachte, mein Kopf wäre vollkommen durcheinander«, sagte Mike zu seinem Daumen.

»Warum?«

»Kein Wort hab ich verstanden, nicht ein einziges.«

»Woher weißt du dann, was der Mann gefragt hat?«, fragte Pilecki.

»Bledar hat es mir gesagt.«

»Wie hat er ihn verstanden?«

Cavalli folgte dem Wortwechsel gespannt.

»Er kann doch Albanisch. Ist ja selber Albaner.«

Pilecki nahm einen Schluck Bier; man sah ihm nicht an, dass ihn die Aussage erregte. »Albaner sprechen natürlich albanisch. Und verstehen Albanisch«, nickte er weise.

»Ich habe kein Wort verstanden«, wiederholte Mike.

»Wie hat der reiche Albaner sein Getränk bestellt? Versteht Ilena Albanisch?« Er deutete mit dem Kopf auf die knapp bekleidete Frau, die hinter der Bar stand.

»Wir waren doch gar nicht hier«, antwortete Mike vorwurfsvoll. »Das war im Blue Girl. Ilena arbeitet nicht im Blue Girl. Aber Maria spricht auch kein Albanisch.«

Pilecki erklärte Cavalli, dass das Blue Girl ein Club war, das zur Farbkette gehörte.

»Farbkette?«

»Ja, du weißt schon, die Lokale Green Lady, Red Woman und Black Widow gehören auch dazu.«

Cavalli ärgerte sich, dass er so wenig über das Nachtleben in Zürich wusste. Er würde seine Ablehnung Nachtlokalen gegenüber überwinden und sich ein bisschen mehr Wissen aneignen müssen. Keine schönen Aussichten, hatte er doch als Kind schon mehr als genug Stunden in Bars und Stripteaselokalen verbracht, während seine Mutter arbeitete.

»Der reiche Albaner hat dich im Blue Girl angesprochen?«

Mike nickte und leerte sein Glas. Sein Blick war schläfrig. Pilecki stellte keine weiteren Fragen, obwohl er seine Neugier kaum zügeln konnte. Er würde es ein anderes Mal probieren. Vielleicht konnte er in der Zwischenzeit diesen Bledar ausfindig machen. Er gab Cavalli ein Zeichen zum Aufstehen.

»Was hältst du davon?«, fragte er, als sie draußen waren.

Cavalli atmete die frische Nachtluft ein, in seinen Ohren hallte noch die laute Musik der Pineapple-Bar. »Weiß er, was er sagt?«

»Bestimmt. Er redet zwar nicht viel, dafür fantasiert er auch nicht.«

»Salomir kann es nicht gewesen sein«, sagte Cavalli. »Sein Begleiter? Ein Dritter?«

»Ich tippe auf einen Dritten. Salomirs Freund war ja nicht sehr gepflegt.«

»Hätte Mike den Unterschied gemerkt?«

Pilecki nickte. »Mike war früher Bankangestellter. Bis er auf die Straße gestellt wurde, angeblich wegen Urkundenfälschung. Er streitet die Schuld bis heute ab. Aber was gepflegt ist und was nicht, weiß er. Auch wenn er besoffen ist.«

»Gehen wir davon aus, dass es ein Dritter war. Er sucht also die Tote. Diese befindet sich bei Salomir und seinem Kollegen. Hält sie sich dort versteckt? Wurde sie entführt?«

»Opfer oder Täterin«, sagte Pilecki und zuckte mit den Schultern, »manchmal kann man beides gleichzeitig sein.«

»Kommt ganz darauf an, was man darunter versteht. Und welche Tat begangen wurde«, meinte Cavalli. Die Straßen waren jetzt leer, ihre Schritte klangen auf dem nassen Asphalt ungewöhnlich laut. »Gehen wir ins Blue Girl?«

»Die machen um drei zu«, erklärte Pilecki. »Morgen oder Samstag wäre besser. Dann fallen wir nicht so auf. Hast du morgen Abend schon etwas vor?«

»Nur Training. Aber vor elf wird im Blue Girl wohl kaum etwas los sein.«

Sie beschlossen, am folgenden Abend ihr Glück im Stripteaselokal zu versuchen. An der Ecke trennten sie sich, und Pilecki ging zu Fuß nach Hause. Cavalli machte sich wieder auf den Weg ins Büro. Dort zog er ein weiteres Kärtchen hervor, notierte »reicher, gepflegter, kleiner Albaner« und steckte es zu den ungeklärten Fragen auf der Pinwand.

Regina zwang sich, tief durchzuatmen. Sie legte Mahlers Rekurs zur Seite und versuchte, sich nicht darüber zu ärgern, dass er den Fall vors Obergericht bringen wollte. Es war sein gutes Recht, sagte sie sich. Soll er sich doch weiterhin der Illusion hingeben, sein Sohn sei unschuldig. Sie hatte dringendere Probleme. In einer Stunde hatte sie einen Gerichtstermin, die Verhandlung würde mindestens bis zum frühen Nachmittag dauern. Und heute war Freitag. Hofer wartete auf ihren Bericht, sie war aber noch nicht einmal dazu gekommen, sich über den neusten Stand der Ermittlungen zu informieren. Als wäre das nicht genug, hatte sich auch noch Zobeli krank gemeldet. Ob sie um Aufschub bitten konnte? Sie beschloss, Krebs aufzusuchen.

»Was gibts?«, fragte der Abteilungsleiter, als sie unschlüssig vor ihm stand.

Regina erklärte ihm die Lage und fragte, ob sie möglicherweise den Bericht erst am Montag abgeben könnte. Krebs hatte zwar Verständnis für ihre Situation, ein Aufschub käme aber nicht in Frage, erklärte er. Seine Stimme ließ keinen Zweifel offen, dass er es ernst meinte.

Niedergeschlagen setzte sich Regina an ihren Schreibtisch und griff nach dem Telefonhörer. Eine kleine Hoffnung stieg in ihr auf, als sie Cavallis Nummer wählte. Ob er sich nochmals die Mühe machen würde, einen Bericht zu verfassen?

Er nahm nicht ab. Die Combox schaltete sich sofort ein, und eine freundliche Dame bat sie, eine Nachricht zu hinterlassen. Überrascht legte Regina auf. Sie rief noch einmal an und hinterließ eine Nachricht. Dann suchte sie ihre Gerichtsunterlagen zusammen.

Da die Verhandlung mehrere Stunden dauerte, schob sie vorsichtshalber einige Darvidas zwischen die Mäppchen. Der Angeklagte war ein Elektriker, der wegen zahlreicher Diebstähle festgenommen worden war. Er war größtenteils geständig, doch sein Verteidiger hatte ein psychiatrisches Gutachten geltend gemacht, das Regina anfechten wollte. Als sie ihre Unterlagen beisammen hatte, nahm sie Mahlers Rekurs nochmals zur Hand und las ihn Punkt für Punkt durch.

Kurz vor neun eilte sie zum Gerichtssaal. Ihr Handy klingelte. Erleichtert erkannte sie Cavallis Nummer.

»Danke, dass du zurückrufst«, begann sie atemlos. »Ich muss dich heute unbedingt noch sprechen. Hofer wartet auf den Bericht.« Sie erklärte ihm, dass sie ihn bis sechzehn Uhr abliefern musste, aber erst am Nachmittag Zeit für ein kurzes Gespräch hatte. Am anderen Ende herrschte Schweigen.

»Hallo?«, fragte sie unsicher und wickelte eine Haarsträhne um ihren Finger. »Bist du noch da?«

»Willst du mich sprechen, um den Bericht schreiben zu können, oder willst du, dass ich den Bericht schreibe?«

»Hättest du denn Zeit?«, fragte sie hoffnungsvoll.

»Nein«, antwortete er, und Regina spürte, wie ihr das Herz in die Hosen fiel. »Aber ich mach es trotzdem. Ich schick ihn dir per E-Mail. Fünfzehn Uhr?«

»Fünfzehn Uhr wäre prima«, sagte sie, glücklich vor Erleichterung. »Du hast etwas gut.«

»Ich freue mich schon darauf«, antwortete er mit einem Lächeln in der Stimme.

Regina legte auf und betrat Punkt neun Uhr den Gerichtssaal. Die Verhandlung lief mehr oder weniger so, wie sie es erwartet hatte. Der Verteidiger forderte eine Bestrafung unter drei Jahren, weil er die Gewerbsmäßigkeit der Diebstähle in Abrede stellte. Da der Angeklagte vor einem Jahr bereits zu einer fünfzehnmonatigen unbedingten Gefängnisstrafe verurteilt worden war, die er noch nicht angetreten hatte, forderte Regina drei zusätzliche Jahre. Das Gericht verurteilte den Mann schließlich zu dreißig Monaten Zuchthaus. Regina verließ den Saal zufrieden.

Hungrig überlegte sie, wo sie etwas Gesundes zu Mittag essen könnte. Sie machte einen Umweg über die Kaserne. Dort bot ein Take-Away-Stand verschiedene Salatschalen an. Sie betrachtete das bunte Gemüse und konnte sich nicht vorstellen, davon satt zu werden. Die leichte Brise wehte einen würzigen Duft herüber, der von einem Falafel-Stand gegenüber stammte.

Kichererbsen sind doch auch eine Art Gemüse, dachte sie und überquerte die Straße. Sie bestellte ein Falafel ohne Zwiebeln, dafür mit einer Extraportion Salat, um ihr Gewissen zu beruhigen. Kauend spazierte sie zur Bezirksanwaltschaft zurück.

Cavalli hatte den Bericht wie versprochen geschickt. Er hatte ihn sogar mit ihrem Namen versehen. Sie öffnete einen neuen Ordner, den sie mit der Nummer des Falls beschriften wollte, doch plötzlich zögerte sie. Sie musste an den Eindringling von neulich denken und löschte den Ordner wieder. Stattdessen verschlüsselte sie die Datei und schickte sie an ihre private E-Mail-Adresse. Dann druckte sie den Bericht aus, um Hofer die Seiten zu faxen.

Im Flur traf sie auf Krebs, der sie in ihrem Büro aufsuchen wollte. Besorgt fragte er, wie weit sie gekommen sei. Sie hielt ihm den Bericht unter die Nase und beobachtete seine Verblüffung. Sein Erstaunen machte sofort Skepsis Platz, und er sah sie fragend an.

»Wer hat ihn geschrieben?« Er stützte sein Kreuz mit den Händen und richtete sich auf.

»Rückenschmerzen?«, fragte Regina mitfühlend.

Krebs ließ sich nicht ablenken und wiederholte seine Frage.

»Ist das wichtig?«

»Mir schon.«

Regina gab zu, dass er von Cavalli stammte. Das Schweigen zog sich in die Länge. Sie verlagerte ihr Gewicht von einem Bein aufs andere und biss sich auf die Unterlippe. Krebs holte Luft, um etwas zu sagen, entschied sich dann aber anders. Er sah nachdenklich aus, als er in sein Büro zurückkehrte.

Erleichtert legte Regina die Seiten auf den Fax. Erst als die Anzeige bestätigte, dass alle fünf Seiten bei Hofer angekommen waren, legte sie den Bericht zu ihren Akten. Sie packte alles, was mit dem Eschenholz-Fall in Zusammenhang stand, in ihre Tasche. Am Sonntag würde sie genügend Zeit haben, sich darin zu vertiefen.

Um diese Zeit war es in der Bezirksanwaltschaft ruhig. Viele machten am Freitag früher Feierabend. Regina nützte die Stunden, um einige Schreibarbeiten zu erledigen. Sie erstellte längst fällige neue Dossiers, schrieb einen Entscheid, den sie schon am letzten Dienstag hätte fertig haben sollen, und bereitete einige Traktanden für die Abteilungssitzung der nächsten Woche vor. Erst als sich Krebs verabschiedete, merkte sie, dass alle gegangen waren. Sie packte ihre Sachen zusammen und löschte die letzten Lichter.

Draußen war es dunkel, wie immer, wenn sie um diese Jahreszeit das Büro verließ. Sie ging auf den geliehenen Wagen zu und versuchte nicht daran zu denken, wie viel die Parkgebühren pro Tag kosteten. Das Lenkrad war kalt unter ihren Händen; als sie nach dem Zündschloss tastete, hing ihr Atem als kleine Wolke in der winterlichen Luft. Der Motor reagierte nicht, als sie den Schlüssel drehte. Sie versuchte es nochmals, doch der Wagen rührte sich nicht. Fluchend trat sie aufs Gaspedal, doch auch das half nichts.

Bestimmt die Batterie!

Sie wühlte mit steifen Fingern in ihrer Tasche und suchte ihr Telefon. Glücklicherweise kannte sie die Nummer des Touring Clubs auswendig. Eine professionelle Stimme versprach, sofort einen Mechaniker zu schicken.

Regina lehnte sich zurück und wartete. Sie wollte das Radio einschalten, aber wenn die Batterie leer war, würde es auch nicht funktionieren. Aus Langweile drückte sie trotzdem auf den Knopf und war erstaunt, als die Klänge einer Gitarre das Auto erfüllten. Lag es doch nicht an der Batterie? Sie versuchte ein letztes Mal, den Wagen zu starten, hatte aber wieder kein Glück.

Nach zwanzig Minuten sah sie das gelbe Fahrzeug des Touring Clubs. Sie beschrieb dem Mechaniker das Problem und wartete ungeduldig, während er alles überprüfte. Mit schwarzen Fingern untersuchte er den Motor, drehte an Verschlusskappen, säuberte Drähte und kontrollierte die Batterie. Regina wurde immer ungeduldiger.

»Ich kann das Problem nicht orten«, sagte er verlegen. Er schlug vor, den Wagen in eine Garage abzuschleppen. Regina blieb nichts anderes übrig, als zuzustimmen.

Mit übler Laune beschloss sie, zu Fuß zum Bahnhof zu gehen, um dort die S-Bahn zu nehmen. Sie ging rasch, um sich aufzuwärmen, und erreichte den Bahnsteig in zehn Minuten. Sie konnte gerade noch in die S3 springen, bevor die Warnlichter oberhalb der Tür zu blinken begannen und der Zug sich in Bewegung setzte.

Die Fahrt nach Stettbach dauerte zehn Minuten, die ganze Strecke führte unterirdisch durch den Zürichberg. Als sie die kaputte Rolltreppe hinaufstieg, fiel ihr wie so oft der Vorortcharakter von Schwamendingen auf. Die Wände des S-Bahn-Warteraums waren mit rassistischen Sprüchen versprayt, überall lagen Zigarettenkippen, Red-Bull-Dosen und leere PET-Flaschen. Die Front des Getränkeautomaten war eingeschlagen, feine Sprünge liefen quer über die Scheibe. Am Boden flatterten die Gratiszeitungen, hinter denen sich Pendler am Morgen im Zug verschanzten. An der Bushaltestelle warteten keine Busse, um diese Zeit fuhren sie nur noch selten.

Mit einem Blick auf den Fahrplan vergewisserte sie sich, dass sie soeben den Bus nach Gockhausen verpasst hatte. Der Boden vibrierte unter ihren Füßen, als sich ein Schnellzug näherte. Mit einem Donnern raste er an Stettbach vorbei, der Abfall wirbelte noch durch die Luft, als der Zug längst weg war. Es war ungemütlich, hier in der Kälte zu warten. Der Bahnhof lag einsam auf der Grenze zwischen Zürich und Dübendorf. Die nächsten Gebäude waren rund hundert Meter entfernt, doch da sich nur Büroräume in ihnen befanden, waren sie menschenleer.

Regina überlegte, ob sie zu Fuß bis zur Bushaltestelle im Industriequartier gehen sollte, um die Wartezeit zu verkürzen. Sie hob ihre schwere Tasche auf. Hinter sich hörte sie den Motor eines startenden Autos.

Sie überquerte die Straße bei Rot und folgte dem Radweg. Dichtes Gebüsch säumte den schmalen Asphaltstreifen, dahinter lag ein künstlicher Teich, der den Angestellten der Bank auf der anderen Seite das Gefühl von Natur suggerieren sollte.

Regina vernahm das gleichmäßige Brummen eines Automotors. Sie drehte sich um, doch die Straße war dunkel. Seltsam, dass sie ein Auto hören, aber nicht sehen konnte. Sie kam zur Ortstafel von Dübendorf, die Cavalli vor einigen Tagen mit achtzig Stundenkilometern passiert hatte, als der Mercedes hinter ihnen hergefahren war. Eine leise Ahnung beschlich sie, und sie schaute über die Schulter.

War ihr der Mercedes erneut gefolgt? Sie verwarf den Gedanken, schließlich war sie mit der S-Bahn gekommen. Trotzdem hatte sie das Gefühl, dass sich auf der Straße etwas Dunkles bewegte. Sie blieb stehen und starrte auf die Stelle. Tatsächlich konnte sie die Umrisse eines Fahrzeugs erkennen. Sie hatte es vorher nicht registriert, weil sie nicht damit gerechnet hatte, dass ein Wagen ohne Licht unterwegs sein könnte. Ihr Herz begann schneller zu schlagen, und sie schaute sich wieder um. Es war weit und breit kein Mensch zu sehen. Der Radweg führte geradeaus, die Hecke, die ihn zur Straße hin abgrenzte, verdeckte Regina ein wenig. Zwanzig Meter weiter vorne erhob sich eine Straßenlaterne. Wenn sie an ihr vorbeiginge, wäre sie hell erleuchtet.

Sie fasste blitzschnell einen Entschluss, schlüpfte durch das Gebüsch zu ihrer Rechten und folgte dem Rand des kleinen Teiches. Sie erreichte einen leeren Sitzplatz vor dem Ausgang der Bankkantine. Ihr Herz pochte heftig. Sie schlich der Hauswand entlang und überlegte, ob sie zurück zum Bahnhof oder weiter zur nächsten Bushaltestelle sollte. Sie konnte den Wagen nicht mehr hören und versuchte sich vorzustellen, wie weit das Geräusch hörbar war. War er außer Hörweite oder hatte er angehalten? Wie ein Blitz durchfuhr sie ein Gedanke:

War ihre Autopanne Zufall? Oder hatte sich jemand am Wagen zu schaffen gemacht?

Wenn es so ist, zeugt es von sorgfältiger Planung, dachte sie mit Unbehagen.

Sie folgte der Hauswand und schaute um die Ecke. Die kleine Nebenstraße war leer. Wenn sie quer über das Feld lief, käme sie direkt zur übernächsten Bushaltestelle. Dort würde er sie nicht vermuten. Dank den Wolken würde man sie auf dem offenen Feld nicht sehen.

Sie fasste Mut und rannte über das Sträßchen. Sie schaute nicht zurück, sondern steuerte auf das Feld zu und machte erst hinter einem Apfelbaum keuchend Halt. Das hatte sie nun davon, dass sie ihre Kondition vernachlässigt hatte. Der Riemen ihrer Tasche schnitt schmerzhaft in ihre Schulter, sie verlagerte sie und ging langsamer weiter. In der Ferne erkannte sie die Straße, die nach Gockhausen führte.

Vereinzelte Fahrzeuge fuhren den Berg hinauf. Regina schaute auf die Uhr und erschrak. In fünf Minuten würde der Bus am Bahnhof Stettbach losfahren. Wenn sie an der zweiten Haltestelle zusteigen wollte, musste sie sich beeilen. Trotz Seitenstechen versuchte sie, das Feld im Laufschritt zu überqueren. Der Boden war schwer und nass, die Erde klebte an ihren Schuhen. Einmal wagte sie es, nach hinten zu schauen: Es folgte ihr niemand. Die Hauptstraße lag nun direkt vor ihr, unten an der Kreuzung sah sie, wie der Bus am Rotlicht stand. Sie mobilisierte ihre letzten Kräfte und spurtete weiter. Das Licht wechselte auf Grün und der Bus fuhr los. Regina erkannte dahinter einen großen Wagen, der ein Mercedes sein konnte. Sie fluchte innerlich, behielt aber ihr Tempo. Sie schwitzte in den warmen Kleidern, ihre trockene Zunge fühlte sich wie Watte an. Der Bus kam näher, er hatte nicht vor anzuhalten, da niemand an der Haltestelle stand. Mit fuchtelnden Armen rannte Regina auf die Straße zu. Als sie in den Kegel der Straßenlaterne trat, sah sie der Busfahrer.

Er bremste abrupt und kam zehn Meter hinter der Haltestelle zum Stillstand. Das Auto dahinter überholte ihn, und Regina erkannte, dass es ein Mercedes war. Er fuhr den Berg hinauf und verschwand im Wald.

Regina rang nach Atem und stieg ein. Der Busfahrer warf ihr einen vorwurfsvollen Blick zu. Sie hob entschuldigend die Hand und ließ sich in den nächsten Sitz fallen. Einen Moment lang blendete die Erleichterung alle anderen Gefühle aus. Dann wurde ihr bewusst, dass die Gefahr noch nicht vorbei war. Sie musste in Gockhausen aussteigen. Das wusste auch der Mercedesfahrer. Was wollte er von ihr? Wenn er vorhatte, ihr etwas anzutun, hätte er das längst tun können.

Ihre instinktive Reaktion war, Cavalli anzurufen. Hastig tippte sie seine Nummer in ihr Handy, drei Mal musste sie von vorne beginnen, weil ihre Finger zitterten. Sie hielt die Luft an, während sie dem Klingelton zuhörte. Er nahm erst beim vierten ab. Als sie seine Stimme hörte, atmete sie laut aus.

»Regina?«, fragte er unsicher.

Sie nickte.

»Regina, bist du es?«

Diesmal brachte sie einen Ton heraus. »Ja.«

»Was ist los?«, fragte er besorgt.

Regina erzählte ihm kurz, was geschehen war.

»Bist du jetzt im Bus?«, fragte er scharf.

»Ja, im 751er Richtung Gockhausen.«

»Bleib sitzen und fahr durch«, befahl er, »bis zur Endstation. Ich hole dich in Fluntern ab. Steig erst aus, wenn du mich siehst.«

»Mach ich.«

Der Bus schlängelte sich den Hügel hinauf, sie waren beim Waldstück angelangt, und Regina erkannte die Umrisse einer Wandertafel. Zwei Fahrzeuge folgten dem Bus, der langsam bergauf fuhr. Regina stand auf und ging ganz nach hinten, um zu sehen, ob eines davon ein Mercedes war. Im Scheinwerferlicht erkannte sie die Marke nicht.

In Gockhausen hielt der Bus an, und ein dunkelhaariger Mann mit offener Lederjacke stieg ein. Er schlenderte durch den Bus und setzte sich ganz in die Nähe von Regina. Sie zog ihre Tasche näher und hielt ihr Handy einsatzbereit. Der Mann starrte immer wieder zu ihr herüber. Er fingerte in seiner Hosentasche herum.

Regina war anzügliche Blicke gewohnt, doch sie konnte den Mann nicht einordnen: War er ein gewöhnlicher Spanner, oder war er eingestiegen, weil er wusste, dass sie im Bus war?

Immer wieder schielte sie zu ihm hinüber. Er bemerkte ihre Nervosität. Der Bus war wieder losgefahren, und sie spähte aus dem Fenster. Die Straße zu ihrer Wohnung war leer. Die zwei Fahrzeuge hinter ihnen waren weitergefahren. Der Fahrer beschleunigte auf der flachen Strecke, und sie kamen am Tobelhof vorbei, einem Ausflugsziel, das im Sommer viele Gäste anzog. Der Mann mit der Lederjacke fuchtelte energischer in seiner Hosentasche, und Regina schloss ihre Jacke, obwohl sie schwitzte.

Noch drei Haltestellen. Regina schaute ein letztes Mal nach hinten: Es folgte ihnen kein Fahrzeug. Sie hielt nach Cavalli Ausschau und erkannte seinen Volvo sofort, der neben der Endstation im Parkverbot stand. Er selbst wartete an der Haltestelle.

Regina spürte, wie sein Anblick sie erleichterte. Sie erhob sich und hielt sich an der Haltestange fest, bis der Bus still stand. Der Mann neben ihr war ebenfalls aufgestanden und hatte seine Finger so nahe neben ihre gelegt, dass er sie leicht berührte. Angewidert zog Regina ihre Hand zurück und verlor dabei das Gleichgewicht. Die schnelle Reaktion des Mannes überraschte sie, er fing sie auf, bevor sie gegen das Fenster prallte, und hielt sie mit überraschend festem Griff.

Die Panik der letzten Stunde war augenblicklich zurück:

Regina riss sich los und sprang aus dem Bus, direkt auf Cavalli zu. Schwer atmend lehnte sie ihre Stirn an seine Schulter und schloss einen Moment lang die Augen, als würde die Gefahr so schneller vorüberziehen. Er roch frisch, und das Haar in seinem Nacken war feucht. Sie hörte, wie sich die Schritte des Fremden entfernten und hatte plötzlich das Gefühl, überreagiert zu haben. Sie hatte schon oft ähnliche Erlebnisse gehabt und sich nichts dabei gedacht. Ihre ängstliche Reaktion hatte ihn vermutlich provoziert und erst richtig auf Touren gebracht.

Cavalli vergrub seine Hand in ihrem Haar und massierte ihren Kopf. Er wartete, bis sie sich gefasst hatte, dann nahm er ihr die voll bepackte Tasche ab. Regina blendete die Welt um sich herum aus und spürte nur noch die Finger auf ihrer Kopfhaut und die harte Schulter unter ihrer Wange. Sie atmete tief ein. Dabei streifte sie mit ihren Lippen Cavallis Hals, und eine wohlige Wärme durchflutete sie. Ein Kuss schwebte auf ihrem Mund, doch dann setzte ihre Vernunft wieder ein, und sie hob den Kopf langsam.

In Cavallis Augen sah sie eine tiefe Sehnsucht. Der Moment ging vorüber, und sie zog ihre Hand zurück. Langsam richtete sie sich auf, und er ließ seinen Arm sinken.

»Wir gehen zu mir«, sagte er leise, »dann erzählst du alles genau der Reihe nach.«

Sie nickte. Sie fuhren die kurze Strecke zu seiner Wohnung schweigend. Auf der Schwelle blieb Regina stehen und zeigte entschuldigend auf ihre Schuhe. Sie zog sie im Treppenhaus aus und stellte sie neben die Wohnungstür. Danach krempelte sie die Hosenbeine nach oben, damit die nasse Erde nicht abfiel.

Neugierig schaute sie sich um. Die zwei Zimmer waren spartanisch eingerichtet, es sah nicht aus, als würde er viel Zeit zu Hause verbringen. Das einzige Möbelstück, auf das er offensichtlich Wert gelegt hatte, war ein großes Bett.

»Möchtest du eine Tasse Tee?«, fragte er aus der Küche.

»Gerne.«

»Grüntee?«

»Ja, wenn du welchen hast.«

»Immer. Man weiß ja nie, wann man eine Bezirksanwältin zu Gast hat.« Seine Antwort klang locker, doch möglicherweise hatte er den Tee tatsächlich für sie gekauft.

Regina blieb vor einer vergrößerten Fotografie stehen, auf der eine Möwe zu sehen war, die einen Fisch im Schnabel trug. Im Hintergrund spritzte die Gischt des Meeres bis zu den Flügeln des Vogels hinauf. Im dunklen Wasser schlummerte etwas Gefährliches, es sah hart und rücksichtslos aus.

Sie ging in die Küche. Cavalli goss Wasser in eine Tasse und ließ den Teebeutel einige Minuten ziehen. Regina wusch sich mit Geschirrspülmittel die Hände, sie fühlte sich nicht wohl in ihren schmutzigen, verschwitzten Kleidern.

»Wenn du möchtest, kannst du die Dusche benützen«, bot Cavalli an.

Der Gedanke an eine heiße Dusche war verlockend. Doch sie hatte keine frischen Kleider. Sie zögerte.

»Ich kann dir eine Trainingshose anbieten, und Sweatshirts habe ich jede Menge«, fuhr Cavalli fort.

»Gerne«, entschloss sich Regina.

Cavalli ließ die Tasse stehen und zog aus einem Schrank ein frisches Badetuch hervor. Dann verschwand er im Schlafzimmer. Als er zurückkam, reichte er ihr die Kleider. Die Trainingshose kam ihr bekannt vor. Erstaunt betrachtete sie die vertraute Aufschrift am linken Bein.

»Die gehört ja mir«, sagte sie verblüfft.

Cavalli hob die Schultern. »Wie gesagt, man weiß nie, wann man eine Bezirksanwältin zu Gast hat.«

Hatte er sie fünf Jahre lang aufbewahrt? Und damit gerechnet, dass sie sie eines Tages wieder brauchen würde? Vielleicht waren auch schon andere Damen um die Hose froh gewesen. Zum Beispiel Elvira Wolff. Und wie sie sonst noch alle hießen. Sie fragte ihn nicht und ging ins Bad.

Während sie das Wasser warmlaufen ließ, schaute sie sich im kleinen Raum um. Sie öffnete den Spiegelschrank und machte sich darauf gefasst, Schminke oder Damen-Duschmittel zu finden. Doch neben dem Rasierwasser stand bloß eine Dose Magnesiumpulver auf dem Regal. Erleichtert zog sich Regina aus und stellte sich unter die warme Dusche. Sie summte eine Melodie und roch am Duschmittel, das sie an Cavallis Umarmung erinnerte. Ein Klopfen riss sie aus ihren Gedanken.

»Regina?«

»Ja?«

»Dein Handy klingelt. Soll ich abnehmen?«

»Gerne. Ich ruf in fünf Minuten zurück.«

Das heiße Wasser prasselte auf ihre Schultern und entspannte sie. Ungern stellte sie es ab. Sie zog die frischen Sachen an und ging in die Küche zurück. Auf dem Tisch stand ein großer Teller Bärentatzen. Sie wusste sofort, dass er die Kekse für sie gekauft hatte. Er selber mochte sie nicht besonders. Sie fragte sich, ob er vorgehabt hatte, sie einzuladen, oder ob er sich auf einen zufälligen Besuch vorbereitet hatte. So oder so, es berührte sie.

»Wer war dran?«, fragte sie, als sie sich setzte.

»Felix.«

Verdammt, daran hatte sie nicht gedacht. Ein mulmiges Gefühl machte sich in ihr breit. »Was hast du ihm gesagt?«

»Jedenfalls nicht, dass du gerade unter der Dusche stehst«, meinte er trocken. »Ich habe angedeutet, dass du auf dem Weg nach Hause Schwierigkeiten gehabt hast.«

Regina stand auf. »Ich muss sofort zurückrufen. Komme gleich wieder.« Sie stellte sich vor, wie Felix die Situation höchstwahrscheinlich interpretierte.

Seine Stimme klang feindselig, als er abnahm.

Regina schilderte kurz, was passiert war.

Aus seiner Reaktion war ihr nicht klar, ob er ihrer Geschichte Glauben schenkte.

»Wann kommst du nach Hause?«, fragte er.

»Bald«, versprach Regina.

»Was heißt das genau?«

»Ich weiß es nicht. Ich möchte den Vorfall noch mit Cavalli besprechen.«

Felix schwieg, und Regina spürte, wie sie langsam die Geduld verlor. Sie konnte gut verstehen, dass er sich auf sie gefreut hatte und enttäuscht darüber war, den Abend allein verbringen zu müssen. Aber sie ertrug die Belastung nicht, für sein Wohlbefinden verantwortlich zu sein. Er ging nur selten ohne sie aus und hatte auch keine Freizeitbeschäftigung, die ihn erfüllte.

Schließlich sagte er resigniert: »Dann werde ich wohl ins Bett gehen.«

Regina ließ sich nicht darauf ein. »Kein Problem. Wir sehen uns morgen. Schlaf gut.«

Cavalli versuchte, eine neutrale Miene aufzusetzen, als sie in die Küche zurückkam.

Regina hatte die Lippen zusammengekniffen, und die Falten zwischen ihren Augenbrauen verliehen ihr ein finsteres Aussehen. Sie griff nach den Bärentatzen und verschlang wortlos eine nach der andern. Nach der siebten glätteten sich die Falten, nach der achten waren sie verschwunden.

»Tut mir leid«, entschuldigte sie sich.

»Bei mir musst du dich nicht entschuldigen«, entgegnete Cavalli. »Ich glaube, das machst du schon genug«, wagte er hinzuzufügen.

Reginas Augen blitzten. Eine spitze Bemerkung lag ihr auf der Zunge, doch dann gestand sie sich ein, dass er recht hatte. Sie musste sich dauernd entschuldigen. Dafür, dass sie sich im Beruf engagierte, dafür, dass sie keine Kinder hatte, dafür, dass sie viele Interessen hatte. In Gedanken hörte sie die Stimme ihrer Mutter, die über den armen Felix klagte und ihr vorwarf, sie denke immer nur an sich. Die Ansprüche aller stürzten über sie herein, die Erinnerung an ihre Angst vor dem Mercedesfahrer kam ebenfalls wieder hoch, und Tränen stiegen ihr in die Augen. Sie legte die Stirn auf den Tisch. Felix hätte ja auch froh darüber sein können, dass ihr nichts geschehen war. Dieser Gedanke nahm ihr den letzten Rest Selbstbeherrschung. Der aufgestaute Druck, die Vorwürfe, Hofer, das Mitleid mit der misshandelten Frau, alles tropfte auf den Küchentisch.

Cavalli stand auf und stellte sich hinter sie. Er zog sie in seine Arme und hielt sie fest. Er dachte daran, wie er als Kind einen verletzten Vogel in der Hand gehalten und sich kaum getraut hatte, ihn nach Hause zu tragen. Die Flügel erschienen ihm so zerbrechlich, seine Hände im Vergleich so grob, dass er sein Leibchen ausgezogen und es als eine Art Hängematte benutzt hatte. Seine Großmutter hatte ihm versichert, dass die Knöchlein stabiler waren, als sie aussahen, doch er hatte ihr nicht geglaubt.

Unerwartet stieg die Erinnerung an die gebrochenen Rippen der toten Frau in ihm hoch und er zog Regina enger an sich. Langsam versiegten ihre Tränen, und sie atmete regelmäßiger. Nach einem stockenden Seufzer hob sie den Kopf.

»Es tut mir?…«, begann sie.

Cavalli legte ihr den Zeigefinger auf die Lippen.

»Keine Entschuldigungen mehr.«

Regina nickte dankbar und suchte nach einem Taschentuch. Er reichte ihr eines. Ein wenig verlegen putzte sie sich die Nase. Sie wusste nicht, was sie sagen sollte.

»Möchtest du erzählen? Was genau passiert ist?«, fragte Cavalli.

Regina holte zitternd Luft und begann damit, wie sie den geliehenen Wagen nicht starten konnte. Cavalli hörte ihr kommentarlos zu. Er war sich nun ganz sicher, dass ihn sein Gefühl nicht getäuscht hatte: Jemand wollte etwas von Regina. Er teilte ihre Ansicht, dass diese Person ihr schon längst etwas angetan hätte, wenn das ihr Hauptziel wäre. Sie hatte genug Gelegenheit dazu.

»Bist du dir ganz sicher, dass du den Wagen zum ersten Mal vor dem IRM gesehen hast?«, fragte er.

»Ja.«

»Zählen wir auf, was seit Montag geschehen ist«, schlug Cavalli vor. »Erstens, du hast einen neuen Mordfall zugeteilt bekommen. Zweitens?«

Regina fuhr fort: »Zweitens, Hofer macht mir das Leben unbequem. Drittens, Mahler zieht den Fall seines Sohnes weiter ans Obergericht. Viertens, Anita Zuberbühler zieht ihre Anklage zurück«, und fünftens, du bist zurück in mein Leben gekommen, dachte sie.

Sie erzählte Cavalli kurz von diesen laufenden Fällen und über das Gerichtsverfahren vom Morgen. Dann ging sie auf weitere Einzelheiten ihrer Arbeit ein: ausgesprochene Strafen, vernommene Zeugen, Gespräche mit Anwälten.

»Und Anita Zuberbühler hat bereits zweimal einen Rückzieher gemacht?«

Regina nickte: »Peter Zuberbühler hat sie total unter Kontrolle. Er schlägt sie grün und blau, doch sie erfindet immer neue Ausreden, um sein Verhalten zu entschuldigen. Dieser Mann ist einfach?…« Sie fand keine Worte, ihre Abscheu auszudrücken.

»Und du stehst auf der Seite seiner Frau. Als Einzige, vermutlich, da er seine Umgebung unter Kontrolle hat. Dazu bist du eine Frau, die sich nicht von ihm einschüchtern lässt. Ob er damit umgehen kann?«

Regina war nachdenklich: »Sein Respekt vor Frauen lässt tatsächlich zu wünschen übrig?…, aber dass er mir deswegen etwas antun will? Ich weiß nicht recht.«

»Vielleicht will er dich nur einschüchtern.«

»Das ist dem Unbekannten gelungen. Aber wäre er deswegen in mein Büro eingedrungen?«

Cavalli dachte an den ranzigen Geruch, den der Eindringling in Reginas Büro hinterlassen hatte. Offenbar hatte er nicht gefunden, wonach er gesucht hatte. Außer den Eschenholz-Unterlagen waren aber alle Dossiers in ihrem Büro gewesen.

»Was hast du in der Tasche?«, fragte er.

»Deine Berichte, die Resultate des WD, die Sitzungsprotokolle, Fotos«, zählte sie auf.

»Alles vom Eschenholz-Fall?«

»Fast. Außerdem die Gesprächsprotokolle von Mahler und Seiffedine«, fügte sie hinzu. »Ich wollte nachlesen, ob einer von ihnen Drohungen ausgesprochen hatte, die ich nicht ernst genommen habe.«

»Wenn der Mercedesfahrer hinter diesen Unterlagen her ist, bist du sein einziger Zugang«, dachte Cavalli laut. »Ins Kripohaus wird er sich nicht wagen.«

Das sah Regina auch so. »Dann müssen alle Unterlagen dort bleiben«, beschloss sie. »Nur, woher soll er das wissen? Er wird doch weiter bei mir danach suchen.«

Genau da lag das Problem.

»Ich fürchte, Polizeischutz ist die einzige Lösung.« Cavalli wusste, dass Regina es hasste, beobachtet zu werden. Sie würde sich damit abfinden müssen.

»Es gibt doch bestimmt einen anderen Weg«, meinte sie, aber es fiel ihr auch keiner ein. Sie wusste genau, was Cavalli als Nächstes sagen würde: »Wenn du nur nicht so darauf bestehen würdest, keine Waffe zu besitzen«, warf er ihr vor.

»Darüber haben wir schon genug gesprochen«, erwiderte Regina scharf. »Du weißt, dass ich sie nicht einsetzen würde.«

Cavalli holte Luft, um zu kontern, sparte sich aber die

Mühe. Er schaute auf die Uhr und sah, dass es fast 23 Uhr war. Er musste los, Pilecki erwartete ihn.

»Ich treffe Pilecki noch im Blue Girl«, erklärte er. »Willst du mitkommen?«

Cavalli erzählte ihr von Mike und vom Typen, der nach der Toten gefragt hatte.

Aus lauter Gewohnheit schüttelte Regina den Kopf. Doch dann überlegte sie sich, warum nicht. Felix würde sie nicht vermissen, so eingeschnappt wie er war. Und sie war schon ewig nicht mehr abends aus gewesen, nicht einmal geschäftlich.

»Ich müsste mich aber umziehen«, sagte sie. »Oder hast du zufälligerweise Damenkleider im Schrank?« Sie neigte den Kopf leicht zur Seite.

Cavalli grinste über die Bemerkung: »Nein, zufälligerweise nicht.«

Er schlug vor, bei ihr zu Hause vorbeizufahren. Das gäbe ihm die Gelegenheit, sich kurz nach dem Unbekannten umzuschauen. Regina packte ihre Sachen zusammen und griff nach einer letzten Bärentatze.

Die Fahrt nach Gockhausen dauerte fünf Minuten. Als sie im Bus gesessen und nach dem Mercedes Ausschau gehalten hatte, war Regina derselbe Weg unendlich lang vorgekommen. In ihrer Küche brannte kein Licht.

»Wartest du im Wagen?«, fragte Regina, als sie sich losgeschnallt hatte.

»Ich möchte kurz die Nase in deine Wohnung stecken«, antwortete Cavalli. Als er ihren Blick sah, fügte er hinzu: »Nur um ganz sicher zu sein.«

Regina schloss die Tür auf und ließ ihn zuerst hinein. Es riecht leicht nach verkohltem Holz, dachte Cavalli, im Schwedenofen muss noch Glut sein. Etwas Abgerundetes stieg ihm ebenfalls in die Nase: Kastanien. Der scharfe Geruch von Putzessig übertönte sie fast. Er schloss die Augen. Behandelte Textilien. Überrascht sah er Regina an.

»Hast du jetzt einen Teppichboden? Schutzbehandelt?« Das passte gar nicht zu ihr.

Sie beobachtete ihn fasziniert und nickte. »Ja, aus Schurwolle. Das Parkett war zu kalt. In der Küche ist der Boden immer noch mit einem Hochdrucklaminat bedeckt. Sag mal, wonach rieche ich eigentlich?«

Cavalli überlegte. Gerüche zu erkennen war einfach, sie in Worte zu fassen hingegen schwer.

»Nach einer Rose, bevor sie blüht«, sagte er schließlich.

Als er ihren erstaunten Ausdruck sah, versuchte er den Geruch zu erklären. »Darin liegt ein Hauch von Versprechen und Zukunft, aber trotzdem auch etwas Geerdetes, Sinnliches.« Plötzlich wurde es ihm peinlich, und er fügte hinzu: »Aber im Moment hauptsächlich nach meinem Duschmittel.«

Als Regina zu ihrem Kleiderschrank ging, lag ein Lächeln auf ihren Lippen. Sie überlegte, was sie anziehen sollte. Was trug man in einem Club im Rotlichtviertel? Klar war, dass sie genug von anzüglichen Blicken hatte. Sie entschied sich für Jeans und ein schwarzes Oberteil. Darüber zog sie eine kurze Lederjacke an und schlüpfte in passende Schuhe. Bevor sie ging, trug sie ein wenig Lippenstift auf. Ihr Spiegelbild war ihr fremd, die Frau, deren Augen so erwartungsvoll leuchteten, hatte sie schon lange nicht mehr gesehen.

Beim Eingang fiel ihr Blick auf ihre Tasche. Regina überlegte, wo sie am sichersten sei. Sie nahm sie und schlich leise ins Schlafzimmer. Felix lag am äußersten Rand der Matratze. Sie hörte seinen Atemzügen an, dass er nicht schlief. Unschlüssig blieb sie stehen. Sollte sie ihn ansprechen? Daraus würde wieder eine Diskussion entstehen, worauf sie überhaupt keine Lust hatte. Vorsichtig schob sie die Tasche unter das Bett und verließ das Zimmer auf Zehenspitzen. Sie hinterließ ihm eine Notiz auf der Küchenablage.

Cavalli wartete draußen. Er hatte nichts Auffälliges um das Haus entdeckt. Als er Regina erblickte, hob er die Braue und stieß einen leisen Pfiff aus. Sie errötete. Rasch stieg sie in den Wagen und schaltete das Radio ein.

»Weiß Juri, dass ich mitkomme?«, fragte sie, als sie losfuhren.

»Nein«, antwortete Cavalli. »Ich habe ihm übrigens vom Mercedes erzählt.« Er erklärte, dass Pilecki sich umgehört hatte, dass ihm aber keine Gerüchte zu Ohren gekommen waren.

Cavalli stellte den Volvo hinter der Kaserne ab, und sie gingen zu Fuß ins Blue Girl. Vor dem blau schimmernden Eingang stand ein gelangweilter Türsteher, der sich nicht nach ihnen umdrehte. Der große Raum war labyrinthartig in verschiedene Nischen unterteilt. In jeder befand sich ein kleines Podest, auf dem eine Frau tanzte. Im blauen Licht war es schwierig, einzelne Gesichter zu erkennen. Sie kämpften sich durch die Menschenmenge und entdeckten Pilecki in einer der hinteren Nischen.

»Endlich!«, begrüßte er Cavalli. Als er Regina sah, blickte er verunsichert zu Cavalli, der ihm etwas ins Ohr murmelte. Pilecki nickte.

»Kann ich dir etwas holen?«, fragte Cavalli.

»Einen Gin Tonic bitte.«

Cavalli verschwand unter den blauen Gästen. Regina setzte sich neben Pilecki, der sich zurücklehnte und eine weitere Zigarette anzündete. Die Frau, die vor ihnen tanzte, war blau bemalt und glänzte im Lichtkegel.

Cavalli kehrte mit zwei Gläsern zurück. Er setzte sich an den blauen Glastisch und versuchte, die Frau vor ihnen zu ignorieren.

»Hast du schon etwas erfahren?«, fragte er Pilecki.

Dieser schüttelte den Kopf. »Bledar ist noch nicht aufgetaucht.« Er zwinkerte der Tänzerin zu, und sie spitzte ihren Mund. »Das ist Irina«, sagte er beiläufig.

Regina schielte zu Cavalli, seine Miene war ausdruckslos. War ihm auch unwohl? Irina wand sich und streckte Cavalli ihre Brüste hin. Pilecki schüttelte fast unmerklich den Kopf, und sie zog sich wieder zurück.

»Sie verdient mehr, wenn sie im Anschluss ans Tanzen einen Gast mit aufs Zimmer nimmt«, erklärte er. Dann erhob er sich und winkte jemandem.

Ein junger, muskulöser Mann in einem blendend weißen T-Shirt steuerte auf sie zu. Er begrüßte Pilecki mit einem Handschlag und einigen freundlichen Fluchwörtern. Als er Regina sah, blieben seine Augen an ihren Hüften hängen. Cavalli legte seinen Arm um ihre Schultern.

Pilecki hielt seinem Bekannten das Zigarettenpäckchen hin. Roberto zog mit einem fragenden Blick eine heraus.

»Mehr hab ich heute nicht dabei«, entschuldigte sich Pilecki. Roberto nickte und setzte sich trotzdem zu ihnen. Offenbar vertraute er darauf, dass er das, was er wünschte, noch bekommen würde.

»Was gibts?«

Pilecki erzählte von dem Unbekannten.

»Ja, er war hier«, bestätigte Roberto. »Mich hat er nicht angequatscht, aber einige der Mädchen. Der Boss hat sich nicht gefreut. Bledar kann dir aber mehr über ihn erzählen.«

»Kommt er heute noch?«

»Immer. Hier kommt er am schnellsten zu Geld.«

Er wippte auf dem blauen Polster auf und ab.

Regina kam es vor, als würde er eine andere Sprache sprechen. Ging es um Drogen? Prostitution? Cavallis Arm lag noch immer auf ihren Schultern. Er fühlte sich verkrampft an. Er überließ Pilecki die Gesprächsführung und nahm ab und zu einen Schluck Tomatensaft.

»Wie sah er aus?«

»Der Albaner?« Roberto dachte nach. »Reich. Stinkreich sogar. Deshalb hat der Boss ihn in Ruhe gelassen. Hat seinen Merz einfach vor den Eingang gestellt.«

Regina spürte, wie das Wort »Merz« Cavalli elektrisierte.

»Er fuhr einen Mercedes?«, wiederholte Pilecki gelassen.

»Ja. Schwarz, protzig.«

»Kennzeichen?«

Roberto lachte auf. »Mann, bin ich denn Polizist? Ich sag dir nur eins, lass die Finger von diesem Typen. Der ist gefährlich. He, muss weiter, ein anderes Mal, okay?«

Pilecki drückte ihm etwas in die Hand. »Kein Problem. Wir sehen uns.«

Roberto verschwand ohne zurückzublicken, und Pilecki zog zufrieden an seiner Zigarette.

Regina versuchte sich über die Bedeutung dessen, was Roberto gesagt hatte, klar zu werden. War es derselbe Mercedes? Dann wäre es weder Mahler noch Seiffedine noch sonst ein Klient, der sie verfolgte. Und was war mit Hofer? Hatte er nichts mit dem Eindringen in ihr Büro zu tun? Oder waren die Ereignisse von einander unabhängig? Hofer im Büro, der reiche Albaner im Mercedes?

»Was hast du ihm in die Hand gedrückt?«, fragte Regina. Pilecki hob nichtssagend die Schultern. Irina deutete auf sein Glas, er nickte und fragte Regina und Cavalli, ob er für sie auch noch etwas holen sollte.

»Ein Mineralwasser«, sagte Regina. Cavallis Glas war noch halb voll.

Als er zurückkam, reichte er Irina ein Glas Champagner.

»Maria beschreibt den Albaner ebenfalls als klein und reich.« Pilecki deutete mit dem Kopf auf die mollige Frau hinter der Bar. »Dunkle Haare, mehr kann sie nicht sagen. Entweder ist der Typ tatsächlich so durchschnittlich, abgesehen von seinem Geld, oder alle haben Angst vor ihm. Oder beides.«

Er nahm einen kräftigen Schluck Bier. Bledar war noch nicht aufgetaucht, vermutlich hatte er gehört, dass Pilecki ihn suchte. Lange würde er sich kaum verstecken, im Blue Girl fanden seine Thaipillen zu großen Absatz.

Irina wurde von einer breitschultrigen Brasilianerin abgelöst und stieg elegant vom Podest. Trotz Pileckis warnendem Blick setzte sie sich neben Cavalli.

»Für einen kleinen Zuschlag kann deine Begleitung zusehen«, bot sie an.

Cavalli wich kopfschüttelnd zurück. Er grübelte in der Tasche und zog eine Hunderternote hervor, die er ihr reichte. Überrascht nahm sie das Geld, erst als Pilecki sie mit einer Geste zum Gehen aufforderte, begriff sie, dass keine Gegenleistung von ihr verlangt wurde.

Regina spürte den Alkohol deutlich und sagte leichtfertig: »Dafür, dass One-Night-Stands zu deinen liebsten Freizeitbeschäftigungen gehören, bist du ziemlich prüde, was Prostituierte angeht.«

Er zog seinen Arm zurück und sagte steif: »Das hat nichts miteinander zu tun.«

»Worin liegt deiner Meinung nach der Unterschied?«

Cavalli überlegte, ob er die Frage beantworten sollte. Schließlich sagte er: »Ich zwinge keine Frau in mein Bett.«

»Eine Prostituierte zwingst du ja auch nicht. Sie kommt freiwillig mit.«

»Niemand macht das freiwillig«, sagte Cavalli kalt. »Auch wenn es so aussehen mag.«

»Hast du denn das Gefühl, eine Frau, die du nicht bezahlst, macht das freiwillig?«

Cavalli sah sie verständnislos an. »Sag mal, worauf willst du hinaus? Dass ich Gewalt anwende?«

Regina sah ihn herausfordernd an. »Es gibt verschiedene Wege, eine Frau zu zwingen. Es muss nicht immer Gewalt sein. Du behauptest ja auch, eine Prostituierte fühle sich gezwungen. Genauso kann sich eine Frau emotional gezwungen fühlen.«

Cavallis Augen blitzten gefährlich. »Jetzt hör aber auf! Du bist gerade die Richtige, um so einen Unsinn zu behaupten.«

»Was soll das nun wieder heißen?«, fuhr ihn Regina an.

»Dich musste ich ja nicht gerade zwingen«, sagte er in einem sarkastischen Tonfall.

Regina hätte ihm am liebsten eine Ohrfeige verpasst. Mit Mühe beherrschte sie sich und sagte zähneknirschend: »Ich rede von emotionaler Abhängigkeit. Ist das für dich so unvorstellbar?«

»Das ist wirklich an den Haaren herbeigezogen«, entgegnete Cavalli arrogant.

Regina ließ das nicht gelten: »Ich finde Prostitution ehrlicher. Die Geschäftsbedingungen sind wenigstens klar. Es werden keine falschen Hoffnungen geweckt.«

»Was weißt du denn schon davon«, erwiderte Cavalli. Er stellte sein Glas mit Wucht auf den Glastisch, sodass Maria besorgt zu ihnen herüberschaute.

»Und du?«, schnauzte Regina zurück.

Cavalli schnaubte und unterdrückte einen Fluch. Sie waren schon wieder beim Thema. Sie begriff einfach nicht, dass es Dinge gab, über die er nicht sprechen wollte. Mit einer Hartnäckigkeit, die er bewunderte, wenn sie nicht gegen ihn gerichtet war, würde sie weiterbohren, bis sie die Antwort hatte, die sie hören wollte. Um sich abzuschirmen, kehrte er ihr den Rücken zu und richtete seine Aufmerksamkeit auf Pilecki, dem sichtlich unwohl war.

»Macht es Sinn, weiter nach Bledar zu suchen?«

»Nein«, antwortete Pilecki. »Es ist schon vier. Heute wird nicht mehr viel laufen. Ich versuch es morgen wieder. Irgendwann taucht er auf.« Er schlug vor zu gehen.

Regina war erleichtert. Sie ging mit Cavalli zum Wagen. Er sagte kein Wort bis nach Gockhausen. Eine Entschuldigung lag Regina auf der Zunge, doch sie wusste nicht, wofür. Außerdem hatte sie sich vorgenommen, Cavallis Rat ernst zu nehmen und sich nicht mehr dauernd zu entschuldigen.

»Hol deine Unterlagen, ich nehme sie mit zu mir«, befahl er.

Regina holte sie und erinnerte ihn daran, dass sie am Sonntag daran arbeiten wollte.

»Ich bring sie dir, wenn du sie brauchst«, antwortete er mit gleichgültiger Stimme. »Schalt die Alarmanlage über Nacht ein. Ich werde den Sicherheitsdienst informieren, damit er augenblicklich reagiert, falls sie losgeht. Gehst du morgen aus dem Haus?«

Regina erklärte, dass sie um zwölf Uhr bei Chantal eingeladen waren.

»Ich werde um halb zwölf hier sein und euch ein Stück nachfahren. Wenn der Mercedes nicht auftaucht, verschwinde ich wieder.«

Cavalli startete den Wagen und fuhr los, bevor Regina die Tür richtig zugeschlagen hatte.

Als Regina am Samstagmorgen aufwachte, war es zehn Uhr. Sie konnte sich nicht daran erinnern, wann sie das letzte Mal so lange geschlafen hatte. Es gelang ihr nicht einmal, den Traum heraufzuholen, an dem sie erwacht war. Langsam setzte sie sich auf und schob ein Kissen in den Rücken. Die Erinnerungen an die vergangene Nacht stiegen hoch und trübten ihre Laune. Sie schob sie entschlossen beiseite.

Aus der Küche vernahm sie das Klappern von Geschirr. Felix war auf. Normalerweise war er es, der am Wochenende bis zehn schlief. War er vom Fluglärm erwacht? Samstag und Sonntag wurde Gockhausen von sechs bis neun Uhr überflogen, es gelang nur wenigen, die dröhnenden Maschinen auszublenden und weiterzuschlafen. Regina hatte heute keine einzige gehört. Es kostete sie Überwindung, die Bettdecke beiseitezuschieben und sich auf die Bettkante zu setzen. Gerne hätte sie sich wieder ins warme Bett verkrochen, doch die Begegnung mit Felix war unausweichlich.

Sie ging barfuß in die Küche. Felix leerte den Geschirrspüler und stapelte die Teller ordentlich ins Regal. Als er sie erblickte, hielt er einen Moment inne, bevor er nach dem Besteck griff. Er grüßte sie wie eine Fremde. Aus dem Augenwinkel sah Regina etwas Graues. Cavallis Sweatshirt hing auf der Stuhllehne. Die schwarze FBI-Aufschrift ließ keinen Zweifel daran, wem es gehörte.

»Du riechst wie ein Aschenbecher«, begrüßte Felix sie.

»Dir auch einen schönen guten Morgen«, grüßte Regina zurück und holte aus dem Kühlschrank einen Karton Orangensaft. Felix lehnte sich ans Spülbecken und wartete. Die Szene wirkte gestellt, als habe er geübt, während sie geschlafen hatte. Sie nahm ein Glas mit der Aufschrift »Milch« aus dem Geschirrspüler und füllte es mit Saft. Die schwarzen Flecken auf dem gelben Hintergrund glichen einer Giraffe statt einer Kuh.

»Marla braucht ihren Wagen heute.«

Verdammt, der Wagen. Sie hatte ihn völlig vergessen. Sie stellte den Saft hin und ging zur Garderobe, um die Visitenkarte zu holen, die ihr der Mechaniker gegeben hatte. Sie suchte vergeblich nach ihrer Tasche, dann kam ihr in den Sinn, dass Cavalli sie mitgenommen hatte. In der Hoffnung, dass sie das Kärtchen doch nicht zu ihren Arbeitsunterlagen gelegt hatte, durchwühlte sie ihre Jackentaschen, hatte aber kein Glück. Der Stress vom Vortag setzte bereits wieder ein; als sie zum Telefon im Wohnzimmer ging, spürte sie ein dumpfes Hämmern im Kopf.

»Ja?« Cavalli klang beschäftigt. Im Hintergrund hörte sie das Aufheulen eines Motors und eine Männerstimme, die hallte.

Sie erklärte, wonach sie suchte.

»Ich steh grad in der Werkstatt. Der Wagen ist bereit.« Kein Wort über den Abend zuvor.

Erleichtert schaute sie auf die Uhr. Reichte es, um ihn zu holen und trotzdem rechtzeitig bei Chantal zu sein?

»Ich kann ihn dir bringen, wenn du willst.« Seiner gleichgültigen Stimme war nicht anzuhören, ob er ihr einen Gefallen tun wollte oder ob es ihm gelegen kam.

»Wirklich? Ist das kein Problem?«, fragte sie unsicher.

»Ich komme sowieso vorbei.«

»Dann gerne«, sagte sie. »Meine Nachbarin braucht den Wagen heute. Ist tatsächlich alles in Ordnung? Was war kaputt?«

»Das elektrische Verbindungsband zwischen dem Motor und dem Chassis war durchgeschnitten.«

Dann war es also so, wie er vermutet hatte. Der Mercedesfahrer wollte nichts mehr dem Zufall überlassen. Regina sank ins Sofa und vergrub die Zehen im Teppich.

»Ich bin mitten in einem Gespräch«, riss Cavalli sie aus ihren Gedanken. »Bis später.«

Regina ging in die Küche zurück. Felix hatte sich nicht bewegt.

»Die Elektrik war beschädigt«, erklärte sie ihm. »Absichtlich beschädigt«, unterstrich sie, als er nicht darauf reagierte.

»Und wer soll das getan haben?«

»Wahrscheinlich derselbe, der mich beinahe über den Haufen gefahren hat.«

Felix schaute nun doch ein wenig besorgt drein.

»Bedeutet das, dass du in Gefahr bist?«, fragte er langsam.

Was denn sonst? »Genau.«

Diese Vorstellung schien ihm nicht zu passen, vielleicht, weil er nun seine Opferrolle mit ihr teilen musste.

»Warum hast du gestern nicht mich vom Bus aus angerufen?«, fragte er.

Regina hörte seiner Stimme an, dass ihn diese Frage seit dem Vorabend gequält hatte.

Weil es mir nicht in den Sinn gekommen ist, lag ihr auf der Zunge. »Weil der Typ gefährlich ist. Vielleicht bewaffnet. Und weil du nicht Polizist bist.«

Die Erklärung leuchtete Felix ein. Trotzdem hob sie seine

Laune nicht. Der Anblick des Sweatshirts, das Regina vermutlich unbekümmert über die Stuhllehne geworfen hatte, hatte ihn wie ein Schlag getroffen. Es war weniger das Sweatshirt an sich, sondern die Vorstellung, dies könnte ein Blick in die Zukunft sein: Dass seine Pullover von solchen Sweatshirts verdrängt würden. Seine Bücher von Hanteln. Seine Liebe von einer vorübergehenden Affäre.

»Ich geh duschen«, hörte er Regina sagen. Als er einige Minuten später aufblickte, stand sie immer noch da. In der Hand hielt sie die Visitenkarte, die er gestern auf dem Küchentisch vergessen hatte.

»Was ist das?«, fragte sie mit seltsamer Stimme.

»Eine Visitenkarte, das ist doch offensichtlich«, antwortete Felix.

»Woher hast du sie?«, wollte sie wissen, plötzlich ganz ernst.

Hatte er etwas falsch gemacht? Er suchte fieberhaft nach einem Grund für ihr Verhalten, gab aber nach einigen Sekunden unter ihrem prüfenden Blick auf.

»Zwei Polizisten kamen gestern auf die Redaktion. Sie haben mir die Karte hinterlassen.«

Regina bohrte weiter. »Was wollten sie?«

»Warum?«

»Was wollten sie?«, wiederholte sie scharf.

»Sie suchten eine Frau. Sag mal, ist das ein Verhör?«

»Was für eine Frau?«

»Woher soll ich das wissen? Sie haben mir ein Bild gezeigt, ich kenne diese Frau doch überhaupt nicht. Kannst du mir endlich sagen, worum es geht?«

»Diese Frau ist eine Schlüsselfigur in einer laufenden Ermittlung«, erklärte sie endlich. »Felix, ich bitte dich, vergiss, dass du dieses Bild gesehen hast. Es darf unter keinen Umständen etwas in den Medien erscheinen. Es könnte sie in Gefahr bringen.«

Felix versuchte sich zu erinnern, wie die Frau auf dem Bild

ausgesehen hatte. Er hatte es zwar lange betrachtet, sich aber nicht eingeprägt, weil er mehr an den Polizisten interessiert gewesen war.

»Ist der Frau etwas zugestoßen?«, fragte er neugierig.

»Ich darf nicht darüber reden, das weißt du doch«, erinnerte sie ihn.

Wie konnte so etwas passieren? Natürlich barg es immer eine gewisse Gefahr, auf der Straße nach einer Zeugin zu suchen, schließlich wusste man nie, wem man ein Phantombild zeigte. Dass die Polizei aber vorsätzlich das Bild einem Zeitungsredakteur unter die Nase gehalten hatte, hatte sie noch nie erlebt. Sie konnte sich nicht vorstellen, dass Cavalli diese Anweisung gegeben hatte. War Meyer auf eigene Faust zu Felix gegangen? Wusste Cavalli überhaupt davon?

Sie steckte die Visitenkarte ein und ging ins Bad. Unter der Dusche stellte sie das Wasser heiß ein und ließ es hart auf ihren Nacken prasseln. Danach schnappte sie sich ein Joghurt. Gott sei Dank hatte Felix eingekauft. Sie löffelte ihr Frühstück im Stehen und putzte darauf die Zähne, während sie ihre Schuhe anzog.

»Ich bin kurz bei Marla«, rief sie Felix zu.

Ihre Nachbarin nahm die Nachricht gelassen, vor allem als ihr Regina erklärte, der Wagen laufe wieder. Als sie sich auf den Rückweg machte, bog Cavalli um die Ecke. Sie wies ihn auf einen Parkplatz.

Vor der Haustür stemmte sie die Hände in die Hüften und suchte nach Worten, die ihren Ärger deutlich ausdrückten. Schließlich zog sie die Visitenkarte aus der Tasche und zeigte sie ihm wortlos.

Cavalli sah sie verständnislos an. Er hatte ihre üble Laune auf den Streit im Blue Girl zurückgeführt und konnte keinen Zusammenhang zu Meyers Visitenkarte herstellen.

»Meyers Visitenkarte«, sagte er unnötig und hob fragend die Braue.

»Sie hat sie Felix gegeben.« Regina beobachtete seine Reaktion.

»Was hat Bambi mit Felix zu tun?« Er war sichtlich verwirrt, was Regina erleichterte. Sie hatte immer darauf vertraut, dass er zumindest beruflich ihr gegenüber ehrlich war, und wäre enttäuscht gewesen, wenn sie ihn falsch eingeschätzt hätte.

»Sie hat ihm das Phantombild der flüchtigen Zeugin gezeigt.«

Ungläubig schüttelte Cavalli den Kopf, das konnte doch nicht wahr sein. Meyer? Wozu hätte sie das tun sollen? Arbeitete sie hinter seinem Rücken mit den Medien zusammen?

»Bist du dir sicher?«, fragte er vorsichtshalber.

»Natürlich bin ich sicher.«

»Könnte Felix nicht absichtlich etwas verdreht haben?«

Der Gedanke war ihr auch schon gekommen, vor allem nach seiner Frage an der Pressekonferenz. Doch die Stimme, die dort aus ihm herausgesprochen hatte, gehörte einem verletzten, eifersüchtigen Kind. Sie glaubte nicht, dass er mit dem Vorsatz hingegangen war, sie bloßzustellen. Die Situation hatte ihn einfach überwältigt. Dies hier war anders. Er konnte ja nicht wissen, welche Anweisungen Cavalli seinen Mitarbeitenden gegeben hatte.

»Nein«, sagte sie entschlossen. »Er weiß nicht, wer die Frau auf dem Phantombild ist.«

Regina sah Cavalli seinen Zorn an, konnte sich aber eine weitere spitze Bemerkung nicht verkneifen.

»Hast du deine Untergebenen so schlecht im Griff?«

Das war Öl ins Feuer. Für Meyers unerklärbare Tat musste er vor Regina geradestehen. Wenn er nicht in der Lage war, sein Team so zu führen, dass es seine Anweisungen respektierte, musste er den Fehler bei sich suchen. Hatte er Meyer falsch eingeschätzt? Er versuchte sich daran zu erinnern, ob sie sich an der Sitzung dem Beschluss, das Phantombild nicht zu veröffentlichen, widersetzt hatte. Meyer lag doch der Schutz der Zeugin auch am Herzen. Wäre es nicht Meyer gewesen, so hätte er sich vorstellen können, dass man damit ihm schaden wollte, er hatte einige Feinde bei der Polizei. Meyer hatte er aber immer als loyal eingestuft, so sehr konnte er sich doch nicht in ihr getäuscht haben. Und was war Fahrnis Rolle in dieser Angelegenheit? Wusste er davon?

»Ich werde mich darum kümmern«, sagte Cavalli steif. »Wirst du Hofer Bericht erstatten?«

Regina schüttelte den Kopf. »Das ist nicht nötig. Aber ich verlange eine Erklärung von dir.« Sie beneidete Meyer nicht um das bevorstehende Gespräch mit ihrem Chef.

Ehe Cavalli antworten konnte, ging die Tür auf. Felix hatte Reginas Jacke auf dem Arm und reichte sie ihr.

»Wir müssen los«, sagte er und murmelte eine unverständliche Begrüßung in Cavallis Richtung. Dieser würdigte ihn keines Blickes. Er begleitete sie schweigend bis zum Bahnhof Stettbach; Regina war ebenfalls nicht sehr gesprächig. Felix fand die Spannung unerträglich und war froh, als sich Cavalli verabschiedete. Auf sein Versprechen, sie am Abend nach Hause zu begleiten, hätte er verzichten können.

Meyer tauschte mit Fahrni einen Blick aus. Sie hatten keine Ahnung, weshalb Cavalli sie zu sich ins Büro bestellt hatte. Aber seine Stimme hatte am Telefon bedrohlich geklungen, messerscharf und kalt. Nun standen sie vor seiner Tür und warteten, bis er ein Gespräch mit dem Polizeikommandanten beendet hatte. Nervös verlagerte Meyer ihr Gewicht von einem Fuß auf den anderen.

Fahrni versuchte, sie zu beruhigen. »Es hat bestimmt nichts mit uns zu tun. Du kennst ihn doch, wenn er sich konzentriert, wirkt er manchmal unfreundlich.«

Meyer schüttelte den Kopf. »Das war nicht seine übliche kühle Art. Ich sag dir, er ist stinkwütend.«

»Vielleicht immer noch wegen den Laken?«, rätselte Fahrni.

Sie hatten keine Gelegenheit für weitere Spekulationen. Cavalli öffnete die Tür und winkte sie herein. Unschlüssig standen sie im Raum, während er die Tür hinter ihnen schloss. Meyer gefiel das gar nicht. Sie versuchte, seinem Blick standzuhalten, aber jahrelanges Training in Selbstdisziplin löste sich in Nichts auf. Der Moment schien sich in alle Ewigkeit auszudehnen. Cavalli brach den Blickkontakt nicht ab. Dann zog er langsam etwas aus seiner Hosentasche, wie in Zeitlupe kam ein weißes Kärtchen zum Vorschein, das er Meyer vors Gesicht hielt. Sie zwang sich zu blinzeln, um auf das Kärtchen zu fokussieren. Die Buchstaben verschwammen vor ihren Augen, es dauerte einige Sekunden, bis sie ihren Namen erkannte.

»Ich habe die Visitenkarte von einem gewissen Felix Schubert«, sagte er endlich. »Redaktor beim *Dübendorfer.*«

Meyer fragte sich nicht, wie Cavalli dazu gekommen war. In einigen wenigen Augenblicken zog ihre Karriere an ihr vorbei und sie verabschiedete sich von ihren Berufszielen. Ein einziger Fehler. In einem einzigen schwachen Moment. Nein, korrigierte sie sich. Zwei Fehler.

»Ich verlange eine Erklärung«, sagte Cavalli eisig. Er hatte sich dafür eingesetzt, sie in seinem Team zu haben. Er hatte ihr Potenzial erkannt. Sie hatte nicht nur sich selber, sondern auch ihn enttäuscht.

Fahrni meldete sich als Erster zu Wort. »Wir wollten …«

Cavalli unterbrach ihn. »Ich habe nicht dich um eine Erklärung gebeten.«

Fahrni verstummte.

Meyer wusste, dass ihre nächsten Worte von großer Bedeutung waren. Cavalli hasste Rechtfertigungen. Wie sollte sie ihm erklären, was sich zugetragen hatte, ohne in die Rechtfertigungsfalle zu tappen?

»Es gibt keine«, sagte sie schließlich und stählte sich gegen seine Reaktion.

Diese ließ lange auf sich warten. Als er einen Schritt auf sie zukam, versuchte sie, wieder seinem durchdringenden Blick standzuhalten. Fahrni kam ihr zu Hilfe.

»Es war …«, versuchte er nochmals, doch Cavalli befahl ihm, den Mund zu halten.

»… meine Idee«, fuhr er weiter, ohne auf die Worte seines Chefs zu achten. »Ich habe sie dazu überredet. Ich dachte, beim Lokalblatt würde man es sofort erfahren, wenn etwas Ungewöhnliches vorgefallen ist.«

Cavalli schien seine Worte zu ignorieren. Fahrni ließ sich nicht beirren. Wenn er schon dran war, konnte er gleich die ganze Wahrheit auf den Tisch legen.

»Die Laken gehen ebenfalls auf mein Konto. Jasmin ging der Meldung aus dem Gemeinschaftszentrum nach, ich schloss die Suche zusammen mit den städtischen Angestellten ab und vergass dabei die Laken.« Jetzt war es raus.

Wieder dauerte es lange, bis der Häuptling reagierte. Dieses Mal schaute er beide an.

»Ich möchte in einer Stunde eine schriftliche Zusammenfassung dieser zwei Vorfälle, mit eurer Unterschrift versehen.« Er riss die Tür auf und schaute ihnen nicht nach, als sie davonschlichen.

In einer Stunde musste er wissen, ob er sie suspendieren oder umteilen sollte. Beides würde der Ermittlung nur schaden, doch er sah keinen anderen Weg. Das bedeutete, dass er zwei Polizisten neu einarbeiten müsste. Mit dem knappen Personal, das ihm zur Verfügung stand, würde in erster Linie der Mörder davon profitieren. Er fluchte innerlich, seine Wut hatte noch kein bisschen nachgelassen.

Er rief nochmals den Polizeikommandanten zu Hause an, der sich soeben zu Tisch gesetzt hatte und über die Störung alles andere als erfreut war. Er gab Cavalli seine Erlaubnis, zwei weitere Sachbearbeiter in sein Team aufzunehmen, und bat ihn, die Tatsache zu respektieren, dass Samstag war.

Cavalli starrte die Hörmuschel ungläubig an und knallte den Hörer auf den Apparat. Er betrachtete den Pier auf dem Bild an der gegenüberliegenden Wand. Er stellte sich den kalten Wind vor, konnte die Salzluft riechen, die klebrig und feucht um sein Gesicht strich. Verkehrsdienst? Ganz vom Dienst suspendieren? Welch eine Verschwendung! War es wichtiger, seine Autorität zu beweisen oder den Mörder möglichst schnell zu fassen? Die Gezeiten folgten den Gesetzen der Natur, ohne sie zu brechen. Diese höhere Macht setzte dem Wasser Grenzen, die nie gesprengt werden konnten. Was würde geschehen, wenn der Atlantik ihnen nicht mehr gehorchte? Aber gab es nur diese Betrachtungsweise? Die Sihl kannte die Gezeiten nicht. Trotzdem folgte sie einem vorgegebenen Flusslauf. Es musste einen Weg geben, die Vorschriften der Situation anzupassen, sodass sie allen dienten. Als er den schmutzigen Flügel einer Möwe studierte, wusste er plötzlich, was mit Fahrni und Meyer machen. Etwas, das allen diente und seiner Glaubwürdigkeit und Autorität keinen Abbruch tat.

Er griff nochmals zum Telefonhörer, stellte dieses Mal Reginas Nummer ein. Vermutlich war sie ebenfalls am Essen. Wenigstens klang sie nicht genervt, als sie abnahm.

»Hast du einen Moment Zeit?«, fragte er.

»Sekunde, komme gleich«, er hörte das Klappern von Besteck und einen Stuhl, der zurückgeschoben wurde. »So, jetzt. Was gibts?«

Er fasste die Konfrontation mit Meyer und Fahrni kurz zusammen.

»Ich kann es mir nicht leisten, sie vom Fall abzuziehen. Außerdem sind sie wirklich gut. Ich weiß nicht, wie diese grobe Nachlässigkeit zu erklären ist, ob sie auf Unerfahrenheit oder Naivität zurückzuführen ist, aber es wird ihnen bestimmt nicht wieder passieren. Trotzdem muss ich irgendeine Maßnahme ergreifen, doch sie muss sinnvoll sein.«

Regina konnte seine Gedanken nachvollziehen. »Denkst du an etwas Bestimmtes?«

»Ja. Ich möchte, dass sie sich um dich kümmern.«

»Um mich?«

»Du brauchst Polizeischutz. Wenn Meyer und Fahrni das übernehmen, sind sie ganz am Rand noch an diesem Fall beteiligt. Und ich weiß, dass du in guten Händen bist.«

Obwohl Regina keine Lust darauf hatte, dauernd beobachtet zu werden, sah sie ein, dass es unumgänglich war.

Cavalli war froh, dass sie keinen Widerstand leistete. »Meyer wird den Anfang machen. Sie wird euch bei Chantal abholen. Weißt du schon, um welche Zeit?«

»So gegen fünf Uhr«, schlug Regina vor.

»Sie wird dort sein«, versprach Cavalli. »Lass dich nicht stören. Mach einfach das, was du auch sonst machen würdest.«

Klar, dachte Regina sarkastisch. Nichts einfacher als das. »In Ordnung. Bis später.«

Cavalli lehnte sich im Stuhl zurück und streckte sich. Dann schaute er seine Post durch, die seit Tagen unangetastet auf dem Schreibtisch lag. Auf die vielen Sitzungseinladungen hätte er verzichten können, doch sein Vorgesetzter liebte Powerpoint-Präsentationen und brauchte dafür Publikum.

Es klopfte vorsichtig an der Tür. Fahrni trat mit dem Bericht ein, Meyer folgte ihm mit schleppenden Schritten.

»Setzt euch.«

Fahrni reichte ihm die Blätter und setzte sich. Meyer zögerte, ließ sich dann auf der Stuhlkante nieder. Cavalli las den Bericht sorgfältig durch. Er schaute auf und begegnete Fahrnis Blick. Dieser war forsch, was Cavalli überraschte. Es gab Seiten an Fahrni, die er noch nicht kannte.

»Ihr werdet ab sofort von den eigentlichen Ermittlungen abgezogen«, begann Cavalli. Meyer starrte ihn kreidebleich an. »Regina Flint braucht Vierundzwanzig-Stunden-Polizeischutz.« Er erzählte ihnen vom Mercedes, der sie seit einer Woche verfolgte, und davon, dass es sich vermutlich um den gleichen Mann handelte, der nach der Toten gefragt hatte. »Er ist gefährlich. Die Sabotage des Wagens war sorgfältig geplant«, warnte er. »Diese Aufgabe ist alles andere als einfach. Ich hoffe, das ist euch bewusst. Es wird vielleicht dreiundzwanzig Stunden und neunundfünfzig Minuten lang nichts passieren. Aber in der verbleibenden Minute könnte er zuschlagen.«

Fahrni und Meyer hörten gebannt zu. »Weiß Flint, wie gefährlich er ist?«

»Ja. Sie wird mit euch zusammenarbeiten.« Er schaute beide noch einmal eindringlich an. »Ein weiterer Fehler liegt nicht drin.« Die Ermahnung war unnötig. »Teilt euch in Sechs-Stunden-Schichten ein. Den Einsatzplan legt ihr Flint vor. Ich will ihre Unterschrift darauf sehen. In der übrigen Zeit könnt ihr Zeugeneinvernahmen abtippen. Wer frei ist, nimmt an den Morgensitzungen teil und leitet die Informationen den anderen weiter.«

Er reichte ihnen drei Tonband-Kassetten.

»Fragen?«

Beide schüttelten den Kopf.

»Übrigens«, fügte Cavalli hinzu, als sie bei der Tür waren. »Felix Schubert – der Redakteur – ist der Lebenspartner von Flint.«

Als sie gegangen waren, überlegte sich Cavalli, ob er die drei Privatpersonen, die Pilecki und Gurtner aus der Liste der Telefonanrufe herausgefiltert hatten, aufsuchen oder sich zuerst darum kümmern sollte, wer als Verstärkung eingesetzt würde. Die Entscheidung wurde ihm durch sein Handy abgenommen, das die ersten Takte von Slim Shady anstimmte. Am anderen Ende war der Basler Verkehrsdienst: Sie hatten den Chrysler gefunden, in einem Parkhaus in der Nähe des Messegeländes.

»Die Nummernschilder stimmen nicht mit den ausgeschriebenen überein«, teilte der Sachbearbeiter mit. »Sie gehören einem gestohlenen Opel Corsa.« Dass es sich um das richtige Fahrzeug handle, sei aber unbestritten.

Cavalli bat ihn, nichts zu unternehmen, bis er vor Ort war.

»Die Spurensicherung ist schon am Fundort«, sagte der Polizist.

»Habt ihr das Innere des Fahrzeuges fotografiert?«, fragte er gereizt.

»Natürlich«, empörte sich der Polizist, der sein Bild von den arroganten Zürchern bestätigt sah.

Cavalli versprach, sofort loszufahren, obwohl ihm der Polizist am anderen Ende versicherte, sie könnten den Wagen allein untersuchen und die Resultate schriftlich durchgeben. Das Letzte, was er brauchte, war ein Zürcher Polizist, der sich in seine Arbeit einmischte.

Cavalli dachte nicht daran, den Chrysler den Baslern zu überlassen.

Zehn Minuten später war er auf der Autobahn. Vorsichtshalber hatte er das Blaulicht montiert, um diese Zeit staute sich oft der Verkehr vor dem Bareggtunnel.

Das Parkhaus lag ganz in der Nähe der Autobahn. Er fuhr zum Dachgeschoss und erkannte sofort die Absperrbänder der Polizei. Ein hoch gewachsener Polizist stellte sich als Rittmaier vor.

»Wir haben telefoniert.« Er wiederholte, was er schon am Telefon gesagt hatte und gab Cavalli Namen und Adresse des Opelbesitzers. »Der Wagen wurde am Montagnachmittag vor dem Messe-Hauptgebäude gestohlen.«

»Welche Farbe hat er?«, fragte Cavalli.

»Rot. Jahrgang 98.«

»Besondere Kennzeichen?«

»Eine kleine Delle am hinteren Heck auf dem Kotflügel.«

Cavalli notierte sich alle Angaben und betrachtete den Chrysler.

»Zeigen Sie mir die Asservatenliste.«

Rittmaier bat den Leiter der Spurensicherung zu sich. Dieser ließ sich Zeit und berichtete gemächlich, was sie im Chrysler sichergestellt hatten. »Die Tür ist mit einem Schlossstecher aufgebrochen worden«, begann er und zog eine Liste hervor. »Kilometerstand 78 629, alle Türen unverschlossen, Fahrertür wie gesagt aufgebrochen. Der Fahrersitz war im zweitvordersten Raster, Beifahrersitz im hintersten, Fenster geschlossen.« Dann reichte er Cavalli eine Liste der konservierten Spuren, aus der ersichtlich wurde, dass alle Sitze sowie Nackenstützen und Sicherheitsgurte abgeklebt und Fingerabdrücke auf allen Flächen gesichert worden waren. Cavalli atmete erleichtert auf. Offenbar verstanden die Basler etwas von Spurensicherung. Rittmaier deutete den Seufzer richtig und sah ihn verärgert an.

»Hier sind die Gegenstände, die im Wagen lagen«, sagte er kurz angebunden und zeigte auf eine Kiste voll mit ordentlich aneinander gereihten Plastiksäcken. »Diese dürften Sie am meisten interessieren«, er wies auf einen Sack, in dem ein Streichholzbrief lag, und auf einen anderen mit dem Inhalt des geleerten Aschenbechers.

Cavalli hob die beiden Säcke auf. Der Inhalt des Aschenbechers setzte sich hauptsächlich aus Zigarettenkippen zusammen, dazwischen lagen die Überreste von Medikamentenverpackungen.

Auf dem Streichholzbrief war der Schriftzug des Hotels Quick-Sleep zu erkennen. Wie simpel, dachte er. Es verwunderte ihn immer wieder, dass es die banalen Kleinigkeiten waren, die zum Ziel führten. Salomir hatte sich die Mühe gemacht, die Wohnung zu säubern, den Wagen zu wechseln,

Nummernschilder auszutauschen, doch dann zündete er sich in einem Hotel eine Zigarette an und steckte die Streichhölzer aus Gewohnheit ein. Er hätte geradeso gut einen Wegweiser aufstellen können.

»Ich will, dass der Chrysler nach Zürich gebracht wird«, sagte er zu Rittmaier. »Organisiert das heute noch. Diese nehme ich selber mit, die anderen könnt ihr uns auf dem Dienstweg zukommen lassen.« Er zeigte auf die zwei Plastiksäcke in seiner Hand.

»Das geht nicht«, sagte Rittmaier entrüstet. »Wir dürfen keine Spuren herausgeben. Sie müssen zuerst registriert und untersucht werden.«

Cavalli ignorierte ihn und kehrte zu seinem Wagen zurück. Unter den verständnislosen Blicken der Basler Polizisten fuhr er davon und suchte das Hotel Quick-Sleep.

Er kannte sich in Basel schlecht aus. Er mochte die Stadt nicht. In der Basler Altstadt, in einem kleinen Café mit einer großen Auswahl an Wähen, hatte er seinen Vater kennengelernt. Er konnte sich an den Tag erinnern, als sei es gestern gewesen. Frühmorgens war er mit seiner Mutter in Straßburg losgefahren. Sie hatte sich schön gemacht, richtig schön, fand er damals. Ohne die schwere Schminke, die sie abends auftrug, wenn sie zur Arbeit ging. Auch er hatte sich schön gemacht, in der Hoffnung, er würde seinem Vater so gefallen.

Sie waren viel zu früh in Basel angekommen und hatten sich die Zeit mit Bummeln vertrieben. In den zahlreichen Schaufenstern, an denen sie vorbeigegangen waren, hatte er nur sein eigenes Spiegelbild wahrgenommen, zwei dunkle Augen, die ihn aus einem zu dunklen Gesicht anstarrten. Er hatte versucht, sich von der Frau neben sich zu distanzieren, doch sie hatte immer wieder seine Hand genommen, was ihm furchtbar peinlich gewesen war.

Cavalli hielt bei einer Tankstelle und fragte nach dem

Weg. Die Kassiererin wies ihn Richtung Norden. Schon nach wenigen Minuten sah er ein gelbes Schild, auf dem eine schlafende Figur mit Bettsocken für das Hotel Quick-Sleep warb. An der Rezeption fragte er direkt nach Salomir. Die Hotelangestellte blätterte in der Gästeliste und schüttelte den Kopf.

»Tut mir leid, es ist kein Gast auf diesen Namen registriert.«

So einfach würde es also doch nicht sein, dachte Cavalli. Schade. Er zog das Foto von Salomir hervor, das ihn in der Kantine von Brunner in Rümlang, zeigte. Die Frau schüttelte erneut den Kopf.

»Nein, er ist nicht Gast bei uns«, sagte sie entschuldigend. Cavalli zeigte ihr seinen Dienstausweis und bat darum, die Gästeliste der vergangenen Woche ansehen zu dürfen.

»Ich muss zuerst den Chef fragen«, erwiderte sie und verschwand hinter einem Vorhang.

Cavalli hörte ihre Absätze auf den Steinfliesen, als sie sich entfernte. Sie kam mit einem älteren Herrn zurück, dessen Quick-Sleep-Uniform mit »Erwin Bonnard« beschriftet war. Er bat Cavalli in sein Büro und druckte dort eine Liste der Gäste aus, die seit Sonntag bei ihm übernachtet hatten. Auf der Liste standen hundertachtunddreißig Namen. Bonnard bot ihm ein Glas Mineralwasser an.

Cavalli nahm dankend an. Er blätterte zu den Einträgen unter S, fand Salomir aber nicht. Dann begann er, die Liste systematisch durchzusehen. Schon auf der ersten Seite, unter B, sprang ihm ein Name entgegen: Guido Bachmann. Das Adrenalin, das sein Körper beim Anblick dieses Namens ausschüttete, versetzte ihm einen Energieschub. Er sprang vom Stuhl auf und ging zu Bonnard, der mit der Dame von der Rezeption in ein Gespräch vertieft war.

»Sagt Ihnen der Name Guido Bachmann etwas?«, fragte er Bonnard.

Dieser dachte angestrengt nach, schüttelte aber schließlich den Kopf. »Nein, so aus dem Stegreif nicht.« Er gab den Namen in den Computer ein und wartete, bis die Personalien auf dem Bildschirm erschienen. »Guido Bachmann, wohnhaft an der Glattwiesenstraße 132 in Zürich. Er hat vergangenen Montag hier übernachtet.«

»Hat er einen Ausweis gezeigt?«, wollte Cavalli wissen.

»Natürlich«, antwortete Bonnard, »wir halten uns streng an die Vorschriften.« Er wandte sich dem Bildschirm zu und sagte: »Führerschein.« Er las die Nummer vor, die sich Cavalli auf den Gästeausdruck notierte.

»Wer hatte an diesem Abend Dienst?«

Bonnard war mit dem Einsatzplan des Personals vertraut und antwortete ohne zu zögern: »Jowanka Savic.«

»Und am Dienstagmorgen?«

»René Ferlaux.« Er suchte die Adressen hervor und zeigte Cavalli auf einer Stadtkarte, wo die beiden Angestellten wohnten. Cavalli bedankte sich; er war ein solches Entgegenkommen nicht gewohnt und ertappte sich beim Gedanken, ob Bonnard etwas zu verbergen hatte. Bevor er losfuhr, rief er Pilecki an.

»Hmm?«, antwortete eine Stimme, die von einer italienischen Ballade fast übertönt wurde.

»Juri?«

»Mhm.« Am anderen Ende schmatzte es feucht, und Cavalli hielt das Telefon etwas vom Ohr weg. »Ja?«

»Wo bist du?«, fragte Cavalli.

»Wir befragen den Pizzakurier«, erklärte er und schluckte laut. »Ein toller Bursche. Erinnert sich gut an Salomir. Offenbar mag unser Freund Pizza.«

Heute schien ein Glückstag zu sein.

»Er bestätigt den häufigen Damenbesuch. Salomir hat mindestens ein Mal pro Woche Pizza bestellt. Ansonsten beschreibt er ihn als ruhig und eher unfreundlich. Er habe nie Trinkgeld herausgerückt und schien immer froh zu sein, wenn er – der Kurier – möglichst rasch verschwand.« Pilecki gab wieder seltsame Geräusche von sich.

»Weiß er etwas über die Frauen?«

»Nutten, behauptet er. Man hätte es ihnen angesehen. Beschreiben kann er keine. Sag mal, wo steckst du eigentlich?«

Cavalli erzählte ihm, dass er Salomirs Spur aufgenommen hatte.

»Das mit den Streichhölzern ist kein Witz?«, vergewisserte Pilecki sich amüsiert.

»Nein. Doch ich rufe nicht nur deswegen an«, fuhr Cavalli fort.

»Du willst, dass wir uns Bachmann noch einmal vornehmen«, erriet Pilecki.

»Genau. Fragt ihn, ob der Führerschein im Wagen war und ob er Medikamentenverpackungen im Aschenbecher entsorgt hat. Und schreibt Salomir zusätzlich unter dem Namen Guido Bachmann aus. Ich werde vermutlich erst spät aus Basel zurück sein.« Außerdem informierte er Pilecki, dass Fahrni und Meyer ab sofort ausschließlich für Reginas Schutz zuständig waren.

»Verdammt, das kannst du doch nicht machen!«, reklamierte Pilecki. »Und wir sollen dann zu dritt den Mord aufklären?«

»Wir bekommen am Montag Verstärkung.«

»Aber Bambi und Fahrni kennen den Fall«, erwiderte er empört. »Setz doch die zwei neuen auf Flint an!« Plötzlich hakte er nach: »Das hat aber nicht etwa mit den Laken zu tun?«

»Der Grund für die Umteilung tut nichts zur Sache.«

»Wir sind ein Team, das tut sehr wohl etwas zur Sache.«

Cavalli ging langsam die Geduld aus. »Wenn es dir so wichtig ist: Ja, es hat unter anderem mit den Laken zu tun. Aber nicht nur.«

»Scheiße, das ist doch nicht dein Ernst!«, fluchte Pilecki. »Mir sind in meinen Anfangszeiten viel schlimmere Patzer unterlaufen, Fehler passieren doch verdammt nochmal jedem.«

»Dann hattest du Glück, dass ich nicht dein Vorgesetzter war. Und wenn du weiter so mit mir sprichst, kannst du Meyer und Fahrni Gesellschaft leisten.«

Am anderen Ende herrschte Schweigen. Die italienische Ballade war von einer Schnulze abgelöst worden.

»Wir sehen uns später«, sagte Cavalli zum Abschied.

Er wählte Reginas Nummer und vergewisserte sich, dass Meyer um fünf zur Stelle gewesen war.

Nachdem er aufgelegt hatte, merkte er, dass er riesigen Hunger hatte. Er beschloss, in die Stadt zu fahren und dann zu Fuß die beiden Hotelangestellten aufzusuchen. Beide wohnten im selben Quartier nahe am Rhein. Beim Opel-Besitzer konnte er auf dem Rückweg vorbeischauen und dann die Autobahneinfahrt Pratteln nehmen.

Die Altstadt hatte sich nicht stark verändert: Kleiderläden waren durch moderne Modeketten ersetzt worden; Fast-Food-Restaurants und exotische Imbissstände hatten einige Kneipen verdrängt, wie in allen größeren Städten. In einem verrauchten türkischen Restaurant bestellte er einen Kebab. Galatasaray spielte gegen Olympiacos und lag eins zu null in Führung. Gebannt starrten die Gäste auf den Fernseher. Der junge Kurde hinter der Theke reichte ihm einen riesigen Kebab, ohne die Augen vom Match zu lösen.

Draußen war es dunkel geworden. Cavalli kaute gedankenversunken und betrachtete das Schaufenster einer Buchhandlung; zuvorderst lag ein Bildband über Eminem. Würde sich Christopher dafür interessieren? Er wusste es nicht. Die Buchhandlung war sowieso geschlossen. Er wanderte weiter durch die engen Gassen. Plötzlich stand er wieder vor dem kleinen Café, das vor über dreißig Jahren eine große Auswahl an Wähen gehabt hatte. Er betrachtete den Schriftzug auf der Fensterscheibe, der in geschwungenen Buchstaben verkündete, dass aus dem Café ein Bistretto geworden war.

Im Innern hatte sich erstaunlich wenig verändert. Der hinterste Bistrotisch zog seinen Blick an, er hätte die marmorierte Oberfläche, die er damals so lange angestarrt hatte, immer noch genau beschreiben können. Auf dem polierten Stein hatte ihm sein Vater Fotos hinübergeschoben, auf dem zwei blonde Knaben abgebildet waren. Auf einer Steinmauer. In einer Pfadfinderuniform. An einem Tisch. Neben einer lachenden, rothaarigen Frau. Das sind deine Halbbrüder. Die ganze Zeit hatte sich seine Mutter für sein Verhalten entschuldigt. Er ist normalerweise nicht so scheu, ein verlegenes Lächeln. Sieh deinen Vater an, wenn er mit dir spricht, ein spitzer Schuh, der sein Schienbein unter dem Tisch stieß. Sie hatte von seinen Schulleistungen geschwärmt, als würden die guten Noten seinen verdrießlichen Auftritt wettmachen. Bevor er sich das Gesicht seines Vaters einprägen konnte, war der Besuch vorbei gewesen.

Er nahm einen Bissen Kebab und biss auf leeres Papier. Obwohl einige Schritte hinter ihm ein Abfalleimer an der Hausmauer befestigt war, schleuderte er das verschmierte Papier und die Servietten auf den Boden. Dann ging er Richtung Rhein.

Er fand die Wohnung von Ferlaux auf Anhieb. Der Hotelangestellte konnte sich kaum an Bachmann erinnern. Es war ihm nur aufgefallen, dass er bar bezahlt hatte. Ansonsten beschrieb er Salomir wie fast alle, die mit ihm zu tun hatten: ruhig, unauffällig.

Zehn Minuten später war Cavalli unterwegs zu Savic. Eine Frau mit Kochschürze erklärte ihm, dass Jowanka mit einer Freundin unterwegs sei.

»Kann ich sie irgendwo finden?«

Die Frau musterte ihn misstrauisch. Entweder hatte sie

wenig Vertrauen in die Polizei oder gar kein Vertrauen in Männer. Schließlich beschrieb sie ihm das Lokal, das Savic aufgesucht hatte. Sie saß nicht nur mit einer Freundin, sondern auch mit zwei Männern am Tisch.

»Ein widerlicher Kerl«, meinte sie und wandte sich an ihren Freund. »Das ist der, von dem ich dir neulich erzählt hab.« Aus der Reaktion des Freundes schloss Cavalli, dass sie keine netten Worte über Salomir verloren hatte.

»Er hat mich wie eine Kuh begafft.« Sie lehnte sich näher zu Cavalli. »Beim Sprechen kam er mir ganz nahe und streifte wie zufällig meine Hand.« Sie demonstrierte die Bewegung, und Cavalli konnte sich einen Blick in ihren tiefen Ausschnitt nicht verkneifen.

»Und dann?«, fragte er sachlich.

»Dann fragte er mich, wo die nächste Apotheke sei.«

»Und?«

»Ich erklärte ihm, dass wir Kopfschmerztabletten und Fieber senkende Medikamente im Hotel hätten, falls er etwas brauchte, und er bemerkte unhöflich, dass er eine Apotheke suche und kein Aspirin. Also sagte ich ihm, wo die nächste Apotheke ist, aber es war schon Abend, und sie war natürlich geschlossen. Danach verschwand er in seinem Zimmer, und ich sah ihn nicht mehr.«

An der frischen Luft atmete Cavalli tief durch, bis sich sein Puls wieder normalisierte. Er fragte sich, ob er rechtzeitig zurück sein würde, um bei Elvira vorbeizuschauen. Es war kurz nach sieben, wenn er sich beeilte, würde er es vor zehn schaffen. Die Aussicht spornte ihn an, und er joggte zu seinem Wagen.

Das Gespräch mit dem Opel-Besitzer dauerte nicht lange. Er sagte nicht mehr, als Rittmaier bereits weitergeleitet hatte.

Es war erst neun, als er bei Elvira vorfuhr. In ihrem Wohnzimmer brannte Licht. Er nahm zwei Stufen auf einmal. Als sie ihn erblickte, lächelte sie und bat ihn herein.

»Wenn du nie anrufst, wirst du eines Tages Pech haben«, sagte sie und schmiegte sich an ihn. »Dann werde ich vielleicht schon Besuch haben.«

»Das glaube ich nicht«, flüsterte ihr Cavalli ins Ohr und begann, ihre Bluse aufzuknöpfen.

11

Die Hände kamen näher. Als sie sich um ihren Hals legten, verwandelten sich die fleischigen Finger in Schlangen, die über ihren Körper glitten und sich um ihre Glieder wickelten. Sie drückten ihr das Blut ab, bis sie nur noch ein feines Kribbeln spürte. Teuta flüsterte ihr unverständliche Worte ins Ohr, die sich in ein Zischen verwandelten und schließlich in einem spitzen Schrei gipfelten. Der Schrei brach nicht ab, er hallte und hallte, bis Aurora merkte, dass das Geräusch vom Motor des Schnellbootes stammte, das sie über die Adria brachte.

Das kalte Wasser spritzte ihr ins Gesicht, aus der Gischt wurde ein Wasserstrahl, dann eine Flutwelle, die sie aus dem leicht gebauten Boot riss. Eisige Kälte empfing sie, ein Strudel zog sie hinab. Immer schneller wirbelte sie nach unten. Sie wappnete sich für den Aufprall, der sie am tiefsten Punkt erwartete.

Rund herum hörte sie schallendes Gelächter, der Strudel schien kein Ende zu haben. Als sie sich schon fast damit abgefunden hatte, in alle Ewigkeit weiterzudrehen, schlug sie hart auf einem Steinboden auf. Ihr Kopf zersplitterte in kleine Glasscherben, die das Sonnenlicht brachen und einen Regenbogen an die Decke malten. Die Farben weckten in ihr Hoffnung, schluchzend rannte sie auf den Regenbogen zu und versuchte, nach ihm zu greifen. Doch sie krallte nur Luft, die zwischen ihren Fingern zerrann.

Eine Hand legte sich schwer um ihr Fußgelenk und zog sie zurück auf den Boden. Sie wurde durch ein Zimmer geschleift und in eine Ecke geworfen. Fleischige Hände kamen auf sie zu.

»Hast du eine Ahnung, was heute für ein Tag ist?« Hahn schrie nie. Doch seine Stimme war gefährlich laut.

»Sonntag, der 19. November«, antwortete Cavalli gelassen. »Acht Uhr«, fügte er hinzu, um die Frage vorwegzunehmen.

»Schon mal etwas davon gehört, dass normale Menschen um diese Zeit schlafen?«, fragte der Rechtsmediziner gereizt.

»Wir sind keine normalen Menschen«, entgegnete Cavalli.

Hahn schnaubte resigniert. »Du bist kein normaler Mensch. Ich schon. Ich hoffe, dass es wenigstens wichtig ist.«

»Ich muss dir eine Medikamentenverpackung zeigen und heute noch wissen, was drin war.« Cavalli wartete auf eine Antwort, als diese ausblieb, fuhr er fort. »Ich kann sie bei dir zu Hause vorbeibringen.«

»Kommt nicht in Frage. Ich treffe dich in einer halben Stunde im Institut.«

Als Cavalli im IRM ankam, erwartete ihn Hahn schon. Missmutig stand er mit verschränkten Armen vor dem Wasserspender.

»Zeig her.«

Cavalli reichte ihm den Plastiksack, der mit Zigarettenkippen und leeren Verpackungen gefüllt war.

»Darf ich sie auspacken?«

Cavalli verneinte. Hahn schüttelte den Sack, sodass die leeren Verpackungen am Rand zu liegen kamen, und wartete, bis sich die Asche wieder gelegt hatte. Er hielt den Sack zum Licht hin, um die kleinen Buchstaben auf den Folienresten ausmachen zu können.

»Retrovir«, verkündete der Mediziner ohne zu zögern. »Ein nukleosidanaloger Hemmer der reversen Transkriptase. Enthält AZT, dessen Wirkungsmechanismus im Wesentlichen auf der Hemmung eines viruseigenen Enzyms, eben der reversen Transkriptase, beruht. Diese Substanzen werden beim Umschreiben des Viruserbguts als falsche Bausteine eingebaut, worauf der Prozess der Transkription abbricht –«

Cavalli lachte laut.

»Eins zu null für dich. Sag mir lieber, wozu oder wogegen man die Tabletten nimmt.«

»Kapseln«, korrigierte ihn Hahn. »Retrovir ist zwar auch in Tablettenform, ebenfalls als Sirup oder in Ampullen erhältlich, dies hier waren aber Kapseln.«

»Meinetwegen«, sagte Cavalli ungeduldig. »Wogegen werden diese Kapseln eingenommen?«

Hahn sah ihn an: »Gegen eine HIV-Infektion«, sagte er, als müsste das jedem klar sein.

Cavalli brauchte einen Moment, um diese Information zu verdauen.

»HIV? Bist du dir sicher?«

Hahn hielt es nicht für nötig, die Frage zu beantworten. Stattdessen fuhr er fort: »AZT wird nur in Kombination mit anderen Medikamenten eingenommen. Der klinische Nutzen einer alleinigen Behandlung wäre zu bescheiden. Zwar sinkt der Viral Load, und der CD4-Wert steigt an, doch die Wirksamkeit ist nur auf einige Monate beschränkt.«

Cavalli hörte den medizinischen Ausführungen nur mit halbem Ohr zu. Hatte Salomir Aids? Und keiner wusste davon? Wenn er es sich genau überlegte, war es nicht erstaunlich. Salomir war von allen als verschlossen beschrieben worden, wem hätte er davon erzählen sollen?

»Wie krank ist jemand, der Retrovir einnimmt?«, fragte er Hahn.

»Du kannst davon ausgehen, dass er sich einer Kombinationsbehandlung unterzieht. Die Krankheit ist noch nicht heilbar, aber mit dieser Behandlung wird die Vermehrung des HI-Virus im Körper gehemmt, wodurch sich die Abwehrkraft erholen kann. Wie erfolgreich die Therapie ist, kann ich nicht gut abschätzen, dazu müsste ich die Unterlagen des Patienten einsehen können.«

»Er steht also in ärztlicher Behandlung«, vergewisserte sich Cavalli.

»Natürlich, die Kombinationsbehandlung muss genau auf ihn abgestimmt sein. Nicht jedes Medikament wirkt bei jedem Patienten gleich.«

»Aber der Patient ist in seinem normalen Tagesablauf nicht gestört?«

Hahn nickte. »In der Regel schon. Er ist vielleicht etwas empfindlicher, leidet häufiger unter Kopfschmerzen, Übelkeit oder Durchfall, doch daran wird er sich vermutlich gewöhnt haben. Es kommt auch darauf an, welche Medikamente er zusätzlich einnimmt.«

»Lässt sich das herausfinden?«

»Es muss sich ein weiterer nukleosidanaloger Hemmer der reversen Transkriptase darunter befinden, davon gibt es nicht so viele. Es sind auch nicht alle in der Schweiz zugelassen. Videx, Hivid, 3TC, Zerit«, zählte er auf. Konzentriert starrte er in die Ferne. »Und Ziagen«, fügte er schließlich hinzu. »Dann müsste er noch einen Protease-Hemmer einnehmen, davon gibt es eine ganze Reihe: Invirase, Fortovase, Norvir, Viracept?…«, wieder machte er eine Pause, schüttelte dann enttäuscht den Kopf. »An die weiteren Namen kann ich mich im Moment nicht erinnern. Ich müsste sie nachschlagen.«

Cavalli versuchte, die vielen Informationen zu verdauen. »Wie häufig muss der Patient zur ärztlichen Kontrolle?«

»Kommt auf seine Blutwerte an. Wichtig ist, dass er sich genau an die Vorschriften hält, weil sonst sein Viral Load ansteigt und sein CD4-Wert sinkt. Damit würde die Entstehung und Ausbreitung von resistenten HIV-Varianten drohen. Er muss seine Medikamente regelmäßig einnehmen, was bedeutet, dass er auch eine entsprechende Tagesstruktur braucht.«

»Die Medikamente muss er in der Schweiz kaufen, nicht?«

»Mit einem Schweizer Rezept, ja. Sie sind aber auch auf dem Graumarkt erhältlich, wenn er bar bezahlt.«

Salomir war also noch im Raum Basel, oder er trug viel Bargeld bei sich, falls er die Grenze nach Frankreich oder

Deutschland überquert hatte. Einen Arzt würde er in beiden Fällen irgendwann aufsuchen müssen. Er könnte sich auch ins Ausland absetzen und jeweils in die Schweiz einreisen, um Medikamente zu holen. Doch dann müsste er sich wiederholt der Gefahr aussetzen, an der Grenze geschnappt zu werden.

Cavalli bedankte sich bei Hahn für seine Hilfe. Dieser schüttelte den Kopf und schaute ihn nachdenklich aus seinen blassen Augen an. Er streckte einen langen Zeigefinger in die Luft und sagte: »Wenn du so weitermachst, wirst du das Pensionsalter nicht erreichen. Irgendwann musst auch du abschalten.«

Cavalli sah ihn amüsiert an. »Ist das Pensionsalter denn so erstrebenswert?«

Hahn warf ihm einen resignierten Blick zu.

Der Park war um diese Zeit noch fast leer. Einige wenige Hundebesitzer und Jogger hatten sich aus dem Bett gewagt und trotzten der kalten Morgenluft. Vor einer Woche war die junge Frau noch am Leben gewesen. Sie war am Morgen aufgestanden und hatte keine Ahnung gehabt, dass dies ihr letzter Tag sein würde. Wie hätte sie ihn gelebt, wenn sie es gewusst hätte? Cavalli überlegte, was er tun würde, wenn es kein Morgen gäbe. Vermutlich genau das, was er vorhatte: zu Regina fahren. Die Vorstellung, dass er sie bald sehen würde, hob seine Laune. Ein Lächeln umspielte seine Lippen, als er auf den Volvo zusteuerte, und eine eingemummte ältere Frau lächelte überrascht zurück.

Er kam viel zu früh in Gockhausen an. Fahrnis Wagen stand auf dem Besucherparkplatz, er selber war nirgends zu sehen. Beunruhigt stieg Cavalli aus und ging auf das geparkte Auto zu. In dem Moment kam Fahrni hinter einer Fichte zum Vorschein.

»Morgen, Häuptl… Chef«, grüßte er, als er zum Wagen

zurückkehrte. »Nur ein Kontrollgang, kein Grund zur Sorge. Der Merz ist nie aufgetaucht.«

Cavalli nickte erleichtert. »Wann wirst du abgelöst?«

»Um elf.« Er sah aus, als wollte er etwas hinzufügen, entschied sich dann aber offenbar anders.

»Ich bin um zehn mit Flint verabredet, ich kann bis dann übernehmen. Hol dir einen Kaffee.«

Fahrni ließ sich das nicht zweimal sagen. Cavalli stellte sich an seinen vertrauten Platz und ließ seinen Blick über die modernen Wohnhäuser schweifen. Hinter ihm erklang ein fernes Dröhnen, das immer näher kam. In einem lauten Crescendo erschien über dem Wald ein Flugzeug. Es wirkte so nahe, dass Cavalli den Kopf leicht einzog. Wie konnte jemand bei diesem Lärm ausschlafen? Wenigstens hinderte das Gedröhne Fahrni und Meyer am Einnicken.

Plötzlich ging die Tür auf und Regina kam in Trainingshosen und Winterstiefeln über die Straße.

»Willst du bis zehn hier stehen bleiben?«

»Ich wollte dich nicht wecken«, begrüßte Cavalli sie. »Einen Moment, ich hol dir deine Tasche.« Er nahm ihre Unterlagen aus seinem Wagen und reichte sie ihr. »Ich war soeben bei Hahn – «, begann er.

»Kommst du rein? Mir ist es zu kalt hier draußen.«

Cavalli folgte ihr in die Wohnung und blieb unschlüssig im Eingang stehen.

»Bist du sicher, dass es in Ordnung ist?«, zögerte er. Felix war ihm egal, aber er wollte Regina keinen unnötigen Ärger machen.

»Für mich schon.« Sie klang wesentlich resoluter als vor ein paar Tagen. Achselzuckend folgte er ihr in die Küche.

»Kaffee?«

Er nahm dankend an, konnte sich aber eine Bemerkung nicht verkneifen: »Du kannst Kaffee kochen?«

Die herausgestreckte Zunge reichte ihm als Antwort.

»Nun sag schon«, forderte sie ihn auf, »du platzt ja gleich.«

Er erzählte ihr von den Aids-Medikamenten, die Salomir einnahm, und von seinem Gespräch mit Hahn. Sie schien über diese Entwicklung nicht so begeistert wie er.

»Das macht es viel einfacher, ihn zu finden«, erklärte er.

»Ich frage mich nur, wie viele Frauen er wohl angesteckt hat«, sagte Regina leise. Cavalli schwieg betreten. Daran hatte er noch gar nicht gedacht.

Sie reichte ihm eine Tasse Kaffee und versuchte, die Stimmung wieder aufzuheitern. »In der Klubschule gelernt. Kochkurs Eins.«

Sie setzten sich an den Küchentisch, auf dem eine aufgeschlagene Sonntagszeitung lag.

»Hast du schon gefrühstückt?«

»Nein.« Er hatte sich hinausgeschlichen, bevor Elvira erwacht war.

»Ich kann dir Folgendes anbieten: Brot, Eier, Joghurt, Müsli, aufgewärmte Lasagne.«

»Musst du die Eier noch kochen?«, witzelte er.

»Du kannst sie auch roh essen, wenn du mir nicht traust.«

»Ich koche die Eier, du deckst den Tisch«, schlug er vor.

Regina war einverstanden. Sie reichte Cavalli eine Pfanne und nahm das Geschirr aus dem Schrank. »Hast du den Fall schon in ViCLAS erfasst?«

»Er liegt zur Beurteilung noch in der Eingabestelle.«

Er holte im Kühlschrank zwei Eier, zögerte einen Moment und sah Regina fragend an.

»Zwei«, bestätigte sie.

Felix schlief noch, sie hatte keine Ahnung, wann er aufstehen würde.

»Wie denkst du darüber? Könnte der Täter bereits eine ähnliche Tat begangen haben?«

»Das Ganze riecht nach Einzeltat, doch die weggeschnittene Haut verunsichert mich«, gab er zu. »Natürlich gibt es verschiedene Erklärungen dafür, aber sie könnte trotz allem darauf hinweisen, dass wir es mit einem Serientäter zu tun haben.«

»Wegen dem Trophäen-Charakter?«

»Genau. Aber es ist unwahrscheinlich. Zu viel spricht dagegen. Andererseits bedeutet das nicht, dass der Mann eine reine Weste hat. Er kann durchaus schon andere Delikte begangen oder sogar bereits getötet haben. Aber nicht bloß um des Tötens willen …« Er verstummte, als eine verschlafene Gestalt in Unterhosen in die Küche trat.

Felix blieb abrupt stehen, sein Kiefer fiel ungläubig nach unten und schnappte dann zu. Er machte auf der Ferse kehrt und verschwand ins Bad.

»Komme gleich wieder«, murmelte Regina und lief ihm nach. »Felix –«, zischte sie, als dieser ihr die Tür vor der Nase zuknallte. Sie ging trotzdem hinein.

»Du hättest mich wenigstens warnen können!«, fuhr er sie an.

»Tut mir leid«, sie legte eine Hand auf seinen Arm, doch er schüttelte sie ab.

»Raus«, bellte er und öffnete die Tür.

Regina schob sie mit dem Fuß wieder zu.

»Hör endlich auf damit! Du behandelst mich schon die ganze Woche wie Dreck, ich hab es langsam satt.«

Felix' Stimme überschlug sich. »Ich dich? Bist denn du soeben in deinen Unterhosen vor meiner Liebhaberin gestanden?«

»Er ist nicht mein Liebhaber! Wir arbeiten zusammen, das weißt du ganz genau.«

»Natürlich, am Sonntagmorgen, bei einem gemütlichen Frühstück. Du hast nicht einmal den Anstand zu warten, bis ich weg bin.«

»Du bist ja nie weg«, rutschte es ihr heraus. Felix sah sie an, als hätte sie ihm eine Ohrfeige verpasst.

»Es tut mir so leid«, flüsterte sie, und Felix spürte, dass es ihr ernst war. Doch sein eigener Schmerz hinderte ihn daran, auf sie zuzugehen.

Regina ging in die Küche zurück und setzte sich schwerfällig. Sie zwang sich ein Lächeln ab, doch es erreichte ihre Augen nicht. Müde hielt sie die Kaffeetasse an den Mund.

»Soll ich gehen?«, fragte Cavalli vorsichtig. Er hatte den Tisch in der Zwischenzeit für drei gedeckt und ein weiteres Ei ins Wasser gelegt.

»Nein, das ändert ja doch nichts.« Sie stützte ihren Kopf in eine Hand und zuckte resigniert die Schultern. »Ich glaube nicht, dass Felix mitisst.« Sie griff nach einem Messer und köpfte ihr Drei-Minuten-Ei mit einem Schlag.

»Wo waren wir stehen geblieben?«, fragte sie tonlos.

»Einzeltat oder Serientäter«, erinnerte er sie.

»Ach ja. Und du tippst auf Einzeltat.«

Regina nahm einen Schluck Kaffee und atmete tief ein.

»Ja, aber ich bin trotzdem dafür, den Fall in ViCLAS zu erfassen. Abgesehen von der weggeschnittenen Haut deutet die Wut, mit welcher die Tat ausgeführt wurde, auf einen emotionalen Beweggrund. Zum Beispiel könnten eigene Demütigungen, die der Täter in seinem Alltag oder seiner Vergangenheit erlebt hat, Vergeltungsfantasien genährt haben, was nicht nur auf einen Einzeltäter passt, sondern eben auch auf Serientäter«, erklärte Cavalli. Er rieb sich den Nacken und fuhr fort. »Jedenfalls wäre es sinnvoll, nach Taten mit analogem Verhalten zu suchen. Umso besser, wenn wir keine finden. Dann wissen wir zumindest, womit wir es nicht zu tun haben.«

»Hast du Einfluss darauf, ob der Fall erfasst wird?«

Cavalli schüttelte den Kopf. »Nein, ich kann ihn nur vorlegen. Ich werde bei den Ermittlungen aber weiter davon ausgehen, dass wir es mit einer Einzeltat zu tun haben. Wichtiger erscheint mir die Frage, ob der Mord eine misslungene vertuschte Vergewaltigung oder ein Sexualmord ist.«

Regina stimmte ihm zu. »Wenn man die Mühe betrachtet, die sich der Täter gemacht hat, um seine Identität zu verstecken, ist es durchaus möglich, dass er die Tat nur begangen hat, um die vergewaltigte Frau am Reden zu hindern.«

»Dafür spricht auch, dass die Verletzungen, die die Tote erlitten hat, ihr vor ihrem Tod zugefügt worden sind. Ein Sexualmörder hätte sie postmortem ausgeführt, oder beides, sowohl vor als auch nach dem Tod.« Er schnitt ein Stück Brot ab.

Regina hörte, wie sich die Badezimmertür öffnete und Felix ins Schlafzimmer ging. Sie wartete mit einem mulmigen Gefühl darauf, dass er in der Küche erschien.

»Wir wissen überhaupt nichts über den Täter«, sagte sie zerstreut.

»Wenig«, gab Cavalli zu. »Salomir würde uns da weiterhelfen. Deshalb müssen wir ihn so rasch wie möglich finden. Oder die Tote identifizieren.«

Regina stand auf und entschuldigte sich. »Ich frag Felix, ob er sich zu uns setzt.« Sie ging ins Schlafzimmer, wo Felix seine Kleider vom Vortag überstreifte.

»Trinkst du mit uns eine Tasse Kaffee?« Sie legte ihre Hand auf seinen Rücken, aber er wich zurück.

»Nein danke. Ich mache mich auf den Weg.«

»Du gehst weg? Wohin?«, fragte Regina erstaunt. Seine zerzausten Haare und der Hemdzipfel, der ihm über die Jeans hing, berührten sie seltsam. Erneut streckte sie die Hand aus, er nahm sie aber nicht.

»Ich weiß es nicht. Aber so kannst du in Ruhe arbeiten«, sagte er. Seiner Stimme war nicht zu entnehmen, ob er es ironisch oder ernst meinte.

»Kommst du wieder?«, fragte sie kleinlaut.

Er hielt inne und sah sie mit einem bohrenden Blick an. »Möchtest du, dass ich wieder komme?«

Auch in seinem Schmerz ging Wärme von ihm aus. Seine

Hände baumelten verloren an seiner Seite. Regina starrte sie an, erinnerte sich an die Zärtlichkeit, mit der diese Hände sie so viele Male berührt hatten. Im Licht sah sie die feinen, goldenen Härchen auf den Handrücken.

»Ich glaube schon.« Sie war sich nicht sicher, ob diese Ehrlichkeit jetzt angebracht war. Sie sah ihm an, dass er auf ein eindeutiges Ja gehofft hatte.

»Ich weiß nicht, ob mir das genügt.« Er schaufelte die Münzen zusammen, die er am Abend zuvor auf seinem Nachttisch deponiert hatte, und ließ sie in seine Hosentasche gleiten. »Tschüss.«

Regina blieb im Zimmer stehen. Sie fühlte sich wie ein verlorenes Gepäckstück, dessen Besitzer abgereist war. Auch wenn die letzten Tage gezeigt hatten, wie fragil ihre Beziehung zu Felix war: Er gehörte zu ihrem Leben wie der Boden unter ihren Füßen. Sie riss sich zusammen und ging in die Küche zurück. Als sie sich wieder an den Tisch setzte, hörte sie, wie die Haustür geschlossen wurde.

»Wie groß ist die Wahrscheinlichkeit?«, fragte sie.

Cavalli sah sie verwirrt an. »Welche Wahrscheinlichkeit?«

»Dass sich Täter und Opfer gekannt haben«, sagte sie scharf.

»Ach so. Fünfundsiebzig Prozent. Willst du darüber reden?«

»Nein. Und was weiß man sonst über Vergewaltiger, statistisch gesehen, meine ich? Ich habe die Zahlen nicht im Kopf.«

Cavalli brauchte einen Moment, um sich zu orientieren, in Gedanken war er noch bei Felix.

»Sie sind im Durchschnitt um die dreißig Jahre alt, haben Schwierigkeiten, Normen und Werte einer Gesellschaft zu respektieren, vergehen sich meistens an Frauen aus ihrer unmittelbaren Umgebung«, zählte er unkonzentriert auf. »Sexualmörder wählen häufiger fremde Opfer. Sie nehmen auch öfter Gegenstände des Opfers an sich.«

Regina stand plötzlich auf, der Stuhl kratzte laut auf dem Laminat. Sie sammelte das gebrauchte Geschirr ein und ließ es ins Spülbecken fallen. Dann drehte sie das Wasser auf und griff nach einem Teller; als das heiße Wasser über ihre Hand spritzte, sprang sie erschrocken zurück.

»Scheiße«, fluchte sie und ließ den Teller los. Ihre Hände zitterten.

»Soll ich gehen?«, fragte Cavalli zum wiederholten Mal.

»Hör endlich mit dieser Frage auf, du klingst ja langsam wie Felix!«

Sie trocknete die Hand am Hosenbein und ging ins Wohnzimmer, wo sie eine Beethoven-Sinfonie in den CD-Player legte. Aus der Küche hörte sie das Geklapper von Geschirr. Unruhig schaute sie aus dem Fenster, Wolken hingen tief am Himmel und hüllten das Glatttal in Grau. Drei verblühte Nachtkerzen standen wie Soldaten mitten im Rasen. Sie beschloss, ein Feuer zu machen. Als sie das letzte Scheit in den Ofen legte, kam Cavalli ins Wohnzimmer und ging neben ihr in die Hocke. Er ballte Zeitungspapier zusammen und reichte es ihr zum Anfeuern. Als die Flammen hell loderten, setzten sie sich aufs Sofa, und Regina breitete ihre Unterlagen aus.

Sie gingen die Laborresultate einzeln durch und überprüften die gezogenen Schlüsse. Cavalli erläuterte ihr seine Ermittlungsschwerpunkte für die kommenden Tage: Die Suche nach Salomir stand im Mittelpunkt.

»Schade, dass die meisten Apotheken am Sonntag geschlossen haben.«

Er schüttelte den Kopf, als könne er sich nicht vorstellen, weshalb Apotheker am Sonntag frei hatten. »Das müsste alles viel schneller gehen.«

Regina legte einen Bericht beiseite und sah ihn schräg an.

»Wir könnten ja auch frei nehmen«, schlug sie vor.

Die brennenden Holzscheite im Schwedenofen füllten das Zimmer mit warmem Licht.

»Frei nehmen?« Cavalli starrte sie an.

»Ja, frei nehmen, einige Stunden etwas anderes machen als an diesem Fall arbeiten. Du weißt schon, ins Kino gehen oder so.«

»Ins Kino gehen?«, fragte er in einem Tonfall, der suggerierte, sie wolle auf den Mond fliegen.

»Ach, vergiss es. War nur so eine Idee. Hier sind noch die Gesprächsprotokolle von Mahler und Seiffedine. Brauchen wir sie überhaupt noch? Es ist wohl klar, dass sie nichts mit der Sache zu tun haben. Zwei verschiedene Mercedes sind kaum hinter mir her.«

»Nein, es muss sich um diesen Albaner handeln. Gib sie mir trotzdem, ich möchte sie durchsehen«, bat er. »Auf einen Kinofilm könnte ich mich nicht konzentrieren, aber etwas Bewegung täte gut. Wollen wir joggen gehen?«

Regina prustete los: »Joggen? Mit dir? Nur, wenn du mich auf die Schultern nimmst!«

Bei diesem Gedanken lachte sie noch mehr. Das Lachen kam einem Weinen gefährlich nahe.

»Du hattest schon schlechtere Ideen«, grinste Cavalli.

»Vergiss es. Ein Spaziergang vielleicht, ein langsamer, gemütlicher Spaziergang«, betonte sie.

»Meinetwegen«, alles war ihm recht, wenn es bedeutete, dass sie den Nachmittag zusammen verbringen würden.

»Du trägst allerdings nicht gerade die richtigen Kleider für einen nassen Herbstspaziergang«, bemerkte sie, als sie ihn musterte. Erst jetzt fiel ihr auf, dass er seine Arbeitskleidung trug. Das Hemd sah nicht mehr ganz frisch aus, sie konnte einen leichten Geruch von Rauch und Fritiertem ausmachen. Als sie den Mund öffnete, um danach zu fragen, stoppte er sie mit einem warnenden Blick. Plötzlich verstand sie. Eine leichte Röte huschte über ihr Gesicht, sie stand auf und ging zum Ofen, wo sie sich am Feuer zu schaffen machte. Ungeschickt legte sie weitere Scheite in die Glut, sie musste zweimal Anlauf nehmen, bis sie die Klappe richtig schließen konnte.

»Wollen wir gleich los oder zuerst die Protokolle durchsehen?«, fragte sie gefasst.

Er antwortete erleichtert: »Von mir aus können wir jetzt gehen.«

Während sie sich umzog, ging er nach draußen, wo Meyer Fahrni inzwischen abgelöst hatte.

»Alles ruhig?«, fragte er. Sie nickte und vergrub die Hände in der Jackentasche.

»Ich übernehme die nächsten zwei Stunden«, sagte er ihr. Es hatte keinen Sinn, dass sie im Wagen wartete, während er mit Regina spazieren ging. Außerdem war es ihm unangenehm, von ihr beobachtet zu werden. »Willst du etwas essen gehen?«

»In Ordnung. Soll ich um drei wieder da sein?«

Cavalli schaute auf die Uhr. Es war tatsächlich schon ein Uhr. Er hatte gar nicht bemerkt, wie schnell die Zeit verstrichen war.

»Ja. Löst dich Fahrni um fünf ab?«

Sie zögerte. »Um sieben«, antwortete sie schließlich.

Überrascht sah Cavalli sie an. »Ihr solltet euch doch in Sechs-Stunden-Schichten einteilen.« Bereits stieg sein Ärger wieder auf. Nach sechs Stunden ließ die Aufmerksamkeit deutlich nach, deshalb war es unvorsichtig, länger Wache zu stehen.

»Es ist nur dieses eine Mal.« Meyer zögerte immer noch, fügte dann aber hinzu: »Seine Freundin hat Geburtstag. Er hat ihr Zirkuskarten geschenkt. Die Vorstellung dauert bis sechs Uhr.«

Cavalli ließ es dabei bewenden. »Und wer kommt morgen zur Sitzung?«

»Ich weiß es nicht. Tobias wird von neunzehn bis ein Uhr, ich von eins bis sieben hier sein. Es ist uns nicht klar, was wir machen sollen, wenn Flint in der Bezirksanwaltschaft ist«, gab sie zu. Sie musterte Regina verstohlen, als sie die Haustür abschloss.

»Das kommt auf ihr Tagesprogramm an«, erklärte Cavalli. »Wir können sie ja fragen.«

Er winkte Regina zu sich. Meyer starrte sie an, immer noch erstaunt darüber, dass der zerzauste Redakteur und die elegante Flint ein Paar waren.

»Wie sieht dein Tagesablauf morgen aus?«, fragte Cavalli. »Wann verlässt du dein Büro?«

Regina dachte nach. »Ich komme zum Rapport, um die zwei Neuen zu sehen und die Arbeitseinteilung zu klären. Wenn Zobeli immer noch krank ist, müssen wir einige Aufgaben neu verteilen.« Cavalli nickte, und Regina fuhr fort. »Danach werde ich ins Büro fahren und bis zwei durcharbeiten – dann habe ich einen Gerichtstermin –, wahrscheinlich ohne das Gebäude zu verlassen. Die Verhandlung wird schätzungsweise zwei bis drei Stunden dauern. Vermutlich werde ich danach noch einige Stunden Schreibarbeiten erledigen.«

»Das heißt, zwischen zehn und neunzehn Uhr verlässt du die Bezirksanwaltschaft nicht«, vergewisserte sich Cavalli.

»Sieht so aus. Ich kann in der Kantine, im Paragraf, essen. Dort bin ich sicher. Doch es kann auch immer etwas Unerwartetes dazwischenkommen.«

Cavalli überlegte einen Moment. »Falls Zobeli noch krank ist, könnten Meyer und Fahrni die Auslandsangelegenheiten übernehmen? Von seinem Arbeitsplatz aus?«

Regina fand die Idee nicht schlecht. Sie wandte sich an Meyer.

»Wir haben nicht sehr viel Platz, aber es wäre ja nur vorübergehend.«

Meyer nickte, doch die Vorstellung, unter Flints wachsamen Augen in der Bezirksanwaltschaft zu arbeiten, gefiel ihr nicht.

»Gehen wir?« Cavalli rieb ungeduldig die Hände. Sie verabschiedeten sich von Meyer und steuerten auf den Wald zu. Der Kiesweg war rutschig. Wegen des schlechten Wetters war weit und breit kein Mensch zu sehen.

»Cava, wir haben etwas Wichtiges übersehen«, sagte Regina plötzlich und schlug sich vor die Stirn. Cavallis Kopf schnellte hoch, als er den vertrauten Kosenamen hörte. Sie schien ihren Versprecher nicht bemerkt zu haben.

»Was denn?«

»Du unterscheidest zwischen Serienmord und Einzeltat, den Serienmord verwirfst du mehr oder weniger«, sie schaute hoch und suchte seine Bestätigung. Als er nickte, fuhr sie fort. »Dann fragst du, ob die Vergewaltigung das Primärmotiv war und der Mord das Opfer am Aussagen hindern sollte oder ob es sich um einen Sexualmord handelt. Richtig?«

»Ja.«

»In beiden Fällen ist der Sexualtrieb des Täters verantwortlich für seine Tat. Was aber, wenn der gar nichts damit zu tun hat?« Sie blieb stehen und drehte sich zu Cavalli. Er ahnte, worauf sie hinauswollte. »Sondern Geld oder Macht?«

Cavalli spann den Gedankenfaden weiter. »Wer verdient am Tod einer Frau?«

»Wer verdient überhaupt an einer Frau?«, fragte Regina. Beide dachten an dasselbe. »Ein Zuhälter.«

»Aber ein Zuhälter ist ganz sicher nicht daran interessiert, eine seiner Prostituierten zu töten«, sagte Regina frustriert.

Cavalli schüttelte energisch den Kopf. »Wenn ein Zuhälter eines seiner Mädchen umbringt, jagt er allen andern Angst ein. Sie werden gefügiger, seine Macht wächst.«

Seine Aufregung steckte Regina an. »Geld und Macht.«

»Nicht nur Macht«, korrigierte sie sich, »sondern eine Machtdemonstration. Er hatte eine Zuschauerin.« Sie dachten über die Bedeutung dieser Worte nach.

Wütend über seine Unfähigkeit, die Zeugin zu finden, beschleunigte Cavalli sein Tempo. Regina konnte kaum Schritt halten.

»Vielleicht wollte die Frau nicht mehr mitmachen«, stieß sie atemlos aus. »Die Tote, meine ich.«

»Zwangsprostitution. Das ist möglich, gut möglich sogar«, meinte er. »Und es würde auch erklären, weshalb die Tote nicht als vermisst gemeldet wurde.«

In Europa wurden jährlich eine halbe Million Frauen zur Prostitution gezwungen. Drehscheibe des schwungvollen Handels waren die Balkanländer Serbien und Montenegro, Bosnien-Herzegowina sowie der Kosovo. Frauenhandel war weltweit ein Geschäft mit hohem Profit und geringem Risiko geworden, dank unzureichender Gesetze und mangelhafter internationaler Zusammenarbeit. Viele Frauen wurden von professionellen Händlern mit falschen Arbeitsversprechungen oder vorgetäuschter Liebe aus ihrer Heimat weggelockt; einige wurden den Familien sogar abgekauft. Danach nahm man ihnen die Papiere weg und zwang sie unter massiven Drohungen dazu, sich zu prostituieren.

Der Wald wurde lichter, und der Weg schlängelte sich ins Freie. Ein Wegweiser zeigte zum Restaurant Tobelhof.

»Wollen wir dort etwas essen?«, fragte Cavalli.

Regina zögerte. Sie hatte zwar Hunger, fragte sich aber, ob Felix inzwischen nach Hause gekommen war.

»Ich muss kurz telefonieren«, erklärte sie und blieb stehen.

Cavalli ging einige Schritte weiter und wartete.

»Er nimmt nicht ab«, sagte Regina, als sie ihn aufgeholt hatte. »Gehen wir.«

»Hast du noch Kontakt zu deinen Eltern?«, fragte Cavalli, als sie sich an einen der kunstvoll gedeckten Tische gesetzt hatten.

»Ab und zu. Meine Mutter nörgelt immer noch an meinem Leben herum.« Regina zuckte mit den Schultern, sie hatte sich längst damit abgefunden, dass ihre Mutter nie verstehen würde, weshalb sie ihren Beruf einer Familie vorzog. Von ihren Zweifeln hatte sie ihr nie erzählt. »Das Einzige, was ich ihrer Meinung nach richtig gemacht habe, ist, mich in Felix zu verlieben. Sie vergöttert ihn.«

Cavalli erinnerte sich deutlich an ihre dominante Mutter. Regina hatte ihn zwar nur ein einziges Mal mit zu ihren Eltern genommen, doch das Bild der großen, mageren Frau mit den hochgesteckten Haaren hatte er nicht vergessen. Auch ihren abschätzigen Blick nicht, als er ihr die Hand gereicht hatte. Ihre knochigen, fast durchsichtigen Finger hatten seine dunklere Hand nur leicht gestreift, und er hatte ihr sofort angesehen, dass er nicht gut genug für ihre Tochter war.

Eine junge Österreicherin nahm ihre Bestellung auf und brachte ihnen die Getränke. »Was ist mit deiner Mutter?«, fragte Regina.

Cavalli kniff die Augen zusammen. »Was soll schon mit ihr sein?«

»Hast du immer noch keinen Kontakt zu ihr?«, fragte Regina. Er hatte ihr nie erzählt, warum er den Kontakt abgebrochen hatte.

»Nein, weshalb sollte ich? Ich habe sie schon seit siebenundzwanzig Jahren nicht mehr gesehen.« Nicht ganz, ein einziges Mal hatte er sie getroffen, nachdem er abgehauen war, auf Drängen seines Vaters. Doch der Besuch war katastrophal verlaufen. Am deutlichsten waren ihm ihre schwarzen Tränen in Erinnerung geblieben; er hatte sich gefragt, weshalb sie keine wasserfeste Schminke trug.

Die junge Frau brachte den Salat, und dieses Mal schien Cavalli den Blick, den sie ihm unter langen, dunklen Wimpern zuwarf, nicht zu bemerken. Das Gespräch verstummte, als sie sich dem Essen zuwandten.

Während des Kaffees klingelte Cavallis Handy, ein Jugendlicher am Tisch nebenan blickte erstaunt herüber, als er die vertraute Melodie hörte.

»Ich habe Bledar«, sagte Pilecki ohne Einleitung.

Cavalli richtete sich auf. »Wo bist du?«

»Im Büro«, antwortete Pilecki. »Ich musste ihn reinholen, er wollte nicht reden.«

Cavalli schaute auf die Uhr. »Ich bin in einer halben Stunde dort.« Er legte auf und sah Regina an. Sie nickte langsam, die Situation war ihr vertraut. Sie wusste gar nicht mehr, wie viele Essen, Gespräche und Besuche sie schon abgebrochen hatten, weil das Telefon geklingelt hatte.

»Ich bestelle ein Taxi«, sagte sie und verlangte die Rechnung.

Während sie telefonierte, schäkerte Cavalli mit der Österreicherin. Dieses Mal bezahlte er.

Bledar saß gelangweilt auf dem Stuhl und kniff die Augen zusammen. Pilecki stand vor ihm und schwieg. Mit gespielter Gleichgültigkeit lehnte er sich an die Wand und zündete eine Zigarette an. So fand ihn Cavalli, als er zielstrebig den Befragungsraum betrat.

»Bledar«, stellte Pilecki vor, und deutete mit dem Daumen auf den jungen Albaner, der sich Mühe gab, Cavalli zu ignorieren. Seine tief liegenden Augen flackerten jedoch hin und her, ab und zu strich er sich über das gegelte Haar, damit ja keine Strähne aus der Reihe tanzte.

»Es habe ihm nie jemand das Foto der Toten unter seine krumme Nase gehalten«, erklärte Pilecki. »Auch kein reicher, Mercedes fahrender Landsmann.«

Bledar hob die Hand in einer abwehrenden Geste, seine Handfläche glänzte fettig.

»Die Thaipillen, die er bei sich trägt, gehören auch nicht ihm.« Pilecki grinste Richtung Bledar, dessen Augen noch nervöser hin und her schossen.

Cavalli lehnte sich neben Pilecki an die Wand und verschränkte die Arme vor der Brust. »Und dass seine Papiere nicht in Ordnung sind, davon weiß er bestimmt auch nichts.«

Der Albaner artikulierte tonlos »fuck«.

Pilecki schüttelte langsam den Kopf. »Im Knast braucht er sowieso keine Aufenthaltsbewilligung.« Er klopfte die Asche in seine Handfläche und betrachtete sie interessiert. Dann ging er gemächlich auf Bledar zu und stolperte über dessen ausgestrecktes Bein, wobei die Asche direkt in den Schoss des Albaners fiel. Bledar zuckte zusammen und wollte aufspringen; kaum hatte er sich leicht erhoben, drückte ihn Pilecki auf den Stuhl zurück.

»Tut mir leid«, sagte er spöttisch und versuchte grob, die Asche wegzuwischen.

»Finger weg, du Wichser«, schnauzte ihn Bledar an und putzte seine Hose. Er schnitt eine Grimasse, die seine Abscheu vor der Polizei zum Ausdruck brachte.

Unschuldig hob Pilecki die Hände. »Ich wollte nur helfen.«

Bledar lehnte sich zurück und verschränkte die Hände im Nacken.

»Fuck«, sagte er, diesmal laut.

Cavalli ging auf ihn zu und stellte sich auf seinen Fuß. »Du hast in der Pineapple-Bar und im Blue Girl mit ihm gesprochen.«

Bledar versuchte, seinen Fuß wegzuziehen, doch er konnte Cavalli nicht aus dem Gleichgewicht bringen.

Dieser neigte sich zu ihm hinunter und wiederholte: »In der Pineapple-Bar und im Blue Girl.«

Keine Reaktion.

Cavalli rührte sich nicht. Starr richtete er seinen Blick auf Bledars Gesicht, das eine Handbreite von ihm entfernt immer bleicher wurde. Kleine Schweißperlen bildeten sich an Bledars Oberlippe, und sein linkes Auge zuckte nervös.

Drei Minuten verstrichen, Cavalli bewegte sich nicht. Die

Stille im Raum war kaum auszuhalten. Bledar räusperte sich und setzte sich zurecht. Er konnte nicht weiter zurücklehnen, ohne umzukippen, doch er hatte kaum noch Kraft, seine Stellung so zu halten. Das Zucken in seinem Auge verstärkte sich. Weitere Minuten verstrichen, während derer Bledar immer schwerer atmete und zappelig mit den Fingern auf die Sitzfläche des Stuhls trommelte.

Langsam verlor er die Fassung. Cavalli beobachtete, wie seine Pupillen sich zu Punkten verengten und sein Blick Hass und Angst ausstrahlte. Er lehnte sich einen Zentimeter weiter nach vorne.

»Wer hat dir das Foto gezeigt?« Cavalli sprach jedes Wort langsam und deutlich aus.

Er konnte Bledars Angst riechen, der strenge Geruch war ekelerregend. Vom jungen Albaner ging eine Hitze aus, die sich flimmernd ausbreitete; Cavalli spürte, wie sich die Wellen um ihn legten. Er zwang sich, trotz des beißenden Gestanks gleichmäßig durch die Nase einzuatmen.

Als Cavalli nach weiteren drei Minuten noch einen Zentimeter nach vorne lehnte, brach Bledar zusammen. Er warf die Hände schützend vors Gesicht, sein Unterarm krachte dabei gegen Cavallis Kinn. Pilecki hatte nur darauf gewartet, einschreiten zu dürfen: In drei Schritten stand er neben Cavalli und stellte sich auf Bledars freien Fuß. Die plötzliche Bewegung hatte diesen aus dem Gleichgewicht gebracht, sein Stuhl kippte nach hinten und schlug auf dem Boden auf.

»Scheiße, lasst mich los«, fluchte er und versuchte, sich auf die Ellenbogen zu stützen. Cavalli drückte ihn mit dem Fuß zu Boden.

»Wenn du mir sagst, wer dir das Foto gezeigt hat, werde ich deinen Angriff nicht melden«, zischte er.

Bledar riss die Augen auf und keuchte: »Angriff? Arschloch! Verdammte Sau!«

Er wand sich auf dem Boden und überlegte, ob er nach

Hilfe rufen sollte. Cavalli und Pilecki wechselten einen Blick, dann zündete Pilecki eine weitere Zigarette an. Cavalli verschränkte die Arme wieder vor der Brust und schaute gelangweilt aus dem Fenster, den Fuß immer noch auf Bledars Brust. Pilecki ging neben dem Albaner in die Hocke und rauchte gemütlich. Die Asche wurde immer länger, langsam krümmte sie sich nach unten. Nervös versuchte Bledar wegzurutschen, worauf Cavalli seinen Absatz stärker in seine Rippen bohrte. Pilecki schien die Zigarette nicht zu bemerken, vergessen baumelte sie zwischen seinen Fingern. Der Albaner hielt den Atem an, er befürchtete, dass schon ein Hauch die Asche zum Absturz brachte.

»Scheiße, ich kannte den Typen nicht«, gab er auf.

»Er sprach albanisch«, erinnerte ihn Pilecki gelassen, ohne seine Zigarette zu bewegen.

»Ich kenne doch nicht jeden Albaner«, zischte Bledar.

Pilecki lehnte sich weiter nach vorn. »Diesen schon.«

Kreideweiß verneinte Bledar. »Ich habe ihn noch nie zuvor gesehen, ich schwörs!«

Die Asche stand kurz davor, abzubrechen. Pilecki ließ seinen Blick durch den Raum schweifen und gähnte. Verzweifelt stieß Bledar aus:

»Er arbeitet für einen der großen Bosse.«

»Welchen?«

»Ich weiß es nicht, er hat es nicht gesagt. Er wollte nur wissen, ob die Frau da gewesen war.«

»Und, war sie es?«

»Ja, im Blue Girl.«

»Wann?«

»Vor drei Wochen. Sie stand an der Bar, mit einem blassen Typen, der sie begrapschte.«

Pilecki nickte und ließ die Asche in seine Handfläche fallen. Er ließ sich seine Aufregung nicht anmerken. »Wie sah der Typ aus?«

»Scheiße, Mann, ganz normal halt.«

»Alter?«

»So wie du«, schätzte Bledar.

Er versuchte, unter Cavallis Fuß wegzurutschen, konnte sich aber keinen Millimeter bewegen, ohne dass der Druck auf seinem Brustkasten verstärkt wurde. Cavalli starrte immer noch teilnahmslos aus dem Fenster.

»Um die fünfzig?«

»Ja, wahrscheinlich. Vielleicht etwas mehr, was weiß ich denn. Sechzig oder so.«

»Haarfarbe?«

»Grau.«

»Hast du dem Typen erzählt, dass du diese Frau gesehen hast?«, fragte Pilecki zum Schluss.

Bledar warf ihm einen giftigen Blick zu. »Hältst du mich für blöd?«

Pilecki musterte ihn und zischte: »Ja!« Dann stand er auf und wischte die Hände an den Hosen ab. Er streckte sich und verlangte beiläufig die Thaipillen. Als Bledar nicht reagierte, zog er sie ihm aus der Hosentasche und ließ das Päckchen über seinem Gesicht baumeln.

»Du darfst heute Nacht in einem bequemen Einzelzimmer übernachten. Wenn dir bis morgen noch etwas in den Sinn kommt, kriegst du sie wieder.«

»Wichser«, stieß Bledar nochmals hervor, als Cavalli und Pilecki ihn hochzogen. Sie führten ihn unter lautem Protest ins Polizeigefängnis.

Als sie die Formalitäten abgeschlossen hatten, wandte sich Pilecki zufrieden an Cavalli und erzählte, wie er ihn beim Dealen geschnappt hatte.

»Ein Tipp von Strähl«, erklärte er. »Beim Gift sind sie nicht an den kleinen Fischen interessiert. Dafür müssen wir sie auf dem Laufenden halten, wenn unser Fall Licht auf Hintergründe im Drogengeschäft wirft.«

Cavalli schilderte ihm Reginas Überlegungen betreffend Frauenhandel.

Pilecki nickte bewundernd. »Ganz schön clever, die Dame.«

»Ja«, sagte Cavalli stolz, »das ist sie.«

Pilecki sah ihn verschmitzt an. »Ist Wolff wieder frei?«

»Schon möglich.« Sie machten vor dem Kaffeeautomaten Halt. »Das hat aber nichts mit Flint zu tun«, fügte Cavalli rasch hinzu.

»Natürlich nicht«, sagte Pilecki ernst und reichte seinem Chef einen Kaffee. Er warf weitere Münzen ein und unterdrückte ein Grinsen.

»Sag mir, wenn ich zu neugierig bin«, fuhr Pilecki fort, »aber etwas wundert mich.«

Cavalli musterte ihn misstrauisch und wartete auf eine bissige Frage.

»Wie kannst du nach so kurzer Zeit genug von Elvira haben?« Pileckis Interesse schien echt.

»Du bist zu neugierig«, antwortete Cavalli.

»Verbuche es doch auf mein Weiterbildungskonto«, schlug Pilecki vor.

»Die hast du nicht nötig«, schmunzelte Cavalli.

Pilecki musterte ihn schräg.

»So einsam, wie du dich gibst, bist du nicht«, beantwortete Cavalli die ungestellte Frage.

Pilecki wusste nicht, was er von der Bemerkung halten sollte.

»Ich kann mir nicht vorstellen, dass sich Irina von dir bezahlen lässt.« Cavalli leerte seinen Becher und schmiss ihn weg.

Überrascht schaute ihn Pilecki an und wechselte das Thema.

»Wann treffen wir uns morgen?«

»Um sieben, wie üblich.«

Pilecki erinnerte ihn nicht daran, dass das nicht üblich war.

Anfangs, als Cavalli wieder neu angefangen hatte, hatten sie sich um acht zum Rapport getroffen. Irgendwann war daraus halb acht geworden. Seit diesem neusten Mordfall schien sieben die Regel. Dort lag aber seine Grenze. Noch früher würde er nicht im Büro sein.

»Dann mach ich mich wohl auf den Weg. Bin gespannt, woran sich Bledar morgen erinnern wird.«

Nachdem er verschwunden war, beschloss Cavalli, den Kraftraum aufzusuchen. Er wollte die einzelnen Puzzleteile, die sie heute so sorgfältig zusammengesetzt hatten, nochmals überprüfen, bevor er sich das Gesamtbild einprägte. Von Hahns Ausführungen über Reginas Schlussfolgerungen bis hin zu Bledars Aussage. Er ging leichtfüßig die Treppe hinunter. Im Flur brannte Licht. Als Cavalli den Kraftraum betrat, blieb er stehen. Meyer trainierte auf dem Laufband. Als sich ihre Blicke trafen, fiel sie einen kurzen Augenblick lang aus ihrem Rhythmus, fing sich aber gleich wieder und nickte ihm wortlos zu. Während sich Cavalli aufwärmte, überlegte er, ob er sie auf die angespannte Situation ansprechen sollte. Gleichzeitig fragte er sich, weshalb ihr Versäumnis ihn so beschäftigte. An Fahrni verwendete er nicht halb so viele Gedanken, obwohl dieser in beiden Fällen die gröberen Fehler gemacht hatte.

Sie wechselten gleichzeitig die Geräte und starteten mit Bauchübungen. Es fiel beiden schwer, sich zu konzentrieren, die Stille war zu intim.

»Stört es dich, wenn ich eine CD einlege?«, fragte Meyer.

»Nein, mach nur.«

Auf der Anlage im unterirdischen Raum lagen einige CDs, die sie ohne große Hoffnung auf Brauchbares durchsah.

»Power & Energy, Hot Chocolate, Rod Steward, Limp Bizkit, Mozart oder Eminem«, las sie laut.

»Eminem«, wählte Cavalli.

Meyer sah ihn überrascht an. »In Ordnung.«

Sie legte die CD ein und ging zur römischen Liege zurück. Cavalli ruhte sich nach einer ersten Serie Übungen aus.

»Schon müde?«, neckte sie. Beim Sport fühlte sie sich in ihrem Element.

»Mach es besser«, antwortete Cavalli herausfordernd.

Meyer ließ sich das nicht zweimal sagen. »Bei wie vielen bist du?«

»Achtzig«, sagte er und startete eine nächste Runde.

Sie legte sich auf die schräge Bank neben ihm und verschränkte die Arme im Nacken. Der Takt der Rapmusik eignete sich hervorragend als Tempovorgabe. Als sie bei neunzig Wiederholungen ankam, machte sie eine Verschnaufpause und schaute zu Cavalli hinüber. Er bemerkte ihren Blick und seine Augen blitzten provokativ.

»Wer verliert, kümmert sich morgen um die Brötchen«, schlug er vor.

Meyer nahm die Herausforderung an. »Einverstanden. Wie viele hast du schon?«

»Hundertzehn. Ich mach weiter, wenn du aufgeholt hast.«

»Alle werden sich fragen, weshalb du schon wieder die Brötchen mitbringst«, stichelte Meyer amüsiert und machte noch zwanzig Rumpfbeugen.

»Ich bin auch bei hundertzehn. Also, los.«

Sie fuhren im gleichen Takt fort, beide darum bemüht, sich die Anstrengung nicht anmerken zu lassen. Nach weiteren vierzig Wiederholungen gelang es ihnen immer schlechter, den lockeren Gesichtsausdruck beizubehalten.

Cavalli schloss die Augen und schaffte noch fünfzehn, bevor er wieder zu Meyer hinüberschielte. Sie hatte noch nicht aufgegeben. Er konzentrierte sich auf die Decke, wo er eine kleine Spinne beobachtete, die sich in einer Ecke eingenistet hatte. Im Neonlicht erkannte er die dünnen Fäden ihres Netzes und fragte sich, wie viel hier unten zu erbeuten war. Ein Stechen in der Magengegend erinnerte ihn daran, dass er in letzter Zeit zu viel Kaffee getrunken hatte. Er ärgerte sich über sich selbst und beschloss, dass damit nun Schluss war. Als er bei hundertvierundachtzig Wiederholungen ankam, schaffte er es zitternd nur noch bis zur Mitte.

»Gilt nicht«, keuchte Meyer. »Ganz hoch.«

Erschöpft ließ er sich zurückfallen und breitete die Arme aus. Seine Bauchmuskeln brannten wie Feuer, und er schaute irritiert zu, wie Meyer bis hunderzweiundneunzig kam, bevor sie ebenfalls aufgab.

»Vergiss nicht, wir sind morgen sieben Personen«, erinnerte sie ihn vergnügt. Sie versuchte, locker aufzustehen, doch es gelang ihr nicht ganz. Langsam streckte sie sich und verzog dabei schmerzhaft das Gesicht.

»Hanteln?«, schlug Cavalli vor, um seine Ehre zu retten.

»Unfair«, erwiderte Meyer. »Ungleicher Körperbau. So mache ich kein Wettheben.«

Sie gingen zu den Hanteln und stellten die Gewichte ein.

»Ich habe gesehen, dass im Befragungsraum Licht brannte«, bemerkte Meyer beiläufig.

Cavalli freute sich über ihre Neugier.

»Pilecki hat Bledar reingebracht«, erklärte er und erzählte von der Einvernahme.

»Er hat die ermordete Frau noch lebend gesehen?«

Meyer vergass einen Moment lang, die Hantel zu senken.

»Ja, im Blue?… Girl. Sie war mit einem fünfzig- bis sechzigjährigen?… Typen an der Bar.«

Cavalli legte die Eisenstange in die Haltevorrichtung und setzte sich auf.

Meyer setzte sich gegenüber, die Hantel immer noch in der Hand, und fragte: »Habt ihr in Betracht gezogen, dass Mesceau auch ein Opfer von Salomir sein könnte?«

»Es wurde nie eine Leiche gefunden«, meinte Cavalli grimmig.

Meyer gestikulierte mit der Hantel. »Ich rede nicht von

einem Todesopfer, sondern von einem Opfer des Frauenhandels.«

»Seine Ehefrau?« Er legte den Kopf schräg.

»Natürlich«, sagte sie achselzuckend, »eine Heirat ist doch der einfachste Weg, eine Frau in die Schweiz zu bringen, die sich hier prostituieren soll.«

»Es würde erklären«, sagte Cavalli langsam, »weshalb sie nie jemand gesehen hat.«

Sie diskutierten mögliche Aufenthaltsorte der Rumänin, während sie sich durch das Programm arbeiteten. Als sie zum Schluss des Trainings wieder beim Laufband ankamen, spielten sie sich noch eine Stunde lang Gedanken zu, ohne Rücksicht darauf, wie wahrscheinlich die Überlegungen waren. Beide genossen es, ihrer Fantasie freien Lauf zu lassen; die Theorien, die dabei entstanden, waren teilweise nicht einmal absurd.

Als Cavalli vom Laufband sprang und sich mit einem Tuch den Schweiß vom Gesicht wischte, hatte er eine Reihe Anknüpfungspunkte für den nächsten Morgen.

»Danke für deine scharfsinnigen Inputs«, sagte er zum Abschluss. »Bis morgen.« Unter der Dusche ließ er sich Meyers Ideen nochmals durch den Kopf gehen und kam erneut zum Schluss, dass sie es beruflich weit bringen würde. Er hoffte, dass sie nicht noch einmal stolperte. Als er sich anzog und das Hemd vom Vortag zuknöpfte, freute er sich darauf, nach Hause zu gehen. Er hätte nicht bei Elvira übernachten sollen. Glücklicherweise hatte sie sich heute nicht bei ihm gemeldet.

Er genoss die Fahrt durch die leeren Straßen, summte gedankenverloren die Melodie von Eminems »Drug Ballad«. Er parkte den Wagen in der blauen Zone und legte die hundert Meter zu seiner Wohnung im Laufschritt zurück.

Der Briefkasten war voll, er hatte ihn schon einige Tage nicht mehr geleert. Mit der Post unter dem Arm schloss er die Wohnungstür auf. Er blieb auf der Schwelle stehen. Etwas war anders. Vorsichtig ging er einen Schritt weiter und legte die Post lautlos auf den Boden. Er horchte in die Stille, konnte keine verdächtigen Geräusche ausmachen. Ein bekannter Geruch stieg ihm in die Nase, doch er konnte ihn nicht einordnen.

Leise zog er seine Pistole hervor und schlich zur Küche. Auf den ersten Blick schien nichts verändert, seine Kaffeetasse stand neben der *Washington Post* auf dem Tisch, einige Notizen waren unordentlich darum herum verstreut. Nachdem er sich vergewissert hatte, dass auch die anderen Zimmer leer waren, schloss er die Wohnungstür und kniff die Augen zusammen. Er konzentrierte sich auf den Geruch, der ihn an etwas erinnerte.

Er versuchte, die abgestandene Luft auszublenden, ließ sich einen Moment lang von einer Bananenschale ablenken, die er neben dem Spülbecken liegen gelassen hatte, bis er wieder den feinen Hauch einer ranzigen, fleischigen Ausdünstung erkannte. Er machte die Augen ganz zu und stand in Gedanken in Reginas Büro. Der Eindringling, fuhr es ihm durch den Kopf. Es war dieselbe Person, die in der Bezirksanwaltschaft in Reginas Unterlagen und Dateien gewühlt hatte. Er riss die Augen auf, halb im Glauben, der Unbekannte müsse noch da sein. Er machte einen zweiten Kontrollgang durch die Wohnung und suchte nach weiteren Spuren, doch außer seinen Notizen, die leicht verändert da lagen, fiel ihm nichts auf.

Danach befragte er die übrigen Hausbewohner, doch niemand hatte etwas bemerkt. Tief in Gedanken versunken setzte er sich schließlich an den Küchentisch und betrachtete seine Notizen. Keiner würde mit ihnen etwas anfangen können. Er hatte am Morgen zuvor einige Gedankenfragmente notiert, die ihm beim Joggen durch den Kopf gegangen waren. Privates und Berufliches war durcheinander gemischt,

Fakten, Gefühle, Ideen und Fantasien verteilten sich über die weißen Blätter. Trotzdem störte es ihn, dass jemand seine Gedanken gelesen hatte. Als er ins Bett ging, legte er seine Waffe griffbereit.

Pilecki und Cavalli erschienen fünf Minuten zu spät zur Sitzung. Bledar hatte nichts zu seiner Aussage hinzugefügt, doch sie waren sich sicher, dass er etwas verschwieg.

»Er weiß ganz genau, dass wir ihn ohne die entsprechenden Papiere nur vierundzwanzig Stunden festhalten können«, meinte Pilecki dazu.

»Kein Problem, wir können ihn gleich Flint übergeben«, antwortete Cavalli, »er hatte genügend Stoff bei sich.«

Gurtner war in eine Boulevardzeitung vertieft, die nichts mehr über den Fall zu berichten wusste. Fahrni hatte bereits Wasser geholt und Gläser auf dem Tisch verteilt, er war sich nicht sicher, was seine Rolle bei der Morgenbesprechung war.

Cavalli begrüßte sein Team; als er Meyers Blick begegnete, deutete er auf die Brötchen, die er in der Mitte des Tisches deponiert hatte. Ein kurzes Lächeln huschte über ihr Gesicht, es täuschte aber nicht über ihre roten Augen hinweg. Die Nacht war ruhig und deshalb umso anstrengender gewesen.

Cavalli informierte gleich zu Beginn über die Veränderungen im Team. Gurtner war der Einzige, der noch nichts davon wusste.

»Um acht kommt unsere Verstärkung. Vermutlich werden es Barduff und Karan sein«, erklärte er.

»Bülent Karan?«, brummte Gurtner. »Der muss doch fünf Mal am Tag beten. Mit dem kommen wir auch nicht weiter. Meyers Taktik, einen Journalisten miteinzubeziehen, spart uns wenigstens Arbeit.«

Cavalli erhob sich wütend.

Pilecki hob beschwichtigend die Hand. »Es war ja nicht

ernst gemeint. Karan ist gut, das wissen wir. Außerdem soll er glücklich verheiratet sein, wir können also alle noch etwas von ihm lernen«, witzelte er. »Barduff übrigens auch. Hat sogar ein Wochenendhaus in Sent. Die zwei sind gute Vorbilder für unsere Küken.« Er grinste in Richtung Meyer und Fahrni.

Cavalli atmete tief durch und setzte sich wieder. »Bis sie da sind, möchte ich die Arbeitsaufteilung besprechen.« Er wandte sich an Regina. »Hast du schon etwas von Zobeli gehört?«

Sie nickte. »Er kommt. Klingt zwar nicht sehr gesund, aber er meint, es gehe schon.« Sie hatte nicht ernsthaft versucht, ihn davon abzuhalten, ihre Arbeitslast war so drückend, dass sie um jede Hilfe froh war.

»Gut, dann kann Fahrni ihm heute zur Hand gehen. Meyer ebenfalls, wenn sie geschlafen hat.« Er wandte sich an die beiden. »Zobeli kümmert sich um die Angelegenheiten in Rumänien sowie um die Nachforschungen bei Bank, Steuerbehörde, Straßenverkehrsamt und Bahn betreffend Salomir und Mesceau. Er wird euch die Anweisungen geben. Eure Einsätze müsst ihr direkt mit Flint besprechen. Seht aber zu, dass ihr trotz der unregelmäßigen Arbeitszeiten genügend schlaft. Unser Mercedesfahrer ist gefährlich.«

Er erzählte von Bledar und dem Fremden in seiner Wohnung, ohne zu erwähnen, dass der Unbekannte bereits in Reginas Büro eingedrungen war. Sie begriff den Zusammenhang aber sofort und sah ihn besorgt an.

»Dieser Albaner taucht überall auf. Wir wissen nicht, was er mit dem Fall zu tun hat, aber wir können davon ausgehen, dass er eine wichtige Rolle spielt, also Vorsicht«, mahnte Cavalli. »Er hat die tote Frau schon gesucht, als sie noch am Leben war, und hat bis jetzt noch nicht aufgegeben. Ich weiß nicht, wie weit er gehen wird, um sein Ziel zu erreichen.«

»Wenn es ihm nur darum ginge, die Frau zu finden, hätte

er sich längst gemeldet«, fügte Regina hinzu. »Schließlich muss er die Bilder in der Zeitung auch gesehen haben.«

Cavalli nickte. »Aber trotzdem lässt er nichts von sich hören. Er muss auch wissen, dass die Tote noch nicht identifiziert ist. Es geht ihm um etwas anderes.« Er bat Regina, ihre Ideen über den Frauenhandel zu erläutern.

Als sie fertig war, meinte Pilecki: »Wenn das so ist, könnte der Albaner hinter seinem Geld her sein. Vielleicht hat ihm jemand die Frau weggeschnappt.«

Fahrni wollte etwas sagen, war aber nicht sicher, ob sein Beitrag erwünscht war. Cavalli nickte ihm zu.

»Dann wäre er auf der Suche nach Informationen, die ihn zum Geld führen«, begann er. »Um an sie heranzukommen, wird er sich das schwächste Glied der Kette aussuchen.«

»Mich?«, fragte Regina.

Fahrni nickte. »Und Zobeli. An euch kommt er einfacher heran, und er weiß, dass die Fäden dort zusammenlaufen. Zobeli trägt keine Waffe, oder?«

»Nur, wenn er Gefangene in die Bezirksanwaltschaft überführt. Doch auch dann nicht immer, es kommt darauf an, was der Angeklagte auf dem Kerbholz hat.« Regina wickelte besorgt eine Haarsträhne um den Finger. Fahrni hatte recht, sie würde mit Zobeli reden müssen.

In diesem Moment klopfte es an der Tür. Auf ein »Herein« von Cavalli betraten Gian Barduff und Bülent Karan den Raum. Barduff, ein gradliniger Bündner mit markantem Kiefer, begrüßte die Anwesenden und stellte Karan vor, der noch nicht lange bei der Zürcher Kapo war. Der ruhige Türke hatte elf Jahre in Basel gearbeitet, bevor er an die Limmat wechselte; was ihn dazu bewogen hatte, wusste niemand. Pilecki machte den beiden Platz und bot ihnen Brötchen an. Dann reichte er die Tüte herum.

»Schon wieder von dir?«, fragte er Cavalli, erstaunt über dessen Großzügigkeit.

Meyer schnaubte und verschluckte sich, Pilecki verstand nicht, was sie an der Frage so lustig fand.

»Nun gut, beginnen wir mit der Zusammenfassung.« Cavalli sah Gurtner an.

»Bachmann hatte seinen Führerschein tatsächlich im Chrysler vergessen, er hat es nicht bemerkt, weil er zurzeit keinen Wagen hat. Medikamente nimmt er keine. Sie stammen also von Salomir.« Im Raum knisterte es vor Spannung. Sie waren auf Salomirs Spur, endlich hatten sie Anhaltspunkte. »Die Namen im Adressbuch waren nicht sehr aufschlussreich. Die meisten waren flüchtige Bekannte, einzig ein gewisser Marco Ponte scheint mehr über Salomir zu wissen, als er sagt. Ponte hat bis vor einem Jahr bei Brunner in Rümlang, gearbeitet. Wir haben acht Personen vorgeladen. Bis morgen Abend werden wir alle befragt haben.«

Cavalli bat ihn, die Namen aufzulisten. Gurtner ging breitbeinig zur Tafel und schrieb fünf auf.

»Wie heißen die anderen?«, fragte er Pilecki und kratzte sich zerstreut im Schritt.

Pilecki diktierte ihm die Namen.

»Konnte der Pizzakurier etwas zu seiner Aussage hinzufügen?«, fragte Cavalli.

Gurtner schüttelte den Kopf. »Und der Chinese weiß von gar nichts; der Taxifahrer hingegen hat vor vier Wochen einen Mann vor Salomirs Wohnung abgeholt und zum Flughafen gefahren.« Er setzte sich wieder.

»Was ist mit der Zeugin?«, fragte Barduff. »Habt ihr eine Spur?«

»Zuletzt wurde sie in einem Parkhaus im Dübendorfer Industriequartier gesichtet. Seitdem fehlt jede Spur von ihr«, erklärte Cavalli. Er sah auf die Uhr. »Ich schau kurz nach, ob Hahn die DNA-Resultate gefaxt hat. Machen wir eine Pause.«

Das Fax war eingetroffen, mit einem knappen, enttäuschenden Kommentar, den Hahn von Hand in seiner stacheligen Schrift hingekrakelt hatte: »Sorry, kein Hit. Haut unter Nägeln: nicht von Salomir. Sperma ebenfalls nicht. Haare auf Leiche von S., siehe Zahnresultate. Bitte um Rückruf.« Cavalli wählte seine Nummer, doch er nahm nicht ab.

Er blätterte zu den Resultaten der Zahnuntersuchungen, die fünf Seiten füllten. Hahn hatte die wichtigen Stellen angestrichen, vor allem den Satz: »Sanierungen mit größter Wahrscheinlichkeit in Osteuropa durchgeführt.«

Cavalli nahm die Blätter und ging gedankenverloren zum Kaffeeautomaten. Als er das Kleingeld eingeworfen hatte, erinnerte er sich, dass er nicht mehr so viel Kaffee trinken wollte. Er presste die Teetaste und schaute skeptisch zu, wie eine blassgelbliche Flüssigkeit den Becher füllte.

Ein sinnlicher Duft riss ihn aus seinen Gedanken.

»Und?«, fragte Regina gespannt, als er sich umdrehte. Sie deutete auf die Unterlagen in seiner Hand. Ihre plötzliche Nähe traf ihn unvorbereitet, und das Blut schoss ihm in den Kopf. Gefesselt starrte er in ihre klaren Augen und bemerkte eine Wimper, die auf ihrer Wange lag. Er tupfte sie vorsichtig weg und hielt sie ihr hin. »Du darfst dir etwas wünschen.«

Regina spürte ein Kribbeln bis in ihre Fingerspitzen. Sie nahm seine Hand und streifte die Wimper vorsichtig ab.

»Ich möchte den Wunsch aufsparen«, erklärte sie sanft.

»Worauf wartest du?« Er hob fragend seine Augenbraue, jedoch ohne eine Spur von Ironie.

Regina biss sich auf die Unterlippe. »Bis ich genau weiß, was ich mir wünsche.«

Ein Räuspern holte sie in die Gegenwart zurück und sie ließ seine Hand abrupt fallen. Pilecki deutete diskret auf den Kaffeeautomaten und sie machten ihm Platz.

»Chef«, rief er Cavalli nach, »dein … Tee?« Er musterte die gelbliche Flüssigkeit und runzelte die Stirn.

Cavalli kam zurück und nahm den Becher mit ins Sitzungszimmer.

Als er sich wieder gefasst hatte, zeigte er Regina das Fax von Hahn. Die Enttäuschung, als sie die Notiz des Mediziners las, war ihr anzusehen.

»Weißt du, was er von dir will?«, fragte sie, immer noch aufgewühlt.

»Keine Ahnung«, antwortete Cavalli. »Übrigens, ich brauche noch einen Haftbefehl für Bledar. Ich kann ihn sonst nur noch bis heute Abend hier behalten.« Er erzählte ihr von den Drogen, die er bei sich getragen hatte, und sie versicherte, dass sie ihn ausstellen würde, sobald sie im Büro war.

Nachdem Cavalli die Sitzung wieder aufgenommen und die Laborresultate verkündet hatte, verteilten sie die Tagesaufgaben. Oberste Priorität hatten die Apotheken in Basel.

Regina unterbrach ihn: »Ich finde, wir dürfen die Suche nach der Zeugin nicht einfach fallen lassen. Erstens ist sie in Gefahr, und zweitens ist ihre Aussage als Beweismittel sehr wichtig.«

Cavalli schüttelte den Kopf. »Salomirs Vorsprung ist schon jetzt zu groß. Wir müssen so schnell wie möglich handeln. Die Zeugin ist schwieriger zu finden als eine Nadel im Heuhaufen. Wir haben im Moment die Kapazitäten nicht.«

»Und wenn uns die Apotheken nicht weiterbringen?« Regina gestikulierte mit einem Kugelschreiber.

»Dann hat die Suche nach der Zeugin wieder Vorrang«, versprach Cavalli.

Regina nickte langsam. »In Ordnung. Ich gebe euch zwei Tage. Dann muss die Zeugin wieder im Mittelpunkt stehen. Wie wollt ihr vorgehen?«

Cavalli kam nicht dazu, ihr eine Antwort zu geben. Es klopfte an der Tür, und Wolff streckte den Kopf vorsichtig hinein.

»Stör ich?«, fragte sie und ließ ihren Blick über die Runde schweifen. Sie vermied es, Cavalli in die Augen zu schauen.

»Kommt darauf an«, sagte er sachlich. »Ist es wichtig?« Er notierte etwas auf Hahns Bericht.

Wolff stellte sich vor die Wandtafel und stützte eine Hand in die Hüfte. »Ich sollte wissen, was wir der Presse heute mitteilen.«

Cavalli schrieb weiter und sagte kurz: »Ich stell dir die freigegebenen Informationen nach der Sitzung zusammen.« Im selben Augenblick rappte sein Handy. Am anderen Ende war Hahn. Er bat ihn, kurz dranzubleiben, und wandte sich an Regina. »Kannst du dich um die Presseinformationen kümmern?«

Sie nickte, und Cavalli gab den Anwesenden mit einem Handzeichen die Anweisung, an die Arbeit zu gehen.

»Bin wieder da«, sagte er zu Hahn.

»Du hast die Resultate also gesehen?«, fragte dieser. »Sie bringen euch nicht viel weiter ohne einen Verdächtigen. Das heißt, ihr müsst die Leiche identifizieren.«

Im Hintergrund hörte Cavalli das Surren eines Instruments.

»Wir tun unser Bestes. Du rufst bestimmt nicht deswegen an.«

»Doch«, fiel ihm Hahn ins Wort. »Genau deswegen. Seid ihr bereit, etwas Geld in die Hand zu nehmen?«

Cavalli verstand nicht, worauf er hinaus wollte. »Was schlägst du vor?«

»Dass wir die Isotopenanalytik anwenden. Doch die kostet. Ist sie dir vertraut?«

»Wird sie nicht zur Überprüfung der Herkunftsbestimmung von Lebensmitteln angewandt?«, fragte Cavalli unsicher.

»Aber nicht nur. Sie ist auch eine Standardmethode zur Bestimmung von Lebensräumen. Mit ihr wurden zum Beispiel die Aufenthaltsorte des Eismanns bestimmt …«

»Ötzi?«, unterbrach ihn Cavalli.

»Ja, Ötzi. Aber der ist schon lange tot, ihm trauert niemand mehr nach. Uns interessiert die junge Frau im Gefrierfach, und hier könnte die Isotopenanalytik verhindern, dass sie zur Karteileiche wird.«

»Wie denn?« Cavalli machte es sich auf seinem Stuhl bequem. Wer Hahn eine Frage stellte, die mit Wie begann, musste Zeit für die Antwort haben.

Erfreut holte Hahn aus. »Wir bestehen ja aus chemischen Elementen und Verbindungen, und diese stammen aus dem Boden, dem Wasser und aus der Atmosphäre. Von dort aus gelangen sie in Pflanzen und in Form von Nahrung oder über die Atemwege in menschliches und tierisches Gewebe. Kannst du mir folgen?«, fragte er nach.

»Erstaunlich gut«, antwortete Cavalli skeptisch und machte sich auf das gefasst, was noch kommen würde.

»Gut. Also, die meisten chemischen Elemente sind aus verschieden schweren Atomarten zusammengesetzt, die isotop zueinander sind. Isotope sind Atomarten eines chemischen Elements, die sich in ihren Kernladungszahlen nicht unterscheiden. Hinsichtlich der Zahl der Neutronen jedoch schon. Da gleiche Kernladungszahlen eine gleiche Anzahl von Elektronen in der Atomhülle bedingen, verhalten sich die Isotope eines Elements chemisch fast gleich. Und jetzt wird es spannend«, sagte Hahn begeistert. Cavalli verkniff sich einen Kommentar. »Die unterschiedlichen Atomgewichte führen dazu, dass Isotope eines Elements Isotopeneffekte erfahren – ich lasse hier einige Details weg –, sodass die isotopischen Zusammensetzungen variabel sind. Dies gilt insbesondere für Elemente mit niedrigen Atomgewichten wie Wasserstoff, Kohlenstoff, Stickstoff, Sauerstoff und Schwefel. Bist du noch da?«, vergewisserte sich Hahn.

»Voll da.« Cavalli unterdrückte ein Gähnen.

»Die Isotopenverhältnisse widerspiegeln, welche Geschichte ein leichtes Element hinter sich hat, zum Beispiel, woher es stammt, an welcher Stelle der Nahrungskette ein Lebewesen steht und so weiter.«

»Aber wir wissen doch, dass die Tote aus der Neuzeit stammt«, erinnerte ihn Cavalli. Er stellte sich vor, wie Hahn die Augen verdrehte.

»Die Isotopensignatur sagt weit mehr aus, als den Zeitraum wann ein Mensch gelebt hat. Sie liefert Informationen zur Herkunft und den Wachstumsbedingungen eines Gewebes, zur Nahrung, sogar zu den landwirtschaftlichen Methoden im Lebensumfeld der Person. Selbst finanzwirtschaftliche Rückschlüsse sind möglich.«

Cavalli war skeptisch. »Wie das?«

»In einer bestimmten Region vermag der eine Milchviehhalter beispielsweise Kraftfutter zuzukaufen, der andere nicht«, erklärte der Mediziner.

Jetzt war Cavalli interessiert: »Du willst damit sagen, mit der Isotopenanalyse können wir den Herkunftsort der Unbekannten bestimmen?«

»Nicht nur, auch frühere Wohnorte, ihren Gesundheitszustand, manchmal sogar Lebensformen und Ernährungsweisen, je nachdem, wie viele Referenzwerte wir haben.«

»Und wo liegt der Haken?«

»Dort, wo er immer liegt – beim Geld. Die Isotopenanalyse einer Einzelprobe auf alle Elemente – es gibt ja auch noch schwere, aber die habe ich dir jetzt nicht erklärt – liegt bei rund tausendfünfhundert Franken. Ideal wäre es, Haare, Fingernägel, Zähne, Knochen sowie Knochenhaut zu asservieren. Doch wir könnten auch stufenweise vorgehen, sodass es finanziell besser vertretbar wäre«, schlug Hahn vor.

Die Versuchung, gleich zuzustimmen, war groß. Doch diese Kompetenz hatte Cavalli nicht. »Ich muss mit Flint Rücksprache nehmen. Bist du heute Morgen erreichbar?«

»Schick mir doch ein Fax. Ich kann nicht immer ans Telefon. Sobald ich ein Ja habe, nehme ich Kontakt zum Institut für Geochemie auf.«

»Einverstanden«, sagte Cavalli. »Und Uwe … vielen Dank!«

»Ein Ja wäre mir lieber als Dank.« Hahn legte auf.

Cavalli machte sich sofort auf die Suche nach Regina. Sie saß noch immer mit Wolff zusammen, sie schienen sich über einen Punkt der Medienmitteilung nicht einig zu sein.

»Ich verstehe nicht, wie es den Ermittlungen schaden kann, wenn die Öffentlichkeit weiß, dass die Tote eine Prostituierte war«, sagte Wolff spitz.

Als Cavalli sich näherte, sah sie ihn hilfesuchend an. Dieser zuckte nur mit den Achseln und wies sie darauf hin, dass die Entscheidung bei Regina lag.

Mit zusammengepressten Lippen verließ Wolff den Raum. Cavalli schob ein Wasserglas beiseite und setzte sich auf den Tisch. Er fasste Hahns Ausführungen zusammen und warf die Frage nach der Finanzierbarkeit auf.

»Unglaublich«, sagte Regina begeistert. »Ich muss zur Sicherheit Hofer informieren, aber ich kann mir nicht vorstellen, dass er etwas dagegen haben wird.« Sie schlug vor, ihn gleich anzurufen.

»Du kannst von meinem Büro aus telefonieren«, bot Cavalli an. Dann suchte er Pilecki auf.

»Bledar wird der Bezirksanwaltschaft übergeben«, informierte er ihn. »Flint stellt heute Morgen den Haftbefehl aus. Vielleicht zeigt er sich dann kooperativer.«

»Aus dem holen wir schon noch mehr heraus«, sagte Pilecki zuversichtlich. »Du musst ihn nur noch etwas anstarren, das bringt ihn völlig aus der Fassung.«

Gurtner schaute vom Bildschirm auf, wo er die Telefonnummern von Apotheken in der Umgebung von Basel suchte. »Das haben die Indianer doch schon mit den weißen Siedlern gemacht, nicht?«

Cavalli warf ihm einen vernichtenden Blick zu: »Sie haben auch Großmäuler skalpiert. Wir haben schon im Kindergarten gelernt, wie.« Er stand auf und streckte sich. Das Duell mit Meyer war nicht spurlos an ihm vorübergegangen.

Regina hatte bereits aufgelegt, als er in sein Büro zurückkam. Fassungslos saß sie an seinem Schreibtisch und starrte auf das Telefon.

»Was hat er gesagt?«, fragte Cavalli vorsichtig.

Sie öffnete den Mund und holte Luft, schloss ihn dann kopfschüttelnd wieder. Ihre Augen hatten sich zu Schlitzen verengt, sie fuhr sich mit der Zunge über die trockenen Lippen und nahm einen neuen Anlauf.

»Ich fass es einfach nicht«, sagte sie bitter.

»Hat er abgelehnt?«, fragte Cavalli ungläubig.

»Allerdings. Er nannte es eine Verschwendung von Steuergeldern«, ahmte sie ihn nach und verzog dabei das Gesicht zu einer Grimasse.

»Das ist doch nicht möglich. Nachdem er solchen Druck auf dich ausgeübt hat, weil der Fall anscheinend so brisant sei?«

»Vielleicht interessiert ihn nur der Täter, das Opfer war ja schließlich bloß eine Prostituierte«, meinte Regina sarkastisch. Hofer konnte sie nicht mehr überraschen.

Cavalli ging im Raum hin und her. Er schaute immer finsterer drein und sagte schließlich: »Ich gebe Hahn grünes Licht.«

Regina sah ihn konsterniert an. »Das kannst du nicht machen! Hofer wird dafür sorgen, dass Köpfe rollen, vor allem? …«

Cavalli fiel ihr wütend ins Wort: »Das ist mir egal! Ich bin der Toten verpflichtet, nicht dem Staatsanwalt.«

Regina senkte beschämt die Augen. »Tut mir leid, dieser Mann macht mich manchmal so fertig, dass ich meine eigenen Prioritäten nicht mehr sehe. Ich bin einverstanden.«

Erstaunt sah Cavalli sie an. »Ist das dein Ernst?«

»Ja«, antwortete sie mit fester Stimme. »Gib Hahn grünes Licht.«

»Ich kann es auf meine Kappe nehmen«, schlug er vor.

»Wir können behaupten, du hättest dich dagegen ausgesprochen und ich hätte nicht auf dich gehört.«

»Blödsinn«, wehrte sie sich, »wenn wir beide der Meinung sind, die Identifizierung der Leiche darf nicht an den Kosten scheitern, dann können wir es auch gemeinsam ausbaden.«

»Aber die Folgen werden für dich schlimmer sein«, ermahnte sie Cavalli.

»Damit werde ich mich auseinander setzen, wenn es so weit ist.« Regina klang souveräner, als sie sich fühlte. »Ich muss in die Bezirksanwaltschaft«, sagte sie. »Viel Glück mit den Apotheken.«

Cavalli sah ihr bewundernd nach, als sie mit Fahrni und Meyer zum Lift ging. Er hoffte, dass sie sich nicht übernommen hatte. Ihre zerbrechliche Gestalt legte den falschen Schluss nahe, der kleinste Luftzug könnte sie umblasen: Sie war innerlich stärker, als man glaubte.

»Wir haben sie«, verkündete Barduff von der Tür aus.

»Wen?«, fragte Cavalli, der einen Moment lang die Übersicht verloren hatte.

»Die Apotheke«, erklärte Barduff ruhig. »Salomir war in der St.-Jakobs-Apotheke, und zwar unter dem Namen Guido Bachmann, wie du vermutet hast. Aber das Beste kommt erst: Sie hatten nur zwei der drei Medikamente auf Lager, Norvir musste die Apothekerin bestellen.«

»Und?«, fragte Cavalli ungeduldig.

»Und die Lieferung trifft heute ein, zwischen elf und zwölf Uhr.«

»Heute?« Cavalli sprang auf und schaute auf die Uhr. »In zwei Stunden ist bereits elf!«

Er stieß Barduff unsanft zur Seite und trommelte seine Mitarbeiter zusammen. Fieberhaft überlegte er sich, wie er die Aktion innerhalb von zwei Stunden sorgfältig organisieren konnte, und kam zum Schluss, dass es ohne die Hilfe der Basler Polizei nicht möglich war.

Er wandte sich an Karan. »Du hast doch lange in Basel gearbeitet. Sind die Kollegen gut auf dich zu sprechen?«

»Ich habe viele Freunde im Korps. Ich habe unter Rittmaier gearbeitet, er ist sehr hilfsbereit.«

»Mhm«, sagte Cavalli nachdenklich, als er den Namen hörte. »Vielleicht solltest du mit ihm sprechen. Erklär ihm, worum es geht, er soll den Einsatz vor Ort koordinieren.«

Karan sah ihn zweifelnd an. »Wäre es nicht besser, der Anruf käme von dir?«

Cavalli verneinte ohne Begründung und wandte sich an Pilecki. »Ich möchte dich und Karan in Basel dabei haben. Du kennst Salomir, Karan kennt Basel.« Gurtner gab er die Anweisung, mit Barduff die Einvernahmen in Zürich wie geplant durchzuführen. »Ich nehme Zobeli mit, falls es zu einer Verhaftung kommt. Wir fahren mit einem Streifenwagen, um Salomir direkt in die Bezirksanwaltschaft zu bringen.« Er bat Pilecki, Regina anzurufen, und sagte, dass er Kontakt zur Apothekerin aufnehme.

12

Georg Wuhrmann parkte den Lieferwagen auf dem leeren Kiesplatz. Er konnte sich kaum mehr vorstellen, dass sich im Sommer die Fahrzeuge bis zur zweihundert Meter entfernten Hauptstraße stauten. Die Badeanstalt lag verlassen da. Das Beachvolleyball-Feld glich einer Mondlandschaft, der Regen hatte im Sand ein verworrenes Muster aus Löchern und Kratern gezeichnet. Wuhrmann ging am Feld vorbei, auf die Garderoben zu. Er war bereits das sechste Mal für die Reparaturarbeiten an den Fliesen zuständig. Jeden Herbst untersuchte er die Sanitäreinrichtungen auf Risse und abgeschlagene Stellen; meist war der Schaden nicht groß, einige Platten mussten gekittet oder ausgewechselt, einige Fugen ausgebessert werden. Die Arbeit machte ihm Spaß, er genoss die Ruhe und den frischen Wind, der ihm um die Ohren strich.

Wuhrmann startete seine Inspektion in der Herrentoilette, die erfahrungsgemäß die größten Schäden aufwies. Er notierte den Zustand der Wände und Böden. Zwei, drei Tage Arbeit, schätzte er und ging zu den Duschen, in denen er bereits im Vorjahr eine große Anzahl Fugen ausgebessert hatte. Der Wind hatte die erste Tür zugeschlagen. Wuhrmann versuchte, sie mit dem Ellenbogen aufzustoßen, während er auf seinem Blatt einen dicken Strich unter das Stichwort »Duschen« zog. Die Tür gab nicht nach. Er versuchte es noch einmal, jetzt mit der ganzen Handfläche. Die Tür war von innen verriegelt.

Wuhrmann trat einen Schritt zurück und prüfte sie erstaunt. Der Wind musste sie so heftig zugeschlagen haben, dass der Riegel auf der Innenseite nach unten in die Halterung gefallen war. Er holte aus dem Lieferwagen seine Werkzeugkiste und öffnete das Schloss. Als die Tür aufschwang, unterdrückte er einen überraschten Schrei. Auf der Holzbank, wo die Badegäste im Sommer ihre Kleider stapelten, lag eine zusammengerollte Gestalt. Er schlich näher. Vorsichtig streckte er eine Hand aus und berührte die Haare. Er hob die schweren Strähnen und blickte in das glühende Gesicht eines Mädchens. Ihr Mund war halb offen, zwischen den rissigen Lippen war ihr Atem als feiner Hauch zu spüren. Um sicher zu sein, dass er sich nicht täuschte, suchte Wuhrmann nach dem Puls. Sie öffnete die Augen nicht. Der Handwerker nahm sein Handy aus der Tasche und rief einen Krankenwagen.

Rittmaier hatte seine Leute bereits instruiert, als Cavalli eintraf. In der Apotheke selber standen zwei Polizistinnen als Apothekenhelferinnen, im Hinterraum warteten weitere auf ihren Einsatz. Pilecki und Karan mischten sich unter die zivilen Polizisten, während Cavalli und Zobeli das Gebäude gegenüber der Apotheke betraten, von dem aus Rittmaier den Einsatz koordinierte. Der Basler begrüßte seine Zürcher Kollegen nur mit einem Nicken.

»Eine junge Frau kommt auf euch zu«, informierte er die Polizisten per Funk. »Sie ist jetzt am Eingang.«

Zobeli wurde von einem Hustenkrampf gepackt und wandte sich vom Fenster ab. Das trockene Raspeln wollte nicht aufhören, mit hochrotem Kopf griff er nach einer Wasserflasche, die am Boden stand.

»Tut mir leid«, entschuldigte er sich fast stimmlos. Verlegen wischte er seinen Speichel von der Flasche und stellte sie wieder hin. Rittmaier zog eine kleine Schachtel aus seinem Jackett und bot ihm ein Kräuterbonbon an.

Zobeli zwang sich ein Lächeln ab. Auf seiner Stirn hatten sich Schweißperlen gebildet, die er mit dem Ärmel wegwischte.

Draußen bog ein weißer Wagen um die Ecke und hielt vor der Apotheke im Parkverbot. Ein uniformierter Kurier stieg aus und zog eine verschlossene, graue Kiste aus dem Heck, mit der er in der Apotheke verschwand. Cavalli schaute auf die Uhr, sie zeigte Viertel nach elf. Wenige Minuten später erschien der Kurier wieder. Er öffnete eine Rolle Traubenzucker, bevor er in seinen Wagen stieg.

Endlich drehte sich Rittmaier zu Cavalli um und erklärte ihm den Ablauf der geplanten Festnahme.

»Sie meinen tatsächlich, dass Zobeli und ich die Aktion von diesem Fenster hier beobachten?«, fragte Cavalli verärgert, als er fertig war.

»Wir sind ein eingespieltes Team«, meinte Rittmaier lakonisch. »Ihr würdet nur den Ablauf stören.«

Cavalli ließ sich nicht auf eine Diskussion ein. Er verschränkte die Arme und beobachtete, was sich gegenüber abspielte.

»Von Norden her nähert sich ein Mann, der auf die Beschreibung passt«, funkte Rittmaier. Der Erwähnte ging mit raschen Schritten auf die Apotheke zu, er trug eine Wollmütze, die er tief ins Gesicht gezogen hatte. Er zögerte kurz vor dem Eingang, ging dann mit langen Schritten weiter.

»Geht ihm nach«, befahl Rittmaier.

»Er ist es nicht«, sagte Cavalli mit zusammengebissenen Zähnen. Rittmaier rief die Polizisten zurück. Zobeli schneuzte laut und griff erneut zur Wasserflasche.

Cavalli deutete auf einen grauen Klappstuhl. Zobeli setzte sich dankbar und sackte in sich zusammen. Er bereute es, nicht noch einen Tag im Bett verbracht zu haben. Doch er wollte Regina nicht im Stich lassen. Schreibtischarbeiten hätte er gut erledigen können, doch die Fahrt nach Basel, dazu noch im Wagen mit Cavalli, dessen Intensität ihm die letzte Energie raubte, war zu viel gewesen. Er spürte, wie das Fieber wieder anstieg, und hoffte, dass niemand ernsthaft auf ihn zählte.

Die Minuten verstrichen, eine Mutter versuchte, mit einem Zwillingswagen die Apotheke zu betreten, gab schließlich auf und klemmte grimmig ihre Kleinkinder unter den Arm. Sie konnte die Tür mit dem Ellenbogen nicht öffnen, und ein Mann eilte ihr zu Hilfe. Mit einer kleinen Verbeugung und einem freundlichen Lächeln zog er die schwere Tür auf und ließ sie hinein.

Cavalli stutzte und sah nochmals genau hin. Er fuhr herum und schnauzte Rittmaier an: »Das ist er!« Grob zog er Zobeli am Kragen hoch und stürmte aus der Wohnung, bevor ihn Rittmaier stoppen konnte. Vor der Apotheke zischte er Zobeli ins Ohr, er solle ein Grippemedikament kaufen. Dann öffnete er die Glastür und ging mit ihm in den Laden. Eine Apothekenhelferin bediente die Frau mit den Zwillingen, die zweite Angestellte – Rittmaiers Polizistin – hatte sich zu Salomir gewandt. Cavalli schob Zobeli so vor sich her, dass dieser ihn halb verdeckte, mit der anderen Hand griff er nach seiner Waffe. Zobelis fiebriges Gesicht rief einen besorgten Blick bei der jungen Frau hinter der Theke hervor. Er hatte erneut einen Hustenkrampf, und Cavalli hatte Gelegenheit, Salomir in Ruhe zu mustern. Der freundliche Gesichtsausdruck wollte nicht recht zum Bild passen, das er vom Rumänen hatte. Er schaute nochmals genau hin, konnte er sich getäuscht haben?

Der Mann, der Salomir sein konnte, trat an die Theke und verlangte ein bestelltes Medikament.

»Auf welchen Namen bitte?«, fragte die Polizistin.

Er bückte sich nach vorne und sagte: »Bachmann.«

Cavalli spürte, wie das Adrenalin durch seinen Körper schoss. Besorgt schielte er zur jungen Mutter, die es nicht eilig zu haben schien. Salomir kratzte sich am Kopf und schob die Schultern nach vorn; er wirkte plötzlich unruhig und schaute verstohlen auf die zwei Kleinkinder, die von ihrer Mutter auf den Boden gestellt wurden. Er verlagerte sein Gewicht, und Cavalli hatte plötzlich das Gefühl, dass er etwas ahnte und nach einem der Kinder greifen könnte.

Blitzschnell schwang er Zobeli hinter sich und zog seine Waffe.

»Polizei!«, rief er, und stellte sich zwischen Salomir und die Kinder. Er hörte, wie es hinter ihm krachte, als Zobeli gegen einen Ständer Babynahrung stolperte. Salomir wirbelte herum, an Stelle seines freundlichen Lächelns war der verschlossene Gesichtsausdruck getreten, den Cavalli von den Fotos kannte. Die Polizistin hinter der Theke zog ebenfalls ihre Waffe und richtete sie auf Salomir. Die Augen des Rumänen jagten hin und her, während die zwei Kleinkinder erschrocken losbrüllten.

Aus dem Hinterraum stürmten die zwei Polizisten, die auf Rittmaiers Anweisungen gewartet hatten und packten Salomir an den Armen. Cavalli zog Handschellen hervor und schnappte sie um die Handgelenke des wütenden Rumänen. Er führte ihn unter den fassungslosen Blicken der Basler Polizisten zu seinem Wagen und hoffte, dass ihn kein Fall so bald wieder nach Basel führen würde.

Regina war schon fast im Gerichtssaal, als ihr Handy klingelte. Unschlüssig, ob sie abnehmen sollte, schaute sie die Nummer auf dem Display an. Antonella. Es musste wichtig sein, die Sekretärin hatte strenge Anweisungen, wann sie stören durfte.

»Ja?«, sagte sie und schob ihre Unterlagen unter den freien Arm. Einige Blätter rutschten aus ihrer Mappe heraus und flatterten zu Boden. Sie versuchte, das Handy zwischen Schulter und Kinn einzuklemmen und die Papiere einzusammeln.

»Die Stadtpolizei Dübendorf hat angerufen. Man hat in der Badeanstalt eine kranke Frau aufgefunden. Es könnte sich um die gesuchte Zeugin in deinem Fall handeln.«

Regina blieb wie angewurzelt stehen und sah auf die Uhr. Die Verhandlung würde in fünf Minuten beginnen. Zobeli, Cavalli und Pilecki waren in Basel. Sollte sie Gurtner anrufen?

Die Vorstellung, er sei der Erste, der mit der Zeugin sprechen würde – wenn es sich tatsächlich um die Gesuchte handelte –, ließ sie erschaudern. Sie brauchte eine Frau.

»Gib mir Meyer«, sagte sie, immer noch in der Hocke. Als sie die Polizistin am Apparat hatte, schilderte sie ihr kurz die Lage.

»Traust du dir das zu?«

Meyer versicherte ihr, dass sie genau wisse, was zu tun sei.

»Informiere bitte Cavalli, ich komme nicht mehr dazu«, bat Regina.

»Mach ich.«

Während Cavalli Salomir unsanft in den Streifenwagen stieß, rappte es in seiner Tasche. Er schlug die Tür zu und nahm ab.

»Es könnte sein, dass die Zeugin aufgetaucht ist«, meldete Meyer aufgeregt. Als sie keine Antwort bekam, sagte sie unsicher: »Chef? Bist du da?«

»Einen Moment«, er hatte Zobeli vergessen. Fast wäre er ohne ihn losgefahren. »Ja? Was ist los?«

»Es wurde in Dübendorf eine Frau gefunden, die auf die Beschreibung der Zeugin passt«, wiederholte Meyer exaltiert. »Flint will, dass ich hinfahre.«

»Die Zeugin? Wo?«, fragte er.

»In der Badeanstalt. Ein Handwerker, der die Fliesen überprüfte, hat sie gefunden. Sie war bewusstlos. Er hat einen Krankenwagen gerufen, sie ist im Unispital.«

Cavalli sprühte förmlich vor Energie. Er schlug mit der flachen Hand auf das Dach des Streifenwagens, ohne auf die Basler Polizisten zu achten, die sich vor der Apotheke um Rittmaier versammelt hatten.

»Ist sie ansprechbar?«, wollte er wissen.

»Keine Ahnung. Ich fahr gleich hin«, erklärte sie und fügte rasch hinzu: »Mit Fahrni natürlich.«

»Du?«, fragte Cavalli verdutzt.

»Flint ist in einer Verhandlung, sie hat mich damit beauftragt.«

Cavalli sah das Problem. »In Ordnung. Aber Bambi«, warnte er, »halt dich genau an die Vorschriften.« Er merkte nicht, dass er sie entgegen seinen Gewohnheiten beim Spitznamen genannt hatte.

»Du kannst dich darauf verlassen«, versicherte sie ihm und beendete das Gespräch, bevor er ihr von der Verhaftung Salomirs erzählen konnte.

Zobeli hatte sich kurz zu den Baslern gesellt und schüttelte Rittmaier die Hand. Cavalli wartete beim Wagen und musterte Salomir, der reglos in einer Ecke auf der Hinterbank saß.

Pilecki verabschiedete sich von Cavalli und klopfte ihm auf die Schulter. »Gute Arbeit, Chef«, lobte er. »Wir sehen uns in Zürich.« Er bückte sich und spähte mit zusammengekniffenen Augen in den Streifenwagen. Grinsend grüßte er Salomir.

Zobeli hatte sich inzwischen von der Polizistengruppe gelöst und stieg in den Streifenwagen. Sein Kopf brannte, und er wünschte sich nichts sehnlicher, als in seinem Bett zu liegen.

Cavalli schaute in den Rückspiegel und beobachtete Salomir, der zum Fenster hinaus starrte. Er schien nicht nervös zu sein, obwohl er ab und zu mit den Fingerknöcheln knackte.

Zobeli zog eine kleine Packung Medikamente aus der Jacke und zeigte sie Salomir.

»Ihre Medikamente«, erklärte er heiser.

Cavalli sah ihn erstaunt an. »Du hast sie mitgenommen?«

Zobeli nickte. »Hoffentlich gehen sie auf Spesen. Sie sind verdammt teuer.«

»Gekauft?«, wiederholte Cavalli ungläubig.

Zobeli zuckte mit den Schultern. »Sie sind für ihn überlebenswichtig.«

Salomir reagierte nicht auf den Wortwechsel. Er starrte auf einen Punkt in der Ferne, es war ihm nicht anzumerken, ob er registrierte, was um ihn herum geschah. Cavalli trommelte ungeduldig mit den Fingern auf dem Lenkrad und stellte sich vor, wie viele Informationen in Salomirs Kopf gespeichert waren. Er war der Schlüssel zum Mord, er musste nur den Mund öffnen und reden.

Der Verkehr lief um diese Zeit flüssig. Kurz vor Aarau musste Cavalli sein Tempo ein wenig drosseln, dann beschleunigte er wieder. Der Himmel war immer noch verhangen, vermutlich würde es bald wieder schneien. Doch die Temperatur war zu hoch, als dass sich die Flocken auf dem nassen Boden würden halten können.

Auf einer Autobahnbrücke standen zwei Gestalten und betrachteten die Fahrzeuge, die unter ihnen durchflitzten. Mit ausgestrecktem Arm zeigte die eine auf den Streifenwagen, dann war die Brücke nur noch im Rückspiegel zu erkennen und bald darauf verschwunden. Grüne Schilder kündeten die Verzweigung Richtung Urdorf an, einzelne Fahrzeuge wechselten bereits die Spur. Salomir hatte den Kopf gegen die Nackenstütze gelehnt und die Augen geschlossen.

»Fahren wir direkt zur Bezirksanwaltschaft?«, durchbrach Zobeli die Stille. Die Ereignisse, die nun folgten, konnte Cavalli erst im Nachhinein auseinander halten: Er öffnete den Mund, doch bevor er antworten konnte, nieste Zobeli laut; gleichzeitig wurde Cavalli von zwei Scheinwerfern im Rückspiegel geblendet, die scheinbar aus dem Nichts aufgetaucht waren. Ein Wagen hinter ihnen fuhr so nahe auf, dass er einen Moment lang glaubte, er habe die Stoßstange des Streifenwagens berührt. Doch die leichte Vibration hatte Zobeli verursacht, der beim Niesen ruckartig die Hände vors Gesicht geschlagen hatte. Abrupt verschwanden die Scheinwerfer im Rückspiegel, und der Wagen hinter ihnen schwenkte nach rechts, in die Spur, die nach Urdorf führte. Dort gab er Gas.

Dann tauchte er als dunkler Schatten neben Zobeli auf. Ein lauter Knall zerschmetterte die Stille. Es folgten vier weitere Knalle. Der Streifenwagen schleuderte nach links, wo er ein überholendes Fahrzeug streifte. Nur mit Mühe konnte Cavalli das Steuer zurückreißen. Etwas Feuchtes traf ihn am Kopf, und er prallte mit dem Gesicht gegen das Lenkrad. Dann schlingerte der Streifenwagen nach rechts, auf die Stelle zu, an der sich die Autobahn teilte, direkt Richtung Leitplanke. In letzter Sekunde gelang es Cavalli, links an der Leitplanke vorbeizuzielen. Rote Flecken auf der Frontscheibe verdeckten ihm die Sicht. Nach hundert Metern kam er auf dem Pannenstreifen zum Stillstand.

Ein Rauschen erfüllte seinen Kopf, er konnte keine Geräusche unterscheiden. Das Erste, das ihm auffiel, waren Zobelis Augen, die weit aufgerissen waren. Das Innere des Wagens war mit Blut, Hautfetzen und Fleischstücken übersät, dazwischen lagen Glasscherben; an dem Gitter, das den Rücksitz vom Fahrer abschirmte, hing ein dichtes Büschel Haare. Cavalli löste die Sicherheitsgurte.

Neben ihm bewegte sich Zobeli und stöhnte vor Schmerzen auf; Cavalli kehrte sich zu Salomir um. Dort, wo der Rumäne eben noch seinen Kopf an die Nackenstütze gelehnt hatte, befand sich nur noch ein kleines Stück seines Schädels. Der Rest war im Inneren des Fahrzeuges verteilt, ein Großteil klebte an der gegenüberliegenden Fensterscheibe. Zobeli hatte sich inzwischen auch nach hinten gewandt. Als er sah, was von Salomir übrig geblieben war, wurde er grün und begann zu würgen. Bevor Cavalli ausweichen konnte, erbrach er sich über dessen Beine.

Die junge Frau verschwand fast inmitten der vielen Schläuche. Meyer trat leise ans Bett und beugte sich über sie. Schmale Arme lagen gekreuzt auf der weißen Decke. Sie war nicht bei Bewusstsein; der Arzt hatte keine Prognose gewagt. Er hatte versprochen, die Ergebnisse der Untersuchungen bis am Abend der Polizei zu faxen.

Meyer versuchte, sich anhand des Äußeren ein Bild über den Zustand der Zeugin zu machen. Ihre roten Lippen stachen aus dem bleichen Gesicht hervor. Fahrni streckte seine Hand aus, er berührte das Kissen, auf dem ihre Haare wie ein Fächer ausgebreitet lagen. Seine Finger krochen näher an die Strähnen, doch er zog sie wieder zurück, bevor er sie berührte. Das Zimmer war stickig. Der scharfe Geruch von Desinfektionsmittel lag in der Luft, aus dem Flur erklang das metallische Geklapper von Teekannen. Meyer seufzte und fing Fahrnis Blick auf. Er schien genauso ratlos wie sie.

Beide trauten sich nicht zu sprechen, als könnten ihre Worte die bewusstlose Frau stören. Nur der Piepton eines Geräts hinter dem Bett zeugte davon, dass sie lebte. Vergeblich suchte Fahrni nach Atemzeichen; ihre Brust hob sich nicht, und als er eine Hand vorsichtig unter ihre Nase hielt, spürte er nicht den geringsten Hauch.

»Gehen wir?«, flüsterte er.

Meyer nickte, und sie schlichen aus dem Zimmer. Im Flur schob ein älterer Mann einen Gehwagen an ihnen vorbei.

Sie lehnten sich an die Wand, beiden war es nicht wohl beim Gedanken, die Zeugin allein im Zimmer zu lassen.

»Es ist drei Uhr«, sagte Fahrni unnötigerweise, da an der Wand vor ihnen eine große Uhr montiert war. »Soll ich hier bleiben, wenn du Flint vom Gericht abholst? Oder wollen wir die Dienste tauschen, damit du dich um die Zeugin kümmern kannst? Der Häuptling will, dass eine Frau mit ihr spricht.«

»Vielleicht erwacht sie heute Abend gar nicht«, wandte Meyer ein. »Und du kannst nicht die ganze Nachtschicht bei Flint alleine übernehmen, während ich hier warte.«

Fahrni verwarf die Hände. »Wir können es drehen, wie wir wollen, es geht einfach nicht auf.«

»Klar geht es auf, du darfst einfach nicht den Anspruch haben, irgendwann zu schlafen«, antwortete Meyer trocken.

»Ich kann das aber nicht«, klagte Fahrni. »Irgendwann schlaf ich einfach ein.«

»Das ist Übungssache«, zuckte Meyer die Schultern. »Du musst es nur wollen.«

»Das hat nichts mit wollen zu tun«, entgegnete Fahrni. »Mein Bedürfnis nach Schlaf wird von meinem Körper diktiert.«

Meyer warf ihm einen belehrenden Blick zu und zeigte auf seinen Kopf. »Von da aus steuerst du deinen Körper. Mit deinem Willen. Nicht umgekehrt.«

Fahrni gähnte und sah sie entschuldigend an. »Ich fahr jetzt ins Bezirksgebäude, ehe Flints Gerichtsverhandlung zu Ende ist. Ich will nicht wissen, was passiert, wenn sie auf mich warten muss.«

»Wahrscheinlich dasselbe, was allen Frauen in deiner Gegenwart passiert: Sie wird dich fürsorglich fragen, warum du zu spät bist«, spottete Meyer.

Fahrni sah sie zweifelnd an. »Das glaub ich nicht.«

Enttäuscht über das Resultat der Verhandlung packte Regina ihre Sachen zusammen. Der Täter war bei vier Rammbockeinbrüchen Schmiere gestanden, und er hatte seine Komplizen jeweils aus dem Hintergrund mit dem Handy auf dem Laufenden gehalten. Zudem war er maßgeblich am Diebstahl der Autos beteiligt, die für die Einbrüche benutzt worden waren. Trotzdem war er nur zu drei Jahren Zuchthaus verurteilt worden, was Regina auf ihr misslungenes Plädoyer zurückführte.

Wütend auf sich selbst stand sie auf, und ihr wurde schwarz vor Augen. Sie sank zurück auf den Stuhl und wühlte in der Tasche nach einem Schokoriegel. Nichts wollte ihr heute gelingen, seit Felix am frühen Morgen verkündet hatte, dass er etwas Distanz brauchte. Er hatte sich beim *Dübendorfer* krank gemeldet und nutzte den freien Tag, um seine Sachen zu packen. Schuldgefühle vermischten sich mit Trauer, Einsamkeit mit Erleichterung, als sie sich vorstellte, heute Abend in eine leere Wohnung heimzukehren.

Regina verschlang den Riegel und schaltete das Handy ein. Sieben Anrufe waren in der Zwischenzeit eingegangen. Müde rieb sie sich die Augen und ließ die Nummern auf dem Display erscheinen. Drei Anrufe waren von Antonella, die andern von Krebs, Hofer und zwei Unbekannten. Mit dem Handy in der Hand verließ sie den Gerichtssaal. Vor dem Ausgang wartete Fahrni. Sein warmes Lächeln berührte sie seltsam, es lag so viel Hilfsbereitschaft und so wenig Forderndes darin.

»Ist es gut gelaufen?«, fragte er freundlich.

»Nicht wirklich«, antwortete sie. »Heute ist nicht mein Tag. Und bei euch? Habt ihr mit der Zeugin gesprochen?

Er schüttelte den Kopf. »Sie ist immer noch bewusstlos.« Er erzählte Regina von den vielen Schläuchen und davon, wie verloren die kranke Frau im Spitalbett ausgesehen hatte. »Meyer ist geblieben. Wir waren nicht sicher, wie wir uns aufteilen sollten.«

»Ich finde es gut, wenn sich eine Frau ihrer annimmt«, meinte Regina. Sie musterte Fahrnis harmloses Gesicht und fragte sich, ob ihre Überlegung in diesem speziellen Fall zutraf. Die unnahbare Meyer wirkte vermutlich abschreckender als der freundliche Fahrni.

»Das haben wir uns so gedacht. Außerdem müssen wir noch die Telefonanrufe vom Morgen protokollieren, und das fällt mir leichter als Jasmin.«

Regina sah ihn fragend an. »Warum?« Sie verließen zusammen das Gerichtsgebäude, um an der frischen Luft statt durch die Schleuse zur Bezirksanwaltschaft zurückzugehen.

Fahrni zuckte mit den Schultern. »Es ist einfach so. Dafür

ist sie sonst überall schneller. Wir ergänzen uns eben.« Er atmete tief durch und hob das Gesicht zum dämmrigen Himmel. Mit der Zunge versuchte er, eine nasse Schneeflocke einzufangen, sie landete auf seiner Nase und schmolz. Regina betrachtete ihn fasziniert. In der Hand hielt sie immer noch ihr Handy. Sie beschloss, die Rückrufe von ihrem Büro aus zu erledigen.

»Weshalb bist du eigentlich zur Polizei gegangen?«, fragte sie und versuchte ebenfalls, Schneeflocken zu fangen. Als sie den Kopf in den Nacken legte und die Flocken aus dem dunkelgrauen Himmel auf sie zustürzten, verlor sie fast das Gleichgewicht.

»Weil ich etwas Sinnvolles machen wollte«, antwortete er. »Etwas, was den Menschen hilft. Und weil mir die Uniformen gefallen.«

Regina sah ihm nicht an, ob er das als Witz gemeint hatte.

»Hast du keine Mühe, dich dauernd mit so viel Bosheit abzugeben?«

»Doch«, gab er zu. »Aber die existiert ja, egal, ob ich es sehe oder nicht. Und du, Sie …«, korrigierte er sich.

»Du ist in Ordnung«, bot sie an.

»Weshalb bist du Juristin geworden?«

Das fragte sie sich manchmal auch. Sie kamen zur Bezirksanwaltschaft, und Regina erinnerte sich daran, wie stolz sie gewesen war, als sie ihre Stelle angetreten hatte. Damals hatte sie noch nichts von den Intrigen, Machtspielen und Kompromissen geahnt, die jetzt zu ihrem Alltag gehörten. Sie hatte an Gerechtigkeit geglaubt und sich vorgestellt, dass es in ihrer Aufgabe hauptsächlich darum ginge, diese einzufordern.

»Mich hat die Präzision fasziniert«, begann sie, als sie die Räume der Bezirksanwaltschaft betraten. Ehe sie weitersprechen konnte, stürmte Antonella auf sie zu und fiel ihr ins Wort.

»Hast du nicht gesehen, dass ich dich dringend gesucht

habe?«, fragte sie verzweifelt. Regina war verärgert über diesen Vorwurf, doch dann fügte Antonella mit erstickter Stimme hinzu: »Zobeli hatte einen Unfall.«

»Einen Unfall?«, wiederholte Regina und blieb erschrocken stehen. »Wie? Wo? Was ist ...«

»Auf der Autobahn. Jemand hat auf ihn geschossen.« Antonella rang mit den Tränen.

»Auf ihn geschossen? Auf Zobeli?«, stieß Regina aus und ließ ihre Tasche zu Boden sinken. Das ist doch nicht möglich.

Antonella brach in Tränen aus und erzählte, was sie wusste.

»Eine Kopfwunde?« Entsetzt riss Regina die Augen auf. »Er wurde am Kopf getroffen?«

»Nein«, schluchzte Antonella, »er wurde gar nicht getroffen, aber der Wagen kam ins Schleudern, er muss gegen etwas geprallt sein.«

Regina sank erleichtert gegen die Wand. »Wie geht es ihm?«

»Benedikt hat eben angerufen, er wird bald operiert«, erzählte sie stockend.

Fahrni hörte zu, und es lief ihm kalt den Rücken hinunter. »Und Cavalli? Sie waren doch zusammen unterwegs?«

Regina sah Fahrni an und wurde kreideweiß. Antonella zuckte mit den Schultern, von ihm hatte sie nichts gehört.

»Wo sind sie?«, fragte Regina mit dünner Stimme. Ihre Beine fühlten sich wie Gummi an.

»Im Unispital.«

Fahrni nahm Regina am Arm und führte sie nach draußen. Er ließ sie nicht los, bis sie im Wagen saß. Dann schaltete er das Blaulicht ein und versuchte, im dichten Feierabendverkehr rasch voranzukommen. Meyer wäre schneller, dachte er grimmig.

Die Fahrt dauerte unendlich lang. Regina presste die Hand vor den Mund und versuchte, die Fassung zu bewahren. Als

Fahrni endlich vor dem Krankenhaus hielt, wollte sie nicht aussteigen.

»Komm«, sagte er und nahm sie wieder am Arm. Sie eilten zum Eingang der Notaufnahme. Von Weitem erkannten sie Pilecki, der vor der Schiebetür stand und rauchte. Regina rannte auf ihn zu.

»Keine Panik«, sagte Pilecki rasch, als er die Angst in den Gesichtern der beiden sah. »Es geht ihnen den Umständen entsprechend gut, wie die Ärzte so schön sagen.« Er warf die Kippe weg und sah Regina besorgt an. »Alles in Ordnung?«

Sie nickte, ein Klumpen hatte sich in ihrem Hals gebildet und hinderte sie am Sprechen.

»Was ist passiert?«, wollte Fahrni wissen. Pilecki erzählte, wie es zum Unfall gekommen war.

»Salomir ist tot?«, rief Fahrni entsetzt.

»Sehr tot«, antwortete Pilecki. Er fluchte, wütend auf sich selbst, auf Cavalli, auf alle, die die Lage dermaßen falsch eingeschätzt hatten. Hätten sie nicht voraussehen müssen, dass Salomir in Gefahr war? Oder war diese Erkenntnis erst im Nachhinein möglich? Er bemerkte Reginas Blick und zeigte auf die Glastür der Notaufnahme.

»Er ist drinnen. Aber ich warne dich, er ist stinksauer.«

»Ist er verletzt?«

Pilecki grinste. »Nase gebrochen.«

Die Notaufnahme war überfüllt; Regina fand Cavalli zuhinterst im Gang, er hatte sich gegen die frisch gestrichene Wand gelehnt und starrte Löcher in die Luft. Sie erkannte ihn kaum in seiner Uniform. Er zeigte keine Reaktion, als sie auf ihn zukam.

Sie legte ihm eine Hand auf die Schulter. »Cava?«

Er schüttelte ihre Hand ab, ohne sie anzusehen.

Sie versuchte es erneut: »Wie gehts dir?«

Die Frage entlockte ihm zumindest eine Reaktion. Er sah sie vernichtend an und wandte sich wieder ab. Die Minuten verstrichen, er behandelte sie wie Luft. Nach einer Viertelstunde rief ihn eine ältere Frau und hielt ihm ein Formular hin. Als er es unterschrieben hatte, wünschte sie gute Besserung und drückte ihm ein Rezept für ein Schmerzmittel in die Hand. Sie gingen nach draußen.

»Wohin solls gehen?«, fragte Pilecki.

»Zur Zeugin, dann zu Bledar«, antwortete Cavalli. »Es sei denn, die Chefin gibt andere Anweisungen«, fügte er hinzu, ohne sie anzusehen.

»Beherrsch dich!«, wies sie ihn zurecht.

Die Angst um ihn hatte bis jetzt alle anderen Gedanken verdrängt, Regina hatte sich noch gar nicht überlegt, dass der Vorfall untersucht werden musste. Sie hatte zu wenig Informationen, um sofort zu entscheiden, und schlug vor, er solle sich einen Moment in der Cafeteria ausruhen. Er nickte verärgert und ging.

»Wo ist Zobeli?«, fragte sie Pilecki. Er wies sie in Richtung Operationssaal und schaute Cavalli nach.

Fahrni begleitete sie schweigend, hin und her gerissen zwischen der Treue zu seinem Chef und seinem Verständnis für Reginas schwierige Situation. Im Warteraum hatte Krebs einen Arm um Zobelis hochschwangere Frau gelegt. Er winkte Regina zu, als er sie erblickte.

»Weißt du Genaueres über den Vorfall?«, fragte sie besorgt. »Welche Rolle hat Cavalli gespielt?«

Krebs sah sie eindringlich an. »Die Meinungen darüber gehen weit auseinander. Auf jeden Fall muss eine Untersuchung eingeleitet werden. Offenbar war es bereits in Basel zu Unstimmigkeiten gekommen. Was mich aber stutzig macht, ist Hofer. Er verlangt, dass Cavalli vom Fall abgezogen wird, ohne Einzelheiten zu kennen.«

Regina sah ihn fassungslos an. »Abgezogen? Warum? Weißt du, was für Folgen das hätte?«

»Natürlich«, sagte Krebs scharf. »Die ganze Ermittlung

könnte im Sand verlaufen. Das macht mich ja so unsicher. Eigentlich müsste er daran interessiert sein, rasch voranzukommen. Wenn Cavalli am Tod Salomirs mitschuldig wäre, dann hätten wir keine Wahl. Doch meiner Meinung nach hat er schlimmstenfalls die Gefahr unterschätzt. Aber du müsstest das am besten beurteilen können.«

Regina versuchte sich daran zu erinnern, ob irgendetwas auf die Ereignisse dieses Tages hingedeutet hatte. Wer hatte ein Interesse daran, Salomir zu töten? Der Mörder der jungen Frau? Um Salomirs Aussage zu verhindern? Seine Beschreibung passte nicht auf den Mercedesfahrer.

»Ist sicher, dass aus einem Mercedes geschossen wurde?«

»Ja. Aus dem Rückfenster. Cavalli und Zobeli haben das unabhängig voneinander zu Protokoll gegeben.«

»Zobeli war ansprechbar?«

Krebs nickte. »Die Aussagen decken sich in diesem Punkt. Zu den Problemen in Basel wurde Zobeli noch nicht befragt.«

Regina grübelte. Wenn es stimmte, dass aus dem Rückfenster geschossen wurde, dann waren zwei Personen im Mercedes gewesen. Bis jetzt war immer nur von einem Mann die Rede. Könnte die zweite Person der Mörder der jungen Frau sein?

»Wie will Hofer den Abzug Cavallis begründen?«

»Ich habe den Verdacht, dass er keine Gründe dafür hat. Aber er wird danach suchen, darauf kannst du Gift nehmen. Und sobald er etwas gefunden hat, wird er dir den Fall entziehen.«

Regina beobachtete eine Fliege, die sich träge an der Fensterscheibe bewegte, und fragte sich, wie sie das Desinfektionsmittel überlebt hatte. Sie sah Krebs in die Augen und sagte entschieden:

»Irgendetwas stimmt hier nicht. Cavalli konnte nicht wissen, dass Salomir in Gefahr war. Er ist vorsichtig und gründlich. Wenn er diesen Mordanschlag nicht vorhergesehen hat, dann war er nicht vorhersehbar.«

Krebs sah sie skeptisch an. »Bist du objektiv? Er hat den Ruf, rüpelhaft zu sein.«

Regina verwarf die Hände. »Er verschwendet keine Zeit, aber das tut überhaupt nichts zur Sache. Ich kenne keinen gewissenhafteren Polizisten, wenn es darum geht, jedes Detail zu überprüfen und jeden Schritt zu durchdenken. Ich kenne überhaupt keinen besseren Polizisten, Punkt. Und das ist objektiv!«

Krebs schmunzelte. »Wenn er je in ernsthaften Schwierigkeiten steckt, sollte er dich als Verteidigerin nehmen.«

Regina errötete und spielte mit ihrem Fingerring.

»Die Entscheidung liegt bei dir«, wiederholte er. »Ich respektiere deine Meinung, das weißt du.«

»Danke«, sagte Regina. »Das weiß ich wirklich zu schätzen.«

Sie machte sich auf die Suche nach Cavalli. Ihre Gedanken kreisten unaufhörlich um Hofer, sie fand keinen plausiblen Grund dafür, dass er Cavalli misstraute. Plötzlich blieb sie stehen. Vielleicht lag das Problem nicht darin, dass er ihm wenig zutraute, sondern darin, dass er ihm viel zutraute.

In der Cafeteria fand sie ihn nicht; vor dem Eingang zur Notaufnahme waren Pilecki und Fahrni in ein Gespräch vertieft. Statt tatenlos herumzustehen und zu warten, besuchte sie die Zeugin. Endlich bekam sie sie nun zu Gesicht, nachdem sie die ganze Woche an sie gedacht hatte. Sie war fast ein wenig nervös, ihr jetzt zu begegnen.

Meyer war nirgends zu sehen, als Regina aus dem Lift stieg. Sie suchte das Zimmer und klopfte leise. Dann öffnete sie vorsichtig die Tür. Im Zimmer stand ein einziges Bett, die Gestalt, die reglos in der Mitte lag, erinnerte sie an gestrandetes Treibholz: ausgebleicht und starr. Neben dem Bettrand, den Kopf in die Hände gestützt, saß Cavalli. Regina setzte sich neben ihn. Als er hochschaute, las sie in seinen Augen die Vorwürfe, die er gegen sich selber richtete. Seine Nase war geschwollen, seine Schläfe von einem großen Heftpflaster verdeckt.

»Wir waren so nahe dran«, flüsterte er niedergeschlagen und musterte die kranke Frau vor ihm. Auf dem Tisch neben dem Bett stand ein Weihnachtsstern, die rote Blüte zum Kissen hingewandt.

»Salomir war nicht die einzige Spur«, erinnerte ihn Regina. »Ihr habt in diesen sieben Tagen so vieles aufgedeckt. Die harte Arbeit wird sich auszahlen.«

Er starrte auf seine Hände und antwortete nicht.

»Da sind Salomirs Ehefrauen, Bledar, und bald werden wir die Tote identifizieren können«, machte ihm Regina Mut. Sie sah die bewusstlose Frau an und fuhr fort: »Sie wird es bestimmt schaffen.«

»Ich hätte es wissen müssen«, sagte er resigniert.

»Woher? Du bist doch kein Hellseher«, tröstete sie ihn.

»Dazu muss man nicht Hellseher sein.« Seine Stimme klang bitter.

»Du bist arrogant«, sagte ihm Regina sanft. »Du glaubst, du hättest alles in der Hand. Manchmal musst du einfach das Beste aus dem machen, was dir das Schicksal auftischt.« Sie stand auf. »Komm.«

Als er sitzen blieb, griff sie nach seiner Hand und zog daran. Er zuckte zusammen und erhob sich steif. Vor der Tür fragte sie ihn, wo Meyer sei. »Ich habe sie nach Hause geschickt. Sie übernimmt die Schicht von eins bis sieben vor deiner Wohnung. Hier werden zwei Wachen das Zimmer im Auge behalten. Zumindest stellt niemand die Notwendigkeit dafür in Frage, nach allem, was heute geschehen ist.« Er sah sie schräg an. »Und?«

»Und was?«

»Wie geht es weiter?« Es verletzte seinen Stolz, dass die Entscheidung bei ihr lag.

»Jetzt fährst du nach Hause und schläfst eine Nacht durch. Morgen nimmst du die Ermittlungen wieder auf.«

Er sah sie eindringlich an. »Hast du deine Entscheidung objektiv getroffen?«

Schon wieder diese Frage. »Natürlich. Was ist nur mit euch Männern? Traut ihr einer Frau nicht zu, Kopf und Herz auseinander zu halten?«

Ein Funkeln blitzte in Cavallis Augen auf. »Herz?«

Regina verdrehte die Augen. »Ich formuliere es anders: Ich bin von deiner Kompetenz überzeugt, und ich vertraue dir vollkommen – was deine Arbeit betrifft. Meine freundschaftlichen Gefühle dir gegenüber haben nichts mit diesem Entscheid zu tun. Zufrieden?«

»Es geht. Aber im Moment kann ich damit leben.«

Als Pilecki Cavallis zackige Schritte hörte, atmete er erleichtert auf. »Gehts weiter?«

»Zu Bledar«, sagte dieser mit fester Stimme und ging auf den Streifenwagen zu.

Fahrni und Meyer hatten ausgezeichnete Arbeit geleistet. Regina studierte ihren Bericht. Sie hatten sich an Zobelis Anweisungen gehalten und die Nachforschungen dort weitergeführt, wo er sie unterbrochen hatte. Salomirs Bankkonten war nicht zu entnehmen, ob er verheiratet war oder es jemals gewesen war. Es war niemand unterschriftsberechtigt. Auf den Namen Nadja Mesceau war kein Konto eröffnet worden. Auf seiner Steuererklärung war sie hingegen aufgeführt, doch sie ging weder einer Erwerbstätigkeit nach noch hatte sie Kinder aus einer früheren Ehe oder einen zweiten Wohnsitz; keine Spur also, die weiterführte. Salomirs Einkommen stimmte mit den Angaben von Brunner überein; wenn er in illegale Geschäfte verwickelt war, so hatte er das Geld gut versteckt.

Regina sah auf die Uhr, es war kurz nach acht. Sie überlegte, ob sie auf dem Heimweg bei Karan vorbeischauen sollte. Sie störte ungern nach einem langen Arbeitstag, doch sie wollte mit ihm unter vier Augen reden, und zwar vor der Besprechung mit Hofer. Sie war immer noch überzeugt, dass Cavalli richtig gehandelt hatte, aber sie wollte die Vorwürfe kennen, die man ihm machen würde.

Aus Gewohnheit griff sie zum Telefon, dann kam ihr in den Sinn, dass sie sich nicht bei Felix abzumelden brauchte. Sie war erleichtert darüber, ihre Arbeit ohne schlechtes Gewissen zu Ende führen zu können. Gleichzeitig betrübte sie die Vorstellung, dass dies nur möglich war, weil sich Felix von ihr distanzierte.

Karan wohnte in einer Neubausiedlung am Stadtrand. Regina musste dreimal nach dem Wohnblock fragen, bis sie die Nummer zweihundertfünfzehn fand.

»Ich möchte alleine mit ihm reden«, erklärte sie Fahrni, der verständnisvoll nickte. Karan kam selbst an die Tür, als Regina klingelte. Auf dem Arm hielt er ein glucksendes Kind. Er bat sie zögernd herein.

»Kann ich Ihnen ein Glas Tee anbieten? Oder Kaffee vielleicht?«

Regina lehnte dankend ab und brachte ihr Anliegen vor. Unsicher verlagerte er das Kind auf die andere Hüfte, aus einem Zimmer guckte ein zweiter kleiner Kopf hervor.

»Ich bin alleine mit den Kindern«, erklärte er verlegen.

»Soll ich …?« Fahrni ging in die Hocke und winkte dem Mädchen zu, das mit einem scheuen Lächeln wieder im Zimmer verschwand. Er kroch auf allen vieren zum Zimmer; als die runden Augen wieder zum Vorschein kamen, war ein erfreutes Kichern zu hören.

Karan führte Regina in die Küche, und sie setzten sich an den Tisch. Regina kam gleich zur Sache: »Es geht um die Festnahme in Basel. Ich möchte Ihnen dazu einige Fragen stellen.«

Er nickte und baute auf dem Tisch eine kleine Pyramide

aus leeren Streichholzschachteln, die von einer tapsigen Hand begeistert umgestoßen wurde.

»Ich muss dazu eine Frage vorausschicken: Sie haben die Basler Polizei Anfang des Jahres verlassen. Gab es Unstimmigkeiten?«

Karan baute die Pyramide geduldig wieder auf und erklärte: »Nein, ich habe gerne unter Rittmaier gearbeitet. Wir zogen aus persönlichen Gründen nach Zürich«, er zögerte kurz, fuhr dann aber fort, »unsere älteste Tochter ist schwer krank, sie muss immer wieder über längere Zeit ins Kinderspital. Wir möchten in ihrer Nähe sein.«

Er erklärte nicht, woran sie litt, und Regina traute sich nicht, danach zu fragen.

»Das tut mir leid. Ich frage nur deshalb, weil Ihr Verhältnis zu Rittmaier in dieser Angelegenheit sehr wichtig ist.«

»Ich weiß«, sagte er schlicht und setzte das zapplige Kleinkind auf das andere Knie.

Er schilderte die Ereignisse der Reihe nach. Als er beschrieb, wie Cavalli und Zobeli die Apotheke stürmten, zögerte er. »Ich habe nicht gesehen, was in der Apotheke geschah, ich habe nur die Funkanweisungen gehört.« Das Kind übernahm seine Nervosität und zappelte immer mehr, die Pyramide war uninteressant. Plötzlich stieß es einen hohen Schrei aus, und Regina fuhr zusammen. Karan stand auf und ging mit ihm hin und her.

»Was haben Sie gehört?«, fragte Regina.

»Rittmaier hat geflucht, dann befahl er, die Apotheke zu umstellen.« Er setzte sich wieder, und das Kind begann erneut zu schreien. Fahrni erschien in der Tür und zeigte fragend auf den Kleinen.

»Er hat Angst vor Fremden«, erklärte Karan entschuldigend. Fahrni ging auf den Jungen zu und machte seltsame Geräusche. Bevor sich das Kind fürchten konnte, ließ es sich von Fahrni ins Kinderzimmer tragen.

Erleichtert fuhr Karan fort. »Es ging alles sehr schnell. Plötzlich führte Cavalli Salomir heraus.«

»Rittmaier und Cavalli hatten offenbar Meinungsverschiedenheiten. Was haben Sie davon mitbekommen?«

»Es schien darum zu gehen, dass Rittmaier den Einsatz koordinierte, Cavalli aber mitreden wollte.«

Regina sah ihn eindringlich an. »Wie ist Ihre persönliche Meinung darüber?«

Karan rutschte auf dem Stuhl hin und her. Nach langem Überlegen meinte er schließlich: »Es ist wichtig, einen Einsatz gut zu planen. Rittmaier arbeitet sehr sorgfältig.« Er sah Regina in die Augen. »Doch schließlich müssen Entscheidungen, die den Unterschied zwischen Gelingen oder Versagen, vielleicht sogar zwischen Leben oder Tod ausmachen, in der Situation getroffen werden. Wir haben es mit Menschen zu tun, und sie sind nicht immer berechenbar.« Er suchte in Reginas Blick nach Verständnis für seine Worte. »Ich weiß nicht, warum Cavalli und Zobeli ohne Rittmaiers Erlaubnis die Apotheke gestürmt haben. Vielleicht hat Cavalli etwas geahnt, vielleicht war es die Sorge um die beiden Kinder. Aber ich bin mir sicher, dass es nicht darum ging, Rittmaiers Anweisungen zu missachten.«

Regina ließ die Worte auf sich wirken. Sie machten ihr klar, wie anders die Situation aussehen würde, wenn Salomir entwischt wäre. Cavalli hätte die Konsequenzen dafür getragen. So aber hatte Rittmaier das Nachsehen, obwohl er korrekt gehandelt hatte. Regina verstand seinen Ärger, aber offenbar hatte Cavallis Instinkt zum Ziel geführt. Ganz wichtig war nun Zobelis Aussage. Wenn sie mit Karans übereinstimmte, würde Hofer nichts gegen Cavalli in der Hand haben.

Sie bedankte sich bei Karan und Fahrni riss sich von den Kindern los, die ihm enttäuscht nachsahen.

»Beginnen wir nochmals von vorn«, sagte Cavalli. Bledar stand mit dem Rücken zur Wand, Cavalli direkt vor ihm. Er stützte sich mit ausgestreckten Armen auf beiden Seiten von Bledars Kopf ab.

»Ich will mich setzen«, verlangte Bledar. Nach fünf Stunden Befragung hatte seine Stimme an Biss verloren. Er war zu erschöpft, um Cavallis Blick auszuweichen.

»Der Freier hatte seinen Arm bereits um das künftige Opfer gelegt, als sie die Bar betraten«, zitierte ihn Cavalli.

Bledar verzog den Mund. »Das hab ich doch schon gesagt, Mann.«

Cavalli kniff skeptisch die Augen zusammen. »Beim zweiten Mal hast du gesagt, sie seien gleichzeitig hereingekommen. Das ist nicht dasselbe.«

Unsicher ließ Bledar seinen Blick von Cavalli zu Pilecki schweifen. Er machte sich an einer Kruste an seinem Handrücken zu schaffen.

»Schau mich an, wenn ich mit dir spreche!«, fuhr ihn Cavalli an und packte sein Kinn grob. Bledars Gesicht zeigte eine Mischung aus Überraschung und nackter Angst.

»Vielleicht hatte er seinen Arm um sie gelegt, was weiß denn ich«, sein Blick jagte hin und her. »Ja, so war es.«

»Es sah so aus, als kannte er sie bereits«, wiederholte Cavalli die Aussage, die Bledar vor zwei Stunden gemacht hatte.

Bledar drückte sich gegen die Wand, als hoffte er, sie würde nachgeben.

»Ich will mich setzen«, stöhnte er.

»Und ich will eine vernünftige Aussage, verdammt noch mal!« Cavalli ballte seine Hände zu Fäusten, seine Fingernägel bohrten sich in seine Handflächen.

»Arsch!«, schrie Bledar und versprühte dabei großzügig seinen Speichel. Cavalli packte ihn am Kragen und riss ihn von der Wand. Erschrocken über die plötzliche Bewegung hob Bledar schützend die Hand vor den Kopf und prallte mit der Faust gegen Cavallis Nase. Ein heftiger Schmerz durchfuhr Cavalli, und er wurde von einer blinden Wut gepackt; er holte gleichzeitig mit Arm und Knie aus, nur Pileckis Geistesgegenwart bewahrte ihn davor, Bledar zu verletzen. Er stürzte sich zwischen die beiden.

»Schluss für heute«, sagte er laut, »wir machen morgen weiter.«

Er stieß Cavalli nach hinten, und Bledar sank in die Knie. Mit zusammengepressten Lippen schob er Cavalli aus dem Raum und schloss die Tür ab.

»Bist du eigentlich wahnsinnig?«, zischte er. »Hast du eine Ahnung, wie nahe du daran warst, total die Beherrschung zu verlieren?« Er schüttelte ungläubig den Kopf. »Verdammt, das kannst du dir nicht leisten! So viel Glück, wie du heute gehabt hast, wirst du kein zweites Mal haben.«

Cavalli rieb sich am Kinn, das Geräusch der Bartstoppeln erinnerte ihn daran, dass er sich rasieren sollte.

»Sieh dich mal an«, schimpfte Pilecki weiter. »Du bist ein Wrack. Dieser Fall ist für dich zu einem persönlichen Rachefeldzug gegen Gott weiß was geworden. Weißt du, wie spät es ist? Ein Uhr morgens! Wenn dieser Idiot da drinnen nur ein bisschen Grips hätte, würde er gegen dich Beschwerde einreichen. Und dann nützt dir auch Flint nichts mehr. Ich frag mich sowieso, ob sie dich weiter unterstützen wird, wenn sie Zobelis Version hört«, fügte er wütend hinzu.

Cavalli lehnte sich gegen die Wand und schloss die Augen. Trotz seiner Erschöpfung erkannte er die Wahrheit in Pileckis Worten. Aus diesem Fall war weit mehr geworden als ein gewöhnlicher Mordfall, sofern ein Mordfall überhaupt gewöhnlich sein konnte. Er konnte nicht abstreiten, dass die Aggressionen, die die Tat in ihm geweckt hatten, nur bedingt rational erklärbar waren. Er fuhr sich mit dem Finger über den Nasenrücken und fragte Pilecki: »War es meine Schuld heute?«

Pilecki seufzte und lehnte sich ebenfalls an die Wand. »Ich weiß es nicht. Ein Teil wohl schon. Auch meine. Wir hätten zumindest damit rechnen müssen, dass der Mercedes nicht nur hinter Flint her war.« Er schüttelte eine Zigarette aus der Schachtel.

»Hast du mir auch eine?« Cavalli hielt seine Hand hin. Überrascht gab ihm Pilecki Feuer.

»Aber es gehört einfach auch dazu, dass wir Dinge falsch einschätzen«, fuhr Pilecki fort. »Wir sind keine Übermenschen, auch wenn du dich sehr darum bemühst, einer zu sein.« Er lächelte zaghaft und inhalierte tief. »Genug gepredigt.« Er schaute auf die Uhr: »Fangen wir morgen später an?«

Cavalli schüttelte den Kopf: »Um sieben, wie immer.«

Draußen war der Boden rutschig, die Kälte hatte dieses Jahr früh Einzug gehalten.

Vermutlich wird es an Weihnachten regnen, dachte Cavalli, als er den feinen weißen Schleier auf Gebüschen und Bäumen betrachtete. Plötzlich hatte er Lust, über Weihnachten in die Berge zu fahren. Er war schon einige Jahre nicht mehr auf Skiern gestanden und die Vorstellung, im Pulverschnee den Hang hinunterzukurven, hob seine Laune. Er könnte Christopher fragen, ob er einige Tage mitkäme. Fuhr der Junge überhaupt Ski?

Das Pochen in seiner Nase legte sich etwas, und er konnte klarere Gedanken fassen. Pilecki hatte recht. Er musste wieder Boden unter den Füßen finden und sachliche Kriterien in den Vordergrund stellen. Hoffentlich war Zobeli morgen noch nicht ansprechbar, seine Aussage würde ihn nicht gerade in ein gutes Licht rücken. Er rechnete damit, bis Ende Woche Hahns Resultate über die Herkunft der toten Frau zu haben. Sobald Hofer erfuhr, dass er die Analyse trotz seines Neins angeordnet hatte, hätte er Grund genug, ihn abzusetzen. Bis dahin blieben ihm noch ein paar Tage. Wenn er bis dann herausgefunden hatte, wen die Prostituierte in die

Bar begleitet hatte, waren sie einen entscheidenden Schritt weiter.

Er zog die Halskette aus der Hosentasche und musterte sie im Licht der Straßenlaterne. Sie erinnerte ihn immer noch an ein Hundehalsband. Er dachte an einen Vortrag, den er über die Milchstraße hatte halten müssen. Eigentlich hätte seine Mutter an diesem Abend frei gehabt, doch eine Kollegin war krankheitshalber ausgefallen und sie musste einspringen. Er hatte seine Bücher in den kleinen Umkleideraum mitgenommen und sich in einer Ecke auf dem Boden eingenistet, während sich seine Mutter aus Dutzenden von Dosen und Tuben schminkte und eincremte. Die Abbildungen der Sterne hatten ihn in ihren Bann gezogen. Fasziniert hatte er versucht, sich vorzustellen, dass sie längst erloschen waren, obwohl man ihr Licht noch sieht. Dass etwas, das eigentlich tot war, leuchtete, wollte ihm nicht in den Kopf. In der Mitte des Buchs war die Milchstraße auf einer Doppelseite abgebildet. Während er sich ausmalte, wie es sich auf einem erloschenen Stern leben ließ, hatte sich seine Mutter zu ihm niedergebückt. Er konnte den Parfumduft, der sie umgab, nicht leiden. Ihre Haut glänzte unnatürlich, und er war wütend, weil sie ihn aus seinen Fantasien riss. Doch als er hochschaute und ihren entrückten Blick bemerkte, wurde ihm bewusst, dass ihr Körper nur eine Hülle war, die ihre Träume gefangen hielt und sie an dieses kleine Lokal fesselte, in dem sie Nacht für Nacht tanzte.

Er ließ die Kette wieder in die Tasche gleiten und schloss die Tür zum Wagen auf. Als er durch die dunklen Straßen fuhr, suchte er nach einem Sender, der Jazz spielte; bald erfüllten die Klänge eines Tenorsaxofons das Auto. Plötzlich hatte er das Verlangen, Regina zu besuchen. Er erinnerte sich an das Gefühl, unter ihre Decke zu gleiten und sie in seine Arme zu ziehen, sein Gesicht in ihren Haaren zu vergraben, die ihn am Hals kitzelten, wenn sie sich ihm schlafend zuwandte. Die

Sehnsucht war so groß, dass er sich beim Gedanken ertappte, ob er es noch einmal versuchen sollte. Doch so viel Macht über sich wollte er keinem Menschen zugestehen, deshalb verdrängte er seine Sehnsucht und drehte die Musik lauter.

»Sein Arbeitskollege hat zu Protokoll gegeben, dass Salomir ihm seine Frau zu einem günstigen Preis angeboten hat«, erzählte Gurtner. »Das war vor zwei Jahren«, las er nach. »Er habe zuerst geglaubt, es sei ein Witz. Doch Salomir habe ihm ein Foto der jungen Rumänin gezeigt und ihn zu sich nach Hause eingeladen. Aus Neugier sei er hingegangen. Als er die ängstliche Frau gesehen habe, sei ihm die Lust vergangen.«

»Es gibt noch Wunder«, spottete Meyer.

»Erzähl weiter«, forderte Cavalli. Sein Gesicht war von Schlafmangel gezeichnet, doch seine Augen waren wach; ein hellblaues, steif gebügeltes Hemd und der stramme Schlipsknoten ließen darauf schließen, dass er nicht nur Angenehmes vom Tag erwartete.

»Salomir sei verärgert gewesen, als er ablehnte. Seitdem hatten sie keinen privaten Kontakt mehr.«

»Hatte Zobeli schon etwas über den Verbleib von Nadja Mesceau herausgefunden?«, fragte Pilecki.

Meyer verneinte. »Aber Fahrni macht heute Morgen für ihn weiter.«

Barduff machte sie darauf aufmerksam, dass Salomirs Tod Mesceaus Situation völlig veränderte: »Sie hat erstens nichts mehr zu befürchten, zweitens wird sie wohl erben.«

Gurtner war skeptisch. »Salomir steckte vermutlich nicht allein hinter der Sache, wenn wir es mit professionellem Frauenhandel zu tun haben.«

»Trotzdem, mit ein wenig Geld sieht doch alles anders aus«, war Barduff überzeugt.

Cavalli teilte seinen Optimismus. »Zumindest wird es Bewegung in die Sache bringen.« Er suchte ein Fax hervor:

»Der Bericht der Ballistikexperten. Tatwaffe war eine deutsche Magnum, Kaliber .357. Fünf Schüsse wurden aus dem Rückfenster des Mercedes abgegeben, alle trafen Salomir.« Er schaute in die Runde, die beeindruckt schwieg.

»Das klingt nach viel Übung«, sagte Pilecki mit einem lauten Seufzer.

»Das klingt nach Mafia«, ergänzte Gurtner. »Allerdings würde ein Mafia-Boss wohl kaum seine Hände schmutzig machen. Die Drecksarbeit lässt er andere erledigen.«

Pilecki schüttelte den Kopf. »Das kommt auf das Motiv an. Auf dem Balkan herrschen andere Gesetze. Um seine Ehre muss sich ein Mann zum Beispiel selber kümmern. Blutrache«, erklärte er. »Die Zeugin wird überwacht?«

Cavalli nickte. »Sie ist immer noch bewusstlos. Ich fahre nach der Sitzung zu ihr.« Er wandte sich nochmals an Gurtner. »Die Vorladungen?«

»Nichts Wichtiges. Heute kommen fünf Nachbarn sowie ein Elektriker, der vor einigen Monaten eine kaputte Steckdose in Salomirs Wohnzimmer repariert hat. Die meisten Protokolle sind schon in den entsprechenden Ordnern zu finden, Barduff tippt wie ein Strauß.«

Cavalli sah ihn verwirrt an. »Wie ein Strauß?«

»Strauße sollen doch die schnellsten Tiere sein, oder?«, zuckte Gurtner mit den Achseln.

»Nun gut, kommen wir zur nächsten wichtigen Frage«, fuhr Cavalli fort. »Woher wusste der Schütze im Mercedes, dass wir Salomir geschnappt hatten?«

Es herrschte eine nachdenkliche Stimmung im Raum. Karan brach sie als Erster.

»Vielleicht fuhr er uns nach«, schlug er vor.

»Oder er wurde informiert«, fügte Pilecki hinzu. »Aber von wem? Wer wusste davon?«

»Außer uns wussten Zobeli, Flint und die Basler Polizei von der geplanten Aktion.«

»Und die Apotheke«, erinnerte Meyer.

»Guter Gedanke«, lobte Cavalli, »doch woher kann der Schütze gewusst haben, dass Salomir in dieser Apotheke Medikamente abholen würde? Wir wussten es selber erst seit gestern Morgen.«

»Es muss so sein, wie Karan sagt«, meinte Pilecki, »dass er uns nachgefahren ist. Oder, was höchst unwahrscheinlich ist, dass er unsere Gespräche abgehört hat.«

Cavalli blieb abrupt stehen, er ließ den Ordner, den er soeben vom Tisch genommen hatte, mit einem lauten Knall zurückfallen.

»Ich muss los. Ihr wisst, was zu tun ist. Haltet mich auf dem Laufenden.«

Bevor jemand den Mund öffnen konnte, war er weg.

Regina suchte die Unterlagen über Peter Zuberbühler hervor. Sie hatte seine Frau gebeten, persönlich vorbeizukommen, um die Einstellung zu unterschreiben. Das gab ihr die Chance, ein letztes Mal mit ihr zu reden. Doch ihre Hoffnung, Anita Zuberbühler umstimmen zu können, war klein.

Antonella kündigte mit hochroten Wangen Besuch an, und Cavalli platzte herein, ohne auf die Erlaubnis zu warten. Aufgeregt ging er auf Regina zu.

»Du siehst scheußlich aus«, begrüßte sie ihn. »Ich hätte noch Make-up, um die blauen Flecken abzudecken.«

»Der Eindringling«, begann er mit gesenkter Stimme. »Es könnte sein, dass er deine Gespräche abhört.« Er winkte sie in den Gang und trug seine These vor. Regina hörte ihm mit offenem Mund zu.

»Eine Wanze?« Das klang nach Hollywood.

»Irgendwoher muss er gewusst haben, dass wir nach Basel fahren«, erklärte Cavalli. »Ich werde jetzt dein Büro absuchen, und wir reden ganz normal weiter, einverstanden?«

Regina nickte. Der Gedanke, dass sie abgehört wurde, war

ihr unheimlich. Cavalli kroch unter ihren Schreibtisch und suchte die Tischfläche ab. Kopfschüttelnd kam er hervor. Er sah sich mit einem irritierten Ausdruck um.

»Was ist?«, fragte Regina.

»Ich rieche nichts«, klagte er und deutete auf seine Nase.

»Aber eine Wanze würdest du doch nicht riechen?«, flüsterte ihm Regina ins Ohr.

»Natürlich nicht. Aber ich kann besser denken, wenn meine Nase funktioniert.« Er öffnete alle Schubladen und tastete alle Oberflächen ab, dann untersuchte er das Büchergestell.

Während er suchte, erzählte er ihr von den Ballistikresultaten.

»Wie eng ist Frauenhandel mit organisierter Kriminalität verknüpft?«, fragte er.

»Weniger als man denkt. Händlerringe sind äußerst selten. Es gibt zwar schon gut organisierte Gruppen, in denen die Personen unterschiedliche Aufgabe haben, doch die Netzwerke sind flexibel, und unter der Kontrolle einiger weniger Personen, oft sogar einer Einzelperson«, erklärte sie. »Meistens steht ein Schweizer – bei uns, meine ich – an der Spitze. Ein Bordellbesitzer zum Beispiel, oder sonst jemand, der mit Prostitution zu tun hat. Auch strafrechtlich konnte bis jetzt kein Zusammenhang zwischen Menschenhandel und organisierter Kriminalität nachgewiesen werden. Glaubst du, das gestern war ein Profi?«

»Seine Kaltblütigkeit lässt auf eine gewisse Erfahrung schließen«, meinte Cavalli.

Er stieg auf einen Stuhl und ließ seine Finger über einen Spalt in der Deckenlampe gleiten.

»Und schließlich ist das Geschäft mit Frauen sehr lukrativ, da muss es bestimmt einige Konkurrenz geben. Großbordelle haben höhere Renditen als die rentabelsten Konzerne der Software- und Pharmabranche.«

Regina nickte. Sie schob die Bücher und Ordner auf dem Regal zur Seite und tastete die Fläche dahinter ab.

»Und der hohe Profit ist erst noch mit geringem Risiko verbunden. Die Täter müssen nicht viel Erfahrung haben, sie haben es ziemlich leicht. Sie brauchen keine Mafia, die ihnen den Rücken stärkt. Und wenn dann doch etwas auffliegt, kommen sie meist ungestraft davon.« Sie sah ihn kopfschüttelnd an. »In solchen Momenten kotzt es mich richtig an, unsere Gesetze anzuwenden. Das Ausländerrecht sieht keine Rechte für die betroffenen Frauen vor. Die Opfer haben nicht mal Anspruch auf einen legalen Aufenthalt in der Schweiz während der Dauer des Strafverfahrens.«

»Wie viele Anzeigen gibt es pro Jahr etwa?«

»Wegen Menschenhandels? Durchschnittlich dreißig, höchstens fünf davon enden mit einer Verurteilung. Die Beweislage ist äußerst schwierig. Und solange die Frauen als Täterinnen statt als Opfer wahrgenommen werden, macht man es ihnen nicht einfacher.«

Sie blieb im Raum stehen und schüttelte den Kopf, es war nirgends eine Wanze zu finden. Cavalli ließ seine Augen nochmals durch den Raum schweifen. Er ging ans Fenster und musterte den Vorhang.

»Bereust du es nie, dass du dein Jurastudium abgebrochen hast?«, fragte Regina.

Er schmunzelte. »Damit ich in einem Büro sitzen und mich über unsere Gesetze ärgern kann? Nein.«

Er kletterte wieder auf einen Stuhl und untersuchte die Naht des Stoffes.

»Ich finde es mühsam, dass ein Uniabschluss einen so hohen Stellenwert hat. Manchmal habe ich das Gefühl, meine Meinung hätte mehr Gewicht, wenn ich ein Liz in der Tasche hätte.«

»Verdammt«, fluchte Regina plötzlich, »bin ich doof.«

Cavalli sah sie fragend an.

»Er hat mir auf die Combox gesprochen, ich war in einer Besprechung«, erklärte sie kopfschüttelnd.

»Pilecki?«, vergewisserte sich Cavalli.

»Gestern, wegen Basel.«

Cavalli sprang vom Stuhl. Regina wurde es mulmig, als sie sich vorstellte, was das bedeutete: »Kann er Zugang zu meinen Nachrichten haben?«

»Natürlich«, antwortete Cavalli. »Er braucht nur deinen Code.«

Cavallis größte Sorge galt der Zeugin, denn wenn Salomir eine Gefahr dargestellt hatte, galt das Gleiche für sie.

»Sag mal«, fragte er plötzlich, »hast du für deine Combox den gleichen Code wie für deinen Computer?«

Regina nickte schuldbewusst. »Ich weiß, was du denkst. Du brauchst es nicht zu sagen.«

Antonella kündigte Anita Zuberbühler an, und Cavalli versprach, sich vom Krankenhaus aus zu melden.

Regina hatte Mühe, die Gedanken an die abgehörte Combox beiseite zu schieben und sich auf die ängstliche Frau zu konzentrieren, die vor ihr stand. Sie versuchte sich daran zu erinnern, was für andere Nachrichten sie noch darauf gehabt hatte.

Antonella blieb wie angewurzelt stehen und suchte Reginas Blick. Doch diese hatte sich bereits an Anita Zuberbühler gewandt.

»Kann ich Ihnen etwas anbieten? Ein Tasse Kaffee vielleicht?«

Zuberbühler schüttelte den Kopf und fingerte an ihrer Handtasche herum. »Danke.«

»Ein Glas Wasser?« Wieder ein Kopfschütteln.

Regina holte die Papiere hervor. Als sie bemerkte, dass Antonella immer noch in der Tür stand, forderte sie sie mit einem Zeichen zum Gehen auf. Doch Antonella ließ sich nicht wegschicken. Schließlich entschuldigte sich Regina und ging zu ihr in den Flur. Bevor sie ein Wort an die Sekretärin richten konnte, flüsterte diese: »Ich hab ganz vergessen, dir zu sagen, dass ich Mara Pilar gesehen habe. Am Samstag, im Blue Girl. Sie war mit ihm zusammen.«

»Ihm?«, wiederholte Regina leise.

»Peter Zuberbühler«, erklärte Antonella.

Deshalb hatte Pilar also ihre Aussage zurückgezogen. Und wie hatte Zuberbühler seine Frau eingeschüchtert?

Anita Zuberbühler saß mit zusammengepressten Beinen auf dem Rand des Stuhls. Sie schaute nicht hoch, als Regina sich ihr gegenüber setzte. Erst jetzt bemerkte Regina, dass sie absichtlich die Haare ins Gesicht gezogen hatte und Blickkontakt vermied.

»Er hat es wieder getan«, stellte sie sanft fest.

Die Frau stieß ein unnatürliches, hohes Lachen aus und erklärte, sie hätte ihn provoziert, es sei alles nur halb so schlimm. Sie öffnete nervös die Handtasche und schloss sie wieder, ohne etwas herauszunehmen.

»Frau Zuberbühler, Sie müssen sich das nicht gefallen lassen. Wir können Sie schützen«, sagte Regina ruhig, obwohl sie innerlich kochte. Sie stellte sich den groß gewachsenen, schweren Ehemann dieser Frau vor mit seinem lächerlichen Ohrring. Anita Zuberbühler kicherte. Ihre Hände flatterten um ihre Haare.

»Wir sind nicht auf die Aussage von Frau Pilar angewiesen.« Regina bückte sich nach vorne und versuchte, den Blick der jungen Frau einzufangen. Diese hatte den Kopf wieder gesenkt und flüsterte etwas Unverständliches.

Regina zögerte und legte ihr dann eine Hand auf die Schulter. »Tut mir leid, ich kann Sie nicht verstehen.«

»Ich bin schwanger«, wiederholte die Frau mit zittriger Stimme.

Auch das noch. Regina unterdrückte einen Seufzer und versicherte ihr, dass man auch ihr Kind schützen würde.

Sie ließ sich nicht umstimmen und deutete auf das Papier vor ihr. Widerwillig reichte ihr Regina einen Schreiber. Sie wusste, dass weitere Worte zwecklos waren, und fragte sich, wie lange es dauern würde, bis die Frau erneut auf dem Stuhl vor ihr saß.

Cavalli füllte ein Zahnglas mit Wasser und kippte es in den Topf des Weihnachtssterns. Die Luft im Zimmer war trocken. Die junge Frau atmete in kurzen, pfeifenden Zügen. Er vergewisserte sich, dass die Tür zu war. Dann befeuchtete er einen Waschlappen und benetzte die trockenen Lippen der Frau. Die Ruhe im Raum umgab ihn wie Watte, er legte den Kopf auf den Rand des Betts und schloss die Augen. Seine Sinne waren wach und gleichzeitig glitt er in einen oberflächlichen Schlaf. Plötzlich bewegte sich etwas, er fuhr zusammen und richtete sich auf. Die Finger der jungen Frau umklammerten die Bettdecke. Ihre Lippen kräuselten sich zu einem Lächeln, das ebenso rasch wieder verschwand. Sie hatte die Augen nicht geöffnet, Cavalli wusste nicht, ob sie wach war.

Nach einer halben Stunde, während der sie sich nicht regte, mühte sich Cavalli wieder auf die Beine und zog ihre Decke sorgfältig zurecht. Er ging zu Zobeli.

Die Chirurgie lag in einem anderen Flügel. Beim Lift warteten Besucher mit Blumen, Päckchen und Plastiktüten; sie erinnerten ihn daran, Zobeli etwas mitzubringen. Cavalli kaufte Illustrierte und Zeitungen am Kiosk und hoffte, dass er sich gern über das Weltgeschehen informierte.

Zobelis Frau freute sich nicht, als Cavalli das Zimmer betrat. Sie presste die Lippen zusammen und stellte sich schützend vor das Bett.

»Er ist gerade eingenickt. Können diese beruflichen Besuche nicht warten?«

Cavalli reichte ihr das Lesematerial und versuchte, einen Blick von Zobeli zu erhaschen.

»Ist schon gut, Vera, lass ihn nur. Ich komme noch genug zum Schlafen.« Zobelis Stimme klang dünn, und als Vera zur Seite trat, erschrak Cavalli über seine fiebrigen Augen. Er schien zu glühen, seine Haut glich hauchdünnem Pergament.

»Wie geht es dir?«, fragte Cavalli unnötigerweise.

Zobeli befeuchtete seine Lippen mit der Zunge und flüsterte: »Hofer war gerade hier.«

Cavalli hatte Skrupel, ihn jetzt zu befragen. »Soll ich später vorbeikommen?«

»Tut mir leid, ich war wohl nicht von großem Nutzen«, sagte Zobeli nach einigen Sekunden.

Cavalli stutzte: »Wie meinst du das?«

»Als du Salomir in die Apotheke gefolgt bist«, er machte eine kurze Pause und fuhr fort. »Ich habe überhaupt nicht reagiert.«

»Wir hatten den Einsatz nicht im Detail besprochen«, antwortete Cavalli ausweichend.

»Ich habe nicht realisiert, dass es Salomir war«, entschuldigte sich Zobeli noch einmal.

Cavalli wusste nicht, was er erwidern sollte. »Es ging alles sehr schnell.«

Zobeli schloss die Augen und hustete trocken. Er verzog das Gesicht vor Schmerzen und presste seine Hände auf die Schläfen.

»Jetzt ist aber genug.« Vera stand auf.

»Hast du dich um eine HIV-PEP gekümmert?«, fragte Zobeli zum Schluss.

Cavalli drehte sich wieder um und schüttelte den Kopf. »Die Ansteckungsgefahr war doch minimal. Ich habe ja nur eine kleine Wunde, und die Gefahr, dass …« Zu spät kam ihm in den Sinn, dass Zobeli vermutlich seine Kopfwunde Sorgen machte. »Hast du eine durchgeführt?«

»Ja«, murmelte er. »Blut im Mund, und Weichteile …«, er

schluckte, und seine Erinnerungen an die Blutfontäne, die aus Salomirs Überresten pulsiert war, stiegen zusammen mit seinem Mageninhalt hoch. Diesmal griff Cavalli rechtzeitig nach einem Behälter, doch Vera riss ihm die Nierenschale aus der Hand und schickte ihn forsch aus dem Zimmer.

Kaum hatte er die Tür hinter sich geschlossen, rappte sein Handy. Er atmete tief durch, bevor er antwortete. Seine Exfrau meldete sich. Genau das, was er jetzt brauchte.

»Du musst mir einen Gefallen tun«, forderte sie, und Cavalli hörte ihrer Stimme an, dass sie mit Widerstand rechnete.

»Mhm?« Seine leichte Übelkeit war noch nicht verschwunden.

»Du musst Christopher heute Nachmittag zum Berufsberater begleiten. Ich habe einen wichtigen Termin.«

»Das geht nicht, ich bin im Moment völlig überlastet.«

Constanze hatte mit dem Einwand gerechnet, eine Antwort lag ihr bereits auf der Zunge. »Dein Sohn wird überhaupt keine Arbeit haben, wenn er keine neue Lehrstelle findet. Um sechzehn Uhr. Er wird vor dem Haupteingang auf dich warten.«

»Er kann doch allein hingehen, er ist schließlich kein Kind mehr«, regte sich Cavalli auf.

»Nein, das ist zu wichtig. Er nimmt die Sache nicht ernst genug.« Damit war die Diskussion für sie beendet.

Cavalli weigerte sich, ihre Befehle entgegenzunehmen: »Wenn du der Meinung bist, dass er Begleitung braucht, dann kannst du gefälligst dafür frei nehmen.«

»Ich habe die letzten zehn Jahre für jeden Schnupfen frei genommen«, fluchte sie ins Telefon. »Jetzt bist du dran!«

Zehn Jahre waren sie schon geschieden, doch nicht das Geringste hatte sich zwischen ihnen verändert. Cavalli schloss die Augen und stellte sich eine Schaumkrone vor, die auf einer Welle ritt und sanft am Strand deponiert wurde.

»Nein«, sagte er ruhig.

Constanzes Stimme war genauso ruhig. »Um vier Uhr vor der Berufsberatung. Wenn du nicht hingehst, sag es ihm bitte selber. Du hast seine Handynummer.« Sie legte auf.

»Heute Abend verlasse ich das Büro um sieben«, verkündete Pilecki. »Und danach will ich bis Mitternacht nichts von dir hören.«

»Sie muss toll sein«, stichelte Cavalli.

»Allerdings. Nichts übertrifft die Tschechische Nationalmannschaft. Jagr, Reichel und Hasek spielen.«

»Gegen wen?«

»Kanada natürlich.«

Sie blieben vor Bledars Zelle stehen. Als er sie erblickte, stöhnte er laut. Bevor ihm eine Frage gestellt wurde, schob er die Schultern vor und zog den Kopf ein. Cavalli setzte sich und verschränkte die Arme im Nacken.

»Wie gehts denn heute Morgen?«, lächelte er freundlich.

Pilecki bot Bledar eine Zigarette an, verwirrt schaute dieser die beiden Polizisten an.

»Wo waren wir stehen geblieben?«, fragte Pilecki nonchalant.

Cavalli gähnte laut. »Der Typ kommt also mit der Frau in die Bar. Sie kennen sich bereits, schließlich ist er nicht das erste Mal mit ihr dort.« Bledar nickte wortlos.

»Sag nochmal, wie häufig kam er mit ihr vorbei?«

Bledar zog lange an seiner Zigarette. »Keine Ahnung.«

Cavallis Augen verengten sich bei dieser Antwort zu Schlitzen. »So dumm, wie er aussieht, kann er doch nicht sein«, sagte er zu Pilecki, ohne den Blick von dem jungen Albaner abzuwenden. Bledars Mund zog sich beleidigt zusammen.

»Verlass dich nicht drauf«, antwortete Pilecki und ging auf Bledar zu. »Wann hast du den Mann zum ersten Mal gesehen?«

Bledar scharrte mit der Schuhspitze über den Boden. »Keine Ahnung, Mann. Das ist schon eine Weile her.«

»Wie lange?«

»Weiß ich nicht.«

»Ein Jahr?« Pilecki griff die Zahl aus der Luft.

»Kann sein.« Ein Schweißfilm überzog Bledars Gesicht.

Cavalli stand auf und bückte sich zu ihm. »Zwei Jahre?«

»Nicht so lange«, flüsterte Bledar und versuchte, Cavallis Blick auszuweichen.

»Wer ist er?«

Cavalli starrte ihn wieder eindringlich an, er spürte, dass der junge Mann nicht das Durchhaltevermögen hatte, eine weitere lange Befragung durchzustehen. Sein Adamsapfel hüpfte auf und ab, während er verzweifelt versuchte, cool zu wirken. Schweigend verharrte Cavalli, froh darüber, dass er nichts riechen konnte. Nach einer Viertelstunde spürte er ein Ziehen im Kreuz, er wagte es aber nicht, sich zu bewegen.

Bledar war auf dem Stuhl so weit wie möglich nach unten gerutscht, er stützte den Hinterkopf auf die harte Lehne. Cavallis Gesicht drückte die ganze Verachtung aus, die er für den Drogendealer empfand. Dann klingelte sein Handy.

Er unterdrückte einen Fluch und nahm ab. Regina war am anderen Ende.

»Gute oder schlechte Nachricht zuerst?«, fragte sie ihn.

»Egal«, antwortete er gereizt.

»Stör ich?«

»Ja.«

»Ich mach es kurz: Hofer will dich um eins sehen, und Fahrni hat ein Foto von Mesceau aufgetrieben. Sie hat eine Jahreskarte für die Tram.« Sie wartete auf eine Reaktion.

»Ich melde mich.«

Cavalli legte auf und wandte sich an Bledar. Dieser hatte sich wieder normal hingesetzt und atmete schwer. Doch er hatte sich gefasst.

Nach einer weiteren Stunde, die wenig Neues an den Tag brachte, brachen sie die Befragung ab.

»Scheiße, wir hatten fast einen Namen«, fluchte Cavalli, als sie ins Büro zurückgingen.

Pilecki schüttelte den Kopf. »Ich werde Eminem von jetzt an hassen. Sag mal, wieso hast du überhaupt diesen peinlichen Klingelton eingestellt?«

»Das war mein Sohn«, erklärte Cavalli kurz. Beim Gedanken an Christopher fügte er noch ein »Scheiße« hinzu. Pilecki sah ihn fragend an.

»Ich muss heute Nachmittag mit ihm zur Berufsberatung.«

»Warum, will er auch Polizist werden?«, witzelte Pilecki.

Cavalli sah ihn bitter an. »Schön wärs. Wenn er so weitermacht, wird er die Polizei von einer anderen Seite her kennenlernen.«

»Enttäuscht?«, fragte Pilecki.

Cavalli hatte sich immer eingeredet, dass es ihm egal war. Schließlich war der Junge mehr Constanzes Sohn als seiner, abgesehen von den Unsummen an Alimenten, die er für ihn bezahlte. Doch eine leise Hoffnung, dass einmal etwas aus ihm werden würde, worauf er stolz sein konnte, hatte er trotzdem.

»Ich weiß es nicht.« Er zuckte mit den Schultern. »Es wäre peinlich, wenn er mit dem Gesetz in Konflikt käme.«

»Was macht er jetzt?«

Cavalli schaute zu Pilecki hinüber. Interessierte er sich wirklich für Christopher oder fragte er aus Höflichkeit?

»Vermutlich sitzt er kiffend vor dem Fernseher.«

»Beruflich, meine ich.«

»Nichts. Er hat seine Lehre abgebrochen.«

Im Kripohaus kam ihnen Meyer mit einer Cola in der Hand auf der Treppe entgegen.

»Warum so eilig, Bambi? Ist die Jagdsaison eröffnet worden?«, grinste Pilecki. Meyer öffnete die Coladose unter seiner Nase. Er sprang zurück, als er das Zischen hörte. Als der Schaum überquoll, hielt sie die Dose über seine Schuhe.

»Ich habe Feierabend«, erklärte sie freundlich und nahm einen großen Schluck.

»War gestern Nacht alles ruhig?«, fragte Cavalli.

»Wie ein Grab«, bestätigte Meyer. »Apropos Grab: Denkst du bitte daran, dass ich am kommenden Wochenende einen Workshop habe? Ich kann nicht gut absagen, die Bank hat den Termin schon vor sieben Monaten vereinbart.«

Cavalli nickte. Er hatte es vergessen. »Aber was hat das mit einem Grab zu tun?«

»Hast du schon einmal zehn Kaderleute nach einem Novemberwochenende im Freien gesehen?«, schmunzelte sie. »Leichen sind lebendig dagegen.«

Die Vorstellung gefiel Cavalli. »Wissen sie, was auf sie zukommt?«

Meyer schüttelte mit funkelnden Augen den Kopf. »Das Thema des Workshops lautet: Führung in Krisensituationen.«

»Autsch«, stöhnte Pilecki, während er die Tropfen von seinen Schuhen schüttelte. »Mit dir ein Wochenende zu verbringen ist schon Krise genug. Und dann noch im Freien!«

»Täte dir auch mal gut.«

»Zeit zum Schlafen, Bambi.« Pilecki gab ihr einen kleinen Schubs.

»Einen Moment noch«, hielt Cavalli sie zurück. »Bist du erreichbar, falls die Zeugin erwacht?«

»Klar. Ich lasse mein Handy eingeschaltet.«

»Gut. Flint wird dich mitnehmen, sobald die Zeugin bereit ist für ein Gespräch. Falls sie nicht weg kann, musst du mit Fahrni hingehen. Und noch etwas: Geh in Zivil zu ihr.«

»Mach ich.« Sie winkte Pilecki zum Abschied mit der Dose.

Pilecki schaute Cavalli an. »Nadja Mesceau?«

»Nadja Mesceau«, bestätigte Cavalli.

Hofer zog einige Akten aus einer Schublade und breitete sie auf seinem Schreibtisch aus, um den Eindruck zu erwecken, dass er ein viel beschäftigter Mann war. Dann zog er seinen Schlips zurecht. Es war fünf vor eins. Er trat ans offene Fenster und hoffte, dass die kühle Luft seinem Kopf etwas von der nervösen Röte nehme. Er kannte den Polizisten nur vom Namen her, bei dieser ersten Begegnung wollte er von Anfang an klarstellen, wer das Sagen hatte. Er würde sich nicht auf Diskussionen einlassen, auch wenn seine Anweisungen vermutlich nicht auf Verständnis stoßen würden. Schließlich war er in der Position, Forderungen zu stellen: Er war sowohl Flints wie auch – indirekt – Cavallis Vorgesetzter.

Seine Sekretärin kündigte die beiden pünktlich an. Schade, dachte Hofer. Eine kleine Verspätung hätte seine Position gestärkt. Er setzte sich, bevor die Tür aufging, und nahm einen Bericht in die Hand. »Frau Flint«, begrüßte er sie und legte den Bericht auf den Tisch. »Herr Cavalli.« Er deutete auf die Stühle vor seinem Schreibtisch und reichte ihnen über die Unterlagen hinweg die Hand. Rasch setzte er sich wieder. Er musterte Cavalli scheel. Trotz der geschwollenen Nase und den Schrammen im Gesicht strahlte er eine Selbstsicherheit aus, die an Überheblichkeit grenzte.

»Von Ihnen habe ich einiges gehört«, verkündete Hofer laut.

Cavalli sagte nichts.

»Nicht nur Gutes«, fuhr Hofer drohend fort. »Sie haben den Hauptzeugen verloren.«

Er wartete auf eine Reaktion, die ausblieb. Hofer stützte die Ellenbogen auf den Tisch und lehnte sich vor. »Jetzt will ich die Geschichte von Ihnen hören.«

Cavalli erzählte in knappen Worten, was vorgefallen war. Als er zum Schluss kam, lehnte sich Hofer zurück und befeuchtete seine schon feuchten Lippen.

Regina unterdrückte ein Schaudern.

»Sie handelten völlig unprofessionell«, warf Hofer ihm vor.

Regina öffnete den Mund, um sich für Cavalli zu wehren, doch er gab ihr unter dem Tisch einen sanften Stoß.

»Kommissar Rittmaier hat sich über Sie beschwert«, fuhr Hofer fort.

Cavalli fiel nicht auf seinen Bluff herein. Wenn sich Rittmaier beschwert hätte, dann hätte er sich an seinen direkten Vorgesetzten und nicht an Hofer gewandt.

»Ich stand unter Druck«, erklärte Cavalli mit gespielter Demut. »Ich hatte Angst um die Kinder in der Apotheke.«

Hofer nickte. Offenbar hatte ihm Zobeli von den Kindern erzählt. Weil er nicht genug gegen Cavalli in der Hand hatte, beschränkte er sich auf eine Rüge.

Dann wandte er sich an Regina, ohne ihr in die Augen zu schauen. »Frau Flint. Sie scheinen Führungsprobleme zu haben.«

Regina tat es Cavalli gleich, hilflos hob sie die Hände. Die Geste beruhigte Hofer, und er fragte sie nach dem Stand der Ermittlungen.

Regina fasste das Allerwichtigste zusammen, ohne Bledar oder den Eindringling in der Bezirksanwaltschaft zu erwähnen.

»Was vermuten Sie, wer hinter dieser Exekution von gestern steckt?« Hofer sah aus, als würde er nicht genügend Luft bekommen. Er versuchte unauffällig, seinen Krawattenknopf zu lösen.

»Profis«, antwortete Regina. Als sie bemerkte, wie nervös Hofer wurde, fügte sie hinzu. »Ich bin davon überzeugt, dass sie wieder auftauchen werden.«

»Wie kommen Sie zu diesem Schluss?«, fragte Hofer und versuchte, seine Hände ruhig zu halten. Eine Ader an seinem dünnen Hals pulsierte heftig.

»Gerüchte«, sagte Regina vage. Hatte Hofer Angst? Sie führte sich nochmals vor Augen, wie wenig er sich bis jetzt daran interessiert gezeigt hatte, mit dem Fall in Verbindung gebracht zu werden, schon ganz am Anfang, als es um die erste Pressekonferenz ging.

Cavalli hatte Hofers Angst ebenfalls gerochen. Er lehnte sich nach vorn und schüttelte grimmig den Kopf.

»Dieser Fall ist äußerst schwierig. Wir haben fast nichts in der Hand. Unser Hauptzeuge ist tot, die meisten Spuren verlaufen im Sand.«

Als er Hofers schlecht verborgene Erleichterung sah, fuhr er fort: »Der Vorfall gestern lässt darauf schließen, dass wir es mit der Mafia zu tun haben. Machen wir uns doch nichts vor, die Chance, dass es zu einer Verhaftung kommen wird, ist gering.«

Regina nickte zustimmend. »Wir sollten uns darauf konzentrieren, die Tote zu identifizieren. Alles Weitere ist vermutlich Glückssache.« Sie sah Hofer respektvoll an. »Außerdem müssen wir an die knappen Finanzen denken.«

»Was schlagen Sie vor?«, fragte Hofer lahm.

»Dass wir unsere Ressourcen für die Identifizierung einsetzen, die Routineuntersuchungen zu Ende führen und dann sehen, ob sich daraus etwas entwickelt.«

»Sie sprechen diese chemische Untersuchung an, die Sie gestern Morgen erwähnt haben?«

Regina nickte und hielt die Luft an. Hofer schien unschlüssig. Er spielte mit einem Kugelschreiber und starrte seine Schreibtischunterlage an.

»Meinetwegen. Aber es muss Ihnen bewusst sein, dass wir dann an anderer Stelle in diesem Fall sparen müssen. Wie Sie sagen: Wir sind den Steuerzahlern Rechenschaft schuldig.« Er legte den Kugelschreiber hin und sah auf. »Ich möchte über jede Entwicklung informiert werden!«

»Selbstverständlich«, versicherte ihm Cavalli. Regina unterdrückte ein Grinsen.

Hofer stand nicht auf, als sie sich verabschiedeten. Er hatte sich bereits wieder in seine Unterlagen vertieft, und Cavalli deutete mit seiner Augenbraue auf das Blatt, das vor ihm ausgebreitet war. Es lag verkehrt herum.

Als sie an der frischen Luft waren, prustete Regina los. Sie legte den Kopf schräg und sah Cavalli schelmisch an.

»Ich habe ein Führungsproblem«, lachte sie und schubste ihn freundschaftlich. Cavalli betrachtete ihre strahlend blauen Augen. Bevor sein Verstand einsetzte, zog er sie an sich und küsste sie zögernd auf den Mund. Sie schmeckte leicht nach Zimt und Rosen, dazu kam ein feiner, erdiger Hauch von Grüntee.

Regina löste sich aus seiner Umarmung. Sie rang nach Worten und sagte schließlich: »Ich habe wirklich ein Führungsproblem.«

Ein leichtes Lächeln umspielte Cavallis Lippen. »Das ist kein Problem. Ich übernehme gerne die Führung.«

Regina schüttelte den Kopf. »Nein danke«, sagte sie mit zittriger Stimme. »Ich weiß ganz genau, wo du mich hinführen willst. An diesem Abgrund stand ich schon zweimal.«

Cavalli wusste nicht, was in ihn gefahren war. Er hörte, wie seine Stimme sie anflehte: »Lass es uns noch einmal versuchen.«

Regina trat einen Schritt zurück. Das Strahlen in ihren Augen machte einem misstrauischen, verletzten Blick Platz.

»Du hast selber gesagt, ein Tiger wird seine Streifen nicht los«, erinnerte sie ihn.

Die Einsamkeit der langen Nächte, während derer sie vergeblich auf ihn gewartet hatte, stieg in ihr hoch. Wenn er dann heimgekommen war, hatte er ihre Fragen mit einem Schulterzucken abgetan. Anfangs hatte sie geglaubt, er hätte sich in jemand anders verliebt. Mit der Zeit hatte sie gemerkt, dass die Frauen austauschbar waren. Vier Jahre lang hatte sie immer wieder vergeblich gehofft, dass es das letzte Mal war. Sie wollte nicht daran denken, wie viele Tränen sie deswegen vergossen hatte. Er hatte sich nicht ein einziges Mal entschuldigt.

»Aber er wird älter«, sagte Cavalli leise. Er wusste, dass er unfair war, denn er konnte ihr auch jetzt nicht versprechen, treu zu sein.

»Davon habe ich bis jetzt nichts gemerkt. Oder soll ich dich dafür loben, dass du eine ganze Woche ausschließlich mit Elvira zusammen warst?«, sagte sie bitter.

»Das ist doch immerhin ein Anfang«, scherzte er halbherzig.

Er bereute die Worte sofort.

»Ich muss zurück«, verabschiedete sie sich. Sie eilte davon und vergass dabei fast Fahrni, der im Wagen auf sie wartete. Sie nahm sich vor, heute ihre Passwörter für den Computer, die Combox und die Alarmanlage zu ändern.

Fahrni sah sie besorgt an, als sie einstieg, und hielt ihr ein Taschentuch hin. Rasch trocknete sie die Augen und lächelte verlegen.

»Sag mal, Tobias«, fragte sie, »Was kann deiner Meinung nach einen Staatsanwalt dazu bewegen, einen Fall nicht gründlich untersuchen zu wollen?«

Fahrni dachte nach. »Er wird bestochen, bedroht, ist inkompetent oder in den Fall verwickelt. Meinst du Hofer?«

Regina nickte. »Aber das bleibt unter uns.«

Fahrni sah sie erschrocken an. »Das ist doch selbstverständlich.«

»Vielleicht siehst du von außen klarer. Von wem könnte er bestochen werden?«

Fahrni hielt bei einer Ampel und kratzte sich am Kopf. »Vom Mörder? Von einem Auftraggeber? Von jemandem, der am Mord verdient?«

»Und von wem könnte er sich bedroht fühlen?«

Fahrni parkte in einer kleinen Seitenstraße und stellte den Motor ab. »Von jedem. Eine Drohung kann aus heiterem Himmel ausgesprochen werden. Oder aber, er ist in den Fall verwickelt. Dann hätte er natürlich Angst, entlarvt zu werden.«

Regina blieb einen Moment lang im Wagen sitzen. Sie war auch der Meinung, dass es viele Gründe für Hofers Verhalten geben könnte. Und sie wollte sie herausfinden.

Dieses Mal erwähnte Cavalli den Freier nicht. Bledar atmete sichtlich erleichtert auf.

»Wenn ich eine Minderjährige suche, wohin müsste ich mich wenden?« Cavalli hatte sich gesetzt und bequem zurückgelehnt.

Bledar schielte misstrauisch zu ihm hinüber.

»Kommt drauf an. Eine Legale?«

»Was hätte ich für ein Interesse an einer Illegalen?«

Bledar sah ihn abschätzig an. »Ich kenne doch deine Vorlieben nicht«, sagte er schnoddrig. »Wenn du Spezialwünsche hast, dann bist du mit einer Illegalen besser bedient.« Er musterte Cavalli von Kopf bis Fuß und überlegte, ob er wirklich nur aus beruflichen Gründen interessiert war. Nichts überraschte ihn mehr. Vielleicht war an ihm am Ende noch etwas zu verdienen. Für die Vermittlung von neuen Kunden ließ der Chef immer etwas springen.

»Man könnte meine Wünsche schon speziell nennen.« Cavalli hatte das Interesse bemerkt, das in Bledars Augen aufgeblitzt war. Die Aufmerksamkeit, die ihm der Albaner schenkte, deutete auf ein gewisses Eigeninteresse hin.

»In welche Richtung gehen sie?«

Cavalli blickte leicht verlegen zu Boden. »So jung wie möglich. Gefügig.«

Bledar richtete sich auf. »Gefügig?«

Cavalli zuckte nichtssagend die Schultern.

Ein Grinsen machte sich auf Bledars Gesicht breit. Er kannte diesen Typ Mann: Im Alltag musste er strenge Regeln einhalten, doch wenn er einmal unbeobachtet war …

»Wie hart?« Bledar konnte sich die Antwort denken, nach dem, was er am eigenen Leib erfahren hatte. Mit diesem Polizisten war nicht zu spaßen.

Cavalli verschränkte die Arme und sagte: »Kommt darauf an, was es kostet.«

Diese Sprache verstand Bledar gut. Er lehnte sich zurück und strich seine fettigen Haare glatt. Seine angewinkelten Beine waren gespreizt, beide Füße ganz am Boden. Er kostete den Moment aus und ließ sich Zeit mit der Antwort.

Cavalli steckte die Hände in die Hosentaschen und versuchte, Bledars Blick schuldbewusst auszuweichen. Unsicher spielte er mit der Kette. Als Bledar immer noch keinen Preis nannte, zog er sie hervor. Mit einer Geste, die der Albaner hoffentlich als nervös interpretieren würde, drehte er sie zwischen seinen Fingern und ließ sie von einer Hand in die andere fallen.

Doch seine Darbietung hatte nicht die gewünschte Wirkung. Stattdessen verengten sich Bledars Augen, und er musterte ihn argwöhnisch.

»Verarschst du mich?«, zischte er.

Cavallis Verwirrung war echt.

»Du hast ja schon Erfahrung.« Bledar deutete mit dem Kopf auf die Kette.

Cavallis Gedanken rasten. »Sie war nicht gut genug.«

Die Antwort beruhigte Bledar, sein Misstrauen legte sich wieder.

Cavalli lehnte sich vor, einmal mehr ärgerte er sich darüber, dass er nichts riechen konnte. Gerüche wiesen seine Gedanken oft in Richtungen, die er nicht einschlagen würde, wenn er sich nur auf seinen Kopf verließ.

»Dann hast du Pech gehabt. Vielleicht war sie noch zu neu. Die Neuen müssen zuerst zugeritten werden.« Bledar lachte über seinen originellen Vergleich. »Aber bessere Mädchen als in der Farbkette bekommst du nicht.«

Cavalli senkte den Blick wieder und versuchte, seine Aufregung zu verbergen.

»Ich mag aber die Neuen«, nuschelte er.

Bledar zuckte mit den Schultern und empfahl ihm, es noch einmal zu versuchen. »Ich könnte dir natürlich dabei helfen.«

Mit einem Blick, der keinen Zweifel offen ließ, wer am längeren Hebel saß, und der trotzdem eine gewisse Unsicherheit ausdrückte, schaute Cavalli den jungen Mann an: »Ich kann dir nichts versprechen.«

»Ich könnte dir sagen, wer die Neuen in Empfang nimmt«, sagte Bledar mit zusammengekniffenen Augen. »Du könntest ihm vielleicht beim Instruieren der Mädchen helfen.« Er grinste viel sagend, und Cavalli verstand, dass er für den Namen zuerst eine Gegenleistung wollte.

»Und wenn man erfährt, dass ich Polizist bin?«

»Du wärst nicht der Erste.«

Die Worte trafen Cavalli wie einen Schlag. Nicht, dass er sich Illusionen gemacht hätte: Polizisten unterschieden sich nicht von anderen Menschen, es gab gute, korrupte, Idealisten, sogar Verbrecher unter ihnen. Aber es wurde ihm einmal mehr vor Augen geführt, wie ohnmächtig sich die Opfer dieses schmutzigen Geschäftes fühlen mussten.

»Ich werde sehen, ob ich etwas tun kann«, versprach er. Er schob Bledar ein Päckchen Zigaretten hin und verabschiedete sich, ohne den Albaner anzuschauen.

Draußen vergewisserte er sich, dass niemand in der Nähe war, dann trat er mit dem Fuß heftig gegen eine Betonwand.

Er schaute auf die Uhr und sah, dass es schon vier war. Plötzlich kam ihm Christopher in den Sinn, der in diesem Moment vor der Berufsberatung auf ihn wartete. Fluchend rannte er aus dem Kripohaus und überlegte, ob er zu Fuß oder mit dem Wagen schneller wäre. Er entschied sich, hinzujoggen, so konnte er etwas Dampf ablassen.

»Die Pillen sind Placebos«, sagte Cavalli am Telefon. »Wir haben nichts gegen Bledar in der Hand.«

»Wie bitte?« Regina glaubte, nicht richtig gehört zu haben.

»Die Thaipillen sind nicht echt«, wiederholte Cavalli.

Regina stellte ihre Teetasse mit einem Ruck auf den Schreibtisch, die heiße Flüssigkeit schwappte über und verspritzte Fahrnis sorgfältig verfasstes Gesprächsprotokoll.

Cavalli schwieg und wartete auf ihre Reaktion. Er war den ganzen Fall nochmals durchgegangen, um sicher zu sein, dass er nichts übersehen hatte. Bis in die frühen Morgenstunden hatte er verschiedene Hypothesen überprüft und war zum Schluss gekommen, dass Bledars Aussage eine zentrale Rolle spielte. Aus diesem Grund war ihm fast jedes Mittel recht, um möglichst rasch an seine Informationen heranzukommen.

»Das Beweismittel gegen Bledar?«, stieß Regina fassungslos hervor. »Das ist doch nicht möglich.«

»Er hat uns reingelegt«, erklärte Cavalli. Seine Stimme klang erstaunlich sachlich.

Regina fluchte innerlich und versuchte, ruhig zu bleiben: »Ist dir klar, was das bedeutet?«

»Wir müssen ihn laufen lassen«, seufzte Cavalli.

»Allerdings«, antwortete sie gereizt. »Und das wird Konsequenzen haben.« Sie rieb sich die Augen und versuchte sich vorzustellen, warum schon wieder ein Fehler passiert war. Warum waren die Drogen nicht sofort auf ihre Echtheit überprüft worden? »Wer hat den Beweis eingereicht?«

»Pilecki«, antwortete Cavalli, ohne zu zögern. Er hatte in der Nacht zuvor alle Möglichkeiten, Bledar frei zu bekommen, mit Pilecki besprochen. Sie hatten sich für die Variante mit der größten Wirkung und dem geringsten Schaden entschieden. Cavalli hoffte nur, dass Pileckis Bereitschaft, seinen Kopf hinzuhalten, nicht bloß auf den Sieg der Tschechen über Kanada zurückzuführen war. Beide waren der Meinung gewesen, dass es im Moment für Cavalli zu riskant war, wenn er den Fehler auf sich genommen hätte. Pilecki konnte sich auf seine langjährige Erfahrung im Drogenbereich berufen.

»Pilecki?«, fragte Regina erstaunt. Das passte ganz und gar nicht zu diesem erfahrenen Polizisten. »Ich habe langsam das Gefühl, dass du wirklich ein Problem mit deinem Team hast.«

Cavalli war auf diesen Vorwurf gefasst: »Auch die erfahrensten Polizisten machen irgendwann einen Fehler.«

»Aber sie häufen sich«, warf ihm Regina vor. »Ich schätze deinen enormen Einsatz, doch ich habe das Gefühl, dass du deine Aufsichtspflicht vernachlässigst. Die Verantwortung für die Handlungen trägst immer noch du.«

Cavalli und Pilecki waren alle möglichen Folgen seiner Unterlassung durchgegangen. Sie waren zu der Entscheidung gekommen, dass sie zu wenig gravierend für ein Disziplinarverfahren war, zumal sich Pilecki in seinen über zwanzig Dienstjahren noch nie etwas hatte zu Schulden kommen lassen. Allerdings waren sie davon ausgegangen, dass die Wahrheit nicht ans Licht kommen würde: dass Pilecki die Drogen ausgetauscht hatte.

»Ich weiß«, gab Cavalli zu. »Ich werde mich bemühen, die Zügel straffer zu halten.«

Regina stutzte über seine Nachgiebigkeit. Cavalli bemerkte seinen Fehler und fügte hinzu: »Wenn ich es mir leisten könnte, würde ich Pilecki für einige Wochen in den Verkehrsdienst versetzen. Doch das ist unter den gegebenen Umständen unmöglich.«

Regina sah das genau so. Glücklicherweise war die Menge Drogen so gering gewesen, dass sie nur eine minimale Strafe hätte beantragen können. Ein großer Fisch war ihnen also nicht entgangen. Vermutlich würde es Hofer nicht einmal zur Kenntnis nehmen.

Cavalli wechselte das Thema. »Ich faxe dir im Anschluss

noch die Resultate der Ballistikuntersuchung«, versprach er. »Wie läuft es eigentlich mit Fahrni und Meyer?«

»Ausgezeichnet«, meinte Regina. »Sie engagieren sich beide stark und sind äußerst zuverlässig. Könntest du mir Fahrni nicht für längere Zeit ausleihen?«

Cavalli war froh, dass sie nicht weiter über die Thaipillen redete. Doch er ließ sich nicht von ihrer Freundlichkeit täuschen. Er wusste genau, dass sie ihn in Zukunft noch schärfer beobachten würde. »Fahrni gebe ich nicht her. Willst du Gurtner?«

»Der fehlt mir gerade noch.«

»Er ist schlauer, als er aussieht«, verteidigte ihn Cavalli.

»Ich weiß. Und der Einzige, der während diesen Ermittlungen keine Fehler begangen hat.«

Cavallis Handy klingelte, und er war froh, das Gespräch beenden zu können, bevor die Fehler wieder Thema wurden. Er legte auf und nahm das andere Telefon ab.

»So rasch hat das Institut noch nie Resultate erzielt. Sie haben alles andere beiseite gelegt, um sich ausschließlich der Analyse zu widmen«, begrüßte ihn Hahn. Seine Sachlichkeit überrumpelte Cavalli, er war noch ganz bei Regina.

»Ach?«

»Ich erwarte schon ein bisschen mehr als ein ›Ach‹«, sagte Hahn vorwurfsvoll.

»Du hast mir die Resultate noch nicht durchgegeben«, verteidigte sich Cavalli.

»Kannst du vorbeikommen?«, fragte Hahn.

»Geht es nicht am Telefon?«

»Nein.«

Cavalli seufzte.

Als er das IRM betrat, wartete Hahn bereits. In der Hand hielt er einen dicken Stapel Unterlagen.

»Macht es dir etwas aus, zur Cafeteria hinüberzugehen? Ich habe noch nicht gefrühstückt.«

Cavalli fragte sich, ob es sich zu Leichenuntersuchungen gut frühstücken ließe. Er selbst konnte eine Tasse Kaffee gut gebrauchen.

»Ich dachte mir, du würdest die Resultate gleich erfahren wollen«, erklärte Hahn und beschmierte eine Scheibe Brot mit Butter. Mit der freien Hand deutete er auf die Unterlagen. »Bis ich die alle zusammengefasst habe, wird es noch eine Weile dauern. Habe heute den Minibus, der mit einem Schnellzug kollidiert ist.« Er nahm einen Schluck Ovomaltine und fügte hinzu: »Und dann war da noch dein Häftling. Schade, dass du nicht dabei sein konntest. Aber die Todesursache war ja offensichtlich«, er lachte trocken über seinen Witz. »Ich habe wie abgemacht Haare, Muskelfleisch aus dem linken Bizeps und einen Backenzahn präpariert. Einen Zehennagel, Knochenhaut vom rechten Schienbein und die sechste Rippe habe ich für eine weitere Stufe – falls nötig – beiseite gelegt.« Hahn schälte einen Streichkäse aus der Folie. »Die Isotopenverhältnisse der Proben wurden an den bei einer kontrollierten Verbrennung entstehenden gasförmigen Verbindungen bestimmt, und zwar mittels Isotopenhäufigkeits-Massenspektrometrie. Du kannst sie auch IRMS – das ist die englische Abkürzung – nennen, wenn du danach gefragt wirst.«

Cavalli nickte und hoffte, dass er die Methode nie selber würde erklären müssen.

»Die Isotopenverhältnisse der schweren Elemente wurden mittels Thermionen-Massenspektrometrie, oder TIMS, an Proben bestimmt, welche vorher nass oder trocken verascht und danach in wässriger Lösung ionenchromatographisch von Störelementen befreit wurden.« Er zeigte auf die entsprechenden Tabellen in den Unterlagen. »Hier kannst du Genaueres nachlesen, falls du ins Detail gehen willst.«

Cavalli nahm einen großen Schluck Kaffee. Er hörte nur mit einem Ohr zu, wie Hahn die Wachstumsgeschwindigkeit und Umbauraten für Haare, Gewebe und Knochen erklärte. Seine Ungeduld wuchs mit jeder Erklärung.

»… deshalb erhält man je nach Haarlänge die Informationen über die Wachstumszeit minus vierzehn Tage.« Hahn blätterte um und zeigte ihm weitere Grafiken. »Jetzt kommen wir zum spannenden Teil«, kündigte er nach einer halben Stunde an. Das Brotkörbchen war leer, und er hatte schon zweimal Ovomaltine nachgeschenkt.

»Die unbekannte Frau lebte bis zehn Monate vor ihrem Tod höchstwahrscheinlich in Albanien und hat sich dort sehr proteinreich von Fleisch und Milchprodukten ernährt. Das könnte darauf hindeuten, dass sie nicht arm war, und in Albanien schließt das immerhin einen Großteil der Bevölkerung aus«, meinte er ironisch. »Der Hauptaufenthaltsort liegt vermutlich an der Küste in einer Industriestadt. Dafür sprechen die Blei-Isotopenverhältnisse. Durres ist am naheliegendsten, Laç liegt bereits zu weit im Landesinneren. Zehn Monate vor ihrem Tod fanden Nahrungs- und Aufenthaltswechsel statt, vermutlich hat sie sich während zwei Monaten in Norditalien aufgehalten. Vulkangebiete mit basaltischem Vulkanismus können wir ausschließen.«

»Wo wären diese?«, unterbrach ihn Cavalli, der ihm jetzt gebannt zuhörte.

»In Süd- oder Mittelitalien«, erklärte Hahn. »Vor acht Monaten nahm der Maisanteil in der Nahrung zu, sie aß insgesamt weniger Fleisch und lebte in urbaner Umgebung. Die Isotopendaten sprechen für Zürich.« Mit einem Lächeln lehnte er sich zurück, zufrieden mit den Ergebnissen der Analyse.

Cavalli war fasziniert von der Präzision der Resultate. »Das ist ja unglaublich!«

Hahn nickte. »Eben.«

Er wischte sich mit der Serviette den Mund ab.

»Und nun muss ich mich dem Inhalt des Minibusses widmen. Halt mich auf dem Laufenden, ich bin neugierig, wohin die Resultate führen.«

Cavalli versprach, ihn zu informieren. Als Hahn die Cafeteria verlassen hatte, rief er Regina an.

»Ich werde gleich mit den Behörden in Durres Kontakt aufnehmen«, versprach sie. »Ich habe auch eine Neuigkeit.« Cavalli hörte die Aufregung in ihrer Stimme. »Ich habe soeben mit der Exfrau von Salomir gesprochen.« Sie erzählte, dass diese keine freundlichen Worte über ihn verloren habe. »Sie hatte ihn in ihrer Heimatstadt Temesvar kennengelernt. Er war zu Besuch, und sein Auftreten hatte ihr imponiert. Reich, gut gekleidet – für rumänische Verhältnisse –, geschliffen. Er versprach ihr das Blaue vom Himmel. Sie heirateten nach einer guten Woche. In der Schweiz sei er plötzlich ein anderer Mensch geworden. Sie durfte die Wohnung nie verlassen, musste fremde Mädchen beaufsichtigen, die gebracht wurden und nach einigen Tagen oder Wochen wieder verschwanden. Als er sie auch noch zu schlagen begann, hatte sie genug.«

»Er hat sie nicht zur Prostitution gezwungen?«, vergewisserte sich Cavalli.

»Sie behauptet nein. Doch ob sie das wirklich zugeben würde, ist ungewiss. Allerdings klingt sie selbstbewusst, und es ist ihr immerhin gelungen, sich von ihm scheiden zu lassen. Vielleicht stand er damals noch am Anfang seiner Verbrecherkarriere.«

»Gut möglich. Weiß sie etwas über Mesceau?«

»Nur, dass Salomir wieder geheiratet hat und dass seine neue Frau ebenfalls aus Temesvar stammen soll. Sagt dir die Stadt etwas?«, fragte Regina.

»Sie liegt an der Grenze zu Ungarn.«

»Sie ist die drittgrößte Stadt Rumäniens und vor allem dadurch bekannt, dass für viele Rumäninnen und Moldawierinnen die Reise in den Westen dort beginnt. Sie werden von Mittelspersonen oder Agenturen angeworben, die ihnen lukrative Jobs im Ausland versprechen und anbieten, die nötigen Reiseformalitäten zu erledigen. Dann werden sie nach Brâko, dem wichtigsten Schmugglerzentrum in Bosnien-Herzegowina oder nach Novi Sad gebracht. In Brâko existierte lange Zeit unter den Augen der Behörden der so genannte Arizona Market, ein regelrechter Sklavenmarkt, auf dem Frauen gehandelt wurden. Heute steht er unter staatlicher Kontrolle, und der Handel hat sich in die Umgebung von Brâko verlagert. Es soll dort Lager geben, in denen die Frauen so lange vergewaltigt werden, bis ihr Wille gebrochen ist. Danach entscheidet sich die weitere Route nach dem Preis, der für sie erzielt werden kann. Der Marktwert ist von ihrer optischen Attraktivität und ihrem Alter abhängig.«

Cavalli schluckte. »Aber die Exfrau reiste normal mit Salomir ein?«

»Ja, mit legalen Papieren«, antwortete Regina. »Die Frauen aus Brâko werden meist mit gefälschten Ausweisen über Kroatien oder Slowenien in die EU eingeschleust. Wenn sie keine Papiere haben, auf dem Wasserweg mittels Flachbooten, die von Radarkontrollen nicht erfasst werden, über die Adria. Viele bleiben in Albanien oder im Kosovo, die Nachfrage in den Militärstützpunkten ist groß.«

»Wusste die Rumänin, was mit den Frauen geschah, die sie beaufsichtigte?«

»Sie behauptet nein. Doch ich glaube ihr nicht so recht.«

»Wir können also fast mit Sicherheit davon ausgehen, dass Mesceau irgendwo als Prostituierte arbeitet«, dachte Cavalli laut.

»Ich denke schon. Mit dem Foto, das Meyer und Fahrni aufgetrieben haben, sollte es möglich sein, sie zu finden.«

»Pilecki und Gurtner sind dran. Die Befragung der Hausbewohner ist abgeschlossen«, berichtete er ihr.

»Wie sieht es mit dem Mord an Salomir aus?«

Cavalli seufzte. »Nichts. Der Täter hat die Schüsse exakt

abgestimmt. Die Autobahnabzweigung hat es ihm erlaubt, innerhalb kürzester Zeit spurlos zu verschwinden. Sind die Zeitungen immer noch voll davon? Ich habe sie absichtlich nicht gelesen.«

»Allerdings. Schafft es Wolff mit den vielen Anfragen?«

»Ja, sie macht das gut. Es ist jedenfalls noch kein Journalist zu mir vorgedrungen.«

»Das will etwas heißen. Aber du wirst schon noch öffentlich Stellung nehmen müssen«, mahnte sie.

»Ich weiß. Wolff hat sie auf morgen vertröstet, mit der Begründung, dass ich unter Schock stehe«, erzählte er amüsiert. »Vielleicht haben wir bis morgen ja etwas zu sagen.«

»Ich nehme an, dass du keine Instruktionen brauchst?«

»Natürlich nicht«, antwortete er. »Außer Felix taucht mit unerwarteten Fragen auf.«

Am anderen Ende herrschte Schweigen.

Er brachte keine Entschuldigung über die Lippen. Regina erwähnte nicht, dass Felix vorübergehend ausgezogen war.

»Ich habe übrigens die Entlassungspapiere für Bledar ausgestellt. Du hast noch bis sechzehn Uhr Zeit, mit ihm zu reden. Danach ist er frei.« Der Ärger darüber war ihr deutlich anzuhören.

»Das werde ich. Sag mal, hast du über Mittag etwas vor? Ich hätte einige Gedanken … zum Fall«, fügte er rasch hinzu.

»Tut mir leid, wir haben heute Abteilungssitzung. Wir essen danach immer gemeinsam beim Libanesen.«

Cavalli legte auf und fühlte sich wie ein Schuljunge, der einen Korb erhalten hatte. Er beschloss, kurz bei der Zeugin vorbeizuschauen, bevor er ins Büro zurückfuhr.

Gurtner regte sich auf. Jede Frau, die sie ansprachen, schien ihn als potenziellen Kunden zu betrachten. Erst wenn sie Pilecki sahen, ersetzte ein argwöhnischer Ausdruck den anzüglichen Blick.

»Versuch doch einfach, weniger zu sabbern«, schlug Pilecki vor.

»Ich werde beim Häuptling ein Eishockey-Verbot für dich beantragen«, reklamierte Gurtner. »Jedes Mal, wenn die Tschechen gewinnen, wirst du übermütig.« Er schüttelte seinen schweren Kopf. »Ich weiß nicht, wie wir die Weltmeisterschaft überleben sollen.«

»Das wird allerdings schwierig, denn ich werde nicht hier sein«, freute sich Pilecki.

»Wie, nicht hier«, blickte ihn Gurtner überrascht an. »Fährst du in die Tschechoslowakei?«

»Tschechien. Ein Kollege organisiert Karten für die Sazka-Arena«, antwortete Pilecki, und ein träumerischer Blick trat in seine Augen. »Zweitausend Leute arbeiten seit Monaten täglich sechzehn Stunden am Bau des gigantischen Stadions. Es wird das größte Europas, siebzehntausend Zuschauer sollen darin Platz haben! Und ein Riesenkessel wird dreihundertvierzig Hektoliter Bier fassen, stell dir das mal vor!«, schwärmte er.

»Danke für Obst.« Gurtner verdrehte die Augen.

»Hopfen, nicht Obst«, sagte Pilecki beiläufig und fuhr unbeirrt fort. »Es hat keinen einzigen Stützpfeiler, damit alle Zuschauer freie Sicht aufs Eis haben. Das Dach liegt auf einem Tubus, der von Stahlrohren getragen wird, wie ein riesiger Regenschirm ohne Stock.« Er seufzte sehnsüchtig. »Der Architekt soll bei der Montage auf dem Tubus gesessen haben, damit er mit seinem Werk in den Tod stürzen würde, falls seine Idee nicht funktioniert hätte.«

»Toll, das nenne ich Hingabe an den Beruf«, sagte Gurtner trocken.

»Täte dir auch gut«, grinste Pilecki. »Ich hätte übrigens eine Lösung für dein Problem: Trag doch Uniform, dann erkennt man dich als Polizisten.«

»Sie passt mir nicht mehr.«

»Dann hol dir eine neue.«

»Geht nicht. Meine Frau hat gesagt, sobald ich Größe XXL tragen muss, verlässt sie mich.«

Pilecki krümmte sich vor Lachen und zog die Blicke einer Gruppe japanischer Touristen auf sich.

Bis jetzt hatte noch niemand zugegeben, Mesceau auf dem Foto erkannt zu haben. Vor dem Blue Girl blieben sie stehen und betrachteten die Bilder der blauen Frauen, die in einem Schaufenster die Kunden anlockten.

»Was meinst du, malen sie sich jeden Abend frisch an?«, fragte Gurtner.

Pilecki nickte gedankenversunken.

»Was ist?«, wollte Gurtner wissen.

Pilecki zeigte auf eine Stelle im Hauseingang. »Schau mal.«

Gurtner kniff die Augen zusammen und studierte den Eingang. Dann sah er, worauf Pilecki zeigte. Die kleine runde Scheibe war so gut verborgen, dass man sie auf den ersten Blick nicht erkannte: Eine Überwachungskamera. Pilecki war schon am Telefon.

»Scheiße, der Häuptling nimmt nicht ab.« Er starrte das Handy an, als sei es schuld daran.

»Der spielt doch wieder Superman im Keller«, meinte Gurtner gleichgültig.

»Er nimmt immer sein Handy mit, wenn er trainiert. Er nimmt sein Handy überall mit, wenn ich mir das so richtig überlege.«

»Kein Wunder, ist er geschieden.« Gurtner ging auf die Kamera zu und versuchte herauszufinden, ob sie eingeschaltet war.

Pilecki wählte Reginas Nummer. Als er seinen Namen nannte, wirkte sie distanziert. Erst jetzt fielen ihm die Thaipillen wieder ein.

»Tut mir leid«, entschuldigte er sich und kam sich dabei

blöd vor. »Ich rufe aber wegen etwas anderem an.« Er erzählte von der Kamera, die den Eingang des Blue Girl überwachte. »Wenn wir die Kassetten anschauen könnten, kämen wir vielleicht weiter.«

»Ich lass dir die Papiere sofort zukommen«, antwortete Regina. »Geht nicht rein. Sonst hat der Besitzer Zeit, die Kassetten verschwinden zu lassen.«

Das war Pilecki auch klar, doch er sagte nichts. Gurtner zeigte auf ein asiatisches Take-away gegenüber, und sie setzten sich mit zwei großen Tellern chinesischer Nudeln an einen Fensterplatz. Eine halbe Stunde später tauchte Meyer auf.

»Bambi!«, winkte Pilecki.

Meyer freute sich, ihn zu sehen. In der Bezirksanwaltschaft ging es ihr zu gesittet zu. Pilecki war genau der Richtige, um ihre Stimmung zu heben. Sie reichte ihm die Papiere und sah ihn erwartungsvoll an. »Komm schon, gehen wir rein.«

Pilecki zögerte. »Weiß Flint, dass du mit reinkommst?«

Meyer senkte den Blick und stieß mit dem Fuß genervt eine PET-Flasche auf die Straße. Sie sah ihn flehend an, doch Pilecki schüttelte den Kopf. »Sorry.«

Als Gurtner und Pilecki im Blue Girl verschwanden, ging sie in den Hinterhof. Wenn sie schon draußen warten musste, konnte sie sich auch nützlich machen. Zehn Minuten später wurde eine Tür in den Hinterhof mit einem heftigen Knall aufgestoßen. Eine breite Gestalt rannte sie über den Haufen, doch sie war schnell wieder auf den Füßen. Bevor der Mann entwischte, packte sie ihn an den Beinen und riss ihn zu Boden. Als Pilecki in den Hof hinausstürmte, brauchte er ihm nur noch Handschellen anzulegen.

»Danke«, sagte er erleichtert. Er nahm dem Barkeeper eine Schachtel mit Videokassetten ab. Kurze Zeit später tauchte Gurtner auf.

»Idiot«, fluchte er und wischte sich die Hände ab. Seine Jacke war nass, und er roch nach Alkohol.

»Sie müssen spannend sein«, sagte Meyer und deutete mit dem Kopf auf die Kassetten.

»Machen wir uns einen gemütlichen Abend?«, schlug Pilecki vor. »Ich besorge das Popcorn.«

Mit Bedauern schüttelte Meyer den Kopf. »Ich muss zurück.«

»Vielleicht will Flint mitschauen?«

»Kaum«, sagte Meyer niedergeschlagen. »Sie hat dafür wohl keine Zeit.«

»So ein hartes Leben«, bemerkte Pilecki. »Immer auf das Spannendste verzichten zu müssen.« Er seufzte laut. »Tut mir leid, Bambi. Dann kann ich nichts ändern.«

Er packte den Barkeeper und führte ihn zum Wagen. »Bis später.«

Als er losfahren wollte, rief ihn Cavalli auf dem Handy an. »Du hast mich gesucht?«

Pilecki erzählte ihm von der Überwachungskamera. »Der Barkeeper behauptet, er habe die Privatsphäre der Kunden schützen wollen und sei deshalb mit den Kassetten abgehauen.«

»Schon möglich«, meinte Cavalli. »Hoffen wir, dass sie drauf ist. Wie weit zurück gehen die Aufnahmen?«

»Leider nur zwei Wochen«, antwortete Pilecki. Bledar hatte die Unbekannte vor drei Wochen im Blue Girl gesehen. »Aber vielleicht war sie später wieder dort.«

»Oder der Freier«, erinnerte ihn Cavalli.

»Ich freue mich schon auf einen Filmabend mit Bledar«, sagte Pilecki ironisch.

»Es wird sich nicht vermeiden lassen«, antwortete Cavalli. »Er ist der Einzige, der den Freier erkennt.«

»Wo bist du eigentlich?«, fragte Pilecki neugierig.

»Auf dem Weg ins Büro.«

»Und woher kommst du?«

»Vom Unispital. Der Arzt meint, der Zustand der Zeugin

habe sich stabilisiert. Die Chancen stehen gut, dass sie sich erholt.« Dann erzählte er von Hahns Resultaten.

»Das ist ja fantastisch!« Pilecki flüsterte Gurtner das Wichtigste zu. »Wir sehen uns also bei Bledar. Bis dann.«

»Weshalb hatte er sein Handy ausgeschaltet?«, wollte Gurtner wissen.

»Er war im Krankenhaus«, erklärte Pilecki.

»Ja, und?«

»Frag ihn doch selber. Wir sind gleich da.« Vor ihnen tauchte die Kaserne auf, gleichzeitig bog Cavalli um die Ecke.

»Du könntest dich im Blue Girl um eine Stelle bewerben«, witzelte Pilecki und deutete auf Cavallis Gesicht, das ihm blauer vorkam als am Vortag. »Was macht dein Riecher?«

»Pause«, antwortete Cavalli grimmig. »Ich rieche überhaupt nichts. Aber deiner scheint zu funktionieren.« Er deutete auf den Barkeeper, der zahm im Wagen saß.

»Ich werde ihm noch ein paar Fragen stellen, dann müssen wir ihn laufen lassen. Vermutlich gehört es einfach zu seinen Anweisungen, der Polizei nichts auszuhändigen. Er behauptet, weder die Tote noch Mesceau je gesehen zu haben.«

Cavalli nickte. »Treffen wir uns in einer halben Stunde bei Bledar?«

»In Ordnung.«

Regina stöhnte und lehnte sich im Stuhl zurück. Fahrni setzte sich auf einen Besuchersessel und sah sie voller Mitgefühl an.

»Es geht mir genau gleich«, meinte er und legte eine Hand auf seinen vollen Bauch. Das libanesische Mese war hervorragend gewesen, was es unmöglich gemacht hatte, rechtzeitig mit dem Essen aufzuhören.

»Und für mich war es obendrein noch mein Frühstück.« Er hatte Meyer um eins abgelöst und sich dem gemeinsamen Mittagessen angeschlossen, das üppiger als sonst ausgefallen war, weil sie den Sechzigsten von Ochs gefeiert hatten.

Antonella platzte rein und grinste breit. »Der Füller ist schon im Einsatz. Er wird seine Besucher vermutlich damit blenden, so wie er ihn unter dem Licht in den Fingern dreht.«

»Es war wirklich eine ausgezeichnete Idee«, lobte Regina sie nochmals.

»Ist noch etwas?«, fragte sie, als die Sekretärin keine Anstalten zu gehen machte.

»Was? Ach ja, klar, die Dolmetscherin. Sie kommt in einer halben Stunde.« Es war schwierig, in Englisch oder Französisch Informationen mit den albanischen Behörden auszutauschen. Die Dolmetscherin sprach nicht nur albanisch, sondern kannte auch die örtlichen Gepflogenheiten.

»Danke«, sagte Regina, und Antonella ging. »Du sprichst ja wohl auch kein Albanisch, nehme ich an?« Die Frage galt Fahrni, der sich noch nicht gerührt hatte.

»Nein. Aber Latein.«

Regina sah ihn amüsiert an. »Das hat dir bei der Festnahme der letzten fünfzig Römer bestimmt gute Dienste geleistet.«

»Wer weiß, vielleicht wird einmal ein Bibliothekar ermordet, und das Motiv ist in seinen Büchern verborgen.« Er setzte sich auf. »Wie gehts dir heute?«

»Nicht schlecht, warum? Ist etwas?«

»Überhaupt nicht«, versicherte Fahrni. »Nur, weil du gestern so traurig warst.«

Regina rückte verlegen einige Unterlagen zurecht. »Es geht schon wieder.«

»Ist dein Freund zurückgekommen?«, fragte er besorgt.

Regina lag eine spitze Bemerkung auf der Zunge, doch sie spürte, dass er nicht aus Neugier, sondern aus Sorge fragte.

»Nein. Er kommt diese Woche seine restlichen Sachen holen«, sagte sie leise.

»Das tut mir wirklich leid«, sagte Fahrni mit einem traurigen Kopfschütteln.

Regina lächelte betrübt: »Mir auch. Aber egal, die Arbeit legt deshalb keine Pause ein. Kannst du das Telefongespräch mit Salomirs Exfrau abtippen? Das Tonband liegt im grünen Mäppchen.«

»Mach ich. Eine Frage noch.« Auf ihr Nicken fuhr er fort. »Du warst doch auch im Krankenzimmer der Zeugin. Ist dir der Weihnachtsstern aufgefallen?«

Regina dachte nach. Ja, auf dem Nachttisch stand ein Weihnachtsstern, sie hatte ihm aber keine Bedeutung beigemessen.

»Blumen gehören normalerweise nicht zur Grundausstattung eines Krankenzimmers«, erklärte Fahrni. »Jemand muss die Pflanze also gebracht haben.«

Regina nickte langsam. »Ich sehe, was du meinst. Sie hatte aber keine Besucher. Niemand kennt ihren Aufenthaltsort.«

»Genau. Aber jemand muss dort gewesen sein.«

»Ich werde Cavalli informieren, danke.« Sie versuchte sich daran zu erinnern, wann sie den Weihnachtsstern das erste Mal gesehen hatte. Sie fand Blumen in einem Krankenzimmer so alltäglich, dass sie die Ungereimtheit nicht bemerkt hatte. Allerdings passte es nicht zu Cavalli, den Topf zu übersehen. Sie wählte seine Nummer, der Anruf wurde umgeleitet. Gurtner nahm ab und erklärte, der Häuptling befrage Bledar.

Regina verbrachte die nächste Stunde damit, die Post einiger Gefangener zu kontrollieren. Antonella sortierte die Briefe zwar vor, doch manchmal war sie nicht sicher, ob gewisse Inhalte zulässig waren oder nicht. Zobeli hätte die Arbeit innerhalb kürzester Zeit bewältigt; Regina wurde schmerzlich bewusst, wie stark sie auf seine Unterstützung angewiesen war. Sie musste unbedingt eine Aushilfe beantragen. Meyer und Fahrni fingen zwar einiges auf, doch sie würden nur bis zur Lösung dieses Falls bleiben. Sie seufzte bei der Vorstellung, wieder jemanden einarbeiten zu müssen.

Die Dolmetscherin traf pünktlich ein, und sie erledigten die Anrufe zusammen. Die Behörden in Durres zeigten sich kooperativ und versprachen, der Sache nachzugehen. Regina faxte ihnen das Foto der toten Frau mit den nötigen Angaben.

Als Cavalli zurückrief, war sie in eine Präsentation vertieft.

»Flint.«

»Du wolltest mich sprechen?«

Sie fuhr auf, als sie seine Stimme hörte und atmete tief, bis ihr in den Sinn kam, was sie ihn fragen wollte.

»Alles in Ordnung?«, fragte er unsicher.

»Bestens, ich bin nur ans Telefon gerannt«, log sie.

»Mhm.« Glücklicherweise sah sie sein Grinsen nicht. »Ja?«

»Hast du etwas aus Bledar herauspressen können?«

Diesmal wich er aus. »Ja, ich erzähl dir später davon, ich muss seine Worte zuerst noch auf mich wirken lassen.«

Auf sich wirken lassen? Seit wann konnte er eine Zeugenaussage nicht gleich einordnen? »Was verschweigst du?«

»Weshalb hast du angerufen?«

»Du zuerst.«

Er seufzte. »Also gut. Aber nicht am Telefon. Du hattest doch neulich Lust, ins Kino zu gehen«, erinnerte er sie. »Magst du die Aufnahmen der Überwachungskamera mit uns anschauen? Pilecki bringt das Popcorn.«

Regina musste lachen; nach den vielen Tränen der letzten zwei Tage wirkte es befreiend. »Wie kann ich so ein Angebot ausschlagen!«

»Gegen sechs Uhr? Dann kann ich dir vorher noch von der Befragung berichten.«

»Einverstanden.« Sie erzählte von Fahrnis Beobachtung im Krankenzimmer.

Cavalli schwieg.

»Wir müssen dem unbedingt nachgehen. Nach Angaben der Wache war niemand bei der Frau. Offensichtlich hat sich jemand hineingeschlichen.« Sie verstand nicht, weshalb er keine Reaktion zeigte.

»Hallo? Bist du noch dran?«

Er räusperte sich. »Das ist nicht nötig. Ich hab die Blume hingestellt.«

»Du?«, fragte Regina überrascht.

»Hör zu, ich muss gehen. Ich bin spät dran. Wir sehen uns um sechs.«

Regina starrte den Hörer an und staunte, dass er sie nach all den Jahren immer noch überraschen konnte. Eine kleine Hoffnung flackerte in ihr auf.

13

Aurora schlug die Augen auf. Eine rote Blüte neigte sich ihr zu; ihre Spitzen strahlten in alle Richtungen. Sie blinzelte, und die scharfen Konturen der Blume verschwammen und teilten sich in zwei übereinanderliegende Sterne. Nach einem weiteren Blinzeln verschmolzen sie wieder zu einer Einheit. Sie versuchte sich zu orientieren, das kahle Krankenzimmer war ihr fremd.

Wieder wurde ihr Blick von der Blüte angezogen, sie wies ihr den Weg zurück in eine Realität, der sie entfliehen wollte. Ihre Brust schmerzte bei jedem Atemzug, trotzdem atmete sie ein und aus, unfähig, sich gegen die Gesetze der Natur zu wehren. Sie musterte die Decke, erstaunt darüber, dass sie so weit weg war. Ein feiner Riss im Gips schlängelte sich unter der Neonröhre durch und endete in winzigen Kratzern. Aurora versuchte, ihre Hand zu heben, doch sie hatte keine Kontrolle über ihre Glieder. Sie schielte erneut zur Blüte, das Rot wärmte sie, und ihre Augenlider wurden schwer.

Gurtner drückte die Play-Taste, und die Kassette spulte an den Anfang.

»Die Play-Taste ist die mit einem Pfeil, nicht mit zwei«, sagte Pilecki und verdrehte die Augen. Er öffnete eine Flasche Bier und blickte verzweifelt zu Cavalli. »Das mache ich täglich mit«, klagte er.

Sein Chef zuckte mit den Schultern: »Du scheinst es zu überleben.«

Er bot Barduff und Fahrni ein Bier an, Karan fragte er erst gar nicht.

Regina und Karan tauschten Blicke aus. Regina stand auf und holte zwei weitere Flaschen.

Cavalli sah beide überrascht an. »Ich wusste nicht …«

Regina setzte sich neben ihn. »Ich nehme nur die halbe. Nimmst du die andere Hälfte?«

Cavalli blieb seinem Grundsatz treu, keinen Alkohol zu trinken. Er hatte es seiner Großmutter versprochen, als er nach Straßburg gezogen war, obwohl er als Kind nicht wissen konnte, weshalb sie ihm das Versprechen abgenommen hatte. Dass er es nie gebrochen hatte, lag nicht daran, dass er ihre Angst vor Alkohol teilte, sondern daran, dass es sein einziges Geschenk an sie gewesen war, als er von ihr weggehen musste.

»Kannst die andere Hälfte ruhig mir geben«, schlug Pilecki vor. Er öffnete das Popcorn und machte es sich bequem. Das Videogerät spielte das Band ab. Sie schauten den Gästen zu, die auf den Eingang des Blue Girl zusteuerten, es waren fast ausschließlich Männer. Ab und zu hatte einer den Arm um eine Frau gelegt.

Um sieben löste Meyer Fahrni ab. Da er in sechs Stunden wieder antreten musste, um bis zum Morgen Wache zu stehen, verabschiedete er sich, wenn auch ungern.

Reginas Gedanken schweiften nach einigen Stunden ab. Sie ließ sich durch den Kopf gehen, was Cavalli über die Befragung erzählt hatte. Erstaunlich wenig, fand sie. Bledar kannte den Namen des Freiers nicht, er hatte nur hinzugefügt, dass dieser schon öfter im Lokal gewesen war. Sie hatte immer noch das Gefühl, dass Cavalli etwas verschwieg. Müde gähnte sie und streckte die Beine.

Barduff und Karan hatten um neun Feierabend gemacht; Meyer war die Einzige, die freiwillig da war. Für die Übrigen war die Visionierung nur noch Pflicht.

Regina verlagerte ihr Gewicht auf dem Stuhl und stützte ihre Ellenbogen auf die Oberschenkel. Sie spürte eine Hand auf ihrem Kreuz und war augenblicklich hellwach. Trotz des Adrenalins, das durch ihren Körper schoss, saß sie bewegungslos da und spürte die Wärme, die von Cavallis Handfläche ausging. Die Minuten verstrichen wie in Zeitlupe, was sich auf dem Bildschirm abspielte, war weit weg. Pilecki schielte verstohlen zu ihr hin.

»Halt das Video an!«, rief Cavalli und sprang auf. »Das ist sie!« Er zeigte auf eine undeutliche Gestalt, die sich hinter einem Mann mit schwarzer Lederjacke zu verstecken versuchte.

Regina blinzelte und versuchte, das unscharfe Gesicht zu erkennen.

»Die Tote hat viel längere Haare«, schüttelte Gurtner den Kopf. »Das ist sie nicht.«

»Nicht die Tote«, fuhr Cavalli aufgeregt fort. »Die Zeugin!«

Tatsächlich, jetzt erkannte Regina, was Cavallis Aufmerksamkeit auf die Frau gelenkt hatte. Alle rückten näher an den Fernseher heran, als würde das Bild dadurch deutlicher.

»Und der«, Pilecki zeigte mit dem Finger auf den Mann, der sie verdeckte, »der passt auf Finocchios Beschreibung des zweiten Mannes.«

»Mit der gestohlenen Lederjacke«, nickte Meyer begeistert. »Du hast recht, das könnte er sein! Schau dir mal die Schultern an, Schwarzenegger ist ein Dreck dagegen.«

Pilecki ließ das Band weiterlaufen, und sie beobachteten, wie der Türsteher dem Mann zunickte. Er schien ihn zu kennen, ohne Zögern ließ er ihn durch.

Pilecki spulte zurück, und sie schauten die Szene nochmals an. Cavalli zeigte auf die Kette, die sie um den Hals trug, und zog sie aus seiner Hosentasche. Er hatte Pilecki gefragt, ob er im Blue Girl nie jemanden gesehen habe, der so eine getragen hatte. Er hatte erstaunt den Kopf geschüttelt und versprochen, Irina zu fragen.

Sie spulten die Szene noch ein paar Mal zurück, doch weitere Einzelheiten waren nicht zu erkennen.

»Ich gebe die Videokassette morgen früh gleich den Technikern. Sie sollen ein Dutzend Papierausdrucke machen. Mal sehen, wie es um das Erinnerungsvermögen des Türstehers steht«, sagte Cavalli.

Es war kurz nach elf. Sie machten Schluss, um am nächsten Tag mit klarem Kopf weiterzuarbeiten.

»Willst du morgen die restlichen Bänder mit anschauen?«, fragte Cavalli Regina.

»Leider habe ich keine Zeit«, antwortete sie. »Aber dein Kino ist wirklich unterhaltsam.« Sie lächelte ihn warm an, und ihm fiel auf, dass sie den ganzen Abend nicht ein einziges Mal Felix angerufen hatte.

»Dann schlaf gut«, wünschte er und widerstand der Versuchung, sie zu küssen.

Cavalli ging auf die Bar zu und fragte nach der Karte. Wie Bledar vorausgesagt hatte, reichte Maria ihm ein Blatt mit verschiedenen Menüs. Er blickte sich um, erkannte aber niemanden. Irina schien frei zu haben. An ihrer Stelle tanzte die Brasilianerin, die er neulich gesehen hatte. Er schlug die Karte auf und zeigte wie abgemacht auf das teuerste Menü. Maria nickte und drückte eine Klingel unter der Theke. Bald darauf trat ein Mann aus einer Spiegeltür und forderte ihn unauffällig auf mitzukommen. Cavalli folgte ihm in einen Hinterraum. Im dämmerigen Licht erkannte er undeutlich einen Eiskübel mit einer Champagnerflasche.

»Wie lange?«, fragte der stämmige Bursche.

»Zwei Stunden«, antwortete Cavalli, wie von Bledar instruiert.

»Neunhundert Franken.« Eine große Pranke streckte sich ihm entgegen.

Cavalli schüttelte den Kopf. »Achthundert. Den üblichen Preis.«

»Sie ist erst fünfzehn«, versuchte der Bursche die Preiserhöhung zu rechtfertigen. Als er merkte, dass Cavalli nicht einlenkte, gab er nach. Er steckte das Geld ein und führte ihn durch den Hinterhof. Er entriegelte eine Metalltür hinter einem Abfallcontainer und führte ihn durch einen schmalen Gang zu einer Holztreppe. Im zweiten Stock öffnete er eine weitere Tür. Sie betraten einen langen Flur, von dem aus mehrere Zimmer zu erreichen waren. Beim dritten blieb er stehen. Cavalli schaltete sein Handy aus.

»Denk dran: Für stark sichtbare oder bleibende Verletzungen haftest du. Ich hol dich um Viertel nach eins wieder.« Dann ließ er ihn in das Zimmer.

Cavalli spürte, wie sein Herz klopfte. Doch es war nichts im Vergleich zu der Angst, die das Mädchen hatte. Zusammengekauert saß die kindliche Gestalt auf dem großen Bett. Lange, helle Haarsträhnen verdeckten ihr Gesicht, das sie auf ihre angezogenen Knie stützte. Ihre Arme hatten sich um ihre Beine verkrampft, zwischen den nackten Gliedern erkannte Cavalli schwarze Reizwäsche. Er schluckte und machte einen Schritt in den Raum.

Regina war zu müde, um ein Bad zu nehmen. Ihr Hals kratzte vom Rauch, und das Bier stieß ihr auf.

Allein zu sein hat Vorteile, dachte sie. Niemand wird sich an den unangenehmen Gerüchen stören.

Sie schlug die Decke zurück und setzte sich auf den Bettrand. Eigentlich hatte sie sich vorgenommen, den Code der Alarmanlage heute noch abzuändern. Der Gedanke, Cavallis Geburtsdatum zu löschen, löste in ihr Unlust aus. Den Computer- und den Combox-Code hatte sie abgeändert, sie war sicher, dass sie die neuen Zahlen bald vergessen würde.

Sie kroch unter die Decke und nahm einen Artikel über politisch motivierte Kriminalität vom Nachttisch. Sie begann zu lesen, doch ihre Gedanken kreisten um Cavalli. Nach dem vierten Anlauf legte sie das Heft beiseite und löschte das Licht. Es war ungewöhnlich still im dunklen Zimmer. Sie rutschte in die Mitte der Matratze, um sich daran zu gewöhnen, allein zu schlafen. Doch ihr war unwohl, bald lag sie wieder auf ihrer Seite.

Vielleicht wird Felix mir noch eine Chance geben, dachte sie. Gleichzeitig wusste sie nicht, ob sie das wirklich wollte. Sobald die Trennung nicht mehr akut schmerzte und die Wunden zu heilen begannen, würde sie ihr Leben so weiterführen, wie es ihr entsprach.

Sie legte die Hand auf das kühle Leintuch auf der anderen Matratzenseite. Die Müdigkeit war schließlich stärker als ihre innere Unruhe. Sie fiel in einen tiefen Schlaf. Draußen stand Meyer in der kalten Nacht und beobachtete, wie die nassen Schneeflocken auf dem Boden schmolzen.

Sie schaute nicht auf, als Cavalli sich neben dem Bett auf den Boden setzte. Er blieb reglos sitzen, bis ihre Neugier sie dazu zwang, zwischen den Haarsträhnen hervorzublinzeln. Klare, blaue Augen starrten ihn an, sie hatten die gleiche Farbe wie Reginas, doch nichts von deren Funkeln. Er nickte ihr zu, und sie verengte die Augen misstrauisch. Als er sich nicht bewegte, hob sie den Kopf. Cavalli erkannte die geheimnisvolle Kette, die ihn schon so lange beschäftigte. Schwer hing sie um den zierlichen Hals des Mädchens. Unterhalb der Kette fielen ihm dunkle Flecken auf, offenbar hatte sich ein Kunde nicht an die Anweisungen gehalten.

Das Mädchen warf einen Blick auf seine Hände. Wertvolle Minuten verstrichen, doch Cavalli wusste, dass er sie erst ansprechen durfte, wenn sie ihre Abwehrhaltung ein wenig aufgegeben hatte. Er beobachtete, dass sie immer unsicherer wurde. Die Zehen mit den rot lackierten Nägeln scharrten auf dem Leintuch, mit einem Ruck schüttelte sie einige Haarsträhnen aus den Augen. Langsam wich ihre Angst einem verärgerten Ausdruck. Sie verstand nicht, was gespielt wurde und was ihre Rolle war.

Er räusperte sich, und sie zuckte zusammen. Aber sie senkte den Kopf nicht. Cavalli stellte sich vor und sah sie fragend an. Mit einer Hand strich sie sich das Haar aus dem Gesicht und nahm eine bequemere Position ein. Cavalli wiederholte seinen Namen.

»Katalin«, sagte sie schließlich.

Regina tastete nach Felix und war überrascht, dass er nicht im Bett lag. Er hatte sich doch eben bewegt, registrierte sie benommen, und ließ sich wieder zurück in den Schlaf ziehen. Plötzlich drang die Ungereimtheit in ihr Bewusstsein und sie war hellwach. Sie lag in der Dunkelheit, die Hand immer noch dort, wo Felix normalerweise lag. Er war nicht da. Oder doch? Angestrengt lauschte sie in die Stille, die Leuchtziffern der Uhr auf ihrem Nachttisch zeigten halb eins. Sie spürte einen leichten Windzug und dachte angestrengt nach, ob sie die Klappe am Schwedenofen offen gelassen hatte. Sie stützte sich auf die Ellenbogen und wollte das Licht anknipsen, doch etwas hielt sie zurück. Langsam nahmen die Gegenstände in ihrem Schlafzimmer Gestalt an. Ihr Blick streifte den Stuhl, der in einer Ecke stand und auf dem sich juristische Fachzeitschriften stapelten. Der Bilderrahmen gegenüber hob sich von der hellen Wand ab; darunter lag eine Schachtel, die Felix wohl vergessen hatte. Neben dem Fenster stand eine Zimmerpflanze, die Umrisse des großen Topfes verschmolzen mit dem Teppich.

Regina ließ ihren Blick über die Tür und zur Wand neben ihr gleiten. Der Durchgang zum Bad stand offen. Hatte sie vergessen, die Schiebetür zuzuziehen? Verwirrt und mit zunehmender Angst versuchte sie zu rekonstruieren, was sie genau gemacht hatte, bevor sie ins Bett gekrochen war. Sie hörte ein Knacken – es lief ihr kalt den Rücken hinunter. Sie öffnete den Mund zu einem stummen Schrei. Plötzlich löste sich eine dunkle Gestalt aus der Ecke und stürzte sich auf sie. Eine Hand wurde über ihren Mund geschlagen, und ein ekliger, ranziger Geruch stieg ihr in die Nase.

Katalin nickte, als er ihr das Foto der Toten zeigte. Sie deutete auf die Tür und murmelte etwas von »nächstes Zimmer«. Cavalli bewegte sich so langsam wie möglich. Das Mädchen hatte die Arme sinken lassen und sich gegen die Wand gelehnt. Cavalli versuchte, sich vom Anblick der anzüglichen Wäsche nicht abstoßen zu lassen. Er überlegte sich, ihr seine Jacke anzubieten, wollte sie aber nicht unnötig auf ihre Blöße aufmerksam machen. Er zeigte ihr das Bild der Zeugin. Wieder nickte sie. Salomir hingegen erkannte sie nicht.

»Woher kommst du?«, sprach er sie an. Sie schaute weg und schwieg. Er überlegte, wie er ihr Vertrauen gewinnen konnte. Die Zeit war knapp. Langsam zählte er einige osteuropäische Länder auf und beobachtete sie genau. Als er Moldawien nannte, schien sich ihr Gesichtsausdruck leicht zu verändern.

»Moldawien?«, wiederholte er. Sie reagierte nicht.

Er zog ein Bild von Bledar aus der Tasche. Sie schüttelte den Kopf.

»Wie lange bist du schon hier?«, versuchte er nochmals mit ihr ins Gespräch zu kommen. Je mehr Zeit verstrich, desto nervöser wurde sie. Sie traute ihm nicht. Plötzlich stand sie auf, die Lippen zusammengepresst, und zog sich aus. Sie schien es hinter sich bringen zu wollen, das lange Warten setzte ihr zu. Cavalli schaute weg und schüttelte verzweifelt den Kopf. Er konnte sie einfach nicht erreichen.

Meyer blies in die Hände, die sie zu Fäusten geballt hatte. Bald käme Fahrni. Nur noch eine Viertelstunde. Sie beschloss, einen letzten Kontrollgang um das Haus zu machen. Sie ging die Böschung hinunter, die vor Nässe glatt war. Als sie an den Nachtkerzen vorbeirutschte, schaute sie zum Schlafzimmerfenster. Es war verschlossen, wie alle anderen auch. Flint – es machte ihr immer noch Mühe, sie Regina zu nennen – hatte keine Vorhänge, was ihr seltsam vorkam. Das lag vermutlich daran, dass sie selber immer in Wohnungen gewohnt hatte, in die die Passanten problemlos hineinschauen konnten. Plötzlich flackerte ein winziges Licht auf, das gleich wieder erlosch. Meyer stutzte. Sie glaubte, sich getäuscht zu haben, wusste gleichzeitig nicht, was es sonst hätte sein können.

Vorsichtig schlich sie sich ans Fenster, es war ihr etwas peinlich, doch es gehörte nun einmal zum Job. In einer Ecke schien sich eine Gestalt zu bewegen, doch sie konnte sie durch die Fensterscheibe nicht erkennen. Meyer schüttelte den Kopf. Dann hörte sie einen dumpfen Schlag. Sie blieb wie angewurzelt stehen und horchte in die Nacht hinein. Ein Toilettendeckel?

In der Hosentasche spürte sie Flints Hausschlüssel, den sie für Notfälle bei sich trug. Wenn sie hineinginge und Flint nur die Toilette aufgesucht hatte, wäre es ihr furchtbar unangenehm. Was aber, wenn nicht? Sie ging um das Haus herum. Alle Fenster waren verschlossen. Vor der Haustür blieb sie stehen. Um die Entscheidung hinauszuzögern, drückte sie die Türklinke nach unten. Die Tür war offen. Erschrocken fuhr Meyer zurück, doch die Alarmanlage war nicht eingeschaltet. Sie zog ihre Waffe und trat in den Eingangsraum. Sie ließ die Haustür weit offen, um sich den Fluchtweg nicht zu versperren. Langsam schlich sie den Gang hinunter, den Rücken zur Wand. Sie schwitzte in den warmen Kleidern, ihre schweren Stiefel hinterließen Abdrücke auf dem Teppich.

Aus dem Schlafzimmer ertönte ein unterdrückter Laut, dann ein Zischen. Meyer hatte das Gefühl, dass die Stimme einem Mann gehörte. Jetzt war sie sich sicher, dass etwas nicht stimmte. Sie musste Verstärkung rufen. Wenn sie jetzt ihr Funkgerät hervorziehen würde, brächte sie sich selbst in Gefahr. Hinauszuschleichen schien auch keine Alternative: Sie wusste nicht, was gerade im Haus geschah und fasste den Entschluss, zum Schlafzimmer zu gehen.

Cavalli wickelte die Bettdecke um Katalin und setzte sich auf den Bettrand. »Wer hat deinen Pass?« Es blieb keine Zeit mehr, zartfühlend zu sein.

Ein verängstigter Ausdruck trat auf ihr Gesicht. »Ich weiß es nicht.«

Er ging vor ihr in die Hocke und fing ihren Blick auf. »Wie lange bist du schon hier?«

»Drei Wochen«, flüsterte sie.

»Wissen deine Eltern, wo du bist?«, fragte er höflich und bestimmt.

Sie schüttelte den Kopf.

Cavalli nickte. Er kannte die Geschichte dieser Mädchen, es war immer mehr oder weniger die gleiche: Kindermädchen, Service- oder Hausangestellte – die Mädchen glaubten, dass eine Stelle im Ausland auf sie wartete und übergaben ihre Papiere den Vermittlern ohne Misstrauen.

»Wer kümmert sich hier um euch Mädchen?«

Als Katalin ihren Kopf senkte, legte Cavalli ihr einen Finger unters Kinn und hob ihren Kopf sorgfältig.

»Maria.« Sie sah ihm nicht in die Augen.

Die mollige Frau an der Bar. Er sah auf die Uhr. Noch fünf Minuten. Dann würde ihn der stämmige Bursche abholen.

Regina konnte unter der schweißigen Hand fast nicht atmen. Ihre Knie waren weich wie Gummi. Sie fuchtelte mit den Armen, und es gelang ihr, ihr Handy zu packen. Cavalli hatte es so eingerichtet, dass ein einziger Knopfdruck genügte, um bei ihm eine Meldung eingehen zu lassen. Sie versuchte, klar zu denken. Wenn der Mann ihr etwas antun wollte, hätte er es längst getan. Dieser Gedanke beruhigte sie. Sie verdrängte die Erinnerung an die fünf präzisen Schüsse, die Salomir getötet hatten. Der Fremde bemerkte ihre veränderte Haltung. Er zog sie hoch, die Hand immer noch über ihrem Mund, und zischte ihr ins Ohr: »Die Unterlagen!«

Plötzlich spürte Regina einen kalten Wind. Die Haustür war offen. War noch jemand da? Etwas Kaltes wurde gegen ihre Schläfe gepresst. Sie hatte die Unterlagen nicht bei sich. Würde sich die Wut des Mannes gegen sie richten? Sie könnte ebenso gut versuchen, ihm zu entkommen. Sie müsste es nur bis zur Haustür schaffen, draußen wartete Meyer. Ein weiterer Gedanken blitzte auf: Vielleicht hatte Meyer etwas bemerkt?

So oder so, sie musste das Risiko eingehen, auf sich aufmerksam zu machen. Sie ließ sich zusammensacken, sodass der Fremde sie auffangen musste, um ihr weiterhin den Mund zuhalten zu können. Überrascht griff er ihr mit der zweiten Hand, die ihr die Pistole an die Schläfe gehalten hatte, unter den Arm. Regina drehte sich blitzartig um und rammte ihm das Knie zwischen die Beine. Dann stürzte sie aus dem Zimmer und kollidierte fast mit Meyer.

Der Eindringling hatte sich sogleich wieder gefasst und jagte ihr nach. Als er Meyer sah, drehte er Richtung Haustür ab, preschte ins Freie. Meyer rannte ihm nach. Schwer atmend wählte Regina die Nummer der Notrufzentrale.

Cavalli zog sein Hemd aus der Hose und schob die Bettdecke beiseite. Er bat Katalin ein letztes Mal eindringlich, nichts über das Gespräch zu erzählen. Sie hatte sich hingelegt, und als es an der Tür klopfte, wandte sie sich ab. Die Tür ging auf und Cavalli stopfte sein Hemd rasch wieder in den Hosenbund. Er nickte dem stämmigen Burschen zu, der seinen geübten Blick über das Zimmer schweifen ließ. Er vergewisserte sich, dass Katalin keinen sichtbaren Schaden davongetragen hatte und verließ das Zimmer mit Cavalli. Während er Katalins Zimmer abschloss, ging die gegenüberliegende Tür auf, und ein Mann trat heraus. Er huschte mit gesenktem Kopf zur Treppe.

Hofer?

Cavalli blinzelte. Im schummrigen Licht war er nicht sicher. Zögernd folgte er ihm die Treppe hinunter. Es wurde ihm klar, dass dieser heimliche Besuch ihm zum Verhängnis werden konnte. Doch wenn er Regina davon erzählt hätte, wäre die Geschichte mit den Placebos aufgeflogen. Sie hätte ihm kaum geglaubt, dass Bledar plötzlich zur Zusammenarbeit mit der Polizei bereit war. Dafür hatte sie zu viel Erfahrung.

Ein Arm versperrte ihm den Weg. Der Aufseher ließ ihn nicht durch. Erst als der Gast vor Cavalli im Hof verschwand, machte er den Weg frei.

»Diskretion ist uns wichtig«, meinte er routiniert.

Cavalli wusste nicht, ob er sich darüber ärgerte oder erleichtert war.

Vor dem Blue Girl lehnte er sich außerhalb der Kamerareichweite gegen die Wand. Er fühlte sich geschlagen. Die Ohnmacht hinterließ eine große Leere. Es war ihm schmerzlich bewusst, dass er den Mädchen nicht helfen konnte. Resigniert rieb er sich den Nacken und schaltete sein Handy ein. Reginas Notruf leuchtete ihm entgegen.

Meyer rannte durch den dichten Wald. Sie hoffte, dass Fahrni ebenfalls hinter ihnen her war. Ihre Füße donnerten über den gefrorenen Boden, nicht weit vor sich hörte sie das Keuchen des Mannes. Sie war sich sicher, dass es der Mercedesfahrer war.

Sie rutschte auf den nassen Blättern aus und stolperte, fing sich aber gleich wieder auf. Die kugelsichere Weste, die sie auf Anweisung Cavallis trug, war schwer wie Blei. Der Schweiß lief ihr den Rücken hinunter. Sie wusste, dass sie den Mann früher oder später einholte.

Plötzlich waren die Schritte vor ihr nicht mehr zu hören. Geistesgegenwärtig warf sie sich auf den Boden. Drei Schüsse hallten durch den stillen Wald. Sie richtete ihre Waffe auf den

Ort, von dem die Schüsse gekommen waren, drückte aber nicht ab. Sie wollte den Mann lebendig fangen. Sie kroch zum nächsten Baum und richtete sich auf. Er hatte sich nicht bewegt. Wolken verdeckten den Mond, sodass kein Licht in den Wald drang. Trotzdem spürte sie ihn rund fünfzig Meter vor sich. Sie schlich einen Baum weiter. Ein Ast knackte und der Fremde schoss in ihre Richtung. Dann rannte er weiter. Sie jagten an einem Wasserreservoir vorbei, die Bäume standen immer weiter auseinander. In der Ferne hörte Meyer Fahrzeuge auf der Hauptstraße.

Das Keuchen wurde lauter. Der Hang war steil. Er verlor langsam seinen Vorsprung. Sie erkannte seine Umrisse; er bemerkte ihre Nähe und drehte sich um, um auf sie zu schießen.

Meyer hechtete zur Seite und rollte weg. Sie kam so schnell wieder auf die Beine, dass der Mann keine Gelegenheit hatte, genau zu zielen. Sie packte die Chance und stürzte sich auf ihn. Sie schlug ihm die Waffe aus der Hand und warf ihn auf den Boden. Erst als die Handschellen einrasteten, atmete sie tief ein.

Cavallis Volvo hielt quietschend vor Reginas Wohnung. Er sprang aus dem Wagen und auf Regina zu, die am Straßenrand stand und ihm winkte.

»Was ist passiert?«, fragte er atemlos.

Sie zeigte Richtung Wald: »Meyer und Fahrni sind hinter ihm her. Ich habe vier Schüsse gehört.«

Cavalli rannte in die Richtung, die sie gezeigt hatte. In der Ferne hörte er Sirenen. Im Wald war es still. Er hatte keine Ahnung, wohin sie gelaufen waren und folgte dem erstbesten Weg. Er hörte ein Knacken und steuerte darauf zu. Schritte erklangen, dann vernahm er Stimmen. Plötzlich tauchten Meyer und Fahrni vor ihm auf, zwischen sich führten sie einen Mann mit finsterem Gesichtsausdruck.

»Wir haben ihn!«, jauchzte Meyer, als sie Cavalli erkannte. Die Strapazen der letzten Stunde waren ihr nicht anzusehen. Sie schob den Unbekannten energisch vor sich her und grinste breit.

»Du hast ihn«, verbesserte Fahrni, der wesentlich bleicher aussah.

Cavalli klopfte ihr auf die Schultern. Für eine kurze Weile vergaß er Hofer. Als sie aus dem Wald kamen, waren zwei Streifenwagen eingetroffen, die den Unbekannten übernahmen.

Meyer und Fahrni machten sich auf die Suche nach dem Mercedes.

Cavalli befahl, den Eindringling ins Untersuchungsgefängnis zu fahren und versprach, bald nachzukommen.

Er wandte sich an Regina und sah sie fragend an. Sie erzählte ihm der Reihe nach, was vorgefallen war.

Als sie geendet hatte, schüttelte Cavalli den Kopf.

»Die Alarmanlage ist nicht losgegangen?«

Regina schlug die Hände vors Gesicht.

»Ich habe den Code noch nicht geändert«, sagte sie kleinlaut. Cavalli sah sie verständnislos an.

»Es ist der gleiche wie auf meinem Computer? …«, erklärte sie beschämt.

Cavallis Kiefer klappte herunter, er starrte sie fassungslos an. »Ich höre wohl nicht richtig …«

Regina kaute an ihren Fingernägeln: »Vermutlich kam er herein, als Meyer einen Kontrollgang machte.«

Cavalli starrte sie immer noch an. »Wie dumm darf man sein?« Seine Angst um sie schlug in Wut um, er empfand es als Beleidigung, dass sie nicht besser auf sich aufpasste.

»Ich weiß! Ich war saudumm, in Ordnung? Alles ist mir über den Kopf gewachsen, ich bin kein Übermensch!« Sie war den Tränen nahe.

Cavalli fragte: »Wo ist Felix?«

»Ausgezogen«, flüsterte Regina.

Cavalli seufzte. »Verrätst du mir den Code?«

Sie sah ihn nicht an. »18071963.«

Er schwieg lange. Endlich sagte er: »Ich schaff das nicht ... ich ertrag es einfach nicht, von einem Menschen abhängig zu sein.«

»Ich weiß«, antwortete sie und wandte sich ab. »Warte auf mich. Ich möchte bei der Einvernahme dabei sein.« Sie verschwand im Haus.

»Koch ist unterwegs«, sagte Meyer. »Der Wagen steht einige Querstraßen weiter unten.«

»Könnt ihr bleiben?«, fragte Cavalli kühl. »Regina und ich fahren ins Untersuchungsgefängnis.«

»Klar.«

»Gut. Dann sehen wir uns morgen beim Rapport.«

Er öffnete Regina die Autotür und hielt ihr den Sicherheitsgurt hin. Sie schwiegen auf der Fahrt. Er erzählte ihr nicht von dem Mann im Blue Girl.

Mehr als einmal blickte sie misstrauisch zu ihm hinüber. Etwas hatte sich zwischen ihnen verändert.

»Wo warst du heute Abend?«, fragte sie, als er den Wagen parkte.

»Ich hatte frei«, log er.

»Wofür hältst du mich eigentlich?«, sagte sie ärgerlich. »Als Nächstes erzählst du mir, dass du im Kino warst.« Sie sah ihn eindringlich an: »Wenn es mit dem Fall in Zusammenhang steht, will ich wissen, wo du warst.«

Er machte Anstalten auszusteigen, sie hielt ihn zurück. »Ich will eine Antwort. Ich habe dir in diesem Fall viele Freiheiten gelassen. Langsam zweifle ich, ob du mit dieser Freiheit richtig umgehst. In den letzten Tagen scheinst du es nicht mehr für nötig gehalten zu haben, mich zu informieren. Im Gegenteil, du verheimlichst mir etwas.«

Cavalli lehnte sich zurück und überlegte. Wenn sie von der Placebo-Geschichte erfuhr, musste sie handeln. Doch wie sollte er ihr erklären, wie sie Bledar zum Reden gebracht hatten?

»Bledar hat mir erzählt, dass im Blue Girl minderjährige Prostituierte zu haben sind«, begann er seufzend und wartete auf ihre Reaktion.

»Was? Und das sagst du mir erst jetzt?« Plötzlich wusste sie, warum: »Du bist heute hingegangen.« Es war keine Frage.

Überrascht sah er sie an. »Nur kurz.«

»So kurz, dass du dein Handy ausgeschaltet hast und erst ab Viertel nach eins zu erreichen warst.« Ihre Augen blitzten gefährlich.

»Hör zu, der Mercedesfahrer wartet«, versuchte er abzulenken.

»Er wird nirgendwo hingehen. Ich will zuerst von dir wissen, wie du Bledar zum Reden gebracht hast, und dann, was du heute Abend gemacht hast.« Sie verschränkte die Arme und ließ keinen Zweifel daran, dass sie so lange sitzen blieb, bis sie die Antworten hatte.

Cavalli fuhr sich über das unrasierte Kinn. Er war müde und nicht mehr sicher, ob er das Richtige getan hatte.

»Wir haben Bledar in die Zange genommen«, begann er resigniert. »Vermutlich sind wir etwas weit gegangen.«

»Was heißt das genau? Habt ihr ihn verletzt?«

Cavalli schüttelte den Kopf. »Nicht gerade. Aber ihm Angst eingejagt.«

Regina konnte sich nicht vorstellen, dass sich der Drogendealer leicht einschüchtern ließ. Sie war aber unschlüssig, ob sie die Details genau wissen wollte. Bledar würde kaum eine Beschwerde einreichen, und sie war der Ansicht, dass das Ziel manchmal unübliche Mittel rechtfertigte.

»Und auf diesen Druck hin hat er ausgepackt.« Sie sah Cavalli auffordernd an.

Er nickte. Er blickte zu ihr hinüber und überlegte, wie viel er erzählen sollte.

»Alles«, beantwortete sie die Frage.

Er erzählte, wie er Bledar davon überzeugt hatte, dass er aus persönlichen Gründen an Informationen über die Prostituierten interessiert war.

»Und er ist darauf hereingefallen?«, fragte Regina ungläubig.

»Er wollte darauf hereinfallen«, erklärte Cavalli. »Manchmal glauben wir eben das, was wir glauben wollen.«

Regina sah ihn misstrauisch an. Als ihr Cavalli erzählte, dass er darauf Katalin im Blue Girl begegnet war, schüttelte sie wütend den Kopf.

»So wie du erzählst, ist dieses Mädchen eine wichtige Zeugin, und du bist ohne Rücksprache mit mir zu ihr gegangen! So können wir nicht zusammenarbeiten.« Die Fensterscheiben waren beschlagen, das Untersuchungsgefängnis war kaum mehr zu erkennen. Sie wandte sich zu ihm. »Ich bin für dich eingestanden und habe deine Methoden verteidigt. Weil ich weiß, dass es dir um die Sache geht. Auch wenn du dich manchmal knapp an der Grenze des Erlaubten bewegst, habe ich deine Hingabe bewundert und deiner Urteilsfähigkeit vertraut. Dass du aber hinter meinem Rücken handelst, dulde ich nicht.«

Cavalli sah sie nicht an. Er wusste, dass sie recht hatte. Sie hatte immer mit offenen Karten gespielt und ihm auch ihre Schwächen gezeigt. Bei allen Problemen war sie fair geblieben und hatte ihre persönlichen Gefühle beiseite geschoben, wenn es darum gegangen war, Entscheidungen zu treffen. Was er von sich nicht behaupten konnte.

Cavalli beschloss, mit der ganzen Wahrheit herauszurücken, um die Zusammenarbeit wieder auf eine sachliche Basis zu stellen. Er durfte das Ziel, den Mörder zur Rechenschaft zu ziehen, trotz aller persönlicher Schwierigkeiten nicht aus den Augen verlieren. Angespannt drehte er sich zu ihr und begegnete ihrem Blick.

»Als ich das Zimmer im Blue Girl verließ, bin ich einem Mann begegnet, der Hofer glich.«

Ihr Kiefer klappte nach unten. »Hofer?«, wiederholte sie.

Er nickte und beschrieb die Begegnung. Sie fluchte. In Gedanken ging sie ihre Gespräche mit Hofer durch, und ihr wurde einiges klar: seine Angst, sein Bedürfnis, sie zu kontrollieren, seine Unsicherheit.

»Wenn er es tatsächlich war, glaubst du, er steckt mit drin?«, fragte sie scharf.

Cavalli seufzte. »Ich weiß es nicht. Ich muss den Fall nochmals durchgehen.«

»Ich möchte das Resultat deiner Überlegungen sehen, und zwar schriftlich.« Regina brach den Satz ab. Zuerst musste sie selbst wissen, was sie mit dieser Information anfangen wollte. Wenn es Hofer gewesen war, musste sie ihn für seinen Bordellbesuch zur Rechenschaft ziehen. Dann würde auch Cavallis Besuch dort aktenkundig.

»Verdammt«, fuhr sie ihn an. »Weißt du, in welche Lage du uns versetzt?«

Er nickte zähneknirschend.

Sie schloss die Augen und lehnte den Kopf an die Nackenstütze. Eine illegale, dazu offensichtlich minderjährige Prostituierte aufzusuchen, würde Hofer seine Stelle kosten. Aber nicht nur ihn.

»Katalin wird kaum aussagen, dass du nur reden wolltest«, sagte sie bissig. »Und wenn doch, wird man ihr das nicht glauben.«

Cavalli betrachtete seine Hände. »Ich weiß.« Er sah sie eindringlich an. »Was wirst du tun?«

Das wüsste ich auch gern, dachte sie. Wenn Hofer in den Mordfall verwickelt war, blieb ihr keine andere Wahl, als alles an die Öffentlichkeit zu tragen. Aber wenn nicht? Sollte sie den Vorfall trotzdem untersuchen? Wenn sich herausstellte, dass es nicht Hofer gewesen war, würde Cavalli umsonst geopfert.

Cavalli musterte sie verstohlen. Er verstand, was ihr durch den Kopf ging, und hoffte, dass ihre Abneigung gegen Hofer sie nicht daran hinderte, einen sachlichen Entscheid zu treffen.

»Wir müssen zuerst wissen, ob Hofer in die Morde verwickelt ist«, sagte sie schließlich. »Für dich steht viel auf dem Spiel. Ich möchte deshalb über jeden Schritt und jeden Gedankengang informiert werden.«

Er nickte schweigend. Plötzlich war er hundemüde. Der Schlafmangel, seine Fehler und die Unsicherheit, wie es weiterging, lähmten ihn. Er zog die Kette aus der Hosentasche und hielt sie Regina hin. Das Zeichen für Minderjährige im Blue Girl. Deshalb hatte Pilecki sie nie gesehen. Er klärte Regina darüber auf, und sie sah ihn fragend an.

»Wenn das stimmt, müsste die Tote auch eine getragen haben. Sie war aber nicht unter den Kleidern«, stellte sie fest.

Cavalli nickte. »Vielleicht hat sie der Mörder oder Salomir ihr abgenommen, bevor sie die Leiche entsorgt haben. Schließlich wird bald ein neues Mädchen an Stelle der Toten im Einsatz sein, die Kette wird also noch gebraucht.« Seine Worte klangen bitter. Er rieb sich die Augen und schlug vor, mit der Einvernahme zu beginnen.

»Hast du genügend Energie dafür?«, fragte Regina. »Dieser Mann hat vermutlich Erfahrung. Es wird nicht einfach sein, ihn zum Reden zu bringen.«

»Ich möchte damit aber nicht warten. Die ersten Stunden sind zu wichtig. Er hat jetzt schon genug Zeit gehabt, um sich einiges zurechtzulegen.«

»Also, gehen wir.«

Der Albaner verzog keine Miene, als sie sich ihm gegenüber setzten. Regina begann mit den Formalitäten, die er knapp beantwortete. Seinen Sprachkenntnissen nach war er nicht zum ersten Mal in deutschsprachigem Gebiet. Er gab an, Shyqyri Qepa zu heißen und in Tirana zu wohnen. Doch dann war Schluss. Mehr sagte er nicht.

Regina musterte seinen verschlossenen Gesichtsausdruck. Hatte er Salomir und die junge Frau getötet? Wer war der Mann, den Finocchio in Salomirs Wohnung beobachtet hatte und der dann auf dem Video mit der Zeugin zu sehen war? Qepa konnte auch bloß der Fahrer sein. Es mussten zwei Personen im Mercedes gesessen haben, als aus dem Rückfenster geschossen wurde.

»Woher kennen Sie Sergiu Salomir?«, fragte Regina. Sie beugte sich vor. Mit einer Geste der Unnahbarkeit verschränkte Qepa die Arme im Nacken. Er schwieg.

Cavalli stand die Selbstbeherrschung ins Gesicht geschrieben. Er wusste, dass sie heute keinen Schritt weiterkamen. Er sagte nichts. Es war wichtig, dass Regina die notwendigen Fragen stellte, sonst würden sie den Eindruck erwecken, inkompetent und schwach zu sein. Nach zwei Stunden war sie alle wichtigen Punkte durchgegangen. Cavalli hatte die Fragen protokolliert.

Qepa wurde von einem Polizisten in seine Zelle zurückgeführt, und Regina sah Cavalli an.

»Und? Was denkst du?«

»Dass er vorbestraft ist«, meinte er. »Sonst hätte er seinen Namen nicht so bereitwillig genannt.«

Regina sah das auch so. Sie blickte auf die Uhr und stellte fest, dass fünf Uhr war. Es würde sich nicht mehr lohnen, nach Hause zu fahren.

»Das können wir gleich abklären. Wie wärs, wenn wir danach die neuen Erkenntnisse auf der Tafel im Sitzungszimmer festhalten?«

Cavalli schüttelte den Kopf. »Die Darstellung auf der

Tafel hat das Team gemeinsam erarbeitet. Ich möchte am Rapport damit fortfahren. Aber wir könnten meine Kartensammlung ergänzen. Ich habe alle Daten des Falls einzeln notiert.«

Regina stand auf und streckte sich.

Cavalli zögerte und schien sie etwas fragen zu wollen.

»Was?«, fragte sie, bereits auf dem Weg zur Tür.

»Hättest du etwas dagegen, wenn wir das im Kraftraum machen würden?«

»Im Kraftraum?«

»Ich kann beim Rennen klarer denken«, erklärte er.

»Von mir aus. Aber ich renne nicht mit.«

Sein Blick sagte, dass er das auch nicht erwartet hatte.

Qepa hatte drei Jahre wegen Drogenhandels hinter Gittern verbracht. Die Strafe hatte er vor einigen Jahren verbüßt, seitdem schien er nicht mehr mit dem Gesetz in Konflikt geraten zu sein. Cavalli druckte die Angaben aus und sammelte dann seine Karteikarten ein.

»Nimmst du bitte auch deine Notizen mit? Ich würde sie gern durchsehen, wenn ich darf«, bat Regina.

Widerwillig klemmte er seine Unterlagen unter den Arm.

»Du hast nicht zufällig etwas Essbares dabei?«, fragte Regina.

Cavalli durchsuchte seine Schubladen und zog zwei Energieriegel hervor. Erleichtert nahm Regina sie entgegen.

Im Kraftraum machte sie es sich auf einer Matte bequem. Sie legte Cavallis Kärtchen in verschiedenen Gruppen auf dem Boden aus. Dann ging sie seine Notizen durch und verglich sie mit ihrem eigenen Wissen.

»Weshalb hast du Salomirs Freundlichkeit vor der Apotheke gelb markiert?«, fragte sie neugierig.

»Ich habe mich gefragt, weshalb nie jemand ein gutes Wort über ihn verloren hat«, erklärte er. »Anscheinend gab es Momente, in denen er höflich und freundlich auftrat, doch nicht eine einzige Person hätte ihm das zugetraut. Vielleicht hat er ja Freunde, die wir noch nicht gefunden haben? Relevant ist es aber nicht. Für diesen Fall, meine ich.«

Er fand langsam seinen Rhythmus, und seine Gedanken kamen ins Fließen. »Kannst du die Kärtchen ergänzen?«

»Klar, schieß los.« Sie nahm einen Stift und notierte die Stichwörter, die er aufzählte. Als sie fertig war, legte sie die neuen Kärtchen ebenfalls auf dem Boden aus und studierte sie. Das Surren des Laufbands und die gleichmäßigen Schläge von Cavallis Füßen wirkten beruhigend. Sie vertiefte sich in die Notizen und filterte die wichtigsten Informationen und Probleme heraus. Entscheidend erschien ihr die Frage, ob beide Morde vom gleichen Täter begangen worden waren, was zwar auf den ersten Blick nahe liegend war, doch überprüft werden musste.

Regina sah auf. »Welche Fragen sind deiner Meinung nach am wesentlichsten?«

»Ob die Morde von einer oder von zwei Personen begangen wurden«, sagte er ohne zu zögern.

Regina nickte zufrieden. »Hast du schon Ideen dazu?«

Er antwortete nicht sofort.

»Einfach aus dem hohlen Bauch heraus. Es bleibt unter uns.«

»Ich habe meine Gedanken aber wirklich noch nicht überprüft«, mahnte er. Als sie ihn erwartungsvoll ansah, fuhr er fort. »Ich denke, es sind zwei verschiedene Täter. Auf den ersten Blick erscheint mir die Handschrift sehr unterschiedlich. Die junge Prostituierte wurde mit bloßen Händen erwürgt. Die Tat war ungeplant, impulsiv, unordentlich und emotional. Er hat sie vor ihrem Tod vergewaltigt. Sie geschlagen und gequält. Wir wissen nicht, ob ihr Tod beabsichtigt war. Salomir hingegen wurde gezielt ermordet. Professionell, genau, wirksam. Er wurde hingerichtet.« Cavalli schloss die Augen und dachte laut weiter. »Beiden gemeinsam ist die

Wut, die hinter der Tat steckt. Die junge Frau wurde brutal geschlagen. Auf Salomir wurden unnötigerweise fünf Schüsse abgegeben. Beide Morde geschahen vor Zeugen. Der oder die Täter gingen ein großes Risiko ein. Finocchio hat eine Frau schreien hören. Auch jemanden in einem fahrenden Wagen zu erschießen, birgt ein großes Risiko. War der Täter so verzweifelt? Hatte er nach Salomir gesucht, vielleicht geglaubt, er hätte später keine Chance mehr, ihn zu erwischen? Schoss er zufällig vor der Abzweigung nach Urdorf? An jeder anderen Stelle wäre es einfacher gewesen, den Mercedes einzuholen.«

Er wischte sich den Schweiß von der Stirn und griff zur Wasserflasche.

Regina hatte den Rücken an die Wand gelehnt und notierte sich Stichworte auf einem Blatt. Die Situation kam Cavalli bekannt vor. Plötzlich wusste er, weshalb: Als sie ihre ersten gemeinsamen Ferien in Schottland verbracht hatten, war sie genauso auf der Fähre gesessen und hatte Postkarten geschrieben. Er lächelte über die Erinnerung, und sie sah auf. Sein Gesichtsausdruck überraschte sie.

»Was ist daran lustig?«

»Nichts, mir ist etwas anderes durch den Kopf gegangen.«

»Schieß los, ich notiere alles.«

Er schüttelte den Kopf. »Es hat nichts mit der Sache zu tun. Ist dir noch etwas aufgefallen?«

Sie nickte. »Dass in beiden Fällen gezielt getötet wurde. Es hätten noch mehr Leute sterben können: unsere Zeugin, zum Beispiel, die alles gesehen hat. Oder … Zobeli … du …«

»Was hätte der Täter davon, wenn er Zobeli und mich mit erschossen hätte?«

Regina schluckte. »Keine Zeugen. Und wir wüssten weniger über den Tathergang.«

Cavalli nickte. »Vielleicht ist ihm egal, was wir wissen. Das würde darauf hindeuten, dass er nicht damit rechnet, gefasst zu werden. Und dass seine Wut ausschließlich gegen Salomir gerichtet war.«

»Oder dass er dich braucht«, sagte Regina langsam.

Cavalli sah sie interessiert an. »Ja, das wäre auch ein Grund. Wozu bin ich zu gebrauchen?« Er schmunzelte.

»Vielleicht kennt er dich nicht gut genug«, scherzte Regina. »Nein, im Ernst, du führst die Ermittlungen. Wir waren immer der Ansicht, der Mercedesfahrer sei hinter Informationen her. Vielleicht hat er noch nicht alle.«

»Gehen wir nochmals zurück: Wenn er nicht damit gerechnet hat, geschnappt zu werden, wäre er das Risiko eingegangen, bei dir einzubrechen?«

Regina errötete beim Gedanken daran, wie einfach sie es ihm gemacht hatte. »Im Vergleich zu seiner Professionalität war das leichtfertig. Allerdings hat er wohl nicht mit Meyer gerechnet. Du weißt ja, wie Männer, gerade aus den Balkanstaaten, über Frauen denken. Sie glauben, ihnen weit überlegen zu sein.« Und sie hatte dieses Vorurteil beinahe bestätigt. Verlegen stand sie auf.

»Es ist halb sieben. Soll ich Brötchen holen?«

»Gerne. Wir sind acht Personen.«

Sie sammelte alles ein und ging zurück in Cavallis Büro. Dort legte sie die Unterlagen auf seinen Schreibtisch. Draußen war es immer noch dunkel, von seinem Fenster aus konnte sie die Sihl erkennen, die hinter der Straße dahinfloss. Der Regen war in Schnee übergegangen, am Ufer des Flusses war die Böschung etwas weiß. Müde gähnte Regina.

Der Tag wird unendlich lang werden, dachte sie resigniert.

Um vier Uhr war eine weitere Pressekonferenz angesagt. Bis dahin reihte sich ein Termin an den anderen. Sie streifte sich den Mantel über und blieb vor dem Bild des verlassenen Piers stehen. Winterstrände strahlten für sie Einsamkeit aus, die Verlassenheit erinnerte schmerzlich an die Wärme des Sommers. Doch sie enthielt auch das Versprechen eines neuen Sommers. Mit einer gewissen Erleichterung stellte sie fest, dass es immerhin zwei Möwen waren, die gemeinsam über den dunklen Wellen kreisten.

Die Stimmung während der Sitzung war ausgelassen und gleichsam knisternd.

»Pilecki und Gurtner, geht die Videokassetten noch bis zum Schluss durch«, wies Cavalli sie an. »Treibt den Türsteher auf und holt ihn her.«

Er wandte sich an alle. »Eine Razzia macht erst am Abend Sinn. Ich will nicht, dass jemand schon tagsüber Verdacht schöpft. Aus diesem Grund warten wir noch damit, Maria zu befragen. Barduff, Karan, übernehmt die Suche nach Mesceau. Fahrni, Meyer, ich will von euch …«, er stockte: »Braucht ihr den Morgen zum Schlafen?«

Fahrni nickte dankbar und Meyer schüttelte den Kopf.

»Also gut, Fahrni, melde dich um eins bei Flint. Du kannst sie bei den Abklärungen über Qepa unterstützen. Meyer, wenn du durcharbeitest, kannst du dich um die Protokolle kümmern.« Er ignorierte ihren entsetzten Blick. »Ich brauche eine schriftliche Zusammenfassung der letzten Nacht und dieser Sitzung.« Er schielte zu Regina, und sie nickte bestätigend.

»Gut, haltet mich auf dem Laufenden. Ich will alle Ergebnisse sofort erfahren.« Er verließ den Raum mit Regina.

Meyer und Fahrni blieben sitzen, bis auch die andern weg waren. Fahrni schaute Meyer schuldbewusst an.

»Wie wäre es, wenn du diktierst und ich tippe?«, schlug er vor. »Dann haben wir es rasch.«

Meyer zögerte. »Und dann kippst du mir am Nachmittag vor Müdigkeit um?«

Fahrni zuckte mit den Schultern. »Ich verlass mich dann einfach darauf, dass du mich auffängst.« Er grinste über die Vorstellung. »Und denken musst auch du. Ich tippe bloß.«

»Du weißt aber, was eine Razzia bedeutet? Wir werden frühestens um zwei, drei Uhr nach Hause kommen. Am Morgen«, fügte sie zur Sicherheit hinzu.

»Kein Problem«, sagte Fahrni und rieb sich die Augen. »Weshalb müssen wir überhaupt unsere Sitzungen protokollieren? Das haben wir noch nie gemacht.«

»Vielleicht sind die Papierberge noch zu klein«, antwortete Meyer ironisch und betrachtete die Ordner zum Fall, die auf einem Regal aufgereiht waren. Gemeinsam räumten sie die Tassen und Gläser weg und setzten sich dann an den Bildschirm. Nach einer halben Stunde klingelte Meyers Handy.

»Die Zeugin ist wach«, verkündete Regina. »Ich treffe dich in zehn Minuten vor dem Kripohaus.«

Meyer sprang auf und sah Fahrni aufgeregt an. »Endlich!« Sie zögerte und deutete auf das begonnene Protokoll.

»Geh schon«, sagte Fahrni. »Regina wartet nicht gerne. Ich schaff das allein.« Erleichtert überließ Meyer ihm die Schreibarbeit und eilte nach unten. Sie nahm zwei Stufen auf einmal und wartete schon ungeduldig, als Regina kam.

14

Der Arzt wollte ihr etwas sagen. Aurora verstand kein Wort. Glücklicherweise verschwand er bald wieder. Der Weihnachtsstern blühte immer noch. Sie setzte sich im Bett auf, froh darüber, dass ihr die Glieder wieder gehorchten. Als sie ihre Hände studierte und sich fragte, wer ihre Nägel geschnitten hatte, ging die Tür auf. Drei Frauen traten ein. Auroras Erleichterung war groß, als sie albanisch angesprochen wurde. Die Dolmetscherin fragte sie nach ihrem Namen.

»Aurora Lleshi.«

Regina und Meyer warfen sich erfreute Blicke zu. Die Zeugin hätte ebenso gut aus Rumänien, Bulgarien, Moldawien oder weiß Gott woher stammen können.

Die Dolmetscherin reichte Aurora ein Glas Wasser. Sie stellte Regina und Meyer vor, die sich zwei Stühle nahmen und sich ans Bett setzten.

»Dürfen wir dir einige Fragen stellen?« Nertila hatte Auroras Hand genommen, diese ließ sich die Geste ohne Widerstand gefallen.

Regina tat ihr Möglichstes, um sympathisch auf das Mädchen zu wirken. Sie holte weit aus, hakte dort nach, wo sie glaubte, positive Gefühle in Aurora auszulösen. Der große Bogen barg die Gefahr, dass die Zeugin ermüdete, bevor sie dazu kam, ihnen wichtige Informationen zu geben. Doch Vertrauen aufzubauen war die einzige Möglichkeit, mehr von ihr zu erfahren.

Als Regina langsam darauf zusteuerte, wie Aurora Albanien verlassen hatte, veränderte sich die Stimmung im Krankenzimmer. Auroras Stimme klang mechanischer. Aber sie erzählte weiter.

»Kannst du diesen Naser beschreiben?«, fragte Regina.

Als Aurora den Mann stockend beschrieb, zog Regina das

Bild der Überwachungskamera hervor. Die Angst, die das Mädchen beim Anblick packte, fuhr ihr durch Mark und Bein.

Aurora begann von sich aus weiterzureden, als könne sie die Erlebnisse hinter sich lassen, wenn sie ausgesprochen waren. Sie beschrieb, wie sie nach einer langen Zugreise einige Wochen in einem abgeschlossenen Raum verbracht hatte. Wie sie von fremdsprachigen Soldaten zum Sex gezwungen worden war. Details kamen ihr nicht über die Lippen. Erst als sie das Schnellboot beschrieb, auf dem sie die Adria überquert hatte, wurde sie wieder ausführlicher. Plötzlich verstummte sie.

»Was ist auf dem Schnellboot passiert?«, fragte Regina und fühlte sich schuldig, dass sie Aurora zwang, diese Erinnerungen nochmals aufleben zu lassen.

»Ich habe Teuta kennengelernt.«

»Teuta?«

»Sie war mutig.«

Regina fiel auf, dass sie in der Vergangenheitsform sprach. Sie hoffte, dass die Dolmetscherin präzise übersetzt hatte. War Teuta die tote Frau im IRM?

Dann erzählte Aurora, was sich in der kalten Novembernacht vor wenigen Wochen in Schwamendingen zugetragen hatte. Ein Streit. Schläge. Der Tod ihrer Freundin.

Die Dolmetscherin musste sich nach vorne bücken, um die Worte zu verstehen.

Regina zog ein Foto hervor. Nur ungern zeigte sie es Aurora. »Ist das Teuta?«

Sie nahm das Bild der toten Frau in die Hand und strich mit dem Finger darüber. Sie nickte und sah abwesend aus dem Fenster. Müde ließ sie die Hand mit dem Foto auf die Bettdecke sinken.

Regina schwieg beeindruckt. Dass diese junge Frau ihre Erlebnisse so klar in Worte fassen konnte, berührte sie. Sie wünschte sich, ihr im Gegenzug Sicherheit bieten zu können, doch die Realität würde ganz anders aussehen. Statt die Hilfe zu bekommen, die sie jetzt benötigte, würde sie dafür bestraft werden, dass sie sich illegal in der Schweiz aufhielt. Frustriert biss sich Regina auf die Unterlippe.

Viele Fragen lagen ihr auf der Zunge, doch der tiefe Atem der jungen Frau deutete darauf hin, dass sie damit warten musste.

Vor der Zimmertür lehnte sich Regina gegen die Wand. Dann wandte sie sich an Meyer: »Ich möchte, dass du bei ihr bleibst. Wir kommen am Nachmittag wieder.«

Meyer murmelte etwas Unverständliches und ging zurück ins Zimmer.

Regina schaute kurz bei Zobeli rein, bevor sie sich auf den Weg in die Bezirksanwaltschaft machte. Unterwegs rief sie Cavalli an.

»Sie redet einfach? Hat sie keine Angst?«, fragte er erstaunt.

Regina seufzte. »Sie ist gar nicht mehr in der Lage dazu. Mir scheint, es ist ihr egal, was mit ihr passiert. Hör zu, da ist noch etwas. Ich will die Razzia um einige Tage verschieben.«

»Was? Jetzt, wo wir so nahe dran sind?«, sagte Cavalli scharf. »Das kannst du nicht machen.«

»Der Zeitpunkt ist ungeeignet«, erklärte Regina. »Wir müssen zuerst die neuen Infos auswerten.«

»Das können wir trotzdem, das eine schließt das andere nicht aus«, wandte er ungeduldig ein.

»Und den Drahtzieher vielleicht entkommen lassen, weil wir überstürzt gehandelt haben? Kommt nicht in Frage. Du hast nicht mehr genügend Distanz«, warf sie ihm vor. »Außerdem bist du zu müde, um einen so wichtigen Einsatz zu leiten.«

Das ging ihm entschieden zu weit. »Ich bin immer noch in der Lage, selber zu entscheiden, ob ich müde bin oder nicht.«

»Mit der Razzia ist die Aktion noch lange nicht vorbei«,

erinnerte sie ihn. »Danach folgen die Einvernahmen, und es werden viele sein.«

»Wie du meinst«, antwortete er spitz und legte auf.

Fahrni bewegte sich in Zobelis Büro, als hätte er schon immer dort gearbeitet. Als Regina ihn aufsuchte, hielt er ihr einen Stapel Papiere zum Unterzeichnen hin.

»Du bist einfach genial«, lobte sie ihn, als sie sah, wie viel Arbeit er ihr abgenommen hatte. »Willst du nicht zu uns wechseln?«

Er kratzte sich verlegen und wich ihrem Blick aus.

»War nur ein Witz«, versicherte sie und begann, die Unterlagen durchzusehen. Antonella betrat mit einer Tasse Kaffee den Raum. Regina sah ihr kopfschüttelnd zu, wie sie Fahrni bediente und ihm sogar den Zuckerbeutel öffnete. Erst als sie gehen wollte, kam ihr in den Sinn, dass sie Regina auch eine Tasse anbieten könnte.

»Danke, ich hol sie mir selbst.«

Antonella zuckte mit den Schultern.

Als sie weg war, fragte Fahrni neugierig, wie das Gespräch verlaufen sei. Regina überreichte ihm die Tonbandaufnahme der Einvernahme.

»Du kannst sie gleich abtippen, dann weißt du alles.« Er nahm die Kassette und wollte sie einlegen, als Antonella erneut zur Tür hereinkam. Sie streckte Regina ein Fax entgegen, dem Absender nach aus Durres.

Gespannt überflog Regina den Inhalt. »Teuta Pelivani«, las sie laut vor, »siebzehn Jahre alt, wohnhaft in Durres, Albanien. Keine Geschwister, Eltern Artan und Emanuela Pelivani, Mutter vor drei Jahren verstorben.« Fahrni war aufgestanden und blickte Regina über die Schulter. Begeistert schnaubte er ihr ins Ohr. Sie trat einen Schritt zur Seite und fuhr fort: »Seit elf Monaten spurlos verschwunden.« Es folgten medizinische Angaben, Zahnunterlagen und eine kurze Aktennotiz auf

Englisch: Artan Pelivani sei ein wohlhabender und einflussreicher Geschäftsmann. Regina stutzte und fragte sich, wie seine Tochter in die Fänge von Frauenhändlern gekommen war. Geld konnte in diesem Fall kaum der Grund dafür sein.

»Schade, dass sie nur albanisch spricht«, murmelte Regina.

»Die Zeugin?« Regina hatte ganz vergessen, dass Fahrni noch neben ihr stand.

Sie sah auf. »Ja. Ich habe noch so viele Fragen an sie.«

»Meyer kann einige Brocken Albanisch«, sagte er nebenbei, mit größter Selbstverständlichkeit.

»Meyer?« Regina glaubte, nicht richtig gehört zu haben. »Woher denn?«

»Weil sie in Schwamendingen aufgewachsen ist«, antwortete er und überprüfte die Batterien am Tonbandgerät. »Und außerdem eine Lehre als Automechanikerin gemacht hat. In einer Mercedesgarage«, grinste er.

»Das ist nicht dein Ernst«, staunte Regina.

»Allerdings waren damals noch nicht viele Albaner in der Schweiz. Am meisten hat sie wohl von ihrem Exfreund gelernt.«

»Ein Albaner, natürlich.«

»Klar, aber er war nicht im Drogengeschäft tätig«, antwortete Fahrni gelassen und legte das Tonband ins Gerät. »Sie kann wirklich nur sehr wenig, sie ist nicht besonders sprachbegabt. Bestimmt kann sie keine Zeugin befragen.«

Er öffnete ein neues Dokument auf dem Bildschirm und griff nach dem Kopfhörer. »Sonst noch etwas?«

Regina schüttelte den Kopf und ging an ihren Arbeitsplatz zurück.

»Der Täter hatte natürlich jede Menge Zeit, die meisten Spuren zu verwischen«, sagte Koch vorwurfsvoll.

Cavalli hob entschuldigend die Hände. »Das können wir leider nicht ändern.«

»Nun gut«, fuhr Koch fort, »wir haben trotzdem die REM-Tabs-Methode angewandt. Wir hatten ja glücklicherweise gezündete Hülsen, die wir zum Vergleich heranziehen konnten.« Sie suchte zwei Schutzdosen hervor und hielt sie unter Cavallis Nase. Missbilligend schüttelte sie den Kopf. »Weißt du eigentlich, wie schlecht du aussiehst? Zehn Jahre älter als vorletzten Montag im Eschenholz.«

»Sag mir lieber, ob du Schmauchpartikel gefunden hast.«

Koch verneinte. »Nur von den Schüssen im Wald. Die Munition, die Salomir getötet hat, ist nicht dieselbe. Die Schüsse hinterlassen deshalb andere Spuren. Sie stammen nicht von der Waffe von?… wie heißt er schon wieder? … Qepa.«

»Und das heißt?«

»Dass vermutlich nicht er geschossen hat.«

»Nur vermutlich?«

»Zu fünfundneunzig Prozent. Es ist zwar möglich, dass es ihm gelang, alle Spuren restlos abzuwaschen. Doch die Chance ist gering. Dazu kommt, dass seine Fingerabdrücke nur im Bereich des Vordersitzes gefunden wurden. Geschossen wurde aber vom Rücksitz aus, das geht klar aus den Analysen hervor.«

Dann war Qepa also nur der Fahrer. Hieß das, dass er die Informationen, hinter denen er her war, für den Mörder beschaffen wollte? Die Erkenntnis enttäuschte Cavalli mehr, als er sich eingestand.

Koch unterbrach seine Gedanken: »Ist dir klar, wie viel Glück du gehabt hast?«

Er nickte, fügte aber hinzu: »Der Schütze wollte nicht mich treffen. Das war mein Glück.«

Sie holte ihre Handtasche hervor. »Ich muss los. Die DNA-Resultate bekommst du nächste Woche. Wir lassen Haare, die auf den Nackenstützen am Rück- und Vordersitz gefunden wurden, untersuchen. Ich wünsche euch viel Erfolg.«

Koch wickelte sich einen warmen Schal um. Sie schaute nicht zurück, als sie den langen Flur hinunterschritt.

Cavallis Augenlider waren schwer. Er überlegte, ob er sich kurz hinlegen sollte. Manchmal wirkten zwanzig Minuten Schlaf wahre Wunder. Er beschloss, im Volvo ein Mittagsschläfchen zu halten, und kaufte sich unterwegs ein Sandwich. Im Wagen war es zwar kalt, trotzdem schlief er augenblicklich ein.

Sein Handy riss ihn eine Stunde später aus einem tiefen Schlaf. Benommen hörte er Reginas Stimme.

»Bist du noch da?«, fragte sie unsicher.

»Ja, sprich nur weiter.« Seine Zunge klebte am Gaumen, und er suchte nach einer Flasche Wasser, die irgendwo im Wagen lag.

»Was ist, willst du ihn nun kennenlernen?«, fragte Regina.

»Wen kennenlernen?«

»Den Verteidiger«, wiederholte Regina. »Von Qepa.«

»Ach so. Wer ist es?«

»François Forster.«

Als Cavalli den Namen hörte, verneinte er. »Den überlass ich dir. Schaut aus, als ob Qepa Geld hat.« Forster galt als einer der besten Verteidiger. »Woher wohl? So viel kann er kaum selber aufbringen.«

»Das wüsste ich auch gern«, meinte Regina.

Als ihr Cavalli erklärte, dass Qepa mit großer Wahrscheinlichkeit nicht auf Salomir geschossen hatte, stutzte sie. Warum versuchte er dann nicht seine Haut zu retten?

»Wir haben seine Identität überprüft: Qepa hat alles richtig angegeben. Er sitzt nun mit Forster zusammen. Ich weiß nicht, ob ich vor der Pressekonferenz noch mit ihm reden kann.«

»Wo bist du jetzt?«

»Auf dem Weg ins Unispital. Wir fahren mit der Einvernahme fort.«

»Frag das Mädchen, ob sie Salomir näher gekannt hat. Vielleicht weiß sie, wer etwas gegen ihn haben könnte«, sagte er. »Und stell fest, ob sie bei Naser je eine Waffe gesehen hat.«

Regina verkniff sich eine Bemerkung über seine Anweisungen. »Mach ich. Bis später.«

Pilecki klopfte Cavalli auf die Schulter. »Hast prima ausgesehen, Häuptling.«

Cavalli ließ sich nicht provozieren. Hauptsache, die Journalisten waren weg.

»Erzähl, was hat das Mädchen heute Nachmittag ausgesagt«, bat Pilecki.

»Salomirs Aufgabe bestand anscheinend darin, die Mädchen in Empfang zu nehmen. Er war sozusagen eine Zwischenstation, bei der die Händler ihre Ware lagerten«, sagte er bitter. »Von seiner Wohnung aus wurden sie an Bordelle verkauft – vielleicht auch nur ans Blue Girl. Wir wissen noch nicht, für wie viele Zuhälter er gearbeitet hat. Dieser Naser muss für die Transporte zuständig sein. Aurora behauptet, dass er nur ganz selten im Bordell aufgetaucht sei, um ein Mädchen zu holen oder zu bringen.«

»Unser Videoausschnitt?«, fragte Pilecki nach.

»Genau. Er lieferte sie ab und verschwand dann wieder. Im Blue Girl wurde Aurora von Maria in Empfang genommen, die auch für die Versorgung der Prostituierten zuständig ist. Außer zu ihr und zu den zwei Männern, die die Freier jeweils zum Zimmer brachten, hatte sie keinen Kontakt.«

»Sie weiß also gar nichts über die Drahtzieher im Hintergrund?«, fragte Pilecki enttäuscht.

Cavalli schüttelte den Kopf. »Nein. Aber die werden dort zu finden sein, wo das Geld ist. Also im Umfeld der Farbkette. Die Zeugin hat übrigens auch Bledar und Qepa noch nie gesehen«, fügte er hinzu. »Hofer ebenfalls nicht.« Cavalli fuhr fort: »Ihre Freundin, die ermordete Teuta, war die Tochter eines wohlhabenden Geschäftsmanns –«

Pilecki unterbrach ihn: »Mafia?«

Cavalli zuckte mit den Schultern. »Schon möglich. In Albanien sind die Geschäfte nicht immer klar getrennt. Diese Teuta traf einen gut aussehenden, geschliffenen Mann?... wir kennen die Geschichte schon von Salomirs Exfrau. Sie verliebte sich über beide Ohren und ging mit ihm fort, ohne sich von ihrem Vater zu verabschieden.«

»Scheiße. Hat Flint schon mit dem Mann gesprochen?«

»Sie hat ihn noch nicht erreicht. Er wird die Leiche identifizieren müssen.«

Pilecki zündete sich eine Zigarette an, obwohl im Raum Rauchverbot war.

»Irina weiß übrigens nichts davon, was im Blue Girl sonst noch abläuft. Das müssen zwei Welten sein. Die legale Front kaschiert die krummen Geschäfte.«

»Würde sie dir die Wahrheit sagen?«

»Bestimmt. Sie hat selbst eine Tochter. Dass sie als Tänzerin arbeitet, macht sie nicht unglaubwürdig«, sagte er ungewöhnlich scharf.

»Das habe ich nicht behauptet.« Cavalli zögerte, fuhr dann aber fort. »Hör zu, was auch immer zwischen euch läuft – du erzählst ihr nichts von der geplanten Razzia?«

»Warum sollte ich? Ihre Papiere sind in Ordnung.«

»Es könnte ja sein, dass sie es dir übel nimmt. Dass du sie nicht gewarnt hast, meine ich.«

»Sie weiß, dass ich Polizist bin. Sie hat mich ... wir sind ...« Er inhalierte tief. »Du kannst mir vertrauen.«

Cavalli nickte. »Nochmals zu den Videokassetten. Bist du sicher, dass du niemanden erkannt hast, oder soll ich sie auch noch anschauen?«

»Ich bin mir ganz sicher. Du wirst nicht mehr finden als Gurtner und ich. Du kannst dir die Mühe sparen.«

Cavallis Hoffnung, Hofer so festnageln zu können, schwand. Auch der Türsteher hatte nichts gesagt, außer dass er Naser vom Sehen kannte. Doch Namen hatte er keine genannt. Auf Hofers Bild hatte er nicht reagiert. Kein Zeuge hatte ihn bisher erkannt. Cavalli stand abrupt auf, kleine Punkte tanzten vor seinen Augen. Er starrte auf die Pressemitteilungen, die Elvira auf einem Tisch liegen gelassen hatte.

»Alles in Ordnung?«, fragte Pilecki besorgt.

»Nur ein bisschen müde«, erklärte Cavalli und verzog seine Lippen zu einem Lächeln, das ihm nicht richtig gelingen wollte. »Ich mache Schluss für heute. Ich war schon zu lange nicht mehr im Training.«

Pilecki sah ihm erstaunt nach, als er um halb sechs das Büro verließ.

Ganz ehrlich war er nicht gewesen, als er Regina gegenüber behauptet hatte, beim Kickboxen handle es sich um einen reinen Verteidigungssport. Cavalli stellte sich vor, der Boxsack sei Hofer, und schlug kräftig zu. Dann übte er der Reihe nach Knie- und Ellenbogentechniken, auch am Kopf seines imaginären Gegners, obwohl das in seiner Klasse verboten war. Er führte alle Schläge und Tritte mit einem Maximum an Kraft und Geschwindigkeit aus, bis ihm sein Trainer versicherte, sein Gegner sei k.o.

Vielleicht würde Regina daran auch Gefallen finden, dachte er unter der Dusche. Sie könnte nicht nur ihre Aggressionen Hofer gegenüber abbauen, sondern gleichzeitig lernen, sich besser zu verteidigen.

Eine Unruhe breitete sich in ihm aus. Er hatte ihre Überwachung mit der Festnahme von Qepa abgebrochen. Nun war er plötzlich unsicher, ob er nicht unvorsichtig gehandelt hatte. Wenn Qepa nicht auf Salomir geschossen hatte, befand sich der gefährliche Mörder immer noch auf freiem Fuß.

Der Gedanke ließ ihm keine Ruhe. Auf dem Weg nach

Hause bog er in Gockhausen ab und sah, dass in Reginas Wohnung Licht brannte. Lange saß er im Wagen und überlegte, ob er überängstlich sei. Ihr Beruf brachte sie nun mal mit gefährlichen Menschen in Kontakt. Bis jetzt war sie nie persönlich bedroht worden. Er wollte nicht, dass sie von nun bei jedem Schritt angstvoll nach hinten schauen würde.

Der Zweifel siegte, und Cavalli stieg aus. Sie war schon zweimal nur um Haaresbreite ungeschoren davongekommen. Ein drittes Mal hatte sie vielleicht weniger Glück. Er klingelte. Er hörte klassische Musik in ihrer Wohnung.

Überrascht lächelte sie, als sie ihn erblickte.

»Komm rein«, sie öffnete die Tür weit. Ein Violinkonzert von Beethoven erfüllte die Wohnung. Er folgte ihr ins Wohnzimmer, wo sie im Schwedenofen ein Feuer angemacht hatte. Auf dem Sofa lag ihr Laptop, der Tisch war mit Unterlagen übersät.

»Willst du etwas trinken?«

»Was hast du?«

»Ein Glas Leitungswasser?«, schlug sie vor. Sie lächelte entschuldigend. »Ich hatte keine Zeit zum Einkaufen.«

Das bedeutet, dass Felix nicht zurückgekommen ist, registrierte Cavalli und freute sich.

Sie kam mit einem Glas Wasser zurück und reichte es ihm.

»Was bringt dich hierher?«

Er zögerte erneut, und sie beobachtete ihn besorgt. »Was ist? Sag schon.«

Langsam erklärte er ihr seine Bedenken. Sie wickelte nervös eine Haarsträhne um den Finger. Die Ereignisse der letzten Nacht hatten sie mehr erschüttert, als sie zugab. Obwohl sie todmüde war, traute sie sich nicht ins Bett. Deshalb hatte sie sich wieder an die Arbeit gemacht.

Er sah ihr die Angst an und fragte vorsichtig: »Du hast doch ein Gästezimmer? Soll ich …?«

Er wagte nicht, die Worte auszusprechen.

Sie erstarrte und hielt die Luft an.

»Warum nicht«, sagte sie schließlich und atmete erleichtert aus. »Wenn es dir wirklich nichts ausmacht.«

Er schüttelte den Kopf. »Überhaupt nicht. Mein Kühlschrank ist genauso leer«, versuchte er die Stimmung etwas aufzulockern.

Sie nickte und verschwand im Zimmer, um frische Bettwäsche zu holen. Cavalli trat ans Fenster und versuchte, die Spannung in seinem Körper zu lösen. Das Feuer wärmte seinen Rücken. Er hörte, wie Regina zurückkam.

»Wann führen wir die Razzia durch?«, fragte er, ohne sich umzudrehen.

»Am Sonntagabend«, antwortete sie. »Viele Stellen sind am Wochenende nicht erreichbar oder arbeiten mit reduziertem Personal. Vergiss nicht, wir werden einige Personen verhaften.«

»Die illegalen Prostituierten …«

»Das lässt sich nicht vermeiden. Ich werde im Vorfeld mit den Opferhilfestellen Kontakt aufnehmen.«

»Im Zusammenhang mit Frauenhandel wurden über die Opferhilfe bisher noch nie Entschädigungen oder Genugtuungen ausgesprochen, das weißt du genau.«

Regina seufzte. »Ja. Aber es geht nicht in erster Linie darum, die Frauen zu entschädigen. Wir können froh sein, wenn sich jemand um sie kümmert.«

Nachdenklich fuhr sie fort: »Ich werde versuchen, den Nachweis des Menschenhandels zu erbringen, sodass nicht auf das Ausländerrecht ausgewichen wird. Doch zuerst müssen wir wissen, wen wir anklagen. Wir haben noch keine Ahnung, wer dahinter steckt.« Sie ging einen Schritt auf ihn zu. »Kannst du dir vorstellen, dass Katalin aussagt? Wir brauchen zwei Zeuginnen.«

Er zuckte mit den Schultern. »Ich weiß nicht. Diese Mädchen werden so unter Druck gesetzt. Ich weiß es wirklich nicht. Würdest du den Aufwand einer Ermittlung wegen Menschenhandels tatsächlich auf dich nehmen?«

Die strafrechtlichen Ermittlungen wegen Menschenhandels waren zeit- und ressourcenintensiv. Sie waren mit aufwändigen Kontrollen, langwierigen Beweismittelerhebungen, mit interkantonaler und internationaler Zusammenarbeit verbunden. Deshalb beließen es viele Polizei- und Justizbehörden häufig dabei, die Täter wegen ausländerrechtlicher Verstöße mit einer Buße oder bedingter Gefängnisstrafe zu bestrafen.

»Wenn ich eine Chance hätte, damit durchzukommen, ja.«

Cavalli starrte angestrengt in die Dunkelheit. Die Art, in der er Gleichgültigkeit vorzutäuschen versuchte, kam Regina bekannt vor. Sie legte die Arme um seine Taille.

»Das Opferhilfegesetz wird ja momentan revidiert. Es kann nur besser werden.« Ihr Kopf ruhte an seinem breiten Rücken.

»Was im Gesetz steht, ist das eine. Aber die Umsetzung wird doch wie immer am Geld scheitern«, entgegnete er bitter.

Regina wusste nicht, was sie darauf antworten sollte. Sie versuchte es trotzdem. »Wir können nicht viel für diese Mädchen tun. Aber wir können dafür sorgen, dass wir Teutas Mörder finden. Und dass wir dahinterkommen, wer die Fäden in der Hand hat. Dazu trägst du viel bei, Cava.« Sie massierte ihm den Nacken. Er hatte die Stirn gegen die kühle Fensterscheibe gelegt und die Augen geschlossen.

»Komm«, sagte sie nach einer Weile. »Ich zeig dir dein Bett.«

Er ließ sich bereitwillig führen und setzte sich schwer auf den Bettrand.

»Brauchst du noch etwas?«

Er schüttelte den Kopf.

»Dann schlaf gut.« Sie schloss die Tür hinter sich und gähnte. Ihre Angst, einzuschlafen, war mit Cavallis Anwesenheit verschwunden. Erschöpft schlüpfte sie unter die Decke und schlief augenblicklich ein.

Regina summte vor sich hin, als sie die Bezirksanwaltschaft betrat. Cavalli hatte ihr Kaffee ans Bett gebracht. Seine Haare waren noch feucht gewesen, und er hatte nach Rasierwasser geduftet. Die Erinnerung veranlasste sie, tief einzuatmen. Sie ging auf ihr Büro zu. Vor der Tür saß Mara Pilar.

»Ich habe keinen Termin«, entschuldigte sie sich. Sie sprach undeutlich, und Regina konzentrierte sich, um die Worte zu verstehen.

Pilar vermied ihren Blick und nuschelte: »Ich möchte nun doch aussagen.«

Regina wollte ihr erklären, dass der Fall abgeschlossen sei. Doch etwas hielt sie zurück und sie sagte stattdessen: »Kommen Sie herein.« Sie bat die junge Frau, Platz zu nehmen und musterte sie. Pilar schlug die Beine vorsichtig übereinander, und plötzlich erkannte Regina, dass sie Schmerzen hatte.

»Erzählen Sie mir, was passiert ist«, sagte sie sanft.

»Er hatte versprochen, sich scheiden zu lassen«, flüsterte Pilar mit gesenktem Kopf. Sie verdeckte ihr Gesicht mit den Händen.

»Peter Zuberbühler?«

Pilar nickte und zog ein Taschentuch hervor.

»Deshalb wollten Sie nicht gegen ihn aussagen?« Regina seufzte innerlich. Wie leichtgläubig Frauen doch sein konnten, wenn ein Mann sagte, was sie hören wollten.

Die junge Frau brach in Tränen aus und wiederholte, dass sie aussagen wolle.

»Der Fall ist abgeschlossen«, erklärte ihr Regina. »Aber Sie können aufgrund dessen, was er Ihnen angetan hat, Anzeige erstatten.«

Ertappt sah Pilar auf. Glaubte sie wirklich, man merke ihr nichts an? Als sie sich aufrichtete, blitzte etwas im Licht kurz auf. Regina erkannte eine grobe, goldene Kette, die vom schweren Pullover fast verdeckt wurde. Aufgeregt beugte sie sich vor. Plötzlich passte alles zusammen. Das war es, was ihr bei Pilars letztem Besuch aufgefallen war.

»Ich kann Ihnen helfen«, sagte sie mit kontrollierter Stimme. »Sie müssen sich das nicht gefallen lassen. Haben Sie einen Arzt aufgesucht?«

Pilar sah sie ängstlich an. »Nein. Müsste ich?«

»Nicht zwingend. Aber es wäre gut.« Regina legte ihr eine Hand auf den Arm. »Frau Pilar, Sie haben nichts falsch gemacht. Das, was Ihnen Herr Zuberbühler angetan hat, ist falsch. Sie dürfen sich wehren.«

Pilar putzte sich die Nase. Als sie sich beruhigt hatte, wagte Regina, nach der Kette zu fragen.

»Kette?« Pilar fasste sich an den Hals. Es war ihr offensichtlich nicht wohl. »Das sollte ein Zeichen unserer Zusammengehörigkeit sein … sie … sie geht nicht … auf.« Der Schluss des Satzes war kaum zu verstehen.

»Herr Zuberbühler hat sie Ihnen geschenkt?« Regina dachte fieberhaft nach. Was hatte das zu bedeuten?

Pilar nickte beschämt. Regina fragte nach den Umständen ihrer Beziehung und versuchte, sich an das Thema Prostitution heranzutasten. Doch die junge Frau stritt vehement ab, damit etwas zu tun zu haben.

»Er hat mich geliebt«, behauptete sie. Die Kette habe er ihr aus Liebe geschenkt und nicht, weil sie mit ihm geschlafen habe. Schließlich war Regina davon überzeugt, dass sie die Wahrheit sagte. Doch sie wusste nicht, was sie mit dieser Wahrheit anfangen sollte.

»Möchten Sie Anzeige erstatten?«, drängte sie.

»Ich weiß nicht.« Pilar schien den Mut verloren zu haben, jetzt wo sie selbst die Initiative ergreifen musste.

»Sie können es sich überlegen. Aber gehen Sie bitte zum Arzt«, sagte Regina, obwohl sie spürte, dass sie es nicht tun würde.

Sobald Pilar die Bezirksanwaltschaft verlassen hatte, rief sie Cavalli an. Er klang gut gelaunt.

»Sie trägt dieselbe Kette wie die Mädchen im Blue Girl?«, fragte er ungläubig.

»Ich habe meinen Augen nicht getraut«, sagte Regina atemlos.

»Wir müssen diesen Zuberbühler genauer unter die Lupe nehmen. Ich beginne sofort damit.«

Bledar wartete im Hauseingang, bis Hofer sein Büro verließ. Der Staatsanwalt trug einen schwarzen Aktenkoffer. Er ging wie von einer schweren Last gebeugt. Er steuerte auf seinen BMW zu. Als er den Türgriff ergreifen wollte, trat Bledar vor. Hofer zuckte erschrocken zusammen und blickte Bledar verstört an. Bledar lächelte.

»Darf ich mitfahren?« Er strich sein glänzendes Haar glatt.

Hofer sah über die Schulter und schluckte nervös.

»Was wollen Sie?«

Bledar deutete mit einer Kopfbewegung zum Wagen. Hilflos sah Hofer zu, wie er sich auf dem Beifahrersitz niederließ. Bledar machte sich am CD-Player zu schaffen und verzog das Gesicht, als die MusicStars das Lied »A Kiss Goodbye« trällerten. Hofer legte seinen Aktenkoffer auf den Rücksitz und stieg zögernd ein. Er schielte zu Bledar hinüber.

»Wer sind Sie?«, fragte er schwach, und Bledar lachte über die Frage.

»Hast du sie getötet?«, fragte er mit öliger Stimme.

Hofer griff sich an den Hals, um seinen Schlips zu lockern.

»Um Himmelswillen, nein!«

Bledar grinste gemein. »Eigentlich ist es egal.«

»Was wollen Sie von mir?«, krächzte Hofer.

»Wir können ja mit einer Zehntausendernote beginnen«, schlug Bledar vor. »Dann wird niemand von deinem Hobby erfahren.«

Hofer schloss für einen kurzen Moment die Augen. »Ich habe nicht so viel.«

Bledars Lachen unterbrach ihn. »Fahr los.«

Ungeschickt versuchte Hofer, den Motor zu starten. Er konnte den Schlüssel kaum drehen. Er spürte, wie sich ein Schweißfleck auf seinem Rücken bildete, obwohl er fror. Als der Wagen endlich ansprang, steuerte er ihn ruckartig aus dem Parkplatz. Er schaute auf die Uhr, es war bereits vier. Um fünf würden die ersten Gäste erscheinen. Heute durfte er nicht zu spät sein, schließlich feierte seine Tochter ihren achtzehnten Geburtstag.

Vor der Bank hielt er an. Bledar blieb im Wagen sitzen. Nach kurzer Zeit kehrte Hofer zurück und überreichte ihm das Geld.

Frustriert schaute Cavalli auf die Uhr. Es war bereits fünf. Alle Ämter waren geschlossen, die Sachbearbeiter unterwegs ins erste Adventswochenende. Zuberbühler war ein Buch mit sieben Siegeln. Jede Spur, die Cavalli verfolgte, führte zu weiteren Fragen. Tatsache war, dass das kleine Restaurant, das er mit vier Angestellten führte, nicht ausreichend Gewinn abwarf, um seinen Lebensstil zu erklären. Tatsache war ebenfalls, dass seine Geschäfte mit denen seines Lieferanten verwickelt waren und dass dieser eine Imbisskette führte, in die Zuberbühler vermutlich investiert hatte. Ob eine der Spuren ins Blue Girl führte, konnte er nicht mit Sicherheit sagen. Doch an einem Freitag nach siebzehn Uhr war es zwecklos, Geschäftsbeziehungen untersuchen zu wollen. Es blieb nur die Hoffnung, dass die Überwachung des Mannes zu Resultaten führte.

Regina hatte noch nicht angerufen. Ungeduldig klopfte er mit einem Kugelschreiber auf seinen Schreibtisch. Die Einvernahme dauerte nun schon vier Stunden. Es interessierte ihn brennend, was Qepa zu erzählen hatte. Krebs hatte die Leitung übernommen, da Regina selbst zu den Opfern des Albaners gehörte. Das hatte Vorteile: In der Rolle der Beobachterin würde sie sich ganz auf Qepas Reaktionen konzentrieren können. Als hätte Regina ihn gehört, klingelte das Telefon.

»Und?«

»Wenig, sehr wenig.« Sie klang erschöpft. »Sein Anwalt schirmt ihn ab. Jedes Mal, wenn Krebs ihn fast so weit hatte, fuhr Forster dazwischen. Die Wahrheit interessiert ihn überhaupt nicht.«

»Deshalb ist er so erfolgreich«, bemerkte Cavalli sarkastisch.

»Du sagst es. Immerhin haben wir genug in der Hand, um Qepa hinter Gitter zu bringen. Die Mittäterschaft wird er nicht abstreiten können, auch nicht, dass er mich mit einer Waffe bedroht und auf Meyer geschossen hat. Aber über das Motiv schweigt er.«

»Er hat doch behauptet, er bräuchte Informationen«, wandte Cavalli ein.

»Schon, aber nicht, weshalb. Er ist übrigens Linkshänder«, fuhr sie fort. »Wie geht es eigentlich deiner Nase?«

Cavalli stutzte über den Themenwechsel. »Meiner Nase? Nicht schlecht, warum?«

»Ich meine, riechst du wieder etwas?«

»Wenig. Nur die oberste Schicht.«

»Welche Schicht?«

»Vergiss es. Sag mir lieber, warum.«

»Ich dachte, du könntest vielleicht auf Grund Qepas Ausdünstung bestätigen, dass er in mein Büro eingebrochen ist«, erklärte sie.

Cavalli grinste. »Ist das vor Gericht zulässig?«

»Natürlich nicht«, lachte Regina, »aber trotzdem interessant. Er riecht wirklich eigenartig, das merke sogar ich. Soll ich dir etwas mitbringen, das er berührt hat?«

»Ich bin doch kein Hund!«, wehrte er sich amüsiert. »Es ist ja klar, dass er es war. Ich wüsste lieber, ob er nach Informationen gesucht hat, um Salomir zu finden, oder ob er einen anderen Grund hatte.«

»Ich auch. Die Vorstellung, dass er so viel über mich weiß, macht mich nervös. Wenn er mein Büro durchwühlt, meine Combox abgehört und meinen Computer durchsucht hat …«

»Ich weiß.« Cavalli dachte an seine Notizen, die Qepa ebenfalls durchgelesen hatte.

»Ich verstehe immer noch nicht, weshalb Salomir getötet wurde. Was hätte er uns sagen können? Beweise gegen Naser haben wir ja auch ohne Salomir genug, das kann es nicht gewesen sein. Glaubst du eigentlich weiterhin, dass es zwei verschiedene Täter sind … waren?«

»Ja. Immer mehr. Auch wenn es ungelegen kommt«, fügte er hinzu. Er erzählte ihr, was er über Zuberbühler in Erfahrung gebracht hatte.

»Glaubst du, er könnte aus dem Mercedes geschossen haben?«, fragte sie erstaunt.

»Ich glaube gar nichts. Ich weiß nur, dass er Pilar diese Kette geschenkt hat. Und dass ihn das in irgendeinen Zusammenhang mit unserem Fall bringt«, erklärte Cavalli. »Und ich weiß, dass jemand an diesen Mädchen verdient. Viel verdient. Und kein Interesse daran hat, entlarvt zu werden.«

Regina nahm den Gedanken auf. »Und Salomir wusste, wer das war.«

»Musste er fast«, sagte Cavalli langsam. Er fragte sich, ob dieser Unbekannte Naser ebenfalls als Gefahr betrachtete. »Wir lassen Zuberbühler rund um die Uhr bewachen.«

»Sehr gut«, lobte sie. »Und jetzt?«

»Was und jetzt?«

»Was machst du jetzt?«

Cavalli schaute sich in seinem Büro um. »Ich sitze an meinem Schreibtisch, spiele mit einem Kugelschreiber und frage mich, weshalb alle so früh Feierabend machen.« Er richtete sich auf und beugte sich näher ans Telefon. »Und du?«

»Ich sitze ebenfalls an meinem Schreibtisch und frage mich, ob du vielleicht, nur, wenn du Lust hättest …«

»Auf jeden Fall«, scherzte er.

Sie holte tief Luft. »Ich habe zwei Karten für die Tonhalle, und da ich ja nur eine brauche, wollte ich dich fragen, ob du? …«

»Sehr gerne«, erlöste er sie.

»Du weißt noch gar nicht, was gespielt wird«, warf sie ein.

»Völlig egal. Wann soll ich dich abholen?«

»Halb acht?«

»Prima. Bis dann.«

»Deine Papiere sind doch in Ordnung, oder?«, fragte Pilecki, als er Irina ins Blue Girl begleitete.

Misstrauisch schaute sie ihn an: »Weshalb fragst du? Was ist mit unserer Abmachung?« Sie hatten vereinbart, dass ihre Berufe tabu waren. Sie blieb plötzlich stehen und drehte sich zu ihm. »Juri, verarschst du mich?«

»Nein«, antwortete er und blies einen Rauchring in den Himmel. »Es ist mir nur gerade so durch den Kopf geschossen.«

»Dir schießt nie einfach etwas gerade nur so durch den Kopf«, wandte sie ein.

»Vergiss es. Ich frage nicht mehr danach.« Er beschloss, seinen Kollegen von der Sitte, mit dem er ein Bier trinken wollte, nicht im Blue Girl zu treffen. Sie waren beim Eingang angekommen. Pilecki erkannte den Türsteher wieder. Es war derselbe, der auf der Videokassette Naser durchgelassen hatte.

»Kommst du nicht mit rein?«, fragte Irina.

Er schüttelte den Kopf. »Heute nicht.« Er sah ihr an, dass sie verunsichert war, und fügte hinzu: »Es hat nichts mit dir zu tun. Ich habe noch etwas vor.«

Sie nickte erleichtert und verschwand im Lokal.

»Bekommst du es gratis?«, fragte der Türsteher grinsend und zeigte mit dem Kopf in die Richtung, in die Irina verschwunden war.

Pilecki hielt eine spitze Bemerkung zurück und grinste: »Und wie.«

»So ein Glück möcht ich auch haben.«

Anerkennend musterte er Pilecki. Dieser bot ihm eine Zigarette an. Der Türsteher zögerte, nahm sie dann an: »Ist ja noch nicht viel los.«

»Allerdings weiß man bei denen nie, was für Krankheiten sie mit sich herumschleppen.« Pilecki verzog das Gesicht. »Ich hatte mal eine, die HIV-positiv war. Verdammte Hure.«

»Vom Blue Girl?«

Pilecki nickte.

»Das erstaunt mich. Der Chef nimmt den Ruf der Kette ziemlich ernst. Er schmeißt sie raus, wenn er es erfährt. Sonst bleibt die Kundschaft weg. So etwas spricht sich schnell herum.« Er lockerte die Schultern und verschränkte die Arme vor seiner Brust, als wollte er so die Viren vom Lokal fernhalten.

»Ich frage mich, was aus ihr geworden ist«, sagte Pilecki nachdenklich. »Hast du sie gekannt? Eine gewisse Nadja.«

»Die Rumänin?«

»Kann sein. Das war mir nicht so wichtig.« Seine Lippen verzogen sich zu einem verächtlichen Grinsen.

Der Türsteher nickte wissend. »Versteh ich gut. Bei der Frau wäre es mir auch egal gewesen. Dass es ausgerechnet die erwischt hat, ist eine echte Verschwendung.«

»Wie schlimm steht es um sie?« Er sah den Türsteher schuldbewusst an. »Ich hätte mich wohl einmal nach ihr erkundigen sollen.«

»Warum? Sie kann dir nichts mehr bieten«, sagte er gleichgültig. »Es gibt ja dauernd Nachschub.«

»Aber jetzt, vor Weihnachten und so.«

Der Türsteher lachte. »Maria war ja auch eine Hure! Aber wenn es dein Gewissen beruhigt, kannst du immer noch einige Abschiedsworte an sie richten.«

»Liegt sie im Krankenhaus?«

»Kaum. Soviel ich weiß, konnte sie ihr Zimmer im Black Widow behalten.« Er sah Pileckis erstaunten Ausdruck. »Sie hatte eine Sonderstellung, schließlich hat sie mitgeholfen, die Mädchen unter Kontrolle zu halten.«

»Das ist wahr«, nickte Pilecki. »Mal sehen, ich weiß nicht. Diese verdammte Weihnachtsstimmung.«

Der Türsteher pflichtete ihm bei. Er hob die Hand zum Abschied, und Pilecki schlenderte gemütlich die Langstraße hinunter.

Er rief seinen Kollegen von der Sitte an und bat ihn, ins Black Widow statt ins Blue Girl zu kommen. Er erreichte das Lokal in zwanzig Minuten. Koni wartete schon vor dem Eingang.

»Bist du in Deprostimmung?«, fragte er und verwarf die Hände.

»Nein, im Dienst«, grinste Pilecki.

Koni verdrehte die Augen. »Wir hatten doch abgemacht –«

»Ja, ja, ich weiß«, winkte Pilecki ab. »Ich muss ja nur die Augen offen halten.«

Koni nickte energisch. »Und einige Fragen stellen, und einige Personen suchen.«

Pilecki klopfte ihm freundschaftlich auf den Rücken. »Tut dir auch gut. Dann siehst du mal, wie ein echter Polizist arbeitet.«

»Arsch«, antwortete Koni. Er schob Pilecki durch die Tür. »Du zuerst. Ich hab Angst im Dunkeln.«

Das Lokal war ganz in Schwarz gehalten. Die Wände waren mit Samt bezogen; elektrische Fackeln spendeten flackerndes Licht. Die Metallstühle um die niedrigen Tische waren aneinandergekettet. Pilecki steuerte auf die Bar zu. Er wurde von einer schwarz bemalten Frau bedient, die so viele schwere Ketten am Arm trug, dass er sich wunderte, wie sie trotz dieses Gewichts arbeiten konnte. Er bahnte sich mit zwei Gläsern einen Weg durch die Menschenmenge und steuerte auf Koni zu, der zwei Plätze ergattert hatte.

»Kennt man dich hier?«, fragte Pilecki.

Koni schüttelte den Kopf. »Ich bin selten hier im Dienst. An der Langstraße ist nicht mehr viel los. Die echte rote Meile befindet sich in der Agglo.«

»Das Dreieck der Lust?«

»Genau. Dübendorf–Schwerzenbach–Volketswil. Pro Kilometer ein Puff. Gute Preis-Leistungs-Verhältnisse ohne Parkplatzprobleme. Nur die Farbkette macht in der Stadt noch richtig Gewinn.«

»Wem gehört sie?«

»Ein Nebenerwerb des Restaurantbesitzers Peter Zuberbühler. Offenbar gehören noch andere Table-Dance-Schuppen zur Kette, ebenso einige Saunen und Pärchenklubs, aber ohne Farbmotiv. Und du? Milieumord?«

»So ähnlich«, wich er aus.

Koni ließ es dabei bewenden. Sie unterhielten sich über die kommende Eishockey-Weltmeisterschaft; die Leidenschaft für diesen Sport hatte sie vor zwanzig Jahren, als sie zusammen Streife gefahren waren, zu Freunden werden lassen.

Nach einer Stunde meinte Pilecki: »Hör zu, ich muss mich etwas näher an die Frauen herantasten. Wartest du?«

Koni winkte ab. »Ich muss nach Hause.« Er stand auf und nahm seine Jacke vom Stuhl. »Kennst du dich mit den Preisen aus? Für eine halbe Stunde – Verkehr und Französisch – solltest du nicht mehr als hundertzwanzig Franken bezahlen. Alles darüber ist reine Abzockerei.«

Als er gegangen war, setzte sich Pilecki näher an ein kleines Podest, auf dem sich eine schwarz bemalte Tänzerin akrobatisch wand. Eine dunkle Prostituierte an der Bar hatte sein Interesse bemerkt und setzte sich neben ihn. Sie machte sich mit der Zunge an seinem Ohrläppchen zu schaffen. Er schloss die Augen. Leise sagte er: »Ich wollte eigentlich Nadja besuchen.«

»Das kannst du nachher immer noch«, flüsterte sie ihm ins Ohr. »Sie geht nirgendwo hin.« Sie stand auf, ohne seine Hand loszulassen.

Er folgte ihr durch eine Hintertür ins obere Stockwerk.

Regina holte tief Luft, als es klingelte. Sie strich ihr Kleid glatt und fuhr sich übers Haar. Dann öffnete sie die Tür. Als sie Cavallis elegante Erscheinung und sein träges Lächeln erblickte, breitete sich ein flaues Gefühl in ihrem Magen aus. Sie streifte ihren Mantel über und griff nervös nach dem Hausschlüssel. Mit gespielter Vornehmheit hielt Cavalli ihr den Arm hin und führte sie zum Wagen.

Ob Felix sich daran erinnerte, dass sie Konzertkarten für diesen Abend besorgt hatte? Er hatte ihr am Nachmittag eine SMS geschickt und darin mitgeteilt, dass er vorübergehend bei einem alten Schulfreund Unterschlupf gefunden habe, falls sie ihn aus irgendeinem Grund erreichen wolle. Regina konnte die Kurznachricht nicht richtig einordnen: War das eine Aufforderung, sich bei ihm zu melden? Oder ging es ihm nur um organisatorische Angelegenheiten?

Als sie die Tonhalle betraten, hatte sich vor der Garderobe schon eine Schlange gebildet. Cavalli nahm Regina den Mantel ab und stellte sich hinter zwei spindeldürre Frauen, die ihr Gespräch unterbrachen und ihn verstohlen anschauten.

Regina spürte einen leisen Stich der Eifersucht und schämte sich dafür. Sie drehte demonstrativ den Kopf weg und ging auf die große Marmortreppe zu, die zum Konzertsaal führte.

»Da bist du ja«, sagte Cavalli plötzlich und legte seine Hand leicht auf ihr Kreuz.

Als sie ihre Plätze eingenommen hatten, neigte sie ihren Kopf zu ihm und fragte: »Willst du jetzt wissen, was gespielt wird?«

»Schumann und Bruckner. Es stand unten auf dem Plakat«, erklärte er verschmitzt.

Eine ältere Dame, die einen schweren, süßlichen Duft verströmte, setzte sich hinter sie. Cavalli verzog das Gesicht, und Regina versuchte unauffällig, einen Blick auf die überparfümierte Frau zu werfen. Ihr blond gefärbtes Haar türmte sich über einem künstlich gebräunten Gesicht; schwere, mit Diamanten versetzte Ohrringe zogen ihre Ohrläppchen unschön in die Länge.

Regina fing Cavallis amüsierten Blick auf, doch bevor sie etwas sagen konnte, betrat Bernard Haitink das Podium. Dem Dirigenten folgte der Pianist András Schiff, beide wurden mit kräftigem Applaus begrüßt. Regina rutschte auf dem unbequemen Klappsitz zurecht. Dann erklang der markante Anfang von Schumanns Klavierkonzert, und sie schloss die Augen. Sie ließ sich vom Klavier und der Violine mittragen, die sich im Pizzicato des zweiten Satzes wie kleine umhertrippelnde Füßchen verfolgten. Der schwungvolle dritte Satz folgte in strahlender A-Dur und endete mit einem atemberaubenden Finale, von dem sie Gänsehaut bekam. Sie war noch gar nicht bereit für die Pause, als die Lichter angingen.

Sie seufzte überwältigt, und Cavalli ließ einen Finger an ihrem Unterarm entlanggleiten.

»Möchtest du etwas trinken?«, holte er sie in die Realität zurück.

»Nein, danke. Und du?«

»Eigentlich nicht, doch wenn ich mir vorstelle, wie lange die Bruckner-Sinfonie dauern wird, wäre es wohl schlau.« Er blieb sitzen.

»Magst du Bruckner nicht?«, fragte sie.

»Weniger als Schumann«, antwortete er, »doch ich habe noch nie eine ganze Sinfonie am Stück gehört.«

Die geliftete Dame hinter ihnen zwitscherte mit deutschem Akzent etwas von sparsamem Pedalgebrauch und exquisitem Anschlag. Ein Lachen stieg in Regina hoch. Sie schrieb es ihrem Glücksgefühl zu. Im ersten Satz der sechsten Sinfonie brillierten die Hörner mit satter Kraft, und die Soloflöte schwang herrlich obenaus. Als er fertig war, konnte sich die Frau hinter ihnen eine weitere Bemerkung in die Stille nach dem Schlussakkord nicht verkneifen: »Ich kann mich nicht an dieses zürcherische Fortissimo gewöhnen!«

Regina schaute verärgert nach hinten. Cavalli nahm ihre Hand und drückte sie leicht. Der Dirigent hob den Taktstock und begann den zweiten Satz. Ein feierliches Adagio erfüllte den Saal. Die leisen Klänge verhauchten in einem sphärischen Pianissimo. Regina hatte die Frau vergessen, sie spürte nur Cavallis Nähe und die Musik, die im Saal schwebte. Nichts regte sich.

Auf einmal rappte Cavallis Handy.

Die Stille im Publikum war wie nach einem Stromausfall. Regina stieg die Röte ins Gesicht, gleichzeitig wurden ihre Glieder eiskalt. Cavalli las ruhig die Nummer auf dem Display, bevor er das Telefon ausschaltete. Sein Gesichtsausdruck hatte sich nicht verändert. Er ignorierte die vorwurfsvollen Blicke um ihn herum und flüsterte Regina ins Ohr: »Es ist Pilecki. Ich muss zurückrufen. Bleibst du hier oder kommst du mit?«

Das durfte nicht wahr sein. Wollte er mitten in der Sinfonie den Saal verlassen?

Er hatte sich schon erhoben und zwängte sich durch die

enge Sitzreihe an den fassungslosen Konzertgästen vorbei. Regina hatte keine Zeit zu überlegen. Sie folgte ihm mit gesenktem Blick und feuchten Händen.

Im Foyer stellte er sofort Pileckis Nummer ein. Zwei schwarz gekleidete Herren kamen mit missbilligenden Blicken auf sie zu. Cavalli zeigte seinen Dienstausweis, und sie stellten sich wieder an ihren Platz neben der Tür.

»Ich komme sofort«, sagte Cavalli. »Er hat Mesceau gefunden«, erklärte er mit funkelnden Augen. »Möchtest du mitkommen? Oder gehst du nochmals hinein?«

Dachte er im Ernst, dass sie sich erneut diesen verärgerten Blicken aussetzen wollte? »Ich komme mit.« Sie folgte ihm schweigend. Die Nachtluft blies ihr willkommene Kühle ins Gesicht. Cavalli ging zielstrebig auf seinen Wagen zu.

Als er losfuhr, bemerkte er: »Der Anfang der Sinfonie war sehr schön.«

Regina antwortete nicht. Wieder keine Entschuldigung. Vermutlich sah er keinen Grund dafür.

»Was?«, fragte er mit leiser Vorahnung.

»Nichts.« Sie schüttelte den Kopf und beobachtete konzentriert einen Rosenverkäufer auf der Straße.

»Bist du sauer?«

Sie zuckte mit den Schultern. »Hätte Mesceau nicht noch eine Stunde warten können?«

Seine Fingerknöchel wurden weiß. »Nein, hätte sie nicht«, er dehnte die Silben. Als spreche er mit einem Kind erklärte er: »Ihre Aussage ist für uns zentral.«

Regina fiel ihm wütend ist Wort. »Wofür hältst du mich eigentlich?«

»Dann sollte dir auch klar sein, dass es nicht warten kann«, sagte er frostig.

Zum Zeichen der Kapitulation hob Regina die Handflächen. Sie schwiegen, bis sie beim Black Widow ankamen.

Pilecki erwartete sie im Hinterhof. Er stand vor einem

Hauseingang, der blau beleuchtet war. Als er Cavalli und Regina sah, stieß er einen leisen Pfiff aus.

»Das nenn ich overdressed«, kommentierte er ihre elegante Kleidung. Er verstummte, als er die eisige Stimmung zwischen ihnen bemerkte. Nicht schon wieder, dachte er kopfschüttelnd.

»Wo ist sie?«, fragte Cavalli.

»Sie hat ein Zimmer im dritten Stock.« Er erzählte, wie er auf gut Glück nach einer aidskranken Prostituierten gefragt und ihn der Weg dann hierher geführt hatte.

Regina schüttelte den Kopf. »Wieso sind wir nicht draufgekommen? Dass sie krank oder zumindest HIV-positiv sein könnte!«

»Hast du sie schon gesehen?«, fragte Cavalli.

Pilecki schüttelte den Kopf. »Nein. Eine Kollegin hat mir das Zimmer gezeigt, doch ich wollte auf dich warten. Ich konnte nicht riskieren, sie zu verlieren. Vielleicht ist sie nicht alleine. Hast du deine Waffe?«

Cavalli nickte. Reginas Absätze klapperten auf der Holztreppe, und er schaute sie irritiert an.

»Das ist das Zimmer.« Pilecki zeigte auf eine Tür, die einst weiß gestrichen war. Die Farbe war abgeblättert, die Klinke hing etwas schief. Unterhalb der Klingel befand sich ein leeres Namensschild. Er klopfte und presste das Ohr gegen die Tür. Nichts geschah. Er versuchte es nochmals. Dann drückte er vorsichtig die Klinke. Die Tür schwang auf.

»Hallo?«, sagte er leise und betrat einen winzigen Raum, der von einer nackten Glühbirne beleuchtet wurde. Eine weitere Tür gegenüber stand offen und führte offenbar in das Zimmer.

»Wer ist da?«, ertönte eine matte Stimme.

Pilecki ging auf das Zimmer zu und blieb im Türrahmen stehen.

»Besuch«, kündigte er an und trat zu der bleichen Gestalt

im Bett. Sie musste einmal wunderschön gewesen sein, doch nun glänzten ihre Augen, die tief in den Höhlen unter der breiten Stirn saßen, fiebrig. Eine Wunde verunstaltete ihre Oberlippe.

Pilecki stellte sich vor. »Wir möchten dir einige Fragen stellen. Dürfen wir uns setzen?« Er sah sich nach einem Stuhl um, doch das Zimmer war praktisch leer.

Mesceau deutete mit einer vagen Handbewegung auf das Bett, und Pilecki setzte sich vorsichtig auf die Bettkante. Cavalli und Regina blieben stehen.

»Ihr kommt wegen Sergiu.« Ihre Atemzüge pfiffen hässlich.

Pilecki nickte, erleichtert darüber, dass sie deutsch sprach. »Du weißt, was geschehen ist?«

Sie nickte. »Man hat es mir erzählt.« Ihr Blick schweifte ab, sie schien einer Erinnerung nachzuhängen.

»Beileid wäre wohl fehl am Platz.«

Es schien ihr Mühe zu bereiten, Pilecki direkt anzuschauen. »Ja«, antwortete sie schließlich.

Pilecki zog ein Tonbandgerät aus der Tasche. »Darf ich?«

Sie zuckte gleichgültig mit den Schultern. »Wer soll sich schon für meine Geschichte interessieren?«

»Ich würde sie gerne hören«, ermunterte sie Pilecki.

Mesceau schob ihr Kinn vor. »Wozu?«

Pilecki zeigte auf Regina. »Damit sie die Täter anklagen kann.«

Die dünne Gestalt im Bett lachte trocken und wurde von einem Hustenanfall geschüttelt. »Viel Glück.« Sie begann zu erzählen. Wie sie sich in Salomir verliebt und durch eine Heirat mit ihm einen Ausweg aus der Armut gesehen hatte.

»Habt ihr in Rumänien geheiratet?«, fragte Regina und setzte sich ebenfalls aufs Bett.

»Ja.« Mesceau schien im Bett zu schrumpfen. »Er schenkte mir zur Hochzeit eine Halskette.«

Cavalli zog seine hervor und zeigte sie ihr.

Sie nickte. »Ich fand sie seltsam, doch ich stellte mir vor, dass man im Westen halt so etwas tragen würde.«

Regina traute ihren Ohren nicht. Sie konnte die Kaltblütigkeit, mit der Salomir vorgegangen war, nicht fassen. Sie sah die kranke Frau an. Diese drehte den Kopf weg und erzählte weiter. In der Schweiz habe sie ihren Ehemann von einer neuen Seite kennengelernt. Auf seine Brutalität war sie nicht vorbereitet gewesen. Sie beschrieb, wie er sie zur Prostitution gezwungen hatte, in ihrem eigenen Ehebett. Er habe sich vor dem Fernseher die Zeit vertrieben, bis die Freier fertig waren. Dann seien die anderen Frauen gekommen. Alle zwei, drei Wochen neue. Sie blieben einige Tage und verschwanden spurlos wieder.

»Hast du gewusst, was mit ihnen geschah?«, fragte Regina vorsichtig.

Mesceau senkte den Kopf beschämt. »Ich ahnte es. Doch ich traute mich nicht zu fragen.«

»Was war deine Aufgabe?«, wollte Pilecki wissen.

»Aufgabe?« Mesceau verstand nicht, was er hören wollte.

»Musstest zu dich um diese Frauen kümmern? Oder habt ihr einfach in derselben Wohnung gelebt?«, präzisierte Regina.

Mesceau nickte. »Ich habe für sie gekocht, sie beaufsichtigt, wenn Sergiu bei der Arbeit war. Später koordinierte ich Termine.« Ihre Augen bettelten um Verständnis. »Ich weiß, dass ich es nicht hätte tun sollen?… ich?…« Sie wurde von einem heftigen Hustenanfall gepackt. Als der Krampf sich löste, sank sie erschöpft ins Kissen.

Cavalli brachte ihr ein Glas Wasser. Ihre Stirn glänzte, die Schuld, die sie gegenüber den jungen Frauen empfand, war ihr anzusehen.

»Woher kamen die Mädchen?«, fuhr Cavalli fort.

»Anfangs hauptsächlich aus Moldawien. Doch dann immer häufiger aus Albanien. Sergiu hatte dort zuverlässigere Kontakte.«

Regina und Pilecki tauschten Blicke und warteten auf die nahe liegende Frage, die Cavalli prompt als nächste stellte:

»Hast du Namen?«

Mesceau nickte. Pilecki zeigte ihr ein Bild von Naser.

»Naser Nezvati.« Sie zählte weitere Namen auf, die sich Cavalli in sein Notizbuch schrieb. Qepa war nicht darunter. Dann griff sie nach dem Bild und schaute es nochmals eindringlich an.

»Hat er Sergiu umgebracht?«

»Das wissen wir nicht«, gestand Cavalli. Anschließend zeigte er Mesceau ein Bild von Hofer. Sie schüttelte den Kopf. »Kenne ich nicht.«

Erstaunt bemerkte Regina, dass sich Pilecki nicht darüber zu wundern schien, dass nach Hofer gefragt wurde. Hatte ihm Cavalli von seinem nächtlichen Ausflug erzählt? Misstrauisch glitt ihr Blick zwischen den beiden hin und her.

»Wie hast du Naser kennengelernt?«

»Er hat die Mädchen zu uns gebracht. Sie waren – sind – zu dritt für die Transporte zuständig. Die Mädchen werden angelockt, gekauft oder entführt und in die Schweiz geschmuggelt«, erklärte Mesceau mit monotoner Stimme. »Naser blieb nie lange. Sobald er sein Geld hatte, verschwand er wieder.«

»Wer hat ihn bezahlt?« Regina hielt die Luft an. Mesceau schloss die Augen und kratzte sich an ihrer Wunde. Die Spannung im Raum war spürbar. Nach wenigen Sekunden sah sie Regina entschuldigend an.

»Ich kann mich nicht an den Namen erinnern. Ich habe ihn nur ein einziges Mal gesehen, er hält sich im Hintergrund.«

»Wie hat er ausgesehen?«

»Groß und schwer. Er trägt einen kleinen, goldenen Ohrring.«

Regina sah aufgeregt zu Pilecki. Dieser zog ein weiteres Foto hervor.

»Das ist er«, bestätigte Mesceau. Auf dem Bild war Peter Zuberbühler.

Regina unterdrückte einen unangebrachten Jauchzer und fuhr mit Fragen fort. Sie erfuhren von Mesceau, wie sich der Alltag in den versteckten hinteren Räumen der Farbkette abspielte. Furchtbar waren die Geschichten, die die junge Frau fast gleichgültig erzählte. Als sie mit ihren Schilderungen zu Ende war, herrschte eine bedrückende Stille.

»Bist du bereit, das vor Gericht zu wiederholen?«, fragte Regina.

»Ja. Wenn ich dann noch lebe.«

»Du solltest in einem Krankenhaus sein.«

»Wozu?« Mesceau schloss die Augen.

»Man könnte zumindest deine Schmerzen lindern«, erklärte Regina und strich ihr über die Hand. »Bitte.«

»Dann werden sie wissen, dass ich geredet habe«, lehnte sie ab.

»Wir können dich beschützen. Es wird niemand wissen, wo du bist.« Regina befürchtete, dass sie ohne Behandlung nicht bis zur Gerichtsverhandlung überleben würde.

Mesceau schien unschlüssig.

»Sie werden es ohnehin merken«, fuhr Cavalli dazwischen. »Im Krankenhaus bist du sicherer.« Ohne auf ihre Zustimmung zu warten, suchte er ihre Kleider zusammen und hielt Regina die Sachen hin.

»Wir warten vor der Tür. Zieh sie warm an.« Er und Pilecki verließen das Zimmer.

Im kleinen Eingangsraum fuhr er sich mit der Hand übers Gesicht.

»Ich hoffe«, sagte Pilecki, »dass wir genug gegen diese verdammten Schweine in der Hand haben, um ihnen das Handwerk zu legen.«

»Zwei Zeugenaussagen sind nicht schlecht. Aber Aurora hat diesen Zuberbühler, soviel ich weiß, nie gesehen. Ihn müssen wir über die Geldflüsse festnageln.«

»Außer er hat aus dem Mercedes geschossen«, wandte Pilecki ein.

»Das werden wir wissen, sobald wir die DNA-Resultate haben. Regina hat aufgrund der Anklage seiner Frau seine DNA-Angaben in ihren Unterlagen. Sobald sich Koch meldet, können wir die Resultate vergleichen.«

»Glaubst du, dass er es war?«

»Er hätte zumindest ein Motiv. Salomirs Aussage hätte ihn belastet.« Cavalli zögerte.

»Aber?« Pilecki sah ihm an, dass ihn etwas beschäftigte.

»Aber dann hätte er doch auch Naser, Mesceau, Maria, jede Menge Leute zum Schweigen bringen müssen. Warum nur Salomir?«

»Vielleicht hatten sie Meinungsverschiedenheiten, oder das Vertrauen zwischen ihnen war gestört, was weiß ich.«

»Trotzdem, ich kann es mir nicht richtig erklären. Salomir wurde exekutiert. Hinter der Tat verbirgt sich Hass. Bringt man auf diese Weise jemanden zum Schweigen?«

Pilecki verstand, was er sagen wollte. Doch das Argument überzeugte ihn nicht. »Du hast vorhin gehört, wie kaltblütig diese Frauenhändler sind. Sie betrachten ihre Opfer nicht als Menschen.«

»Eben. Hass hat aber etwas Menschliches«, sagte Cavalli. Er verstummte, als Regina zur Tür herauskam.

»Sie ist bereit.«

Cavalli hob Mesceau vorsichtig hoch. Als ihnen im Hinterhof die Kälte entgegenschlug, öffnete sie die Augen. Sie schien entrückt. Er fragte sich, ob sich die Mädchen diese Fähigkeit aneigneten, um die Qualen zu überstehen, oder ob diejenigen alles überstanden, die diese Fähigkeit bereits mitbrachten.

Wieder dachte er an den Abend zurück, an dem ihm aufgegangen war, dass seine Mutter sich in ihrem Körper gefangen fühlte. Er hatte es ihr schwer gemacht. Sie hatte immer wieder versucht, mit ihm eine andere Realität aufzubauen, doch er hatte sich nicht mitziehen lassen. Zu groß war seine Scham, zu wichtig war es ihm gewesen, zu dieser Frau Distanz zu halten. Sie hatte Durchhaltevermögen gehabt. Tagsüber hatte sie versucht, eine normale Mutter zu sein. Sie hatte ihn immer wieder gedrängt, Freunde nach Hause zu bringen. Doch er hatte keine, weil er die Begegnung mit ihr vermeiden wollte. An seinem zehnten Geburtstag hatte sie ihm einen Kuchen gebacken. Der süße Duft nach Schokolade hatte den eigenartigen, nach faulem Laub riechenden Geruch der Küche zugekleistert. Er hatte kein Stück davon gegessen. Vier Tage lang war der Kuchen im Kühlschrank gestanden. Eines Tages war er weg. An seinem elften Geburtstag war erneut ein Kuchen auf dem Küchentisch gestanden. Auch an seinem zwölften.

Regina griff nach dem Schlüssel in seiner Hose und öffnete die Tür des Volvos. Vorsichtig rutschte Cavalli auf den Rücksitz, die dösende Frau immer noch in den Armen.

»Kannst du fahren?«, fragte er.

Sie nickte und verabschiedete sich von Pilecki.

»Ich schau mal, ob ich es einrichten kann, dass man Misceaus Verschwinden nicht so rasch bemerkt«, sagte er.

Regina fragte nicht, wie. Sie setzte sich ans Steuer. Sie blickte nach hinten, Cavalli war tief in Gedanken versunken.

15

Aurora schlief, als das zweite Bett in ihr Zimmer gerollt wurde. Sie träumte von einem Schulausflug in die umliegenden Berge. Mit ihren Klassenkameraden hatte sie im Pinienwald gespielt, sich hinter den Bäumen versteckt und dann versucht, unentdeckt wieder den Picknick-Platz zu erreichen. Sie rannte auf den Tisch zu, der mit Tannenzapfen beladen war. Kurz bevor sie ihn erreichte, wurde sie von hinten gepackt. Sie wollte wegrennen, kam aber nicht mehr voran. Die Hände zogen sie zurück. Der Film schien rückwärts zu laufen. Am Schluss war sie wieder im Wald hinter dem Baum. Aber diesmal war sie nicht allein. Der Fremde bückte sich über sie, und sie roch seinen schlechten Atem. Die braunen Zähne krochen plötzlich davon, übrig blieb ein großes, schwarzes Loch.

Regina hatte bereits frisches Brot geholt und Kaffee gekocht, als Cavalli in die Küche kam.

»Christopher, Tobias und Bernadette haben angerufen«, begrüßte sie ihn mit einem warmen Lächeln.

»Wie? …?« Er suchte nach seinem Handy. Regina hielt es ihm schelmisch hin.

»Ich dachte mir, eine ungestörte Nacht täte dir gut.« Als sein überraschter Blick sich verfinsterte, fügte sie rasch hinzu: »Keine Sorge, ich ließ es eingeschaltet. Ich hätte dich geweckt, wenn es wichtig gewesen wäre.«

Er wusste nicht, was er davon halten sollte und setzte sich. »Was wollte er?«

»Chris? Nichts. Ich zitiere nur«, fügte sie hinzu. »Wir haben ein wenig geredet. Er klingt immer noch gleich.«

»Worüber habt ihr gesprochen?«, fragte er misstrauisch.

»Über schlechte Väter, böse Lehrmeister.« Sie sah ihm an,

dass er den Witz nicht komisch fand. »Smalltalk. Peinliche Fragen von mir, einsilbige Antworten von ihm.«

Er nickte und fragte sich, weshalb er das Gefühl hatte, im falschen Film erwacht zu sein. Regina war putzmunter; er fühlte sich, als sei er von einer Dampfwalze überrollt worden. Sonst war es morgens umgekehrt. Gewesen, korrigierte er sich. Er schüttelte den Kopf und rieb sich die Augen, doch der Nebel in seinem Kopf lichtete sich nicht.

»Wer hat noch angerufen?«, fragte er verwirrt.

»Tobias und Bernadette.«

»Tobias?«

»Fahrni.«

Endlich ging ihm ein Licht auf. »Fahrni? Warum?« Jetzt war er wach.

»Er meldete, dass er zusammen mit Gurtner bis siebzehn Uhr die Überwachung von Zuberbühler übernimmt und dass die Polizisten der Nachtschicht nichts Auffälliges festgestellt hatten. Offenbar hat Zuberbühler die ganze Nacht zu Hause verbracht.«

Cavalli sah sie erstaunt an. »Mit Gurtner? An einem Samstag?«

»Die Streife, die dafür aufgeboten wurde, sei krank. Meyer ist ja ebenfalls weg. Es blieb ihm vermutlich nichts anderes übrig, als Gurtner zu fragen«, erklärte sie. »Findest du eigentlich nicht, dass es langsam reicht? Mit den Zusatzaufgaben, meine ich. Meiner Meinung nach haben Meyer und Fahrni ihre Strafe mehr als verbüßt. Und jetzt verbringt Fahrni sogar freiwillig einen Tag mit Gurtner.«

Cavalli seufzte. »Gurtner ist nicht so schlimm, wie er aussieht. Aber ich gebe zu, ein Tag mit ihm zusammen im Auto ist nicht gerade der Höhepunkt einer Polizeikarriere.« Er griff nach der Kaffeetasse. »Und ab siebzehn Uhr geht es nach Einsatzplan weiter?« Er hatte sechs Polizisten aufgeboten, die Zuberbühler rund um die Uhr bewachten. Regina nickte.

»Bist du eigentlich schon lange wach?«, fragte er und nahm einen großen Schluck Kaffee.

»Seit neun.« Sie stellte die Butter auf den Tisch und setzte sich ebenfalls.

Seit neun? Er sah auf die Uhr und traute seinen Augen nicht. Es war nach elf. Er wollte aufspringen, besann sich aber rechtzeitig, dass er nirgendwo erwartet wurde und ließ sich wieder auf den Stuhl fallen.

»Und dann war da noch Bernadette«, sagte Regina und legte den Kopf schräg.

»Ach … Bernadette.« Er hob eine Augenbraue.

»Mhm, Bernadette«, nickte Regina. »Doch leider kann ich dir nichts ausrichten. Als sie meine Stimme hörte, konnte sie nur noch ihren Namen stammeln, dann brach sie die Verbindung ab.«

»Umso besser. Danke.« Er ignorierte Reginas fragenden Blick. »Möchtest du auch eine Scheibe Brot?«

Aus dem Augenwinkel versuchte er, ihre Laune einzuschätzen.

»Hast du dir das Gespräch mit Mesceau nochmals durch den Kopf gehen lassen?«, fragte er kauend.

»Ich habe sogar davon geträumt.« Sie goss etwas Milch in ihre Tasse und bemerkte seinen forschen Blick.

»Und?« Er hatte die Brotscheibe hingelegt. »Wie geht es weiter?«

»Ich dachte, das sei klar. Wir überwachen Zub…«, begann sie.

Er schüttelte verärgert den Kopf. »Hofer?«

Jetzt erst begriff sie, was er wissen wollte. Wenn es stimmte, was Mesceau ausgesagt hatte, war Hofer nicht in den Frauenhandel involviert, sondern höchstens Freier. Regina hatte auch sonst keinerlei Hinweise, dass er in schmutzige Geschäfte verwickelt war. Damit lag die Entscheidung, ob sie Cavallis Beobachtung untersuchen wollte, bei ihr. Sie hatte bereits im

Vorfeld lange darüber nachgedacht und war zum Schluss gekommen, dass das Risiko und der Preis, falls es nicht Hofer gewesen war, zu hoch waren. Cavalli war ein ausgezeichneter Polizist. Obwohl sie Hofer nicht leiden konnte, schadete dieser in seiner Funktion als Staatsanwalt niemandem, und er hielt sich beruflich an die Vorschriften. Dass er in seiner Freizeit minderjährige Prostituierte aufsuchte, erschien ihr unwahrscheinlich. Schließlich hatte er selbst eine Tochter.

»Ich werde nichts unternehmen«, antwortete sie schließlich. »Ich verlange aber, dass du dich in Zukunft genau an die Vorschriften hältst. Hättest du dich korrekt verhalten, könnten wir den Vorfall untersuchen. Du musst dein Handeln nicht nur dir, sondern auch dem Staat gegenüber verantworten können.«

Cavalli setzte eine reumütige Miene auf, doch sie kannte ihn zu gut. Sie war davon überzeugt, dass er wieder so handeln würde, und knirschte frustriert mit den Zähnen. Genau deshalb war er Polizist und nicht Jurist. Und sie Juristin und nicht Polizistin. Er schluckte die Moralpredigt, bedankte sich aber nicht für ihren Entscheid. Er versprach auch nichts, was sie mit Unbehagen registrierte.

»Stehen die Razzien noch?«, fragte er, als er glaubte, die Pause genügend lange ausgehalten zu haben.

»Ja. In allen vier Farblokalen. Die zuständigen Stellen sind informiert. Morgen Abend um 21 Uhr geht es los.«

»Wie viele Polizisten?« Cavalli nahm die letzte Scheibe Brot und bestrich sie mit Butter.

»Insgesamt zweiundsiebzig. Meyer und Fahrni sind nicht mitgerechnet. Doch beide wollen teilnehmen, wenn du es erlaubst.« Mit Erstaunen stellte sie fest, dass das ganze Brot weg war. »Nimmst du noch Kaffee?«

Cavalli hob seine Tasse, erinnerte sich aber wieder an seinen Vorsatz. »Nein danke.«

»Was hast du heute vor?«, fragte er.

»Arbeiten. Ich habe alle anderen Fälle in den letzten zwei Wochen sträflich vernachlässigt. Ich muss dringend einige Berichte verfassen«, erklärte sie. »Und weiter versuchen, den Vater der toten Frau zu erreichen. Er sei auf einer Geschäftsreise, wird mir jedes Mal mitgeteilt, doch niemand scheint eine Handynummer oder Hoteladresse zu haben.«

»Das trifft sich gut. Ich möchte nochmals alles rekapitulieren.« Plötzlich kam ihm etwas in den Sinn: »Hast du eigentlich den letzten Bericht für Hofer selbst verfasst?«

Sie hatte damit begonnen, das Geschirr in die Spülmaschine einzuräumen. Mit einer Hand voll Besteck blieb sie stehen und versuchte, in seinem Gesicht zu lesen, ob er sich über sie lustig machte.

»Ja«, sagte sie langsam und wartete auf eine ironische Bemerkung. Doch sie kam nicht. Stattdessen räumte er die restlichen Esswaren weg und streckte sich genüsslich.

»Kommst du mit eine Runde joggen?«, fragte er.

Sie warf den nassen Lappen nach ihm. Er fing ihn auf und ging mit einem listigen Blick auf sie zu.

»So nicht, meine Liebe.« Er hielt den Lappen drohend in die Höhe. »Wir haben offiziell frei, du kannst dein Chefgebaren – entschuldige, Chefingebaren – ruhig ablegen.«

Sie hob schützend den Arm vors Gesicht, als er näher kam, und betrachtete die nasse Spur, die der Lappen auf dem Küchenboden hinterließ.

»Ich habe schon geduscht«, lachte sie und trat einen Schritt zurück.

»Wenn das so ist, brauchen wir den ja nicht«, er warf den Lappen mit einer kurzen Handbewegung ins Spülbecken und ging einen weiteren Schritt auf sie zu. Seine Augen blitzten spitzbübisch. Mit einer plötzlichen Bewegung packte er sie und begann, sie zu kitzeln.

»Aufhören!«, kreischte sie und versuchte, sich loszureißen. Er kannte ihre empfindlichen Stellen; sie hatte keine Chance.

»Der Lappen bleibt im Spülbecken?«

»Ja!« Ihre Bauchmuskeln schmerzten vor Lachen, und sie rang nach Luft. Er hielt sie immer noch fest, und sie legte ergeben den Kopf an seine Schulter.

»Du bist einfach unmöglich«, stieß sie hervor.

»Ich weiß.« Auch er atmete schwer und machte mit der Hand kreisende Bewegungen auf ihrem Rücken.

»Oh nein«, lachte sie und stieß ihn weg. »Geh jetzt joggen. Das tut dir gut.«

Als sie seinen Blick sah, hob sie den Zeigefinger. »Genau diesen Blick habe ich nach meiner Rüge auf deinem Gesicht gesucht.«

Er grinste und ging sich umziehen.

Zuberbühler verließ seine Wohnung gegen Mittag. Aufmerksam beobachtete Fahrni den riesigen Mann. Mit gemächlichen Schritten ging er das Trottoir entlang. Entgegenkommende Jugendliche machten ihm anstandslos Platz und nahmen das Gespräch erst wieder auf, als sie ihn passiert hatten. Zuberbühler überquerte die Straße und bog in eine Seitengasse ein. Plötzlich blieb er stehen und griff in die Innentasche seines Mantels. Er zog sein Handy hervor und hielt es an sein Ohr. Ein leicht verärgerter Ausdruck huschte über sein Gesicht. Fahrni lehnte sich im Wagen nach vorne, als könnte er Zuberbühlers Worte so verstehen.

»Pass auf, du schlägst den Kopf noch an der Scheibe an«, warnte Gurtner lakonisch.

Fahrni ließ sich nicht ablenken. »Komm, wir müssen ihm nach!«

»Immer mit der Ruhe.« Gurtner öffnete langsam die Autotür. »Er hat es nicht eilig.«

»Aber gleich verschwindet er hinter dem Kiosk«, Fahrni sprang aus dem Wagen und eilte über die Straße.

»Verdammt, das ist keine Schnitzeljagd. Warte!«

Als er Fahrni eingeholt hatte, fuhr er ihn an: »So merkt er, dass er beobachtet wird!«

Fahrni zeigte auf ein Lokal an der Ecke. »Er ist dort hineingegangen.«

»Gut, dann sitzt er bestimmt am Fenster und amüsiert sich über uns.«

Fahrni ignorierte ihn und ging davon. Als er zurückkam, meldete er, dass die Kneipe keine anderen Ausgänge hatte.

»Mit wem trifft er sich wohl?«, überlegte er laut. »Soll ich reingehen und ein Päckchen Zigaretten kaufen?«

»Du?« Gurtner schnaubte. »Du würdest auffallen wie das Rentier Rudolf. Ich gehe.«

Mit schaukelndem Gang steuerte er auf die Kneipe zu. Er stieß mit seinem Gewicht die Tür auf und trat in den verrauchten Raum. Dieser war bis auf den voll besetzten Stammtisch fast leer, aber dort ging es laut zu. Bereits um diese Uhrzeit standen etliche leere Biergläser zwischen den Jasskarten, der Rauch hing in einer dichten Wolke über den Köpfen. Zuberbühler klopfte sich auf den Schenkel, als sein Gegenüber einen Spruch fallen ließ. Gurtner stellte sich an den Zigarettenautomaten und klaubte einige Münzen aus der Hosentasche. Langsam zählte er sie. Als er sicher war, dass er nicht genügend Kleingeld hatte, ließ er sie eine nach der anderen im Automaten verschwinden. Dann ging er missgestimmt auf die junge Frau hinter der Theke zu und bat um Wechselgeld. Er stand nun ganz nahe am Tisch und schielte in die Männerrunde. Außer Zuberbühler kam ihm kein Gesicht bekannt vor. Vermutlich lauter Ehemänner, die darauf warteten, dass ihre Frauen die samstäglichen Pflichten erledigt hatten.

»Wie läuft das Geschäft?«, fragte ein untersetzter Fünfzigjähriger.

Zuberbühler setzte sich aufrecht hin. »Die Nachfrage steigt ständig.« Er legte eine Karte auf den Tisch. »Kommst du auch wieder mal?«

Der Mann, der die Frage gestellt hatte, rutschte verlegen hin und her. »Meine Frau schaut mir ziemlich auf die Finger.«

Zuberbühler grölte. »Da kann ich dir nicht helfen.«

Er bestellte noch ein Bier, und Gurtner ging zum Zigarettenautomaten zurück. Er warf die letzte Münze langsam ein und zog eine Schachtel »Camel« aus dem Schacht. Das Gespräch am Tisch hatte sich dem kommenden Lokalderby im Fußball zugewandt, und Gurtner verließ das Lokal.

Fahrni trat ungeduldig von einem Bein aufs andere. Gurtner schlug vor, den Wagen zu holen. »Wir werden wohl noch ein Weilchen hier bleiben.«

Als sie sich wieder im einigermaßen warmen Fahrzeug eingerichtet hatten, schloss Gurtner die Augen. »Sag mir, wenn er rauskommt.« Nach fünf Minuten hörte Fahrni ein leises Schnarchen.

Cavalli druckte die letzte Seite aus und sortierte die Zeitungsartikel. Er hatte im Internet nach allem gesucht, was im Zusammenhang mit Zuberbühler oder seinen Geschäften stand.

»Bist du fertig?«, murmelte Regina, ohne aufzusehen.

Cavalli ging ans Fenster. Die Tage wurden immer kürzer, was ihm nur recht war. Er mochte die Dunkelheit. Christopher kam ihm in den Sinn. Er wählte seine Nummer.

»Ja?« Sein Sohn klang verkifft.

»Du hast angerufen?«

»Ach ja.« Er schien in seinem Gedächtnis zu grübeln. »Ich komme.«

»Wohin?«, fragte Cavalli verwirrt.

Christopher stockte. »In die Berge. Oder hast du es dir anders überlegt?«

Plötzlich kam ihm wieder in den Sinn, dass er Christopher über Weihnachten eingeladen hatte. »Wirklich?«, stieß er überrascht aus.

»Aber ich brauche eine Winterjacke«, stellte er als Bedingung. »Und ich will snöben, nicht skifahren.«

»Dafür ist deine Mutter zuständig.«

»Sie kauft mir keine«, klagte Christopher.

Cavalli ging vor dem Fenster hin und her. Er bemerkte Reginas fragenden Blick und schüttelte genervt den Kopf. »Frag sie noch einmal.« Er wechselte das Thema. »Wie lange willst du wegfahren?«

»Keine Ahnung. Ist dort am Abend etwas los?«

»Kaum«, sagte Cavalli. Er hatte sich noch nicht überlegt, wo sie hinfahren würden, doch dafür, dass nichts los sein würde, würde er schon sorgen. Er versprach, ihm die Einzelheiten durchzugeben, sobald er etwas gebucht hatte, und legte auf.

»Chris?«, fragte Regina.

Er nickte und setzte sich wieder. »Wir fahren über Weihnachten einige Tage weg.«

Als er Reginas verwunderten Ausdruck sah, fügte er hinzu: »Ich habe nicht damit gerechnet, dass er zusagt.« Plötzlich hatte er eine Idee. »Kommst du auch mit?« Seine Stimme klang hoffnungsvoll.

Sie schüttelte den Kopf und schloss die Datei auf dem Bildschirm. »Das tut euch zwei alleine gut. Ich wäre da fehl am Platz.«

Er seufzte und erzählte ihr, dass Christopher dafür eine Winterjacke von ihm forderte. »Was macht diese Frau nur mit den Alimenten?«, regte er sich auf.

Regina verzog das Gesicht. »Vermutlich müsstest du dich fragen, was dein Sohn mit den Alimenten macht. Sie gibt ihm bestimmt das Geld, damit er seine Kleider selber kauft. Ein Sechzehnjähriger geht doch nicht mit seiner Mutter einkaufen.«

Daran hatte er nicht gedacht. »Wie soll ich reagieren?«

»Frag ihn, wofür er das Geld ausgegeben hat. Und überleg dir, ob du ihm eine Jacke kaufen willst oder nicht.« Regina zuckte mit den Schultern, aus ihrem Mund klang es so simpel.

»Was heißt willst?« Er stand wieder auf. »Bin ich denn ein Goldesel?«

»So schlecht verdienst du nun auch wieder nicht. Wieso bist du immer pleite?«

Sie hatte sich das schon früher gefragt. Sein Lebensstil war nicht gerade luxuriös, dennoch litt er ständig unter Geldmangel. »Hast du noch mehr Kinder, von denen ich nichts weiß?«, scherzte sie.

Der Blick, den er ihr zuwarf, ließ sie erstarren. Wut blitzte in seinen Augen.

»Nein«, sagte er langsam und deutlich. »Ich habe keine weiteren Kinder. Aber sonstige Familienangehörige, die ich unterstützen muss.«

Regina starrte ihn an. »Wirklich?« Wieso hatte er ihr das nie erzählt? Sie hatten oft über Geld gestritten, als sie zusammen gewesen waren. Sie hatte ihm vorgeworfen, geizig zu sein, doch irgendwie passte es nicht zu seinem Charakter. »Wen?«

»Vergiss es.« Er kehrte ihr den Rücken zu und ordnete seine Unterlagen.

Doch ihre Neugier war zu groß, um die Sache einfach so zu lassen. Sie legte ihm die Arme um die Taille. »Sag es mir, bitte.«

»Ich sagte, vergiss es«, antwortete er frostig.

Sie ließ die Arme fallen und setzte sich wortlos wieder an ihren Computer. Es verletzte sie, dass er sie ausschloss. Er hatte nie viel mit ihr geteilt. Sie spürte einen Kloß im Hals und versuchte, sich in das nächste Protokoll zu vertiefen.

»Ich gehe laufen«, verkündete er. Sie verkniff sich eine Bemerkung über das Davonrennen.

»Was denkst du, ist es spannend, beim FBI zu arbeiten?«, fragte Fahrni mit verträumtem Blick.

»Woher soll ich das wissen? Im Fernsehen sieht es gefährlich aus.« Gurtner schüttelte den Kopf. »Frag doch den Häuptling.« Er biss in seinen Kebab, und die Soße quoll ihm aus den Mundwinkeln. Er putzte sie mit dem Handrücken ab.

»Es ist bestimmt schwierig, ins Weiterbildungsprogramm aufgenommen zu werden«, meinte Fahrni ehrfürchtig.

Gurtner schnaubte verächtlich. »Für den Häuptling war es sicher ein Kinderspiel.«

Fahrni sah ihn überrascht an. Er hatte aus Gurtners Mund noch nie etwas Gutes über seinen Chef gehört. »Meinst du?«

»Klar«, sagte dieser gleichgültig. »Noch nie etwas von Quotenregelung gehört? Die Amis sind doch ganz wild darauf, Klagen wegen Benachteiligung oder Rassismus zu verhindern. Viele Indianer bewerben sich bestimmt nicht.«

Fahrni verstummte enttäuscht und gab den Versuch auf, mit Gurtner ein Gespräch zu führen.

Zuberbühler war nach dem Kneipenbesuch wieder in seine Wohnung zurückgekehrt und hatte sie seither nicht verlassen. Das Warten zog sich in die Länge, und Fahrni wünschte sich, Meyer säße an Gurtners Platz.

Hoffentlich friert sie mit ihren Managern im Jura, dachte er rachsüchtig und musterte die Fenster von Zuberbühlers Wohnung. Er glaubte, eine Bewegung hinter dem Vorhang registriert zu haben und beobachtete die Stelle genau. Er erkannte die vagen Umrisse einer Frau. Sie war vom dünnen, weißen Stoff halb verdeckt und betrachtete das Geschehen auf der Straße. Dann verschwand sie plötzlich, als hätte sie Fahrnis bohrenden Blick bemerkt.

Gurtner sah auf die Uhr. »Die Ablösung sollte gleich kommen.«

Als sie neben ihnen anhielt, atmete er erleichtert auf. »Falls morgen wieder jemand krank ist, such dir einen anderen Ersatz.«

Er forderte Fahrni mit dem Kopf auf, auszusteigen. Dieser kam seinem Wunsch nur zu gerne nach. Erleichtert verließ er den stickigen Wagen und übergab den neuen Polizisten das Überwachungsprotokoll.

Regina fand keine Ruhe. Sie knabberte im Stehen an einem Brötchen und versuchte, sich auf die Spätausgabe der Tagesschau zu konzentrieren. Cavalli war noch nicht zurückgekommen, doch seine Sachen hatte er hier gelassen. Sie fragte sich, wie lange er in ihrer Wohnung bleiben wollte. Sie seufzte und nahm einen weiteren Bissen. Wenn sie wenigstens müde wäre, dann könnte sie ins Bett. Die bevorstehende Razzia machte sie nervös. Fast bereute sie, diese erst auf Sonntagabend angesetzt zu haben. Doch strategisch betrachtet war der Zeitpunkt richtig. Wenn nur die Zeit nicht so langsam verstreichen würde! Der Fall schien stillzustehen, und um weiterzukommen, mussten sie Naser finden. Regina war überzeugt, dass sie seine Spur in den Farblokalen aufnehmen könnten. Irgendetwas oder irgendwer würde sie in die richtige Richtung weisen können.

Sie setzte sich aufs Sofa und schaute die Tagesschau, ohne etwas zu verstehen. Am frühen Abend hatte sie Felix angerufen, immer noch unsicher, ob seine SMS eine Bitte um ein Gespräch gewesen war. Er hatte sich überrascht angehört, offenbar lag doch keine verborgene Botschaft in seiner Meldung versteckt. Sie hatten ein freundschaftliches Gespräch geführt ohne Vorwürfe oder Streit. Er überlegte sich, ob er kündigen sollte, um sich ganz neu zu orientieren. Regina glaubte nicht daran, dass er den Mut dazu aufbringen würde, doch sie hatte ihre Zweifel nicht geäußert. Eine Rückkehr schien er nicht mehr in Erwägung zu ziehen, auch wenn er es nicht so deutlich sagte. Es stimmte Regina traurig, dass fünf gemeinsame Jahre so leise verklangen.

Sie stellte den Fernseher aus und ging ins Bad. Cavalli hatte keinen Schlüssel, sie hätte gerne gewusst, wann er zurückkommen würde.

Eigentlich ist es ja sein Problem, wenn er vor verschlossener Tür steht, dachte sie und suchte nach einem Buch. Sie zog einen alten Irving hervor, den sie schon einmal gelesen hatte, und legte sich damit ins Bett. Sie hatte noch keine zehn Seiten gelesen, als ihre Augen zufielen.

Sie schlief unruhig. In ihren Träumen begegnete sie lauter düsteren Gestalten. Hofer lauerte ihr in der Wohnung auf; er tauchte aus dem Nichts auf und kam bedrohlich näher. Seine Lippen glänzten feucht, plötzlich merkte sie, dass es nicht Lippen waren, sondern ein Küchenmesser, das aufblitzte. Sie versuchte zu schreien, doch es kam kein Ton heraus. Dann hörte sie einen lauten Knall, und Hofers Kopf wurde in Stücke gerissen, nur seine Lippen lagen unversehrt auf ihrem Nachttisch. Meyer lachte erfreut und winkte Regina zu.

Keuchend wachte sie auf und versuchte, sich in der Dunkelheit zu orientieren. Im Zimmer war niemand. Sie stand auf und ging von einem Raum in den anderen. Alle waren leer. Danach konnte sie nicht mehr einschlafen. Draußen hörte sie den Airbus aus Manila und fragte sich, wo Cavalli die Nacht verbracht hatte. Er war in seiner Sportkleidung losgezogen, ihres Wissens ohne Hausschlüssel und Brieftasche.

Heute war ein wichtiger Tag, sie regte sich auf, dass er schlecht angefangen hatte. Sie beschloss, ihre Vorsätze in Taten umzusetzen und suchte im Schrank ihre Sportsachen hervor. Den Turnschuhen hatte es nicht geschadet, so lange ungebraucht im Regal zu stehen. Sie waren bequem und leicht; Regina wackelte mit den Zehen und fühlte sich schon sportlicher. Unter den Skisachen fand sie ein altes Stirnband, das sie über ihre Ohren stülpte. Dann streifte sie Handschuhe und Faserpelz über, steckte einen Pfefferspray in die Tasche und verließ die Wohnung.

Nach zweihundert Metern bereute sie ihren Entschluss. Ein kalter, nasser Novembertag war nicht der geeignete Zeitpunkt, um das Joggen wieder aufzunehmen. Der Boden war glatt, ihre Turnschuhe bald durchnässt. Doch da sie schon einmal draußen war, wollte sie nicht gleich wieder aufgeben. Eine Dreiviertelstunde später schlich sie erschöpft nach Hause. Die Hälfte des Weges war sie gegangen anstatt zu joggen, dafür schnell, und ihre Beine protestierten, als sie den Fuß hob, um den Schnürsenkel zu öffnen. Ihre Stimmung hatte sich jedoch gehoben, und sie summte vor sich hin, als sie Kaffee kochte.

Bald darauf klingelte es an der Tür, und Cavalli streckte ihr einen Sack Croissants hin. Er betrat die Wohnung, als sei er bei Regina zu Hause. In der Küche deckte er einen weiteren Platz und setzte sich. Er trug immer noch seine Joggingsachen. Regina musterte ihn, er schien müde. Sie sprach ihn nicht auf die vergangene Nacht an.

»Gehen wir die Razzia nochmals durch?«, fragte sie stattdessen.

Er nickte und holte einen Schreibblock.

Im Kripohaus herrschte Durcheinander: Einige Polizisten suchten Unterlagen zusammen, äußerten ihren Unmut über das vorzeitig abgebrochene Wochenende, besorgten sich Getränke und Verpflegung. Im überfüllten Sitzungszimmer war der Lärmpegel hoch und die Luft stickig. Der Chef der Spezialabteilung zwei sowie der Dienstchef der Sitte nahmen ebenfalls an den Vorbereitungen der Razzia teil.

Regina betrachtete die Runde. Cavalli hatte fast zu einem Drittel Frauen aufgeboten, stellte sie zufrieden fest.

»Wie geht es Zobeli?«, fragte Fahrni, der sich neben sie gesetzt hatte.

»Langsam etwas besser. Doch er sieht immer noch ziemlich mitgenommen aus. Wie war die Überwachung? Nichts passiert, höre ich.«

Fahrni schüttelte seufzend den Kopf. »Nein. Zuberbühler ging nicht einmal am Abend weg. Ich frage mich, ob er etwas gemerkt hat.«

»Hoffentlich nicht.« Sie musterte Fahrni besorgt, er schien niedergeschlagen. Vielleicht hatte ihm das lange Warten zugesetzt. Sie fragte sich immer wieder, woher ein Polizist die Energie nahm, stundenlang zu warten. Wie viel weniger anstrengend war es doch zu handeln. »Alles in Ordnung?«, fragte sie, als sein Blick immer wieder abschweifte.

»Ob es Jasmin rechtzeitig schafft?«, murmelte er.

»Bis zum Einsatz, bestimmt«, versicherte Regina.

Cavalli eröffnete die Besprechung mit einer kurzen Zusammenfassung des Falls. Er teilte Farbkopien von Fotos aller Personen aus, die sich in den Lokalen befanden und die über den Mordfall, Zuberbühler, Naser oder Qepa etwas wissen konnten.

»Weshalb habt ihr die Barkeeperin nicht schon längst festgenommen?«, fragte der Abteilungsleiter.

»Um den Überraschungseffekt auszunutzen«, antwortete Regina an Cavallis Stelle. »Bis jetzt hat noch niemand in den Farblokalen Verdacht geschöpft.«

Er gab sich mit der Antwort zufrieden. Cavalli ging zur Tafel, wo er Pläne der vier Lokale aufgehängt hatte. Die Grundrisse, die unmittelbare Umgebung sowie etwaige Hindernisse waren darauf gut ersichtlich.

»Hier seht ihr das Blue Girl«, er zeigte auf den ersten Plan. »Das Lokal hat zwei Ausgänge, das Gebäude, in dem sich die illegalen Mädchen befinden, nur einen.« Er zeigte auf die Tür im Hinterhof.

Wieder unterbrach ihn sein Vorgesetzter. »Habt ihr an Verbindungstüren zu den angrenzenden Gebäuden gedacht?«

Cavalli atmete tief durch.

»Wir haben die Pläne des Hochbauamts genau studiert. Wegen der Statik kann es keine Verbindungstüren geben.«

Dann erklärte er, wer die Mädchen waren, die sie finden würden. Er schilderte die Umstände, in denen sie gefangen gehalten wurden. »Sie sind Opfer, denkt daran.« Er versuchte, das Gemurmel am Tisch zu deuten.

»Bei allem Respekt, es sind immer noch Illegale«, wandte ein Polizist ein. Eine heftige Diskussion brach aus.

Cavalli rief die Runde zur Ordnung, seine Stimme war kühl.

»Dies ist keine gewöhnliche Razzia«, unterstrich Regina. »Wir haben es mit zweifachem Mord zu tun.« Sie ließ ihren Blick über die Runde schweifen. »Es geht nicht in erster Linie darum, Verstöße gegen das Ausländergesetz zu erfassen. Die Täter werden sich im Zusammenhang mit diesen Morden sowie mit Menschenhandel zu verantworten haben.« Sie instruierte die Polizisten über das Sicherstellen von Beweisen und wies sie ausdrücklich darauf hin, dass ihre Aufgabe vor allem darin bestand, Verhaftungen vorzunehmen und zu verhindern, dass Beweise zerstört würden.

Danach ging Cavalli den Einsatz detailliert durch. Er ernannte Pilecki zu seinem Stellvertreter.

»Fahrni und Gurtner werden während dieser Zeit die Überwachung von Zuberbühler weiterführen«, erklärte er. Regina verstand nun, weshalb Fahrni so niedergeschlagen wirkte. »Er wird sich vermutlich nicht in der Nähe der Lokale blicken lassen, ich gehe davon aus, dass er gewarnt wird. Sobald wir etwas gegen ihn in der Hand haben, etwas, das ihn in Verbindung mit der Farbkette bringt, können wir ihn schnappen. Doch seine Reaktion interessiert uns natürlich so oder so.« Das Letztere war nicht nur als Aufmunterung für die beiden gedacht, die verständlicherweise enttäuscht darüber waren, nicht an der Razzia selbst beteiligt zu sein.

»Das wärs. Ihr wisst, wie ich zu erreichen bin«, erinnerte er.

Stühle wurden zurückgeschoben, und der Lärm nahm wieder zu.

Cavalli öffnete die Fenster und rieb sich die Hände.

Fahrni lehnte die Stirn gegen die Fensterscheibe und starrte auf Zuberbühlers Wohnung. In einer Stunde würde die Razzia beginnen. Die vielen Überwachungsstunden hinterließen ihre Spuren. Er war gereizt und müde. Trotzdem konzentrierte er sich auf das Gebäude auf der anderen Straßenseite. Auch wenn er die ihm zugeteilte Aufgabe nicht mochte, wollte er sie so gut wie möglich erfüllen.

Gurtner schwieg. Sie hatten sich nichts mehr zu sagen. Jeder Versuch Fahrnis, einen Draht zu seinem Kollegen zu finden, war fehlgeschlagen. Ein Junkie spähte zum Fenster des Beifahrersitzes herein und streckte ihnen die hohle Hand entgegen. Bevor Fahrni etwas Kleingeld hervorholen konnte, hatte Gurtner ihn mit einer verächtlichen Bewegung weggewiesen.

»Verdammter Schmarotzer«, maulte er.

Fahrni sagte nichts.

Plötzlich ging die Haustür auf, und Zuberbühler trat heraus. Zielstrebig bog er um die Ecke, und Fahrni startete den Wagen. Er wusste, dass sich Zuberbühlers Parkplatz in der Straße befand, in die er einbog. Tatsächlich tauchte kurz darauf sein dunkler BMW auf. Fahrni folgte ihm in angemessenem Abstand. Zuberbühler beschleunigte, wo immer möglich. Er fuhr mit überhöhter Geschwindigkeit auf eine Kreuzung zu; als das Licht auf Gelb wechselte, gab er Gas.

»Achtung, Rot!«, rief Gurtner, als Fahrni auf die Kreuzung zusteuerte. Fahrni widerstand der Versuchung, die Augen zu schließen, und schoss am Rotlicht vorbei. Hinter ihnen blitzte die Verkehrsüberwachungskamera zweimal auf, und einige Autofahrer hupten. Fahrni ließ die Luft langsam raus, die er in der Anspannung angehalten hatte. Meyer wäre stolz auf ihn gewesen.

»Er fährt Richtung Innenstadt«, bemerkte er.

Gurtner schnaubte. »Du bist aber aufmerksam.«

Zuberbühler steuerte in Richtung Rotlichtviertel.

Einmal glaubte Fahrni, ihn verloren zu haben, als eine Gruppe angetrunkener Jugendlicher die Straße so langsam überquerte, dass er anhalten musste. Doch einige Querstraßen weiter sah er, wie der BMW in einen Hof einbog.

»Ist das nicht die Rückseite des Black Widow?«, fragte Fahrni. Er versuchte, sich zu orientieren. Die Anfahrt von dieser Seite kannte er nicht.

Gurtner nickte. »Stimmt. Los, stell den Wagen ab.« Er hatte seine Hand schon am Türgriff. Fahrni parkte auf dem Gehsteig, und sie sprangen hinaus. Vorsichtig gingen sie auf den Hof zu und spähten um die Ecke. Zuberbühler stand allein neben einem Hauseingang und scharrte unruhig mit den Füßen.

»Ich sehe keine Polizisten«, flüsterte Fahrni.

»Es ist noch zu früh. Die Razzia beginnt erst um neun«, antwortete Gurtner ungeduldig. Vermutlich würden die Polizisten jetzt ausrücken, um ihre Stellungen zu beziehen.

Zuberbühler wollte nicht länger warten. Er öffnete die Tür und verschwand im Haus. Besorgt sah ihm Fahrni nach.

»Vielleicht gibt es einen zweiten Ausgang?«

Gurtner war unsicher. Sie durften Zuberbühler jetzt ja nicht verlieren. »Bleib du hier. Ich schau mir das Gebäude von vorn an.«

Fahrni sah ihm nach, als er davoneilte. Er fragte sich, wo der Hinterausgang des Black Widow war. Vermutlich auf der anderen Seite der Mauer. Er schaute auf die Uhr. Halb neun. Die Polizisten, die zur Überwachung des Black Widow aufgeboten waren, würden bestimmt bald auf ihren Plätzen sein. Fahrni rief Cavalli an und meldete, dass Zuberbühler sich in einem Haus neben dem Lokal befand.

»Blaues Neonlicht am Eingang?«, fragte sein Chef.

»Genau. Kennst du es?«

»Mesceaus Zimmer liegt im dritten Stock. Es ist möglich, dass er von ihrem Verschwinden erfahren hat«, erklärte er. »Lasst ihn nicht aus den Augen. Vermutlich wird er jetzt nervös. Ich will wissen, was er macht.«

Fahrni versprach, sich sofort zu melden, wenn er Neuigkeiten hatte. Gurtner war noch nicht zurück von seinem Rundgang. In der Ferne hörte er grölende Stimmen, dann das Quietschen von Autoreifen. Hinter ihm erklangen eilige Schritte. Es konnte nicht Gurtner sein, dazu waren sie zu leicht. Fahrni vergrub die Hände in den Taschen. Er schielte zu dem Passanten, der in diesem Moment hochsah. Ihre Blicke trafen sich, und Fahrni hatte das Gefühl, von einem Blitz getroffen worden zu sein. Es war Naser.

Alles verlief nach Plan. Der Türsteher streckte widerstandslos die Hände in die Höhe, als er die Zahl der Polizisten sah, die das Blue Girl umstellten. Er kam gar nicht dazu, den Warnknopf zu betätigen. Er ließ sich bereitwillig abführen, froh darüber, dass seine Papiere in Ordnung waren. Im Lokal selbst ging es weniger ruhig zu. Freier, die eigentlich zu Hause bei ihren Familien sein sollten, versuchten unauffällig abzuschleichen; Tänzerinnen, die grundsätzlich der Polizei misstrauten, wehrten sich heftig. Alle Personalien wurden aufgenommen, Papiere kontrolliert.

Maria verengte die Augen zu Schlitzen, als sie Pilecki erblickte. Sie versuchte, an ein Telefon zu gelangen, doch er schnitt ihr den Weg ab.

»Wie viele Mädchen sind oben?«, fragte er ungeduldig und zog ein Paar Handschellen hervor.

»Ich weiß nicht, wovon du sprichst.« Sie sah demonstrativ in eine andere Richtung.

»Hör mit dem verdammten Spiel auf. Wir wissen genau, wo sie sind. Wie viele?«

Maria sah ihn giftig an und schnalzte mit der Zunge. »Über dich werde ich einige Geschichten erzählen können.«

Pilecki reagierte nicht auf die Drohung. Er übergab Maria einem jungen Polizisten und ging zur Gruppe der Tänzerinnen, die sich auf Karans Anweisungen um die Bistrotische versammelt hatten, wo man ihre Papiere kontrollierte. Als Irina ihn erblickte, wandte sie sich ab. Ihre Haltung war steif und abweisend. Der Polizist, der ihre Papiere kontrollierte, schüttelte den Kopf, als er die abgelaufene Bewilligung sah. Er ließ sie abführen. Betroffen schaute ihr Pilecki nach und hoffte, sie würde zurückschauen. Doch sie drehte sich nicht um.

Pilecki nahm mit Regina die Suche nach Geschäftsunterlagen auf, während Cavalli mit den Polizistinnen zur Metalltür im Hinterhof ging.

»Wie viele Freier sind drin?«, fragte Meyer, die es rechtzeitig zurück geschafft hatte.

»Ich weiß es nicht. Es gibt aber nur diesen einen Ausgang. Der Flur, der zu den einzelnen Zimmern führt, ist schmal«, erklärte er. »Eine Flucht dürfte schwierig sein.«

»Nackt sowieso«, bemerkte eine Polizistin trocken. Meyer grinste. Im zweiten Stock zog Cavalli den Schlüssel hervor. Die bevorstehende Aufgabe war ihm zuwider. Meyer merkte es und sah ihn fragend an.

Sie bezogen Stellung.

Fahrni griff nach seinem Schlagstock. Erst jetzt bemerkte er, dass er gar nicht in Uniform war. Naser hatte die Bewegung registriert. Blitzartig holte er zu einem Schlag aus. Fahrni vermochte nicht rechtzeitig auszuweichen. Er fiel gegen die Hauswand. Naser verschwamm vor seinen Augen. Benommen hörte er Gurtners Stimme aus dem Funkgerät: »Zuberbühler ist soeben herausgekommen, hol sofort den Wagen.«

Fahrni versuchte, auf die Beine zu kommen. Was würde Meyer in dieser Situation tun? Verdammt, weshalb war sie nicht hier, sie hätte Naser mit zwei Griffen dingfest gemacht. Dieser hob den Fuß und versetzte ihm einen Tritt in den Bauch. Fahrni krümmte sich, hatte aber die Geistesgegenwart, Nasers Fuß zu packen. Verzweifelt zog er daran, und Naser stolperte. Damit gewann Fahrni Zeit, um aufzustehen. Er konnte knapp einem weiteren Schlag ausweichen. Er zog mit einer geübten Bewegung seine Pistole hervor und richtete sie auf seinen Angreifer. Mit so viel Autorität wie möglich forderte er Naser auf, sich zu ergeben. Dieser lachte und rannte davon. Fahrni lief ihm nach, er hörte nochmals Gurtners wütende Aufforderung, den Wagen zu holen.

»Stehen bleiben! Ich schieße!«, schrie er hinter Naser her. Die Worte beeindruckten ihn nicht. Fluchend rannte Fahrni weiter und überlegte, was er tun sollte. Er hatte noch nie auf einen Menschen geschossen.

»Scheiße, Scheiße, Scheiße«, stieß er atemlos hervor, seine Pistole fühlte sich in seiner feuchten Hand glitschig an.

Naser überquerte einen Hof. Er sprang hinter einen Altglas-Container, und Fahrni stand röchelnd still. Er hörte keine Schritte. War Naser in der Falle, gab es keinen Ausgang aus dem Hof? Mit zittriger Hand zog er sein Funkgerät hervor.

»Chef, brauche dringend Hil…«, keuchte er und registrierte ein Geräusch hinter dem Container. Er riss die Augen auf, als eine Flasche auf ihn zuflog, und duckte sich rechtzeitig. Mit klopfendem Herzen schaute er von links nach rechts und versuchte zu erraten, auf welcher Seite Naser hervorspringen würde. Dann hörte er eine Tür ins Schloss fallen und spähte vorsichtig um die Ecke des Containers. Naser war weg. Fahrni rannte auf die Tür zu. Er riss sie auf und sah, wie Naser durch den gegenüberliegenden Haupteingang verschwand. Als er ihm nachlief, versuchte er sich an Meyers Ratschläge zu erinnern: Egal, was du machst, verlier einfach das Ziel nicht aus den Augen, alles andere ergibt sich von selbst. Er holte Naser ein und richtete seinen Blick auf seine Beine. Er zielte mit der Pistole. Doch er konnte sie rennend nicht still genug halten. Was, wenn er ihn traf? Ihn tötete? Verzweifelt senkte er die Waffe.

Cavalli erhielt beide Notrufe fast gleichzeitig. Zuerst meldete Gurtner, dass Zuberbühler zu Fuß Richtung Blue Girl ging und Fahrni nicht auf seine Funkanweisungen reagierte. Dann erklang Fahrnis verzweifelter Hilferuf. Meyer schlug die Hände vor den Mund, als der Klang von zerspringendem Glas durch das Funkgerät drang und Fahrni mitten im Satz verstummte.

»Hol Regina«, sagte Cavalli scharf. »Sie soll hier oben übernehmen. Dann folge mir mit Verstärkung. Ich werde dir die Koordinaten durchgeben, sobald ich mehr weiß.« Er rannte die Holztreppe hinunter und wies Pilecki dabei per Funk an, mit Gurtner Kontakt aufzunehmen und Unterstützung zu organisieren.

»Wo bist du?«, fragte er Fahrni wiederholt. Er rannte Richtung Black Widow. Es dauerte einige Minuten, bis er eine Antwort bekam.

»Engelstraße«, stieß Fahrni hervor.

Cavalli versuchte, ihm Mut zu machen: »Ich bin in fünf Minuten bei dir, lass Naser nicht aus den Augen.«

Fahrni hatte nicht genug Atem, um ihm eine Antwort zu geben. Sein linkes Auge pochte, und er hatte Mühe, gerade zu rennen. Auch Naser schien müde zu werden. Fahrni hatte das Gefühl, dass sich seine Schritte verlangsamten. Als sich die Distanz zwischen ihnen verringerte, erkannte er in seiner Hand ein Messer.

»Schulhaus Wengi«, meldete er Cavalli.

Naser war stehen geblieben.

Er hechelt genau so stark wie ich, stellte Fahrni mit Genugtuung fest.

Seine tief liegenden Augen blitzten gefährlich. Langsam kam Naser auf Fahrni zu. Er ignorierte die Pistole, die auf ihn gerichtet war. Im sanften Licht der Straßenlaterne blitzte die Klinge des Messers auf. Fahrni umklammerte seine Waffe mit beiden Händen, um das Zittern zu unterdrücken. Breitbeinig stand er vor Naser und versuchte, ihm gerade in die Augen zu sehen. Sein linkes Auge war inzwischen angeschwollen, und die gewünschte Wirkung blieb aus.

Meyer würde ihm jetzt das Messer mit einem Fußtritt aus der Hand schlagen, dachte er. Wo bleibt Cavalli?

Naser kam einen weiteren Schritt auf ihn zu, und Fahrni wusste, dass er jetzt handeln musste. Er atmete tief ein und zielte auf den Boden zwischen Nasers Beine. Dann schoss er.

Naser riss die Augen auf und ließ das Messer fallen. Er wartete darauf, dass der Schmerz irgendwo einsetzte. Fahrni stieß mit dem Fuß das Messer beiseite, gleichzeitig sah er aus dem Augenwinkel, wie Cavalli auf ihn zurannte. Bevor er die Bewegung richtig registriert hatte, lag Naser auf dem Boden, und Cavalli drückte ihm sein Knie ins Kreuz. Fahrni beobachtete durch einen Schleier hindurch, wie sein Chef Handschellen um Nasers Handgelenke schloss und ihn grob hochriss. Fahrni schaute sich nach Blutspuren um, doch er hatte tatsächlich nur den Boden getroffen. Erschöpft ließ er sich auf den kalten Asphalt fallen. Um sich herum hörte er Schritte und Stimmen, plötzlich spürte er eine Umarmung. Er sah auf und blickte in Meyers Augen.

»Hoffentlich war es kalt im Jura«, sagte er schwach und versuchte zu lächeln.

»Typisch Mann«, reklamierte sie. »Kaum sind die Frauen weg, beginnt der Spaß. Hättest du nicht auf mich warten können?« Sie fuhr ihm mit dem Finger über das Gesicht und musterte seine Verletzung. »Morgen Abend kommst du mit mir ins Training. Keine Ausrede«, warnte sie, als er Luft holte. »Das blaue Auge hättest du vermeiden können.«

Er nickte ergeben und vertagte die Einwände. Sie reichte ihm die Hand und zog ihn auf die Beine.

Regina schaute Katalin nach, nachdem sie als Letztes der zwölf Mädchen abgeführt wurde. Eine vorübergehende Unterkunft sowie eine psychologische Betreuung waren organisiert. Alles Weitere lag nicht in ihrer Macht. Sie wandte sich dem zu, was sie für die Opfer tun konnte: Beweismittel sicherstellen, nach Dokumenten und Papieren suchen sowie die Polizisten bei der Durchsuchung beaufsichtigen. Sie hatte weder etwas von Pilecki noch von Cavalli gehört und wartete bang auf eine Nachricht.

Wo vor Kurzem angesehene Geschäftsmänner mit lüsternen Blicken den Bewegungen der blauen Tänzerinnen gefolgt waren, suchten nun blau uniformierte Polizisten nach Spuren illegaler Geschäfte.

»Der Häuptling hat sich soeben gemeldet«, teilte Barduff unverzüglich mit, als er Regina erblickte. »Sie haben Naser! Und Fahrni ist mit einem blauen Auge davongekommen. Im wahrsten Sinne des Wortes.«

Regina atmete erleichtert aus. »Gott sei Dank!« Sie strich sich eine Haarsträhne aus dem Gesicht und stützte die Hände in die Seite. »Und Zuberbühler?«

Barduff ließ seine Fingerknöchel knacken. »Noch nichts gehört.« Er nahm einem schwer beladenen Polizisten eine Schachtel ab.

»Wenn ihr fertig seid, treffen wir uns im Hinterhof«, wies ihn Regina an. »Wir müssen weiter ins Black Widow. Dort wartet eine Menge Arbeit.«

»Gehen wir ohne den Häuptling?«, fragte Barduff unsicher.

»Wenn es sein muss. Es wurden vierzehn Personen festgenommen und die Personalien von weiteren achtundvierzig aufgenommen.«

Barduff nickte und trieb die Kollegen an. Kurz bevor sie die letzte Schachtel aufgeladen hatten, kam Cavalli zur Tür herein. Mit triumphierendem Blick erzählte er, dass sie Naser geschnappt hatten. Er sprühte vor Energie, und Regina grinste, als sie bemerkte, dass alle Anwesenden plötzlich schneller arbeiteten.

Cavalli berichtete, dass Gurtner und seine Verstärkung Zuberbühler nach Hause gefolgt waren. »Offenbar hat er Wind von der Sache bekommen.«

Regina nickte nachdenklich. »Zuberbühler wird wohl, bis wir die DNA-Resultate haben, auf freiem Fuß bleiben. Für eine Festnahme haben wir noch nicht genug in der Hand. Aber es wird nicht mehr lange dauern.«

Cavalli hätte ihren Optimismus gerne geteilt.

Es war vier Uhr, als Regina ihre Haustür aufschloss. Insgesamt waren sechsundzwanzig junge Prostituierte abgeführt worden. Die meisten Tänzerinnen hatten gültige Papiere, ebenso die Angestellten der Lokale. Schachteln von Unterlagen waren beschlagnahmt worden, unzählige Befragungen geplant.

»Wusste Juri, dass Irina keine Arbeitsbewilligung hat?«

Cavalli schüttelte den Kopf. »Nein. Er ist ziemlich erschüttert.«

»Was läuft zwischen den beiden?«

»Keine Ahnung.« Cavalli folgte Regina in die Wohnung. »Hast du den Code eigentlich geändert?«

Sie schickte ihm einen vorwurfsvollen Blick. »Natürlich.«

»Darf ich raten?«, neckte er sie und folgte ihr in die Wohnung.

»Es ist weder dein Name noch deine Handy-Nummer noch …«

Er unterbrach sie grinsend: »Was gibst du mir, wenn ich richtig rate?«

Sie legte den Kopf schräg und musterte ihn amüsiert. »Du weißt sicher, was du willst.«

»Einen Kuss.«

»Abgemacht. Aber du darfst nur einmal raten. Und was bekomme ich, wenn du danebenliegst?«

»Einen Kuss.«

Sie lachte. »Träum weiter. Ich möchte ein Geschenk. Eingepackt in hellblaues Papier.«

Er hob die Augenbraue. »In hellblaues Geschenkpapier? Also gut.« Er lehnte sich zu ihr und sagte langsam: »1105-1993.«

Regina ließ ihre Tasche auf den Boden fallen und starrte ihn entgeistert an. Das durfte doch nicht wahr sein.

»Wenn jemand in deine Wohnung einbricht, dann weißt du wenigstens, dass ich es gewesen sein muss«, flüsterte er ihr ins Ohr. »Auf dieses Datum kommt sonst niemand.« Als sie immer noch nicht reagierte, fragte er: »Wo bleibt der Kuss?«

Regina trat einige Schritte zurück und schüttelte schelmisch den Kopf. »Wir haben nichts über den Zeitpunkt abgemacht. Den bestimme ich.«

Cavalli zögerte und betrachtete sie aus zusammengekniffenen Augen. Er gab sich geschlagen und ging die Zähne putzen. Als Regina im Bett war, setzte er sich in die Küche und holte ein leeres Blatt.

Warum zweifle ich daran, dass Zuberbühler auf Salomir geschossen hat?, grübelte er. Weil es zu gut passt? Zuberbühler hat ein Motiv, doch er ist nicht der Einzige. Salomir hatte nicht viele Freunde. Haben wir einen zu engen Kreis gezogen? Streng genommen ist es möglich, dass der Mord gar nichts mit Salomirs Verwicklung in den Frauenhandel zu tun hat. Morgen – heute, korrigierte er sich – werde ich mich trotz der vielen Einvernahmen ausschließlich um Zuberbühler kümmern. Jetzt, wo die Razzien vorbei sind, müssen wir uns nicht mehr zurückhalten.

Eine Gegenüberstellung mit Qepa könnte Licht in die Sache bringen. Das Verhältnis zwischen Naser und Zuberbühler warf ebenfalls Fragen auf. Zuberbühler wollte sich mit Naser treffen, als er erfahren hatte, dass Nadja verschwunden war. War Naser sein Handlanger? Dann hätte Zuberbühler ihn beauftragen können, Salomir zu erschießen. Warum hätte er die schmutzige Arbeit selber tun sollen, wenn er Angestellte dafür hatte?

Frustriert stand Cavalli auf. Vielleicht suchte er zu weit. Aber vielleicht hatte er den zweiten Mord nicht intensiv genug auf alle Möglichkeiten hin ausgeleuchtet. In seinem Hinterkopf lauerte immer der erste Mord, und obwohl er versucht hatte, die beiden zu trennen, war es ihm nicht gelungen.

Cavalli setzte sich wieder und begann, alles zu notieren, was er auf der Autobahn wahrgenommen hatte. Das Blatt war rasch voll, und er zog ein neues hervor. Er schloss die Augen und durchlebte die Fahrt noch einmal, dabei erinnerte er sich an Details, die er vergessen zu haben glaubte: Der Wagen vor ihm war ein weißer Opel mit Aargauer Kennzeichen gewesen; Zobeli hatte nach Kräuterbonbons gerochen; ein Päckchen Papiertaschentücher hatte unter dem Beifahrersitz hervorgeschaut; der Tank war halb voll gewesen.

Er füllte Seite um Seite. Als er fertig war, arrangierte er die Blätter am Boden. Er bereute es, dass er die Unterlagen zur Schießerei im Büro hatte. Er erstellte einen zeitlichen Ablauf, den er mit einer Straßenkarte verglich. Leider waren die Zeugenaussagen der Autofahrer, die die Ereignisse beobachtet hatten, ebenfalls im Büro.

Frustriert erhob er sich und sah auf die Uhr. Es war bereits sechs. Er setzte den Kaffee auf und holte zwei Tassen hervor.

»Immer noch auf?«, fragte Regina schläfrig. Sie stand in

der Tür und betrachtete den Papierteppich auf dem Küchenboden.

Cavalli suchte im Kühlschrank nach Milch. »Ich glaube, du musst deinen Kaffee schwarz trinken«, warnte er, als er an der Milch roch.

Regina rieb sich die Augen. »Hauptsache, er ist stark.«

Während sie Kaffee tranken, erklärte er ihr seine Zweifel an Zuberbühlers Schuld.

Sie gähnte. Dann stellte sie sich kurz unter die Dusche. Eine halbe Stunde später verließen sie gemeinsam die Wohnung. Regina fühlte sich noch nicht bereit für einen Montagmorgen.

Cavalli hielt beim Bezirksgebäude und gab Regina einen flüchtigen Kuss auf die Wange. »Viel Glück mit Qepa und Naser.«

Regina sah ihm nach, als er davonfuhr. Wenn Zuberbühler auf Salomir geschossen hatte, war sie endgültig nicht mehr in Gefahr. Ob Cavalli heute Abend nochmals zu ihr käme? Fast hoffte sie, Zuberbühlers Schuld oder Unschuld würde sich noch nicht so rasch herausstellen. Denn wenn Salomirs Mörder gefasst war, würde sich ihre Zusammenarbeit nur noch auf Formalitäten beschränken. Schriftliche Berichte und Telefongespräche. Nach einigen Wochen würden auch diese immer seltener, dann läge die restliche Arbeit bei ihr. Ihr Alltag erschien ihr plötzlich bedrohlich eintönig.

Krebs erwartete sie. »Wie ist es gelaufen?«

Sie erzählte ihm von Nasers Festnahme, und er nickte anerkennend. »Hoffentlich redet er. Wann lädst du ihn vor?«

»Gleich nach Qepa.« Sie setzte sich auf einen Besucherstuhl.

»Ich kann Qepa für dich übernehmen, wenn es dir hilft. Es hat keinen Sinn, dass wir ihn zu zweit befragen«, bot er an.

Regina dankte ihm erleichtert. Sie benutzte die gewonnene

Stunde, um endlich ihre Post durchzusehen und die Unterlagen für die kommende Woche zu sortieren.

Die fünf Stapel werden immer größer, stellte sie frustriert fest.

Kaum hatte sie die letzte Akte hingelegt, klingelten gleichzeitig das Telefon auf dem Schreibtisch und ihr Handy. Sie erkannte auf dem Handy Cavallis Nummer und nahm zuerst den anderen Anruf entgegen.

»Artan Pelivani«, stellte sich eine männliche Stimme vor. Überrumpelt setzte sie sich und zog einen Schreibblock hervor.

»Herr Pelivani, gut, dass wir uns endlich sprechen. Es geht um Ihre Tochter.« So schonend wie möglich erklärte sie, was Teuta zugestoßen war.

»Ich möchte am Telefon nicht auf die Einzelheiten eingehen. Ist es Ihnen möglich, nach Zürich zu reisen?«, fragte sie.

Pelivanis Stimme war nicht anzuhören, wie ihm zumute war. »Ich kümmere mich sofort um einen Flug.«

Regina fühlte sich als Überbringerin der schrecklichen Nachricht fast mitschuldig. »Wenn ich irgendetwas für Sie tun kann …«

Er bedankte sich knapp und legte auf. Regina starrte den Hörer an. Teuta war sein einziges Kind gewesen.

Ihr Handy klingelte wieder, und sie nahm unkonzentriert ab: »Was ist?«

»Die Haare stammen nicht von Zuberbühler.« Cavallis Stimme klang gleichzeitig erleichtert und frustriert.

»Moment, das geht mir zu schnell.« Sie erklärte kurz, dass Teutas Vater sich soeben gemeldet hatte. »Welche Haare?«

»Die Haare, die auf der Nackenstütze am Rücksitz des Mercedes gefunden wurden, stammen nicht von Peter Zuberbühler«, wiederholte er.

»Nicht von Zuberb…«, erst jetzt fiel der Groschen. »Er hat nicht geschossen.«

»Kaum.«

»Cava – « Sie rang nach Worten.

»Was?«

»Wir haben keinen weiteren Verdächtigen.« Sie betrachtete die Stapel auf ihrem Schreibtisch.

»Ich weiß.« Er schwieg lange. »Ich melde mich wieder.«

Als er aufgelegt hatte, legte sie ihren Kopf auf den Schreibtisch und schloss die Augen.

Cavalli suchte Pilecki auf. Dieser saß an seinem Schreibtisch und starrte gedankenverloren auf den Bildschirm. Eine angerauchte Zigarette lag vergessen im Aschenbecher.

»Alles in Ordnung?«

Pilecki versuchte, die ungewohnte Schwermut abzuschütteln. »Klar. Was gibts?«

Erleichtert setzte sich Cavalli auf den Rand des Tisches. »Als ich neulich den Bericht der Ballistikexperten vorgelesen habe, kamen wir auf die Mafia zu sprechen. Was hast du über Mafia-Bosse gesagt?«

Pilecki dachte angestrengt nach. Nach einer Weile sagte er: »Dass es Mafia-Bosse gibt, die sich die Hände schmutzig machen. Und dass auf dem Balkan andere Sitten herrschen.«

Cavalli sprang auf. »Genau. Doch diese Sitten haben wir bis jetzt ausgeblendet. Obwohl eine erstaunliche Anzahl Albaner in diesen Fall verwickelt ist.«

»Die Menschen sind im Grunde genommen überall gleich«, wandte Pilecki ein.

»Die Menschen schon. Aber ihre Motive nicht«, erwiderte Cavalli.

Cavalli holte Regina im Bezirksgebäude ab. Zusammen fuhren sie zum Rechtsmedizinischen Institut. Regina fasste die Einvernahme von Naser kurz zusammen. Viel erzählen konnte sie nicht: Naser hatte von sich aus keine Informationen preisgegeben. Sie hatte sich langsam und über Umwege an ihn herantasten müssen. Doch die Beweise sprachen für sich. Sie starrte aus dem Fenster.

»Hoffentlich findet Pelivani das IRM«, sagte sie, mehr zu sich als zu Cavalli.

»Weshalb wollte er sich nicht am Flughafen abholen lassen?« Ein Taxi bis in die Stadt war nicht billig.

»Keine Ahnung. Vielleicht muss er jetzt einfach allein sein.«

Sie verstummten. Pelivani hatte vor drei Jahren seine Frau verloren. Hatte er jemanden, mit dem er seinen Schmerz teilen konnte?

Als das IRM vor ihnen auftauchte, riss Regina hastig einen Schokoriegel auf. Sie brauchte eine Stärkung.

Hahn erwartete sie in seinem Büro. Er war mürrisch und schob unzufrieden eine leere Tasse auf seinem Schreibtisch hin und her. Cavalli war mit seinen Launen vertraut: Solange die Toten seine fachliche Aufmerksamkeit erforderten, konnte der Mediziner gut mit ihnen umgehen. Doch wenn trauernde Eltern, Geschwister oder Freunde ihm vor Augen führten, dass die starren Gestalten in seinen Gefrierfächern einmal voller Leben gewesen waren, hatte er Mühe.

»Sie ist bereit«, teilte er knapp mit.

»Gut. Wir warten am Eingang auf Pelivani«, sagte Cavalli.

Regina folgte ihm schweigend nach oben. Die Sitzgruppe neben dem Wasserspender war leer, doch das schwarze Leder wirkte nicht einladend. Sie blieb stehen und wartete bang, dass der albanische Geschäftsmann auftauchte.

»Hat er ein Hotelzimmer?«, fragte Cavalli und legte seinen Arm locker um ihre Schultern.

»Er wollte sich selbst um alles kümmern«, erklärte sie und sah zu ihm auf. »Ich habe ihm einige Vorschläge gemacht.«

»Spricht er gut englisch?«

»Kein Problem.« Sie versuchte, sich den Mann aufgrund

seiner Stimme vorzustellen. Er klang groß und grauhaarig, doch das passte nicht zu ihrem Bild eines albanischen Geschäftsmanns. Beinahe musste sie über ihre Vorurteile schmunzeln.

Endlich hielt ein Taxi vor dem Gebäude. Ein mittelgroßer Mann stieg aus. Er stand kerzengerade, während der Taxifahrer sein Gepäck auslud. Dem Koffer nach hatte er vor, mehr als zwei, drei Tage zu bleiben. Regina ging ihm entgegen und stellte sich vor. Pelivani nickte ernst und reichte ihr die Hand. Er drückte sie zu fest, und sie zuckte zusammen. Sein kantiges Gesicht und die schmalen, dunklen Augen hatten wenig gemein mit dem Mädchen, das im Keller des IRM auf der Bahre lag.

Regina stellte Cavalli vor, doch Pelivani sah nur flüchtig in seine Richtung und wandte sich wieder Regina zu. Sie bemerkte, wie Cavallis Augen sich verengten. Er bot an, den Koffer zu tragen, doch Pelivani schüttelte abweisend den Kopf. Er bezahlte den Taxifahrer und ging wortlos mit Regina zum Lift.

Cavalli folgte einige Schritte hinter ihnen. Im kleinen Lift musterte er den Mann eingehend. Sein Anzug saß wie angegossen, er war vermutlich maßgeschneidert. Der Mann verströmte einen Geruch, den Cavalli schon öfters gerochen hatte: säuerlich und süßlich zugleich, künstlich pikant, jedoch ohne den Speichelfluss anzuregen. Cavalli konnte die darunterliegende Schicht nicht erkennen, er merkte nur, dass sie auf eine chemische Weise satt und warm roch.

Als die Lifttür aufging, folgte er Regina und Pelivani und beobachtete den steifen Rücken des Mannes. Er versuchte, sich in seine Lage zu versetzen und etwas Mitgefühl aufkommen zu lassen, doch es gelang ihm nicht. Cavalli fand es seltsam, dass der Albaner sich von Anfang an an Regina gewandt hatte. Seine Erfahrung hatte gezeigt, dass sich ein Mann zuerst an einen Mann wandte, wenn dieser die gleiche Funktion wie die anwesende Frau hatte. Erst recht, wenn es sich dabei um jemanden handelte, der wie Pelivani Macht und Einfluss ausübte. Hatten er und Regina in Pelivanis Augen nicht die gleiche Funktion? Nämlich die, ihm seine tote Tochter zu zeigen?

Hahn erwartete sie im gekühlten Raum, wo Teuta auf einem weißen Betttuch lag. Er stellte sich nicht vor, sondern führte den Mann gleich zur Bahre hin. Pelivani trat näher und betrachtete seine Tochter mit steinerner Miene. Seine Hände waren zu Fäusten geballt, seine Nasenflügel bebten. Cavalli und Regina tauschten Blicke aus. Sie sah ihn stirnrunzelnd an. Irgendetwas an der Situation schien sie zu befremden.

Pelivani kniff seine Augen zusammen. Er berührte seine Tochter nicht.

»Hatte Ihre Tochter am linken Knöchel ein besonderes Kennzeichen?«, fragte sie.

»Eine Tätowierung«, sagte er knapp.

Regina fragte weiter: »Wie sah sie aus?«

Er zögerte, und Regina dachte, dass er die Frage nicht beantworten würde. Doch dann sagte er: »Warum sehen Sie nicht selbst nach?«

»Die Haut wurde an dieser Stelle entfernt«, sagte sie ruhig.

Pelivani knirschte mit den Zähnen. »Es war ein Herz mit dem Namen ihres Freundes.«

Regina schielte zu Cavalli. Der Name des Lockvogels?

»Wie hieß er?«

»Ich kann mich nicht erinnern«, antwortete Pelivani.

Cavalli hob die Braue leicht. Regina fragte nicht weiter, den Namen würden sie bestimmt von Naser erfahren.

»Ist das alles?«, fragte Pelivani kalt. Er wandte sich von Teuta ab, ohne sich von ihr zu verabschieden.

»Wir haben noch einige Fragen an Sie«, sagte Cavalli, und versuchte, dem Mann in die Augen zu schauen. Sie gingen zu dritt den Gang hinunter, Hahn blieb zurück und deckte die

Leiche sorgfältig zu. Als Cavalli am Kaffeeautomaten vorbeikam, hielt er an. Er suchte in seiner Hosentasche nach Kleingeld und zog ein Fünffrankenstück hervor.

»Haben Sie Kleingeld?«, fragte er Pelivani.

Als Regina Anstalten machte, ihr Portemonnaie hervorzuholen, sah Cavalli sie mit bohrendem Blick an. Sie ließ die Hand fallen und wartete.

Pelivani langte genervt in seine Hosentasche und zog eine Handvoll Münzen heraus.

»Was brauchen Sie?«

Cavalli suchte die richtigen Münzen zusammen. »Möchten Sie auch einen Kaffee?«

Der Albaner schüttelte ungeduldig den Kopf. Ruhig warf Cavalli eine Münze nach der anderen ein und ließ sich bei der Auswahl des Kaffees Zeit.

»Sind Sie zum ersten Mal in der Schweiz?«, fragte er gelassen.

»Ja«, antwortete Pelivani.

»Haben Sie ein Hotelzimmer gefunden? Wir sind Ihnen sonst gerne dabei behilflich.« Cavalli nahm einen Schluck Kaffee und sah den Mann mitleidig an.

»Es ist alles arrangiert«, winkte er ab.

Cavalli nickte verständnisvoll und schlürfte seinen Kaffee. »Wenn Sie nichts dagegen haben, möchte ich Sie bitten, mit uns zu kommen. Wir haben noch einige Fragen an Sie.« Er spürte Reginas überraschten Blick, vermied es jedoch, sie anzusehen.

»Ich bin müde von der Reise«, versuchte Pelivani abzuwehren.

»Es wird nicht lange dauern. Die Formalitäten sind rasch erledigt.« Cavalli warf den leeren Becher weg und schritt zum Lift. »Bitte sehr«, mit einer ausschweifenden Bewegung ließ er Pelivani den Vortritt.

Als sie bei seinem Wagen ankamen, verstaute Cavalli den

Koffer und öffnete die Beifahrertür. Pelivani setzte sich widerwillig.

»Was soll das?«, zischte Regina, bevor sie einstieg.

»Ich erklär es dir später«, versprach Cavalli. Kopfschüttelnd setzte sich Regina auf den Rücksitz. Während der Fahrt redete Cavalli unaufhörlich. Er machte Pelivani auf die Sehenswürdigkeiten aufmerksam, erklärte ihm Verkehrsregeln und übersetzte die Schilder auf Englisch. Regina hatte das Gefühl, dass der Albaner gleich in die Luft ging. Sie war froh, endlich im Kasernenareal anzukommen.

Als Cavalli den Mann direkt in einen Befragungsraum führte, versuchte sie, ihm ein Zeichen zu geben, aber Cavalli sah demonstrativ weg.

»Kann ich Ihnen ein Glas Wasser bringen?«, fragte er Pelivani. Er schüttelte den Kopf.

»Ich bin gleich zurück, machen Sie es sich bequem.« Regina folgte Cavalli aus dem Raum und schaute zu, wie er eine Videokamera einschaltete.

»Sagst du mir jetzt endlich, was du von ihm willst?« Ihre Augen funkelten bedrohlich, und sie stellte sich zwischen ihn und die Tür zum Befragungsraum.

»Lass bitte Qepa und Naser holen«, bat er. Als sie nicht reagierte, fuhr er fort: »Er verbirgt irgendetwas. Ich will wissen, was es ist.«

»Und du bist der Meinung, dass Qepa oder Naser weiterhelfen können?«

»Dir ist doch auch etwas aufgefallen«, sagte er beinahe flehend.

»Natürlich. Seine Wut.«

»Hast du schon mal einen Vater erlebt, der ausschließlich Wut darüber empfindet, dass seine Tochter tot ist? Wo bleibt die Trauer? Die Fragen? Normalerweise stellen Angehörige immer wieder dieselben Fragen, weil sie einfach nicht fassen können, was geschehen ist. Unser Freund fragt gar nichts. Er ist zornig, fast so, als sei der Mord ein Affront gegen ihn.« Cavalli packte sie an den Schultern. »Bitte!«

Sie schüttelte ihn ab. »Das genügt mir nicht. Red schon!«

Cavalli zögerte. »Er lügt. Warum? Was will er verstecken?« Er bückte sich so nahe zu Regina, dass sie die einzelnen Stiche an seiner Schläfenwunde erkannte. »Er ist nicht erst heute aus Albanien angekommen. Woher hat er das Kleingeld? Ich weiß«, beschwichtigte er sie, »auch dafür gäbe es Erklärungen, doch es ist höchst unwahrscheinlich, dass ihm seine Sekretärin Schweizer Münzen mit auf die Reise gegeben hat, findest du nicht? Und noch seltsamer, dass er heute erfahren haben soll, dass seine Tochter tot ist, sich dann in ein Flugzeug setzte und auf dem Weg ins Leichenschauhaus bei McDonald's einkehrte!«

»Bei McDonald's?«

»Er hat auf dem Weg zum IRM einen Big Mac gegessen.« Als er Reginas verwirrten Blick sah, erklärte er: »Der Geruch. Ist er dir nicht aufgefallen? Man kann die Hände waschen, so oft man will, diesen Geruch bringt man nie ganz weg.«

Sie schüttelte den Kopf. »Nein, ich habe den Geruch nicht bemerkt. Aber mir ist aufgefallen, dass er dir nicht in die Augen schaut.« Sie runzelte die Stirn. »Möglicherweise lügt er, und er ist nicht heute aus Albanien gekommen. Das würde auch den großen Koffer erklären. Aber das heißt noch lange nicht, dass er etwas verbrochen hat. Wir lügen alle manchmal.«

»Nicht, wenn wir in einen Mordfall verwickelt sind. Es sei denn, wir haben etwas zu verbergen.« Er gestikulierte ungeduldig mit den Händen. »Es ist gut möglich, dass er sich zum Zeitpunkt von Salomirs Tod in der Schweiz aufgehalten hat. Und wenn er es war, der aus dem Mercedes geschossen hat, dann kennt er mich. Obwohl er wissen muss, dass ich mich auf die Straße konzentriert habe, als die Schüsse fielen, kann er nicht restlos davon überzeugt sein, dass ich keine einzige Sekunde lang nach rechts geschaut habe. Die Frage, ob ich ihn eventuell doch gesehen habe, macht ihn nervös. Du kennst das doch: Deine Logik sagt eindeutig, dass etwas unmöglich ist, aber sie vermag die unsichere Stimme, die leise Frage ›und wenn doch?‹ nicht zum Verstummen bringen.«

»Und das Motiv?«

»Rache. Blutrache.«

Regina betrachtete Pelivani auf dem Monitor. »Gjakmarrja. Ein Teil des Kanuns, des alten albanischen Gewohnheitsrechts. Wenn ein Familienmitglied umgebracht wird, haben die männlichen Hinterbliebenen das Recht, sich zu rächen. Ein jahrhundertealtes Rechtssystem.«

»Er hat nicht nur das Recht dazu, er muss den Tod seiner Tochter rächen. Denn es geht um seine Ehre. Und die Besa, die Ehre, ist nach wie vor das wichtigste Gut eines Mannes«, fügte Cavalli hinzu.

»Ich dachte, die Gjakmarrja gehöre der Vergangenheit an.«

»Sie lebt wieder auf. Unter Hoxha war sie verboten. Aber der radikale Umbruch nach der Diktatur hat ein Machtvakuum hinterlassen. Die Menschen wissen nicht mehr, worauf sie sich verlassen können. Korruption, Werteverlust, ein schwacher Staat – das macht unsicher. Man fühlt sich nicht mehr geschützt. Und in chaotischen Zeiten greift man gern auf alte Sitten und Bräuche zurück. Allerdings gibt es auch eine Art Pseudoblutrache, eine billige Entschuldigung für Verbrecher.«

Regina nickte nachdenklich. Es war möglich. Sie führte sich die Art und Weise des Mordes vor Augen: Salomir wurde exekutiert. Präzise, vorsätzlich und kaltblütig.

»Und Pelivani musste selbst schießen, um seine Ehre zu retten.« Sie sah ihn gedankenversunken an. »Es würde auch erklären, woher Qepa das Geld für den teuren Anwalt hat.«

Ein Lächeln umspielte Cavallis Lippen. Er hatte sie überzeugt.

»Gut«, sagte sie, »ich lasse Qepa und Naser herbringen. Ich möchte, dass du inzwischen abklären lässt, welchen Flug Pelivani genommen hat.«

Regina traf die nötigen Vorkehrungen und beobachtete Pelivani auf dem Monitor. Er schritt im Raum hin und her, seine Wut, dass er so lange warten musste, war deutlich erkennbar. Regina hoffte, dass Cavallis Vermutung zutraf. Wenn Pelivani unschuldig war, würde es nicht leicht werden, ihn zu beschwichtigen. Zehn Minuten später eilte Cavalli auf sie zu.

»Er ist seit achtzehn Tagen in der Schweiz! Tirana–Mailand, Mailand–Zürich, kein Rückflug gebucht.« Er sah sie triumphierend an. »Ich geh jetzt rein und fülle mit ihm diese Papiere aus«, er hielt einige Formulare hoch, »und sobald Qepa und Naser da sind, klopf an die Tür. Lass eine halbe Minute verstreichen, damit ich den Besuch ankündigen kann, und bring bitte Qepa zuerst herein.«

Regina nickte und sah, wie er im Befragungsraum verschwand. Sie wandte sich dem Monitor zu und musterte Pelivanis Reaktion. Er verschränkte die Arme, als er Cavalli erblickte und sah ihn überheblich an.

»Verzeihen Sie die Verzögerung«, sagte Cavalli höflich. »Ein Telefonanruf.« Er lächelte entschuldigend.

Pelivani antwortete nicht.

Cavalli nahm einen Stuhl und machte es sich bequem. Er breitete die Formulare aus und blickte auf. »Setzen Sie sich. Ich werde die Fragen für Sie übersetzen.«

Pelivani kam seinem Wunsch widerwillig nach. Er zog den Stuhl ruckartig hervor und setzte sich auf die äußerste Kante. Sie gingen zusammen Frage für Frage durch, ab und zu fuhr sich Cavalli über die Nase, als hätte er Schmerzen. Pelivani reagierte nicht darauf. Als es an der Tür klopfte, erhob sich Cavalli.

»Ich möchte Ihnen jemanden vorstellen«, sagte er höflich.

»Er wartet schon ganz ungeduldig darauf, Sie zu begrüßen.« Er ging zur Tür, öffnete sie und trat zur Seite. Fahrni und Regina führten Qepa in den Raum. Dieser machte einen unsicheren Schritt nach vorn und sah sich um. Als er Pelivani erblickte, stockte er. Er öffnete den Mund, um ihn gleich wieder zuzuklappen. Pelivani regte sich nicht, doch eine Röte breitete sich von seinem Hals bis zum Haaransatz aus. Qepa schluckte trocken.

»Ihr kennt euch ja bereits«, sagte Cavalli beiläufig. »Nehmen Sie Platz«, wandte er sich an Qepa und deutete auf einen Stuhl. Qepa verstand nicht, was gespielt wurde. Unsicher setzte er sich und schielte immer wieder zu Pelivani.

»Wie Sie sehen, ist von dieser Seite keine Hilfe mehr zu erwarten«, sagte Cavalli zu Qepa und deutete auf Pelivani. »Doch wir wissen, dass nicht Sie geschossen haben«, sagte er ernst.

Qepa versuchte, rasch zu überlegen. Seine Stirn glänzte feucht, und er wippte nervös mit dem Fuß. Pelivani sah ihn eindringlich an, als könne er ihm so seine Gedanken kommunizieren.

»Beschreiben Sie den Tathergang«, forderte Cavalli Qepa auf Deutsch auf.

Pelivani sprang fast vom Stuhl, als Cavalli die Sprache wechselte. Offenbar verstand er nichts.

»Ich möchte meinen Anwalt«, forderte Qepa.

»Er ist unterwegs. Aber jetzt geht es nicht um Sie, sondern um ihn.« Cavalli zeigte mit dem Finger auf den Geschäftsmann. »Oder liegen wir falsch?«, fragte er, scheinbar verwirrt. »Saß er am Steuer? Und Sie auf dem Rücksitz?«

Qepa schüttelte den Kopf. »Ich habe niemanden getötet, wie oft muss ich euch das noch sagen!«

»Also doch er?«, fragte Cavalli freundlich.

Qepa zögerte, sein Gesicht war bleich, und es ging ein ranziger Geruch von ihm aus, der den ganzen Raum erfüllte.

Plötzlich sprang Cavalli auf und schrie ihm ins Gesicht: »Hat Pelivani Salomir erschossen?«

Qepa lehnte sich so heftig nach hinten, dass sein Stuhl kippte. Er fuchtelte mit den Armen und fing sich rechtzeitig auf, um auf den Beinen zu landen. »Ja!«

Heftig atmend lehnte er sich an die Wand und vermied es, Pelivani anzusehen.

»Setzen Sie sich«, forderte ihn Cavalli ruhig auf. Er stellte den Stuhl hin und nahm wieder Platz, als sei nichts geschehen. »Warum?«, fragte er schlicht.

Qepa sackte zusammen und rieb sich mit den Händen das Gesicht. Während er erzählte, fixierte Cavalli Pelivani, der sich kaum noch beherrschen konnte.

»Teuta war seine Tochter. Sie war mit ihrem Freund abgehauen, und Artan hat seither versucht, sie zu finden. Die Spur führte schließlich in die Schweiz. Doch er kam zu spät.« Qepa klang müde.

»Welche Beziehung haben Sie zu Pelivani?«

»Ich arbeite seit neun Jahren für ihn.«

»Als?«

»Eine Art persönlicher Assistent.« Qepa lehnte sich zurück und starrte auf die Tischplatte.

Cavalli nickte. »Was haben Sie in meiner Wohnung gesucht?«

Überrascht schaute Qepa auf. »Informationen zum Aufenthaltsort von Salomir und Naser.« Er seufzte und erzählte, wie sie Nasers Spur in Durres aufgenommen und durch Italien in die Schweiz verfolgt hatten. Pelivani, der nur einzelne Ortsnamen verstand, zuckte nervös mit einem Auge.

Als Qepa zu Ende erzählt hatte, nickte Cavalli Regina zu. Sie verließ den Raum und kam einige Minuten später mit Naser zurück. Sie schob ihn durch die Tür und beobachtete Pelivanis Reaktion.

Niemand war darauf vorbereitet, als dieser blitzartig aufschoss und sich auf Naser stürzte. Er schien gemerkt zu haben, dass er nichts mehr zu verlieren hatte. Bebend vor Wut legte er Naser die Hände um den Hals und drückte zu. Er fluchte laut auf Albanisch und schlug Nasers Kopf gegen die Wand. Seine Knöchel waren weiß, seine Augen sprühten vor Hass. Naser, dessen Hände hinter seinem Rücken gefesselt waren, konnte sich nicht wehren. Er würgte und schnappte nach Luft. Seine Augen quollen hervor, und seine Beine vollführten einen makabren Tanz.

Fahrni reagierte als Erster. Er stürzte sich auf Pelivani und versuchte, seine Hände zu lösen.

»Hilf mir schon!«, schrie er Cavalli an. Dieser kam Fahrni mit einer Langsamkeit zu Hilfe, die Regina noch nie an ihm beobachtet hatte. Als sie den zornigen Mann weggezogen hatten, sackte Naser zusammen. Erleichtert stellte Regina fest, dass er noch atmete. Entsetzt schaute sie Cavalli an, die Abscheu auf seinem Gesicht verschlug ihr beinahe die Sprache.

Sie wandte sich an Pelivani. »Sie müssen ihre Tochter sehr geliebt haben.«

Pelivani sah sie arrogant an. »Geliebt? Eine Hure?« Er lachte verächtlich.

16

Regina musterte die Instrumente am Kopfende des Bettes und ließ ihren Blick dann über die Schläuche zu Nadja gleiten. Ihr schmächtiger Brustkasten hob und senkte sich langsam, das Rasseln ihrer Lunge erinnerte sie an einen Güterzug. Sie ging zum Waschbecken und füllte einen Becher mit Wasser, um den Weihnachtsstern zu gießen. Nadjas Lippen kräuselten sich zu einem sanften Lächeln.

»Versprichst du mir, dass Naser verurteilt wird?«, flüsterte sie.

Regina nickte. »Daran besteht kein Zweifel.« Sie stellte den Becher zurück und setzte sich zwischen die Betten von Aurora und Nadja.

»Und Zuberbü…« Die junge Frau wurde von einem heftigen Hustenanfall geschüttelt. Sie versuchte, den Schleim auszuhusten, ihre Lunge hatte aber nicht genug Kraft dafür.

»Ich werde alles tun, was in meiner Macht steht«, sagte sie, als sich Nadja wieder gefasst hatte. »Ich verspreche es dir.«

Sie erzählte ihr nicht, dass er sich immer noch auf freiem Fuß befand, obwohl er offensichtlich der Drahtzieher des Frauenhandelringes war.

Ein Schleier senkte sich über Nadjas Augen, und eine gewisse Ruhe kehrte in ihre Züge zurück. Regina lächelte Aurora zu. Diese strich in rhythmischen Kreisen mit dem Finger über die Bettdecke und beobachtete Regina und Nadja. Sie hatte sich körperlich rasch erholt. Regina hoffte, dass es ihr gelang, in Albanien wieder Fuß zu fassen.

Im Stationszimmer wurden Stühle zurückgeschoben. Bald würde eine Krankenschwester das Ende der Besuchszeit ankündigen. Seufzend stand Regina auf. Sie hatte es sich angewöhnt, auf dem Heimweg die jungen Frauen zu besuchen. Auch ein wenig aus Eigennutz, wie sie sich eingestand. In der leeren Wohnung fühlte sie sich manchmal verloren, obwohl sie gerade jetzt, wo ihre Arbeitstage länger und intensiver waren als je zuvor, die Ruhe genoss und froh war, dass niemand Ansprüche an sie stellte.

Sowohl Qepa wie Pelivani saßen hinter Gittern. Regina schüttelte beim Gedanken an Pelivani den Kopf. Er hatte den Mord an Salomir nicht bestritten, was angesichts der Tatsache, dass sie die Mordwaffe in seinem Koffer gefunden hatten, auch sinnlos gewesen wäre. Doch das Motiv, seine Ehre zu retten, erschien ihr widersinnig. Wer trauerte um diese Mädchen? Die Identität von Teutas unbekanntem Freund, dem Lockvogel, war geklärt. Der junge Mann war vor drei Monaten in Rom erschossen aufgefunden worden.

Sie streifte ihren Mantel über und verließ das Krankenzimmer. Der Dezemberabend war klar. Von den Fenstern leuchteten Lichterketten. Sie hatte sich noch immer nicht entschieden, wie sie die Feiertage verbringen würde. Sie hatte keine Lust, sich die Vorwürfe ihrer Mutter anzuhören, die nicht begreifen konnte, weshalb sie Felix hatte gehen lassen.

Regina stieg in die Tram. Die Wärme und der Geruch nach Schweiß, der sich unter den dicken Kleidern der Menschen gebildet hatte, schlugen ihr entgegen. Erleichtert stieg sie in Stettbach aus und nahm den Bus. Als sie mit langen Schritten die Quartierstraße hinunter auf ihre Wohnung zuging, überlegte sie, ob sie im Kühlschrank etwas zu essen hatte. Sie schloss mit klammen Fingern die Haustür auf und wurde vom Gefühl, in einen Hafen eingelaufen zu sein, erfüllt. Zufrieden atmete sie tief ein. Als Erstes spazierte sie in die Küche, wo ein leerer Joghurtbecher immer noch neben der Morgenzeitung stand.

Plötzlich blieb sie stehen. Neben der Zeitung lag ein kleines Paket in hellblauem Geschenkpapier. Regina schaute über ihre Schulter und wickelte eine Haarsträhne um den Finger. Sie spürte, wie ihr Puls schneller wurde und sich Wärme in ihr ausbreitete. Sie nahm das Paket und zog den unter dem Geschenkband eingeklemmten Zettel hervor. Er hatte nur »Cava« hingekritzelt. Sie drehte den Zettel um, doch es standen keine weiteren Worte drauf. Vorsichtig löste sie das Klebeband und wickelte eine kleine Schachtel aus. Sie stellte sie auf den Küchentisch und kaute auf ihrer Unterlippe. Langsam hob sie den Deckel. Auf hellblauem Seidenpapier lag ein kleines »a« in der gleichen Schriftart wie die Buchstaben »R-e-g-i-n« auf dem Schild an ihrer Bürotür. Sie nahm den Buchstaben mit zwei Fingern heraus und legte ihn auf ihre Handfläche. Von Gefühlen überwältigt saß sie am Tisch und zeichnete mit dem Zeigefinger den Umriss des »a« nach. In der Stille glaubte sie, ihren eigenen Herzschlag zu hören. Dann stand sie auf und holte ihre Joggingschuhe. Sie zog sich warm an und verließ die Wohnung. Die Tür fiel hinter ihr ins Schloss, und sie rannte auf den winterlichen Wald zu.

Worterklärungen

Blaue Zone Parkbereich, wo kostenloses Parken mit Parkscheibe möglich ist

Blick Schweizer Boulevardzeitung

Brandtour-Offizier diensthabender Offizier

Bündner Person aus dem Kanton Graubünden

Combox Anrufbeantworter eines Mobiltelefons

Danke für Obst! ironische Redewendung, die jemand verwendet, wenn er leer ausgeht

Darvida Vollkorngebäck

Dreier Rotwein 0,3 l Rotwein

Duvet Bettdecke

Einvernahme Vernehmung

gekröpfter Nordanflug alternatives Anflugverfahren für die bestehenden Nordanflüge am Flughafen Zürich, das eine Entlastung der Schweizer Bevölkerung östlich und südlich des Flughafens bedeuten würde, die aufgrund der deutschen Anflugbeschränkungen unter Fluglärm zu leiden hat

Gemeindeversammlung öffentliche Versammlung der Stimm- und Wahlberechtigten in kleinen Gemeinden, hat legislative Funktion

Gift gemeint ist: Betäubungsmittelabteilung der Kriminalpolizei

Jass beliebtes schweizerisches Kartenspiel

Jugo abwertende Bezeichnung für Menschen aus Ex-Jugoslawien

Kaffeerahm Kaffeesahne

Kantonspolizei (Kapo) Polizei eines Schweizer Kantons

Kehricht Müll

Klubschule Weiterbildungsinstitut der Migros, einem genossenschaftlich organisierten Schweizer Einzelhandelsunternehmen

Liz Abkürzung für Lizentiat, Universitätsabschluss

Maroni Esskastanien

Maschinenoperateur Maschinist

MusicStar Schweizer Castingshow

Obergericht zweite judikative Instanz auf Kantonsebene

Ovomaltine Instant-Malzgetränk

Pendenzen unerledigte Aufgaben
PET-Flasche Getränkeflasche aus Polyethylenterephthalat (PET)
Quartier Viertel
Rapport Besprechung, dienstlicher Bericht
Rekurs Beschwerde, Einspruch
Robidog Hundekot-Entsorgungskiste
Securitas schweizerischer privater Sicherheitsdienst
snöben snowboarden
Spital Krankenhaus
Tages-Anzeiger Zürcher Tageszeitung
Tonhalle Konzerthaus in Zürich
Touring Club Automobilclub (Straßenhilfe, Rechtsschutz und Verkehrssicherheit)
Traktanden Punkte auf der Tagesordnung
unbedingte Strafe Strafe ohne Bewährung
Vermisstmeldung Vermisstenanzeige
Wähe flacher Kuchen mit süßem oder salzigem Belag

Petra Ivanov

Petra Ivanov wurde 1967 in Zürich geboren. Sie lebte acht Jahre in den USA und kehrte 1979 in die Schweiz zurück. Nach ihrem Studium an der Dolmetscherschule Zürich betätigte sie sich als freie Übersetzerin und Sprachlehrerin. Von 1995 an arbeitete sie als Redaktionsassistentin, ab 2000 als Lokalredakteurin. Von 2001 bis 2006 war sie Redakteurin beim Hilfswerk der Evangelischen Kirchen Schweiz (HEKS). 2007 ließ sie sich zur Erwachsenenbildnerin ausbilden. Heute arbeitet sie als Gerichtsberichterstatterin, erteilt Schreibkurse, ist Redakteurin beim *Aufbruch* und schreibt vor allem Kriminalromane. Seit ihrem Debütroman *Fremde Hände* im Jahr 2005 sind bereits drei weitere Bände mit dem Ermittlerpaar Regina Flint und Bruno Cavalli entstanden. Für ihr literarisches Schaffen erhielt Petra Ivanov Werkbeiträge von der Ausserrhodischen Kulturstiftung, von der Stadt Dübendorf und vom Kanton Zürich. 2008 erreichte sie mit ihrem Roman *Kalte Schüsse* den zweiten Platz des Zürcher Krimipreises. Petra Ivanov lebt mit ihrem Mann und ihren beiden Söhnen in Dübendorf.

Bibliografie

Romane mit dem Ermittlerduo Flint/Cavalli: *Fremde Hände* (2005); *Tote Träume* (2006); *Kalte Schüsse* (2007) und *Stille Lügen* (2008).
Regionalkrimis: *Angst, Haas und Glockenschlag* (2007) und *Angst, Haas und Seitensprung* (2009).
Petra Ivanov hat zudem mehrere Kurzgeschichten in Zeitschriften und Anthologien veröffentlicht und schreibt Jugendbücher.

Ausführliche Informationen zur Autorin und zu ihren Büchern finden sich auf Petra Ivanovs Homepage: *www.petraivanov.ch*

Im Appenzeller Verlag erschienen

Petra Ivanov

Reset

Roman für junge Erwachsene

13 x 21 cm, 240 Seiten, brosch., sFr. 28.–/€ 19.–
ISBN: 978-3-85882-513-1
Appenzeller Verlag, CH-9101 Herisau

»Ich war in der Mitte des Trägers angekommen, genau über der Schrottschere. Plötzlich schien die Halle zu explodieren. Der Lärm brachte mich aus dem Gleichgewicht, und ich ruderte verzweifelt mit den Armen.
Dann machte ich einen riesigen Fehler.
Ich sah nach unten, direkt in den Mund der Schrottschere. Wie ein Ungeheuer drehte sich die Walze und wartete auf Nahrung …«

Ein Albtraum für die 16-jährige Nicole. Wie alles im Moment. Ihr Leben im reichen Vorort ist vorbei. Ihr neues Zimmer in der Stadt ein Horror. Zum Glück lernt sie Julie, Leo und Chris kennen. Auf sie kann Nicole zählen, als sie bei Recherchen für eine Projektarbeit über Recycling in Gefahr gerät.

www.appenzellerverlag.ch